U0450151

本成果为下列项目的成果之一：

1.北京第二外国语学院北京对外文化传播研究基地文化方向项目

2.北京第二外国语学院研究生前沿课程教材建设项目

3.北京第二外国语学院·中国文艺评论基地项目

4.北京第二外国语学院中华文化研究院·中华文化研究项目

5.国家社科基金重大招标项目"世界性与本土性交汇：莫言文学道路与中国文学的变革研究"（13&ZD122）

当代长篇小说的桂冠：
莫言长篇小说研究

廖四平 著

中国社会科学出版社

图书在版编目(CIP)数据

当代长篇小说的桂冠:莫言长篇小说研究/廖四平著. —北京:中国社会科学出版社,2019.1
ISBN 978-7-5203-4933-8

Ⅰ.①当… Ⅱ.①廖… Ⅲ.①莫言—长篇小说—小说研究 Ⅳ.①I207.42

中国版本图书馆 CIP 数据核字(2019)第 213301 号

出 版 人	赵剑英	
责任编辑	陈肖静	
责任校对	刘 娟	
责任印制	戴 宽	

出 版	中国社会科学出版社	
社 址	北京鼓楼西大街甲 158 号	
邮 编	100720	
网 址	http://www.csspw.cn	
发 行 部	010-84083685	
门 市 部	010-84029450	
经 销	新华书店及其他书店	

印刷装订	北京君升印刷有限公司	
版 次	2019 年 1 月第 1 版	
印 次	2019 年 1 月第 1 次印刷	

开 本	710×1000 1/16	
印 张	40	
插 页	2	
字 数	556 千字	
定 价	188.00 元	

凡购买中国社会科学出版社图书,如有质量问题请与本社营销中心联系调换
电话:010-84083683
版权所有 侵权必究

目　　录

序一 ·· 殷国明（1）
序二 ·· 邓九刚（5）

上编　总体研究

第一章　内容：20世纪中国社会生活"编年史"式的反映 ·············（3）
第二章　美学特征：审丑 ···（17）
第三章　主题：着力于揭露和批判 ·································（39）
第四章　艺术表现："标新立异" ···································（67）
第五章　传承：中外文学的影响 ···································（99）
第六章　意义和价值 ···（132）

下编　个案研究

第一章　《红高粱家族》 ···（139）
第二章　《天堂蒜薹之歌》 ·······································（182）
第三章　《十三步》 ···（218）
第四章　《酒国》 ···（254）
第五章　《食草家族》 ···（299）

第六章 《丰乳肥臀》……………………………………………（334）

第七章 《红树林》………………………………………………（419）

第八章 《檀香刑》………………………………………………（468）

第九章 《四十一炮》……………………………………………（509）

第十章 《生死疲劳》……………………………………………（544）

第十一章 《蛙》…………………………………………………（591）

后记………………………………………………………………（629）

序 一

殷国明

好多年前,四平就和我谈过研究莫言长篇小说的事,并一开始就提出希望我能为这本书写序,我当时感到有点为难,不过哼哼呀呀,搪塞过去,权当文学交流、相互鼓励之事,并没有放在心上;想不到廖四平教授锲而不舍,几年来一直深耕精研,时有信息往来交流,亦不断提醒写序的事。如今大作《当代长篇小说的桂冠——莫言长篇小说研究》即将面世,我一方面为他感到高兴,同时也感受到了某种压力。

因为写序也得有资格,要不在这个领域有成果,有一定感悟和见地;要不与相关作者及其文学状态有着特别的交集和了解,等等,总不能信口开河,但我好像哪一项都不沾边,所以不能不感到踟蹰不安。

也许我得为自己找一点理由。

提起莫言,我和他有过短暂交集。那是 20 世纪 90 年代初,我受周英雄教授邀请,去香港中文大学比较文学系当访问学者,正巧莫言受到马悦然夫妇和翻译中心邀请,同在中文大学,不时有机会一起散步聊天。在那里,我还结识了郑敏教授、金观涛夫妇,还有翻译中心的朱先生等,他们都成了日后我心目中中国学者的楷模,给我力量,令我思进。只是我这个人一向懒惰散漫,疏于与同仁联络往来,也就渐渐断了联系。只有郑敏教授,偶尔我到北京,会和她通个电话,问候一下。她的文章和才情总是使我倾慕不已,听她谈论学术更是一种快意和享受。

非常有趣的是,一次在网络上读到杜家祁的文章,勾起了我很多生

当代长篇小说的桂冠

动的记忆：

  当时因为中文大学的翻译中心译了莫言的作品，于是请他来香港，也有些演讲什么的。当时一起来的还有现今上海华东师大中文系教授殷国明，他们两位一胖一瘦，很逗，两人好像很老友似的。殷国明常调侃莫言，"你拿了诺贝尔奖以后，奖金怎么花啊？"莫言人比较老实，常只是笑笑。

  那时大家都年轻，直来直往，因此相处得还挺融洽。有一次吃饭时，某编辑强迫大家要提个问题问莫言，我记得我问的是："性和道德有没有关系？"结果大家七嘴八舌讨论得不亦乐乎，莫言也解释了为什么当时中国小说家，即所谓的先锋派，书里的性常常是没有爱情的。他说，他们长大过程一向缺乏和异性相处的机会，因此也不大知道爱情是怎么一回事。

  莫言样子像农民，但和他谈话后，发现他其实满聪明的。他的生活经历，和我们香港人自然相差甚远，我还记得他说，他在香港逛街，看到连婴儿车都那么精美，他突然愤怒起来（我心想：有什么好愤怒的呢？）。他问我有没有住过农村，我说没有，他叮嘱我，"将来一定要去农村住住。"（我心想：我才不要呢！）

  我最记得的是，因为大家玩得挺热络了，他答应要包饺子请大伙吃，我们正期待着呢，突然听到他已离开香港的消息。他留下一张字条，说想到要替那么多人包饺子，觉得很头疼，就先回去了。

谢谢杜家祁。

当时我之所以问"奖金怎么花"，是因为觉得莫言在精神上有超级虔诚和自我的一面，也有对于物质生活相当迟钝和隔膜的一面，给人一种"与钱无关"的印象。这一点特别让我喜欢。没想到后来莫言果然得了诺贝尔奖，只是不知道那奖金后来是怎么花的。也许香港的对话他早就忘了，但我是俗人一个，所以一直还关心着那笔奖金的去处。

当然，或许也算是一个理由，廖四平教授曾经受教于故友王富仁先生，王富仁先生生前和我说过，要多关心一下他的学生。当然，我对此也是用好呀好呀、姑且听之来对付的，心想我有何能耐关心老兄的高足，而现在斯人已去，有些话的分量一下子变重了。

尽管如此，我知道我的序无关紧要，既不能为莫言研究增添什么，也不会为廖四平大作《当代长篇小说的桂冠——莫言长篇小说研究》增色。其实，文精必亮，廖四平文学研究的价值自有公论，也早已引起学界关注，而特别使我感到独树一帜的是，廖四平教授不仅是一位现当代中国文学的研究专家，还是一位成果丰硕的作家，出版（发表）过多种小说、散文，其中反映大学状态的《招生办主任》、《教授变形记》和《大学校长》等长篇小说，被有关专家誉为"反思教育三部曲"；最近四平又推出《青春合伙人》，立即有研究者撰文评论，并指出："廖先生以近乎'残忍'的方式对当下大学种种丑陋现象的无情揭露实是一件功德无量之事，毕竟讳疾忌医不是治病疗伤的良策，勇于承认自己的错误、大胆面对自己的不足，才是健康成长发展的正确道路。"① 此言极是。而这里所说的"残忍的方式"，也许能使人联想到莫言的小说，后者"残忍"的笔触，不仅剖开了所有的文化假象，曝露了人性及人之生存状态的困境，而且表达了对于土地、人生和艺术深入骨髓、无与伦比的期盼和眷恋，不能不令人感怀和动容。

廖四平是故友王富仁教授的学生，由此，我还想到王富仁 20 世纪 80 年代所写的《中国反封建思想革命的一面镜子——〈呐喊〉〈彷徨〉综论》。从某种程度来说，鲁迅也是"残忍"的，但是唯独通过这种"残忍"，通过阅读和理解这种"残忍"，才能理解现代中国，理解鲁迅之成为"一面镜子"的价值和意义。当然，中国是博大的，作为镜像的文学创作也是多棱镜、多面镜，因此鲁迅是一面镜子，莫言和廖四平的创作同样具有"镜子"的意义，而所不同的是，莫言所描述的主要对象

---

① 郑飞：《十字路口的"天之骄子"——评廖四平先生的〈青春合伙人〉》，《汕头大学学报》2018 年第 9 期。

当代长篇小说的桂冠

是中国社会乡土社会状态,是经济基础和文化根基;而廖四平更关注的多是教育和大学状态,属于上层建筑和知识领域,两者之间有一种相互呼应和相互映照的关系。我以为,如果把这两者对照起来读,互为镜像,不仅会对于当代中国有更深刻和多样的认识,而且会获得一种更具有综合性的、由此及彼的审美体验和感受。

我想我的话已经够多了。

是为序。

2018 年 12 月 24 日于上海闵行

序 二

邓九刚

在我的印象中,中国现代文学史上一些一流的作家大都有大学教授的头衔或在大学里任过教的经历,如鲁迅、周作人、郭沫若、茅盾、朱自清、老舍、曹禺……他们不仅创作文学作品,并留下了一些文学经典,而且著书立说,并留下了一些学术著作甚至是学术经典,如鲁迅的《中国小说史略》、《汉文学史纲要》,周作人的《中国新文学的源流》,茅盾的《小说研究 ABC》、《神话的研究》、《希腊文学 ABC》,朱自清的《经典常谈》、《诗言志辨》、《新诗杂谈》,老舍的《文学概论讲义》……这个"传统"虽然后来似乎并没有太好的"赓续",但也并非"薪火失传",如著名作家曹文轩先生就是北京大学教授、著名作家格非先生就是清华大学教授……都是这一"传统"的"薪火传人"。不过,就我而言,对这个"传统""薪火相传"最为直接的"感性认识"则得之于廖四平——

我在就读于北京师范大学与鲁迅文学院联合培养的研究生期间,曾有一段时间与廖四平朝夕相处;自那时起至今算来已经有近三十年了;之后,我们虽然见面的机会不多,但联系并不少,我对他的"耳闻目睹"也不少,如他的有关"诗论"研究的著作、有关"茅盾文学奖获奖作品"等研究的著作、反思教育的"大学"系列小说等,我都"耳闻目睹"过;而现在,他的《莫言长篇小说研究》还没有面世,我便"耳闻目睹"了,且深感该著对莫言长篇小说研究的颇为全面、深刻、独到、精辟，是一部有关莫言长篇小说研究乃至莫言研究的集大成之作，势必会对莫言研究产生深远的影响。

　　莫言既是中国当代最有影响的作家，又是我在读研究生时的同班同学，而且正是在我与莫言同学期间，我与四平相逢、结交的，因此，四平的这部研究莫言长篇小说的专著让我觉得非常亲切。不过，对于莫言和四平及其著作，我虽然有很多话想说，但又不便多言——因为"多言"便有"为自家兄弟站台"之嫌，所以，我最能做的就是企盼《莫言长篇小说研究》早日面世，也预祝《莫言长篇小说研究》发行火爆！

上 编

总体研究

迄今为止，莫言出版了《红高粱家族》（1987）、《天堂蒜薹之歌》（1988年）、《十三步》（1988年）、《酒国》（1993年）、《食草家族》（1993年）、《丰乳肥臀》（1995年）、《红树林》（1999年）、《檀香刑》（2001年）、《四十一炮》（2003年）、《生死疲劳》（2006年）、《蛙》（2009年）等11部长篇小说。总的来看，这些小说"将魔幻现实主义与民间故事、历史与当代社会融合在一起"①，内容丰富多彩、博大精深，形式标新立异、卓尔不群，在中国当代小说发展史上独树一帜，堪称桂冠。

---

① 诺贝尔文学奖评审委员会对莫言的评价语，或译为"以魔幻现实主义融合民间故事、历史和现实"、"用虚幻现实主义将传说、历史和当代结合起来"。

第一章 内容:20世纪中国社会生活"编年史"式的反映

单篇来看,莫言长篇小说内容各不相同,且各有侧重点——

《红高粱家族》主要叙写了有关"我"的先辈们在抗日战争时期的一些故事:

戴凤莲的父亲因贪图钱财而把如花一般美丽的她嫁给麻风病患者单扁郎。余占鳌等轿夫在送戴凤莲去成亲的途中以颠轿、说粗话的方式取乐。土匪拦路抢劫。余占鳌等轿夫打死土匪。余占鳌与戴凤莲在高粱地里野合。余占鳌为了占有戴凤莲而杀死单家父子。余占鳌往酒篓里撒尿。戴凤莲的父亲因向戴凤莲索要一头大黑骡子而没有得逞,便上县衙大堂状告戴凤莲,诬称她勾结土匪以谋杀公公和亲夫、谋夺夫家财产。土匪头子花脖子绑架戴凤莲。余占鳌杀死花脖子而成为新的土匪头子。余占鳌与丫鬟恋儿偷情。余占鳌与恋儿同居,恋儿成为"我二奶奶"。戴凤莲背叛余占鳌而成为黑帮会铁板会老大黑眼的情人。"我二奶奶"被黄鼠狼附体。成麻子因愚昧无知而无意间做了汉奸。日寇屠村。日寇活剥刘罗汉。余占鳌率部在墨水河大石桥伏击日寇。余占鳌做黑帮会铁板会的老大。黑帮会、国军、共军混战。黑帮会、国军、共军混战时被日寇偷袭,便合力抗日。余占鳌被日寇抓去北海道当劳工……

《天堂蒜薹之歌》主要叙写了有关天堂县农民围绕着蒜薹所发生的一些故事:

方四叔(方云秋)家贫,便通过与刘家、曹家以转圈换婚的方式给儿子方一君找老婆——让女儿方金菊嫁给刘家的刘胜利,刘家的女儿刘兰兰嫁给曹家的曹文,曹家的女儿曹文玲嫁给方家的方一君。方金菊爱上了转业军人高马,两人私定终身。方金菊在自己与高马的私定终身之事遭到方四叔的反对后与高马私奔,在被抓回时怀上了高马的孩子。方金菊虽遭方四叔吊打,但仍坚持要嫁给高马;高马被方金菊的哥哥方一君、方一相毒打和搜刮财物,之后,接受了方四叔所提出的要他拿出一万元彩礼才把方金菊嫁给他的条件,并准备通过种蒜薹挣钱的方式来筹到一万元。政府动员农民种蒜薹并允诺负责收购蒜薹,但在蒜薹丰收时,村、乡政府部门层层盘剥蒜农,致使蒜农不能顺利地出售蒜薹;而供销社则优先收购一些关系户的蒜薹;同时,政府有关部门起初不许外地客商收购蒜薹,可在外地客商被挤走后,本地商业机构却又停止了收购蒜薹。蒜农的蒜薹卖不出去,只得烂掉,蒜农由此血本无归。方四叔卖蒜薹未果,并在归家途中被乡党委书记王安私自用来贩卖蒜薹的公车轧死。方一君、方一相拖着方四叔的尸体到乡政府讨公道,整整一天没人理睬;后来,乡政府民政部门的干部杨助理员出面处理时,以欺骗、恐吓的方式打发他们回家。最后,方家只得到了三千元的赔偿。而肇事者虽是醉酒驾车,且轧死了方四叔,但因其雇主是王安,且是王安的亲戚,便逍遥法外。方一君、方一相兄弟只顾自己的利益,在方四叔尸骨未寒之时分家,且丧心病狂——在分家时,方一相将方四叔的一件新棉袄用菜刀照准棉袄的中缝,一刀接一刀地剁起来,直至剁成两半,然后,与方一君各分一半;两兄弟将方四叔的一双破鞋各分一只。蒜农们虽遭遇不公,但又无可奈何,便非常愤怒,最后,在高马等人的鼓动下去县政府所在地要求县政府解决蒜薹滞销的问题,县政府不理睬,结果引发骚乱。事后,警察逮捕了高马等人。方金菊在高马被捕后带着即将临盆的孩子在高马家的门框上吊死。方四婶因方四叔的横死未得到公正的处理而随愤怒的蒜农冲击县政府大楼,并放火以泄愤,结果被抓进监牢;在监牢里犯了病而不能得到相应医治,便保外就医。曹文跳机井而死,曹家看中了死去的方金菊,便与方一君、方一相合谋,让方金菊与曹文结阴亲；方四婶得知此事后，悲愤填膺，上吊自杀。高马在得知曹文与方金菊结阴亲之事后，企图越狱为方金菊报仇，结果被警察开枪击毙。其他的蒜农均遭受了法律的"公正判决"，受到了"应有"的惩罚；而事件的直接责任者——天堂县县长却只是换了个地方继续当县长。

《十三步》主要叙写了有关中学物理教师方富贵、张赤球等人的一些故事：

中学物理教师方富贵累死在讲台上后，在被运往殡仪馆的途中复活；为了不给校长添麻烦，他便继续"死"——装死。校长以主管教育的王副市长与殡仪馆特级美容师李玉婵偷情之事"讹诈"王副市长——要求王副市长提高教师待遇。方富贵在被送去殡仪馆整容时在殡仪馆门口受阻。王副市长在有关城市建设远景规划的会议上病故。方富贵在被送进殡仪馆后，由于李玉婵需要先给与他在差不多相同的时间死去的王副市长整容，便被临时性地塞进冰柜。方富贵的同事兼邻居张赤球因薪水微薄遭妻子李玉婵轻慢。李玉婵的母亲"蜡美人"当年风流全城，与包括时为劳动局副局长的王副市长在内的诸多男人有染；"蜡美人"当年经常赤身裸体地在院子里行走，并与年仅十五岁的女儿李玉婵一起脱光衣服在院子里行走；"蜡美人"、李玉蝉、时为劳动局副局长的王副市长三个人光着身子一起欢快地在泥里打滚。李玉婵在给王副市长整容时把他身上的脂肪一条一条撕下来，装在三只塑料袋，拟送给了猛兽馆的管理员"老猴子"（"老猴子"用那些脂肪喂老虎），并窃取了王副市长口中的三颗金牙。"老猴子"与李玉婵在人民公园"偷情"。一名纺织女工在火灾中丧身。李玉婵给那名纺织女工整容，那名纺织女工的丈夫——一个解放军中尉——利用她沽名钓誉。李玉婵与中尉谈恋爱，中尉在与李玉婵第一次做爱时，发现她不是处女，便悻悻而去。当年，李玉婵在野外与时为劳动局副局长的王副市长疯狂地做爱，被"老猴子"用照相机偷拍。晚上，趁无人之际，方富贵悄悄地离开殡仪馆回家；妻子屠小英认为他已死，便拒绝让他进家门，于是，他去了邻居兼同事张赤球家——张赤球的妻子即李玉婵。李玉婵出于赚钱的目的而将方富贵整容为张赤球的模样,让他代替张赤球给学生上课,而让张赤球去做生意挣钱。方富贵在以张赤球的身份去学校上课的途中,遭过去与张赤球关系暧昧的小卖部老板娘勾引。方富贵以张赤球的身份见屠小英,遭众人非议。张赤球带着李玉婵交给他的经商赚钱的任务与一百元的本钱出门,在试图"赚钱"的过程中处处碰壁。张赤球回首不堪回首的往事。李玉婵在去银行兑换从王副市长口中窃取的三颗金牙时,被王副市长的在银行里当职员的儿子发现了她窃取王副市长的金牙之事;王副市长的儿子去李玉婵家向她索要王副市长的金牙,并以此要挟她、逼她与他上床。在方富贵与李玉婵偷情时,张赤球的儿子张大球打穿了张赤球家和方富贵家之间的墙。方富贵试图钻墙洞时被屠小英打晕。方富贵的女儿方虎被张大球勾引走,两人在雨中跳着裸体舞。方富贵的儿子方龙和一个女孩鬼混,方富贵劝阻,方龙不但不听劝阻,反而给了他一拳。屠小英在车间主任的教导下学了一套拳法,狠狠地教训了一直欺负她的女工刘金花。有关屠小英跟车间主任闹恋爱的传闻不胫而走。方富贵因不能恢复原来的面貌和身份而在教室里悬梁自尽。在方富贵——被整容为张赤球,即伪张赤球——的追悼会举行时,回校要求恢复身份的张赤球被认为是方富贵——伪张赤球——的父亲。

《酒国》主要叙写了有关省人民检察院的特级侦察员丁钩儿在奉命去酒国市调查一个特殊的案子时所发生的一些故事:

省人民检察院的特级侦察员丁钩儿搭乘一辆由女司机驾驶的拉煤卡车到市郊的罗山煤矿调查酒国市官员烹食活婴之事。途中,丁钩儿与女司机相互斗嘴、勾引。到煤矿后,丁钩儿遭看门人的仗势欺人。进煤矿党委保卫部后,丁钩儿被迫遵守矿上"敬酒不成三,坐立都不安"[①] 的规矩喝酒。见到矿长和党委书记后,丁钩儿被推进众官员为他特设的宴席,被市委宣传部副部长金钢钻劝酒,并喝得酩酊大醉;同时,与众官员一起吃红烧婴孩(红烧婴儿)。丁钩儿在酒醉醒来后,感到身、心均

---

① 莫言:《莫言文集·酒国》,云南出版集团公司、云南人民出版社2012年版,第16页。

不舒服，想自杀，并意识到酒国市有一伙吃人的野兽。丁钩儿搭女司机的车离开酒国；途中，卡车水箱出了问题，两人对骂；丁钩儿在亲吻女司机时被她把舌头咬了一个洞。丁钩儿随女司机到她家；随后，两人偷情，被女司机的丈夫——金钢钻——当场捉住。丁钩儿在逃离女司机家时撞倒了一个老女人，并被她缠上。丁钩儿在女司机的带领下前去拜访一尺酒店的老板余一尺，向他打听酒国官员烹食婴儿之事。丁钩儿发现女司机是余一尺的第九号情妇。丁钩儿看到女司机坐在余一尺的膝头与余一尺调情，开枪杀死女司机和余一尺。丁钩儿在逃跑途中看到有人在画舫中的盛宴上吃婴儿，边抗议边向画舫扑去，结果，跌进了一个露天大茅坑，淹死了。酒国市酿造大学（或称酿造学院）勾兑专业的博士研究生、业余作家李一斗写了九篇短篇小说，并与作家莫言勾勾搭搭，想通过莫言在《国民文学》杂志上发表自己所写的小说。被酒国市酿造大学聘为客座教授的金钢钻在酒国市酿造大学公共课大教室做演讲。金钢钻幼年时身怀异能，能十里闻香，嗅出酒味。村民专门为烹饪学院特别收购处生小孩，并都企图将自己的孩子卖一个好价钱。"红衣小妖精"进入烹饪学院特别收购处成为小孩子们的"王"。李一斗带领诸位朋友"走驴街"。在余一尺给李一斗及其朋友开的全驴宴上，上了一道将公驴母驴的生殖器插在一起的大菜"龙凤呈祥"。余一尺拟让莫言为他写自传。李一斗与岳母发生不伦之恋，甚至幻想与岳母做爱。李一斗的妻子为其母与李一斗之间的不伦关系而生气。李一斗的岳父袁双鱼为其妻子研制了一种名为"西门庆"的烈性药酒——喝了这种酒的人会产生种种幻觉，有时甚至会产生比实际的性爱感觉更美妙的幻觉。袁双鱼上山拜群猴为师学做猿酒。

《食草家族》主要叙写了有关食草家族的一些故事：

在种（家）族大迁徙的时代，一匹红色母马驹变成一个千娇百媚的姑娘——草香——与一个小男孩结合后，生了两对双胞胎儿女；在发现一对儿女乱伦后，长大成人的小男孩用猎枪把他们当场打死，并辱骂另一对儿女是母马养的畜生——这违背了他最初与草香"永远不能提一个马字"的约定，于是，立马一声巨响，地上升起红色的烟雾，一匹火红色的马驹被那烟雾卷跑了；长大成人的小男孩只用了一天工夫就由一个膘肥体壮的大汉变成了一具又黑又瘦的活尸。食草家族即草香与小男孩的后代，最初因同姓通婚，后代便生蹼。为了杜绝后代生蹼，到了四老爷的爷爷那一代，族里严禁同姓通婚。数百年前，一对同姓的男女陷入爱情，且女方怀孕了，但最终还是被活活地烧死；皮团长将生蹼的孩子集中起来阉割；被阉割的孩子们长大后，集合起来造皮团长的反，结果，全部被皮团长俘获；皮团长让他们去对付洋鬼子，结果，他们通通死在旷野上。一个奇丑的男人与一匹母驴交配，被打死。"我"在九岁的时候，弄死了九老妈的一只鸭子，她嚎啕大哭，并掉到沟里，"我"找来喝醉酒的九老爷把她救了上来。四老爷是一个中医，他在年轻的时候与小媳妇勾搭成奸；为了方便自己与小媳妇通奸，他药杀了其公公。四老妈与流沙口子村的铜锅匠李大元通奸，四老爷发现此事之后，休了四老妈；觊觎四老妈已久的九老爷护送她回娘家，途中，铜锅匠在打算抢走四老妈时遭遇士兵，并被士兵杀死。"我"莫名其妙地被一个摩登女人打了两个耳光，打"我"耳光的那摩登女人在过马路时被汽车撞死了。城市飞速膨胀，蝗虫一样的人和汽车塞满了城市的每个角落。讲授马克思主义伦理学的教授说他挚爱与他患难相共的妻子，而把漂亮的女人看得跟行尸走肉差不多，但又搂着女学生细长的腰在黑森森的冬青树丛中漫步，并消失在树丛中。蝗虫泛滥成灾，四老爷、九老爷率众抗蝗，未成功，后来，农业飞机喷洒毒药，杀死了蝗虫，但也破坏了环境。金豆在小时遭支队长的养马人黄胡子虐待。支队长与高司令以女人玫瑰为赌注赛马，黄胡子因嫉恨支队长而在马身上扎了针，使支队长输了赌注。金豆在送儿子上学校时，遇到长着蹼膜的梅老师；金豆与梅老师关系暧昧，但每次都在和她几乎要成事时被儿子搅黄；儿子带着金豆到红树林里时，遇到了三个女考察队员和三个男考察队员，三位男考察队员从飞行的直升机上掉到湖里死了。双胞胎大毛和二毛的娘在十八年前被阮书记强奸；大毛、二毛的生父可能是阮书记，他们名义上的父亲让他们表演手淫，与驴交配，以此来报复阮书记；并曾让他们给阮书记舔脚后跟来消除其脚的奇痒；后来，他在去杀阮书记时被打得血肉模糊，回家后死了。阮书记与赤脚医生小毕有染。"我"想下毒毒死阮书记及其老婆，被民兵抓到后当成反革命分子带到阮书记那里；阮书记当着大家的面处死了老七，接下来枪毙了"我"。大毛、二毛知道"我"被杀，便跑到阮书记家放火、行刺。新任书记到任，村民们声讨阮书记，阮书记的家被抢劫一空。大毛、二毛在去阮书记家锯他的腿以替他们名义上的父亲报仇时，阮书记自己动手砍去了自己的双腿。二姑生来生蹶，身兼族长与村长的大爷爷与大奶奶一起怂恿二姑的父亲即三爷爷把二姑杀死；一个白发老人阻止三爷爷杀死二姑。二姑长大后带着一群土匪回家报仇，大爷爷、大奶奶虽顽强地抵抗，但抵抗没有成功。二十年后，二姑的儿子天和地回家报仇，迅速杀死大爷爷，折磨死大奶奶，杀死七爷爷和七奶奶（麻奶奶），让48个女人每个人选择一种二姑发明的刑法。

《丰乳肥臀》主要叙写了有关上官鲁氏及其子女们的一些故事：

清朝光绪二十六年，德国鬼子包围了高密东北乡的沙窝村，鲁璇儿父母双亡，被其大姑姑夫妇收养。鲁璇儿从五岁时开始裹脚，到民国时小脚裹成，但正好赶上了放足令的颁布，因此，小脚不再吃香，她只好嫁入上官铁匠家，成为上官鲁氏。上官鲁氏的丈夫上官寿喜没有生育能力，其婆婆上官吕氏又希望她能生能养，并给她施压，于是，她便先后或被动或主动地与多个男人发生关系，生了来弟、招弟、领弟、想弟、盼弟、念弟、求弟、玉女等八个女儿和儿子金童，最终，活到九十五岁而逝。上官来弟的生父是上官鲁氏的大姑父于大巴掌；长大后，她与黑驴鸟枪队队长沙月亮相爱，上官鲁氏反对她与沙月亮相爱，同时，因邻居孙大姑对自己有接生之恩，便强行把她许配孙大姑的孙子孙不言；她在与沙月亮私奔后与之生女沙枣花，在沙月亮死后，她先后爱上了美机驾驶员巴比特（巴比特在所驾驶的飞机被日机击中后被司马库任司令的抗日别动大队所收容）及司马库；1949年后，她由政府做主嫁给孙不言，后来，她爱上了从日本归来的懂鸟语、善捕鸟、通武术、善使用弹弓的鸟儿韩；最后，她失手打死孙不言，便在生下与鸟儿韩的儿子鹦鹉韩后被处决。上官招弟的生父也为于大巴掌；她长大后嫁给抗日别动大队司令司马库，生双胞胎女司马凤、司马凰；在与独立纵队十七团的割据战中，她中弹身亡。不久，在一位倡导极左"土改"政策的大人物示意下，县长鲁立人下令将司马凤、司马凰处死，但没来得及行刑，司马凤、司马凰就被一个骑着白马的人和一个骑着黑马的人射杀。上官领弟的生父是一个赊小鸭的（实为土匪密探）；她长大后爱上鸟儿韩；在鸟儿韩被日寇抓了劳工后，她精神错乱，设立鸟仙神坛禳解；在被爆炸大队战士孙不言强奸后，她嫁给他，并与他生子大哑、二哑；最后，她因练习飞翔而摔死在悬岸下；她与孙不言所生的大哑、二哑都死于国军飞机所投掷的炸弹。上官想弟的生父为一个走街串巷的江湖郎中；长大后，她在全家生活最困难的时候自卖自身进妓院以救家人，后流落它乡、音信全无；"文革"中，她被遣返还乡，多年积攒的财物被人民公社干部洗劫，并遭受残酷批斗，后因旧病复发而死。上官盼弟的生父为屠狗人高大膘子；长大后，她自愿参加爆炸大队，后嫁给爆炸大队政委鲁立人，生女鲁胜利；1949年后，她先后任卫生队队长、区长、农场畜牧队队长，并改名马瑞莲；在"文革"中自杀身亡。上官念弟的生父为天齐庙智通和尚；长大后，她爱上巴比特并与之结婚，在婚后的第二天，她与巴比特一起成为鲁立人所率领的独立纵队十七团的俘虏；在被押送的途中逃脱后，她被一寡妇诱至山洞，寡妇引爆随身所带的手榴弹与她及巴比特同归于尽。上官求弟的生父为败兵；她在年幼的时候被卖给白俄罗斯托夫伯爵夫人做养女，后改名乔其莎；1949年后，她毕业于省医学院；在被打成右派后，她到农场劳动改造，并在劳改期间因饥饿而暴食生豆饼，结果，被胀死。上官玉女的生父为瑞典籍传教士马洛亚；她生而失明；1949年后，在生活困难时期，她因不忍心拖累母亲，投河自尽。上官金童的生父亦为马洛亚，与上官玉女为双胞胎；他一生嗜乳，以至精神错乱，中学毕业后，去农场劳动，后因犯"奸尸罪"而被判刑15年；改革开放后，他刑满还乡，随后，在鹦鹉韩夫妇开办的

"东方鸟类中心"任公关部经理,再后任司马库之子司马粮投资的"独角兽乳罩大世界"董事长,因被炒鱿鱼、被骗而失败,终至穷愁潦倒,一事无成。

《红树林》主要叙写了围绕着林岚所发生的一些故事:

林岚的父亲林万森与马叔的父亲马刚是战争年代的生死之交。马叔和林岚小时同在幼儿园小班;那时候,马叔经常被女孩子欺负,但又总能得到林岚卫护。后来,林万森被调到三江工作,其全家随之搬到三江。"文革"开始后,林万森被调回到南江县任县长,林岚随之转学到南江一中;稍后,林万森夫妇被定为"走资派",林万森像一条狗一样地被人牵着游街示众;其妻子则被红卫兵关进医院的太平间,并在那里上吊自杀。林岚那班同学几乎都被赶到红树林珍珠养殖场工作。在红树林珍珠养殖场工作的第三年,林岚因林万森任重新组建的中共南江县县委书记而回到县城。林万森是凭借地委秦书记东山再起的,作为回报,他答应了秦书记要林岚与其傻儿子秦小强结婚的要求。婚后,林岚在秦书记的帮扶下从地区广播局播音员做到地委常委,并与秦书记生下儿子林大虎。在秦书记因放纵地与林岚性交而猝死在浴缸里后,林岚独自养育林大虎。后来,林大虎犯强奸罪、林岚犯受贿罪,并且两人均被绳之以法。

《檀香刑》主要叙写了有关孙眉娘、孙丙、钱丁、赵甲等人的一些故事:

赵甲是京城刑部大堂里的首席刽子手、大清朝的第一快刀和砍人头的高手;在用五百刀的凌迟刑罚处死袁世凯的骑兵卫队队长钱雄飞后,带着慈禧太后和光绪皇帝"联袂""颁发"的嘉奖回老家高密县东北乡养老。赵甲的儿子赵小甲是一个傻子,但娶了乡里的美人孙眉娘。孙眉娘从小失去母亲,无拘无束,长大之后风流成性,以贩卖熟狗肉为生。高密知县钱丁与钱雄飞是同胞兄弟。钱丁有一副美须。孙眉娘的父亲孙丙是高密东北乡猫腔戏班班主,也有一副美须,并恃"须"傲"物",以至于在醉酒时贬损钱丁的美须,结果,被关进监狱;随后,钱丁、孙丙比须，孙眉娘做裁判，并判钱丁获胜；在比须的过程中，钱丁、孙眉娘彼此都给对方留下了美好的印象。孙眉娘暗恋钱丁，甚至为此而潜入县衙内去"追恋"钱丁；钱夫人识破此事后将她"羞"走，并派人扮作钱丁的模样将孙丙的胡须强行薅掉。孙眉娘拟以送狗肉为名潜入县衙毁掉钱丁的胡须以替父报仇，可在与钱丁相见后，两人彼此都爱上了对方。失去胡须的孙丙无心继续唱戏，便解散戏班，娶戏班里的女旦小桃红，用钱丁资助的银子开茶馆谋生。小桃红生龙凤胎宝儿、云儿。德寇修建胶济铁路，东北乡的许多良田及乡民的祖坟被毁或面临着被毁。小桃红遭两个德国铁路技师侮辱，孙丙持棍击毙其中之一，另一个则受伤惊慌逃遁。德寇凌辱小桃红，并虐杀小桃红及其儿女宝儿、云儿。孙丙远走他乡去参加义和团，不久返乡发展义和团组织以抗击德寇。在一次战斗中，孙丙率部全歼了德寇海军陆战队的一个小队，并生俘了三名德寇。德寇和清兵包围了孙丙所在的马桑镇。孙丙因顾及众乡亲的利益，便在钱丁的劝导下受俘；马桑镇随即被德寇用火炮炸为平地。袁世凯要赵甲用一种能起威慑作用的酷刑处死孙丙。赵甲提出给孙丙施檀香刑。袁世凯、克罗德都希望孙丙能在檀香刑中活到铁路通车典礼举行之日。八国联军攻陷北京，钱夫人在知悉此事后服毒自尽。钱丁决定杀死孙丙以打破袁世凯和克罗德让孙丙在檀香刑中活到铁路通车典礼举行之日的如意算盘，结果，误杀了赵小甲。赵甲欲掐死钱丁以替赵小甲报仇。孙眉娘出其不意地杀死了赵甲。钱丁将匕首插进了孙丙的胸膛。

《四十一炮》主要叙写了有关罗小通及其父辈们的一些故事：

罗小通出生在屠宰专业村，对肉有一种特殊的感知能力——他能听见肉的呼唤与叫嚷；他对肉也有一种特殊的欲望——超出一切，甚至谁只要给他肉吃，他就叫谁爹。罗小通在父亲罗通与村里臭名昭著的女人野骡子私奔后与母亲杨玉珍相依为命。杨玉珍与村长老兰成了朋友。杨玉珍以勤俭持家为由，不给罗小通肉吃；为此，罗小通讨厌杨玉珍。杨玉珍以收购废品为业，并得到了罗小通的协助和老兰的帮助。在收废品的过程中，杨玉珍母子俩从一对老夫妇那里收购到了一门日本造的迫击炮。罗通在与野骡子私奔五年后独自带着他俩的女儿娇娇回来。屠宰专业村所卖的肉全都被注过水、甚至被用福尔马林液浸泡过,面临着受查处,老兰便建肉联厂以瞒天过海,任命罗通为肉联厂厂长、杨玉珍为肉联厂会计;老兰还张罗塑肉神像、建肉神庙、举办肉食节等事项为发展"肉业"造势。在罗通、杨玉珍与老兰讨论如何在肉里耍手段赚钱时,罗小通提出了"洗肉"——给活猪注水,得到老兰等人的认可。在老兰的老婆上吊自杀后,老兰的妻弟苏州声称是老兰与杨玉珍合伙害死了他姐姐,并羞骂罗通;罗通不堪受辱,用斧头砍死杨玉珍。杨玉珍被杀后,罗通被捕,罗小通和娇娇便成了孤儿。罗通在被捕前叮嘱罗小通和娇娇二人去投靠老兰,但罗小通认定老兰是他家的仇人,便没有投靠老兰,甚至拒绝接受老兰给他们的好处,即使是老兰提供的肉,他们也拒绝接受。之后,罗小通带着娇娇流落他乡。在罗小通兄妹俩返回家乡时,老兰的日子过得更好了;而罗小通兄妹俩家里的东西则被偷光了;他们没有食品,便吃别人施舍的肉;没有饮水,便喝屋檐下水桶里的脏水;娇娇最后因吃肉中毒而死。卖给罗小通家迫击炮的那对老夫妇送给罗家四十一发炮弹。罗小通认为是老兰害得他家破人亡,对老兰恨之入骨,便在想象中把那些炮弹全部射向老兰以为父母报仇,最后一发炮弹把老兰炸成了两截;不过,在现实中,老兰并没有死,后来,生意越做越大,并娶了理发师范朝霞。

《生死疲劳》主要叙写了围绕着西门闹发生的一些故事:

西门闹在土地改革时期被枪毙,但他认为自己虽富有,却并无罪恶,因此,在阴间为自己喊冤叫屈。两年之后,阎王对他法外开恩——阎王让他投胎转世,于是,他先后投胎转世为驴、牛、猪、狗、猴和大头婴儿蓝千岁;但每次转世,他实际上都未离开他前身所在的家族和土地,于是,以不同的身份见闻了自己曾经生活过的那片土地上所发生的一系列事情,如他的二姨太白迎春改嫁给他曾经的长工蓝脸,三姨太吴秋香改嫁给西门屯村民兵队队长、生产大队大队长黄瞳,且蓝脸家和黄瞳家都安在他家大院的东厢房,他的妻子白氏经历了种种磨难;蓝脸搞单干；在村长洪泰岳几次游说蓝脸入社均未成功后，蓝脸先是被一群冲进家里的人带走，后是在大饥荒中被一群饥民闯进家里抢粮食，他家的驴——由西门闹转世而来的西门驴——也被杀。又如，蓝脸执意单干，可其妻白迎春却领着她与西门闹所生的儿子金龙、女儿宝凤加入了人民公社，一个家由此分成了两半；金龙先是恶待由西门闹转世而来的西门牛，后是为入社的问题而常与同母异父的兄弟蓝解放打斗，最后是将西门牛虐待至死。再如，在改革开放的年代，西门金龙为富不仁，洪泰岳用雷管与他同归于尽……

《蛙》主要叙写了有关"我"姑姑万心的一些故事：姑姑万心是"我"——作家蝌蚪——的大爷爷的女儿，大爷爷曾是八路军胶东军区地下医院的医生，拥有高超的医术。日本侵华时，日军杉谷司令为了招降大爷爷，将姑姑作为人质关进大牢。后来，姑姑承其父业，成为妇产科医生，同旧式接生婆"老娘婆"斗智斗勇，最终使得村里人都对她的新法接生佩服得五体投地。在20世纪50年代初，姑姑接生了1600多个孩子；在20世纪60年代初，她成为高密东北乡远近闻名的妇婴名医，受人尊重与崇敬。从1965年起，身为人民公社卫生院妇产科主任的姑姑响应党中央的号召，在全公社掀起"男扎""风暴"，但遭到村民的抵制。在20世纪70年代后期，姑姑同村民的冲突愈演愈烈，并为执行国家的计划生育政策而挨打，王胆及"我"的妻子王仁美等怀孕妇女也因她的严格执行国家计划生育政策而丧命……王仁美死后，姑姑做媒，"我"娶了姑姑的助手小狮子——"我"儿时的玩伴王肝多年来单恋的对象。陈鼻和王胆的女儿陈耳和陈眉在一场玩具厂上班时遭遇一场大火，结果，陈耳被烧成焦炭，陈眉被烧毁了面容。小狮子因年龄大而无法生育，便秘密地找了个"代孕女"——"代孕女"即陈眉。姑姑在被宣布退休的那天晚上因喝醉了酒走到一片洼地时，成千上万的蛙如孩啼般地叫着、追逐着她，撕扯她的衣服；她一边嚎叫一边奋力地逃离、奔跑，最后，她在衣不蔽体、非常恐惧、非常难堪之际遇上了泥塑大师郝大手；随后，她嫁给了郝大手。退休之后，姑姑关于胎儿、生命的观念发生了变化——她通过郝大手所捏的泥塑娃娃将她所引产掉的一个个孩子"还原"出来，并且每日参拜那些泥塑娃娃，仿佛是要用这样一种方式去释放她心中的罪恶感；陈眉在生下孩子后因孩子被人抱走而精神失常……

单篇来看，这些小说或历时性、多方面地反映了中国尤其是20世纪中国较长一个时期的社会生活，如《丰乳肥臀》反映了从1900年到1995年的社会生活；或着重反映了某一个较短时期的社会生活，如《红高粱家族》着重反映了抗日战争时期的社会生活。但是，如果将它们依所叙写的时代顺序排列起来，那么，它们大致构成了一部生动而又深刻的20世纪中国的"编年史"，颇为全面地反映了20世纪的中国社会生活：

20世纪初，德寇入侵，野蛮、凶暴，如为了修胶济铁路，大肆毁坏民众的财物，屠杀反抗的民众，甚至用火炮将马桑镇炸为平地；晚清统治者屈膝媚敌、助纣为虐，如慈禧太后、袁世凯等人不仅对德寇在自己的国土上横行霸道、无恶不作听之任之，而且协助德寇对像孙丙等反抗德寇的义士赶尽杀绝；民众，尤其是下层民众惨遭涂炭，如马桑镇的无辜贫民尽数丧命于德寇的炮火之中；下层民众或者不畏强暴、不屈不挠、奋起抗争，如孙丙等，或者勇敢地面对生活、坚韧地活着，如上官鲁氏（鲁璇儿）等……

三四十年代，日寇在中国穷凶极恶，中华儿女相互之间虽有纷争，但在面对野蛮的日寇时，同仇敌忾，如余占鳌（黑眼）、冷麻子、江小脚等人分别率领的黑帮会、国军、共军合力抗日。

四五十年代，新旧政权更替，一方面，民众，尤其下层国民获得了实实在在的好处，如昔日地主的长工蓝脸娶了其昔日东家的姨太太、占住了其房子、分得了其土地；另一方面，新政府决策的失误造成了严重的社会问题，如虽富有但无罪或罪不当杀的西门闹被杀；蓝脸因坚持单干而受尽苦难；人口剧增，仅姑姑一人就接生了1600多个孩子……

六七十年代，由于极左思潮的影响，政治混乱，社会问题更趋严重,如西门金龙等宵小之徒浑水摸鱼或暴戾恣睢;旨在控制人口剧增的计划生育政策致使为数众多的婴儿夭折,民众为了能生养孩子而与政府及其代表发生冲突或受苦受难,甚至失去生命;官场成了利益的交易场,如被打倒的林万森凭地委秦书记东山再起当上县委书记,便让女儿林岚嫁给秦书记的傻儿子秦小强;道德沦丧,如地委秦书记身为共产党的高官,本应该堂堂正正,却与儿媳林岚乱伦,甚至与之生子,最后,因纵欲死在浴缸里。

　　八九十年代,虽然政治渐趋清明、经济发展较快,但社会问题也很突出——农民仍然生活艰难,如天堂县的方家、刘家、曹家只能通过换婚的方式给儿子娶媳妇;有法不依、以权谋私,如乡党委书记王安私自挪用公车,他所私自挪用的公车的司机酒后驾车撞死人后因为有他做靠山而逍遥法外;政府不兑现向农民的承诺,政府职能部门的工作人员,如杨助理员等人,一方面给有关系的人办事,另一方面欺压没有关系的人;官员穷奢极欲、鱼肉百姓,如酒国市的官员吃婴儿;唯利是图、见利忘义之风盛行,如屠专业宰村有组织地卖注水肉,殡仪馆特级化妆师李玉婵把他人"整容"成自己的丈夫去给学生上课而让自己的丈夫去做生意挣钱,屠宰专业村给待售的食用肉注水或用福尔马林液浸泡待售的食用肉;城市飞速膨胀,蝗虫一样的人和汽车塞满了城市的每个角落;环境恶化,如蝗虫泛滥成灾,不得不借助农业飞机喷洒毒药来消灭蝗虫;道德水准下滑,如讲授马克思主义伦理学的教授,本应是道德楷模,却与女学生勾勾搭搭……

第二章　美学特征:审丑

第一节　莫言长篇小说中的审丑

莫言曾在《红高粱（"梁"应为"粱"——引者注）》中这样写道："高密东北乡无疑是地球上最美丽最丑陋、最超脱最世俗、最圣洁最龌龊、最英雄好汉最王八蛋、最能喝酒最能爱的地方。"① 也就是说，在莫言的视野里本是有美丑两极的，然而，莫言长篇小说所描写的却主要是丑——丑人、丑事、丑物、丑景，使用了不少丑语，即既不能或不足以让人产生愉悦之情、又不能或不足以激励人们向善之人、之事、之物、之景、之语，或者说，没有亮色或不够亮色之人、之事、之物、之景、之语，"记录了各种病态的人生"②：

一　丑人

《红高粱家族》中的人物主要有余占鳌、戴凤莲、刘罗汉、曹梦九、冷麻子、任副官、江小脚、花脖子、余豆官、单廷秀、单扁郎、成麻子、余大牙、王文义、刘大号、方七、痨痨四、曹二老爷、恋儿、刘

---

① 莫言:《莫言文集·红高粱家族》，云南出版集团公司、云南人民出版社 2012 年版，第 3 页。
② 孙郁:《莫言：与鲁迅相逢的歌者》，《当代作家评论》2006 年第 6 期。

氏、"我母亲"、黑眼、五乱子、耿十八刀等。这些人物从形貌的角度来看，只有戴凤莲是有点"亮色"的，但作为一个乡村烧酒作坊里的女人，其"亮色"给人的感觉是非常有限的。而从传统道德的角度来看，戴凤莲又很难说有多少"亮色"，如她与余占鳌在高粱地里野合，默认余占鳌杀死其丈夫及公公，与余占鳌一起占有夫家的财产等，可以说均让她无"亮色"可言。其他人物多形貌不佳，即使是正面主人公余占鳌，给人的感觉也是举止粗俗、面目凶悍粗野，而像单廷秀、单扁郎父子等人更是面目可憎、令人作呕。

《天堂蒜薹之歌》中的人物主要有高羊、高马、方金菊、方四叔、方四婶、方一君、方一相、杨助理员、高金角、仲为民、王安、张扣、马脸青年、青年军官、高直楞、于秋水、杏花、朱老师、宋安妮、王泰、刘胜利、刘家庆、曹金柱等。这些人物除高马、方金菊、青年军官等之外，其他人物都很"灰暗"。而高马、方金菊虽然仪表不俗，但生活困苦、饱经风霜，显然是无暇、也无力"修边幅"的，因而显然也很难说得上有多美，加上其遭遇很不幸、结局很悲惨；因此，给人的总体感觉是没有多少"亮色"的。青年军官则就故事情节而言是"局外人"，且有点"概念化"，给人没有多少实感。因此，他们实际上很难让人能获得多少审美愉悦。

《十三步》中的人物主要有方富贵、张赤球、李玉婵、屠小英、王副市长、"蜡美人"、"老猴子"、张大球、张小球（二球）、方龙、方虎、王副市长的儿子、马校长、马鸿星等，《酒国》中的人物主要有丁钩儿、金钢钻、余一尺、女司机、丘大爷、李一斗、袁双鱼、袁美丽、李一斗的岳母、莫言等，《食草家族》中的人物主要有"我"（小说中的叙事者）、教授、女学生、四老爷、四老妈、九老爷、九老妈、五老妈、小媳妇、李大元、摩登女人、老头儿、金豆、支队长、黄胡子、玫瑰、大爷爷、皮团长、梅老师、阮书记、大毛、二毛、老四、沫洛会、王先生、青狗儿、二姑、德高、德重、德建、天、地等，《四十一炮》中的人物主要有老兰（兰继祖）、兰大和尚、罗通、杨玉珍、罗小通、"野骡子"、娇娇、范朝霞、姚七、黄彪、万小江、刘胜利、冯铁汉、黄豹等，《生死疲劳》中的人物主要有西门闹、白杏儿、白迎春、吴秋香、蓝脸、黄瞳、西门金龙、西门宝凤、蓝解放、黄互助、黄合作、庞虎、王乐云、庞抗美、庞春苗、常天红、马良才、蓝开放、庞凤凰、西门欢、马改革、洪泰岳、陈光第、韩石匠、韩花花、沙武净、杨七、胡宾、蓝千岁等，《蛙》中的人物主要有姑姑（万心）、"我"（蝌蚪、万小跑、万足）、杉谷义人、王金山、吴秀枝、王仁美、小狮子、黄秋雅、李手、袁脸、袁腮、王脚、方莲花、王肝、王胆、肖上唇、肖下唇、陈额、艾莲、陈鼻、陈耳、陈眉、张拳、耿秀莲、郝大手、秦河、王小倜、吕牙、田桂花、大爷爷、杨林、秦山等；这些人物全都是"灰不溜秋"的，很难让人产生美感。

《丰乳肥臀》中的人物主要有上官金童、上官鲁氏、上官来弟、上官招弟、上官领弟、上官想弟、上官盼弟、上官念弟、上官求弟、上官玉女、于大巴掌、上官寿喜、上官福禄、上官吕氏、司马亭、司马库、司马粮、沙月亮、沙枣花、鸟儿韩、马洛亚、鹦鹉韩、鲁立人、鲁胜利、孙不言（孙大哑巴）、纪琼枝、龙青萍、独乳老金等。这些人物没有一个真正是可爱的和美的，即使是小说试图歌赞的上官鲁氏和纪琼枝也不乏丑陋之处；其他人物，女性多放荡，男性多乖僻；上官家的女儿们"个个春情烈火，野性娇艳，在情欲上过分张扬，怎么想就怎么说，怎么说就怎么做，激情勃起便直奔性的主体，性格上的共同特征是炽烈、轻浮、放纵、早熟、坦率，你很难分清来弟与领弟、招弟与念弟谁是谁"①，上官金童患恋乳厌食症、奸尸……，司马库放荡，孙不言哑、凶、残、变态，独乳老金"独乳"、变态、淫荡……均不能给人以些许的美感。

《红树林》中的人物主要有"我"（贯穿于整部小说的一个神秘角色）、林岚、马叔、金大川、钱良驹、李高潮、秦书记、秦小强、林万森、于秋香、林大虎、钱二虎、李三虎、卢面团、许燕、吕大同、卢南

---

① 王金城：《文本重复：莫言小说的内伤与内因》，李斌、程桂婷：《莫言批判》，北京理工大学出版社 2013 年版，第 357 页。

风、"青面兽"、陈珍珠、陈小海、陈三两、小云、马刚、牛劲、熊仁、苏婵娟、"青面兽"、张校长、瞿老师、体育孙、单立人等。这些人物全都令人感到很沮丧,即使是被竭力"美化"的陈珍珠、马叔、马刚也如此——陈珍珠好像没有过过一天开心的日子,令人颇感压抑。马叔虽然品行端正,但不能敢爱敢恨,而且看着自己所爱的人——林岚——"堕落",也不伸之以援手,只求"洁身自好",实际上是"见死不救"——这可谓是相当残忍的,因此,从根本上来说,他算不上一个好人;马刚好像是一个好人,可他不仅很早在官场上被彻底清除了,而且被折磨得死去活来,终生残废;因此,马叔、马刚都给人都"很不爽"的感觉。

《檀香刑》中的人物主要有孙眉娘、孙丙、赵甲、赵小甲、钱丁、钱雄飞、刘光第、余姥姥、慈禧太后、袁世凯、克罗德、小桃红、钱夫人、春生、刘朴等;其中,孙眉娘、小桃红被赋予美丽的形貌,孙丙、钱丁、钱雄飞、刘光第被塑造得好像很崇高、伟大,但实际上无一是真正能让人提得起精神的——孙眉娘放荡,很有一点潘金莲的味道;孙丙、钱丁在品性方面不乏瑕疵;小桃红、钱雄飞、刘光第没有真正出场,实际上并非真正是小说中的人物,因此,与小说关系不大;其他人物,则要么是形容丑陋,要么是猥琐……无美可言。

二　丑事

《红高粱家族》所写的事除余占鳌等在墨水河大石桥伏击日寇及黑帮会、国军、共军合力抗日等事之外,均为丑事。《天堂蒜薹之歌》所写的事除了高马与方金菊自由恋爱之事外,均为丑事。《十三步》、《酒国》、《食草家族》、《丰乳肥臀》、《四十一炮》、《生死疲劳》等所写的事均为丑事,特别是《食草家族》所写的乱伦、人兽交合,更是令人作呕。《红树林》所写的事除林岚对马叔带有"单边性"的爱恋之事外,均为丑事。《檀香刑》所写的事除孙丙等抗德及钱丁为了打破袁世凯、克罗德让孙丙在胶济铁路举行通车典礼之时死掉的如意算盘而刺死孙丙等事之外,均为丑事,而所写的酷刑,更是因其残酷而令人感到丑陋不堪。《蛙》所写的事除姑姑在20世纪50年代初，主动地给人接生以及在退休之后带着忏悔的心情通过郝大手的泥塑娃娃将她在计划生育年代引产掉的一个个孩子"还原"出来，每日参拜那些泥塑娃娃，仿佛是要用这样一种方式去释放她心中的罪恶感等事之外，均为丑事。

  此外，莫言长篇小说还注重描写死亡，尤其是非自然死亡——《红高粱家族》中的单家父子、与余占鳌母亲通奸的和尚被余占鳌杀死，余大牙被枪毙，任副官因擦枪走火而死，咸水口子村四分之三的男人被日寇用炸弹炸死在窨子里，五岁的香官——"我小姑姑"——被日寇用刺刀挑死，恋儿——"我二奶奶"——被日寇强奸后疯死，成麻子的妻儿被日寇虐杀而死，成麻子自缢而死，罗汉大爷受剥皮之刑而死，戴凤莲被日寇射杀，受伤后痛不欲生的方七和"痨痨四"在余占鳌的"帮助"下而死；《天堂蒜薹之歌》中的方四叔被汽车轧死，曹文投井而死，方金菊、方四婶、水煎包铺子的老板娘等均自缢而死，高马被警察射杀，马脸青年因被卡车刮破头颅而死；《十三步》中的王副市长暴病而死，猛兽馆管理员"老猴子"的儿子遭车祸而死，纺织女工遭遇火灾而死，"老猴子"、方富贵均自缢而死；《酒国》中的婴孩被烹死，女司机、余一尺等被丁钩儿枪杀，丁钩儿掉进粪坑中淹死；《食草家族》中的摩登女人遭车祸而死，小媳妇的公公被四老爷毒死，一对陷入爱情的同姓男女被烧死，锔锅匠被散兵打死，男考察队员从直升机掉到湖里而死，被阉割的孩子长大后在抗击洋鬼子的战斗中战死，大毛和二毛名义上的爹被阮书记打死，"我"和老七被阮书记处死，大爷爷、大奶奶、七爷爷、七奶奶、48个女人等均被天和地杀死，乱伦的兄妹俩被其父亲打死；《丰乳肥臀》中的鲁五乱在抗击德寇的战斗中战死，上官福禄、上官寿喜在日寇屠村时被杀，上官吕氏、孙不言均遭打而死，上官来弟被枪毙，上官招弟中流弹而死，上官领弟精神错乱后在练习飞翔时摔死，沙月亮、上官盼弟等均自杀而死，上官念弟、大哑、二哑等均被炸死，上官求弟暴食生豆饼被胀死，上官玉女投河而死，司马亭被红卫兵打死，赵六和司马库被枪毙，马洛亚、沙枣花等均跳楼而死，鸟儿韩跳车而死，鲁胜利因贪污受贿而死，司马凤、司马凰等均被人暗杀；《红树林》中的林岚的母亲自缢而死，秦小强被其父亲秦书记弄死，秦书记因纵欲而死，于秋香为窃占金牛而在水井里淹死，去偷陈家黑珍珠的歹人被毒蛇咬死，赵红、钱良驹的妻、赵红所在医院的保安先后被人毒死；《檀香刑》中小虫子遭"阎王闩"之刑而死，钱雄飞被凌迟处死，孙丙受檀香刑而死，小桃红、宝儿、云儿等被德寇用刺刀挑死，德寇海军陆战队的一个小队被孙丙率部消灭，孙丙将被俘的三名德寇处死，马桑镇的百姓被德寇用火炮炸死，衙役被孙丙击毙，朱八等人被德寇枭首示众，猫腔戏班成员被德寇射杀；《四十一炮》中的"野骡子"在生下女儿娇娇后病死，杨玉珍被丈夫罗通用斧子砍死，娇娇因吃肉中毒而死，黄飞云从戏台上摔到地面而死；《生死疲劳》中的西门闹被枪毙，西门驴（西门闹的转世）被饥民杀死，朱九戒被西门牛（西门闹的转世）独角挑杀，西门牛被蓝金龙虐待而死，白氏、吴秋香等均自缢而死，洪泰岳与西门金龙一起被雷管炸死，庞春苗遭车祸而死，蓝开放开枪自杀，庞凤凰因大出血而死；《蛙》中的王仁美、耿秀莲均因大出血而死，王胆因羊水破裂而死，陈耳在火灾中被烧死……这些死亡从美学的角度来看实为丑事。

三　丑物

莫言长篇小说大量地描写了丑物——

《红高粱家族》所描写的丑物有单扁郎的麻风病，戴凤莲呕吐的脏物，刘罗汉被割得零零碎碎的尸体，骡马尸体，劫路人的尸体，单家父子发臭的尸体，蛮横凶狠的狗，癞蛤蟆，鬼子拉在锅里的屎、撒在盆里的尿，花脖子撒的臊气扑鼻的尿，豆官椭圆形的、鹌鹑蛋大小的卵子，黑血，刘罗汉吐到孙五脸上血痰，浸泡着癞蛤蟆的脏水，游动着蝌蚪的脏水，月经，鼻涕，口水，肛门，屁眼，余占鳌"清亮的尿液"，"驴美人"……

《天堂蒜薹之歌》所描写的丑物有高羊的睾丸，高羊被尿浸湿的裤衩，高羊裤衩上的尿渍，酱色的薄鸡屎，沾满苍蝇屎的馒头，绿豆大的蚕屎，屎尿满溢的胶皮桶，胶皮桶里催人发哕的臭味，屎壳郎，马脸青年脑袋里咕嘟咕嘟冒出的黑血，腥血味道，血泊，鼻涕，口水，肛门……

《十三步》所描写的丑物有苍蝇屎、苍蝇尸体、苍蝇的血迹和肚肠干痂，死尸，死尸散发的扑鼻臭气，腐烂尸首的气味，腋毛，阴毛，呕吐物，月经，鼻涕，口水，肛门，屁眼，死人白色的脂肪，破碎的皮肤，乱糟糟的毛发，七长八短的骨头，大大小小的眼球、肾、心、肠……

《酒国》所描写的丑物有鸡巴，散发着臭气的无底泥潭，路沟里的脏物，汗臭味，坑道里的潮湿腐败的气息，口臭，痰，臭鱼的味道，化脓般的恶臭，生满霉斑的臭豆腐，腐烂猪肉里孳生的蛆虫，抢屎吃的狗，母驴的尿臊味，酸臭的汗，腥臊的尿，梅毒，淋症，艾滋病，呕吐物，遍体污秽的毛驴，驴屎，驴尿，污秽的血水，肛门，屁眼，李一斗的岳母放的"有糖炒栗子的味道"的屁①，李一斗的老婆的"像两片风干了三十年的腊肉"②的屁股，"盐碱地"，"肥田粉"……

《食草家族》所描写的丑物有大便，渠道里的臭气，（人粪散发的）腥臭，屁眼，（教授喷出的）大蒜的气味、（教授放的又长又臭的）屁，肛门，屁股（"她轻盈地扭动着在黑色纱裙里隐约可见的两瓣表情丰富的屁股"）③，（四老妈嘴里的）铜臭味道，（沼泽地里的）铁锈色的水，（水面上漂浮着的）油花子，（深埋在地表下进一步腐烂的）昆虫尸体，脓疱疮，蝗虫，黑血，鼻涕，口水，肛门，屁眼，麻奶奶极丑的脸，四老妈"温柔"且"碱性丰富"的尿，阮书记"臭烘烘的脚"，螺蛳，蚯蚓，成了精的母猪，猫头鹰……

《丰乳肥臀》所描写的丑物有乌鸦的稀屎，鸟屎，脑浆，屎尿阵，卵石般的硬屎，腥鱼水，臭鸡屎，羊屎蛋子，老鼠屎，臭狗屎，稀牛屎，驴粪，驴尿，人粪尿，尿液，屁，屁股，渗出脓血的烂屁股，脓

---

① 莫言：《莫言文集·酒国》，云南出版集团公司、云南人民出版社2012年版，第213页。
② 同上书，第120页。
③ 莫言：《莫言文集·食草家族》，云南出版集团公司、云南人民出版社2012年版，第10页。

血,腐烂,恶臭,脓疱,呕吐出的绿色汁液,蓄着脏水的大坑,肮脏的粉红色裤衩,黑血,马血,污血,脓血,鼻血,狗血,兔血,鼻涕,口水,(两只扯着一截光溜溜的东西,即肠子的)乌鸦,(龙青萍长满红锈的)铁乳房,独乳,屁眼,肛门……有人统计过,在该小说中,"尿出现了50多次,屎近60次,屁更达约180次"①。

《红树林》所描写的丑物有黑色的血,血污,鼻涕,屎汤子,眼屎,乌黑、坚硬的痰,乌鸦屎,尿,呕吐出的绿色汁液,蛔虫,男子的精液,避孕套,阴道,屁眼,肛门……

《檀香刑》所描写的丑物有脓,痰,猪血,狗屎,稀屎,蝙蝠屎,狗屎臭,白屎,屎撅子,鸟屎,尿罐,尿壶,屁眼,睾丸,鼻涕……

《四十一炮》所描写的丑物有口臭,精子,卵子,睾丸,阴茎,屁眼,肛门,臭屁,稀屎,牛屎,狗屎,鸟屎,眼屎,干屎,屎味,尿,黄鼻涕,癞皮小狗,牛血,猪血,黑血,血腥的气味,血水……

《生死疲劳》所描写的丑物有冻疮,脓,血,鼻涕,口水,精液,阴茎,肛门,屁眼,屁,屎,驴屎,马粪,粪便,蛤蟆,尿,肮脏的猪奶子,睾丸,阴道……

《蛙》所描写的丑物有阴道,老母鸡的屁股,鼻涕,狗屎,鸡屎,苍蝇屎,尿,精液,血污,鼻血,产道……

四 丑景

莫言的所有长篇小说均描写了许多丑景:

《红高粱家族》所描写的丑景有余占鳌等轿夫打死土匪,余占鳌与戴凤莲野合,余占鳌往酒篓里撒尿,刘罗汉被剥皮,戴凤莲在死孩子亓称小死孩,日寇穷凶极恶地屠杀村民等情景。

《天堂蒜薹之歌》所描写的丑景有方金菊遭父亲方四叔吊打,高马遭方一君、方一相兄弟俩毒打,方一相将父亲的一件新棉袄用菜刀照准

---

① 张光芒:《莫言的欲望叙事及其他》,《文学报》2007年10月25日。

棉袄的中缝剁成两半后与方一君各分一半,方一君、方一相将方四叔的一双破鞋各分一只,方金菊在高马被捕后带着即将临盆的孩子在高马家的门框上吊死,方四婶上吊自杀,高羊违反殡葬政策——土葬其母——后被生产大队的黄书记抓去审讯、痛打,曹家隆重地为死了的儿子曹文与死了的方金菊举办婚礼("结阴亲"),高马被警察射杀等情景。

《十三步》所描写的丑景有"蜡美人"与年仅十五岁的女儿李玉婵一起脱光衣服在院子里行走,"蜡美人"、李玉蝉、时为劳动局副局长的王副市长三个人光着身子一起在泥里打滚,李玉婵在给王副市长整容时把他身上的脂肪一条一条地撕下来,"老猴子"与李玉婵在人民公园"偷情",李玉婵在野外与时为劳动局副局长的王副市长疯狂地做爱,方富贵与李玉婵偷情,方富贵的女儿方虎与张赤球的儿子张大球在雨中跳裸体舞等情景。

《酒国》所描写的丑景有丁钩儿与女司机在卡车上相互斗嘴、勾引,丁钩儿与众官员一起吃红烧婴孩,丁钩儿在亲吻女司机时遭女司机咬舌,丁钩儿与女司机偷情时被女司机的丈夫金钢钻当场捉住,一群人在船中盛宴上吃婴儿,丁钩儿跌进一个露天大茅坑淹死等情景。

《食草家族》所描写的丑景有陷入爱情的同姓男女被活活地烧死,四老爷捉奸并刺瞎铜锅匠李大元的眼睛,讲授马克思主义伦理学的教授与女学生偷情,金豆与梅老师偷情,皮团长将生蹼的后代集中起来阉割,大毛和二毛名义上的爹让他们表演手淫,阮书记砍去自己的双腿,二姑的儿子天和地回家报仇等情景。其中,四老爷捉奸、二姑的儿子天和地回家报仇等情景尤其丑陋——四老爷拿着槐树的尖锐枝丫扎进了李大元的眼睛中,"灯光照耀,铜锅匠满脸乌血汨汨流淌,一只眼睛瘪了,白水黑水混合流出眼眶"①,于是,铜锅匠变成了一个独眼人;天和地杀死大爷爷、大奶奶、七爷爷、七奶奶,并让48个女人每个人选择一种二姑发明的刑法等情景。

---

① 莫言:《莫言文集·食草家族》,云南出版集团公司、云南人民出版社2012年版,第39页。

《丰乳肥臀》所描写的丑景有德寇屠村，上官鲁氏的大姑姑与大姑父于大巴掌"合谋"占有上官鲁氏，上官鲁氏主动地把自己献给大姑父于大巴掌，上官鲁氏与名为赊小鸭的土匪密探、江湖郎中、高大膘子、智通和尚、逃兵、瑞典传教士马洛亚等人发生奸情，司马库、鸟儿韩分别与上官来弟偷情，厨子张麻子诱奸乔其莎，上官想弟脱下了自己的旗袍以展示她用来赚钱的身体，并羞辱胡书记等干部等情景。

《红树林》所描写的丑景有林岚与金大川疯狂地做爱，林岚与公公秦书记疯狂地做爱，林岚与鸭子疯狂地做爱，林大虎等人轮奸少女，林大虎等人在风流饭店寻欢作乐，吕大同带着离婚证进城找到林大虎、希图放弃陈珍珠而要回原先拒绝过的林大虎给他的十万块钱等情景。

《檀香刑》所描写的丑景有为数众多酷刑的情景，如施行斩首、腰斩、凌迟、檀香刑等刑的情景，德寇屠村的情景等。

《四十一炮》所描写的丑景有养狗专业户黄彪往煮好的肉上撒尿，吃肉比赛，罗通用斧头砍死妻子杨玉珍，老兰与理发师范朝霞在理发椅上做爱，兰大和尚"练功"，老兰主持举办的肉食节，兰大官跳上戏台、脱光衣服与洋人较量性功能等情景。

《生死疲劳》所描写的丑景有西门闹被杀，西门闹的妻子白氏受审所经历的种种磨难，饥民闯进蓝脸家的院子哄抢蓝脸家的粮食、杀蓝脸家的瘸驴，"四清"运动中干部受折磨，蓝金龙命令孙家的孙龙、孙虎、孙豹、孙彪等四兄弟用红漆涂红蓝脸的脸，蓝金龙用烧红的铁条为西门牛扎鼻环、用鞭子抽打和用火烧西门牛，蓝解放、蓝金龙发疯，洪泰岳在蚕房对白氏动手动脚，西门猪咬掉洪泰岳的睾丸，洪泰岳在身上绑了一圈雷管与西门金龙同归于尽，庞春苗遭车祸而死，蓝开放开枪自杀，庞凤凰死后她所生的畸形婴儿躺在血泊里等情景。

《蛙》所描写的丑景有姑姑成为"牛鬼蛇神"后受到激烈的批斗，胶河北岸滞洪区内的冰面因冰层塌裂而使许多人落到冰水中，姑姑带着一个庞大的计划生育特别队逼王仁美流产，王仁美在人工流产时因大出血而死在手术台上，耿秀莲为躲避人工流产而跳河，耿秀莲因大出血而死，王胆因羊水破裂而死，姑姑在被宣布退休的那天晚上喝醉酒后遭遇蛤蟆、青蛙，陈鼻装扮成堂吉诃德在堂吉诃德小饭馆打工，陈眉因为孩子被抱走而精神失常等情景。

五 丑语

莫言长篇小说所使用的丑语主要有：

你妈的、王八蛋、杂种、猪狗、狗杂种、小杂种、狗日的、驴日的、马日的、日你娘、你妈的、去你妈的、X你妈、滚你妈的蛋、滚你妈的、妈拉个巴子、你娘个蛋、真它妈的下贱、下贱东西、蠢驴、老鸡巴头子、婊子养的、狗娘养的、放你娘的骚辣屁、老杂毛、破鞋、操你姐姐（祖宗、老祖宗、妈、妹妹、老妈、姨、二大爷……）、你妈啦个屄、睡你妈的屁、"盐碱地"、"肥田粉"、"打你一炮"、"'不系裤腰带的婊子！'"①、"大便像贴着商标的进口香蕉一样美丽"②、"麦垄间随时可见的大便如同一串串贴着商标的进口香蕉"③、"我清楚地知道我不过是一根在社会的直肠里蠕动的大便"④、"女司机的双腿之间的神圣管道"⑤、"怎么啦？都草鸡了？都像出了的鸡巴一样焉了"⑥……

第二节 莫言长篇小说中审丑的特点

总的来看，莫言长篇小说中的审丑具有如下特点：

---

① 莫言：《莫言文集·食草家族》，云南出版集团公司、云南人民出版社 2012 年版，第 223 页。
② 同上书，第 25 页。
③ 同上书，第 22 页。
④ 同上书，第 2 页。
⑤ 莫言：《莫言文集·酒国》，云南出版集团公司、云南人民出版社 2012 年版，第 171 页。
⑥ 莫言：《莫言文集·丰乳肥臀》，云南出版集团公司、云南人民出版社 2012 年版，第 633 页。

其一，莫言长篇小说所充斥的丑多是"'积极的恶'。或称之为丑恶"①，涵盖面广。

"关于丑的本质有两层涵义。一是指伦理道德评价也就是恶的内涵，即'积极的恶'。或称之为丑恶；二是指审美外观上不和谐的形式，即亚里士多德、各鲁斯、克罗齐所说的'不快感'，休漠、桑塔耶纳所说的'痛感'。"②莫言长篇小说所描写的丑都是"'积极的恶'。或称之为丑恶"——"被描写的客体"呈示出"种种丑恶的、粗俗的、令人作呕的现象"③。同时，如前所述，莫言长篇小说所描写不仅包括丑人、丑事、丑物、丑景，使用丑语，而且丑人、丑事、丑物、丑景、丑语的数量和"品种"均繁多，"有具象写实的丑，有抽象象征的丑；有恐怖的丑，有滑稽的丑；有特写的丑，有散点的丑；有以丑为美的丑，有化美为丑的丑……"④莫言"似乎要把有生以来所感受到的、经历的、听到的、看到的、想象到的全部龌龊全部抛出来，竭尽刺激感官之能事，仇恨、诋毁、诅咒，既有的一切文化形态、包括他曾经满怀激情所歌颂过的红高粱、土地、野性、性。而把当年的那股热情全部倾注给人间的种种丑恶，以玩赏丑恶为快事。"⑤而且有些丑让人不能卒想，如《食草家族》中的"大便如同一串串贴着商标的进口香蕉"，"大便挥发出来的像薄荷油一样清凉的味道"⑥，马把粪拉在锅台，马粪里有炒黄豆的香味，大毛、二毛在烧水时，二毛突然把牛粪扔到锅里……

其二，莫言长篇小说描写丑的方式多种多样⑦。

1. 正面描写丑

《红高粱家族》正面描写了刘罗汉的耳朵像被锯木头一样被锯下来，

---

① 王金城：《从审美到审丑：莫言小说的美学走向》，《北方论丛》2000年第1期。
② 同上。
③ 丁帆：《亵渎的神话：〈红蝗〉的意义》，《文学评论》1989年第2期。
④ 王金城：《从审美到审丑：莫言小说的美学走向》，《北方论丛》2000年第1期。
⑤ 王干：《反文化的失败——莫言近期小说批判》，《读书》1988年第10期。
⑥ 莫言：《莫言文集·食草家族》，云南出版集团公司、云南人民出版社2012年版，第67页。
⑦ 参见王金城《从审美到审丑：莫言小说的美学走向》，《北方论丛》2000年第1期。

男性器官被一刀旋下，而最后从其头皮开始把其身上的皮完整无缺的剥下，被剥成了一个肉核——简直惨不忍睹；日寇穷凶极恶地屠杀村民的情景也惨不忍睹——日寇威胁成麻子，让成麻子带领日寇进咸水口子村找编草鞋的人以及他们藏身的窨子，结果，十二个窨子在成麻子指引下被找到，村里四分之三的男人都在那些窨子里编草鞋，日寇向窨子扔炸弹，里面的人都被炸死，成麻子的儿子、女儿、妻子均被日寇虐杀而死……

《酒国》正面描写了丁钩儿的岳母向学员讲授如何烹制红烧婴孩、丁钩儿与众官员一起享受红烧婴孩、丁钩儿与女司机做爱、司机污秽粗鲁的言行、李一斗等人享用以公母驴的性器官为原料做成的大菜"龙凤呈祥"……

《食草家族》正面描写了四老爷拿着槐树的尖锐枝丫扎进了锔锅匠李大元的眼睛中，"灯光照耀，锔锅匠满脸乌血汩汩流淌，一只眼睛瘪了，白水黑水混合流出眼眶。"锔锅匠变成了一个独眼人；天和地挖掉大奶奶的两个眼球，割下大奶奶的眼皮，把"大爷爷的脑袋割下来，放在河水中漂洗得干干净净"[1]，逼迫路过的屠夫凌迟大奶奶，剁掉麻奶奶的双手、双脚，一枪把七爷爷打得"一股白脑子蹿了出来"[2]，让48个女人每个人选择一种二姑发明的刑法；兄妹乱伦；正面写道："肛门里积满锈垢"[3]……

《丰乳肥臀》正面描写了上官鲁氏与姑父乱伦、与多个男人交合，厨子张麻子像一个雄性野兽一样奸淫乔其莎，上官金童与独乳老金（金独乳）在床上云雨，上官金童放肆地呧摸二百多乳房及其心理感觉，上官金童对其大姐和六姐丰乳的抚摸吮呧和自由联想，上官来弟疯颠的性煎熬，上官领弟握住孙不言（哑巴）孽根时的贪婪神情……

---

[1] 莫言：《莫言文集·食草家族》，云南出版集团公司、云南人民出版社2012年版，第296—297页。

[2] 同上书，第307页。

[3] 同上书，第25页。

《檀香刑》正面描写了袁世凯为了加强刑罚的威慑效果,命令刽子手赵甲想出了延长对人犯孙丙的折磨时间、极大地加剧其肉体痛苦的檀香刑——赵甲等人将一根檀香木做的橛子从孙丙的肛门插入,贯通肠道,从肩头露出来,然后将他挂在高台上示众,几天几夜风吹日晒,身上肌肉腐烂,遍体生蛆……

……

2."以丑为美"

所谓"以丑为美"就是美化丑陋。

在《食草家族》中,"麦垄间随时可见的大便如同一串串贴着商标的进口香蕉","大便挥发出来的像薄荷油一样清凉的味道",各种脏物的混合物成了"一种独特文化的积淀"——"红色的淤泥里埋藏着高密东北乡庞大凌乱、大便无臭美丽家族的过去、现在和未来,它是一种独特文化的积淀,是红色蝗虫、网络大便、动物尸体和人类性分泌液的混合物"[①];蝗虫的尸体"像花瓣般红、散发着烤肉香气"[②];"九香妇"每天"扭着屁股"能放九阵香气,皇帝都被"熏得晕乎乎"[③]的;大毛、二毛"伸着娇嫩的红舌,呱卿呱卿地舔着"[④] 阮书记"臭烘烘的脚"[⑤],他们竟感觉"流着香油的诱惑"[⑥];天和地奉母命回家复仇时草菅人命,像玩游戏一样兴奋,那晚"月亮又大又圆,白光灼灼,照耀得村庄几乎没了黑暗,即便在房子的阴影里,也能看清手掌上的纹"[⑦];"我多么想亲吻你丰满的臀上那一抹鲜红的阳光,你的尾根翘起,散开的尾巴像一束金丝,深陷在红色淤泥里你的少女乳房般的娇嫩马蹄"[⑧]。

---

① 莫言:《莫言文集·食草家族》,云南出版集团公司、云南人民出版社2012年版,第25页。
② 同上书,第81页。
③ 同上书,第265页。
④ 同上书,第224页。
⑤ 同上书,第222页。
⑥ 同上书,第224页。
⑦ 同上书,第310页。
⑧ 同上书,第14页。

在《红高粱家族》中，余占鳌的尿液不仅很美——"那道清亮的尿液呲到满盈的酒篓里，溅出一朵朵酒花"①，而且有神奇的功效——余占鳌"撒过尿的那篓酒"有"一种更加醇朴浓郁的香气"，"散出倾城倾国之香"②；墨水河里，泡胀沤烂的"几十具骡马的尸体，它们就停泊在河边的生满杂草的浅水里，肚子着了阳光，胀到极点，便迸然炸裂，华丽的肠子，像花朵一样溢出来，一道道暗绿色的汁液，慢慢地随河水流走了。"③ 日本兵的血像"鲜艳的红樱桃"④，"仰着的骷髅里都盛满了雨水，清冽，冰冷，像窖藏经年的高粱酒浆。"⑤ 戴凤莲死后多年出土时，"容貌像鲜花一样美丽，墓穴里光彩夺目，异香扑鼻，像神话故事里的情形一模一样。"⑥ 被枪毙后的余大牙滚出眼框的一只眼球"像粒大葡萄"，"父亲闻到了荷花的幽香"⑦。

在《酒国》中，李一斗岳母放的屁"有糖炒栗子的味道"⑧……

以上这些描写均是"以丑为美"——大便形状很美（"如同一串串贴着商标的进口香蕉"），气味好闻（"像薄荷油一样清凉的味道"），各种赃物的混合物成了"一种独特文化的积淀"，蝗虫的尸体的色泽、气味都很美，屁具有香气或"有糖炒栗子的味道"，"臭烘烘的脚"有"香油"味道，本应是阴森恐怖的杀人之夜却"月亮又大又圆，白光灼灼"；尿液"清凉"、神奇；本应是令人恶心的尸体、肠子却很美丽、华丽……

3. "化美为丑"

所谓"化美为丑"就是把美的东西丑陋化。

---

① 莫言：《莫言文集·红高粱家族》，云南出版集团公司、云南人民出版社 2012 年版，第 134 页。
② 同上书，第 135 页。
③ 同上书，第 35 页。
④ 同上书，第 155 页。
⑤ 同上书，第 186 页。
⑥ 同上书，第 248 页。
⑦ 同上书，第 51 页。
⑧ 莫言：《莫言文集·酒国》，云南出版集团公司、云南人民出版社 2012 年版，第 213 页。

在《红高粱家族》中,余占鳌为了自己的"爱情"而"蔑视人间法规"①,杀掉单家父子。

在《丰乳肥臀》中,上官鲁氏为了生儿子传宗接代或者为了所谓的反抗而与不同的男人交合;上官金童恋乳成癖——不仅迷恋母亲和姐姐的乳房,而且一次性地抚摸了二百多个乳房也兴犹未尽,大病也得靠乳房才能治愈;龙青萍的乳房是长满红锈的铁乳房;老金的乳房是独乳……

《食草家族》这样写道:"像年久失修的下水管道,我像思念板石道上的马蹄声一样思念粗大滑畅的肛门,像思念无臭的大便一样思念我可爱的故乡,我于是也明白了为什么画眉老人死了也要把骨灰搬运回故乡。"②"我们的大便像贴着商标的进口香蕉一样美丽为什么不能歌颂,我们大便时往往联想到爱情的最高形式、甚至升华成一种宗教仪式为什么不能歌颂?"③"小树林的长条凳上坐满了人,晦暗的时分十分暧昧,树下响着一片接吻的声音,极像一群鸭,在污水中寻找螺蛳和蚯蚓。"④

……

以上这些(方面)的描写均是"化美为丑"——爱情、母亲、乳房、故乡(家乡)、接吻等原本应该是美的,可在《红高粱家族》、《丰乳肥臀》等中却都很丑,如爱情成了杀人的借口,母亲淫荡不堪,乳房怪诞令人生畏,故乡(家乡)就是大便,接吻成了鸭子在污水中寻找螺蛳和蚯蚓的令人感到恶心的行为……

4. "美化兽类"

所谓"美化兽类"就是抬高兽类,甚至把兽类人化。

在《食草家族》中,猫头鹰有"洞察人类灵魂的目光","眼睛圆得无法再圆,那两点金黄还在,威严而神秘。"⑤ 经过九老爷耐心的调教,

---

① 莫言:《莫言文集·红高粱家族》,云南出版集团公司、云南人民出版社2012年版,第63页。
② 莫言:《莫言文集·食草家族》,云南出版集团公司、云南人民出版社2012年版,第22页。
③ 同上书,第25页。
④ 同上书,第6页。
⑤ 同上书,第30页。

"猫头鹰突然唱起来,唱得那么怪异,那么美好"①;一头成精的即将结婚的母猪,"用两条后腿在土坯房里扭扭捏捏地行走……像个小脚女人一样。脚上穿着高跟的粉红色小皮鞋。手上戴着乌黑光滑明亮的皮手套。"②"屁股扭得那么活泛"③,在众猪的口哨声中跳起了欢快的舞蹈——一头猪竟成了娇滴滴的小姐,一个活脱脱的现代东方美人。

在《红高粱家族》中,数百条狗组成狗队伍,"在我家黑狗、绿狗、红狗的率领下,在我们村南高粱地里的屠杀场上,用坚硬的脚爪踩出一条又一条灰白的小道"④,由于争风吃醋而引起内讧,红狗"凝眸一笑"脱颖而出成为领袖,最后在与人的战斗中壮烈死去,"那身美丽富贵的红毛,像火苗子一样熊熊燃烧着"⑤……

以上这些(方面)的描写均是"美化兽类"——猫头鹰、小母猪、狗等不仅具有人的思想、行为举止,而且可亲可爱可佩。

5."丑化人类"

所谓"丑化人类",即把人"非人化"、"丑陋化"、"矮化"、"下贱化"。

在《红高粱家族》中,人兽交合、相恋——"我二奶奶"被黄鼠狼附体,当雄性黄鼠狼用刚劲的尾巴触动她的肉体时,她"一阵兴奋",有"电击般的感觉",当黄鼠狼"精疲力竭地走了"时,"我二奶奶"便昏倒在地,"遍体汗水"⑥——均是性狂欢的表现……

在《食草家族》中,人被摆到与大便同等的位置上;人驴交配或变相交配——一个奇丑的男人曾与一匹母驴交配,事后,人和驴均被打死;因通奸被休的四老妈骑在驴上与驴"性关联",羽化登仙,"狂荡迷

---

① 莫言:《莫言文集·食草家族》,云南出版集团公司、云南人民出版社2012年版,第102页。
② 同上书,第251—252页。
③ 同上书,第252页。
④ 莫言:《莫言文集·红高粱家族》,云南出版集团公司、云南人民出版社2012年版,第153页。
⑤ 同上书,第202页。
⑥ 同上书,第312页。

乱，幸福美满"①；人马交配——食草家族是人马繁衍的后代；人不仅外貌很丑，而且心灵也丑，如九老妈手像鸭蹼，疯猫式的眼睛，躺在绿草上则像一条昏睡的大泥鳅，脖子又细又长像只仙鹤，脑后小髻像一片干巴巴的牛粪，"九老妈是没有屁股的，两扇巨大髋骨在她弯腰时突出来，正直地上指。令人心悸的喊叫声从九老妈的胸膛里发出，平静的水面上皱起波纹，那是被九老妈的嘶叫声砸出来的波纹。"②两个泥塑匠人，瘦骨嶙峋，一个像褪毛的大公鸡，另一个像羽毛未丰的小公鸡；九老爷介于狼与狗之间；黄胡子头皮绿油油，眼像狗眼，两撮鼻毛像蝴蝶的触须，十指像植物的根茎；二姑的两个儿子天和地，天身材高大，头发金黄、嘴唇鲜红，大眼睛蓝汪汪的，像滴进了几滴蓝墨水，而地则个头矮小、驼背弓腰、五官不正、牙齿焦黄；"我生气蓬勃，邪性十二分地足；宛若红色沼泽里一只刚萎了尾巴的半大马蹄蟾蜍，全身流动着粉红色的毒液。"③小说甚至这样写道："人，不要妄自尊大，以万物的灵长自居，人跟狗跟猫跟粪缸里的蛆虫跟墙缝里的臭虫并没有本质的区别，人类区别于动物界的最根本的标志就是：人类虚伪！人类的语言往往与内心尖锐冲突，他明明想像玩妓女一样玩你，可他偏偏跪在你的膝盖前，眼里含着晶莹的泪花，嘴里高诵着专为你写的（其实是从书上抄的）、献给你的爱情诗：我爱你呀我爱你，我的相思围抱住了你，绕着你开花，绕着你发芽，我多么想拥抱你……他今天晚上把这首诗对着你念，明天晚上，他把同一首诗对着另一个女人念：我爱你呀我爱你……"④

在《酒国》中，李一斗与岳母乱伦，女司机与丁钩儿陌路相逢便调情、偷情，侏儒余一尺的终极人生理想是"肏遍酒国美女"⑤……

---

① 莫言：《莫言文集·食草家族》，云南出版集团公司、云南人民出版社2012年版，第59页。
② 同上书，第6页。
③ 同上书，第285页。
④ 同上书，第76页。
⑤ 莫言：《莫言文集·酒国》，云南出版集团公司、云南人民出版社2012年版，第115页。

在《丰乳肥臀》中，上官鲁氏与姑父乱伦；司马库与大姨子上官来弟乱伦，沙枣花渴望与表兄司马粮乱伦，媳妇上官鲁氏打死婆婆上官吕氏；上官鲁氏为女儿上官来弟与鸟儿韩偷情把门望风、为儿子上官金童与独乳老金拉皮条……

以上这些（方面）的描写均是"丑化人类"——人要么成了驴、马、黄鼠狼的同类，要么长得奇形怪状、奇丑无比，要么没有起码的伦理观、道德观……简直就是丑恶的化身。

其三，理性批判缺乏。

从传统美学观念来看，"由于理性的消隐，不管是赋予美的事物以丑的意象，还是赋予丑的事物以美的意象，都使莫言小说缺乏审美意义的丑，而更多的是非审美意义的丑。所谓非审美意义的丑，是指以积极的恶的形式对生活美粗暴地予以否定，表现道义上的恶和违反生活常态的畸形"①；在莫言长篇小说对丑的描写中，"你根本看不到作者理性批判的态度，看不到哪是调侃、哪是反讽，字里行间流动的却是一本正经津津乐道的欣赏、把玩和咀嚼"②，像《十三步》对丑恶的描写简直呈现出无节制的随意状态；《食草家族》"写九老妈陷进臭水沟，竟以百字篇幅细腻描绘九老妈身上沾满的污物，条分缕析、色彩逼真、可谓详尽。"③ "极美的词句与极丑的词句的排列组合……将读者导入'我'的审美判断的意向中，而且你根本看不出作者有丝毫的调侃和反讽的意思，他的叙述态度是一本正经地严肃而认真"④，"他早先创作中暴露的那些缺陷，如感觉的炫耀、泛滥乃至重复，语言的毫无节制，狭隘激愤情绪的喷吐，为审丑而审丑的癖好等等，都加倍触目惊心起来"⑤，"作者对描写对象的选择是呈颇有用心的，什么丑我就写什么，几乎是作者

---

① 王金城：《从审美到审丑：莫言小说的美学走向》，《北方论丛》2000年第1期。
② 同上。
③ 杨联芬：《莫言小说的价值与缺陷》，《北京师范大学学报》1990年第1期。
④ 丁帆：《亵渎的神话：〈红蝗〉的意义》，《文学评论》1989年第2期。
⑤ 朱向前：《新军旅作家"三剑客"——莫言、周涛、朱苏进平行比较论》，《解放军文艺》1993年第3期。

故意的夸张",小说"不是'看不懂',而是传说(似应为'传统'——引者注)的审美经验的失灵,是审美意识的惶惑。象(应为'像'——引者注)是在甜腻的苏式酒席上端来了一只刚剥皮的带血的鲜活的生老鼠一样,它无疑更引得许多吃客和看客恶心而反胃。"[①] 然而,"一切自然丑只有在一定的理念统摄下才能进入艺术世界,成为具有美感意义的审美客体"[②],因此,尽管莫言将"'大便'写得一片辉煌、灿烂、美丽,甚至含有某种思想。这种企业('业'为多余的字——引者注)图扩大艺术审美范畴和审丑功能的探索精神是可贵的,但是,由于大便、肛门、经血、乱伦等意象的密集排布使主体彻底异化为智性的盲者而宣告退位,而这种主体的缺席又进一步导致了小说文本缺乏洞悉人生观照世界的深刻性,使其带有严重的'扬丑溢恶'倾向"[③],《食草家族》中"人驴交合的情节,作者竟贯注了那样热烈饱满的情感肯定,简直令人不可思议。这固然源于对虚伪残忍成性的食草家族尊长们的强烈义愤,但其本身终究是违背自然规律,反人性反人道的,是对生命的亵渎,是人生在扭曲中的堕落,也是超出人正常的情感阈限与审美心理承受力的。"[④] 莫言"把丑的描写当作一种无可阻挡的强烈欲望,发展到了'毫无节制'的地步。他把遍布于自然界的丑作为一种神圣的炫耀,使一般阅读者感到的不是滑稽与可笑,而是恐怖与恶心","使传统的人伦道德黯然失色"[⑤],这种"以把玩的心态、欣赏的目光、赞美的姿态,甚至是歌唱的情怀去诗化丑,这不仅表明主体对丑情有独钟的特殊偏好,而且也是对纯洁艺术的作贱与对无辜读者的亵渎"[⑥],"充满着一种对旧有审美观念的亵渎意识"[⑦],"无法实现文学艺术应有的社会

---

① 丁帆:《亵渎的神话:〈红蝗〉的意义》,《文学评论》1989年第2期。
② 同上。
③ 王金城:《从审美到审丑:莫言小说的美学走向》,《北方论丛》2000年第1期。
④ 季红真:《现代人的民族民间神话莫言散论之二》,《当代作家评论》1988年第4期。
⑤ 丁帆:《亵渎的神话:〈红蝗〉的意义》,《文学评论》1989年第2期。
⑥ 王金城:《从审美到审丑:莫言小说的美学走向》,《北方论丛》2000年第1期。
⑦ 丁帆:《亵渎的神话:〈红蝗〉的意义》,《文学评论》1989年第2期。

功能。"① 甚至可以说,莫言是"在反文化的旗帜下干着文化的勾当。莫言在亵渎理性、崇高、优雅这些神圣化了的审美文化规范时,却不自觉地把龌龊、丑陋、邪恶另一类负文化神圣化了,也就是把另一类未经传统文化认可的事物'文化化'了。因此虽然偶像的面具替换了,但膜拜的仪式和情感的虔诚并没有丝毫的变异,莫言那种精神被奴役的本质依然如故,依然充当文化的奴隶。"②

其四,具有开创性——开辟了审美的新途。

从现代美学观念来看,莫言长篇小说的审丑具有开创性——开辟了审美的新途:它"将人世间最被忽略、最被遗忘、最使人难以启齿的瞬间,统统还原了","一切典雅之美和静穆之美都消失了"③,它"向传统的审美观念挑战,打破审美趋向的单一性和同一性,造成美与丑在艺术世界内的'生态平衡'……把丑的意向和形象与美的意象和形象作一个尖锐的对比,这种掺和、团结,不仅是审美领域内的撞击后果,它也带来了语言学领域内语言色彩由于强烈的高反差所形成的修辞手法的突破","是一种对现代物质文明下的变态美学观念的反讽和对原始生存状态的美学精神的眷念的'后工业社会'人的超前审美意识的裸现","读者只要阅读思维方式加以改变,转换一下视角,从丑的负面来观察丑,也许会得出另一种感觉和印象",并且只有"在阅读过程中不断的转换,才能得到最后审美价值的确证。"④ 莫言"以丑为美,使美变丑的独特趣味,在表现出一种人格样式的同时使小说处处显示出狞厉的美。这种狞厉美与读者审美习惯的距离未免过于遥远……尽管这种狞厉之美正随着作者在创作上愈益的率性由情而开始令人感到厌恶,尽管与读者拉开距离也因为缺乏节制而使彼此之间的张力有绷断的危险,但莫言的小说已经在当代文坛上显示独特的价值。那不仅仅是某些艺术手法的模仿和

---

① 王金城:《从常态到变态:莫言小说的性爱诉求》,《商丘师范学院学报》2002 年第 1 期。
② 王干:《反文化的失败——莫言近期小说批判》,《读书》1988 年第 10 期。
③ 孙郁:《莫言:与鲁迅相逢的歌者》,《当代作家评论》2006 年第 6 期。
④ 丁帆:《亵渎的神话:〈红蝗〉的意义》,《文学评论》1989 年第 2 期。

探索。更重要的是他为中国的读者提出了一种新的审美经验"①,"使人们能够正视现实中的丑恶和阴暗","表明了人类自身认识的深化","有着以回归自然来排拒都市文明的倾向"②;"莫言以极端的'审丑'客观地表现社会、表现人生,最大限度还原真实。他毫无顾忌地描写污秽、肮脏、恶心的对象,既是对传统审美观的挑战,更是通过这些具有强烈刺激性的语言来吸引读者注意,从而更加有力地对制度的残酷、人心的冷漠、人性的缺失进行辛辣的讽刺和批判。"③

---

① 颜纯钧:《幽闭而骚乱的心灵——论作为一种文学现象的莫言小说》,《当代作家评论》1988年第3期。
② 张学军:《莫言小说与西方现代主义文学》,《齐鲁学刊》1992年第4期。
③ 王霁雪:《大学生如何评价莫言获诺奖——莫言获诺奖对大学生的影响研究之一》,《名作欣赏》2014年第33期。

第三章 主题:着力于揭露和批判

第一节 莫言长篇小说中的揭露和批判

莫言曾明确地表示:"我有一种偏见,我认为文学作品永远不是唱赞歌的工具。文学艺术就是应该暴露黑暗,揭示社会的不公正,也包括揭示人类心灵深处的阴暗面,揭示恶的成分。"① 莫言长篇小说"很好"地"践行"了他的这一"偏见"——它们虽然也有歌颂,如《红高粱家族》歌颂了"原始生命力"②,歌颂了坚贞不屈的民族精神……但更为突出的则是"暴露"、"揭示",或者说是"揭露"、"批判":

一 揭露和批判了封建主义

《檀香刑》揭露和批判了封建专制——油坊里的小奎因为向赵小甲公开了孙眉娘和钱丁的奸情,并对着钱丁的轿子吐了一口唾沫,便被衙役锁去关押了半个月,还被打残了一条腿,最后,他家卖掉了二亩地才把他给赎回来;孙丙因为一句气话而冒犯了钱丁,结果被强行带走,并在三天里遭到六次毒打……

---

① 莫言:《自述文学路》,天津网—天津日报,2012.10.17 http://news.163.com/12/1017/09/8E0P6TIN00014AED.html。
② 张闳:《莫言小说的基本主题与文体特征》,《当代作家评论》1999年第5期。

《红高粱家族》、《天堂蒜薹之歌》等揭露和批判了封建家长制——在《红高粱家族》中，戴凤莲的父亲把如花似玉的戴凤莲嫁给单家麻风病患者单扁郎，固然是因为贪图单家的一头骡子，但也是因"父为子纲"、"在家从父"的思想作祟。在《天堂蒜薹之歌》中，方四叔和方四婶作为方家家长，不仅包办儿女的婚姻，而且还用女儿为儿子换亲；女儿不从，方四叔居然骂自己女儿是"杂种"，还说要打死她，并伙同妻子、儿子对女儿采取暴力、监视等野蛮而又非法的手段，甚至放言："我养的闺女，要她死她就死，谁能管得了"①；在得知女儿怀孕后，方四叔冲她说："我成全你们！告诉高马，让他拿一万块钱来！一手交钱，一手交货！"② 把女儿当作可供交易的商品，毫无父女亲情可言……

《红高粱家族》、《天堂蒜薹之歌》等揭露和批判了封建迷信——在《红高粱家族》中，为了在"押花会"上中奖，戴凤莲带着余豆官到死孩子夼以称小死孩的方式来决定押哪种花；铁板会在给戴凤莲出大殡遭突袭时祈求所谓的神明；恋儿被黄鼠狼附体后余占鳌替她求道驱邪；恋儿"奇死"；红狐狸为耿十八刀舔舐伤口……在《天堂蒜薹之歌》中，高马从警察手里逃出来后躲在槐树林里，在恍惚中看到方金菊挺着大肚子过来，说："高马哥，俺要走了，跟你来告个别……"③ 便以为这是"不祥之兆"④，于是，决定无论如何，夜里也要回家看看。方四婶在监狱里梦见方四叔浑身是血，站在她床前，要方四婶给他伸冤报仇，还告诉她窗台下有二百元钱，方四婶惊醒后，决定回家后的第一件事情就是去窗台下抠钱……

《丰乳肥臀》、《蛙》等揭露和批判了封建观念、封建制度对妇女的戕害——在《丰乳肥臀》中，"在家从父"、"父母之命，媒妁之言"等封建观念迫使上官鲁氏嫁给自己毫无了解、其貌不扬、性情乖僻、窝囊

---

① 莫言：《莫言文集·天堂蒜薹之歌》，云南出版集团公司、云南人民出版社2012年版，第160页。
② 同上书，第162页。
③ 同上书，第172页。
④ 同上。

的"小男人"上官寿喜。"出嫁从夫"、"夫为妻纲"等封建观念迫使上官鲁氏俯首帖耳地接受丈夫的蹂躏。"母凭子贵"、"父父子子"等封建观念迫使上官鲁氏任凭婆婆折磨。"不孝有三，无后为大"、"重男轻女"等封建观念迫使上官鲁氏屈从于婆婆和丈夫的压力，被动或主动地、且多次地"和自己毫不相识、更不爱的男人去睡觉"①，直至生下儿子为止，从而，成为地地道道的生儿育女、传宗接代的工具，"这是对封建主义最沉痛的控诉"②；同时，又迫使上官鲁氏不得不忍受传统的伦理道德观的折磨：她四处借种，这显然违背了伦理道德，她不能不备受折磨，但又不得不忍受；她在遭四个败兵轮奸后，"面对着清凉的河水，她心里闪过了投水自尽的念头"③。封建观念也戕害了上官吕氏的灵魂：她虽然颇为泼辣，甚至打丈夫、打儿子、打儿媳，简直称得上是一个泼妇或悍妇，但是也深受封建观念的戕害——她非常重男轻女，甚至把无男孩子等同于无后；盼上官鲁氏生男孩子盼得丧心病狂——上官鲁氏刚刚生下上官想弟，"双腿间还淋漓着鲜血，就听见婆婆用火钳敲响了窗户"，赤裸裸地对她说："你要能生出个带把儿的，我双手捧着金盆为你洗脚。"④ 在封建制度下，女人的生命比一头驴的生命还贱——上官家的驴生产，一家人忙的团团转，还请兽医接生；上官鲁氏生产，上官家先是不请人接生，让她"轻车熟路，自己慢慢生"⑤；在上官鲁氏难产迟迟生不下孩子时，上官吕氏让刚刚给难产的驴接生过的兽医顺便给她接生，直到上官鲁氏奄奄一息时才请接生婆接生……女人总是"被动挨打"：上官鲁氏两次被轮奸，上官来弟遭孙不言虐待，乔其莎、霍丽娜实质性地被张麻子强奸……女人只不过是维系男权制度的一种工具而已：从表面上来看，上官鲁氏很无私地奉献，也很了不起，但实际上，

---

① 莫言：《与王尧长谈》，《莫言文集·碎语文学》，云南出版集团公司、云南人民出版社2012年版，第169页。
② 同上。
③ 莫言：《莫言文集·丰乳肥臀》，云南出版集团公司、云南人民出版社2012年版，第602页。
④ 同上书，第593页。
⑤ 同上书，第5页。

她只是在用她的无私奉献来帮助男权制度的延续,她自己也成为男权体制下"为母之道"的牺牲品。女人的命运总是随着男人命运的改变而改变:上官家的大女儿、二女儿、五女儿,当丈夫得势时,她们扬眉吐气,当丈夫失势时,她们则垂头丧气,有的甚至还丢掉性命;三女儿有男人便有魂,没男人便没有魂;七女儿为了免受饥饿之苦而甘愿受男人的蹂躏……同时,小说将上官金童描写成"一个永远长不大的儿子"①、写"上官吕氏经常叹息:种子不好,地再肥也没用"②。在《蛙》中,人们都重男轻女——大多数人超生的原因是为了生一个男孩,如分别有了一个女儿的王仁美和陈鼻、有了三个女儿的张拳均如此;为了生一个男孩,她们甚至违反国家计划生育政策,冒着生命危险超生,有的最终还丢掉了性命,甚至丢掉了母子两条性命。

此外,在《丰乳肥臀》中,上官鲁氏只有向马洛亚牧师借种才能生男孩子,也隐喻着对封建文化及封建主义的批判,"封建主义那套东西,在今日的中国社会中,其实还在发挥重大的影响。许多人对封建主义的迷恋,不亚于上官金童对母乳的迷恋"③。

二 揭露和批判了民族或国民劣根性

在《天堂蒜薹之歌》中,除退伍复员军人高马称得上有觉悟外,其他人都好像没有开化似的——愚昧无知,如方四叔作为方家家长,包办儿女的婚姻,用女儿为儿子换亲——把女儿当作可供交易的商品,女儿拒不相从便被他毒打;高马试图用现代法制观念来启蒙、感化他,他不但不接受,反而还肆意奚落高马,服膺礼治的民间契约而蔑视法律条文;在蒜薹遭拒收时他不是据理力争,勇敢地维护自己的权利,而是退让躲避。方四婶随同愤怒的群众冲击县政府时,砸打公物,做了违法乱

---

① 莫言:《莫言文集·丰乳肥臀》,云南出版集团公司、云南人民出版社2012年版,第478页。
② 同上书,第583页。
③ 莫言:《我的〈丰乳肥臀〉》,《莫言文集·用耳朵阅读》,云南出版集团公司、云南人民出版社2012年版,第36页。

纪之事，居然浑然不知，被抓进监牢后只是认命般地自怨自艾。方一君、方一相虽是有别于其父母的新一代农民，但也像其父母一样愚昧，居然认可换亲这种婚姻方式。方金菊实际上像她的父母、哥哥一样愚昧——她虽然追求幸福，勇敢地与高马自由恋爱，并与高马私奔，但最后却带着腹中的孩子自杀了，而殊不知，自杀不仅于事无补，而且对家人、爱人也是一种伤害，对胎儿而言，更是一种犯罪。高羊自小就胆小怕事、怯懦窝囊，对权势和强力总是盲信、盲从，即使被村治保主任逼得喝尿也不敢反抗，甚至糟践自己；在去卖蒜薹的路上被工商等部门巧立名目拿走一捆又一捆蒜薹，心疼得掉泪，也只是忍气吞声。高直楞虽然敢于忤逆村主任，看起来好像有觉悟，具有反抗性，但实际上是仗着自己有一个做组织部副部长的舅舅。马脸青年"一根筋"地与警察对着干，饱受折磨。张扣虽然看起来有觉悟，具有反抗性，但实际上是因为自己是盲人，便"死猪不怕开水烫"，赤膊上阵，口无遮拦，而丝毫没有意识到要保护自己，更不懂得要打"堑壕战"。不少民众认可"换亲"、"冥婚"等陋习，并堂而皇之地参与其中。

在《丰乳肥臀》中，上官金童的恋乳成癖，"反映着深藏在其内心深处的，具有普遍代表性的中国男性的理想与梦想：他们不仅仅渴望母亲的爱，而且希望被包括母亲在内的所有女人溺爱，希望获得最多数的女人最真诚的奉献之心，他们甘愿、渴望成为上官金童这样永远停留在孩童心理的窝囊废。如果能够达成这样的理想，他们就会感到无比幸福，比仅仅拥有母亲的爱，比仅仅占有女人的性更幸福。"[①]"国民内在的灵魂、特别是男人内在的灵魂里，往往都有一个上官金童，一个永远长不大的婴儿，在渴望着母亲的拥抱和安抚，在向往着不负责任的'自由'和解脱"[②]。"上官金童的恋乳症实际上是一种象征，每个人的灵魂

[①] 张光芒：《莫言的欲望叙事及其他》，《文学报》2007年10月25日。
[②] 邓晓芒：《灵魂之旅》，湖北人民出版社1996年版；转引自莫言《丰乳肥臀·"高密东北乡"的"圣经"（代后记）》，《丰乳肥臀》，云南出版集团公司、云南人民出版社2012年版，第650页。

深处都有污点,每个人都有一些终生难以释怀的东西……总有一些东西的价值被你放大了……放大了某事物的价值,然后产生一种病态的冲动去疯狂地追求,其实完全不需要这样。"①

在《红树林》中,对极左路线,除马刚一人外,所有的人(特别是官员)都是"人云亦云","随波逐流",任其横行;省委委员郑玉兰打着江青的旗号送给林岚等下级布拉吉,包括林岚及其父亲林万森等在内的人均信以为真,林岚等人甚至还引以为荣;老百姓对国家大事、国家关系等一无所知,却时而喜爱苏联,喜欢看苏联的文学作品,如《钢铁是怎样炼成的》,时而又高呼"打倒苏修,打倒苏修"②……

在《檀香刑》中,赵小甲愚昧、迷信、弱智、浑浑噩噩;其他底层民众都很崇拜权贵,如整天病恹恹的咸丰爷被认定为真龙天子,曾国藩被传为巨蟒转世,其身上的癣疾都被看成是龙蛇的蜕皮,在老百姓的心目之中,咸丰帝手里的一杆七星鸟枪是神枪——可以"上打天上的凤凰,下打地上的麒麟"③;对流落民间的慈禧太后的檀香佛珠、光绪帝的檀香木椅,臣子们也要三叩九拜;人们相信赵甲居住的房间可以当冰箱用,他摸摸路边的树,树会被吓得瑟瑟发抖,恶狗见到他也会噤声;民众中普遍存在着看热闹的心理——"面对着被刀脔割的美人身体,前来观刑的无论是正人君子还是节妇淑女,都被邪恶的趣味激动着。"④底层民众热衷于观看行刑,二十多个看客甚至会为了观看凌迟美丽的妓女而不惜被挤死、踩死,对赵甲凌迟反清义士钱壮飞、用檀香刑折磨抗德英雄孙丙那种残忍之举,他们也是津津乐看,"刽子手和罪犯是合演的关系,他们俩是在表演,而观众是看客"⑤,"刽子手、死刑犯和看

---

① 莫言:《与王尧长谈》,《莫言文集·碎语文学》,云南出版集团公司、云南人民出版社2012年版,第179页。
② 莫言:《莫言文集·红树林》,云南出版集团公司、云南人民出版社2012年版,第295页。
③ 莫言:《莫言文集·檀香刑》,云南出版集团公司、云南人民出版社2012年版,第39页。
④ 同上书,第215页。
⑤ 莫言:《我为什么写作》,《莫言文集·用耳朵阅读》,云南出版集团公司、云南人民出版社2012年版,第329页。

客，是三位一体的关系。"① ……

三 揭示和批判了人性的恶

在《红高粱家族》中，余占鳌为了满足占有戴凤莲这一私欲，竟然杀死了单家父子；戴凤莲既希图拥有夫家的财产，又厌恶身患麻风病的丈夫，便不顾伦理道德，默认了余占鳌杀死其丈夫与公公……

在《天堂蒜薹之歌》中，方家兄弟俩都极为冷漠、自私、贪婪、邪恶——方一君为了自己娶老婆，丝毫不顾及妹妹的幸福，伙同父母一起把妹妹推向火坑，并且做出监视妹妹这样的触犯法律之事，与弟弟方一相一起肆意干涉妹妹与高马的自由恋爱，在找到与妹妹私奔的高马时，几乎将高马打死，并抢劫其财物；方一君、方一相对父亲的死并没有多么伤心，也不太在意其父亲的丧事，而急于把死牛剥皮剔肉卖钱，接着又急于分家；在分家时，方一相将父亲的一件新棉袄用菜刀照准棉袄的中缝，一刀接一刀地剁起来，直至剁成两半，然后，与方一君各分一半；方金菊死后，方一君去吊唁，在听到要他帮忙料理后事时，他竟说："嫁出的女，泼出的水，她早就不是方家的人了，厚葬薄葬，不关俺的事。"② 之后，扬长而去；为了牟利，方一君、方一相兄弟俩竟然将妹妹的尸骸卖给曹家，与曹家因跳井而死的曹文结阴亲；方一君为了讨好干部杨助理员、岳父曹金柱等人，把"敌敌畏"加入用水稀释了的酒，冒充茅台酒。

在《酒国》中，人都很贪婪——官员们"吃腻了牛、羊、猪、狗、骡子、兔子、鸡、鸭、鸽子、驴、骆驼、马驹、刺猬、麻雀、燕子、雁、鹅、猫、老鼠、黄鼬、猞猁，所以他们要吃小孩"③。酿造大学堂而皇之地设立特食研究中心，向学生教授做红烧婴儿这道名菜的具体方

---

① 莫言：《中国小说传统——从我的三部长篇小说谈起》，《莫言文集·用耳朵阅读》，云南出版集团公司、云南人民出版社2012年版，第171页。

② 莫言：《莫言文集·天堂蒜薹之歌》，云南出版集团公司、云南人民出版社2012年版，第211页。

③ 莫言：《莫言文集·酒国》，云南出版集团公司、云南人民出版社2012年版，第85页。

法，包括如何杀婴、放血等；"只要有可能，人们就发疯般地追求生理的享受，不加节制，吃喝玩乐无不走到极致，不仅有连喝三十杯的无人能敌的豪饮，有用驴肉做成二十几道菜的全驴宴和用公驴母驴的生殖器加工成的'龙凤呈祥'名菜"①；人和人之间的关系变成了纯粹的金钱交易关系；父母为了赚钱，竟然把生儿育女仅仅当成挣钱的一个途径，母亲们想方设法地生餐桌上的"那道菜"，还生怕自己提供的"菜料"过不了质量关；美女们为了得到余一尺——尺酒店的经理、侏儒——手中的金钱，自愿和余一尺交媾，金钢钻的妻子女司机一方面为了满足性欲而勾引丁钩儿，另一方面又为了金钱而甘愿做根本不能满足其性欲的余一尺的第九号情妇；丁钩儿与女司机萍水相逢，便打情骂俏，第二次见面便交媾；老官僚为了以形补形，专门找胎盘吃，女司机堕胎五次都是为了给腐败官僚提供胎盘……在谈及国外评论者把中国妖魔化，宣传《酒国》是一部描写吃人的小说时，莫言曾明言："我的本意并不是去说中国有食人现象，而是一种象征，用这个极端的意象，来揭露人性中的丑恶和社会的残酷。"②

在《食草家族》中，人很虚伪——教授一面在教室里讲授马克思主义伦理学，大谈特谈自己的爱情观是忠诚，宣称他挚爱与他患难相共的妻子，把漂亮的女人看得跟行尸走肉差不多，一面在树丛里的椅子上把女学生弄得"发出绝望的哭叫声"③；真可谓一面是衣冠楚楚、斯斯文文，一面是男盗女娼，龌龊卑鄙，虚伪至极。四老爷背着四老妈与小媳妇交好，却不能容忍四老妈红杏出墙，并借四老妈红杏出墙之事把她休掉；被汽车撞死的女人和有妇之夫发生关系，但在事发之后，那有妇之夫却拒绝承认。贪财好色——四老爷在集资修筑蜡神庙的过程中，贪污了一笔银钱；虽然熟知《本草纲目》，但还是用铁药碾子轧碎蝗虫团成梧

---

① 毕光明：《"酒国"故事及文本世界的互涉——莫言〈酒国〉重读》，《文艺争鸣》2013年第6期。
② 姜异新整理：《莫言孙郁对话录》，《鲁迅研究月刊》2012年第10期。
③ 莫言：《莫言文集·食草家族》，云南出版集团公司、云南人民出版社2012年版，第9页。

桐子大的"百灵丸"出售，骗了成千上万的金钱；与小媳妇通奸，为了霸占小媳妇而药杀其公公；与九老爷为争夺女人而反目成仇，以至于"一到院子里，老兄弟俩就打到一堆去啦，拳打，脚踢，牙啃，手枪把子敲。九老爷子手脖子上被四老爷子啃掉一块肉，四老爷子的脑袋瓜子被九老爷子用枪把子敲出了一个大窟窿，哗哗地淌血。"①人们尽管明知近亲结婚会生出生蹼的后代，但还是不能克制原欲，如金豆在面对生蹼的梅老师的诱惑时，把持不住自己；玫瑰虽然生了蹼，但男人还是愿意与她结合。残忍至极——四老爷捉奸时拿着槐树的尖锐枝丫扎进了李大元的眼睛中；天和地兄弟俩为了给母亲复仇而杀了大爷爷，并把他的头割下来放在桥头示众，又百般折磨大奶奶，令人挖出她的双眼，然后把她绑在桥头，逼迫每个过路的人从她身上割下四两肉，路人如果不从，就被开枪射杀。

在《红树林》中，人残忍至极——"市政府那位造了反的司机为了打掉马刚的嚣张气焰，将一颗爆竹插在了他的耳朵里点燃"②；都很贪婪——地委书记秦书记、副市长林岚、县委书记林万森、组织部副部长于秋香、公安局侦查科长金大川、渔民吕大同等人或者贪财或者贪色或者两者兼而有之……

在《檀香刑》中，刽子手赵甲把杀人当作职业，也把杀人当作是在创作艺术品似的——对每一道"工序"都一丝不苟；观刑者，不论是正人君子还是节妇淑女，在观刑时，都毫无怜悯之心，都是把行刑当作一种艺术来欣赏的，善和恶的界限在他们那里变得模糊了，甚至被他们所忽视、混淆了。

在《四十一炮》中，人贪婪，丧失了道德底线，以至于为了获取暴利而给猪肉注水，用福尔马林液浸泡肉，卖死猪肉……

……

---

① 莫言：《莫言文集·食草家族》，云南出版集团公司、云南人民出版社2012年版，第96页。

② 莫言：《莫言文集·红树林》，云南出版集团公司、云南人民出版社2012年版，第199页。

四 揭露和批判了现实社会的腐败

在《天堂蒜薹之歌》中，政府要求农民种植蒜薹，可最终却不收购农民的蒜薹；农民卖不掉蒜薹，深陷困境，政府不但不伸之以援手，反而勒索般地对待农民。乡党委书记王安挪用公车，把方四叔轧死后，居然表现得若无其事——他对司机说："小张，你别怕，是咱乡里的农民，事情好办极了，给他们家点钱就是啦！"[1] 高羊只是实话实说了方四叔被撞死之事，村主任高金角便呵斥和威胁他。高羊因土葬其母而被生产大队的黄书记抓去审讯、痛打——先是民兵一枪托子打在他的后脑上，将他打昏在地；接着，民兵又揪住他的头发，让治保主任用木板左右开弓地抽打他的腮帮子。"第二天上午，他被几个民兵捆在一条长板凳上，脖颈上挂着四块砖头，连接四块砖头的是一根细麻绳，他感到那麻绳像锋利的刀刃一样割着脖子，随时都会把头割下来。下午，治保主任用钢丝拧住他的两个大拇指，把他吊在钢铁的房梁上，他也没觉到有多么痛，只是在身体脱离地面的一瞬间，汗水咕嘟一声就涌了出来。"[2] 后来，"治保主任把一根生满硬刺的树棍子戳进他的肛门里约有两拃深"[3]。杨助理员身为国家干部，不但不伸张正义，反而执法犯法，助纣为虐，不择手段地促成方、刘、曹三家换亲。高马与金菊私奔未遂被抓回后，杨助理员授意方一君、方一相殴打被捆住手脚的高马，并把他打得昏死过去。高羊、马脸青年、方四婶等参加了冲击县政府之事后，被警察捉去。为了防止他们逃跑，警察将他们的双臂铐在树上，高羊"扭动着身体，一根坚硬尖利的槐针扎进了肚皮，仿佛连肠子都扎着了，因为他感到肠子猛烈地抽动一下。为了让槐针从肚皮上拔出来，他不得不把双臂死劲往后拉——忍受着弹簧镣铐咬进手脖的痛苦"[4]；高羊被捕后，与

---

[1] 莫言：《莫言文集·天堂蒜薹之歌》，云南出版集团公司、云南人民出版社2012年版，第242页。
[2] 同上书，第186页。
[3] 同上。
[4] 同上书，第9页。

他同室的中年犯人为了给他一个下马威,逼迫他舔喝他撒在地上的尿,并逼迫一位老年犯人吞下尿液浸透的馒头。高羊病后,因没有将监狱特别给他做的病号饭分给其他人吃,中年犯人便伙同另外两人打他的心窝,打得他把吃进去的食物吐出为止。马脸青年被警察打得左眼肿得只剩一条缝。方四婶因啼哭遭到女警察踢打,屁股都被踢破了;警察老郑把"电棒对准四婶的脸,四婶怪叫一声,就地打了一个滚,双手按地,飞快地爬起来","老郑把电棒子撅了一下,电棒子头上噼噼地喷射着绿色的火花……把电棒子触到马脸青年的脖子上"①;警察们要吃饭时,把高羊等人反剪双臂铐在树上。在这样的折磨下,高羊眼前发黑,感觉胳膊好像不存在了,马脸青年痉挛性地呕吐,方四婶晕了过去。警察则对他们的痛苦毫不在意,没有表现出任何同情心,女警察还用水桶的边沿磕打不肯服输的马脸青年。高羊口渴难忍,便向警察乞水喝,警察用啤酒瓶盛自来水给他喝,"他迫不及待地咬住瓶嘴,猛力一吸,一大口水进入喉咙也进入气管。他噢噢地喘息着,连白眼珠子都翻出来了。"②由于被锁在树上不能动弹,马脸青年被乡政府用来搬家的一辆卡车刮破了头颅,死于非命。方金菊在父亲被车轧死、母亲被政府抓、丈夫被警方追捕、两个哥哥分家后各顾各的而把她视若路人的情况下,带着临产的胎儿上吊自杀。张扣因为用歌谣表达了自己及民众对政府部门的不满和讽刺,揭露和抨击了官方的恶政和恶行,结果,"一个戴眼镜的警察蹲在张扣身边,用透明的胶纸牢牢地封住了他的嘴巴……"③,最后,将他"杀人灭口"……

在《十三步》中,在社会上,拜金主义和肉欲主义盛行,世风日下、道德日趋败坏——李玉婵为了物质和精神的满足,没有道德底线,竟先与自己母亲的情人偷情,后与自己的领导偷情,再后与自己的邻居

---

① 莫言:《莫言文集·天堂蒜薹之歌》,云南出版集团公司、云南人民出版社 2012 年版,第 47—48 页。
② 同上书,第 50 页。
③ 同上书,第 299 页。

偷情，用死人的肉和猛兽馆管理员换取食用肉，"蜡美人"和李玉婵母女俩共享情人王副市长，王副市长父子俩与李玉婵通奸……社会等级森严——连死人进殡仪馆去整容也得遵守级别规定……知识分子深陷于生存困境和精神困境之中，可整个社会对此视而不见……舆论和社会积习让人苦不堪言、痛不能生——屠小英在丈夫"去世"后因为害怕旁人嚼舌根，一直不敢开始新生活，以至于投水自尽；方富贵回自己的家与老婆亲热，可因世人不知实情而被视作"扒寡妇门，挖绝户坟，奸哑女人"①之徒，最后，因不堪舆论及社会积习的压力而悬梁自尽……

《丰乳肥臀》所叙写的婆媳之争、夫妇之争、邻里之争、战争、政权及党派之争以及世风日下等，都属丑陋之事。所叙写的人多为丑陋的人：女性多放荡，男性多乖僻；上官吕氏粗俗、刁钻、凶暴；上官家的女儿们"个个春情烈火，野性娇艳，在情欲上过分张扬，怎么想就怎么说，怎么说就怎么做，激情勃起便直奔性的主体，性格上的共同特征是炽烈、轻浮、放纵、早熟、坦率，你很难分清来弟与领弟、招弟与念弟谁是谁"②，上官金童是一个精神侏儒、患恋乳厌食症者；沙月亮在本质上是一个地痞流氓；司马库放荡；"大人物"、鲁立人、孙不言等人均为残忍、滥杀无辜之徒；司马亭及其随从均为"偷鸡摸狗，打架斗殴，撬寡妇门，掘绝户坟"、干"伤天害理之事"③之徒；独乳老金"独乳"、变态、淫荡……"红卫兵"小头目郭平恩为残暴之徒——他踢坏老师的肾脏，把上官鲁氏踢倒在地后又揪着她的耳朵命令她站起来，可当她刚刚站起来，他却又把她一脚踢倒；鹦鹉韩夫妇俩都是骗取银行巨款、挥霍浪费、穷奢极欲之徒；成为南韩巨商的司马粮是恃财而为所欲为之徒——他不仅自己荒淫，而且为了让上官金童过足"奶头瘾"，在

---

① 莫言：《莫言文集·十三步》，云南出版集团公司、云南人民出版社2012年版，第282页。
② 王金城：《文本重复：莫言小说的内伤与内因》，李斌、程桂婷：《莫言批判》，北京理工大学出版社2013年版，第357页。
③ 莫言：《莫言文集·丰乳肥臀》，云南出版集团公司、云南人民出版社2012年版，第60页。

一个夜里用美金剥掉七个美貌女郎的衣服,让上官金童像职业妇产科专家诊治病人一样地随意抚摸、撩拨,可谓"阅尽人间春色";鲁胜利贪污腐化——她所贪之物仅放在抽屉里的就有"金项链一百八十五条。金手链九十八条。金耳环八十七对。金戒指镶钻的、嵌宝石的、啥也不镶不嵌的共有一百二十七个。铂金戒指十九个。金胸花十七个。纯金纪念币二十四枚。劳力士金表七只。其他各式女表一堆"①,连她自己都自叹:"腐败,太腐败了。"② 汽车站的服务员、卫生监督员等人均为粗俗、粗暴之徒——前者对旅客、后者对因被迫而没在厕所里小便的人都是一副凶神恶煞的神情……即使是小说中被歌赞的上官鲁氏和纪琼枝也不乏丑陋之处,如上官鲁氏甚至为偷情的女儿上官来弟放哨、为儿子上官金童拉皮条。纪琼枝在土改时强迫寡妇改嫁,在做教师时拳打脚踢学生以至于把学生打趴在地上;其形容也丑陋,如做市长后,她"穿着一件男式旧军装,连风纪扣的领子也扣得紧紧的……她叼着一个斯大林式的大烟斗,抽着臭烘烘的莫合烟,用一个像小桶那么大的、搪瓷脱落的、上面残留着蛟龙河农场字样的大缸子咕咕咚咚地灌着茶水,她坐在一张破藤椅上,穿着尼龙袜子的臭脚高高地搁在办公桌上"③……

"《酒国》……所触及的问题是极其尖锐的,而且是在那么一个时期……《酒国》对腐败政治的批评,不仅仅是对腐败官员的批评,而是对弥漫在我们社会当中极其腐败的东西的批评,譬如大吃大喝,穷奢极欲,道德沦丧。"④

在《红树林》中,风流饭店虽然从外表来看,富丽堂皇、正儿八经,但实际上却包藏着一些见不得人的肮脏事情,生活着一群靠出卖身体来讨好别人以赚钱的人;红荔大酒店更是藏垢纳污之所、罪恶的渊薮——妓女、鸭子"泛滥",不仅纵容"卖淫嫖娼",而且监视"卖

---

① 莫言:《莫言文集·丰乳肥臀》,云南出版集团公司、云南人民出版社2012年版,第637页。
② 同上。
③ 同上书,第499页。
④ 姜异新整理:《莫言孙郁对话录》,《鲁迅研究月刊》2012年第10期。

淫嫖娼",并以此勒索"顾客"。林岚与公公秦书记肆无忌惮地做爱,客厅的地板上、卫生间的马桶上、澡盆里……什么地方方便就在什么地方做爱,每次总是"干得筋疲力尽时结束"①。秦书记为了满足肉欲,不顾伦理,强奸儿媳妇;为了强占儿媳妇,竟然丧失人性地弄死儿子小强,并在"小强的身体被拉走火化的当天晚上","强行干了"儿媳妇,"像一个等待妻子出月子等得心如火烧的丈夫一样","一夜之中"在儿媳妇"身上射了三次"②,最后,死在纵欲的澡盆里。县委书记林万森与地委秦书记做交易——后者给前者权,前者把女儿嫁给后者的傻儿子。省委领导郑玉兰与秦书记沆瀣一气、狼狈为奸,逼林岚屈从于秦书记的淫威。市财政局局长钱良驹、市建筑公司经理李高潮均是官蠹,均纵容儿子与林岚的儿子一起胡作非为、祸害百姓,成为"害群之'虎'"。

在《檀香刑》中,在孙丙因妻子被德国人侮辱而与德国人发生争端后,德国人派兵杀了其妻儿、枪杀了二十多名村人。村民向政府求告,知县在处理此事时在骨子里实际上只是想息事宁人——仅口头答应向上司反映乡民的冤情,而不是立马采取实实在在的行动为之讨回公道;在遭到上司申斥后,他竟然转而压制乡民;知府则更是对乡民的生死毫不关心,而只是催促知县按照袁世凯的指示迅速捉拿孙丙,赔偿德寇重金——整个社会没有公理、没有正义,民众要么屈辱地生存,要么不得不铤而走险,除此之外,他们再无其他选择。

在《四十一炮》中,屠宰专业村下至小孩,如罗小通,上至村长老兰,都干卖注水肉的勾当,而且全都心安理得;作为食品安全重要保障的基层监督组织——检疫站——不作为:"检疫站的工作人员不来上班,公章和印泥盒子竟然扔在屠宰车间由屠宰人员自己加盖,于是注水的猪肉堂而皇之地成为了放心肉。"③

---

① 莫言:《莫言文集·红树林》,云南出版集团公司、云南人民出版社2012年版,第321页。
② 同上书,第320页。
③ 涂谢权:《论〈四十一炮〉中的传统文化因子——以"吃"为中心》,《中国文学研究》2014年第2期。

在《蛙》中，违反计划生育政策的现象很普遍——没钱的偷着生，当官的让二奶生，有钱的破烂王更是凭着钱公然漠视计划生育政策；对超生者，计划生育部门采取了诸多常人难以想象的措施，比如，把超生者的存款发放给村民，砍伐村口的大树以造成超生者在村民中的孤立……袁腮利用代孕牟利，像陈眉那样的女孩因家庭贫困而被迫沦为"孕奴"，以至于自己辛苦孕育、生下的孩子被人用一万块钱买走，自己则连孩子都无法见到一面，从而，忍受着母子分离的巨大痛苦。

……

五 揭露和批判了带给民众不幸的时代

《红高粱家族》中的故事主要发生在抗日战争时期。在这段时间，"我"的先辈们从来没有安居乐业过——"我奶奶"及其父辈们生活在贫困线以下，以至于"我奶奶"的父亲为了一头骡子把如花似玉的"我奶奶"嫁给一个麻风病患者，"我"的爷爷们为了生存不得不做土匪，日寇则在东北乡烧杀抢掠……

在《天堂蒜薹之歌》中，虽然是20世纪后半期了，就整个人类社会而言，生产力已经相当发达了，可天堂县仍然民不聊生——农民为了生存而种植蒜薹，可最终所种植的蒜薹卖不出去，无以为生，不得不铤而走险，冲击县政府；方一君等人只得靠换亲的方式娶老婆；方一君、方一相兄弟俩为了生存而为一件衣服、一双鞋子而寸步不让……

在《十三步》中，虽然是20世纪后半期，教师的待遇仍然相当差，以至于为了让全体教师的待遇得到改善，方富贵即使活着也得"死"；在死而复活后，为了能活着，他得被化妆、"改造"成张赤球……

《丰乳肥臀》从上官鲁氏出生的1900年写起，一直写到上官鲁氏去世的1995年——几乎涵盖了整个20世纪；同时，差不多描写了中国在20世纪发生的所有重大事件——德寇入侵、日寇入侵、中华民族的全民抗战、国共内战、新中国成立、土改、抗美援朝、镇压反革命、反右、大跃进、人民公社、"文革"、改革开放；而上官家人几乎涉身于所有这些事件之中——上官鲁氏本人身历了除抗美援朝、反右之外的所有事件，父亲参加了抗德斗争并壮烈牺牲、母亲自杀于抗德斗争之中，大女儿上官来弟及其丈夫沙月亮、二女儿上官招弟及其丈夫司马库、五女儿上官盼弟及其丈夫鲁立人、三女儿上官领弟的丈夫孙不言等人均直接参加了抗日战争，二女儿上官招弟及其丈夫司马库、五女儿上官盼弟及其丈夫鲁立人分别置身于国共内战的一方，三女婿兼大女婿孙不言参加了土改和抗美援朝，五女儿上官盼弟及其丈夫鲁立人身历了土改、大跃进、人民公社，七女儿上官求弟身历了反右、大跃进，儿子上官金童除经历了抗日战争、解放战争、大跃进、人民公社、"文革"等之外，还与外甥沙枣花、司马粮、鲁胜利、鹦鹉韩等人均置身于改革开放的浪潮之中……所有的人、事所体现的都是"恶"：

德寇、日寇都是像小孩子玩游戏一样烧杀抢掠、屠村。无论是蒋立人所率领的铁路爆炸大队，还是司马库所率领的家丁或抗日别动大队以及沙月亮所率领的土匪，都带有明显的匪性；面对强敌日寇，都是各自为政、自以为是，而没有想到要从民族大义的角度共同对敌，更没有实质性的共同对敌行为。国共内战带给人民的只是苦难——民众流离失所、朝不保夕，像大哑和二哑那样的孩童更是被炸得血肉横飞。土改、抗美援朝、镇压反革命、反右、大跃进、人民公社、"文革"、改革开放无一给民众带来过真正的幸福，如司马库的一双女儿死于土改；孙不言残废于抗美援朝；司马库、门圣武老道士在镇压反革命的运动中被镇压；鲁立人在土改、镇压反革命、大跃进、人民公社等一系列政治事件中人性异化，最后，心力交瘁而死；乔其莎等一批知识分子被划为右派，身心受到摧残；上官玉女在生活困难时期不忍因饥饿拖累母亲而投河自尽；上官盼弟在"文革"中自杀；司马亭在"文革"中被批斗而死；上官金童在"文革"中无辜地被判罪；鲁胜利、耿莲莲与鹦鹉韩在改革时代因经不起诱惑而犯罪……总之，从小说的描写来看，20世纪实际上是一部"恶"的连续剧；对于中国人而言，整个20世纪简直就是一个噩梦。

在《生死疲劳》中，中国农村社会从 1950 年到 2000 年，无论是土地改革运动，还是互助合作社、人民公社、改革开放，都没让民众真正安居乐业过，像西门闹那种人更是生死均受折腾。

在《蛙》中，因为要服从时代的需要，民众连生育权都要受到限制甚至被剥夺。

……

六　揭露和批判了战争

在《红高粱家族》中，无论是土匪之间的混战，还是黑帮会、国军、共军之间的混战以及黑帮会、国军、共军的合力抗日，都导致生灵涂炭，即使像生命力极强的戴凤莲也丧生在兵燹之灾中。而《丰乳肥臀》中的抗德战争、抗日战争、国共内战、抗美援朝，《檀香刑》中的德寇屠村、义和团抗德，都是陷民众于水火——民众命如韭菜，被随意地"割"；战争中任何一方都是非正义的——无论是像德寇之类的外来侵略者，还是余占鳌、沙月亮之类的土匪，司马库所率领的地方武装或政府武装，义和团以及鲁立人等人所率领的共产党武装等，给民众带来的都是灾难：无法安身、朝不保夕……

七　揭露和批判了世界的荒诞

在《十三步》中，方富贵累得直至死在讲台上也"无人问津"，可在累死之后却成了"抢手货"——领导视之为牟取功绩的机会，群众视之为牟取福利的机会，邻居视之为创收的机会；殡仪馆整容师本应该只为死人整容，却也为活人整了容，并且将别人的丈夫"整容"成自己的丈夫；李玉婵将方富贵"整容"为自己的丈夫张赤球的模样，原本是想使两家的生活变得更好，可结果却恰恰相反——不仅两个家庭实质上地破碎了，而且两个当事人都失去了自我，失去了在生活中本来的位置，都回不去了……

在《酒国》中，所有的人都与酒有着千丝万缕的联系，所做的每一件事几乎都与酒有所关联——无论是工作还是娱乐,无论是贫穷还是富有,都离不开酒;无论高档酒店,还是破旧的小屋、小摊,都有酒;煤矿工人、党委书记和矿长、市委宣传部副部长金钢钻、看门人、少妇、博士研究生李一斗及其教授岳父,都喝酒,且都将喝酒视为自己的一种人生追求;鱼鳞男孩虽已经十四岁了,但因喝了一种酒而变得"状如婴孩",能够"从假山上一跃而下"①,能时而化身为一尺酒店的一位深藏不露的服务员,时而化身为一尺酒店的掌柜余一尺;肉孩拥有人的一切特点,活泼、可爱、天真,知痛知痒,有语言、思维能力,却不是人,而是高蛋白、高营养价值的食物;在举箸吃婴孩时,人人都知道自己所吃的是婴孩,但都以各种理由拒绝承认;人人都知道吃婴孩一事,但都不说。

在《四十一炮》中,罗小通嗜肉成癖,早熟而又永远长不大——无论是在面对"肉"时还是面对"色"时都有着与其生理年龄不相符的成熟亦或不成熟……兰大官(兰大和尚)极其富有却对物质生活不感兴趣——宁要一碗阳春面而不要山珍海味;肉联厂为了扩大影响,在省市支持下,举办规模宏大的"肉食节",将肉食节办成了各种肉类产品的订货会、交易会,并使之成为人们大尝各种肉类美食的狂欢节;与此同时,也举办各种以肉食为主题的学术研讨会;为了鼓励吃肉、大力倡导肉文化,还举办吃肉比赛,以此吸引全省乃至全国、全球的食肉能手进行面对面的较量,从而,为肉食节营造更热烈的氛围、制造新的高潮;在省市文化主管部门的支持下,市里决定将在修缮供奉生育之神、性爱之神的五通庙的同时,也新建一座供奉肉神的"肉神庙"……

在《生死疲劳》中,西门闹"靠着聪明靠着勤奋也靠着运气积攒了万贯家财"②,"在人世间三十年,热爱劳动,勤俭持家,修桥补路,乐

---

① 莫言:《莫言文集·酒国》,云南出版集团公司、云南人民出版社2012年版,第84页。
② 莫言:《莫言文集·生死疲劳》,云南出版集团公司、云南人民出版社2012年版,第43页。

善好施"①，高密东北乡的每座庙里都有用他所捐的钱重塑的神像、每个穷人都吃过他所施舍的善粮。他家粮囤里的每粒粮食上，都沾着他的汗水；他家钱柜里的每个铜板上，都浸透了他的心血。他靠劳动致富，用智慧发家，平生没有干过亏心事，是一个善良的人，一个正直的人，一个大好人，可在土改运动中却不是因为"犯了哪条律令"而是因为"政策"而被五花大绑着，推到桥头上，枪毙了；他的田产、房屋和积蓄，连他的女人，统统被分配给穷人。而那些剥夺他的生命、占有他的财产和女人的人，如黄瞳、蓝脸、洪泰岳，则要么是其本人受过他的恩惠，要么是其家人受过他的恩惠，而就智商、人品、人性等来看均逊色于他，像洪泰岳，简直是一个"下三滥"②。对西门闹有生杀予夺之权的一个是人间的黄瞳，一个是阎罗殿的阎王，阎王尽管很烦西门闹喊冤，并对之施以酷刑，但允许他申辩，还对他法外开恩，让他转世，而黄瞳却不由西门闹分说，仅以一句"你到阎王爷那里去问个明白吧"③打发他，随即便开枪打死了他；"西门闹生前多善行，收养几乎冻死于关帝庙的小孩蓝脸，长大雇为长工，但其在死后连番转世，倒反过来成了蓝脸（或蓝家）的'家奴'（此说较'家畜'贴切），既供驱遣为之卖力，更赔上性命"④；在合作社、人民公社时代，蓝脸"明明是历史的绊脚石，明明是被抛在最后头的"，可在改革开放时代却"反倒成了先锋……先知先觉"⑤；西门闹在经历了六道轮回之后已经满足了阎王的要求——泯灭了仇恨，但仍然没有获得一个正常做人的机会——他所转世的蓝千岁是一个先天患有血友病的大头儿，所要经历的一生一定会比此前为不同的畜生的一生更痛苦；"'大叫驴'的嗓门，经过高音

---

① 莫言：《莫言文集·生死疲劳》，云南出版集团公司、云南人民出版社2012年版，第4页。
② 同上书，第41页。
③ 同上书，第8页。
④ 吴耀宗：《轮回·暴力·反讽：论莫言〈生死疲劳〉的荒诞叙事》，《东岳论丛》2010年第31卷第11期。
⑤ 莫言：《莫言文集·生死疲劳》，云南出版集团公司、云南人民出版社2012年版，第359页。

喇叭的放大，成了声音的灾难，一群正在高空中飞翔的大雁，像石头一样噼里啪啦地掉下来"①，"牛鬼蛇神们……从公社大院里欢天喜地地冲出来"②……
……

八 揭露和批判了现代文明对人的异化，表达了对"种的退化"的忧虑

《红高粱家族》在其扉页上有这样一段话："谨以此书召唤那些游荡在我的故乡无边无际的通红的高粱地里的英魂和冤魂。我是你们的不肖子孙。我愿扒出我的被酱油淹透了的心，切碎，放在三个碗里，摆在高粱地里。伏惟尚飨！尚飨！"③ 这段话蕴含着对现代文明的否定和批判。而"一队队暗红色的人在高粱棵子里穿梭拉网，几十年如一日。他们杀人越货，精忠报国，他们演出过一幕幕英勇悲壮的舞剧，使我们这些活着的不肖子孙相形见绌，在进步的同时，我真切感到种的退化"④ 等则直接表达了对"种的退化"的忧虑。

同时，小说还通过一些描写对现代文明提出了批判，表达了对"种的退化"的忧虑，如在小说中，"我爷爷"余占鳌、"我父亲"余豆官、"我"，从生命力的角度来看，是一代不如一代——表现为"力的衰减"："我爷爷"是一位匪气十足、野性蓬勃的英雄，"我父亲"虽不失为一位英雄，但又是一位在一定程度上仰仗着"我爷爷"的余威的英雄，而"我"则干脆成了不肖子孙——一个什么作为也没有的在城里靠工资吃饭的人，虽然有"被肮脏的都市生活臭水浸泡得每个毛孔都散发着扑鼻

---

① 莫言：《莫言文集·生死疲劳》，云南出版集团公司、云南人民出版社2012年版，第144页。
② 同上书，第146页。
③ 莫言：《莫言文集·红高粱家族·卷首语》，云南出版集团公司、云南人民出版社2012年版。
④ 莫言：《莫言文集·红高粱家族》，云南出版集团公司、云南人民出版社2012年版，第4页。

恶臭的肉体"①，但仍然"像个饿了三年的白虱子一样干瘪"②。小说将现代的"子辈"比作劣质、杂芜、缺乏繁殖力的"杂种高粱"——"我反复讴歌赞美的、红得像血海一样的红高粱已被革命的洪水冲激得荡然无存，替代它们的是这种秸矮、茎粗、叶子密集、通体沾满白色粉霜、穗子像狗尾巴一样长的杂种高粱了。"③ "可怜的、孱弱的、猜忌的、偏执的、被毒酒迷幻了灵魂的孩子，你到墨水河里去浸泡三天三夜——记住，一天也不能多，一天也不能少，洗净了你的肉体和灵魂，你就回到你的世界里去。在白马山之阳，墨水河之阴，还有一株纯种的红高粱，你要不惜一切努力找到它。你高举着它去闯荡你的荆棘丛生、虎狼横行的世界，它是你的护身符，也是我们家族的光荣的图腾和我们高密东北乡传统精神的象征！"④

在《天堂蒜薹之歌》中，方四叔虽然只是一个很普通的农民，但毕竟身心健健康康，能自食其力，能安分守己地过日子，而他的大儿子方一君不仅身体有残疾，而且精神不健全，极其自私，连个老婆都找不到，以至于希图牺牲妹妹的幸福来为自己找老婆；二儿子方一相不仅极其自私，而且心底邪恶，在与方一君分家时竟然将一件完好的衣服用菜刀剁成两半后与方一君各分一半……

在《丰乳肥臀》中，"上官家的老祖宗都是咬铁嚼钢的汉子"⑤，子孙则窝窝囊囊，一代不如一代，如第一代上官斗奋起抗击德寇，被俘后赤脚走烧红的铁鏊；第二代上官福禄虽软弱无能，但毕竟还能生一个儿子；第三代上官寿喜虽窝窝囊囊，但毕竟娶了一个妻子，并且还有一群杂种儿女；第四代上官金童则不仅弱智，而且连个妻子也没娶、连个杂种儿女也没有，并且在心理上一辈子都没长大，始终离不开女人的乳

---

① 莫言:《莫言文集·红高粱家族》，云南出版集团公司、云南人民出版社2012年版，第349页。
② 同上书，第118页。
③ 同上书，第350页。
④ 同上书，第351页。
⑤ 莫言:《莫言文集·丰乳肥臀》，云南出版集团公司、云南人民出版社2012年版，第11页。

头。司马家与上官家大抵相似——第一代司马大牙单枪匹马地到高密东北乡定居点,凭着一枪一叉就在荒野里生存下来,并繁衍了一个富甲一方的家族。第二代司马瓮虽没有干一番"事业",但毕竟娶妻生子,也没有给儿子们埋下不幸的种子;第三代司马亭、司马库都未得善终,司马库甚至还累及家人,让一双无辜的幼女丢掉性命;第四代司马粮则只有一点精明和狡诈、流氓的邪气和暴发户的不可一世,而没有些许的英雄豪气,其先祖的血性荡然无存。

在《红树林》中,林万森早年参加革命,历经枪林弹雨,中年和晚年都身居要职,一生不乏风光女人相伴;其女林岚青少年时代在其荫庇下成长,成年后婚姻不幸,虽在官场得到了秦书记的荫庇,顺风顺水,风光无限,但最终落了个身陷囹圄的下场;其外孙林大虎整天浑浑噩噩,始终没有长大似的,非常弱智,但他又仗着林岚之势,花天酒地、违法乱纪,从而,成为一个十足的纨绔子弟,最终触犯刑法,锒铛入狱——林家是一代不如一代。秦书记像林万森一样,早年参加革命,历经枪林弹雨,中年和晚年都身居要职,一生不乏风光女人相伴,其子秦小强则是一个弱智、白痴,与之相比有天壤之别,其名义上的孙子、实际上的儿子林大虎,与之相比也有天壤之别——秦家也是一代不如一代。

在《檀香刑》中,赵甲虽早年历经苦难,但后凭着自己的努力成为京城刑部大堂里的首席刽子手、大清朝的第一快刀和砍人头的高手,最后,受到了慈禧与光绪皇帝的联袂接见,被封为七品官,并被赐予一串檀香佛珠和光绪的座椅,之后,回家养老。他虽然干的是反人性之事,但也可谓事业有成。其子赵小甲则是一个弱智、白痴,老婆背叛他、利用他,他浑然不觉;他协同自己的父亲杀自己的岳父孙丙,也好似浑然不觉自己在做什么,最后,被钱丁误刺而死——赵家显然是一代不如一代。

第二节　莫言长篇小说揭露和批判的特点

莫言长篇小说中的揭露和批判主要具有如下特点：

一　幅度大

莫言的 11 部长篇小说均注重"揭露"和"批判"，像《丰乳肥臀》所"揭露"和"批判"的对象涵盖古今、包罗中外——既有在中国流传了几千年的封建主义，又有具有"当下性"、让民众直接地深受其苦的兵燹、饥荒、政权之争、反人性的政治运动；既有德寇、日寇等外来恶势力，又有在小狮子、徐瞎子徐仙儿、大人物等人身上所体现的中国本土恶势力；日寇在中国穷凶极恶，在其本土也穷凶极恶；既有以"组织"或"集体"形式出现的"恶"，如德寇、日寇的烧杀抢掠、屠村，国共内战，新政权的极左政治及其后果，又有以个体形式出现的"恶"，如小狮子滥杀无辜、杀人凑数，徐瞎子徐仙儿胡搅蛮缠、心底阴暗邪恶，大人物冷酷无情、丧尽天良，鲁立人阴险、昧着良心干坏事，张麻子淫邪、卑劣，上官盼弟六亲不认……总之，莫言长篇小说"充斥着'恶'的描写。社会的腐败与黑暗、文化的委靡与肮脏、人性的自私、残暴与堕落在那里得到全面地展示，甚至浓墨重彩的渲染，以至于我们感到这些文本乃是各种各样恶的狂欢广场。"[①]

二　深度大

莫言长篇小说的"揭露"和"批判"均很深刻，像《丰乳肥臀》、《檀香刑》等更是深入到了文化、心理、人性的层面——在《丰乳肥臀》

---

① 朱宾忠：《福克纳与莫言比较研究》，博士学位论文，武汉大学，2005 年。

中，封建主义实际上是作为一种文化传统影响中国人的，如"在家从父，出嫁从夫"、"不孝有三，无后为大"、"男尊女卑"等观念所产生的是一种恒久性的、弥漫性的影响：不是一朝一代、一家一户，而是历朝历代、家家户户都受其影响；不仅作为受害者的上官鲁氏深受影响，而且上官吕氏、上官寿喜等施害者也深受其影响。上官鲁氏所受的伤害不仅是其肉体，而且也是其心灵——她居然为了生一个男孩而甘愿"像只母狗一样翘着尾巴到处借种"①。极左政治不仅导致了饿殍遍野，而且导致了人的人格、尊严被摧毁，像乔其莎、霍丽娜等人在当时来说是凤毛麟角、珍视人格的"女高知"，可居然为了得到维系生命的馒头而甘愿接受形容丑陋的厨子张麻子的奸污……《檀香刑》则对国民中的看客心理进行解剖式的揭露和批判，认为在中国，看客心理由来已久、根深蒂固，且具有普遍性。

三 强度大

莫言长篇小说都注重"揭露"与"批判"，且力度很大，如《红高粱家族》既揭露和批判了日寇的穷凶极恶、各种政治势力为争权夺利而相互残杀，又揭露和批判了封建迷信及民众的愚昧。《檀香刑》既揭露和批判了封建专制，又揭露和批判了民众的愚昧及刽子手、观刑者的变态心理。《天堂蒜薹之歌》既揭露和批判了民众的愚昧、丑陋，又揭露和批判了乡党委书记王安的无法无天、草菅人命，乡镇政权机构的不作为。《红树林》既揭露和批判了极左路线，又揭露和批判了风流饭店、红荔大酒店及官场里发生的丑人丑事。《酒国》既揭露和批判了酒国市的荒诞，又揭露和批判了人们的贪婪。《丰乳肥臀》既揭露和批判了德寇、日寇、国民党、土匪等恶势力，又揭露和批判了执政党和新政权的阴暗面——有的共产党人"不仅迫害母亲，而且像土匪一样残害无辜，土改时吃包子不给钱，还把卖包子的抓了，卖棺材的、开油坊的、教书

---

① 莫言：《莫言文集·丰乳肥臀》，云南出版集团公司、云南人民出版社2012年版，第623页。

的私塾先生都成了斗争的对象"①;"'公家人',几乎都是'像猎狗','像一头暴怒大猩猩','宛如一只大蛤蟆','眼睛像墓地里的磷火','头发像猪鬃一样','残忍得像狐狸',整个人'像一根充了血的驴鸡巴'"②;大人物居然残忍到默许枪杀无辜的孩童司马凤、司马凰;县长鲁立人居然下令枪毙既是自己的姨侄女又是无辜的孩童的司马凤、司马凰;支前连队独臂指导员随意打骂民工、抢掠难民的财物;杨公安"刑讯逼供"、以妇孺为人质迫使司马库投案自首;八路军爆炸大队的得力干将、班长孙不言不仅是一个残疾人,而且形容丑陋、举止粗野、性格变态,竟然强奸民女、当众与民女发生性关系,从抗美援朝战场归来后又残酷地性虐待妻子;养鸡场场长、战斗英雄龙青萍变态到想玩弄男性,甚至因没达到满足性欲的目的而自杀;公社党委书记在"窥阴"心理被揭破后将揭破其"窥阴"心理者打成了重度脑震荡……新政权所主导的土改、抗美援朝、镇压反革命、反右、大跃进、人民公社、"文革"、改革开放等无一件事是利国利民的……总的来看,《丰乳肥臀》不仅揭露和批判了执政党和新政权的阴暗面,而且比此前任何文学作品的揭露和批判都更为全面、激烈、深刻。同时,在揭露和批判丑恶的人和事时,小说采用了"极尽丑化"的写法和使用了龌龊的字眼,如小说将公社干部羊委员、孙不言等人描写得极端可恶或丑陋——或凶残、暴戾,或身体、心理均"残废"了;羊委员"宛若一根充足了血液的驴鸡巴"③;残废后的孙不言"双手按地,像一只巨大的青蛙"④,"脱掉衣服的孙不言,像一只漆黑的大蜘蛛"⑤……

---

① 彭荆风:《莫言的枪投向哪里?——评〈丰乳肥臀〉?》,《内部文稿》1996年第12期。
② 何国瑞:《评论〈丰乳肥臀〉的立场、观点、方法之争——答易竹贤、陈国恩教授》,《武汉大学学报》(人文科学版)2002年第2期。
③ 莫言:《莫言文集·丰乳肥臀》,云南出版集团公司、云南人民出版社2012年版,第631页。
④ 同上书,第405页。
⑤ 同上书,第383页。

当代长篇小说的桂冠

第三节 莫言长篇小说着力于揭露和批判的原因

莫言长篇小说之所以如此地揭露和批判，个中原因不少，但以下是几个可能较为直接的原因：

一是现实生活方面的原因。对中国人而言，20世纪的确是一个充满灾难的世纪；同时，现实生活本身的确很丑恶——有些甚至远比小说所描写的丑恶，比如，外来侵略者在中国所做的有比在高密东北乡、沙窝村、马桑镇屠村之事更加残酷的南京大屠杀；土改时期，"在北平附近，一帮贫农光天化日之下，把一个地主肢解了，一人攥了一块"，山东昌潍地区"提出的口号是'打死一个富农，胜过打死一只野兔'……这样，每个村都要杀一个地主，分配指标。很多村里边没有地主，看谁最有钱，就把谁打死。当时杀人就像杀条狗"①。而任何文学作品从根本上来说是生活的反映，因此，莫言长篇小说只不过是在反映所描写的那些现实生活时自然而然地呈现了一种真实罢了。

二是作者自身方面的原因。一方面，莫言由于"相貌丑陋，喜欢尿床，嘴馋手懒"，于是，"在家庭里是最不讨人喜欢的一员"②，以至于村里的一头牛被一帮大孩子弄死了，他姐姐也以为那牛是被他弄死的。另一方面，莫言出生于上中农成分之家，这样的家庭在当时连领救济粮的资格都没有。莫言小时因调皮捣蛋而备受冤枉和责骂，坏事全被安在他的头上，如他本来是去叫父亲回家吃饭的，却被父亲的同事认为是去给父亲做探子的；邻居家的小鸡死了，他便被认为是凶手；他堂弟因爬树而把腿摔坏了，他婶婶便听信他堂弟之言，认为是他把他堂弟推下树

---

① 莫言：《与王尧长谈》，《莫言文集·碎语文学》，云南出版集团公司、云南人民出版社2012年版，第175页。
② 同上。

的，甚至当着他母亲的面骂他："你从小就这么坏，你什么时候能坏到死啊"，把他母亲气得脸变了色；他邻居家的肉被猫叼走了，邻居便认为他让猫把肉叼给他了；他拟着电影《农奴》里的人物说老师是"奴隶主"，结果，被同学报告给老师，并受到警告处分；小学毕业后便被剥夺了继续上学的权利，回家干放牛割草之类的活计①……虽在 18 岁时走后门到县棉油厂干临时工，但在 18 岁、19 岁、20 岁时，连续三次报名参军，尽管每次都体检合格，可政审总不合格；21 岁那年是当兵年龄期限的最后一年——那年，即 1976 年，"村里的支部书记、民兵连长都到遥远的水利工地去劳动了"，而他则在县棉油厂做临时工，便"利用这个机会钻空子，找了朋友走后门，当兵走了……民兵连长……送录取通知书，隔了很远扔下就走……很多贫农在街上大骂：'我们贫下中农的孩子当不了兵，竟然让一个老中农的孩子当了兵！这是什么世道？阶级斗争还搞不搞了？'"②莫言参加解放军后到渤海边上，站岗之余喂猪、种菜……可想而知，在成名以前，莫言实际上是"洒向人间都是怨"、"眼角眉梢都是恨"！而现实生活又不允许他随意地发泄怨恨，于是，他便在小说中借对现实生活中丑恶现象的叙写发泄了出来，如《丰乳肥臀》中关于上官鲁氏暴打上官吕氏并将其打死的细腻描写很可能就是这种发泄的一种表现；莫言自己也曾坦言："我近年来的创作，不管作品的艺术水准如何，我个人认为，统领这些作品的思想核心，是我对童年生活的追忆，是一曲本质是忧悒的、埋葬童年的挽歌，我用这些作品，为我的童年，修建了一座灰色的坟墓。"③

三是文学环境方面的原因。莫言长篇小说，如《丰乳肥臀》构思于 1994 年秋天、写成于 1995 年 9 月——这个时期的作家虽然还有很多限制，但早已不再像 20 世纪 50 年代至"文革"结束期间的作家那样动辄

---

① 参见莫言《与王尧长谈》，《莫言文集·碎语文学》，云南出版集团公司、云南人民出版社 2012 年版，第 94—107 页。
② 莫言：《大江健三郎与莫言在中国》，《莫言文集·碎语文学》，云南出版集团公司、云南人民出版社 2012 年版，第 44 页。
③ 莫言：《十年一觉高粱》，《中篇小说选刊》1986 年第 3 期。

因文罹祸，甚至身陷牢狱，或含冤而死，因此，莫言能够放胆地按照自己的构思来写作——虽然《丰乳肥臀》在后来遭到了批判，但那毕竟是"后话"，而对《丰乳肥臀》最初的写作和出版并无影响。其他如《酒国》《十三步》等揭露性与批判性极强的小说的产生也大抵与当时相对宽松的文学环境密切相关。

莫言认为："古今中外，那些积极干预社会、勇敢地介入政治的作品，以其强烈的批判精神和人性关怀更能成为一个时代的鲜明的文学坐标"[①]，总的来看，他的长篇小说很好地践行了这一观点——它的"强烈的批判精神"既使它在中国现当代文学史上"鹤立鸡群"，格外耀眼，更使它成为了20世纪90年代"鲜明的文学坐标"。

---

① 莫言：《大江健三郎先生给我们的启示》，《莫言文集·用耳朵阅读》，云南出版集团公司、云南人民出版社2012年版，第204页。

第四章 艺术表现:"标新立异"

第一节 语言的标新立异

一 戏谑化。如《红高粱家族》在写及"我奶奶"戴凤莲时这样写道:"她(即戴凤莲——引者注)老人家不仅仅是抗日的英雄,也是个性解放的先驱,妇女自立的典范"①……《四十一炮》中的"世界上的肉千千万,但有福气被懂肉爱肉的罗小通吃掉的,实在是太少了"②……《蛙》中姑姑所说的话:"你们年轻人,要听党的话,跟党走,不要想歪门邪道。计划生育是基本国策,是头等大事……革命军人,一定要起模范带头作用。"③"我生是党的人,死是党的鬼!"④"这是党的号召,毛主席的指示,国家的政策。毛主席说:人类应该控制自己,做到有计划的增长。"⑤……这些语句均戏谑化了,而《丰乳肥臀》更是集约化地使用了戏谑化的语句,如对沙月亮、司马库率部(众)袭击日寇的叙

---

① 莫言:《莫言文集·红高粱家族》,云南出版集团公司、云南人民出版社 2012 年版,第 12 页。
② 莫言:《莫言文集·四十一炮》,云南出版集团公司、云南人民出版社 2012 年版,第 283 页。
③ 莫言:《莫言文集·蛙》,云南出版集团公司、云南人民出版社 2012 年版,第 71—72 页。
④ 同上书,第 41 页。
⑤ 同上书,第 47 页。

写、对司马亭在日寇洗劫村庄后带领手下料理各家丧事的叙写、对司马大牙率领虎狼队对德寇作战的叙写、对孙大姑的五个哑巴孙子的言行举止的叙写、对上官鲁氏带领孩子们去吃腊八粥的情景和在国共内战时逃难途中情景的叙写、对巴比特与上官念弟婚宴场景的叙写、对雪集的叙写、对"土改"时哑巴率领区小队给穷人分送司马亭家的财产以及鲁立人主持的穷人诉苦和批斗棺材铺掌柜黄天福等人的大会场景的叙写、对司马粮和沙枣花为救上官金童而与巫云雨、丁金钩、魏羊角等人搏斗场景的叙写、对阶级教育展场景的叙写、对红卫兵押解着牛鬼蛇神们游街示众之事的描写,对鹦鹉韩与其妻耿莲莲合办"东方鸟类中心"及相关言行举止的叙写、对司马粮在改革开放后回乡投资建设时花天酒地场景的叙写……全都戏谑化了。

二 铺张、芜杂。如《丰乳肥臀》中对"人市"买卖人的场景的叙写、对上官鲁氏带着孩子们在国共内战时逃难途中所见所闻的叙写、对鸟儿韩在日本生活的叙写等;《红树林》开篇一段对林岚在濒临崩溃的状态下冒着暴雨开车回家的叙写,对"鸭子"勾引林岚的叙写;《檀香刑》中对"檀香刑"等刑法的叙写,对"一对羽毛洁白的白鹭"的叙写;《四十一炮》中对罗小通端坐在五通神庙前滔滔不绝、信口开河地讲述他亦真亦幻的故事的叙写……都很铺张、芜杂。

三 大词小用。如《丰乳肥臀》中的"婆婆的头颅在阳光中辉煌地颤抖着"[1],"我们进入家院,互相打量着,像陌生人一样。打量了一阵子,便搂抱在一起,在母亲的领导下,放声恸哭"[2],"司马粮的珍贵的哭声把我们的哭声止住了"[3],"他们的狗兴奋地咆哮着,晃动着庞大的脑袋,把残破的野兔尸体咬住,然后像飞碟一样甩出去","我家的院子,成了野兔子的碎尸场"[4]——其中,"辉煌"、"领导"、"珍贵"、"庞大"、

---

[1] 莫言:《莫言文集·丰乳肥臀》,云南出版集团公司、云南人民出版社2012年版,第7页。
[2] 同上书,第295—296页。
[3] 同上书,第296页。
[4] 同上书,第90页。

"飞碟"、"碎尸场"等便是"大词小用"。

四 褒词（语）贬用、贬词（语）褒用。如《丰乳肥臀》的一些语句——"上官吕氏慢慢地睁开眼睛，像初生婴儿"[①]中的"像初生婴儿"，"上官吕氏的眼睛里突然放射出熠熠的光华"[②]中的"熠熠的光华"，"甬路旁边，躺着一个浑身窟窿的男人，他流了很多血，汇成了汪，像小蛇一样四处爬。血腥味，热烘烘的"[③]中的"热烘烘"，"它们（即乌鸦——引者注）像刚刚洗浴过一样，羽毛新鲜，闪烁着瓦蓝的光芒"[④]中的"刚刚洗浴过一样，羽毛新鲜，闪烁着瓦蓝的光芒"，"泪水在她又黑又瘦的脸上流淌，她的双乳在黑袍中剧烈摇晃着，炸开着瑰丽的毛羽，好像两只刚刚交配完的雌鸟"[⑤]中的"炸开着瑰丽的毛羽"，"路上经常碰到僵尸，人的尸首和牲畜的尸首，偶尔，还能碰到死麻雀，死喜鹊，死野鸡。唯独没有死乌鸦，它们在白雪映衬下羽毛黑得像蓝靛，非常有光泽"[⑥]中的"它们在白雪映衬下羽毛黑得像蓝靛，非常有光泽"，"除了能较快地背诵课文和较正确地演唱《妇女解放歌》，我几乎再也没什么优点"中的"优点"[⑦]，"母亲的眼泪落在领弟身上……她的脸却是动人的微笑。她的眼睛里闪烁着美丽的、迷死活人的光彩"[⑧]中的"美丽的、迷死活人的光彩"等；在《天堂蒜薹之歌》中，被毒打的方四婶的哭声"悠扬极了"……均属"褒词（语）贬用"。

《丰乳肥臀》中的"她把我抱了起来，鸡啄米般地亲吻着我"[⑨]中的"鸡啄米"，"俺的亲亲疼疼的肉儿疙瘩呀"[⑩]中的"肉儿疙瘩"，"她的目

---

① 莫言：《莫言文集·丰乳肥臀》，云南出版集团公司、云南人民出版社2012年版，第53页。
② 同上书，第54页。
③ 同上书，第155页。
④ 同上书，第58—59页。
⑤ 同上书，第169页。
⑥ 同上书，第282页。
⑦ 同上书，第360页。
⑧ 同上书，第150页。
⑨ 同上书，第51页。
⑩ 同上书，第63页。

光在屋子里转了一圈，鸡鸣般的哽咽声冲出喉咙。她捂住嘴巴，像要跑出去呕吐一样，从我们的视野里消失了"①中的"鸡鸣般的哽咽声冲出喉咙"、"像要跑出去呕吐一样"，"甬路旁边，躺着一个浑身窟窿的的男人，他流了很多血，汇成了汪，像小蛇一样四处爬。血腥味，热烘烘的。煤油味，呛鼻子"中的"像小蛇一样四处爬"等，均属"贬词（语）褒用"。

五 运用或化用谣谚、通俗韵语、俗语、俚语。如《红高粱家族》中的"秋风起，天气凉，一群群大雁往南飞"②，"不看僧面看佛面，不看鱼面看水面"③，"这酒里有罗汉大叔的血，是男人就喝了。后日一起把日本汽车打了，然后你们就鸡走鸡道，狗走狗道，井水不犯河水。"④"没有弯弯肚子别吞镰钩刀子。"⑤"你们呐，小人打小谱，三十二十地挣吧。"⑥"事到临头，草鸡也不行，就是块铁蛋子也要抬出来！"⑦"路边说话，草棵里有人"⑧、"困觉"、"乜斜"、"腻歪"、"地瓜"、"苍耳子"、"抃饼"、"高丽棒子"、"身腰"、"眼翅毛"、"女婿"、"婆子"、"大家伙"、"喧"、"抃"等；《丰乳肥臀》中的"胡呲"、"把驴窝住"、"蛐蟮"、"拉呱"、"主贵"、"毛羽"、"身腰"、"女婿"、"大家伙"、"风干"、"趸"、"抽头"、"好使"、"埋汰"、"风光"（热闹、体面）、"裤衩"、"酱红"、"地瓜"、"鱼狗子"、"地排子车"、"苍耳子"、"井拔凉水"、"土坷拉"、"碌碡"、"妈拉个巴子"、"妈个巴子"、"抽头"，"病笃乱投医，有奶便是娘"、"兔子的尾巴，长不了"、"八仙过海，各显其能"、"过时的凤凰不如鸡"、"老牛吃嫩草"、"小董骟骡子——不利不索"、"瘦死的骆驼大如马、丑死的凤凰俊过鸡"、"是福不是祸，是祸躲不过"等；《红

---

① 莫言：《莫言文集·丰乳肥臀》，云南出版集团公司、云南人民出版社2012年版，第137页。
② 莫言：《莫言文集·红高粱家族》，云南出版集团公司、云南人民出版社2012年版，第22页。
③ 同上书，第8页。
④ 同上书，第25页。
⑤ 同上书，第239页。
⑥ 同上。
⑦ 同上书，第242页。
⑧ 同上书，第128页。

树林》中的"地瓜"、"裤衩"、"风光"、"女婿"、"婆子"、"采珍珠，采珍珠，官家催珠，如狼似虎。采珍珠，采珍珠，一颗珍珠，万滴泪珠。采珍珠，采珍珠，珍珠仙子，赐我珍珠……"、"从广西，到广东，无人不知卢南风"，"动之以亲情，馈之以礼物"等。《十三步》则"可以看作是民间俗语的汇集——经过世世代代农民提炼出的有关法律精神、官民关系、生活哲理、人情世故、民俗民情诸方面的精华，在小说里都可以找到。主人公李玉蝉……能够非常合乎时宜地引用各种俗语"[①]；《檀香刑》引入戏文——山东地方戏曲茂腔的唱段，并将其演绎为更具民间特色的猫腔，使其更具生活的质感，同时，又给猫腔赋予更为凄凉悲惨的腔调，以应和作为猫腔集大成者的孙丙最终以悲剧结局的整体气氛；《生死疲劳》大量地运用民谚俚语，"粗话、脏话、荤话、骂人话、调情话穿插其中"[②]，不胜枚举……

六 大量地运用了粗俗、下流、龌龊或"刺眼"的词语或话语。如《红高粱家族》中的癞蛤蟆、屎、大便、尿、卵子、血痰、月经、肛门、屁眼、屁股、臀部、狗日的、杂种、狗杂种、你妈的、滚你妈的蛋……《天堂蒜薹之歌》中的猪狗、睾丸、尿渍、薄鸡屎、苍蝇屎、蚕屎、屎、尿、肛门、屁股、子宫、鸡巴、你妈啦个尿……《十三步》中的腋毛、阴毛、月经、肛门、屁眼、阴茎、阴道、屁股、做爱、子宫、精子、卵子、"睡你妈的屁！"……《酒国》中的抢屎吃的狗、野驴、狗屎、臭狗屎、尿臊、肛门、屁眼、屁股、"有糖炒栗子的味道"的屁、"盐碱地"、"肥田粉"、阉、做爱、子宫、鸡巴、卵子、精子、操你妈、狗娘养、王八蛋、狗日的……《食草家族》中的骚狐、屁眼、屁、肛门、阴茎、脓疱疮、屁股、屎、臭狗屎、尿、鸡巴、小杂种、你妈的、狗日的……《丰乳肥臀》中的屎、狗屎、臭狗屎、屁眼、肛门、

---

① 朱珩青：《莫言创作新趋向探源——兼评长篇小说〈十三步〉》，《小说评论》1989年第5期。

② 朱向前等：《横看成岭侧成峰——关于莫言〈生死疲劳〉的对话》，《艺术广角》2007年第1期。

屁、精子、卵子、鸡巴、臭流氓、下贱货、乳房、屁股、骚狗、老娘、阉、狗日的、去你妈的、滚你妈的蛋、"你以为老娘是娼妓?"……《红树林》中的妓女、鸭子、眼屎、狗屎、臭狗屎、痰、精液、精子、避孕套、阴道、屁眼、肛门、屁股、鸡巴、去你妈的、X你妈、骚情、下贱、真它妈的下贱、下贱东西、太后的屁股也比你们的脸白嫩……《檀香刑》中的稀屎、尿罐、尿壶、屁眼、睾丸、屁股、尿骚、屁臭、鸡巴、睾丸、去你妈的、牛屄、狗日的……《四十一炮》中的精子、卵子、睾丸、阴茎、屁眼、肛门、臭屁、稀屎、狗屎、屁股、骚货、骚气、鸡巴、性交、做爱、滚你妈的、狗日的……《生死疲劳》中的脓、口水、精液、阴茎、肛门、屁眼、屁、屎、猪奶子、睾丸、阴茎、阴道、屁股、卵子、子宫、骚货、鸡巴、性交、做爱、去你妈、滚你妈的蛋……《蛙》中的狗屎、尿、精液、阴道、产道、屁股、鸡巴、卵子、子宫、骚货、做爱……

  七 词语超常规的搭配。所谓词语超常规的搭配主要包括两个方面,其一是指"语词的任意性塔配"——"莫言小说的语言最使我们感到陌生的,是语词的任意性塔配。其中有大量的方言俚语,当代城市的流行熟语,诗词断句,成语乏词,以及生理学、心理学等学科的大量专业术语,混杂在一起,一股脑出现在文本中"[1],如"高密东北乡无疑是地球上最美丽最丑陋、最超脱最世俗、最圣洁最龌龊、最英雄好汉最王八蛋、最能喝酒最能爱的地方。"[2] "这场轰轰烈烈的爱情悲剧、这件家族史上骇人的丑闻、感人的壮举、惨无人道的兽行、伟大的里程碑、肮脏的耻辱柱、伟大的进步、愚蠢的倒退"[3],"大丈夫一言既出,驷马难追。此处不养爷,必有养爷处。好马不吃回头草。饿死不低头,冻死迎风立。不蒸(争)馒头争口气,咱们人穷志不穷。人生自古谁无死,

---

  [1] 季红真:《现代人的民族民间神话莫言散论之二》,《当代作家评论》1988年第4期。
  [2] 莫言:《莫言文集·红高粱家族》,云南出版集团公司、云南人民出版社2012年版,第3页。
  [3] 莫言:《莫言文集·食草家族》,云南出版集团公司、云南人民出版社2012年版,第33页。

留取丹心照汗青"①……大致地说,"这些任意搭配的语词,大致可以属于两个外在的语言系统。其一,是与全部乡土社会生活传统相关联的北方民间口语;其二,则是与城市文化相关联,浸透着现代人自我意识的当代书面语。"②它们包含着"丰富的语义对立、情感矛盾,既酣畅淋漓地表达了作者郁积既久、爱恨交织、悲怆激荡、复杂难辨的深挚感情,又形成一种慷慨悲歌的回荡之气,其间所蕴含的复杂而多层次的价值判断,是美丑相伴历史的诗意概括。"③

其二是指"异位修饰",即用通常来说本是修饰或描写 A 的词语或语句来修饰或描写 B。莫言长篇小说大量地运用了"异位修饰",如在《红高粱家族》中,"太阳已经把被高粱遮挡着的地平线烧成一片可怜的艳红"④——用"可怜"来修饰"艳红","他从和尚的肋下拔出剑来,和尚的血温暖可人,柔软光滑,像鸟类的羽毛一样……"⑤——用"温暖可人,柔软光滑,像鸟类的羽毛一样"来修饰和尚的血,"奶奶鲜嫩茂盛,水份充足。"⑥——用"鲜嫩茂盛,水份充足"修饰"奶奶"⑦,"大爷双耳一去,整个头部变得非常简洁。"⑧——用"简洁"来修饰"头部","子弹在低空悠闲地飞翔,贴着任副官乌黑的头发滑过去"⑨——用"悠闲"来修饰子弹的"飞翔","奶奶欢快地叫了一声,就一头栽倒"⑩——用"欢快"来修饰中弹的奶奶的叫声……这些都是"异位修饰"。

---

① 莫言:《莫言文集·丰乳肥臀》,云南出版集团公司、云南人民出版社 2012 年版,第 506 页。
② 季红真:《现代人的民族民间神话莫言散论之二》,《当代作家评论》1988 年第 4 期。
③ 杨联芬:《莫言小说的价值与缺陷》,《北京师范大学学报》1990 年第 1 期。
④ 莫言:《莫言文集·红高粱家族》,云南出版集团公司、云南人民出版社 2012 年版,第 9 页。
⑤ 同上书,第 98 页。
⑥ 同上书,第 37 页。
⑦ 同上。
⑧ 同上书,第 32 页。
⑨ 同上书,第 52 页。
⑩ 同上书,第 57 页。

在《丰乳肥臀》中,"父子俩都没有力气,轻飘飘,软绵绵,灯芯草,败棉絮,漫不经心,偷工减料"①——用"漫不经心,偷工减料"来修饰上官父子的孱弱,便是"异位修饰"。又如,"马洛亚牧师静静地躺在炕上,看到一道明亮的红光照耀在圣母玛利亚粉红色的乳房上和她怀抱着的光腚圣子肉嘟嘟的脸上。因为去年夏季房屋漏雨,这张挂在土墙上的油画留下了一团团焦黄的水渍,圣母和圣子的脸上,都呈现出侏儒般痴呆凶狠的表情"②中用"肉嘟嘟"修饰"圣子"的"脸","画上画着一些光屁股的小孩,他们都生着肉翅膀,胖得像红皮大地瓜,后来我才知道,他们的名字叫天使"③中用"胖得像红皮大地瓜"修饰"天使","我们的前后左右,都是逃难的人。许多熟悉的脸和不熟悉的脸都变得乌七八糟"④中用"乌七八糟"修饰"脸","司马库的骑兵中队像一股亮晶晶的旋风刮了过来"⑤中用"亮晶晶"修饰"旋风","翻着淫荡的马唇,竖着尖锐的狗耳朵"⑥中用"淫荡"修饰"马唇",用"尖锐"修饰"狗耳朵","一团毛茸茸的白雾滚过来"⑦、"心里萌生着许多毛茸茸的念头"⑧中分别用"毛茸茸"修饰"白雾"、"念头"……都是"异位修饰"。

其他如《十三步》中的"肥肥的臭气从容不迫地洋溢出来……"⑨用"肥肥"来修饰"臭气",《檀香刑》中的"打了一个鲜红的哈欠"⑩用"鲜红"来修饰"哈欠"等也是"异位修饰"。

---

① 莫言:《莫言文集·丰乳肥臀》,云南出版集团公司、云南人民出版社2012年版,第11页。
② 莫言:《莫言文集·丰乳肥臀》,作家出版社1996年版,第3页。
③ 同上书,第73页。
④ 莫言:《莫言文集·丰乳肥臀》,云南出版集团公司、云南人民出版社2012年版,第269页。
⑤ 同上书,第174页。
⑥ 同上书,第175页。
⑦ 同上书,第4页。
⑧ 同上书,第139页。
⑨ 莫言:《莫言文集·十三步》,云南出版集团公司、云南人民出版社2012年版,第8页。
⑩ 莫言:《莫言文集·檀香刑》,云南出版集团公司、云南人民出版社2012年版,第75页。

八　运用了大量指称色彩的语词。如《红高粱家族》中大量地运用了"红"、"绿"等——红高粱、紫红色影子、暗红色的人、粉红的屁眼儿、枪托儿血红色、紫红圆圈、紫红色藤条、血红的朝阳、红太阳、半边脸红半边脸绿、深红的成熟的面孔、墨河水由暗红渐渐燃烧成金红、火石褚红、脸庞鲜红、乌红的托子、皮肤赤红、满脸的红润、红布、脸色通红、火红的狐狸、桃红柳绿、深红色的绸带子、晶莹微红……灰绿色的芦苇、鹅绿色车前草、绿色的星辰、绿浪、绿毡、深绿色、墨绿色、边脸红半边脸绿、红红绿绿、绿油油、灰绿色的潮湿虫、深绿色的光线、葱绿的苍蝇、翠绿的鸭羽、暗绿色的汁液、桃红柳绿、绿色缎裤、绿头苍蝇、绿火花、绿高粱、绿色的浪潮、绿荷、绿豆汤、绿色的眼睛、葱绿的大葱、绿草茵茵、翠绿的苍蝇、绿云、青绿的肠子、嫩绿的脑浆、碧绿……"这些概念在文本中的能指意义，一方面与写实的状物有关（如红萝卜、红高粱），沿用着概念的基本内涵；另一方面，也带有极强烈的主观随意性（譬如狗有红、绿、蓝已属稀罕，而太阳也可以是绿的，血也可以是金黄的、蓝色的……而且这些超自然的色彩感觉形式，不仅服务于表现人物特殊内心体验的写实需要，更多的时候，是表现叙事人强烈的主观感情指向"①。

九　注重运用修辞及象征手法。莫言长篇小说均大量地运用了修辞手法，如《红高粱家族》运用了比喻、拟人、对比、反讽、通感等，《食草家族》运用了反讽、夸张、通感、比喻等，《丰乳肥臀》运用了排比、通感、拟人、夸张、比喻、通感、矛盾修辞等，《红树林》运用了对比、夸张、比喻等……同时，几乎所有的长篇小说都运用了象征。

莫言长篇小说语言的这些"标新立异"使其语言"既有属于写实风格的精雕细琢的描述语言……更多的则是渗透着作家主观意识的非写实的怪异神奇的语言，'最英雄好汉最王八蛋'就是典型的体现莫

---

① 季红真：《现代人的民族民间神话莫言散论之二》，《当代作家评论》1988年第4期。

言风格的词语"①,产生了很强的陌生化效果,但也产生了一些负面效果,如"随心所欲莫名其妙的词语堆砌与重叠,虽然在游戏的过程中不乏惊世之语和幽默之感,但因通常的虚泛与空洞显得做作而有修辞之匠气。"②

第二节 叙事的标新立异

一 运用了魔幻现实主义手法

莫言长篇小说几乎全都运用了魔幻现实主义手法——《红高粱家族》对魔幻现实主义手法的运用一是总体的,如小说故意打乱时间顺序,使情节颠倒、跳跃;二是局部的,如写"我父亲"豆官的独特感觉。《天堂蒜薹之歌》对高马、方金菊的部分心理描写运用了魔幻现实主义手法。《十三步》、《酒国》对故事情节的营构运用了魔幻现实主义手法,《十三步》中有关方富贵和张赤球的一些心理描写、《酒国》中有关余一尺的描写以及有关丁钩儿的一些心理描写等运用了魔幻现实主义手法。《食草家族》从局部到整体都运用了魔幻现实主义手法。《丰乳肥臀》有关屎尿之战的叙写、关于鸟仙的叙写等运用了魔幻现实主义手法。《红树林》有关林岚、陈珍珠的一些心理描写、万奶奶的传说的叙写等运用了魔幻现实主义手法。《檀香刑》有关檀香刑、赵小甲、孙丙的一些描写运用了魔幻现实主义手法。《四十一炮》有关罗小通的一些描写、有关"五通神庙"及庙里庙外故事、景象的描写等运用了魔幻现实主义手法。《生死疲劳》有关西门闹转世投胎的情节、"文革"政治生活的狂欢与荒诞的描写等运用了魔幻现实主义手法。《蛙》有关姑姑在

---

① 李晓辉:《走于两个世界间的——马尔克斯与莫言创作的类同比较》,《内蒙古民族大学学报》(社会科学版)2003年第2期。

② 王干:《反文化的失败——莫言近期小说批判》,《读书》1988年第10期。

退休的那个晚上在洼地遭遇青蛙的描写、话剧《蛙》的情节等运用了魔幻现实主义手法。

二 "创设了'我爷爷'、'我奶奶'这种独特叙述视角"[①]

《红高粱家族》"创设了'我爷爷'、'我奶奶'这种独特叙述视角"[②]——"这种独特叙述视角","一方面,叙述声音与叙述眼光不再统一于叙述者,而是由故事外的'我'提供叙述声音进行历史想象,故事内人物'我父亲'从亲历者角度回忆历史,这既对先辈传奇人生及其意义做出了不同的经验处理,又让抗日故事与爱情故事交错展开,凸显先辈的旺盛生命力;另一方面,叙述者'我'的现实与叙述焦点'爷爷'、'奶奶'的历史拼贴在一起,叙事时间与故事时间相互交错,建构了现实与历史的对话","把全知视角和限知视角统一到'我爷爷'、'我奶奶'之中——以'我'的追述、评论为叙述声音想象'爷爷'、'奶奶'的传奇人生,由'我父亲'的叙述眼光回忆1939年先辈们在墨水河畔的抗日故事,不断将叙述焦点集中于此前'爷爷'、'奶奶'的故事,重点聚焦于高粱地里的爱情故事","文本叙述多是在'我'和'爷爷'、'奶奶'之间滑动,在现实和历史之间任意往来"[③]。

三 使用了儿童或弱智的叙述视角

如《丰乳肥臀》中"我"——上官金童——的叙述视角;在该小说中,"我"是一个在生理、心理、智识、行为能力等诸多方面始终停留在一个嗜乳成癖的孩童阶段的人,实际上是一个"巨婴"或"弱智者"。又如,《檀香刑》中赵小甲的叙述视角;在该小说中,赵小甲是一个弱智,虽然已经结婚成人,但智力和心理仍然停留在儿童状态:没有善恶好坏之分,白天迷迷糊糊,夜晚像木头疙瘩,行为处事纯凭本能驱使,

---

[①] 李自国:《论〈红高粱〉的叙述视角》,《江汉论坛》2012年第2期。
[②] 同上。
[③] 同上。

自从听了他娘讲的"虎须看本相（即前世）"的故事之后，便逢人就讨要能看清人本相的虎须；在找到"虎须"——实际上是其妻子孙眉娘的阴毛——后，他深信自己通过"虎须"看到了人的本相，如看到了其父亲赵甲是一只瘦骨伶仃的黑豹子，其媳妇孙眉娘是一条水桶般粗细的白蛇，钱丁是一只白虎，衙役是穿衣戴帽的灰狼，轿夫则是驴……赵甲要赵小甲改行，由杀狗改为帮助自己杀人，赵小甲显然分不清杀人与杀狗的本质区别，对赵甲是完全信任、依赖甚至言听计从。再如，《四十一炮》中罗小通的视角；在该小说中，罗小通是一个身体长大而精神滞留在童年的"炮孩子"——一个能说会道、惯于说谎、善于吹牛、喜欢神侃、信口开河、复仇未遂、流浪多年、意欲断绝俗缘归隐佛门的青年，"罗小通在讲述自己的故事时，从年龄上看已经不是孩子，但实际上他还是一个孩子"①，在其讲述中，"记忆与想象、现实与虚构、真实与荒诞、现在与过去相交织，童性的感觉、成人的狡猾、自恋自怜的语调与夸夸其谈的炫耀熔于一炉"②。

四 使用多元叙述视角

莫言长篇小说往往使用多元叙述视角，如《红高粱家族》中的第一章《红高粱》综合地运用了全知视角、内视角和外视角——"我"以全知视角讲述"我爷爷"、"我奶奶"、"我父亲"和刘罗汉等人的故事，"我父亲"以内视角给"我"讲述发生在他身上的故事，村里九十二岁的老太以外视角讲述的有关戴凤莲的故事；第三章《狗道》既使用了第一人称全知视角，又使用了第三人称全知视角，还使用了狗的视角（外视角）。《天堂蒜薹之歌》"以一种明确的非线性的叙事，多次得心应手地安排从各个主人公视角来叙事的顺序"③，"从叙述者、《群众日报》

---

① 莫言：《莫言文集·四十一炮·诉说就是一切（后记）》，云南出版集团公司、云南人民出版社2012年版，第388页。
② 吴义勤：《有一种叙述叫"莫言叙述"——评长篇小说〈四十一炮〉》，《文艺报》2003年7月22日第2版。
③ 杜迈可：《论〈天堂蒜薹之歌〉》，《当代作家评论》2006年第6期。

上的文章和瞎子张扣的唱词三个角度对蒜薹事件进行了全方位的叙述，这三个角度分别代表了精英、官方和民间的立场"①。"《酒国》至少并存着四个视角：作为总叙述者、讲述丁钩儿故事的作家的视角，作为小说人物'莫言'的视角，莫言的崇拜者、业余作者李一斗的视角，还有就是李一斗习作中一会儿第一人称、一会儿第三人称的视角。除第10章大收束外，这四个视角在每一章都作为四个独立的部分出现。"②《丰乳肥臀》前九章采用第三人称全知视角，第十章之后第一人称限知视角和第三人称全知视角兼而有之；在小说采用的第一人称"我"——上官金童——限知视角的那部分内容里，上官金童既是故事人物又是故事叙述者。《檀香刑》的"凤头"部分分别以孙眉娘、赵甲、赵小甲、钱丁等人的视角叙事，"豹尾"部分分别以赵甲、孙眉娘、孙丙、赵小甲、钱丁等人的视角叙事，猪肚部分采用全知全能的客观视角，以一个局外的眼光来投射出人物的形象。《生死疲劳》"共有三个叙述者：大头蓝千岁即西门闹（亦即六道轮回中的各种动物）、蓝解放与作家莫言。其中，大头蓝千岁叙述了'驴折腾'、'猪撒欢'两个整体部及'狗精神'的一部分；蓝解放则叙述了'牛犟劲'一部及'狗精神'的另一部分。莫言则叙述了'结局与开端'一部，并在小说中多次以'元小说'的方式出现。"③"蓝千岁化身为西门闹、驴、牛、猪、狗，以内视角的方式不但呈现他所经历的世界还呈现了自己的内在意识，而蓝解放和'莫言'基本上是以外视角的方式呈现自己看到的世界。"④ 蓝千岁（即西门闹）"是书中真正的叙事者，负载着人和畜生的多种经验，记录着生命的

---

① 张学军：《〈天堂蒜薹之歌〉的叙事结构》，《山东师范大学学报》（人文社会科学版）2014年第59卷第3期。另外，参见陈思和《莫言近年小说的民间叙述》，见《中国当代文学关键词十讲》，复旦大学出版社2002年版，第173—182页。
② 李珺平：《换一只眼睛看莫言——〈酒国〉印象三则》，《湛江师范学院学报》2002年第23卷第1期。
③ 吴义勤、刘进军：《"自由"的小说——评莫言的长篇小说〈生死疲劳〉》，《山花》2006年第5期。
④ 颜水生：《从〈生死疲劳〉看莫言的自我超越》，《海南师范学院学报》（社会科学版）2006年第2期。

往来更替，历史的拼杀博弈"[1]；而作为另一个叙事者，"莫言"非常重要——"莫言"这个虚构人物的写作作为另一种叙事，形成"书中书"以补充故事的完整性，凸显"个性化历史"[2]。

五 使用多种叙事人称

如《十三步》使用"我"及"我们"——笼子外的倾听者、"你"——笼中人、"他"或"她"——李玉蝉、方富贵、张赤球、屠小英等叙事人称。又如，《红树林》"采用第一人称'我'作为叙事主体，塑造了一个全知叙述者，并综合了第一、三人称的传统手法，同时巧妙地插用第二人称'你'与'我'的对话体系，讲述了一个被都市社会浸染的女市长的伤心历程"[3]，但贯穿全篇的是第二人称叙事。《生死疲劳》的前四部中出现了两个叙述者，西门闹（西门驴、西门牛、西门猪、西门狗、蓝千岁）和蓝解放，他们既是叙述者，又是被叙述者，同时也是接受叙述者，这些身份通过第一人称"我"与第二人称"你"的对话形成了交谈性叙述文本。《蛙》以第二人称叙述者统领、覆盖着第三人称叙述者；"先生"这一称呼贯穿整部小说，但对有关"姑姑"和高密人的故事，小说采用第三人称全知全能的视角进行叙述；小说以第三人称角度叙述的时候，突然出现的"先生，……"一下子把读者的注意力分散，也使读者明确自己的身份：看一封长信的读者。

六 叙事人称或视角转换频繁

如《十三步》，"每一章作者都会选择一个主要人物作为视点人物来叙事。如第一部是张赤球，第二部是李玉蝉，第三部是方富贵，第四部是李玉蝉，第五部是方富贵，第六部是屠小英，第七部是张赤球，第八

---

[1] 刘晓飞：《人有悲欢离合，月有阴晴圆缺——评〈生死疲劳〉兼论莫言近来创作的几个转变》，《当代文坛》2007年第3期。

[2] 高翠英：《〈生死疲劳〉中的"莫言"形象》，《中国石油大学胜利学院学报》2008年第4期。

[3] 樊东宁、姚红静：《评〈红树林〉的叙事手法》，《衡水学院学报》2014年第2期。

部是李玉蝉，第九部是张赤球，第十部是屠小英，第十一部是张赤球，第十二部是李玉蝉和方富贵，第十三部是方富贵。另外，各章内部也会有视角转换。如第五部第四节，整容后的方富贵见到回到家中的张赤球，双方有这样言语和内心的交集：'你感到莫名其妙地暴怒起来……（1）我只能从他那张与我完全一样的脸上看出他的软弱和空虚……（2）这一对满口俗话的夫妻设了一个圈套，我钻了进去……（3）被改换了容貌的物理老师痛苦地想着。（4）他的心里涌起了愤怒，我看到张赤球的脸上表情也是凶残的，也是傲慢的……'"①。

七 使用了多种叙述手法

如《天堂蒜薹之歌》在单章使用顺叙叙写当下所发生的事情——从警察捕人写到法院宣判、省委处理"蒜薹"事件，在双章使用倒叙叙写过去所发生的事情——交待事件的起因和发展。《食草家族》第一章使用插叙叙写"我"在街上的经历、四老爷和四老妈的故事以及蝗虫的故事，第二章使用倒叙叙写玫瑰的故事，第三章使用插叙叙写"我"和儿子进入红树林及有关皮团长的故事，第四章使用倒叙叙写大毛、二毛复仇的故事，第五章使用倒叙叙写了二姑的儿子复仇等故事，第六章使用插叙叙写父亲给"我"讲的故事。《丰乳肥臀》的故事发生在1900—1995近百年间，但小说从1939年日本侵略高密东北乡开始叙写，而且直到第七卷，小说才叙写到1900年所发生的事情，这是倒叙。上官鲁氏分娩与日本侵略者屠村等情节则按时间顺序相继展开，这是顺叙。在写到司马亭在"失踪"之后突然出现在上官一家时，小说叙写了司马亭"失踪"那些年的传奇遭遇，这是补叙。小说一面叙写上官鲁氏生产，一面叙写上官家的驴生产，一面叙写日寇逼近；上官吕氏一面让难产的儿媳自己慢慢生，认为"到了时辰，拦也拦不住"②，一面对驴百般呵

---

① 赵文兰：《〈十三步〉叙事艺术论》，《当代文坛》2017年第2期。
② 莫言：《莫言文集·丰乳肥臀》，云南出版集团公司、云南人民出版社2012年版，第7页。

护，请来兽医樊三给驴接生，并许以重金让他保"母子平安"，这是平叙。《红树林》采用倒叙、插叙，让故事与故事相互穿插，不断地变换时空。在《四十一炮》中，罗小通在村庄里成长的过程、在肉联厂的经历使用顺叙叙写；村长老兰的故事主要使用顺叙叙写，部分则在罗小通的讲述中使用插叙叙写；兰大和尚的故事则是夹杂在罗小通"奇幻"讲述中的一种"叶片式的装点"，使用倒叙叙写。《蛙》除使用了顺叙、倒叙等外，也使用了插叙，如在叙写姑姑的恋人王小倜叛逃后，又叙写四十年后，"我"大哥的小儿子"招飞"的事情；又如，在叙写"我"与王仁美的生女宴上提起王肝的爱情时，使用插叙叙写"我们"尚在孩提时代王肝单恋小狮子之事；再如，"我"知道陈眉为"我"代孕之后，在"堂吉诃德"小饭馆想着"我"的厚颜无耻时，使用插叙叙写"我"回乡之后与陈鼻的两次会面——岁月变迁，让陈鼻这个昔日暴发户完全沦为乞丐，而他又因为重男轻女的思想害了他的两个女儿。

八　使用了复调叙事

在这里，所谓复调叙述是指"把矛盾性置于同一性之中"，"把否定性向度置于肯定性向度之中"，从而，在某一个特定的语境里同时出现几种语气、语义不一致的叙述，相互解构，造成"对和谐的'一体化'的语言关系的瓦解和对既定的经验秩序的颠覆"[①]，几种声音相互交织、汇聚在一起，同时，又保持着自己的独立性和价值性，使所叙述的事情包含多重含义，进而使所叙之事的意蕴增多增大，或产生一种"别具一格"的意味。莫言长篇小说使用了复调叙事，如《丰乳肥臀》中的上官金童好像是既傻又痴，也不经常说话，但在他的内心中却有自己对事物的判断标准，而这与作者的判断标准并不一致。作者将视野中心的主人公和他的生活变换到视野边缘，并使他面向自己，让他按照作者的方式

[①] 赵奎英：《一个可逆性的文本——〈丰乳肥臀〉的语言文化解读》，《名作欣赏》2003年第5期。

来看待世界，使他以作者对待生活态度来看待周围的世界①；"我们一家九口，出现在县城大集的人市上"时，上官金童真真切切地看见白板房那边女人们撕扯叫骂的情景，以为是真的在撕扯叫骂，但到最后"我（即上官金童——引者注）听到周围的人都长吁了一口气，才知道大家都在观看着井台上的戏剧。"②……《四十一炮》中的"罗小通端坐在'五通神庙'前，滔滔不绝、信口开河地讲述他亦真亦幻的故事。叙述者罗小通坐在现实中，思维却沉浸在对过去的追忆中，而现实中'他者'的热闹与记忆与想象中过去的辉煌在叙述上呈平行推进的态势，俨然一曲严整的二重奏。无论是话语的对立、交织与重叠，还是记忆、想象与现实的相反相衬，都在叙述者的操控下呈现出狂欢化复调叙事的特征。"③《蛙》在写到"我"与小狮子在参观中美合资家宝妇婴医院意外地遇到20多年未见的小学同学肖下唇后，一方面细致地描写肖下唇的一举一动以凸显其心黑手辣，一方面叙写精美的宣传图册图文并茂的内容；一边是现实中肖下唇与小毕的亲密无间，一边是画册上的对孕妇无微不至的关怀；两件看似无关的事交集在一起，深入地揭示了肖下唇的本来面目和妇幼保健院的内幕。

九 叙事时间混杂交织

如《红高粱家族》如此开头："一九三九年古历八月初九，我父亲这个土匪种十四岁多一点。他跟着后来名满天下的传奇英雄余占鳌司令的队伍去胶平公路伏击日本人的汽车队。"④"叙述者'我'站在'现在时'讲述'父亲'过去的事。又以'过去'为端点，交代'爷爷'未来

---

① 参见李刚《莫言创作美学品格的叙事学研究》，硕士学位论文，聊城大学，2006年。
② 莫言：《莫言文集·丰乳肥臀》，云南出版集团公司、云南人民出版社2012年版，第131页。
③ 王西强：《成年叙述与童年故事——论〈四十一炮〉的复调叙事》，《天中学刊》2014年第29卷第4期。
④ 莫言：《莫言文集·红高粱家族》，云南出版集团公司、云南人民出版社2012年版，第3页。

'名满天下'的事"① ——在叙事时间上把过去、现在、未来交织在一起。《檀香刑》如此开头:"那天早晨,俺公爹赵甲做梦也想不到再过七天他就要死在俺的手里;死得胜过一条忠于职守的老狗。俺也想不到,一个女流之辈俺竟然能够手持利刃杀了自己的公爹。"② 叙述者(孙眉娘)站在"现在"叙述"过去"和"未来"发生的事情——在叙事时间上把过去、现在、未来交织在一起。《生死疲劳》如此开头和结尾:"我的故事,从一九五〇年一月一日讲起。"③ "我"即西门闹在历经驴、牛、猪、狗、猴的转世之后再转世为人的大头婴儿蓝千岁,这句话是"我"站在"现在"从五十年前开始讲五十年间发生的事情——在叙事时间上把过去、现在、未来交织在一起。小说故事情节的时空秩序也由此打破——混杂交织。

十 使用了"复合"叙事

所谓"'复合'叙事"即对一件事分几次叙述,每一次的叙述各有侧重,合成一个多义、复调、立体化的艺术体,莫言长篇小说使用了"复合"叙事,如《红高粱家族》对戴凤莲的故事的叙述。

小说是叙事的艺术,小说在叙事方面的"标新立异"最能"显赫"地标示出小说的特色,莫言长篇小说在叙事方面的这些"标新立异"组构在一起也就自然而然地成为了莫言长篇小说的一种标志。

第三节 人物形象的标新立异

莫言长篇小说每一部都塑造了为数不少的人物形象,如《红高粱

---

① 曾利君:《加西亚·马尔克斯作品的汉译传播与接受》,中华书局2011年版,第141页。
② 莫言:《莫言文集·檀香刑》,云南出版集团公司、云南人民出版社2012年版,第5页。
③ 莫言:《莫言文集·生死疲劳》,云南出版集团公司、云南人民出版社2012年版,第3、576页。

家族》塑造了余占鳌、戴凤莲、刘罗汉等人物形象,《天堂蒜薹之歌》塑造了高羊、高马、方金菊、方四叔、方四婶等人物形象,《酒国》塑造了丁钩儿、小妖精、金钢钻等人物形象;《丰乳肥臀》塑造了上官鲁氏、司马库、沙月亮等人物形象……总的来看,这些人物有如下特点:

一 非英雄化。莫言长篇小说虽然塑造了一些英雄人物,如《红高粱家族》中的余占鳌、《丰乳肥臀》中司马库等,但这些英雄人物全都不是中国现当代文学作品中那种"经典"的英雄人物,如《红日》中的刘胜、陈坚,《红岩》中的许云峰、江姐,《红旗谱》中的朱老忠、大贵,《林海雪原》中的少剑波、杨子荣等——这些人物全都是一种高大上的人物,都灿烂光彩;也塑造了一些正面人物,如兼有家族始母和人类文明始母的多重品性的上官鲁氏……但它们并没有什么太亮色、太令人振奋的地方。而一些非英雄人物或非正面人物,如《红高粱家族》中的麻风病患者单扁郎,天花患者冷麻子、成麻子,病病殃殃的痨痨四,《天堂蒜薹之歌》中的瘸子方一君,《酒国》中的侏儒余一尺,《丰乳肥臀》中的弱智上官金童、哑巴孙不言、独乳老金、独臂龙青萍,《红树林》中天生痴呆而懦弱、肥胖臃肿的秦小强,《食草家族》中手像鸭蹼、没有屁股的九老妈、像公鸡的泥塑匠人、介于狼与狗之间的九老爷、头皮绿油油眼像狗眼两撮鼻毛像蝴蝶的触须十指像植物的根茎的黄胡子、黄眼睛哑巴德高、先天的瞎子德重、"活了十三岁没穿过一件衣服的痴呆儿"[1]德强、身材高大头发金黄嘴唇鲜红大眼睛蓝汪汪的像滴进了几滴蓝墨水的天、"个头矮小、驼背弓腰、五官不正、牙齿焦黄"[2]的地、独眼人锔锅匠李大元,《四十一炮》中迷恋肉只知傻吃肉的罗小通,《檀香刑》中天生痴呆而懦弱的赵小甲,《生死疲劳》中天生的太监许宝、仿佛能够吞噬一切食物的大头儿蓝千岁,《蛙》中在火灾面容被毁的陈

---

[1] 莫言:《莫言文集·食草家族》,云南出版集团公司、云南人民出版社2012年版,第272页。

[2] 同上书,第270页。

眉、侏儒王胆、头顶光秃衣着古怪落魄潦倒的陈鼻等……这些人物更是"残缺"之人，仅形貌就让人感到不堪入目，更不能给人以些许的昂扬、振奋、愉悦之感。

二　漫画化。莫言长篇小说常常将人物漫画化，如《丰乳肥臀》中的公社干部羊委员"宛若一根充足了血液的驴鸡巴"[1]，残废后的哑巴孙不言"双手按地，像一只巨大的青蛙"[2]，脱掉衣服时，"像一只漆黑的大蜘蛛"[3]。

三　类型化。莫言长篇小说的人物往往类型化，如《食草家族》中的成年男性，无论是《红蝗》中的四老爷、九老爷，还是《生蹼的祖先们》中的"我"，《二姑随后就到》中的大爷爷，《复仇记》中沫洛会、王先生等，都虚伪、没有操守、残忍且好色、血腥且暴力、浅薄自私、下流无耻、无知而又市侩，行动仅仅基于欲望冲动和趋利避害的本能，在大事件面前也缺乏基本的担当……老年女性为家族中成年男性的附庸或帮凶，起着助纣为虐的作用，如《二姑随后就到》中的大奶奶和麻奶奶；青年女性，如《红蝗》中的四老妈，《玫瑰玫瑰香气扑鼻》中的玫瑰，《生蹼的祖先们》中的梅老师和女考察队员们等，都充满了生命的能量和活力，不但美丽、健康，而且经常成为带有神话色彩的传说中的主角；军人/领导，如支队长、高司令、皮团长、阮书记等，一般都是颐指气使，武断、蛮横、残忍，不近人情；少年虽往往受到迫害、不幸，但都代表一种生猛的力量，他们往往无所顾忌，嘲弄和揭露成年人的虚伪，破坏既有秩序，无所顾忌甚至血腥地挑战和对待他们的长辈和权威。

又如，《天堂蒜薹之歌》中的"政府"（"官方"工作人员）全是邪恶之徒，连"二十出头年纪，留着短发，大眼睛，长睫毛，挺俊，一个

---

[1] 莫言：《莫言文集·丰乳肥臀》，云南出版集团公司、云南人民出版社2012年版，第631页。
[2] 同上书，第405页。
[3] 同上书，第383页。

鹅蛋脸热得红彤彤的"①　女警察也非常邪恶——她狠踢方四婶把她的腔都快要踢破了。

再如，在《丰乳肥臀》中，上官来弟、上官领弟、上官念弟等都"极爱"——上官来弟、上官领弟因爱而狂，上官念弟为爱而放弃自由甚至放弃生命。司马库、独乳老金、龙青萍、成为南韩富翁后的司马粮等都"极浪"——司马库对看上的女人一个不放过，独乳老金、龙青萍对上官金童的一些言行堪称猥亵、淫荡，成为南韩富翁后的司马粮恃财纵欲。上官金童、司马大牙、上官斗等都"极愚"——上官金童弱智到对乳之外的事情一无所知、一无所欲，司马大牙、上官斗等大摆屎尿阵来对付德寇。共产党人均丑——要么长相丑，如"'公家人'，几乎都是'像猎狗'，'像一头暴怒大猩猩'，'宛如一只大蛤蟆'，'眼睛像墓地里的磷火'，'头发像猪鬃一样'，'残忍得像狐狸'，整个人'像一根充了血的驴鸡巴'"②；要么是品性差，如八路军爆炸大队鲁大队长与民女勾勾搭搭，并以盗卖军火的罪名处死情敌马童，政委鲁立人对民女上官盼弟先诱后娶，身为政委夫人和农场畜牧队队长的上官盼弟"六亲不认"，养鸡场场长、战斗英雄龙青萍玩弄男性，八路军班长孙不言强奸民女，广播电视局局长汪金枝公开索贿索官职，大栏市市长鲁胜利贪污、受贿、淫荡③；要么行为龌龊，如司马库率部把鲁立人从大栏镇赶走只是因大栏镇是自己的家乡，而实际上并没有想消灭鲁立人的部队，而且只施行恐吓战术，"仅仅打死打伤了爆炸大队十几个人"；而鲁立人率部杀回大栏镇时，却让司马库全军覆没，甚至伤及看电影的无辜群众。共产党"不仅迫害母亲，而且像土匪一样残害无辜，土改时吃包子不给钱，还把卖包子的抓了，卖棺材的、开油坊的、教书的私塾先生都成了斗争

---

①　莫言：《莫言文集·天堂蒜薹之歌》，云南出版集团公司、云南人民出版社2012年版，第45页。

②　何国瑞：《评论〈丰乳肥臀〉的立场、观点、方法之争——答易竹贤、陈国恩教授》，《武汉大学学报》（人文科学版）2002年第2期。

③　参见陶琬《歪曲历史，丑化现实——评小说〈丰乳肥臀〉》，《中流》1996年第7期。

的对象"①;"大人物"灭绝人性,授意鲁立人下令枪毙幼儿;纪琼枝在"土改"时强迫寡妇改嫁,在做教师时把学生打趴在地上;支前连队独臂指导员随意殴打民工,抢掠逃难的剃头匠的车子,恐吓他"不是地主,也是富农"②,逼得他最后上吊自杀而死;担架连的女连长在一个抬担架的队员患羊痫风倒地不省人事时,拿脚踢他,用手榴弹敲他,还从沟里扯一把枯草塞进他的嘴里,说:"吃吧,吃吧,犯羊痫风,是想吃草了吧?"③ 杨公安"刑讯逼供"④……

四 概念化。莫言长篇小说有些人物是某种观念的载体,如《檀香刑》人物名字"泛符号化"——赵甲、钱丁、孙丙等。一个人物,没有实际的名字,只有一个宽泛的符号化的名称,这说明这个人物并不是历史生活中实际存在的人,而是一个文化群体的代表,一种文化存在方式的象征。《食草家族》中的小毕、《蛙》中的小毕这两个人物的名字的谐音为"小屄",即隐含着骂人之意。

五 非正常化。莫言长篇小说不少重要人物为非正常人物。如《丰乳肥臀》中的"我"——上官金童,《红树林》中的林大虎、秦小强,《檀香刑》中的赵小甲,《四十一炮》中的罗小通等都是非正常人物。

六 悲剧化。莫言长篇小说几乎全都是悲剧,其人物,特别是一些重要人物,许多都是悲剧性人物,如余占鳌、戴凤莲、高羊、高马、方富贵、张赤球、李玉婵、王副市长、罗通、杨玉珍、罗小通、西门闹、蓝脸、洪泰岳、姑姑(万心)、陈眉、上官鲁氏、司马库、沙月亮、鲁立人、林岚、马叔、金大川、秦书记、林万森、孙眉娘、孙丙、钱丁等。

莫言长篇小说人物的这些"标新立异"具有鲜明的反叛性——它既

---

① 彭荆风:《莫言的枪投向哪里?——评〈丰乳肥臀〉》,《内部文稿》1996 年第 12 期。
② 莫言:《莫言文集·丰乳肥臀》,云南出版集团公司、云南人民出版社 2012 年版,第 276 页。
③ 同上书,第 314 页。
④ 何国瑞:《评论〈丰乳肥臀〉的立场、观点、方法之争——答易竹贤、陈国恩教授》,《武汉大学学报》(人文科学版)2002 年第 2 期。

一反中国现当代主流文学观对现实主义文学及人物典型性的强调,又多不具有传统现实主义小说人物的"典型性"。

第四节 情节的标新立异

莫言长篇小说情节的标新立异之处主要有以下几点:

一 创设了独特的情节地理环境

莫言曾坦言:"我在中国文坛获得成功并得到读者的承认,主要在于我在福克纳、马尔克斯等人的启发下,在我的真实故乡的基础上,创建了一个'文学的共和国'——高密东北乡。"[1] 莫言长篇小说的故事情节许多都发生在"高密东北乡",如《红高粱("梁"应为"粱"——引者注)家族》、《酒国》、《食草家族》、《丰乳肥臀》、《檀香刑》、《生死疲劳》、《蛙》等的主要故事情节均发生在"高密东北乡"。

二 正面叙写具有传奇性之事

莫言长篇小说正面叙写具有传奇性之事——"迷恋长翅膀的老头,坐床单升天之类鬼奇细节"不少[2],如在《红高粱家族》中,余占鳌对着任副官开枪以发泄自己对任副官的恨意,"子弹在低空悠闲地飞翔,贴着任副官乌黑的头发滑过去"[3];余占鳌对着狗群射出的最后几粒子弹,"在月光中翻着筋斗飞行,缓慢得伸手就可抓住"[4];狗与人斗智斗

---

[1] 莫言:《没有个性就没有共性》,《莫言文集·用耳朵阅读》,云南出版集团公司、云南人民出版社2012年版,第151页。
[2] 莫言:《两座灼热的高炉》,《世界文学》1986年第3期。
[3] 莫言:《莫言文集·红高粱家族》,云南出版集团公司、云南人民出版社2012年版,第52页。
[4] 同上书,第163页。

勇；刘罗汉在日寇的魔窟处置"我"家的两头"叛国骡"，可远在家中的豆官却在梦中听到他家那两头大黑骡子的叫声；戴凤莲死后多年出土时，"容貌像鲜花一样美丽，墓穴里光彩夺目，异香扑鼻，像神话故事里的情形一模一样。"① 耿十八刀被日本人捅了十八刀，全身泡在血泊里，因为有一只红狐狸不停舔舐他的伤口而最终得救；余占鳌被日军抓到日本的北海道做苦工，逃出苦役后在山洞里当了十几年的野人。

在《十三步》中，殡仪馆整容师居然能把方富贵的模样整得和张赤球一模一样；死而复活的方富贵以张赤球的身份活；笼中叙述者不吃新鲜的水果，但抓住笼外人所给的粉笔贪婪地吃，连粘在下巴上的粉笔末子也要舔食。

在《酒国》中，金钢钻凭着能喝酒而做官；鱼鳞男孩因喝了一种酒而变得"状如婴孩"，能够"从假山上一跃而下"②，"从房顶上斜着飘下来，不偏不倚，正落在黑驴背上"③，能化身为一尺酒店的服务员、掌柜余一尺等不同的人；红衣小妖精进入烹饪学院特别收购处后在小孩子们中称王称霸。

在《食草家族》中，"时空模糊，情节离奇，制造出一个又一个神话，人性与动物性之间的界限有时泯然难分，神话世界与现实人生的距离非常紧密，以至于使我们觉得这一世界与我们的距离既迫近又那么遥远"④；"腊八老爷"本已死了，可又多次复活，不但起来吃东西，还对自己的葬礼指手画脚，最后，在把一切安排妥当之后才心满意足地死去；死去的皮团长对反叛他的人进行镇压，失踪了三年的考察队员再次出现；"我"的年龄随意变化，"我"在过去与现在之间自由穿梭，并且在死了之后还可以与活人对话，能够看见凡间的事物，见到梅老师就想

---

① 莫言：《莫言文集·红高粱家族》，云南出版集团公司、云南人民出版社2012年版，第248页。
② 莫言：《莫言文集·酒国》，云南出版集团公司、云南人民出版社2012年版，第84页。
③ 同上书，第120页。
④ 贾靖：《从〈红高粱（"梁"应为"粱"——引者注）〉到"食草家族"》，《辽宁教育学院学报》（社会科学版）1989年第4期。

活过来；小屁孩死了以后能像幽灵一般拥有灵敏的感觉；一头母猪像人一样，能跳舞，能穿鞋；母马变成女人和男孩结婚，人驴交配……

在《丰乳肥臀》中，司马亭与司马库的奶奶——盲女——所坐的大瓮漂流在湍急的洪水中居然没有没事；"德国人修建胶济铁路，破坏了高密东北乡的风水。为此，上官斗和司马大牙与他们进行过屎尿战"①；神经失常的上官领弟能"纵身一跃，轻捷地跳到梧桐树上，然后从梧桐树又跳到大楸树，从大楸树又降落到我家草屋的屋脊上"②。

在《红树林》中，万奶奶巧遇洪秀全；陈珍珠姐弟俩采到价值连城的黑珍珠。

在《檀香刑》中，孙丙在率众与德寇战斗时冒枪林弹雨而安然无恙；孙丙能受无比残酷的檀香刑。

在《四十一炮》中，肉联厂举办吃肉比赛，省市支持肉联厂举办规模宏大的"肉食节"，政府主持建"肉神庙"；罗小通曾向老兰发射了四十一发炮弹，最后一发炮弹把老兰炸成了两截，可老兰又活生生地张罗着肉食节，而且官越做越大，钱越赚越多；"肉是有容貌的，肉是有语言的，肉是感情丰富的"，可以跟罗小通进行交流③，"肉都是活的，肉上生着很多的小手"，可以对着罗小通"摇摇摆摆"④，它会对罗小通说："来吃我吧，来吃我吧，罗小通，快来啊。"⑤ 娇娇"能看到肉上长满了小手。肉不但会说话，肉还会唱歌呢。肉上不但有小手，还有许多的小脚，那些小手小脚都像小猫的爪子一样，勾呀勾呀，动啊动啊的……"⑥；"五通神庙"暴风雨前后在庙墙豁口和庙里庙外出现的神秘的女人做饭，庙堂的狐狸，被米粥的香气吸引，大大方方的走进了小屋，母狐狸在

---

① 莫言：《莫言文集·丰乳肥臀》，云南出版集团公司、云南人民出版社2012年版，第570页。
② 同上书，第119页。
③ 莫言：《莫言文集·四十一炮》，云南出版集团公司、云南人民出版社2012年版，第198页。
④ 同上书，第220页。
⑤ 同上书，第198页。
⑥ 同上书，第221页。

前,公狐狸在后,在它们中间,蹒跚着三个毛茸茸的小狐狸;两只大狐狸蹲在锅前,不时地抬头看看女人,眼睛里闪烁着乞求的光芒,大和尚叹了一声气,把自己面前的大碗推到母狐狸的面前;兰大和尚在"练功"时折叠起自己的身体,用嘴巴含着自己的鸡鸡,在那张宽阔的木床上,像一个上足了发条的玩具一样翻滚。

在《生死疲劳》中,西门闹经历了六道轮回。

在《蛙》中,人物以人的器官命名;姑姑在被宣布退休的那天晚上在一人多高的芦苇的洼地被蛤蟆、青蛙的呱呱声包围,"蛙声如哭,仿佛是成千上万的初生婴儿在哭"[①];一个乡村,却有许多外国女人,许多混血儿,有一个牛蛙公司、一家中美合资医院,人们的生活都与代孕生意息息相关;每个人都是一个看似没有感情的机器,唯一有感情的陈眉被当成了疯子;陈鼻、王胆兴奋、津津有味地吃煤……

三 正面叙写具有迷信色彩之事

莫言长篇小说正面叙写了具有迷信色彩之事,如在《红高粱家族》中,"我二奶奶"被黄鼠狼附体,满嘴胡言乱语,大喊大叫,一直不能断气,刘罗汉想尽了各种办法,都不能使"我二奶奶"安静下来,最后,请李山人出面作法,"我二奶奶"才咽了最后一口气。在《天堂蒜薹之歌》,曹家为死去的儿子结阴亲。在《丰乳肥臀》中,上官领弟从昏死之中醒来之后被鸟仙附体,一下子就有特异功能,能准确地知道鸟儿韩"被捉到日本去了,十八年后才能回来"[②],能给人排疑解惑、治病消灾;袁金标的年轻妻子方金枝被狐仙附体;上官金童等在逃难的途中借宿小院落时碰到"起尸鬼"死老太太。在《红树林》中,珍珠仙子救了陈珍珠。在《檀香刑》中,孙眉娘暗恋钱丁,借巫婆的巫术——用交尾的蛇血获取爱情的力量,使钱丁深陷爱河而不能自拔……

---

① 莫言:《莫言文集·蛙》,云南出版集团公司、云南人民出版社2012年版,第182页。
② 莫言:《莫言文集·丰乳肥臀》,云南出版集团公司、云南人民出版社2012年版,第120页。

四　正面叙写恶作剧

莫言长篇小说正面叙写了一些恶作剧的情节。如在《红高粱家族》中，余占鳌等轿夫在送亲的途中疯狂般地颠轿；余占鳌往酒篓中撒尿，被尿过的酒竟然醇香无比，并成为单家高粱酒的基础。在《四十一炮》中，养狗专业户黄彪往煮好的肉上撒尿。

五　情节跳跃、零乱、迷离、模糊

《红高粱家族》"作为一部长篇，最大的遗憾是没有结构，因为写的时候就是当中篇写的，写了五个中篇，然后组合起来。"① "第一部是中篇，后来催着约稿，那就继续写吧，写了五篇，实际上是组合起来的系列中篇。"② 第一章《红高粱家》曾作为中篇小说发表于《人民文学》1986年第3期，并获1985—1986年全国优秀中篇小说奖。第二章《高粱酒》，第三章《狗道》，第四章《高粱殡》，第五章《奇死》等均作为中篇小说发表过。③ 因此，仅从逻辑上来看，小说的故事情节不可能连贯、统一、明晰，而从实际上来看，也的确如此——故事情节本是从戴凤莲十六岁时出嫁开始的，但小说开头的情节却是戴凤莲十四岁多一点的儿子豆官跟随余占鳌伏击日寇；之后，其他情节相继展开，但在展开时又不"规则"——不遵循故事情节发展的顺序，章与章之间的衔接也不紧凑。

《天堂蒜薹之歌》的故事情节在文本层面上并非按照事情发生、发展的顺序直线展开——故事情节实际上是从方、刘、曹三家换亲开始，但小说是从"蒜薹事件"发生后，警察抓捕高羊与高马开始，然后，把过去发生的高马与方金菊的恋爱故事与现实中的高羊被抓、高马逃亡交叉叙述，小说也由此形成了过去发生的高马与方金菊的恋爱故事与现实

---

① 莫言：《作为老百姓写作》，《莫言文集·用耳朵阅读》，云南出版集团公司、云南人民出版社2012年版，第79页。

② 姜异新整理：《莫言孙郁对话录》，《鲁迅研究月刊》2012年第10期。

③ 《高粱酒》发表于《解放军文艺》1986年第7期，《狗道》发表于《十月》1986年第4期，《高粱殡》发表于《北京文学》1986年第8期，《奇死》发表于《昆仑》1986年第6期。

中的高羊被抓、高马逃亡两条线索，现在与过去夹杂，时间顺序被打乱，前后颠倒。

《十三步》"打破了传统的线性叙事，打破了以钟表时间为顺序的框架结构，采用了心理时间与钟表时间彼此交融、互相渗透的叙述方式，将时间颠倒或重叠，用有限的时间展示无限的空间，将过去、和现在和未来交织在一起"①；充满悬念，但这些悬念不同于侦探小说或恐怖电影的悬念——它们不是由推理的严密或是镜头的血腥所构成的，而是由故事被打断被任意组合之后所构成的，凌乱得让人找不到故事的入口和出口。

《酒国》的故事情节有三个——有关检察院侦察员丁钩儿去酒国市调查"红烧婴孩"案件的情节、有关酒国酿造学院（大学）勾兑专业的博士研究生与业余作家李一斗及作家莫言通信的情节、有关李一斗创作并寄给作家莫言的九篇短篇小说的情节；最后一个情节补充了前两个情节中相关人物和事件的背景、细节，三个情节由此互相穿插、互为补充，立体化地刻画出酒国市真假难分、正邪莫辨的世态人相。

《食草家族》包括六梦——六梦实为六个中、短篇小说，如第一梦《红蝗》、第二梦《玫瑰玫瑰香气扑鼻》、第三梦《生蹼的祖先们》、第四梦《复仇记》、第六梦《马驹横穿沼泽》等曾作为中、短篇小说发表过②。因此，仅从逻辑上来看，小说的故事情节不可能连贯、统一、明晰，而从实际上来看，小说的故事情节的确不够连贯、统一、明晰——六梦写了六个梦，"时空模糊，情节离奇，制造出一个又一个神话，人性与动物性之间的界限有时泯然难分，神话世界与现实人生的距离非常紧密，以至于使我们觉得这一世界与我们的距离既迫近又那么遥远"③；小说像

---

① 赵文兰：《〈十三步〉叙事艺术论》，《当代文坛》2017年第2期。
② 《红蝗》发表于《收获》1987年第3期，《玫瑰玫瑰香气扑鼻》发表于《钟山》1988年第1期，《生蹼的祖先们》发表于《长河》1988年创刊号，《复仇记》发表于《青年文学》1988年第10期，《马驹横穿沼泽》发表于《青年文学》1988年第10期。
③ 贾靖：《从〈红高粱（"梁"应为"粱"——引者注）〉到"食草家族"》，《辽宁教育学院学报》（社会科学版）1989年第4期。

是把一个个场景组接起来的一样，与用蒙太奇手法制作的电影相仿。

《丰乳肥臀》第一卷的开头从上官金童的出生写起，而把故事情节的开头放到最后一卷写；在前半部分，小说从上官来弟入手，随后以上官来弟、上官招弟、上官盼弟、上官领弟为主要线索，也就是大致以人物为主线展开情节——与《水浒传》展开情节的方式颇为相似①。

《红树林》运用蒙太奇的手法，将故事解构后进行重新组合——"将'现在时间'与'过去时间'两相结合，穿插在作品中成为两条线索，同时又运用'时间压缩法'将几十年的历史时间通过一个事件、几个人物的连缀而成，将历史切割成许多碎片，在碎片的回忆中又切入叙事时间，也即故事时间，就在一个个切入点的连缀中，将过去和现在连接成一个有机的时间整体"②。

《檀香刑》包括"凤头部"、"猪肚部"、"豹尾部"等三个部分，"凤头部"采用戏剧道白方式分别以孙眉娘、赵甲、赵小甲、钱丁等人的视角叙事，形成四个平行推进的情节，同时，以人物的回忆穿插其中，冲断时间顺序上的连续性。"猪肚部"采用全知全能的客观视角，以一个局外人的口吻叙述孙丙与钱丁斗须、家属遇祸、与德国人纠纷、奋起抗德、被钱丁拿获等事件，同时，穿插孙眉娘、钱丁、赵甲等人过去的故事；在行文中则插入猫腔唱词，一方面让孙丙借唱词抒情，另一方面借猫腔里唱到的岳飞抗金的故事来与孙丙抗德相呼应；从而，打断了第一部分时间顺序上的延续性，并延缓了小说的情节进展。"豹尾部"分别以赵甲、孙眉娘、孙丙、赵小甲、钱丁等人的视角叙事，打通时空，自由而随意地抒写叙事者的体验，将"凤头部"的四个情节一一对应连接了起来，同时，又从"猪肚部"衍生出了孙丙受刑的情节线索；五条情节最后在"豹尾部"中交叉汇合在一起。

《四十一炮》的主要故事情节是罗小通十年前在家乡的人生经历；次要故事情节由庙里庙外发生的事情与罗小通对自己在城市流浪期间的

---

① 参见牛殿庆《〈丰乳肥臀〉的艺术建构》，《苏州大学学报》2005年第6期。
② 樊东宁、姚红静：《评〈红树林〉的叙事手法》，《衡水学院学报》2014年第2期。

见闻、罗小通当年在家乡耳闻的传说、罗小通想象中的兰大和尚传奇性的爱情史和性史等相互穿插而成；主次故事情节相互交错切割、曲折迂回、扑朔迷离。

《生死疲劳》的三个叙事者——大头蓝千岁即西门闹（亦即西门闹在六道轮回中所转世的驴、牛、猪、狗、猴等）、蓝解放与作家莫言分别叙述了西门闹的六道轮回；三个叙事者三种声音，互不交集，行文有时毫无提示地由动物视角的叙事转入人视角的叙事；西门闹的六道轮回各不一样，彼此之间没有必然的联系……小说的整个故事情节由此显得不连贯、不统一。

《蛙》由剧作家"我"写给日本作家杉谷义人的五封信构成：前四封信是关于当了五十多年妇科医生的姑姑的长篇叙事，其中也加入了"我"本人的生活故事——所叙述的故事如同在现实中真的发生过，写实性强；第五封信则除书信之外，还附有一部话剧[①]——话剧对书信从另一种角度进行了重新叙述和有效补充，颇具荒诞性、讽刺性；在每封信的开头，"我"都要把自己所要述说的事情先来个总体的交代，然后逐一展开……小说的整个故事情节由此时断时续、时真时幻。

第五节　文体的标新立异

总的来看，莫言长篇小说在文体方面颇为标新立异——既没有因袭既有的小说体式，又彼此毫不雷同：

《红高粱家族》分"章"——包括五章，各章均有标题。

《天堂蒜薹之歌》分"章"——包括二十一章，各章均没有标题；每一章的前面都有一段歌谣片段。

[①] 参见赵奎英《修辞与伦理：莫言〈蛙〉的叙事修辞学解读》，《小说评论》2012年第6期。

《十三步》分"部"——包括十三部,各"部"没有标题。

《酒国》分"章"——包括十章,各"章"均没有标题,"在叙事模式上对侦探小说、武侠小说(《驴街》)、严酷现实主义小说(《肉孩》)、魔幻现实主义小说、新写实主义小说(《烹饪课》、《酒城》)、表现主义小说、元小说进行了戏仿或'敬仿'",可以说是一部"小说文体'满汉全席'的作品"①

《食草家族》分"梦"——包括六"梦",各"梦"均有标题。

《丰乳肥臀》分"卷",正文共七卷,各卷均没有标题;各卷均分若干章,各章均没有标题;正文之后,附加一个《卷外卷·拾遗补阙》——七补。

《红树林》一共十八章和一个尾声,各章和尾声均没有标题。

《檀香刑》分"部"——包括三部,各部均有标题——三部的标题分别为"凤头部"、"猪肚部"、"豹尾部";各部包括若干章,每章均有标题;"凤头"部和"豹尾"部各章题目都是由四个字的主谓结构构成,"猪肚"部各章题目都由两个字的动宾或偏正结构构成;三部十九章的章节题目的外形结构整齐别致,具有建筑美,与"凤头—猪肚—豹尾"的结构模式相互映衬、相得益彰,从整体结构上给人一种既整齐对称又活泼生动的视觉美感。同时,小说在叙事过程中夹杂着猫腔唱词,可以说是"一部戏剧化的小说,或者说是一部小说化的戏剧。"②

《四十一炮》包括冲天炮、开山炮、转角炮、连环炮、脑后炮和扎地炮,共六章;各章又包括若干"炮"(节),各"炮"均没有标题,一共四十一"炮";用两种字体叙写不同的内容。

《生死疲劳》分"部"——包括五部,各部均有标题;各部均包括若干章,各章均仿中国古典章回体小说拟对仗、整齐的标题;内容有受中国佛教轮回观影响的元素,文本结构也体现出轮回的特点;小说的开

---

① 吴义勤、王金胜:《"吃人"叙事的历史变形记——从〈狂人日记〉到〈酒国〉》,《文艺研究》2014 年第 4 期。

② 姜异新整理:《莫言孙郁对话录》,《鲁迅研究月刊》2012 年第 10 期。

头与结尾重复使用一句话："我的故事，从一九五〇年一月一日讲起。"这实际上也是一种"轮回"。

《蛙》分部——包括五部，各部均有标题；每一部都是一封书信，也就是说，小说由五封书信构成，属书信体；但最后一封书信，即第五封书信除书信之外，还附有一部话剧，因此，小说又可以说属书信、话剧混合体。

从以上这些情况来看，莫言长篇小说的确格式特别或形式新颖——不仅与别的作家的作品不同，而且每一部新作都与作家本人以前的作品有所不同。

第五章 传承:中外文学的影响

总的来说,"毋庸置疑西方欧美现代主义与拉美魔幻现实主义文学思想对莫言的文学创作有着深刻的影响,但同时中国传统文化小说与文化小说传统对莫言的文学创作的影响亦不可小觑。"① 就莫言长篇小说而言,也是如此——它们确实一方面受到了外国文学尤其是欧美文学的影响,另一方面受到了中国本土文学的影响,《檀香刑》及其后的小说,实际上是"继承了中国古典小说传统又借鉴了西方小说技术的混合文本。"②

第一节 外国文学的影响

莫言在儿童时代就读过《钢铁是怎样炼成的》,莫言长篇小说广泛地受到了外国文学的影响——福克纳、马里奥·巴尔加斯·略萨、劳伦斯、阿斯塔菲耶夫、水上勉、三岛由纪夫、大江健三郎、博尔赫斯、卡夫卡、川端康成、君特·格拉斯、米兰·昆德拉等的作品都对莫言长篇

---

① 杨新刚:《取今复古 别立新宗——西方现代主义与中国古典主义对莫言文学创作的影响辨析》,《潍坊学院学报》2015年第4期。
② 莫言:《讲故事的人——在诺贝尔文学奖颁奖典礼上的讲演》,《当代作家评论》2013年第1期。

小说产生了影响,"肖洛霍夫、霍桑、川端康成、麦克勒斯、艾特玛托夫等作家,都在莫言的'高粱地'中留有足迹。"① 莫言曾说:"20世纪80年代,我考入解放军艺术学院文学系,读小说写小说成了我的正业。这期间,大量的西方现代派小说被翻译成中文。法国的新小说、拉美的魔幻现实主义小说、日本的新感觉派小说,还有卡夫卡的、乔伊斯的、福克纳的、海明威的。这么多的作品,这么多的流派,使我眼界大开,生出相见恨晚之慨,生出'早知可以如此写,我早已成大作家'之感。于是,就扔下书本,狂热写作。"② "在思想上和艺术手法上无疑都受到了外国文学的极大影响。其中对我影响最大的两部著作是加西亚·马尔克斯的《百年孤独》和福克纳的《喧哗与骚动》。"③ 从小说文本来看,莫言长篇小说所受影响最为明显的也确实是马尔克斯、福克纳等的小说。

一 马尔克斯小说的影响

莫言曾说:"我认为《百年孤独》这部标志着拉美文学高峰的巨著,具有骇世惊俗的艺术力量和思想力量。它最初使我震惊的是那些颠倒时空秩序,交叉生命世界极度渲染夸张的艺术手法,但经过认真思索之后,才发现艺术的东西,总是表层。《百年孤独》提供给我们,值得借鉴的、给我的视野以拓展的是加西亚·马尔克斯的哲学思想,是他独特的认识世界、认识人类的方式。他之所以能如此潇洒地叙述,与他哲学上的深思密不可分。我认为他在用一颗悲怆的心灵,去寻找拉美迷失的温暖的精神家园,他认为世界是一个轮回,在广阔无垠的宇宙中,人的位置十分渺小。他无疑受了相对论的影响,他站在一个非常的高峰,充满同情地鸟瞰纷纷攘攘的人类世界。"④ 由此可见,莫言在文学观念的层面是自觉、明确地接受了马尔克斯《百年孤独》的影响的;同时,其

---

① 张志忠:《莫言文体论》,《文学评论家》1987年第6期。
② 莫言:《讲故事的人——在诺贝尔文学奖颁奖典礼上的讲演》,《当代作家评论》2013年第1期。
③ 莫言:《两座灼热的高炉》,《世界文学》1986年第3期。
④ 同上。

轮回观及自觉、明确的"悲剧意识"、"主观表现意识"、"乡土意识"等文学观念①，如注重表现悲剧性、冲破写实的拘束、"大踏步撤退"到民间等观点，也受到了马尔克斯的影响。

莫言不仅在文学观念上受到了马尔克斯的影响，而且其具体的作品也受到了马尔克斯小说的影响——莫言曾坦承："很多批评家认为我受到了拉美爆炸文学的影响，尤其是受了马尔克斯那本《百年孤独》的影响，对此我一直供认不讳。我确实受了他的影响"②，"早期的中篇《金发婴儿》、《球状闪电》，就带有明显的魔幻现实主义色彩，因为我那时已经看过马尔克斯的一个短篇小说集，里边有《巨翅老人》等具备魔幻特征的小说。"③ 其长篇小说更是明显地受到了马尔克斯小说，尤其是《百年孤独》的影响。

总的来看，马尔克斯小说的如下几个方面具体地影响了莫言长篇小说：

其一，形象地再现了拉美百年历史。

马尔克斯小说形象地再现了拉美百年历史。如，《百年孤独》以布恩迪亚家族七代人一百年的命运为线索，描绘了一个既开放又封闭的世界，再现了马孔多镇从建立到灭亡的历史，反映哥伦比亚和拉丁美洲各国独立后长时期的政治现实和社会现实，如小说所写的美国人血腥屠杀香蕉园工人、马孔多人集体患失忆症等都是基于历史事实的——美国等帝国主义在侵略、掠夺、奴役拉美人的过程中，曾大肆屠杀拉美人；很多拉美人都忘记自己民族曾遭殖民主义者、帝国主义者奴役的历史……

其二，美学特征：着力于审丑。

马尔克斯小说着力描写丑。如，在《百年孤独》中，何塞·阿尔卡

---

① 参见张卫中《论福克纳与马尔克斯对莫言的影响》，《徐州师范学院学报》（哲学社会科学版）1991年第1期。
② 莫言：《中国小说传统——从我的三部长篇小说谈起》，《莫言文集·用耳朵阅读》，云南出版集团公司、云南人民出版社2012年版，第168页。
③ 莫言：《与王尧长谈》，《莫言文集·碎语文学》，云南出版集团公司、云南人民出版社2012年版，第140页。

蒂奥·布恩迪亚屡遭失败，并最后败家；其子孙们一个个地非正常死亡；战争、病疫等灾祸连连；男女之间的乱伦；孩子长猪尾巴；失眠症流行；暴力……这些均属丑类。

其三，主题：注重揭露和批判。

马尔克斯小说注重揭露和批判，如《百年孤独》揭露和批判了政府与美国勾结作恶——在小说中，政府与美国人狼狈为奸，残酷剥削香蕉园工人，美国人大肆屠杀罢工的香蕉园工人；揭露和批判民族或国民劣根性及人性的恶，表达了对"种的退化"的忧虑——布恩迪亚家族愚昧无知，如乱伦现象在百年之间始终存在，一代不如一代，最后，整个家族随飓风而彻底消失；马孔多人在政治上不觉悟，常常糊里糊涂地充当党派斗争的工具，32次起义都以失败告终，使许多村民为之白白地献出生命，面对狭隘、落后、保守、愚昧的现实，他们不是回首过去，追怀往昔的宁静与淡泊，就是关在小屋里，沉溺于"制小金鱼"、"织裹尸布"、"修破门窗"、"洗澡"之类没有多大意义之事……

《家长的没落》揭露和批判了拉美现实生活中腐朽黑暗的专制制度——某共和国总统尼卡诺尔有无数个情妇，5000多个儿子；其老婆统治政府各部，刚出世的儿子被授予少将军衔；下令全国为其去世的母亲举哀100天，并授予她各种封号；实行特务统治，用种种阴险手段清除政敌，镇压民众……

其四，人物形象。

马尔克斯小说所塑造的人物形象往往有独特之处，其中，最为引人注目的有以下几点：

1. 具有"始祖性"。如，《百年孤独》中老祖母乌尔苏拉——她活了115至120岁，见证了其丈夫何塞·阿尔卡蒂奥·布恩迪亚的败家与疯狂及儿孙们的生与死，经历了战争、病疫，凡布恩迪亚家族经历过的事她几乎都经历了，见证了布恩迪亚家族的百年历史，布恩迪亚家族因她而兴盛，也随着她的去世而走向没落……她兼有家族始母和人类文明始母的多重品性。

2. 具有"特异功能"。如,《百年孤独》中的乌尔苏拉能预见未来,能感知儿子奥雷里亚诺·布恩迪亚(第二代)上校被处死。奥雷里亚诺·布恩迪亚上校在娘肚里就会哭,从小就有预见事物的本领,在被处决时能听得见死去的梅尔基亚德斯教皇通谕般的吟唱。奥雷里亚诺·布恩迪亚(第六代)能与死去多年的老吉卜赛人对话,并受其指示学习梵文;对周围的一切漠不关心,可对中世纪的学问却了如指掌。而阿玛兰妲·布恩迪亚更是能清楚地预感何时死亡,并能与死神交流,在死前把一切准备妥当:阿玛兰妲·布恩迪亚将于傍晚离开人世并给死者捎带信件的消息中午前就传遍了马孔多镇。到下午三点,大厅里就放了满满一箱的信件了。那些不想写信的人就托阿玛兰妲捎个口信,她把口信一一记在小本子上,上面写着收信人去世的日期和姓名……这简直像是一出闹剧。阿玛兰妲一点也不慌乱,也没有露出丝毫的痛苦……她就站在大厅里,像是量体做衣服似的。在临死前的几小时中,她精力那么充沛,以至费尔南达认为她是在捉弄大家。

3. 具有特殊癖好。如,《百年孤独》中的丽贝卡只吃院子里的湿土,蕾梅黛丝总爱裸体,把时间耗费在反复洗澡上。

4. 具有神秘性。如,《百年孤独》中与蕾梅黛丝关系密切的男人均丧命——警卫队队长为之殉情,来自远方的绅士陷入绝望,在屋顶偷看她洗澡的人跌落地上摔死,摸过她的腹部的人被马踩死;蕾梅黛丝能抓着床单随风飘走,不知所踪……

其五,独特的情节地理环境。

马尔克斯小说创设了一个独特的地域——马孔多——作为其情节展开的地理环境。马孔多这一地域名称首次出现在《伊莎贝拉在马孔多观雨的独白》之中,之后,又出现在《百年孤独》等作品中——这一地域名称实际上是马尔克斯作品的一个标志。

其六,叙事时间混杂交织且循环出现。

马尔克斯小说叙事时间混杂交织且循环出现,如,《百年孤独》开头采用倒叙的手法,从将来的角度叙写现在或过去,在叙事时间上将过去、现在、未来交织在一起:"多年以后,面对行刑队,奥雷里亚诺·布恩迪亚上校将会回想起父亲带他去见识冰块的那个遥远的下午。"① 随后,调转笔锋写马孔多镇初创的年代……而且在小说中,"多年以后……"这种叙事"格式"循环出现。

其七,故事情节富有传奇性。

马尔克斯小说的故事情节富有传奇性,如,在《百年孤独》中,何塞·阿尔卡蒂奥·布恩迪亚在杀人后远走他乡,开辟蛮荒之地;他用长矛杀死了侮辱他的邻居普鲁邓希奥·阿基拉尔后,后者的鬼魂经常出没,骚扰他及其妻子乌尔苏拉;他见到普鲁邓希奥·阿基拉尔的鬼魂时不仅一点也不害怕,而且与之促膝长谈,直至天亮;普鲁邓希奥·阿基拉尔在死了多年后返回人间照料何塞·阿尔卡蒂奥·布恩迪亚,后者与前者的关系比与家人的关系还要亲密;何塞·阿尔卡蒂奥·布恩迪亚的鬼魂难忍诱惑,竟然在大白天里在家里面四处游荡。乌尔苏拉看到死去的普鲁邓希奥·阿基拉尔用草团堵脖子上的伤口,洗脖子上的血痂,不仅不害怕,反而很同情他。死去的普鲁邓希奥·阿基拉尔忍受不了在阴间的孤独,竟然感到非常伤感,并对杀死他的人非常眷恋;因没有墓地栖身,其遗骨到处作怪,并发出像母鸡抱窝似的声响;也会像活着的人一样衰老。吉卜赛人梅尔基亚德斯拖着两块磁铁,挨家挨户地走,人们惊异地发现铁锅、铁盆、铁钳和小铁炉纷纷离开原地,铁钉、螺丝钉由于自拔,弄得木头嘎嘎作响;长久寻觅不见的东西,居然在找过多遍的地方出现了,并且争先恐后、成群结队地跟在梅尔基亚德斯那两块魔铁后面乱滚;他曾一度死去,但因为难忍孤独又重返人间,还开创了一家银版照相术工作室。何塞·阿尔卡蒂奥·布恩迪亚和乌尔苏拉的长子何塞·阿尔卡蒂奥在外中弹身亡后,其鲜血似有灵性,可以穿街过巷,拐弯绕角,上下台阶,流回家里向自己的亲人报告消息。弗朗西斯科和魔鬼比赛唱歌,击败了魔鬼。奥雷里亚诺·布恩迪亚上校虽常年征战在

---

① [哥]加西亚·马尔克斯:《百年孤独》,范晔译,南海出版公司2011年版,第1页。

外,但对家里的事情和变故了如指掌,在被处决时能听得见死去的梅尔基亚德斯教皇通谕般的吟唱,他家灶上锅炉里的水会久烧不开,揭开锅盖,里面竟然全是蛆虫;他一生遭遇过14次暗杀,73次埋伏和一次枪决,但均幸免于难;他对准心窝开枪自杀,可最终却奇迹般地活了下来。蕾梅黛丝身上散发着令人不安的气味,这种气味曾将几个男人置于死地,最后,她抓着一个雪白的床单乘风而去,永远消失在空中。奥雷里亚诺第二与情妇同居时,他家的牲畜迅速地繁殖,给他带来了财富,一旦回到妻子身边,其家业便破败。布恩迪亚家族成员触碰到死尸后,死尸上的筋肉随风消散,只剩下骨架。马孔多镇流行一种失眠症,人们日夜不想睡觉,在白日里恍惚做梦,并能看到别人梦里的景象,最后,整个马孔多镇人竟集体丧失记忆,不得不在各种东西上贴上标签,注上名称和用途,如在牛身上贴上"这是奶牛,每天早晨都应挤奶,可得牛奶。牛奶应煮沸后和咖啡混合,可得牛奶咖啡"① 之类的标签,而且人们常常连标签文字的意义也忘记。政府把遭美国人屠杀的香蕉园工人的尸体装上火车运到海里扔掉,装载尸体的火车竟有两百节车厢,前、中、后均有三个车头牵引;不但镇压了罢工者,而且为了惩罚马孔多人,"订购"了一场"洪水",结果,马孔多镇下了"四年十一个月零两天"的大雨,最后,布恩迪亚家族在发生因乱伦引起的一系列怪异事情后连同马孔多镇一起被一阵飓风刮走——马孔多镇在布恩迪亚家族手上从零开始,最后同布恩迪亚家族一起全部归于零……

其八,象征、隐喻、夸张等手法的运用。

马尔克斯小说注重运用象征、隐喻、夸张等手法,如《百年孤独》所描写布恩迪亚家族的兴衰,实际上是拉美近百年历史的象征、隐喻,小说中的一些具体情节或细节,也是一种象征、隐喻、夸张,如马孔多人集体染上失忆症象征、隐喻拉美殖民地民族对自己被凌辱的历史的集体遗忘。运送香蕉园工人尸体的火车有两百节车厢,前、中、后均有三个车头

---

① [哥]加西亚·马尔克斯:《百年孤独》,范晔译,南海出版公司2011年版,第41页。

牵引，象征、隐喻被屠杀的香蕉园工人有很多，也象征、隐喻政府和美帝国主义的凶残，此外，这也是一种夸张。政府为了惩罚马孔多人，"订购"了一场"洪水"，于是，马孔多镇降了一场"四年十一个月零两天"的大雨，大雨导致最干燥的机器的齿轮长出霉花，潮湿的空气让"鱼儿可以从门窗游进游出，在各个房间的空气中畅泳。"① 最后，马孔多镇被一阵飓风刮走……这些象征、隐喻、夸张了政府的惨无人道、灭绝人性……

从小说文本来看，莫言长篇小说在以上几个方面与马尔克斯小说具有对应性的相似性——有些方面简直是一种"复写"或改写，如，《红高粱家族》等中的"红高粱家族"、"一代不如一代"与《百年孤独》中的布恩迪亚家族、"一代不如一代"，《食草家族》中的四老爷爱咀嚼青草和爱在麦田里拉屎、《十三步》中的笼中人吃粉笔和"蜡美人"总爱裸体与《百年孤独》中的丽贝卡只吃院子里的湿土、蕾梅黛丝总爱裸体，《丰乳肥臀》中的上官鲁氏与《百年孤独》中的老祖母乌尔苏拉，《檀香刑》的开篇——"那天早晨，俺公爹赵甲做梦也想不到再过七天他就要死在俺的手里；死得胜过一条忠于职守的老狗"② 与《百年孤独》的开篇——"多年以后，面对行刑队，奥雷里亚诺·布恩迪亚上校将会回想起父亲带他去见识冰块的那个遥远的下午。"③ 《生死疲劳》与《百年孤独》共有的轮回观念、循环叙事、笼罩着一种孤独和绝望氛围的结尾、乱伦及因乱伦所生的不正常的婴儿、生下婴儿的母亲在产后因大出血而死、宿命观。《丰乳肥臀》中上官姐妹相似的名字与《百年孤独》中布恩迪亚家族几代人相似或相同的名字。《食草家族》中的"蹼膜"与《百年孤独》中的"猪尾巴"，《天堂蒜薹之歌》中高羊关于女孩和母亲的幻觉与乌尔苏拉看见死去的普鲁邓希奥·阿基拉尔的情景及布恩迪亚家族成员触碰到死尸后，死尸上的筋肉随风消散，只剩下

---

① ［哥］加西亚·马尔克斯：《百年孤独》，范晔译，南海出版公司2011年版，第274页。
② 莫言：《莫言文集·檀香刑》，云南出版集团公司、云南人民出版社2012年版，第5页。
③ ［哥］加西亚·马尔克斯：《百年孤独》，范晔译，南海出版公司2011年版，第1页。

骨架，布恩迪亚家族及马孔多镇被一阵飓风刮走等①，莫言长篇小说中所描写的红色与马尔克斯小说中所描写的黄色……此外，莫言长篇小说与马尔克斯小说中都"掺杂"了一些神话、传说、历史典故、迷信观念，如《生死疲劳》中"掺杂"了中国神话传说、迷信观念，《百年孤独》中"掺杂"着印第安传说、东方神话、《圣经》典故；都常常写到一些真实的历史人物或事件，如《红高粱家族》写到了曹梦九、抗战，《生死疲劳》中写到了毛主席、土地改革、互助合作社、大跃进、"文革"、改革开放……《百年孤独》中写到弗朗西斯·德雷克爵士（英国航海家、海盗）、罗利爵士（英国探险家，英女王伊丽莎白一世的宠臣）、亚历山大·冯·洪堡（德国地理学家和博物学家）、内战等，且都是以非写实的手法，如象征、隐喻、夸张等写到的，从而，两者都表现出"变现实为幻想而不失其真实"的特点……而莫言对马尔克斯小说，如《百年孤独》，又是情有独钟、独有体味的②，因此，莫言长篇小说显然是受到了马尔克斯小说的影响的——莫言曾坦承自己受到过马尔克斯的影响："马尔克斯实际上是唤醒了、激活了我许多的生活经验、心理体验"，声称"马尔克斯就像一列火车一样"，用巨大的惯性带着他"往前横冲直闯"③。

二　福克纳小说的影响

莫言曾明言："《喧嚣与骚动》……最初让我注意的也是艺术上的特色……后来，我才醒悟，应该通过作品去理解福克纳这颗病态的心灵"④，"我读福克纳的《喧嚣与骚动》，服气了。他写得真棒，他有上帝般的魅力。他为自己的创作寻找到最大的内在自由，他敢于胡说八道，善于撒谎。"⑤ 也就是说，莫言在文学观念的层面对福克纳是心悦诚服的，同

---

① 参见前文相关内容。
② 同上。
③ 莫言：《先锋·民间·底层》，《莫言文集·碎语文学》，云南出版集团公司、云南人民出版社2012年版，第345页。
④ 莫言：《两座灼热的高炉》，《世界文学》1986年第3期。
⑤ 莫言等：《几位青年军人的文学思考》，《文学评论》1986年第2期。

时也自觉、明确地接受了福克纳的作品尤其是《喧嚣与骚动》的影响，而其一些具体的文学观念——他的"悲剧意识"、"主观表现意识"、"乡土意识"等，除受到了马尔克斯的影响外，也明显地受到了福克纳的影响，如，福克纳曾有意识地逃避故乡，但其创作并没有因此而获得成功；"被外部世界阻隔和挤压之后，被排斥和逃避的故乡成了福克纳记忆中化解忧伤的醇酒。在现实的逃避和精神的回归中，福克纳开始审视故乡"[1]，重视故乡，并最终因此而获得创作上的成功——这影响了莫言对自己曾充满"刻骨的仇恨"的故乡的重新认知，"隐隐约约地感到，故乡对一个人的制约，对于生你养你，埋葬着祖先灵骨的那块土地，你可以爱它也可以恨它，但你无法摆脱它。"[2] 莫言"这种远离主流意识形态的个性价值判断，显然与福克纳对南方衰败的个性思考相一致。"[3] 同时，福克纳认为："一个真正的作家应当绝对不计人间的毁誉，而要竭其所能，把所有的才艺表达无遗。"[4] "福克纳对技巧的变换有着特殊的敏感，他在创作中总是不断地进行实验，以便找到最新的表现途径。他在艺术上不断地标新立异。因此就连其最狂热的追随者，对他的作品也望而却步……"[5] 这些也无疑影响了莫言。

总的来看，福克纳小说在如下几个方面影响了莫言长篇小说：

其一，美学特征：着力于审丑。

1. 福克纳小说大量地描写了暴力与恐怖，堕落与变态，如《喧嚣与骚动》中的昆丁精神迷乱，凯蒂淫逸，杰生自私刻毒，班吉变态；《圣殿》中司法的腐败、警察的昏庸，警察局长、警察、银行家、律师、医生均逛过里巴所开设的妓院……

---

[1] 陈春生：《在灼热的高炉里锻造——略论莫言对福克纳和马尔克斯的借鉴吸收》，《外国文学研究》1998年第3期。

[2] 莫言：《我的故乡和童年》，《新华文摘》1995年第1期。

[3] 陈春生：《在灼热的高炉里锻造——略论莫言对福克纳和马尔克斯的借鉴吸收》，《外国文学研究》1998年第3期。

[4] 张卫中：《论福克纳与马尔克斯对莫言的影响》，《徐州师范学院学报》（哲学社会科学版）1991年第1期。

[5] 同上。

2. 大量地描写非自然死亡。

福克纳小说大量地描写非自然死亡——《喧嚣与骚动》中的昆丁投河而死。《沙多里斯》中的第一代人巴耶德（一世）到敌军餐桌上去取鱼，被躲着的敌军炊事员击毙，内战结束后约翰（一世）在镇上修了铁路，杀了两个北方政客；第三代人物约翰（二世）死于旧伤和黄热病；第四代人物约翰（三世）被德国空军击中后跳离飞机时身亡。《圣殿》中的汤米和雷德被金鱼眼杀害，戈德温被私刑处死，金鱼眼被判处死刑。《八月之光》中的乔安娜被克里斯默斯割断脖子，黑人教堂的教民被克里斯默斯杀害，克里斯默斯被珀西·格林枪杀，海托华的妻子跳楼而死。《押沙龙，押沙龙！》中的亨利·萨德本枪杀查尔斯·邦，沃许·琼斯用刀砍死托马斯·萨德本……

其二，着重于揭露与批判。

如《喧哗与骚动》对康普生家族后代的猥琐、卑怯、阴暗的心理进行了全方位的揭露和批判。《我弥留之际》对本德仑一家人夫妇、父母、子女的自杀、阴暗、乖戾的心理和行为进行了全方位的揭露和批判……

其三，人物非英雄化。

福克纳小说中的人物呈现出非英雄化的特点——《士兵的报酬》中的唐纳德·马洪、乔·吉利根、玛格丽特·鲍尔斯、埃米、塞西莉，《喧哗与骚动》中的康普生、康普生太太、班吉、昆丁、杰生、凯蒂、迪尔西，《我弥留之际》中的艾迪·本德仑、安斯·本德仑、杜威·德尔、达尔、朱厄尔、卡什，《八月之光》中的乔安娜、克里斯默斯、珀西·格林、莉娜·格罗夫、拜伦·邦奇，《野棕榈》中的威尔伯恩、高个子犯人、矮胖犯人……这些人物没有一个具有传统意义上的英雄的特征。

其四，表达了对"种的退化"的忧虑。

福克纳的《喧哗与骚动》、《押沙龙，押沙龙》、《去吧，摩西》、《萨托利斯》等均表现了对"种的退化"的忧虑——在《喧嚣与骚动》中，康普生家曾是当地的望族，家宅占地一平方英里，祖辈曾有人做过州长、将军，拥有大片土地和众多黑奴。老康普生蛮横、强悍、智慧；可子辈的康普生没有作为,当律师没有什么业务,儿子上学要靠卖祖产支付学费,夫妻感情不合,最后郁郁而终;孙辈康普生的三个儿子则要么是天生痴傻,要么是自私狭隘、一事无成,要么是神经出问题,最后自杀了事,唯一的女儿则沦落为妓女。《押沙龙,押沙龙》中的托马斯·萨德本在海地发迹,后带着一帮黑奴来到密西西比州的杰弗逊,从印第安人手上弄到了一百平方英里的土地,建立了一个大庄园,盖起了一座豪宅,娶了镇上最有地位的世家的女儿为妻,组建一个团参加内战,获统帅李将军的嘉奖;而其子辈则很平庸——两个儿子一个因为母亲的黑人血统被他抛弃,一个因为杀死了自己的兄弟而逃亡,最后潜回家中无声无息地死去;孙子早死,重孙是个白痴,并在托马斯·萨德本庄园的一场大火后不知所终。在《沙多里斯》中,约翰·沙多里斯上校在杰弗逊镇上开创了显赫的家族,还在镇上开有银行;其儿子巴耶德·沙多里斯子承父业,但只能守成而已;第三代人物约翰(二世)曾参加美西战争,后死于旧伤和黄热病;第四代人物的约翰(三世)、巴耶德(三世)二人参加了第一次世界大战,约翰(三世)被德国空军击中后跳离飞机时身亡。在《去吧,摩西》中,卡罗瑟斯·麦卡斯林从印第安土著手上弄到了大片的土地,建立了麦卡斯林种植园,其儿子梯奥菲留斯·麦卡斯林和阿摩蒂乌斯·麦卡斯林不用心管理庄园,家道日趋败落;孙子艾萨克·麦卡斯林则干脆放弃祖产,并且没有生养后代——显赫一时的麦卡斯林家族到此终结。

其五,叙事。

1. 特殊叙事者的设置

福克纳的《喧嚣与骚动》设置了病态或儿童叙事者——小说一共有四个叙事者,其中,昆丁是精神崩溃者,杰生是丧失了人性的偏执狂,班吉则是个白痴;《那样很好》、《夕阳》设置了儿童叙事者——前者以七岁的小男孩乔治为叙述者,后者的叙述者是九岁的昆丁……《强盗们》设置了"爷爷"这一叙事者——小说开篇第一句话是"爷爷说",之后,小说便由爷爷以第一人称进行叙述……

2. 使用了多元叙述视角

福克纳小说使用了多元叙述视角——《沙多里斯》、《圣殿》、《标塔》、《去吧，摩西》等使用了第三人称全知叙事，《押沙龙，押沙龙！》使用了第三人称限知叙事。《八月之光》以第三人称限知叙事为主，第三人称全知叙事作为补充手段。《我弥留之际》使用了第一人称叙事。《喧哗与骚动》使用了第一人称叙事和第三人称全知叙事，《强盗们》有两个第一人称叙事者——说"爷爷说"这句话的孙子"我"和讲述故事的爷爷"我"……

其六，故事情节跳跃、零乱、迷离、模糊与格式特别。

福克纳小说往往故事情节跳跃、零乱、迷离、模糊，格式特别——《喧哗与骚动》包括四个部分，四个部分就像四个乐章。"班吉的部分"故事发生在 1928 年 4 月 7 日，通过白痴班吉在这一天的所见、所闻、所思、所忆，写康普生家的孩子们小时候的事以及康普生家现在的情况，既叙写了康普生家孩子的童年生活，又渲染了康普生家颓败的气氛。"昆丁的部分"故事发生在 1910 年 6 月 2 日，通过昆丁在这一天的所见、所闻、所想和他的活动来写他与妹妹凯蒂的事情以及康普生一家当年的情况，写出了凯蒂的沉沦与昆丁自己的绝望。"杰生的部分"故事发生在 1928 年 4 月 6 日，通过杰生在这一天的心理及活动来写杰生当家后康普生家的情况，同时引进了凯蒂的后代——小昆丁。"迪尔西的部分"故事发生在 1928 年 4 月 8 日（复活节），以黑女仆迪尔西的视角叙写康普生一家人之间人际关系的异化。小说的叙事情节在时间上是跳跃穿梭的——从 1928 年 4 月 7 日圣星期六开始，回溯到 1910 年 6 月 2 日，再跳到 1928 年 4 月 6 日受难节，以同年的复活节结束。

《我弥留之际》的故事情节虽然相对完整——情节分为三个阶段按照时间顺序演进：艾迪从弥留到死亡——艾迪的丈夫及孩子送她回故乡安葬——艾迪下葬，每一个阶段有诸多小插曲。但是，小说的主要情节不是通过一系列的事件表现出来的，而是要由读者自己从 59 段人物内心独白中整理建构出来。故事情节在其每一个阶段内部又不是按照时间顺序展开的，而是根据人物情感的需要呈现出来。

《圣殿》有两条线索：一条是霍拉斯作为戈德温的律师为他洗冤而展开的各种活动，另一条是金鱼眼的各种非法活动，两条情节线索通过霍拉斯与金鱼眼的相遇、戈德温的蒙冤、谭波儿的堕落等交合点联结起来，互相穿插，交替演进，故事情节不仅有开端、发展、高潮、结束，故事结构明晰，条理井然，而且充满悬念。

《八月之光》有两条线索：第一条线索是关于乔·克里斯默斯的悲剧性故事，第二条线索是关于莉娜·格罗夫的喜剧性故事。故事的头尾是莉娜·格罗夫的寻夫经历，中间夹着乔·克里斯默斯的人生故事。莉娜·格罗夫的故事是按照时间顺序推进的，而乔·克里斯默斯的故事则在乔·克里斯默斯杀人、逃亡、被捕、被处死这样一个基本的时间顺序下夹杂了大量的闪回，通过这些闪回来冲断叙述的时间链条。莉娜·格罗夫与乔·克里斯默斯从未相遇过，他们的故事在情节上不交叉，他们与社会的关系很不一样，但他们有相似的经历——都是孤儿。两人的人生故事构成了明显对照。

《押沙龙，押沙龙》中的托马斯·萨德本是庄园主，其庄园叫"托马斯·萨德本百里地"，在县西北角，现已破败，其本人在40多年前去世。罗莎·科德菲尔德小姐是托马斯·萨德本妻子艾伦·科德菲尔德之妹。1909年9月，罗莎·科德菲尔德小姐叫住准备到北方去上哈佛大学的昆丁·康普生，要告诉他托马斯·萨德本家族的故事。昆丁回家后，其父康普生也给他讲了托马斯·萨德本家的故事。昆丁将所听的内容拼凑成了一整个故事。于是，小说出现了三个情景——昆丁在罗莎·科德菲尔德小姐的客厅里听她讲述托马斯·萨德本的故事，昆丁在自家屋子的前廊里听父亲讲述托马斯·萨德本的故事，昆丁在哈佛大学的宿舍里向同学施里夫讲述罗莎·科德菲尔德小姐以及托马斯·萨德本所讲述的故事，由此出现了与之对应的三个故事——昆丁所讲述的故事、托马斯·萨德本所讲述的故事、罗莎·科德菲尔德小姐所讲述的故事；其中，托马斯·萨德本所讲述的故事是主线，昆丁和罗莎所讲述的故事是辅线，主线的故事在两条辅线间穿来绕去，而且首尾颠倒，托马斯·萨德本所讲述的故事需要读者依据两条辅线故事中的片段来建构；三个人的故事通过罗莎所讲述的故事交织在一起。

《去吧，摩西》叙写了麦卡斯林家族的两个支系几代人的命运。小说没有连贯的情节，而是由主人公艾萨克·麦卡斯林串联起来的7个可以独立成篇的系列小说，其中，两个为中篇五个为短篇，各篇的有独立完整的情节，第三篇《大黑傻子》中的人物、故事均与麦卡斯林家无关。故事主要依靠共同的主题——白人与黑人、人与自然的关系——连在一起。小说也隐含着麦卡斯林家族黑人和白人两个支系的成员以及发展状况的对比。第五章《熊》是小说两大主题的汇合与交叉点。

其七，独特的情节地理环境。

福克纳的《喧嚣与骚动》中创设了"约克纳帕塔法"这一独特的情节地理环境。

其八，人物自私、冷酷。

福克纳小说中有些人物非常自私、冷酷——

《喧哗与骚动》中的康普生太太总抱怨傻儿子班吉是上天派来惩罚她的；对大儿子昆丁毫无关爱之心；女儿被人抛弃后，她认为女儿败坏了家族名誉，不仅把她赶出家门，而且禁止她回家来探望自己的孩子；昆丁对母亲康普生太太也毫无感情——他在心中认定自己是没有母亲的。

在《我弥留之际》中，艾迪·本德仑死后，丈夫安斯·本德仑为了去杰弗逊镇装一副假牙并物色一个新老婆，女儿杜威·德尔为了去杰弗逊镇买打胎药，便都想把她送回杰弗逊镇安葬；儿子达尔不赞成这场旅程，便放火烧掉停放尸体的别人家的仓房。安斯·本德仑为了一家人不被别人起诉要求赔偿，便伙同家庭其他人把达尔作为疯子抓起来，送到疯人院，从而，葬送了达尔的一生；儿子卡什摔断了腿，他不仅不花钱为卡什请医生，任其伤势恶化，而且痛惜好几个月没人给他干活；见女儿杜威·德尔刚筹到的买打胎药的钱，他便把那些钱夺走；老婆刚下葬,他就领回了一个新妇。达尔对母亲、妹妹、弟弟均毫无感情——在母亲临终前,为了让她难过,他一遍一遍地说她就要死了;在母亲去世后,他以一副幸灾乐祸的嘴脸对弟弟朱厄尔说:"她死了,朱厄尔。艾迪·本德仑死了。"① 妹妹杜威·德尔被人勾引怀孕了,他幸灾乐祸,故意看她的肚子,表示自己知道她怀孕了,使她感到自己在他面前好像是赤身裸体的;多次故意地说弟弟朱厄尔是私生子以刺伤他。朱厄尔、杜威·德尔、卡什均对达尔也毫无感情——朱厄尔平常总用恶毒的话咒骂达尔;当家人密谋要把达尔当作疯子抓起来送到疯人院以避免被人起诉赔偿其损失时,安斯·本德仑还有些犹豫,朱厄尔却催促快点行动,当疯人院来人准备带走达尔时,朱厄尔协助疯人院的人一起把达尔扑倒在地,将他仰面朝天地按住;在达尔挣扎时,朱厄尔高叫着"打死他,打死这个狗娘养的。"② 杜威·德尔则像一只野猫般扑向达尔,撕扯、抓挠他;卡什无论是在密谋的时候,还是在达尔被抓起来强行押上去疯人院的火车的时候,都没有为达尔说过一句话。

《圣殿》中的谭波儿自甘堕落,对有恩于己的鲁碧不仅毫无感激之心,反而听从恶人的指使在法庭上作伪证,陷害鲁碧的丈夫戈德温,使无辜的人被判有罪,而让真正的罪犯逃脱了处罚……而她最后对自己的恶举毫无愧疚之心。

从小说文本来看,莫言长篇小说在以上几个方面与福克纳小说具有对应性的相似性③——"在'恶'的问题上,他们通过描写与展现各自社会和文化中种种丑恶现象以及人物的邪恶行径,对现存政治社会体制、文化传统和人性进行了严肃的反思。在亲情问题上,他们主要从家庭关系方面着手,描写父母与子女对立而隔膜、兄弟姊妹之间彼此嫉恨,甚至冰炭不相容的关系……"④ 有些简直是一种"复写"或改写,

---

① *William Faulkner As I Lay Dying*,New york:Rondom Huose,1957,p. 33.
② Ibid.,p. 164.
③ 参见前文相关内容。
④ 朱宾忠:《福克纳与莫言比较研究》,博士学位论文,武汉大学,2005 年。

如，《喧嚣与骚动》中的"约克纳帕塔法"、"一代不如一代"与《红高粱家族》等小说中的"高密东北乡"、"一代不如一代",《喧嚣与骚动》的病态或儿童叙事者与《丰乳肥臀》、《檀香刑》、《四十一炮》等小说中的病态或儿童叙事者……而莫言对福克纳的小说，如《喧嚣与骚动》，又是情有独钟、独有体味的[①]，因此，莫言长篇小说显然是受到了福克纳小说的影响的。

不过，总的来看，不管是马尔克斯小说，还是福克纳小说，或者是其他外国小说，都不是"机械"地对莫言长篇小说产生影响的——莫言长篇小说，从根本上来说，是莫言创造性的产物，莫言也曾这样坦言："我必须承认，在创建我的文学领地'高密东北乡'的过程中，美国的威廉·福克纳和哥伦比亚的加西亚·马尔克斯给了我重要启发。我对他们的阅读并不认真，但他们开天辟地的豪迈精神激励了我，使我明白了一个作家必须要有一块属于自己的地方。一个人在日常生活中应该谦卑退让，但在文学创作中，必须颐指气使，独断专行。我追随在这两位大师身后两年，即意识到，必须尽快地逃离他们……尽管我没有很好地去读他们的书，但只读过几页，我就明白了他们干了什么，也明白了他们是怎样干的，随即我也就明白了我该干什么和我该怎样干。我该干的事情其实很简单，那就是用自己的方式，讲自己的故事。"[②]《百年孤独》真正提供给莫言的也的确如莫言所言——是马尔克斯的哲学思想，"是他独特的认识世界，认识人类的方式。他之所以能如此潇洒地叙述，与他哲学上的深思密不可分……他在用一颗悲怆的心灵，去寻找拉美迷失的温暖的精神家园。他认为世界是一个轮回，在广阔无垠的宇宙中，人的位置十分渺小……他站在一个非常的高峰，充满同情地鸟瞰着纷纷攘攘的人类世界"[③]；莫言从福克纳身上所学到的是"对传统的讲故事方

[①] 参见前文相关内容。
[②] 莫言:《讲故事的人——在诺贝尔文学奖颁奖典礼上的讲演》,《当代作家评论》2013年第1期。
[③] 莫言:《两座灼热的高炉》,《世界文学》1986年第3期。

法的挑战和改变的自觉精神，是通过某个特定地区的故事反映全人类的普遍问题的能力，以及那种相信人类即使在最艰苦的条件下也能生存、忍耐并延续下去的信心，而不是照搬他的内容和技巧。"①

第二节　中国文学的影响

一　中国古代文学的影响

王德威认为："从早期《透明的红萝卜》中的少年叙述，到晚近《丰乳肥臀》中的恋乳狂患者告白，莫言的人物已一再显示新中国子民面目千变万化，既不'红、光、亮'，也不'高、大、全'。他（她）们不只饱含七情六欲，而且嬉笑怒骂，无所不为。究其极，他（她）们相互碰撞，变形，遁世投胎，借尸还魂，这些人物的行径当然体现魔幻现实的特征，而古中国传奇志怪的影响，又何尝须臾稍离"②。

而事实上，除传奇志怪外，莫言也受到过其他中国古代小说尤其是传统神魔小说的影响——莫言曾说他在早年读过《三国演义》、《水浒传》、《儒林外史》、《封神演义》等，其中，《封神演义》还给他留下了十分深刻的印象，"那骑在老虎背上的申公豹、鼻孔里能射出白光的郑伦、能在地下行走的土行孙、眼里长手手里又长眼的杨任，等等等等，一辈子也忘不掉啊。"③ 实际上，莫言长篇小说所使用的魔幻现实主义小说的创作技法"其实与中国传统小说的表现技法非常相似，如中国传统小说尤其是神魔小说、英雄演义小说，其在塑造人物、推动情节的发

---

① 姜智芹：《西方读者视野中的莫言》，《当代文坛》2005年第5期。
② 王德威：《千言万语，何若莫言——莫言论》，《当代小说二十家》，生活·读书·新知三联书店2006年版，第224页。
③ 莫言：《北京秋天下午的我：散文随笔集》，海天出版社2007年版，第72页。

展之时往往也会使用夸张、变形、象征、隐喻等手法。"①

从文本来看,莫言的小说的确受到了中国古代文学的影响——在长篇小说方面表现得相当明显,像《檀香刑》的"凤头、猪肚、豹尾"这种结构形式就明显地受到了中国古代文学的影响——"所谓'凤头、猪肚、豹尾'是元代文人乔梦符在谈到'乐府'的章法问题时,关于开头、展开与结尾方式的一种比喻性说法。"② "《生死疲劳》尤为突出地表现了神魔小说的深刻影响,小说中'驴折腾'、'牛犟劲'、'猪撒欢'与'狗精神'等情节无不具有传奇性特征,其中叙事情节的构织与文学形象的塑造无不体现了他天马行空的想象力。"③ 同时,《生死疲劳》还直接采用了中国古典小说的章回体,"对照《三国演义》结尾处的'分久必合',《水浒传》终结处的'魂聚蓼儿洼',尤其是《红楼梦》借用'空空道人'将'石头记'的故事予以'暴露虚构'、使之首尾相接的手法,更看出《生死疲劳》在结构上自觉靠近中国经典传统叙事的努力——它正是借用了《红楼梦》的'轮回'式叙事理念:小说开篇是用了西门闹的口吻'我的故事,从一九五〇年一月一日讲起',结尾时又用了其转世托生的'大头儿'、五岁的蓝千岁的口吻,也是'我的故事,从一九五〇年一月一日那天讲起……'""用出世的眼光来看尘世的欢乐与苦难,用'完整长度'——轮回的眼光来看局部历史中的人生磨难……完全符合《三国演义》《金瓶梅》和《红楼梦》一类经典性叙事的哲学理念与美学方法。"④ ……

总的来看,莫言长篇小说虽然受中国古代文学的影响是多方面的,且是深层次的;但受《聊斋志异》和民间文学的影响尤为引人注目——

---

① 杨新刚:《取今复古 别立新宗——西方现代主义与中国古典主义对莫言文学创作的影响辨析》,《潍坊学院学报》2015年第4期。
② 王春林:《莫言小说创作与中国文学传统》,《山西大学学报》2013年第1期。
③ 杨新刚:《取今复古 别立新宗——西方现代主义与中国古典主义对莫言文学创作的影响辨析》,《潍坊学院学报》2015年第4期。
④ 张清华:《天马的缰绳——论新世纪以来的莫言》,《当代作家评论》2006年第6期。

(一)《聊斋志异》的影响

莫言曾说:"我的文学经验,说复杂很复杂,说简单也很简单。刚开始是不自觉地走了一条跟蒲松龄先生同样的道路,后来自觉地以蒲松龄先生作为自己的榜样来进行创作。"[①] "实际上对我影响最大的是蒲松龄。我的老师是谁?是祖师爷爷蒲松龄。"[②] "《聊斋志异》是我的经典。我有一部家传的《聊斋志异》,光绪年间的版本,上边我题了许多歪诗,什么'经天纬地大贤才,无奈名落孙山外。满腹牢骚何处泄,独坐南窗著聊斋','幸亏名落孙山外,龌龊官场少一人。一部奇书传千古,万千进士化尘埃'。还有什么'一灯如豆读聊斋,暗夜鬼哭动地哀。风吹门响惊抬头,疑是狐女入室来。'非常肤浅,有污书卷,但也表达了我对蒲老祖师的无限敬仰之情。魏晋传奇也非常喜欢,也是我重要的艺术源头。"[③]

从文本来看,莫言的小说的确受到了蒲松龄的《聊斋志异》的影响——《奇遇》、《夜渔》、《天才》、《良医》、《铁孩》、《翱翔》、《嗅味族》、《木匠与狗》、《草鞋窨子》、《罪过》、《飞艇》、《枣木凳子摩托车》、《三匹马》、《天花乱坠》、《大风》、《五个饽饽》、《枯河》、《白狗秋千架》等中短篇小说都有受《聊斋志异》影响的痕迹,其长篇小说受《聊斋志异》的影响则更为明显——具体地说,《聊斋志异》对莫言长篇小说的影响主要表现在以下几个方面:

1. 内容

《聊斋志异》的内容看起来好像是非现实的,如花妖、狐魅、鬼怪、荒诞之事,但实际上都是基于现实的。

2. 主题

《聊斋志异》重揭露和批判——

[①] 莫言:《我的文学经验》,《莫言文集·用耳朵阅读》,云南出版集团公司、云南人民出版社2012年版,第274—275页。
[②] 同上书,第281页。
[③] 《问莫言——诺奖获后独家长篇访谈》,《新民周刊》2012年10月24日。

（1）揭露和批判现实政治的腐败和统治阶级对人民的残酷压迫，如《促织》、《席方平》、《梦狼》等小说。

（2）揭露和批判贪官蠹役、土豪劣绅压迫人民的暴行。如《成仙》、《潞令》、《梅女》、《梦狼》、《成仙》、《向杲》、《石清虚》、《红玉》等。

（3）揭露和批判统治阶级人物灵魂的丑恶。如《考弊司》、《公孙夏》、《窦氏》等。

（4）揭露和批判封建科举制度的腐败，如《叶生》、《素秋》、《神女》、《阿宝》、《司文郎》、《于去恶》等。

（5）揭露和批判封建文人的丑陋，如《崂山道士》、《王子安》、《续黄粱》等。

（6）揭露和批判封建势力或恶势力对青年男女恋爱的阻挠和破坏，如《鸦头》、《细侯》、《连城》、《宦娘》等。

（7）揭露和批判封建礼教对青年男女恋爱的阻挠和破坏，如《婴宁》、《莲香》、《香玉》等。

（8）揭露和批判人性的丑陋，如《种梨》等。

3. 人物

《聊斋志异》中的人物几乎皆非英雄化——没有高大上的特点，多为精怪，如聂小倩、婴宁、黄英、白秋莲、阿细、黑山老妖、辛十四娘、鸦头、连城、香玉、秋容和小谢等；类型化的特点明显。

4. 情节

（1）创设特定的情节地理环境。《聊斋志异》中许多篇章的故事均发生在阴界或妖界或仙界。

（2）正面叙写具有传奇性之事。《聊斋志异》"记神仙狐鬼精魅故事"，"描写委屈，叙次井然，用传奇法，而以志怪，变幻之状，如在目前"[①]，如《促织》、《席方平》、《鸦头》、《细侯》、《连城》、《宦娘》、《婴宁》、《莲香》、《香玉》等。

[①] 鲁迅：《中国小说史略》，《鲁迅全集·第九卷》，人民文学出版社2005年版，第216页。

（3）迷离、模糊。《聊斋志异》中凡与阴界、妖界或仙界有关的小说，其情节均有迷离、模糊之处。

5. 文体

总的来看，《聊斋志异》近五百篇小说也"几乎一篇一个样"。

从小说文本来看，莫言长篇小说在以上几个方面与《聊斋志异》具有对应的相似性①——仅在"揭露和批判"这一方面，两者便十分相似，如其广度、力度都是非常大。同时，莫言长篇小说与《聊斋志异》的某些篇章也具有对应的相似性，如《生死疲劳》与《席方平》、《三生》、《汪可受》，《檀香刑》与《梦狼》，《丰乳肥臀》与《阿宝》，《十三步》与《陆判》、《成仙》，《酒国》与《晚霞》、《种桃》、《婴宁》等……其中的有些"细节"简直"一脉相承"，如《生死疲劳》中的西门闹大闹阎罗殿、转世投胎以及有关阎王鬼卒、牛头马面、炸油锅的描写与《席方平》中的席方平大闹阎罗殿、《三生》中的刘孝廉转世投胎以及关于地狱阴司的描写；《酒国》中余一尺的艳遇故事与《种桃》、《婴宁》中的"艳遇"故事，《酒国》中的妖精少年、鱼鳞小子、身怀异能的余一尺等充满特异色彩的人物与《聊斋志异》中的花妖狐媚，《酒国》中的现实与幻境相互交错、真假相混与《聊斋志异》中的现实与幻境相互交错、真假相混；《丰乳肥臀》中变成鸟仙后的上官领弟，生活习性也变得跟鸟一样与《阿纤》中的老鼠精阿纤有现实生活中老鼠囤积粮食的习性等。而如前所述，莫言对《聊斋志异》又是情有独钟、独有体味的②。因此，莫言长篇小说实际上是受到了《聊斋志异》的影响的——莫言也坦承自己的长篇小说受到了《聊斋志异》的影响，如他曾明言："像《生死疲劳》这样的小说，写一个人死后。一会儿变成猪，一会儿变成狗，一会儿变成牛，一会儿变成驴，其实大家一想都知道，这就是蒲松龄的

---

① 参见前文相关内容。
② 同上。

故事。"① "《酒国》这部小说是一部超现实主义的小说，里面有很多的妖魔鬼怪的描写……是他（蒲松龄）教我这样写的。"② "装神胜过装洋葱，弄鬼胜似玩深沉。问我师从哪一个？淄川爷爷蒲松龄。"③

（二）民间文学的影响

民间文学与书面文学相伴发展，但先于书面文学；有一个漫长的发展过程和深厚的历史积淀；很多古典文学作品都来自民间文学，如《诗经》中的《国风》，《聊斋志异》中的许多篇章；因此，从根本上来说，民间文学属于古典文学的范畴。

莫言早年曾受民间文学的熏陶——"童年时代，爷爷奶奶讲的鬼怪妖精故事，父亲讲的传奇历史故事，村里人在工间休息时讲的故事，都令幼年的莫言心驰神往"④，莫言也曾明言："就像诸多作家都有一个会讲故事的老祖母一样，就像诸多作家都从老祖母讲述的故事里汲取了最初的文学灵感一样，我也有一个会讲故事的祖母，我也从我的祖母的故事里汲取了文学的营养。但我更可以骄傲的是，我除了有一个会讲故事的老祖母之外，还有一个讲故事的爷爷，还有一个比爷爷更会讲故事的大爷爷——我爷爷的哥哥，除了我的爷爷奶奶大爷爷之外，村里凡是上了点岁数的人，都是满肚子的故事，我在与他们相处的几十年里，从他们的嘴里听说过的故事实在是难以计数。"⑤ "在我祖父母讲述的故事里，狐狸经常变成美女与穷汉结婚，大树可以变成老人在街上漫步，河中的老鳖可以变成壮汉到集市上喝酒吃肉，公鸡可以变成英俊的青年与

---

① 莫言：《我的文学经验》，《莫言文集·用耳朵阅读》，云南出版集团公司、云南人民出版社2012年版，第294页。
② 莫言：《莫言讲演新篇》，文化艺术出版社2010年版，第162页。
③ 莫言：《我的文学经验》，《莫言文集·用耳朵阅读》，云南出版集团公司、云南人民出版社2012年版，第292页。
④ 喻晓薇：《从福克纳、加西亚·马尔克斯走向蒲松龄——莫言小说创作与〈聊斋志异〉的关系》，《海南师范大学学报》（社会科学版）2017年第3期。
⑤ 莫言：《用耳朵阅读》，《莫言文集·用耳朵阅读》，云南出版集团公司、云南人民出版社2012年版，第62页。

主人家的女儿恋爱。"①"离我的家乡三百里路,就是中国最会写鬼故事的作家蒲松龄的故乡。当我成了作家以后,我开始读他的书,我发现书上的许多故事我小时候都听过。"②"我当时在农村作为一个社员在劳动的时候,经常听到村里的人讲述妖、狐、鬼、怪的故事。"③ 后来,莫言又自觉地接受民间文学的影响——他认同汪曾祺的观点,曾说:"汪曾祺老先生在一篇谈京剧改革的文章里曾经写到:'文学史上有一条规律,凡是一种文学形式衰退了的时候,挽救它的只有两种东西,一是民间的东西,二是外来的东西。'"④ 坦言自己创作《檀香刑》"最直接的原因就是……对那种洋溢着翻译腔调的时髦文体的反感。"⑤ 主张回到民间,作为一个老百姓写作——他曾说:"我对自己配不配'作家'这个称号经常信心不足。我对这个被某些先生恨不得写在额头上招摇过市的称号经常地感到恶心。我对这个暗含了贵族气味的称号经常地感到反感"⑥,声称自己的创作是"作为老百姓的写作",认为"真正的民间写作就是'作为老百姓的写作'"⑦,"'民间'实际上和当下的所谓'关注底层'、'描写底层'的口号是相互联系的"⑧;并在其创作中践行自己的这一主张,实实在在地学习、借鉴、利用民间文学,从而,使其作品带有明显的受民间文学影响的痕迹——这在其长篇小说的以下几个方面表现得相当明显:

---

① 莫言:《恐惧与希望》,《莫言文集·用耳朵阅读》,云南出版集团公司、云南人民出版社2012年版,第155页。

② 莫言:《用耳朵阅读》,《莫言文集·用耳朵阅读》,云南出版集团公司、云南人民出版社2012年版,第63页。

③ 莫言:《我的文学经验》,《莫言文集·用耳朵阅读》,云南出版集团公司、云南人民出版社2012年版,第293页。

④ 《中国小说传统——从我的三部长篇小说谈起》,《莫言文集·用耳朵阅读》,云南出版集团公司、云南人民出版社2012年版,第170页。

⑤ 同上。

⑥ 莫言:《胡说"胡写乱作"》,孔范今 施战军主编,路晓冰编选:《莫言研究资料》,山东文艺出版社2006年版,第64页。

⑦ 莫言:《作为老百姓写作》,《莫言文集·用耳朵阅读》,云南出版集团公司、云南人民出版社2012年版,第73—74页。

⑧ 莫言:《先锋·民间·底层》,《莫言文集·碎语文学》,云南出版集团公司、云南人民出版社2012年版,第349页。

其一，主题。

1.《红高粱家族》宣扬了侠义精神，如刘罗汉对日寇嫉恶如仇、对主人忠心耿耿，甚至为了主人家的两头骡子而不惜牺牲自己的性命；戴凤莲对余占鳌感恩戴德、以身相报等。

2.《红高粱家族》、《檀香刑》、《生死疲劳》、《天堂蒜薹之歌》等小说宣扬了反抗精神，如余占鳌、孙丙面对强敌无所畏惧、奋起反抗，蓝脸、高马等人在面对强大的政治势力时无所畏惧、奋起反抗，"《天堂蒜薹之歌》的本事可以追溯到《水浒传》一类'官逼民反'的古老叙事主题"①。

其二，语言。

大量地使用俗语、谚语、俚语，如《红高粱家族》、《十三步》、《酒国》、《丰乳肥臀》、《檀香刑》、《四十一炮》、《生死疲劳》等小说，《十三步》甚至"可以看作是民间俗语的汇集"②，"《生死疲劳》用了民间话语，用了民俗的东西"③。

其三，叙事方式。

从《红高粱家族》到《生死疲劳》，莫言长篇小说的文体形式走过了"从民间演述到章回体的回归"④——"整部《酒国》简直就是各种神话的自由重叠"⑤；《天堂蒜薹之歌》以民间艺人张瞎子的民间歌谣贯穿小说的主体情节，提示天堂蒜薹案件的发生及发展进程；"《檀香刑》以传统的刑罚为枢纽，以民间戏剧猫腔为主要的表现形式"⑥，人物的设置带有鲜明的"戏曲"特点——"如果简单地套用一下中国戏曲中的

---

① 季红真：《神话结构的自由置换——试论莫言长篇小说的文体创新》，《当代作家评论》2006年第6期。
② 朱珩青：《莫言创作新趋向探源——兼评长篇小说〈十三步〉》，《小说评论》1989年第5期。
③ 姜异新整理：《莫言孙郁对话录》，《鲁迅研究月刊》2012年第10期。
④ 季红真：《神话结构的自由置换——试论莫言长篇小说的文体创新》，《当代作家评论》2006年第6期。
⑤ 同上。
⑥ 同上。

所谓'生旦净末丑',那么,袭用地方戏猫腔形式的《檀香刑》中的几位主要人物,孙丙是武生,钱丁是小生,赵甲是二花脸,小甲是小丑,孙眉娘是花旦。"① 或者如莫言所说:"被杀的孙丙,如果在舞台上应该是一个黑头……钱丁肯定是个老生了。女主角眉娘是个花旦……刽子手赵甲应该是鲁迅讲过的二花脸……他的儿子赵小甲肯定是个小丑"②;莫言还说:"为了适合广场化的、用耳朵的阅读,我有意地大量使用了韵文,有意地使用了戏剧化的叙事手段,制造出了流畅、浅显、夸张、华丽的叙事效果。"③《四十一炮》中的罗小通以古代话本小说中说书人的身份讲述吃肉的故事,并以"我继续诉说"、"花开两朵,各表一枝"等提示语强化其讲述的叙事方式;《生死疲劳》回归了中国古典章回体小说的体式,以对仗的回目来提示小说的情节、以传统说书艺人说书的方式展开故事,"六道轮回"的民间信仰构成了其内在的结构形式,《西游记》、《水浒传》、《金瓶梅》、《红楼梦》中的"循环"历史观念在其中得到了继承和发扬。"《红高粱》、《狗道》、《球状闪电》、《爆炸》,完全是乡民自己的声音,他们眼里的色彩和旋律,连通着无数灵魂的悸动,闪耀着贫瘠群落的生命的光。山野里的百姓不再是沉默的被描写者。他们自身成为了主体,描述着身外的世界,看着五颜六色的天地。于是,拉伯雷式的狂欢出现了。辽阔的秋夜,无边的高粱地,漫天的酒气和血腥,还有无数冤魂恨鬼,就那么纠缠着世界。一切典雅之美和静穆之美都消失了。人世充塞着不和谐的躁动、仇恨、反抗、流血、死亡,以及血色的爱欲、混沌的诗情、无所不在的悲悯。"④

其四,情节。

《红高粱家族》中的余占鳌等轿夫在送亲的途中疯狂般地颠轿、余占鳌往酒篓中撒尿、"我二奶奶"被黄鼠狼附体、李山人作法、耿十八

---

① 王春林:《莫言小说创作与中国文学传统》,《山西大学学报》2013年第1期。
② 姜异新整理:《莫言孙郁对话录》,《鲁迅研究月刊》2012年第10期。
③ 莫言:《大踏步撤退(后记)》,《莫言文集·檀香刑》,云南出版集团公司、云南人民出版社2012年版,第463页。
④ 孙郁:《莫言:与鲁迅相逢的歌者》,《当代作家评论》2006年第6期。

刀被日本人捅了十八刀后为红狐狸所救、余占鳌在日本山洞里当了十几年的野人,《天堂蒜薹之歌》中的曹家为死去的儿子结阴亲,《食草家族》中的"腊八老爷"死而复活、活而复死,《丰乳肥臀》中的盲女坐在大瓮中漂流在湍急的洪水中居然安然无恙、上官斗和司马大牙与德寇进行过屎尿大战、上官领弟被鸟仙附体、方金枝被狐仙附体、上官金童等人碰到"起尸鬼"死老太太,《酒国》中的"神神鬼鬼",《红树林》中的洪秀全巧遇万奶奶、珍珠仙子救了陈珍珠,《檀香刑》中的孙眉娘用交尾的蛇的血获取爱情的力量,《四十一炮》中的吃肉比赛、"肉食节"、"肉神庙",《生死疲劳》中的六道轮回等情节均带有很强的民间色彩。

总之,莫言"代表的不是书斋里的文人,也非文化精英,而是土地上的千万个农民。"① 莫言长篇小说也与此相应。

当然,无论是对《聊斋志异》,还是对民间文学,莫言长篇小说都不是简单、机械、皮毛地接受其影响的,都是在继承的同时也有所创造和发展,如《生死疲劳》对古代文学中常常表现的轮回的佛教观念及古典小说章回体的形式,《檀香刑》对民间小戏茂腔等,都是既接受其影响又有所创造和发展。

二 中国现当代文学的影响

莫言曾说:"我少年时期阅读的作品大概可分三类,古典的小说、以鲁迅为代表的现代文学(我从我哥的教材中读到过茅盾、老舍等人的早期作品),还有就是红色经典。"② 莫言长篇小说也实际上受到了"以鲁迅为代表的现代文学"以及"红色经典"的影响——

(一) 鲁迅小说的影响

莫言深受鲁迅的影响——他上小学三年级时就读鲁迅的小说集,少

---

① 季红真:《神话结构的自由置换——试论莫言长篇小说的文体创新》,《当代作家评论》2006年第6期。

② 姜异新整理:《莫言孙郁对话录》,《鲁迅研究月刊》2012年第10期。

年时，喜欢阅读《朝花夕拾》里那些散文①；他曾说："谈到鲁迅，只能用天才来解释"，"我觉得鲁迅说出了很多我们心里有，但不知该怎么说的话"②，"鲁迅的《故事新编》，特别是《铸剑》这篇小说就是真正的黑色幽默，铸剑的颜色就是黑色，你能从中读出一种青铜的感觉来"③；莫言长篇小说也的确受到了鲁迅及其小说的影响；具体地说，鲁迅小说在如下几个方面对莫言长篇小说产生了影响：

其一，主题。

1. 揭露和批判封建主义。如《狂人日记》揭露和批判了以封建家族制度、孔孟之道为核心的封建伦理道德的本质——吃人。《祝福》、《离婚》揭露和批判了封建礼教、伦理道德对祥林嫂、爱姑的迫害。《明天》揭露和批判了封建礼教对单四嫂子的毒害。《孔乙己》、《白光》等揭露和批判了封建教育制度和科举制度对孔乙己、陈士成之类读书人的戕害……

2. 揭露和批判民族或国民劣根性。如《阿Q正传》揭露和批判了阿Q的愚昧、麻木，《祝福》揭露和批判了祥林嫂的愚昧、麻木、迷信等，《故乡》揭露和批判了闰土等的愚昧、麻木、迷信等，《药》揭露和批判了华老栓等愚昧、麻木、迷信等，《明天》揭露和批判了国民的冷漠。《狂人日记》、《孔乙己》、《明天》、《头发的故事》、《药》、《阿Q正传》、《祝福》、《长明灯》等揭露和批判了国民的看客心理。

3. 轮回观。如在《孤独者》中，"我和魏连殳相识一场，回想起来倒也别致，竟是以送殓始，以送殓终"，"死亡的轮回"的沉重阴影笼罩于小说人物的命运以及整篇小说。

其二，人物。

1. 非英雄化。如狂人、阿Q、孔乙己、闰土、四铭、子君、涓生、祥林嫂、鲁四老爷、高尔础、魏连殳、吕纬甫等都不是英雄人物。

---

① 参见姜异新整理《莫言孙郁对话录》，《鲁迅研究月刊》2012年第10期。
② 同上。
③ 同上。

2. 非正常化。如狂人、疯子（《长明灯》），"后期"的祥林嫂、阿Q、小D等人都不是正常人物。

3. 悲剧化。狂人（《狂人日记》）、阿Q、孔乙己、闰土、四铭、子君、涓生、祥林嫂、鲁四老爷、魏连殳、吕纬甫等都是悲剧性人物。

其三，叙事。

1. 使用了多种叙事人称、叙述视角。鲁迅小说不仅使用了中国古典小说常用的第三人称叙事，而且大量地使用了第一人称叙事——约有2/3使用了第一人称，其中《狂人日记》、《伤逝》是主人公自述，其他第一人称则多为叙述者，叙事者"我"有的是全知视角，有的则是局部视角；《祝福》、《孔乙己》则第一人称和第三人称交错使用……

2. 使用了多种叙述手法。鲁迅小说使用了顺叙、倒叙、插叙等叙述手法。如《故乡》、《祝福》、《伤逝》等小说采用了倒叙；《孤独者》在叙述故事时插入了"我"和魏连殳的三次对话、三次辩论；《阿Q正传》主要采用了顺叙……

3. 使用了多种叙事模式。鲁迅小说的叙事模式大致有这么几种：一是"内向性"，就是对人物精神创伤、灵魂病苦的深层揭示和拷问，最终指向对绝望的反抗。二是"看/被看"式，如《示众》、《狂人日记》、《孔乙己》、《明天》、《药》、《阿Q正传》、《长明灯》等。"看/被看"模式经常出现，或者说这是在表现看客文化无处不在，深入到中国文化的内部肌理里，其中既有看客对别人痛苦的"看"（鉴赏），又有表演者的"被看"，还有启蒙者与被启蒙者的看与被看，甚至还有隐含作者与看客之间的看与被看。三是"去—归—去"式，如《祝福》、《故乡》、《在酒楼上》、《孤独者》等。通常表现为叙述者的故事与被叙述者的故事互相渗透，互相指引，实现了对小说人物的灵魂层层深入的拷问。

4. 使用了魔幻现实主义手法。如《铸剑》中的有关三个人头在鼎里追逐撕咬的狂欢场面的描写。

其四，独特的情节地理环境。

鲁迅小说创设了鲁镇、未庄等独特的地域名称，其情节在这些地域空间展开。

其五，文体。

鲁迅在《〈中国新文学大系〉小说二集序》中论及《狂人日记》、《孔乙己》、《药》等小说时特地提到，这些小说在当时被认为是"表现的深切和格式的特别"而"颇激动了一部分青年读者的心"①，茅盾在评论鲁迅的小说集《呐喊》时说："在中国新文坛上，鲁迅君常常是创造'新形式的先锋'；《呐喊》里的十多篇小说几乎一篇有一篇新形式"②。鲁迅所说的"格式"和茅盾所说的"形式"即小说的文体。如，《阿Q正传》是仿传记体，《风波》是独幕剧式，《伤逝》是手记体，《故乡》是散文体，《一件小事》是特写体……

从小说文本来看，莫言长篇小说在以上几个方面与鲁迅的小说具有对应的相似性——其中，在有些方面，前者简直是对后者的一种"复写"或改写，如，《酒国》对"吃人"的揭露和批判与《药》、《狂人日记》对"吃人"的揭露和批判；《檀香刑》对看客心理的揭露和批判与《示众》、《狂人日记》、《孔乙己》等对看客心理的揭露和批判；《生死疲劳》中的"轮回"与《孤独者》中的"轮回"；《蛙》的书信体及小说中姑姑的"忏悔"与《伤逝》的"手记"体及小说中涓生的"忏悔"以及《在酒楼上》、《孤独者》、《狂人日记》等中叙事者的"自我剖析"；《铸剑》中魔幻现实主义手法的使用与莫言长篇小说中魔幻现实主义手法的使用……在有些"细节"上，前者也是对后者的一种"复写"或改写，如《檀香刑》对看客心理及刽子手心理的描写实际上是鲁迅小说对看客心理描写的一种"复写"或改写；而《酒国》则将"吃人"现象与"被吃者"的态度联系在一起以揭示出"吃人"现象更广阔的社会基础，整部小说弥漫着怪诞的气氛，"吃人的宴席"、"我自己也吃人"等词句……

---

① 鲁迅：《〈中国新文学大系〉小说二集序》，《鲁迅全集·第六卷》，人民文学出版社2005年版，第246页。

② 茅盾：《读〈呐喊〉》，《茅盾论中国现代作家作品》，北京大学出版社1980年版，第149页。

"《十三步》的笔法在有些地方像《故事新编》的墨迹。到了《酒国》这样的作品问世,其实已经把五四的中断的流脉衔接上了"①。

不过,"莫言是与鲁迅相逢的人,而非亦步亦趋的鲁迅族。"莫言"学会了鲁迅的拷问黑暗的笔法,也多了一种鲁迅身上没有的东西。正如他说的,不仅写了看客心理,重要的是还写了刽子手的心理。看客是麻木的、丑陋的,而刽子手则是魔鬼的翻版,其险恶和凶残非沉默的大多数看客所比。""莫言从鲁迅的悲壮里走来,不仅给了我们精神上的悸动,也留下了生理的苦楚。那些让世人惊异的文本,甚至超出了读者的忍受极限。即便是在但丁《神曲》里,我们承受的生理刺激也无法与《酒国》、《檀香刑》相比吧。"莫言"是彻底的唯美主义的颠覆者,在叙述的路上甚至比鲁迅走得还要远。鲁迅说文学里最好不要描写大便和苍蝇,但莫言却描述了它们,偏偏给人以久远的不快。鲁迅直面死亡时,写的是心理的惊异和精神的盘诘,而莫言却耐心地雕刻着死尸、人肉宴以及性虐待。所有的道学的假正经和神异性在此消失了"②。

(二)红色经典的影响

莫言所阅读的第一部长篇小说是马烽、西戎的《吕梁英雄传》③,《海岛女民兵》、《林海雪原》、《吕梁英雄传》是他最早读过的几部小说④,《红日》、《红岩》、《红旗谱》、《林海雪原》、《敌后武工队》、《保卫延安》、《苦菜花》、《三家巷》、《青春之歌》、《红旗插上大门岛》、《踏平东海万顷浪》等红色小说以及孙犁、赵树理等的小说,他也阅读过;他"最激动人心的阅读是读欧阳山的《三家巷》,读得如痴如醉,读到区桃牺牲时……感到世界末日到了,趴在牛栏上哭起来"⑤;他认为

---

① 孙郁:《莫言:与鲁迅相逢的歌者》,《当代作家评论》2006年第6期。
② 同上。
③ 参见姜异新整理《莫言孙郁对话录》,《鲁迅研究月刊》2012年第10期。
④ 参见贺立华、杨守森《怪才莫言》,花山文艺出版社1992年版,第8页。
⑤ 莫言:《与王尧长谈》,《莫言文集·碎语文学》,云南出版集团公司、云南人民出版社2012年版,第103页。

"红色经典浅显、简单,与少年的心理期待完全一致,能够毫无障碍地来理解"①,《苦菜花》"写战争年代里的爱情已经高出了当时小说很多"②;他曾明言:"我写《红高粱》一类的所谓新历史主义小说,应该被看作文革前红色经典的自然发展延伸,我也曾非常坦然地说过,与其说写《红高粱》是受了西方的、拉美的或者法国新小说派的影响,不如说是受到了我们红色经典的影响。"③从小说文本来看,其长篇小说确实受到了红色经典的影响,如《红高粱家族》对以余占鳌、戴凤莲为代表的中国底层民众的歌颂性实际上受到了红色经典的"歌颂性"的影响;《红高粱家族》、《丰乳肥臀》、《檀香刑》、《酒国》、《食草家族》等对暴力的描写实际上受到了红色经典,如《红岩》等对暴力的描写的影响;他的《红高粱家族》中"关于战争描写的技术性的问题,譬如日本人用的是什么样的枪、炮和子弹,八路军穿的什么样子的服装等等","从《苦菜花》中得益很多"④,日寇屠村的场面描写也明显地受到了《苦菜花》中日寇屠杀村民的场面描写的影响;《丰乳肥臀》中司马库炸桥毁铁路等情节实际上受到了《铁道游击队》中的炸桥、毁铁路等情节的影响,上官鲁氏这一人物形象的塑造也实际上受到了《苦菜花》对冯大娘这一人物形象的塑造的影响。

(三)其他现代文学作品的影响

除受到了鲁迅的作品及红色经典的影响外,莫言还受到了其他现代作家作品的影响,如沈从文的"湘西系列"小说对莫言创作有重要启示⑤,"尽管莫言与沈从文的风格、题材大相径庭,两者在营造原乡视野,化腐朽为神奇的抱负上,倒是有志一同"⑥;莫言也很推崇沈从文及其小说,认为沈从文的早期作品"保持着真正的民间的立场和视角",

---

① 姜异新整理:《莫言孙郁对话录》,《鲁迅研究月刊》2012年第10期。
② 莫言、王尧:《从〈红高粱〉到〈檀香刑〉》,《当代作家评论》2002年第1期。
③ 莫言:《写历史小说实则思考当下问题》,http://cul.qq.com/a/20141011/038452.htm。
④ 莫言、王尧:《从〈红高粱〉到〈檀香刑〉》,《当代作家评论》2002年第1期。
⑤ 王德威:《想象中国的方法》,生活·读书·新知三联书店2003年版,第228—229页。
⑥ 王德威:《千言万语何若莫言》,《读书》1999年第3期。

在写江边吊脚楼里的妓女时"写出了她们在职业范围内的真情。"① 莫言长篇小说也受到了沈从文及其作品的影响,如《红高粱家族》、《天堂蒜薹之歌》、《十三步》、《酒国》、《食草家族》、《丰乳肥臀》、《红树林》、《檀香刑》、《四十一炮》、《生死疲劳》、《蛙》这十一部小说每一部都"保持着真正的民间的立场和视角",都有乡土味道。

总之,莫言长篇小说的确受到了中国文学——中国古代文学、"以鲁迅为代表的现代文学"、"红色经典"以及其他现代文学作品——的影响。如果说,"在莫言身上,确也存在过先锋性与本土性、实验性与民族化的相互碰撞、激荡,交融,且时有侧重,但最终,莫言走的是以民族化,本土化,民间化,以继承与转化中国审美传统为根本的创作路线。"② 那么,其长篇小说便是一种明证。

---

① 莫言:《作为老百姓写作》,《莫言文集·用耳朵阅读》,云南出版集团公司、云南人民出版社 2012 年版,第 78 页。
② 雷达:《莫言是个什么样的作家》,《解放日报》2012 年 11 月 2 日。

第六章 意义和价值

莫言长篇小说具有多方面的意义和价值——撮其要者大致有如下几点：

一 颠覆了既往的中国小说

莫言长篇小说虽然受到了以《聊斋志异》为代表的中国古代小说以及以鲁迅的小说为代表的中国现当代小说的影响，但是，从某种程度上来说，它又颠覆了中国古代小说及现当代小说：

其一，对既往中国小说的教化功用进行了颠覆。

中国小说，无论是古代小说还是现当代小说，都注重小说的教化功用——即使是古代的志怪小说，也注重教化；梁启超甚至认为："小说有不可思议之力支配人道"，所以，"欲新一国之民，不可不先新一国之小说。故欲新道德，必新小说；欲新宗教，必新小说；欲新政治，必新小说；欲新风俗，必新小说；欲新学艺，必新小说；乃至欲新人心，欲新人格，必新小说。"① 并创作了教化功用十分明显的《新中国未来记》。鲁迅则明言："说到'为什么'做小说罢，我仍抱着十多年前的'启蒙主义'，以为必须是'为人生'，而且要改良这人生。我深恶先前的称小说为'闲书'，而且将'为艺术而艺术'，看作不过是'消闲'的新式的别号。所以我的取材，多采自病态社会的不幸的人们中，意思是

---

① 梁启超：《论小说与群治之关系》，《新小说》1902 年第 1 期。

在揭出病苦，引起疗救的注意。"① 其小说也全都是"'为人生'，而且要改良这人生"的。中国现当代其他作家及其小说，绝大多数均注重教化——即使是二十世纪的"新感觉派小说"、"新潮小说"等注重艺术探索的小说也没有撇弃文学的教化功用，至于左翼小说、十七年的红色经典小说、"伤痕小说"、"反思小说"等更是突出地强调小说的教化功用。

莫言长篇小说虽然全景式地反映了中国尤其是20世纪中国的社会生活，蕴含着教化的元素，但是又绝不是以教化为指归的——莫言曾明言：我们几十年来对作家地位估计得过高，"动不动就拿出'人民'这个口号来往自己脸上贴金"，"对那种自认为比别人高人一等，自己把自己当救世主，自认为比老百姓高明，自认为肩负着拯救下层人民重担的作家，我很反感"②；莫言长篇小说没有一部特别地突出教化作用——"教化、学问远远地去了；小说腔、散文腔远远地去了；上等人的铜臭气、庸俗气远远地去了。"③ 而且，那种注重"审丑"，那种注重"揭露和批判"，从传统文学观来看，实在很有点"伤教化"。

其二，对既往中国小说的审美功用进行了颠覆。

中国小说，无论是古典小说还是现当代小说，都注重小说的审美功用——往往注重表现一种典雅、静穆之美，能给人提供一个精神的避难所；而莫言长篇小说则如前所述，注重描写丑人、丑事、丑物、丑景，使用丑语，实际上是对生活中的丑进行了集中、提炼、强化，将人置于一个丑的世界，让人感到恶心，使人感到震惊，也就是说，莫言长篇小说往往非但不能给人提供一种精神的避难所，反而往往给人造了一个精神的地狱，人们读莫言长篇小说，不仅往往很难获得愉悦，而且有时很容易产生备受折磨之感。

---

① 鲁迅：《我怎么做起小说来》，《鲁迅全集·第九卷》，人民文学出版社2005年版，第526页。
② 姜异新整理：《莫言孙郁对话录》，《鲁迅研究月刊》2012年第10期。
③ 孙郁：《莫言：与鲁迅相逢的歌者》，《当代作家评论》2006年第6期。

其三，对既往中国小说的形式进行了颠覆。

朱向前曾这样评论莫言的小说："几乎一篇一个样，不断突破自己，不断地去冒险探胜，寻求着更加适合写意抒怀的新框架，以变化无穷的小说范式的成功或不甚成功的试验，一次又一次地冲击着传统小说规范的堤岸。"① 莫言长篇小说尤其如此——这实际上是对既往中国小说的形式进行了颠覆。

二 壮大了当下中国长篇小说的阵容，提高了当下中国长篇小说的品质，提升了当下中国长篇小说的品位

莫言长篇小说一共有十一部；尽管从数量的角度来看，这些小说在中国现当代长篇小说庞大的阵容中并不是多么引人注目，但是，它们毕竟增大了其数量的绝对值。同时，从质量的角度来看，或者从单个作家所创作的长篇小说来看，这些小说却相当引人注目——如前所述，莫言长篇小说，无论是其内容，还是其美学特征及主题、艺术表现等，都别具一格，独具异彩，因此，在中国现当代小说中，绝对属上品或上上品；也许正因为如此，余华才如此评价莫言（及其长篇小说）道："从文学的标准来看，莫言起码可以拿10次茅盾文学奖了。因为90％茅盾文学奖的作品都比不上莫言最差的一部。"② 由此可见，莫言长篇小说对当下中国小说品质的提高及其品位的提升无疑是起到了积极的作用的。

三 开启了未来中国长篇小说发展的帷幕

如前所述，莫言长篇小说，无论就其包蕴的思想内涵而言，还是就其形式而言，都别具一格，在中国长篇小说发展的长河中，堪称一个"异数"、一个"另类"，蕴含着不少中国固有小说原本没有的因子；因

---

① 朱向前：《莫言小说"写意"散论》，《当代作家评论》1986年第4期。
② 《余华：从文学标准看 莫言可以拿10次茅盾文学奖》，《金华晚报》2012年11月23日。

此，它的出现，一方面颠覆了既往的中国小说，改变了中国小说尤其是中国长篇小说的固有格局，另一方面，它的"新"——艺术表现方面的"标新立异"、"新的内蕴"等——对未来中国长篇小说发展具有引领和启示的意义：未来中国长篇小说可能会受这种"新"的影响而产生更多更"新"的品种，绽放出更多更"新"的光彩。

四　推进了中国文学的"走向世界"

"走向世界"是中国文学的夙愿——多少年来，中国文学都在努力地"走向世界"，并且迈出了不小的步伐，取得了可喜的成绩，不过，莫言长篇小说的被多种语言译介，在世界范围内的广泛流传，当属其中具有关键性的一步、能让人刮目相待的成绩——莫言因其包括长篇小说在内的文学成就而斩获诺贝尔文学奖，更是极大地推进了中国文学的"走向世界"，"他的获奖，既是对他个人突出成就的褒扬，同时意味着世界对中国当代文学的某种肯定。毫无疑问，这是中国文学走向世界的一个标志性事件"[1]，"是一百年中国现代文学的艰难历程和痛苦经验所换得的"[2]。同时，随着莫言斩获诺贝尔文学奖而在世界范围内产生更大的影响，莫言长篇小说也必将在世界范围内更为广泛地流传，产生更为广泛的影响，从而，进一步地推进中国文学的"走向世界"。

---

[1] 雷达：《莫言是个什么样的作家》，《解放日报》2012年11月2日。
[2] 陈思和：《莫言的创作成就及其获奖的意义》，《文汇报》2012年10月16日。

下 编

个案研究

第一章 《红高粱家族》

一

《红高粱家族》由《红高粱》、《高粱酒》、《高粱殡》、《狗道》、《奇死》五章组成。其中,《红高粱》发表于《人民文学》1986 年第 3 期,获 1985—1986 年全国优秀中篇小说奖;《红高粱家族》最初由解放军文艺出版社于 1987 年 5 月出版。

小说的内容梗概为:

"我奶奶""大号"戴凤莲;在刚满十六岁时,被高密东北乡有名的财主单廷秀看中,拟让她做自己的儿媳妇,"我奶奶"的"贪财的爹,狠心的娘"①也欣然同意把她嫁给单廷秀的儿子——患有麻风病的单扁郎。那时候的"我奶奶",面容姣好,黑发如瀑,丰满而又秀丽。在出嫁之前,"我奶奶"听说她未来的丈夫是个麻风病人——虽然她的父母都不承认这一点,但她还是忐忑不安。怀着期待而又害怕的错杂心情,"我奶奶"上了一顶经常被人租用的脏兮兮的花轿。余占鳌为当天的四个轿夫之一,他怜爱地握了一下"我奶奶"的小脚,"我奶奶"因此而颇为感动。在蛤蟆坑遭遇"吃拤饼的人"(即强盗)时候,余占鳌等打死了"吃拤饼的人"。

"我奶奶"嫁入单家之后发现单扁郎确实是一个麻风病人,因而,对他感到害怕和恶心。在新婚的头两夜,她手握着剪刀坐到天明;在新

---

① 莫言:《莫言文集·红高粱家族》,云南出版集团公司、云南人民出版社 2012 年版,第 40 页。

婚第三天回门的时候,她恳请她父亲把她带回家。但她父亲只在乎单廷秀所送的骡子,根本不管她的死活。于是,她的希望破灭了。在"我奶奶"回娘家的路上,余占鳌把她劫到高粱地里,并与之发生了性关系。之后,他向她承诺道:"三天之后,你只管回来。"① 余占鳌在黑夜潜入烧酒作坊,杀死了单廷秀父子,并将他们的尸体扔在村西头的湾子里。三天后,"我奶奶"回到单家。随后,县长曹梦九审问"我奶奶",想弄清是否是她勾结匪类杀死了其公公和丈夫。"我奶奶"感到十分震惊,急火攻心,一行鲜血从下唇正中流下来。曹梦九看"我奶奶"长得姣好,便对她格外温和,并当场宣布无罪释放她,她夫家的全部财产和事务今后全由她处置。"我奶奶"高呼曹梦九为青天大老爷,并当场呼曹梦九为亲爹——曹梦九一时无奈,不得不认她为干女儿。"我奶奶"处理单家父子的后事之后,"抹抹桌子另摆席"② ——将烧酒作坊整理一番后重新开张。为了笼络烧酒作坊老伙计刘罗汉,"我奶奶"让他全面负责烧酒作坊的工作,家产也交由他掌管——后来,她有时也把自己的身子给他。

　　余占鳌以打工为名进烧酒作坊,但实际上是去找"我奶奶"的。他身体结实,身手灵巧;在最初的一个半月,他每天都努力工作,活儿干得十分出色,但"我奶奶"却始终不理他,于是,他便按捺不住了——开始跟"我奶奶"套近乎,但"我奶奶"仍然面容严肃,并不跟他多说一个字。余占鳌醉酒后胡言乱语,甚至说他为了"我奶奶"而杀了单家父子、"我奶奶"肚子里的孩子是他的。之后,余占鳌每日喝得烂醉如泥,满嘴胡言乱语。在一次"我奶奶"观看高粱酒的制作时,余占鳌从劈柴堆上爬起来,向一个酒篓中撒尿,并当着众伙计的面把"我奶奶"又亲又抱。"我奶奶"被吓呆了——在他的逼迫下,"我奶奶"承认了肚子里的孩子是他的,同时,也算是承认了他男主人的身份,于是,他成

---

① 莫言:《莫言文集·红高粱家族》,云南出版集团公司、云南人民出版社2012年版,第63页。
② 同上书,第116页。

了"我爷爷"。"我爷爷"心里高兴，干净利索地给酒出甑，从而，使全体伙计和刘罗汉从心里佩服他。随后，刘罗汉惊奇地发现，那篓被"我爷爷"尿过的酒，竟然醇香无比——单家便误打误撞地酿出了奠定其名声的高粱酒。从此，"我爷爷"和"我奶奶"相亲相爱，共同打理烧酒作坊。

"我奶奶"恨透了为了钱财而不顾她幸福的"我曾外祖父"。"我曾外祖父"三番五次地上"我"家索要财物——他第一次上"我"家索要财物时，被"我奶奶"用荷叶包子打跑；第二次上"我"家索要财物时，"我奶奶"不许他进屋，但给了他一块大洋；第三次上"我"家时，他向"我奶奶"索要一头大黑骡子，其理由是她公公单廷秀生前答应过他的，人死了债不能死，并威胁说如果"我奶奶"赖账不还，那么他就要去县府里告她，最后，"我曾外祖父"被"我爷爷"轰走。恼怒之下，"我曾外祖父"将"我奶奶"告到县衙大堂，说她勾结匪类，谋杀公公和亲夫，谋夺夫家财产。曹梦九一面当面打了"我曾外祖父"一顿鞋底子，说他财迷成性，竟然污蔑亲生女儿；一面背后塞给他 10 两银子，并派捕快在"我奶奶"的炕上抓走"我爷爷"。"我爷爷"被曹梦九打了 300 下鞋底子，便对曹梦九怀恨在心，并在购买枪支后，绑架了曹梦九十四岁的独生子。曹梦九的捕快头子颜洛古率领人绑了"我奶奶"和"我父亲"。无奈之下两相换回，互不相欠。一九二三年腊月二十三日，辞灶。土匪花脖子绑了"我奶奶"，让烧酒锅上拿一千块大洋去赎人，"我爷爷"凑了两千块大洋将"我奶奶"赎回。花脖子枪法奇准奇快，号称"三点梅花枪"。"我爷爷"为了报仇，去青岛买回了两支匣枪，五千粒子弹，天天在河湾打鱼，终于练就了"七点梅花枪"。之后，"我爷爷"以拜师练枪为借口，接近花脖子，把花脖子一伙骗入墨水河，一顿"七点梅花枪"，击毙了花脖子的手下，最后，把花脖子也击毙在河里。从此，"我爷爷"威震江湖，附近的小土匪纷纷依附"我爷爷"。于是，"我爷爷"成了新的土匪头子。

"我父亲"四岁那一年，"我奶奶"带着"我父亲"回娘家给"我曾外祖父"奔丧。因大雨滂沱而误了归期,"我爷爷"便趁机同"我奶奶"的丫鬟恋儿好上了。"我奶奶"在发现此事之后,把恋儿抓出了十几道血口子,扇了"我爷爷"一巴掌,"我爷爷"回敬了"我奶奶"一巴掌,最后,在邻村盐水口子村买了一排房屋,把恋儿接去住了。恋儿生了"我小姑姑"——香官,从此,恋儿成了"我二奶奶"。"我奶奶"与"我爷爷"感情破裂后,带着"我父亲"投奔了铁板会会长黑眼,成了他的情人。后来,"我爷爷"与黑眼打了一架。"我爷爷"虽然输给了黑眼,但"半"赢得了"我奶奶"——他与"我奶奶"讲和,约定"我奶奶"在黑眼和他两边轮流住,两边每次各住十天。一九二八年深秋,曹梦九用一条"三国演义"式的妙计,试图把以"我爷爷"为首的高密东北乡土匪一网打尽,结果,消灭了绝大多数土匪,但"我爷爷"死里逃生了。曹梦九因消灭土匪有功而由县长升为省警察厅厅长。

抗日战争爆发后,日寇占据了县城和周边村子,并修建炮楼。刘罗汉被抓做苦役,"我"家两头大骡子也被日寇拉走了。咸水口子村有人进县城卖草鞋,并带回了日寇即将前来侵犯的消息。日寇威胁成麻子,让成麻子带领日寇进咸水口子村找编草鞋的人(抗日人士)、找藏有编草鞋的人的窨子,结果,十二个窨子在成麻子指引下被找到——村里四分之三的男人都在那些窨子里编草鞋。日寇向窨子里扔炸弹,里面的人都被炸死。成麻子的儿子、女儿、妻子均被日寇虐杀而死,"我二奶奶"被日寇轮奸——当时,"我二奶奶"正怀着和"我爷爷"的另一个孩子,"我"五岁的小姑姑也被日寇用刺刀挑死。"我爷爷"、"我奶奶"把"我二奶奶"和"我小姑姑"接回家。"我小姑姑"被安葬。"我二奶奶"被黄鼠狼附体,满嘴胡言乱语,大喊大叫,一直未能断气。刘罗汉想尽了各种办法,都不能使"我二奶奶"安静下来,最后,请李山人出面作法,"我二奶奶"才咽了最后一口气。成麻子见儿子、女儿、妻子均被杀后,伤心得悬梁自尽,被同村村民春生救下后,又被春生拉着去投胶高大队。"我爷爷"为生存所迫,成立了一支数十人的游击队,抗击日寇。刘罗汉被抓苦役后逃跑,并试图解救"我"家的两头大黑骡子,但骡子不"配合",刘罗汉便用铁铲铲那两头骡子,结果,被日寇发现并抓住。第二天,日寇当着众村民将刘罗汉活剥了皮。"我爷爷"与国民党军队支队队长冷麻子在"我奶奶"所使的"激将法"的"作用"下相约在墨水河大石桥伏击日寇,为刘罗汉报仇。但是,冷麻子贪生怕死,不守信用——没有按时出现。"我爷爷"和他的游击队烧毁了日寇的两辆汽车,击毙十多个日寇,还打死了日寇的中岗尼高少将。冷麻子在战斗的最后时刻率领部队出现,打死十几个鬼子,抢走了战利品,但也给"我爷爷"留了一挺机枪、一辆汽车及一汽车的大米。"我爷爷"的游击队损失惨重——除了"我爷爷"和14岁的"我父亲"外,其余的全部战死,"我奶奶"也在给游击队送饭的途中被打死。为了复仇,"我爷爷"和"我父亲"进城购买枪支——在他们进城时,日寇屠村,全村人所剩无几。"我母亲"因躲在一口枯井里而幸免于难,被"我爷爷"和"我父亲"救出。此后,刘氏照顾"我爷爷"、"我父亲"和"我母亲",也顺利成章地成为了"我三奶奶"。江小脚带领共产党游击队进村要枪支,同时,掩埋数百具尸体。

村里的许多狗因主人已死,没人喂养,便以尸体为食。我家的三条狗成为了狗群的首领。"我父亲"与狗群斗智斗勇,展开激战,耗时长久。冬天寒冷难熬,"我爷爷"便带领大家以狗皮为衣御寒。在最后一次与狗群的斗争中,"我父亲"被狗咬掉了一个睾丸,险些丧失生育能力。胶高大队饥寒交迫,面临生存危机,便效仿"我爷爷"和"我父亲"打狗吃,补充营养,同时,偷走了"我爷爷"他们藏在井底的15条三八大盖和贴在墙上的狗皮,并披着狗皮取得了马店战斗的胜利。然而,胶高大队在马店战斗中缴获的大批武器弹药,都被滨海独立团抽走了;在马店战斗中立了大功劳的成麻子因对自己无意间做了汉奸之事不能释怀,便吊死在村头一棵柳树上。

"我爷爷"在走投无路之际遇到了黑眼,便参加了黑眼的铁板会,之后,成为铁板会的实际头领。在五乱子的劝说下,"我爷爷"动了做皇帝的野心。"我爷爷"既不投靠国民党的冷麻子支队,又不参加江小脚率领的共产党游击队，并以假投靠的方式绑架了江小脚、冷麻子，向他们索要了大量枪支等，在高密东北乡发展壮大起来，并发行自己的货币。在铁板会鼎盛的时候，"我爷爷"给当年在墨水河大石桥伏击战中死去的"我奶奶"出大殡——他抢夺了老翰林的寿棺，让人把"我奶奶"的尸骨从坟墓取出。在出大殡的前一晚，骑瘦骡的怪侠行刺"我爷爷"，但未果；这件事也没有影响"我奶奶"出殡的正常进行。"我奶奶"的这场出殡声势浩大，场面十分壮观，吸引了附近的许多村民和小商贩；道旁熙熙攘攘，人头攒动。江小脚游击队突袭了耀武扬威但又毫无防备的给"我奶奶"送殡的铁板会成员，铁板会成员及百姓死伤无数。随后，冷麻子的支队袭击了江小脚的部队和铁板会的成员，并俘虏了他们。冷麻子在得意洋洋之际，日寇的大部队打来了。危急时刻，铁板会、江小脚、冷麻子各自的队伍这三股力量拧成一股绳一起抗击日寇。之后，"我爷爷"一蹶不振，后被日军抓到日本北海道服苦役，逃出苦役后又在山洞里当了十几年的野人。1958年，"我爷爷"从日本北海道的荒山野岭中回来时，村里为他举行了盛大的典礼，连县长都来参加了。后来，为了逃避共产党的镇压，"我爷爷"钻进地道藏了起来。1976年，"我爷爷"去世。

  盐水口子村的耿十八刀是日本人屠村的幸存者。日本人捅了他十八刀，他虽全身泡在血泊里但没有死。按他自己的说法，是一只红狐狸不停地舔舐他的伤口而救了他的命。不过，耿十八刀的这一说法真假难辨。新中国成立后，耿十八刀成了"五保户"，日子过得很好。在大跃进时代，弄死过九个人的支部书记取消了耿十八刀的"五保户"资格。之后，耿十八刀和其老母的温饱成了问题。一天，耿十八刀在饿得实在受不了时去支部书记的家讨说法，但是，支部书记去公社开会了。他去公社，打算告支部书记的状，但公社已经放假了，结果冻死在公社门口。

  逃离家乡十年的"我"回家上坟。站在祖辈的墓前，祖辈们轰轰烈烈的故事在"我"脑子里盘旋不去。"我"像是一个可怜的、孱弱的、猜忌的、偏执的、被毒酒迷幻了灵魂的孩子，但故乡的墨水河可以洗净

"我"的肉体和灵魂。站在故乡的土地上,"我"想要去找那一株纯种的红高粱,并为此而不惜一切努力。那红高粱象征着"我"家族光荣的图腾和我们高密东北乡传统精神,它可以保佑"我"闯荡荆棘丛生、虎狼横行的大千世界。

二

小说中重要的人物有余占鳌、戴凤莲、余豆官、刘罗汉、成麻子等。

(一) 余占鳌

余占鳌即"我爷爷",最初是一位农民,后来成为一位土匪及土匪头子、抗日游击队司令。他果敢、刚烈、狂放不羁——他在少年时,与母亲相依为命,却把与母亲偷情的和尚杀死了;他见到并爱上戴凤莲后,便与她野合;为了能与戴凤莲结合,他杀了以金钱和权势强娶戴凤莲的单家父子,稍后当众声称自己杀死了单家父子;在单家烧酒作坊等待戴凤莲接纳他等得不耐烦的时候酗酒、往酒篓子里尿尿、又亲又抱戴凤莲;在戴凤莲回娘家时,他和戴凤莲的丫鬟恋儿偷情。勇敢——他匹马单枪地闯进土匪窝里杀死匪首花脖子,孤身向兵强马壮的黑帮老大黑眼挑战,率领装备落后、人少体弱的游击队伏击日寇。粗俗、野气、野蛮——他在高粱地劫持戴凤莲,将小便撒在了酒篓子里,表达爱恨的方式都是杀人:杀和尚、杀单家父子……残忍——一个日寇在面临死亡的时候掏出自己妻子与儿子的照片向他求饶,"两行清亮的泪水沿着他肮脏的清癯的面颊流出来。他把照片放在嘴上吻着,他的喉咙里咕噜咕噜地响着"①,他儿子豆官也双手抱住他的胳膊阻止他杀那个日寇,但他最终还是杀了那个日寇。江湖气、匪气浓重——对各种政治势力及地方势力的拉拢,他一概拒绝:国民党的冷支队长以他是土匪为由而试图收编他时,他怒冲冲地骂道:"老子就是这地盘上的王","谁是土匪?谁不是土匪?能打日本就是中国的大英雄。老子去年摸了三个日本岗哨,

---

① 莫言:《莫言文集·红高粱家族》,云南出版集团公司、云南人民出版社 2012 年版,第 157 页。

得了三支大盖子枪。你冷支队不是土匪，杀了几个鬼子？鬼子毛也没揪下一根。"① 共产党胶高大队队长江小脚去试图联合他时，他也拒绝了。他只想在混杂中保持自己的本色，坦言："余某识不了二百个大字，要说杀人放火，我是行家里手；说起什么国家、什么党派，还不如宰了我痛快！"② 不仅如此，他还以绑架的方式向冷麻子等索取枪支等。对以花脖子、黑眼等人为首的土匪势力，他以土匪的方式消灭之。同时，他在自己地盘上发行货币以盘剥民众。冲动、鲁莽、狭隘——他杀单家父子只是为了自己所喜爱的女人，抗击日寇并不是因为他有高尚的理想或爱国精神，而是为了报日寇疯狂屠杀中国人之仇，尤其是顺着戴凤莲的意思报日寇虐杀刘罗汉之仇；他行为处事总是从自己的需要出发，而且往往不择手段，如为了给戴凤莲出大殡，敛财、抢棺、杀人，需要做什么事，他就做什么事。有手腕、有军事天赋——他虽然不懂政治，但会带兵、会打仗，如知道聘请有文化、懂军事的任副官训导部队；所率领的队伍虽然只有几十人，且零乱不整、缺衣少枪，但不仅能把冷麻子率领的国民党支队、江小脚率领的共产党游击队玩于股掌之上，而且在伏击日寇时全歼了日寇。干练——他做事干练，如为了得到戴凤莲，他果断地杀死了单家父子；说话干练，如当"我奶奶"送"我父亲"跟他去打仗，到村头时，他说："立住吧。"③ "我奶奶"立住，他拍一下"我父亲"的头说："走，干儿。"④ "我父亲"想要一支手枪，在问清"我父亲"会不会使用后，他说："给你！""就像老子一样用它。"⑤ 墨水河大石桥伏击战结束后，冷支队长窃取了他的胜利果实，他便愤怒地骂了冷支队长三遍"狗娘养的！"⑥ ……深明大义——余大牙是他的亲叔，对他有养育之恩，但在余大牙强奸了民女曹玲子、违反了军纪之

---

① 莫言：《莫言文集·红高粱家族》，云南出版集团公司、云南人民出版社 2012 年版，第 24 页。
② 同上书，第 272—273 页。
③ 同上书，第 1 页。
④ 同上。
⑤ 同上书，第 23 页。
⑥ 同上书，第 71 页。

时,他不顾亲情,按军纪枪毙了余大牙。能干——在戴凤莲承认他的身份之后,他兴奋地给酒出甑:"烧酒作坊里最苦的活儿是出甑。酒流干了,锡甑搬掉,揭掉蜂眼木盖,露出满木甑高粱酒糟。高粱酒糟酱黄色,热气灼人。余占鳌站在一条方凳上,手持短把木锨,把酒糟铲出来,拍到筐子里。他动作很小,几乎只靠小臂运动。热气喷得他半身赤红,脊背上的汗水流成小河。他的汗水里有一股强烈的酒味。""余占鳌干净利索的活儿,使全体伙计和罗汉大爷从心里佩服。"① 同时,他还想出了在流子上安装一个小甑以收上等好酒的点子。温柔、体贴、细心——初见戴凤莲时,"他的心里,有一种不寻常的预感,像熊熊燃烧的火焰一样,把他未来的道路照亮了。奶奶的哭声,唤起他心底早就蕴藏着的怜爱之情。"②"轿夫们看着这玲珑的、美丽无比的小脚,一时都忘魂落魄。余占鳌走过来,弯腰,轻轻地、轻轻地握住了奶奶那只小脚,像握着一只羽毛未丰的鸟雏,轻轻地送回轿内。"③ 在墨水河大石桥伏击战中,他身边人几乎都死了,但他却保住了儿子。有情有义——他在遭受挫折之时会想起戴凤莲,在戴凤莲死去时会流泪;按军纪枪毙余大牙之后,他"披麻戴孝,大声嚎哭。一出村头,他用力把一个新瓦盆摔在砖头上……抓起一把土,冷酷地打在锃亮的棺盖上……掏出枪来,对着柳树上面的天,连放三响……"④ 在安葬余大牙后回村的路上,他对着任副官开枪以发泄自己对任副官的恨意,但又故意不打中;方七和"瘸瘸四"负伤后,痛不欲生,他在亲手用枪打死他们以帮他们摆脱痛苦时对方七说:"七弟,你放心走吧,有我余占鳌吃的,就饿不着弟媳和大侄子。"⑤ 对"瘸瘸四"说:"你也一路去了吧,早死早投生,回来再跟这帮东洋杂种们干!"⑥……

---

① 莫言:《莫言文集·红高粱家族》,云南出版集团公司、云南人民出版社2012年版,第134页。
② 同上书,第40页。
③ 同上。
④ 同上书,第51—52页。
⑤ 同上书,第87页。
⑥ 同上书,第88页。

总的来看，余占鳌是一个复杂的"矛盾体"，既是封建道德坚决的反叛者，如不顾封建道德杀人、强占民女；又是它的守护者，如杀死与母亲通奸的和尚，杀死"摸过"戴凤莲的花脖子；他的身上聚集着民族意识、复仇意识、自由意识；他的"人生行为已很难用惯常的伦理道德规范去衡量，也难以用善与恶、美与丑这样简单的二元判断去评论……而是善中有恶、美中有丑、相互纠缠"①，他也确实如小说所描述的那样——是"最英雄好汉最王八蛋"②，"一辈子都没弄清人与政治、人与社会、人与战争的关系，虽然他在战争的巨轮上飞速旋转着，虽然他的人性的光芒总是力图冲破冰冷的铁甲放射出来。但事实上，他的人性即使能在某一瞬间放射出璀璨的光芒，这光芒也是寒冷的、弯曲的，掺杂着某种深刻的兽性因素。"③ 他总是徘徊于道德伦理和法律纲常外的另一个层面上。作为一个嫉恶如仇而又豪放不羁的英雄，他无法跳出特定历史环境所决定的局限性，而恰好在这一历史局限性里，表现出了我们民族豪放的性格和顽强的生存意识以及旺盛的生命激情。

（二）戴凤莲

戴凤莲即"我奶奶"。"我奶奶的一生'大行不拘细谨，大礼不辞小让'，心比天高，命如纸薄，敢于反抗，敢于斗争，原是一以贯之。"④ "我奶奶什么事都敢干，只要她愿意。她老人家不仅仅是抗日的英雄，也是个性解放的先驱，妇女自立的典范。"⑤ 她美丽——"奶奶脚小脸俊，是当时的美女典范"⑥：有一双时尚的"三寸金莲"，"十六岁那年，奶奶已经出落得丰满秀丽，走起路来双臂挥舞，身腰扭动，好似风中招

---

① 王光东：《民间理念与当代情感》，转引自谭英《浅析〈红高粱〉中余占鳌人物形象的个性及民族精神》，《牡丹江师范学院学报》（哲学社会科学版）2009 年第 2 期。
② 莫言：《莫言文集·红高粱家族》，云南出版集团公司、云南人民出版社 2012 年版，第 3 页。
③ 同上书，第 161 页。
④ 同上书，第 118 页。
⑤ 同上书，第 12 页。
⑥ 同上书，第 81 页。

飑的杨柳。"① 阳光、向上——她在少女时代"盼着有一个识字解文、眉清目秀、知冷知热的好女婿"②,"渴望着躺在一个伟岸的男子怀抱里缓解焦虑消除孤寂"③。叛逆——她父母因为贪财而把她嫁给家境殷实的单家,但她在听说所嫁的人是一个麻风病患者时,便十分不情愿,并对父母产生怨恨;在遭遇劫匪时,她甚至愿意被劫匪强暴以报复她父母;她父亲上她家索要财物时,她把荷叶包子狠狠地摔在了她父亲的脸上。大胆、泼辣、勇敢——在新婚的路上,她不堪在肮脏花轿中的憋闷,悄悄地将三寸金莲伸出轿帘外,偷偷地往外看,偷看轿夫隐藏在裤管中健壮的腿和穿着双鼻梁麻鞋的肥大的脚,同时猜测着轿夫粗壮的上身,忍不住把脚尖上移,身体前倾;在蛤蟆坑遭遇"吃拤饼的人"时候,她不是花容失色、惊惶失措,而是将轿帘一掀,看着那个"吃拤饼的人";"吃拤饼的人"蹭到轿子前伸手捏捏她的脚,她竟粲然一笑,以至于使得"那人的手像烫了似的紧着缩回去"④;"吃拤饼的人"逼迫她往高粱地里走时,她也表现得大方镇静,脸上凝固着粲然的笑容,而且用亢奋的眼睛,看着余占鳌,用眼神挑起轿夫余占鳌的斗志,结果,余占鳌率众打死了"吃拤饼的人";险情以出人意料的结局过去后,她"撕下轿帘,塞到轿子角落里,她呼吸着自由的空气,看着余占鳌的宽肩细腰。"⑤ 高粱地上的夏日暴雨来临了,在震动耳膜的雷声、一道压一道的血红闪电及黑色的风掀起的高粱绿色的浪潮中,她异常亢奋,"雨水把奶奶的衣服也打湿了,她本来可以挂上轿帘遮挡雨水,她没有挂,她不想挂,奶奶通过敞亮的轿门,看到了纷乱不安的宏大世界。"⑥ 在看上余占鳌后,她"心头撞鹿,潜藏了十六年的情欲,迸然炸裂。"⑦ 以至于

---

① 莫言:《莫言文集·红高粱家族》,云南出版集团公司、云南人民出版社2012年版,第36页。
② 同上。
③ 同上书,第37页。
④ 同上书,第42页。
⑤ 同上书,第44页。
⑥ 同上。
⑦ 同上书,第63页。

当代长篇小说的桂冠

全然不顾什么礼法道德，社会舆论，传统习俗，在高粱地里与他野合，并默许他杀单家父子；在余占鳌移情别恋于恋儿、背叛了她后，她决不因为自己是余占鳌的女人就甘做他的奴仆，迁就他，而是以移情别恋于黑眼这种方式还击他；余占鳌为她而与黑眼争风吃醋、大打出手，但她最终也没有向余占鳌屈服，而是一反传统，轮流与两个男人同居，各同居十天；在给伏击日寇的战士们送饭时，她与王文义的妻子一起"走上弯弯曲曲的墨水河堤，顾不上看堤坡上盛开着的黄花和堤外密密匝匝的血红高粱，一个劲地往东赶"①；在临死前，她呼天号地道："天哪！天……天赐我情人，天赐我儿子，天赐我财富，天赐我三十年红高粱般充实的生活。天，你既然给了我，就不要再收回，你宽恕了我吧，你放了我吧！天，你认为我有罪吗？你认为我跟一个麻风病人同枕交颈，生出一窝癞皮烂肉的魔鬼，使这个美丽的世界污秽不堪是对还是错？天，什么叫贞节？什么叫正道？什么是善良？什么是邪恶？你一直没有告诉过我，我只有按着我自己的想法去办，我爱幸福，我爱力量，我爱美，我的身体是我的，我为自己做主，我不怕罪，不怕罚，我不怕进你的十八层地狱。我该做的都做了，该干的都干了，我什么都不怕。但我不想死，我要活，我要多看几眼这个世界，我的天哪……"② 人情练达、机智灵活——余占鳌杀死她的公公和丈夫之事虽然并不是她主使的，但毕竟与她有关，然而，在曹梦九怀疑她与此事有关时，她不仅未显示出一丝的慌乱，反而演了一出自己大受冤枉的好戏："我奶奶晃荡几下，一头栽倒在地。众人上前扶起，手忙脚乱，碰掉了绾发的银簪，一团乌云，如瀑下泻。奶奶满面金黄，呜呜呜哭几声，嘻嘻嘻笑几声，一行鲜血，从下唇正中留下来。"③ 并趁机装疯卖傻似地认曹梦九为干爹，从而，彻底摆脱了自己那个贪财的亲爹，找了个靠山。是非分明、

---

① 莫言：《莫言文集·红高粱家族》，云南出版集团公司、云南人民出版社 2012 年版，第 54 页。
② 同上书，第 64 页。
③ 同上书，第 109 页。

深明大义——她父母因贪图钱财而将她嫁于麻风病人,她便将她父亲拒之于门外;余大牙强奸民女曹玲子,违反军纪和人伦道德,任副官对此极为不满,并因余占鳌不同意按军纪枪毙余大牙而负气而走,她便劝导余占鳌:"占鳌,不能让任副官走,千军易得,一将难求。"① 并最终说服余占鳌大义灭亲,枪毙了余大牙,从而,挽留住了任副官;日寇野蛮、残暴地虐杀刘罗汉,她便以激烈的言行刺激余占鳌等,促使余占鳌等相约率领部队伏击日寇,并让十四岁多一点的儿子上战场,她自己也玉颜埋在高粱地。有计谋、有手腕——在获得了单家财产所有权之后,她与烧酒作坊上的伙计们"洒扫庭除","重振"单家家业;她充分地利用烧酒作坊上的伙计,甚至以情感或色相引诱刘罗汉死心塌地地为她效力("大约七八年前的一个晚上,我奶奶喝醉了酒,在我家烧酒作坊的院子里,有一个高粱叶子垛,奶奶倚在草垛上,搂住罗汉大爷的肩,呢呢喃喃地说:'大叔……你别走,不看僧面看佛面,不看鱼面看水面,不看我的面子也看豆官的面子上,留下吧,你要我……我也给你……你就像我的爹一样……'"②);她想出了用铁耙挡住敌人前行的道路、伏击敌人的计策。贤惠、善良、有情有义——余占鳌率部去伏击日寇,她便积极主动地做好内勤,并在给准备战斗的余占鳌及其战友们送饭时壮烈牺牲;恋儿母女遇难后,她"涕泪俱下地哭着:'妹妹呀……我的亲妹妹……香官……我的孩子……'"③ 她父母对她虽然无情无义,但她没有长久地对她父母绝情绝义,并且与余占鳌一起上门给了她父亲一百一十块大洋;她父亲去世后,她又给她父亲奔丧。狭隘——她对待插足的第三者恋儿态度强硬,丝毫没有心慈手软,甚至动手打了恋儿;对背叛她的余占鳌毫不姑息,既破口大骂余占鳌,歇斯底里地哭闹,又以找情人的方式报复余占鳌。愚昧、偏执——她曾发狂般地迷恋"押花

---

① 莫言:《莫言文集·红高粱家族》,云南出版集团公司、云南人民出版社2012年版,第49页。
② 同上书,第8页。
③ 同上书,第330页。

会"的赌博,甚至创造了去死孩子夼以称小死孩的方式来决定押哪种花的方法。

总的来看,戴凤莲是一个敢于反叛传统道德约束的女子,表现了生命的活力、民族的精魂,是中华民族古老而又挺拔的生存意志的象征。

（三）余豆官

余豆官即"我父亲",是余占鳌和戴凤莲的儿子,农民。虽然与"我"相比,他也算得上勇敢,如他主动向"我爷爷"要求使枪,在"我爷爷"想要自杀的时候给"我爷爷"以支撑,与狗群斗智斗勇,小小年纪就参加伏击日寇的战斗等,也算得上东北乡的传奇人物。不过,他比不上余占鳌,不够勇敢,甚至有点屠弱——在看到余占鳌杀年轻的日本兵时,"父亲（即余豆官——引者注）眼前一片漆黑,一阵冰凉的寒气贯通全身。绿色和红色的光线照射着父亲紧闭着的双眼。父亲感到心中痛苦万分。他不敢睁眼去看那个肯定被劈成了两半截的美丽温柔的妇人和那个天真无邪的男孩。"[1] "父亲不敢看日本马兵圆睁着的睫毛上挑的眼,他的眼前不断地重复着人的身体在马刀下分成两半的情景。爷爷这一刀,仿佛把什么都劈成了两半。连爷爷也成了两半。父亲恍然觉得,有一把在空中自由飞旋的闪着血红光芒的大刀,把爷爷、奶奶、罗汉大爷、日本马兵、马兵的老婆和孩子、哑巴大叔、刘大号、方家兄弟、'痨病四'、任副官……如砍瓜切菜一般,通通切成两半……"[2] "父亲的肠胃缩成一团,猛弹到胸膈上,一口绿水从父亲口里喷出来"[3],"爷爷的胳膊在父亲怀中哆嗦着,父亲仰着脸,用两只贮满泪水的可怜巴巴的眼睛祈求着他的杀人如麻、心如铁石的爹。"[4]

（四）刘罗汉

刘罗汉是一位雇工。早年,他很有担当精神,干活很尽职尽责,对

---

[1] 莫言：《莫言文集·红高粱家族》,云南出版集团公司、云南人民出版社 2012 年版,第 157 页。
[2] 同上书,第 158 页。
[3] 同上。
[4] 同上书,第 157 页。

主人忠诚,如帮助戴凤莲主持烧酒作坊的工作,并且主持得很好;对戴凤莲很真诚,如当意外地酿出好酒时,他第一时间想到的是告诉戴凤莲;很讲义气,重礼让,如尽管他暗恋着戴凤莲,但当戴凤莲接受余占鳌之后,他毅然地克制住自己的情感。但他也狭隘、懦弱、窝囊、猥琐——两眼只盯着戴凤莲家的事情,对日寇卑躬屈膝、委曲求全;日寇要牵走戴凤莲家的骡子时,"罗汉大爷一次一次地扑向那个解缰绳的小个子伪军,但一次一次地都被那个大个子伪军用枪筒子戳退。初夏天气,罗汉大爷只穿一件单衫,袒露的胸膛上布满被枪口戳出的紫红圆圈。"[①] 被人骂做"老混蛋"时,他也"一气不吭";当日本人要他牵骡子走时,他也只选择屈从。在工地干活,他对拿着抽人藤条的监工心存恐惧,遭监工打骂时,他会哭得像个孩子一样,六神无主。不过,在逃跑的中年人的激励下,他在鼓足勇气试图逃脱日寇的牢笼时,变得刚直、勇猛、坚忍起来了——当他为戴凤莲家那两头忘恩负义的骡子而激荡起复仇的火焰时,他已经完成了一次人格的提炼和升华:

"你怕了吗?畜生!你的威风呢?畜生!你这个忘恩负义吃里扒外的混账东西!你这个里通外国的狗杂种!"

罗汉大爷怒骂着,对着黑骡长方形的板脸铲出一锹。铁锹铲在木桩上,他上下左右晃动着锹柄,才把锹刃拔出。黑骡挣扎着,后腿曲成弓箭,秃尾巴扫地嚓啦有声。大爷瞄准骡脸,啪地一响,铁锹正中骡子宽广的脑门,坚固的头骨与锹刃相撞,一阵震颤,通过锹柄传导,使罗汉大爷双臂酸麻。黑骡闭口无言,蹄腿乱动,交叉杂错,到底撑不住。呼隆一声倒下,像倒了一堵厚墙壁。缰绳被抈断,半截在木桩上垂着,半截在骡脸边曲着。罗汉大爷垂手默立,光滑的锹柄在骡头上斜立指着天。那边狗叫人喧,天亮了,从东边的高粱地里,露出了一弧血红的朝阳,阳光正正地照着罗汉大爷半

[①] 莫言:《莫言文集·红高粱家族》,云南出版集团公司、云南人民出版社2012年版,第13页。

张着的黑洞洞的嘴。①

在遭日寇酷刑时,他不屈不挠;面对剥皮之刑,他面无惧色,骂不绝口,至死方休,表现出崇高的民族气节,成为了一个惊天地、泣鬼神的民族英雄。

(五) 成麻子

成麻子是一位农民。他麻木、不觉悟——城里传来消息说是"日本人占领了高密城","全村人几乎都坐卧不宁,等待着大祸降临"②,在"众人惴惴不安,心惊肉跳的时候"③,成麻子却是"无忧无虑",不仅"照旧干自己的营生"④,而且还用他的小市民式的理论劝说其他的村民;"不久,日本人的暴行阴风般传来"时,他还"一直很高兴"⑤,因为其他人都不敢出门而使得他可以多捡些狗屎。苟且偷生——"我爷爷"余占鳌为了自尊,杀母亲的情人;为了爱情,杀单家父子,杀花脖子;被逼无奈时不惜成为土匪,带领手下反抗,而他却在日寇入侵、大祸来临之际若无其事,说:"谁当官咱也是为民。咱一不抗皇粮,二不抗国税,让躺着就躺着,让跪着就跪着,谁好意思治咱的罪?"⑥日寇让他带路把躲在窨子里编草鞋的人都找出来,为了保全性命,他便如实照办,把村子里十二个窨子一一找出,结果导致躲在窨子里编草鞋的村里四分之三的男人被日寇炸死。不过,他虽愚昧但良心犹在,有自尊心——看到妻儿被杀,他伤心得自杀;他在带着日寇把村子里的窨子炸了之后,一直都在自责与悔恨中挣扎,因而,参加战斗时,他"不愿用枪,只愿用手榴弹,每次战斗,他都冲到最前边,把一枚枚的木柄手榴弹闭着眼睛乱扔。距离敌人七八米远,他也敢扔手榴弹,而且从不

---

① 莫言:《莫言文集·红高粱家族》,云南出版集团公司、云南人民出版社 2012 年版,第 20—21 页。
② 同上书,第 304 页。
③ 同上。
④ 同上。
⑤ 同上书,第 305 页。
⑥ 同上书,第 304 页。

弯腰躲避"①；在马店镇战斗中，他利用自己唱过京戏、吹过唢呐、底气足、声音洪亮、舌头灵活、将狗的叫声模仿得惟妙惟肖等特长成功地诱骗鬼子，"对准一个窗口，接二连三地投进去二十颗手榴弹，屋子里的爆炸声和受伤鬼子的惨叫声使他想起几年前日本鬼子往草鞋窨子里扔炸弹的情景。"②同时，也让他"有一线锐利的痛苦，像尖刀一样，在他心脏上划出一道深刻的裂痕。"③因此，在这场战斗结束之后，他吊死在村头一棵柳树上，希望以此洗刷自己的罪孽。

除余占鳌、戴凤莲、余豆官、刘罗汉、成麻子等人物外，小说中值得关注的人物还有江小脚、冷麻子、耿十八刀等。

三

小说通过其内容及一系列人物，尤其是余占鳌、戴凤莲、余豆官等人物所表达的主旨大致有以下几点：

（一）揭示并歌颂了"原始生命力"④

在谈及《红高粱家族》时，莫言说："我认为这部作品恰好地表达了当时中国人的一种共同心态，在长期的个人自由受到压抑之后，《红高粱家族》张扬了个性解放的精神——敢说，敢想，敢做"⑤，也就是说，小说表现了对于生命意识的张扬，揭示并歌颂了"原始生命力"⑥。

在小说中，野生的"红高粱"有蓬勃的野性和旺盛的生命力，人物往往不是那种由正统文明观念所认定的所谓"历史主体"，而是一些被正统文明观念排斥在主流历史之外的人——他们焕发着蓬勃的野性和旺盛的生命力：男的剽悍勇猛，女的风骚俊俏；既嗜杀成性又视

---

① 莫言：《莫言文集·红高粱家族》，云南出版集团公司、云南人民出版社2012年版，第339页。
② 同上书，第343页。
③ 同上。
④ 张闳：《莫言小说的基本主题与文体特征》，《当代作家评论》1999年第5期。
⑤ 莫言：《我为什么要写〈红高粱（"粱"应为"粱"——引者注）家族〉——在〈检察日报〉通讯员学习班上讲话》，杨扬：《莫言研究资料》，天津人民出版社2005年版，第46页。
⑥ 张闳：《莫言小说的基本主题与文体特征》，《当代作家评论》1999年第5期。

死如归,既杀人越货又精忠报国;敢恨敢爱,敢于直面生死荣辱;爱起来在高粱地里狂热地野合,受到压抑时则啸聚山林,扯旗造反;往往任性而为——余占鳌杀和尚、杀单家父子、杀花脖子、强占戴凤莲,喜欢做什么就做什么,做什么都是一不做二不休;当他抬着戴凤莲出嫁的花轿时,戴凤莲并未给他一种她是一个"有夫之妇"的感觉,而是让他有了一种不同寻常的预感,就像熊熊燃烧的火焰一样,照亮了他未来的路;戴凤莲因他偷占恋儿而大发醋意,甚至撒泼,他便另筑金屋以藏娇……戴凤莲呢?则在出嫁的途中,对身为轿夫的强健的余占鳌产生了好感;被余占鳌掳进高粱地里时不但不反抗,反而充满了难以遏制的冲动,在与余占鳌在高粱地里野合时,"两颗蔑视人间法规的不羁心灵,比他们彼此愉悦的肉体贴得还要紧"①;之后,她不仅未曾觉得有半分不妥和羞愧,而且很激动;余占鳌拿出一柄二尺多长的小剑,并告诉她三天后尽管回来,此时,她实际上预感到有事要发生,但不但不稍加制止,反而有所期待……抗击日寇的墨水河大石桥伏击战的主角是一帮由土匪、流浪汉、轿夫、残疾人等拼凑起来的乌合之众,他们抗击日寇纯是一时性起,杀敌时更是冲锋陷阵、奋不顾身、至死方休——余占鳌和余豆官父子俩在战后再次回到战场时,"他们脚踩着残断曲折的高粱和发出微弱黄光的铜弹壳,不时弯腰俯头,看着那些横卧竖躺、龇牙咧嘴的队员们,但他们都死了。"② 这些人物完全不像此前革命战争题材小说中的正面人物那样——那些人物为了理想信念,为了国家民族去战斗去献身,而这些人物是在生命力的驱动下为了生存或为了自然而然、"任性"地活而抗争,可以说是生命意识层面上的"英雄"。

  从整体上来看,小说与以前的"红色经典"中的战争历史叙事完全不同——它并没有把抗战的历史作为重心,而是借助这段历史,表现特

---

  ① 莫言:《莫言文集·红高粱家族》,云南出版集团公司、云南人民出版社2012年版,第63页。
  ② 同上书,第86页。

定历史文化背景下家族祖辈的生存状态,展现出最本真的美好人性,表达了对生命意识和生命活力的颂扬。

(二)对现代文明提出了批判,表达了对"种的退化"的忧虑

在小说的扉页上有这样一段话:"谨以此书召唤那些游荡在我的故乡无边无际的通红的高粱地里的英魂和冤魂。我是你们的不肖子孙。我愿扒出我的被酱油腌透了的心,切碎,放在三个碗里,摆在高粱地里。伏惟尚飨!尚飨!"① 这段话蕴含着对现代文明的否定和批判。而小说中的"一队队暗红色的人在高粱棵子里穿梭拉网,几十年如一日。他们杀人越货,精忠报国,他们演出过一幕幕英勇悲壮的舞剧,使我们这些活着的不肖子孙相形见绌,在进步的同时,我真切感到种的退化"② 这段文字更是直接地表达了对"种的退化"的忧虑。

同时,小说还通过一些具体的描写对现代文明提出了批判,表达了对"种的退化"的忧虑,如在小说中,"我爷爷"余占鳌、"我父亲"余豆官、"我",从生命力的角度来看,是一代不如一代——表现为"力的衰减":"我爷爷"是一位匪气十足、野性蓬勃的英雄,"我父亲"虽不失为一个英雄,但又只是一个在一定程度上仰仗着"我爷爷"的余威的英雄,而"我"则干脆成了"不肖子孙"——一个什么作为也没有的现代文明社会中的知识分子,虽然有"被肮脏的都市生活臭水浸泡得每个毛孔都散发着扑鼻恶臭的肉体"③,但仍然"显得像个饿了三年的白虱子一样干瘪"④。小说将现代的"子辈"比作劣质、杂芜、缺乏繁殖力的"杂种高粱"——"我反复讴歌赞美的、红得像血海一样的红高粱已被革命的洪水冲激得荡然无存,替代它们的是这种秸矮、茎粗、叶子密集、通体沾满白色粉霜、穗子像狗尾巴一样长的杂种高粱了。"⑤ "可怜

---

① 莫言:《莫言文集·红高粱家族·卷首语》,云南出版集团公司、云南人民出版社 2012 年版。
② 莫言:《莫言文集·红高粱家族》,云南出版集团公司、云南人民出版社 2012 年版,第 4 页。
③ 同上书,第 349 页。
④ 同上书,第 118 页。
⑤ 同上书,第 350 页。

的、孱弱的、猜忌的、偏执的、被毒酒迷幻了灵魂的孩子,你到墨水河里去浸泡三天三夜——记住,一天也不能多,一天也不能少,洗净了你的肉体和灵魂,你就回到你的世界里去。在白马山之阳,墨水河之阴,还有一株纯种的红高粱,你要不惜一切努力找到它。你高举着它去闯荡你的荆棘丛生、虎狼横行的世界,它是你的护身符,也是我们家族的光荣的图腾和我们高密东北乡传统精神的象征!"①

(三)表达了对生命的悲悯之情

小说表达了一种对生命的悲悯之情,这种感情不止体现在几个主要人物身上,在一些非主要人物,如耿十八刀、成麻子、恋儿等的身上亦有体现。小说描写了成麻子"设计"并参加的一场战斗:"他们每人披一张狗皮,狗毛朝外,狗尾巴拖在两腿间。阳光照得狗毛灿烂,五颜六色,美丽而古怪,恍若妖兵群魔。第一次身披狗皮出战,胶高大队队员们心情也鬼怪妖魔,他们看到阳光血一样涂在战友们的皮毛上时,脚下都如腾云驾雾一般,走得忽快忽慢,确如狗行……"②这场战斗最终胜利了,但也触发了成麻子内心中对自己曾带领日寇进村杀人之罪的深深愧疚,最后,他不堪愧疚而吊死在一棵柳树上,"他上吊时也没有把那张狗皮解下来,所以从后边看,树上好像吊着一条狗;从前边看,树上吊着一个人"③。成麻子的吊死虽是他的自我解脱,但也像是一种仪式——他用自己的这种仪式化的死告诉世人他所要赎的罪孽、所要得到那点最后的尊严,在这些最真诚的人性面前,残酷的战争将其狰狞的面貌暴露无遗;成麻子的生命抉择揭示了一个普通老百姓在面临战争时的选择以及普通人在生死存亡之际的人性的力量。

总的来看,小说所表达的对生命的悲悯是没有国界、没有种族,不分普通人与大英雄的,这是对真实的生命意识的一种礼赞,超越了人类

---

① 莫言:《莫言文集·红高粱家族》,云南出版集团公司、云南人民出版社2012年版,第351页。
② 同上书,第341页。
③ 同上书,第344页。

一般的思想情感所传达出的悲悯情怀。

（四）批判了封建礼教，歌颂了个性解放

戴凤莲嫁给麻风病患者单扁郎，完全是"父母之命"，如果戴凤莲遵从"父母之命"，那她只好与单扁郎结婚，陷入万劫不复之境；然而，她不但没有遵从"父母之命"，反而先与余占鳌在高粱地里野合，后与余占鳌明目张胆地结为夫妻。从传统道德的角度来看，余占鳌和戴凤莲应该是奸夫淫妇，或者土匪与土匪婆，应为世人所不齿、为世俗所难容，但事实上却并非如此——甚至与戴凤莲有情感纠葛的刘罗汉也认可余占鳌与戴凤莲的结合，小说也完全是以歌赞的笔调来描写余占鳌与戴凤莲的结合的。

（五）歌颂了坚贞不屈的民族精神

日寇穷凶极恶、丧心病狂、野蛮无比，甚至屠村，给高密东北乡带来了灭顶之灾，但余占鳌们没有屈服——"国破了，家亡了，同胞们快起来，拿起刀拿起枪，打鬼子保家乡……"① 聋、哑、瘸、拐都起来抗击日寇，通过这些描写，小说歌颂了坚贞不屈的民族精神。

（六）揭露和批判了封建迷信思想

小说描写了大量的迷信之事，但是，在描写时多带嘲讽之意——为了在"押花会"中奖，戴凤莲带着余豆官到死孩子夼以称小死孩的方式决定押哪种花；铁板会在为戴凤莲出大殡遭突袭时祈求所谓的神明；"我二奶奶"被黄鼠狼附体后余占鳌为之求道驱邪；"我二奶奶""奇死"；红狐狸为耿十八刀舔舐伤口。

（七）表达了对政治斗争的反思

小说这样写道："老铁板会员把头歪到肩上，用肮脏的衣服沾沾肮脏的脸，抽搐着鼻子说：'我不是哭你姐姐！她反正是死了，哭也哭不活了，我是哭我们，我们原来都是临庄隔疃的乡亲，抬头不见低头见，不是沾亲，就是带故，为什么弄到这步田地！我是哭你外甥，我儿子，

---

① 莫言：《莫言文集·红高粱家族》，云南出版集团公司、云南人民出版社2012年版，第48页。

大银子，他才十八，跟着我入了铁板会，一心眼替你姐姐报仇，可是仇没报了，就被你们给毁了。你们用扎枪把他扎死了，他都下跪了，我亲眼看到他下跪了，可你们还是扎死了他！你们这些狼心狗肺的杂种！你们家里不是也有儿子吗？'"① "'谁是你的姐夫！对着你外甥甩他妈的手榴弹时就忘了你还有姐夫啦？你们共产八路都是石头缝里蹦出来的？没有妻子儿女？'"②

（八）探讨了人性的问题

在传统小说中，好人和坏人泾渭分明；但在该小说的结尾，"我二奶奶"却说"谁不是最英雄好汉最王八蛋的呢？"③ "最英雄好汉最王八蛋"看似矛盾实则是真实的人性。

四

从艺术表现的角度来看，小说主要具有如下特点：

（一）叙事新颖别致

1. 叙述内容民间化。

小说把主流政治势力之外的民间武装或民间社群——余占鳌及其抗日游击队、"铁板会"等——作为主要描写对象。一些战斗，如墨水河大石桥伏击战斗也具有"民间性"——其参加者为土匪和农民，其中包括了聋、哑、瘸、拐，全非训练有素者，而纯是一群乌合之众；从未有过作战经验的小脚女人"我奶奶"更是献出了用铁耙摆连环挡鬼子之计；作战工具为土炮、鸟枪、老汉阳步枪、喇叭、铁耙等；作战过程丑态百出，有人因大哑巴不慎摔倒枪走火先受伤，有人枪口堵着一团破棉絮，有人在埋伏时鼾声如雷，有人握着枪身体抖成一团，有人枪响子弹却没有出膛，关键时刻，装好火药的"大抬杠"（土炮）点火了却"沉

---

① 莫言：《莫言文集·红高粱家族》，云南出版集团公司、云南人民出版社2012年版，第291—292页。
② 同上书，第292页。
③ 同上书，第350页。

默";在久等日军不来之际军心涣散,计划中的伏击战变成了仓促之间的遭遇战,稳操胜券变成了两败俱伤,开枪时手抖个不停的"我父亲",却在无意之中和"我爷爷"一起打死了日军少将中岗尼高……这些描写刻意凸显了充满生命力的民间世界的理想状态,把一种充沛饱满自由自在的民间情感作为小说内在的精神支撑;从而,"用民间化的历史场景、'野史化'的家族叙事,实现了对现代中国历史的原有的权威叙事规则的一个'颠覆'。"①

2. 叙述语言俗化。

小说一方面"言不由衷"、戏拟性地挪用了现代启蒙主义和革命主流话语常用的语言,如"她老人家不仅仅是抗日的英雄,也是个性解放的先驱,妇女自立的典范"②……另一方面彻底地摆脱并且颠覆了主流宏大叙事对于历史叙述的控制和规范,非常的民间化,如"秋风起,天气凉,一群群大雁往南飞"③,"不看僧面看佛面,不看鱼面看水面"④,"这酒里有罗汉大叔的血,是男人就喝了。后日一起把日本汽车打了,然后你们就鸡走鸡道,狗走狗道,井水不犯河水。"⑤"没有弯弯肚子别吞镰钩刀子。"⑥"你们呐,小人打小谱,三十二十地挣吧。"⑦"事到临头,草鸡也不行,就是块铁蛋子也要抬出来!"⑧

3. "创设了'我爷爷'、'我奶奶'这种独特叙述视角"⑨。

(1)《红高粱家族》中叙述者"我爷爷"、"我奶奶"的设置标志着莫言小说叙述视角的创新:一方面,叙述声音与叙述视角不再统一于叙述者,而是由故事外的"我"提供叙述声音进行历史想象,故事内人物

---

① 莫函蓓:《基于写作角度谈莫言〈红高粱〉的表达方式》,《作家》2015年第6期。
② 莫言:《莫言文集·红高粱家族》,云南出版集团公司、云南人民出版社2012年版,第12页。
③ 同上书,第22页。
④ 同上书,第8页。
⑤ 同上书,第25页。
⑥ 同上书,第239页。
⑦ 同上。
⑧ 同上书,第242页。
⑨ 李自国:《论〈红高粱〉的叙述视角》,《江汉论坛》2012年第2期。

"我父亲"从亲历者的角度回忆历史,这既对先辈传奇人生及其意义做出了不同的经验处理,又让抗日故事与爱情故事交错展开,凸显了先辈的旺盛生命力;另一方面,叙述者"我"的现实与叙述焦点"我爷爷"、"我奶奶"的历史拼贴在一起,叙述时间与故事时间相互交错,建构了现实与历史的对话。

(2)把全知视角和限知视角统一到"我爷爷"、"我奶奶"中——以"我"的追述、评论来叙写"我爷爷"、"我奶奶"的传奇人生,以"我父亲"的叙述来叙写1939年先辈们在墨水河大石桥伏击日寇的故事,不断将叙述焦点集中于此前"我爷爷"、"我奶奶"的故事,重点聚焦于高粱地里的爱情故事。

(3)莫言早期小说,如《大风》、《秋水》等中虽然有"我爷爷"、"我奶奶"、"我父亲"之类的叙述人称,但都没有上升到叙述视角的层面,其叙述也多是平铺直叙……《红高粱家族》用人称的变化带动视角的变化,把人称和视角结合起来创设了"我爷爷"、"我奶奶"这种独特叙述视角。文本叙述多是在"我"和"我爷爷"、"我奶奶"之间滑动,在现实和历史之间任意往来,使叙述获得极大的自由……对此有论者认为:"莫言的意义在于他为当代文学又开辟了一个新的视角。"[1]

4. 叙述视角多元。

小说叙述视角多元,如第一章《红高粱》一是"我"讲述"我爷爷"、"我奶奶"、"我父亲"和刘罗汉等人的故事,二是"我父亲"给"我"讲述发生在他身上的故事,三是村里九十二岁的老太所讲述的"故事"——至今还在流传的民间的歌谣:"女中魁首戴凤莲,花容月貌巧机关,调来铁耙摆连环,挡住鬼子不能前"[2]。"我"、"我父亲"、九十二岁的老太从不同的视角讲述同一个故事,各自的讲述实际上相互补充——"我"作为先辈的后代子孙来讲述先辈的故事,使过去的历史同

---

[1] 李自国:《论〈红高粱〉的叙述视角》,《江汉论坛》2012年第2期。
[2] 莫言:《莫言文集·红高粱家族》,云南出版集团公司、云南人民出版社2012年版,第11页。

现实保持了密切的联系。"我"在叙述故事的时候,有时跳出来对"我爷爷"和"我奶奶"做一番评述,如余占鳌到店子里吃东西想吃锅里的狗肉,店主告诉他不行,并羞辱他,他心里有说不出的恼和惧。此时的"我"跳出来评论道:"他虽然具备了一个土匪所应具备的基本素质,但离真正的土匪还有相当的距离。他之所以迟迟未入绿林,原因很多。概而言之,大概有三……余占鳌对土匪头子花脖子的作派有隐隐的敬佩感,同时又有憎恨感。"①"这个叙述人的设置,既表现了不肖子孙在生命形态上的'种的退化'的哲理思考,体现出对祖先的精神认同;又弥合了时间的流逝所造成的历史断裂。"②而九十二岁的老人的讲述使得"我"这个家族的传奇更具有民间的基础,增强了故事的真实性和可信度。

这种多元叙述视角,一方面使叙事人"我"的时代与"我爷爷"、"我奶奶"的时代有着不可回避的历史间距;另一方面,叙事人"我"又靠着叙述时间对自在的故事时间的侵犯、打断、干扰来参与故事,小说不断地由"我父亲"构建的叙事时空跳入"我爷爷"、"我奶奶"心理的直接叙说,并不时地跳出"我"的评论,形成了现实与过去的对话,从而,叙述时间与故事时间一段段一节节地缠绕在一起,每一个过去的瞬间都与一个现在的叙述行为紧密连接,成为一种混然不可分的合一;同时,也突破了传统的线性情节结构,随着空间的转换而调动,用心理时空来写现实,不仅过去的故事被剪成了拼贴的碎片,而且创造了故事在进行着的场面中穿行的效果,进而形成了多声部的叙述效果,使故事在"亲历"、"记录"与"评述"之间穿行。

对小说的这种多元叙述视角,莫言颇为自得——他曾说:"《红高粱》之所以引起轰动,其原因就在于它有那么一点独创性,将近二十年过去后,我对《红高粱》仍然比较满意的地方是小说的叙述视角,过去

---

① 莫言:《莫言文集·红高粱家族》,云南出版集团公司、云南人民出版社2012年版,第93页。
② 张学军:《中国当代小说中的现代主义》,山东大学出版社2005年版,第153页。

的小说里有第一人称、第二人称，而《红高粱》开头就是'我奶奶'、'我爷爷'就是第一人称视角，写到'我'的时候也是第一人称，一写到'我奶奶'，就跳到了'我奶奶'的角度，她所有的内心世界都可以很直接地表达出来，叙述起来非常方便，这就比简单的第一人称视角要丰富很多，开阔得多，这在当时也是个创新。"①

小说其他章的叙述视角也是多元的，如第三章《狗道》就既使用了第一人称全知视角，又使用了第三人称全知视角，还使用了狗的视角——"原先的宿营地被四个可恶的小杂种用屎壳郎一样的怪物炸得乱七八糟"，这是从狗的视角来看待父亲、母亲等人。②

5. "复合"叙事——对一件事分几次叙述，每一次的叙述各有侧重，合成一个多义、复调、立体化的艺术体。

(二) 运用了魔幻现实主义手法

小说魔幻现实主义手法的运用既是整体性的，如小说故意打乱时间顺序，使情节颠倒、跳跃，从而，使本来明白晓畅的情节变得陌生，使一个本来是"一气呵成"的故事变得支离破碎，呈现出一种"魔幻"的色彩；又是局部性的，如写"我父亲"、"我奶奶"的特殊感觉：

1. "父亲看到弹头在月光中翻着筋斗飞行，缓慢得伸手就可以抓住。"③弹头的飞行在"我父亲"的眼里变得很慢，这样在成人看来完全是不可能的事情，但放在"我父亲"——豆官——这个小孩的眼里也就可以解释了。

2. "他（王文义）的腮上，有一股深蓝色的东西在流动"④，"他的脸肿胀得透亮，双眼成了两条细缝，两道深绿色的光线，从他的眼缝里射出"⑤，"绿色和红色的光线照射着父亲紧闭着的双眼"⑥……深蓝色的血，绿色的光线，这些不合常理的现象也都是来自"我父亲"——豆

---

① 莫言：《我为什么要写〈红高粱家族〉》，《考试（高中文科）》2014年第12期。
② 巩晓悦：《浅析血性〈红高粱家族〉的艺术特色》，《小说评论》2013年第S1期。
③ 莫言：《莫言文集·红高粱家族》，云南出版集团公司、云南人民出版社2012年版，第163页。
④ 同上书，第9页。
⑤ 同上书，第31页。
⑥ 同上书，第157页。

官——这个小孩的眼睛,这些丰富、绚丽的色彩构成了一个神秘的世界、魔幻的现实。

3. "不知不觉,连成一体的雾海中竟有些空洞出现,一穗一穗被露水打得精湿的高粱在雾洞里忧悒地注视着我父亲,父亲也虔诚地望着它们"①,"那四盘横断了道路的连环耙,尖锐的齿尖朝着天,父亲想它们也一定等得不耐烦了"②……高粱、耙等无生命的事物有了灵性,给人一种魔幻之感。

4. "我奶奶"临死时的感觉:"奶奶的真诚感动上天,她的干涸的眼睛里,又滋出了新鲜的津液,奇异的来自天国的光辉在她的眼里闪烁,奶奶又看到了父亲金黄的脸蛋和酷似爷爷的那两只眼睛……父亲的脚步声变成了轻柔的低语,变成了方才听到过的来自天国的音乐。奶奶听到了宇宙的声音,那声音来自一株株红高粱。奶奶注视着红高粱,在她朦胧的眼睛里,高粱们奇谲瑰丽,奇形怪状,它们呻吟着,扭曲着,呼号着,缠绕着,时而像魔鬼,时而像亲人,它们在奶奶眼里盘结成蛇样的一团,又忽喇喇地伸展开来,奶奶无法说出它们的光彩了。"③

……

(三)创造了"红高粱"这一独特的意象

在古今中外的文学作品中,文学意象多如牛毛,独特的意象也有许许多多,但像"红高粱"这样可以说是莫言小说的标志或代名词的不多:

莫言曾说:"没有象征和寓意的小说是清汤寡水,空灵美,朦胧美都难离象征而存在。"④ 在小说中,"红高粱"首先是一种象征:

1. "八月深秋,天高气爽,遍野高粱红成洸洋的血海。如果秋水泛滥,高粱地成了一片汪洋,暗红色的高粱头颅擎在浑浊的黄水里,顽强地向苍天呼吁。如果太阳出来,照耀浩淼大水,天地间便充斥着异常丰

---

① 莫言:《莫言文集·红高粱家族》,云南出版集团公司、云南人民出版社 2012 年版,第 9 页。
② 同上书,第 54 页。
③ 同上书,第 63—64 页。
④ 莫言:《天马行空》,《解放军文艺》1985 年第 2 期。

富、异常壮丽的色彩。"①

"高粱的骚动因为人们的疲惫困乏而频繁激烈起来，积露连续落下，淋湿了每个人的头皮和脖颈……父亲感到公路就要到了，他的眼前昏昏黄黄地晃动着路的影子。不知不觉，连成一体的雾海中竟有些空洞出现，一穗一穗被露水打得精湿的高粱在雾洞里忧悒地注视着我父亲，父亲也虔诚地望着它们。父亲恍然大悟，明白了它们都是活生生的灵物。它们根扎黑土，受日精月华，得雨露滋润，上知天文下知地理。父亲从高粱的颜色上，猜到了太阳已经把被高粱遮挡着的地平线烧成一片可怜的艳红。"②

其他，如余占鳌等土匪在红高粱地里"穿梭拉网，几十年如一日。他们杀人越货，精忠报国"③，余占鳌与戴凤莲在红高粱地里野合，戴凤莲在红高粱地里弥留之际的默祷，余豆官"奔向了耸立在故乡通红的高粱地里属于他的那块无字的青石墓碑。"④ ……红高粱散发着甜腥气息、有灵性、像森林一般……

这些都表现了"战争烟云笼罩下激荡在红高粱地里的抗日英雄和冤魂，感受到了外敌凭凌、横暴袭来时中华儿女气吞山河、坚韧无比的英雄气概和生命潜力"⑤。这正是中华民族始终不能被征服的原因所在，红高粱也由此成为了一种象征——象征着北方中国农民旺盛的生命力和具有旺盛生命力北方中国农民以及蕴含着博大智慧与生机的民族精神。

2. "每穗高粱都是一个深红的成熟的面孔。所有的高粱合成一个壮大的集体，形成一个大度的思想。"⑥

在这里，深红的高粱实际上由个人上升到集体，成为整个民族的象

---

① 莫言：《莫言文集·红高粱家族》，云南出版集团公司、云南人民出版社 2012 年版，第 351 页。
② 同上书，第 8—9 页。
③ 同上书，第 4 页。
④ 同上书，第 3 页。
⑤ 华中师范大学《中国当代文学》编写组：《中国当代文学·第三册》，上海文艺出版社 1989 年版，第 6 页。
⑥ 莫言：《莫言文集·红高粱家族》，云南出版集团公司、云南人民出版社 2012 年版，第 21 页。

征。小说中的男男女女，老老少少，虽生活不同，性格各异，但他们的英雄气概是相同的；他们不仅健壮、强悍，而且很大度，就如同高粱那般一望无际，胸怀宽广，这根源于他们与红高粱的深深结合：一方水土养育一方人，吃拃饼、喝粗酒，由红高粱养育的东北人民，无疑是红高粱的人格化显现……

3. "无边的高粱迎着更高更亮的太阳，脸庞鲜红，不胜娇羞。"① "一穗一穗被露水打得精湿的高粱在雾洞里忧郁地注视着我的父亲，父亲也虔诚地望着他们。'父亲'恍然大悟，明白了它们都是活生生的灵物，它们根扎黑土，受日月精华，得雨露滋润，上知天文下知地理。"② "我奶奶"临死之际"听到了宇宙的声音，那声音来自一株株红高粱……奶奶觉得天与地、与人、与高粱交织在一起……所有的忧虑、痛苦、紧张、沮丧都落在了高粱地里，都冰雹般打在高粱梢头。在黑土上扎根开花，结出酸涩的果实，让下一代又一代承受。"③

在这里，"红高粱"实际上有多重寓意——它可以象征我们顽强的民族气节和生生不息的精神内核，也可以是指火热而野性的生命激情，还可以是爱情的象征等。

其次，"红高粱"是故事情节发展和人物活动的背景——"遍野血一样的红高粱"④，"高粱叶茎上、高粱穗子上，都涂了一层厚厚的紫红"⑤，"高粱挺拔的秆子，排成密集的栅栏"⑥，"无边无际的高粱红成汪洋的血海"⑦……这些为人物提供了男欢女爱、杀人放火、英勇抗敌的活动天地，也激发人物去爱、去恨、去生、去死，尽最大可能去张扬自己的生命。

---

① 莫言：《莫言文集·红高粱家族》，云南出版集团公司、云南人民出版社2012年版，第28页。
② 同上书，第9页。
③ 同上书，第65—66页。
④ 同上书，第73页。
⑤ 同上书，第90页。
⑥ 同上书，第8页。
⑦ 同上书，第3页。

第三，"红高粱"别有"意味"——

如，"八月深秋，无边无际的高粱红成汪洋的血海。高粱高密辉煌，高粱凄婉可人，高粱爱情激荡。秋风苍凉，阳光很旺，瓦蓝的天上游荡着一朵朵丰满的白云，高粱上滑动着一朵朵丰满白云的紫红色影子。一队队暗红色的人在高粱棵子里穿梭拉网，几十年如一日。"①

这里所描写的红高粱烘托出了一种广袤无垠的氛围，突出了红高粱的"红色"，为整部小说奠定了总的基调。

"七天之后，八月十五日，中秋节。一轮明月冉冉升起，遍地高粱肃然默立，高粱穗子浸在月光里，像蘸过水银，汩汩生辉。我父亲在剪破的月影下闻到了比现在强烈无数倍的腥甜气息。"②

这里所描写的红高粱"勾勒"出了小乡村月夜的静谧和凄美。不仅在视觉上给人以清新的感觉，印象深刻，而且还引入了嗅觉这一感官的感觉，给人以身临其境的感觉。

"高粱的茎叶在雾中滋滋乱叫，雾中缓慢地流淌着在这块低洼平原上穿行的墨河水明亮的喧哗，一阵强一阵弱，一阵远一阵近。"③

在这段描写里，画面、声音并存，尤其是还细致地将声音的远近写了出来，有了空间的立体感；那个陌生的经验世界以温度、湿度、色彩、形状、光度、线条、质地、声音或寂静的形式，进入了人的听觉、视觉、触觉、味觉、嗅觉的意义谱系，让人在仿佛摸到、触到、听到、嗅到、看到那一切的同时，不属于自己的陌生经验已悄然潜入一己内在的体验。

（四）使用了"反着写"的写法来刻画人物

在当代文学史上，凡涉及抗日战争题材的作品，一般来说，除汉奸外，中国人都是好的，值得同情的，日本人都是坏的，不值得同情的，

---

① 莫言：《莫言文集·红高粱家族》，云南出版集团公司、云南人民出版社 2012 年版，第 3—4 页。
② 同上书，第 4 页。
③ 同上书，第 4—5 页。

国民党人都是坏的，共产党人都是好的。但在《红高粱家族》中，余占鳌却不顾日本兵的哀求，不顾其儿子余豆官的阻挠，杀死了一个哀哀求饶的日本兵——在这里，余占鳌成了一个残忍、缺少人性的人，日本兵成了有感情、值得同情的人。作为国民党阵营的冷麻子，他虽然很"冷"、很"阴"，但在墨水河大石桥伏击战中，他不仅没有乘人之危，消灭余占鳌，反而还给余占鳌留了不少战利品。作为共产党阵营的江小脚，他不仅并不多么"正面"，而且很"反面"——不仅偷走了"我爷爷"的枪支和狗皮，而且还在"我奶奶"出大殡的时候偷袭丧队……同时，冷麻子所率领的国民党抗日部队和江小脚所率领的共产党抗日部队都是靠不住的，都见财起心，没有做什么正经事；而土匪出身的余占鳌所率领的部队虽然也见财起心，但比较靠得住，而且做正经事——这样一个东拼西凑的、不成体统的队伍其实在很大程度上只是一群"乌合之众"，既缺乏组织训练也缺乏装备器械，但就是这样一群人却在墨水河大石桥伏击战中，不仅打死打伤了许多日寇，而且还打死了日寇的一个少将，这一战斗也得到了百姓的认可，并在百姓中传唱："东北乡，人万千，阵势列在墨河边。余司令，阵前站，一举手炮声连环。东洋鬼子魂儿散，纷纷落在地平川。女中魁首戴凤莲，花容月貌巧机关，调来铁耙摆连环，挡住鬼子不能前……"① 他们虽然几近全军覆没，但可谓是虽败犹荣。至于日寇，则虽很野蛮、残忍，禽兽不如，但在强暴妇人之际，也被母性的那种自我奉献和视死如归的精神所震撼，尽管这种震撼是片刻的，但毕竟也让人看到了一丝人性之光，在战争面前展示了一点人类本性的美好。

　　小说这样刻画人物，虽然不一定符合主流的意识形态和"传统"或"旧式"读者的审美期待，但对刻画人物、突出主题、叙事创新等是有帮助的——余占鳌在经历了墨水河大石桥伏击战、两位妻子和一个女儿死于日寇之手后，毫不犹豫杀掉自己所遇之日寇，合情合理；日本人人

---

① 莫言：《莫言文集·红高粱家族》，云南出版集团公司、云南人民出版社2012年版，第11页。

侵中华，确实是"贼寇"，但也并非没有感情，他们也有偷生的欲念，也有放不下亲人的情感；冷麻子再怎么坏也是中国人、正常人，知道不能做亲者痛仇者快的事情，所以不乘人之危地消灭余占鳌及其部下；江小脚及其部队处在困难时期，缺衣少食，也没有武器，只能不择手段了……这样写，写出了真实的人性，也打破了红色经典及传统意识形态中正反人物二元对立的模式。

（五）重要人物既个性鲜明，又性格多元、身份复杂，是一种"圆形"形象

小说中的重要人物既个性鲜明，又性格多元，如余占鳌、戴凤莲等主要人物即如此；冷麻子、江小脚等重要人物也如此——他们虽然都很"冷"、很"阴"，但各自又"冷"和"阴"得不同——前者需要在与敌人正面交锋的时候，带着队伍躲着不出，可在捞取战利品的时候，他却没有丝毫的犹犹豫豫、躲躲闪闪，带着队伍大肆地掠夺战利品，虽属"国军"，但实像宵小之徒；后者带着队伍偷走了"我爷爷"的枪支和狗皮，还会在"我奶奶"出大殡的时候偷袭，虽属"共产党"，但也不光明正大……

（六）注重将光、色、形、声、味、触等感觉和想象结合起来，将时间与空间、现实与幻想有机地揉合在一起，精确地表达出人物的内心世界

例如，"父亲对我说，罗汉大爷脸皮被剥掉后，不成形状的嘴里还呜呜噜噜地响着，一串一串鲜红的小血珠从他的酱色的头皮上往下流。孙五已经不像人，他的刀法是那么精细，把一张皮剥得完整无缺。大爷被剥成一个肉核后，肚子里的肠子蠢蠢欲动，一群群葱绿的苍蝇漫天飞舞。"[①]

在这里，通过"我父亲"的描述，写出了罗汉大爷死得壮烈及被杀场面的血腥、残酷。

在目睹"我爷爷"杀死求饶的日寇之后，"父亲的肠胃缩成一团。

[①] 莫言：《莫言文集·红高粱家族》，云南出版集团公司、云南人民出版社2012年版，第33页。

猛弹到胸膈上,一口绿水从父亲口里喷出来"①,他"恍然觉得,有一把在空中自由飞旋的闪着血红光芒的大刀,把爷爷、奶奶、罗汉大爷、日本马兵、马兵的老婆和孩子、哑巴大叔、刘大号、方家兄弟、'痨病四'、任副官……如砍瓜切菜一般,通通切成两半……"②。

在这里,通过对"我父亲"的这些感觉的描写,写出了战争的血淋淋及其给人的恐惧。

又如,"我父亲"在伏击的路上看见王文义脸上的血:

"他的腮上,有一股深蓝色的东西在流动。父亲伸手摸去,触了一手粘腻发烫的液体。父亲闻到了跟墨水河淤泥差不多、但比墨水河淤泥要新鲜得多的腥气。它压倒了薄荷的幽香,压倒了高粱的甘苦,它唤醒了父亲那越来越迫近的记忆,一线穿珠般地把墨水河淤泥、把高粱下黑土、把永远死不了的过去和永远留不住的现在连系在一起,有时候,万物都会吐出人血的味道。"③

在这里,父亲对血的嗅觉便将他的多种感觉引发出来,把他生活中的墨水河、高粱、黑土等联系在一起,从而,将现实与过去有机地融合,构成了一个整体的时空体验,准确地表达出了一个少年在去伏击敌人的路上、在生与死这个过于沉重的考验即将到来前无比复杂的心理。

"刘大号一条腿跪着,一条腿拖着,举起大喇叭,仰天吹起来,喇叭口里飘出暗红色的声音。"④

在这里,用通感的手法把声音写成暗红色——与红高粱一样的颜色,像红高粱这个意象一样,寓示了战士们抗击日寇的勇气和决心。

再如,关于"我奶奶"死亡前的描述。在蓝天、白云、红高粱的辉映下,她看见"一群雪白的野鸽子,从高空中扑下来,落在了高粱梢头"⑤,

---

① 莫言:《莫言文集·红高粱家族》,云南出版集团公司、云南人民出版社 2012 年版,第 158 页。
② 同上。
③ 同上书,第 9 页。
④ 同上书,第 68 页。
⑤ 同上书,第 65 页。

接着，借助于意识流手法，用诗一般的语言，从天上到地下，从过去到现在，描写了这缤纷来临的一系列幻象，尤其是关于"红高粱"的幻象，"它们呻吟着，扭曲着，呼号着，缠绕着"[①]，歌颂了它们顽强的生命力。空间和时间以及描写视角的不断转换，较为准确地写出了"我奶奶"对生命的热爱和对美好生活的向往。

（七）注重对色彩的描写

小说注重对色彩尤其是红色的描写——红高粱，无边无际的红高粱地，如血般的烧酒，如残阳夕照般的天空和云霞、"我奶奶"脚脖子上扎着的绸带子、给"我爷爷"们送饭时的像一只大蝴蝶一样的"我奶奶"、"我"家的狗、"我爷爷"和"我奶奶"在红高粱地里的"野合"（"奶奶和爷爷在生机勃勃的高粱地里相亲相爱，两颗蔑视人间法规的不羁心灵，比他们彼此愉悦的肉体贴得还要紧。他们在高粱地里耕云播雨，为我们高密东北乡丰富多彩的历史上，抹了一道酥红。"[②]）……都是红色的；红色象征了粗犷豪放、敢爱敢恨、激情如火的民族旺盛的生命力，同时也表现着人性的复杂的一面；红色也表现了人性、人情的纯美，红色会使人想起流动的热血、火一样强悍的性格、本能的勃发与性的释放，这一切，又无不使人想到本能的力量。

小说也注重对绿色的描写，并注重对绿色与红色的对比性描写——"红高粱"没成熟时是绿色的，成熟时是红色的；红与绿交织，形成了故事的背景，强化了气氛，如对戴凤莲的中弹，小说这样写道："奶奶的血把父亲的手染红了，又染绿了；奶奶洁白的胸脯被自己的血染绿了，又染红了。"[③] 对戴凤莲之死，小说这样写道："父亲跑走了。父亲的脚步声变成了轻柔的低语，变成了方才听到过的来自天国的音乐。奶奶听到了宇宙的声音，那声音来自一株株红高粱。奶奶注视着红高粱，

[①] 莫言：《莫言文集·红高粱家族》，云南出版集团公司、云南人民出版社2012年版，第65页。

[②] 同上书，第63页。

[③] 同上书，第60页。

在她朦胧的眼睛里,高粱们奇谲瑰丽,奇形怪状。它们呻吟着,扭曲着,呼号着,缠绕着,时而像魔鬼,时而像亲人,它们在奶奶眼里盘结成蛇样的一团,又忽喇喇地伸展开来,奶奶无法说出它们的光彩了。它们红红绿绿,白白黑黑,蓝蓝绿绿……"① "我"家的几条狗也是有红色的和绿色的……红色和绿色这两种反差极大的颜色能强烈地冲击人的感官,也使小说带上特有的传奇色彩和魔幻色彩。

(八)注重塑造典型环境

小说中最突出的典型环境是高粱地和烧酒作坊——高粱地和烧酒作坊成了余占鳌等英雄获得生命力的源泉。红色的高粱地所代表的是一种美的极境。而在那灼热的,有着浓烈酒香的烧酒作坊中,不会喝酒的戴凤莲竟受到感染而喝起酒来,而且在喝了酒之后变得光彩夺目,灵气逼人,就连她腹中的胎儿都动起来。

小说中的另一个典型环境是人狗相争的野草甸子——在野草甸子上,狗被赋予了人的理性精神,狗与狗、狗与人的争斗简直是力量的角逐。

(九)运用了多种修辞手法

1. 比喻

如"余占鳌走过来,弯腰,轻轻地、轻轻地握住奶奶那只小脚,像握着一只羽毛未丰的鸟雏,轻轻地送回轿内。"②

"奶奶和王文义的妻子,像两只飞翔的大鸟,在非常空虚的大气里,极端充实地移动。"③

"石桥伏在水面上,像一个大病初愈的病人。"④

"枪声沉闷,像雨夜中阴沉的狗叫。"⑤

"过去的一切,像一颗颗香气馥郁的果子,箭矢般坠落在地,而未

---

① 莫言:《莫言文集·红高粱家族》,云南出版集团公司、云南人民出版社 2012 年版,第 65 页。
② 同上书,第 40 页。
③ 同上书,第 53 页。
④ 同上书,第 54 页。
⑤ 同上书,第 57 页。

来的一切，奶奶只能模模糊糊地看到一些稍纵即逝的光圈。"①

"这条狭窄的土路在白天颜色青白，路原是由乌油油的黑土筑成，但久经践踏，黑色都沉淀到底层，路上叠印过多少牛羊的花瓣蹄印和骡马毛驴的半圆蹄印，马骡驴粪像干萎的苹果，牛粪像虫蛀过的薄饼，羊粪稀拉拉像震落的黑豆。"②

"他的尸体被割得零零碎碎，扔得东一块西一块，躯干上的皮被剥了，肉跳，肉蹦，像只褪皮后的大青蛙。"③

"父亲觉得汽车像一条吞食了刺猬的大蛇，在痛苦地甩动着脖颈。"④

"枪声非常尖锐，像一柄利刃，把挺括的绸缎豁破了。"⑤

"父亲眼见着最后一棵高粱盖住了奶奶的脸，心里一声唰响，伤疤累累的心脏上，仿佛又豁开了一道深刻的裂痕。这道裂痕，在他漫长的生命过程中，再也没有痊愈过。"⑥

"爷爷后来重返奶奶的怀抱，对奶奶的感情已经混浊得难辨颜色和味道。我们感情上的游击战首先把自己的心脏打得千疮百孔最后又把对方打得千疮百孔。只有当奶奶在高粱地里用死亡的面容对着爷爷微笑时，他才领会到生活对自己的惩罚是多么严酷。他像喜鹊珍爱覆巢中最后一个卵一样珍爱着我父亲，但是，已经晚一点了，命运为他安排的更残酷的结局，已在前面路口上，胸有成竹地对他冷笑着。"⑦

……

2. 拟人

"高粱高密辉煌，高粱凄婉可人，高粱爱情激荡。"⑧

---

① 莫言：《莫言文集·红高粱家族》，云南出版集团公司、云南人民出版社 2012 年版，第 64 页。
② 同上书，第 5 页。
③ 同上书，第 7—8 页。
④ 同上书，第 67 页。
⑤ 同上书，第 29 页。
⑥ 同上书，第 122 页。
⑦ 同上书，第 165 页。
⑧ 同上书，第 3—4 页。

"一轮明月冉冉升起,遍地高粱肃然默立,高粱穗子浸在月光里,像蘸过水银,汩汩生辉。"①

"高粱尸横遍野。骡马无精打采地叼吃着被揉烂压扁的高粱茎叶。"②

"高粱的茎叶在雾中滋滋乱叫,雾中缓慢地流淌着在这块低洼平原上穿行的墨河水明亮的喧哗,一阵强一阵弱,一阵远一阵近。"③

"随着高粱嚓嚓啦啦的幽怨鸣声,一大滴一大滴的沉重水珠扑簌簌落下。"④

"连成一体的雾海中竟有些空洞出现,一穗一穗被露水打得精湿的高粱在雾洞里忧悒地注视着我父亲,父亲也虔诚地望着它们。"⑤

"破篷布上,漏出几颗鬼鬼祟祟的星辰。"⑥

"几个持锹的人,铲起大块的黑土,填到墓穴里,棺材愤怒地叫着,渐渐隐没在黑土之中。黑土上涨,填平了墓穴,隆出了地面,凸成一个馒头状的大丘。"⑦

……

3. 对比

"高密东北乡无疑是地球上最美丽最丑陋、最超脱最世俗、最圣洁最龌龊、最英雄好汉最王八蛋、最能喝酒最能爱的地方。"⑧

"他们杀人越货,精忠报国,他们演出过一幕幕英勇悲壮的舞剧,使我们这些活着的不肖子孙相形见绌,在进步的同时,我真切感到种的退化。"⑨

"奶奶浑身流汗,心跳如鼓,听着轿夫们均匀的脚步声和粗重的喘

---

① 莫言:《莫言文集·红高粱家族》,云南出版集团公司、云南人民出版社 2012 年版,第 4 页。
② 同上书,第 17 页。
③ 同上书,第 4—5 页。
④ 同上书,第 6 页。
⑤ 同上书,第 9 页。
⑥ 同上书,第 18 页。
⑦ 同上书,第 52 页。
⑧ 同上书,第 3 页。
⑨ 同上书,第 4 页。

息声,脑海里交替着出现卵石般的光滑寒冷和辣椒般的粗糙灼热。"①

……

4. 反讽

"奶奶坐在憋闷的花轿里,头晕眼眩。罩头的红布把她的双眼遮住,红布上散着一股强烈的霉馊味。"② ——"我奶奶"要嫁给一个麻风病人,真实地触到了霉头,即霉馊味的红盖头,这讽刺了婚姻的荒诞。

"奶奶浑身流汗,心跳如鼓,听着轿夫们均匀的脚步声和粗重的喘息声,脑海里交替着出现卵石般的光滑寒冷和辣椒般的粗糙灼热。"③ ——出嫁时的天气燥热,花轿里的奶奶每每想起那个即将成为自己男人的麻风病人,就心境悲凉和万般无奈,如同卵石般寒冷。

5. 词语超常搭配

"他从和尚的肋下拔出剑来,和尚的血温暖可人,柔软光滑,像鸟类的羽毛一样……"④

"奶奶鲜嫩茂盛,水份充足。"⑤

"罗汉大爷双耳一去,整个头部变得非常简洁。"⑥

"奶奶的血把父亲的手染红了,又染绿了;奶奶洁白的胸脯被自己的血染绿了,又染红了。"⑦

"父亲眼见着我奶奶胸膛上的衣服啪啪裂开两个洞。奶奶欢快地叫了一声,就一头栽倒,扁担落地,压在她的背上。"⑧

"余司令掏出自来得手枪,甩手一响,两只狗眼灭了;又一甩手,灭了两只狗眼。"⑨

---

① 莫言:《莫言文集·红高粱家族》,云南出版集团公司、云南人民出版社 2012 年版,第 36 页。
② 同上。
③ 同上。
④ 同上书,第 98 页。
⑤ 同上书,第 37 页。
⑥ 同上书,第 32 页。
⑦ 同上书,第 60 页。
⑧ 同上书,第 57 页。
⑨ 同上书,第 4 页。

"父亲看到罗汉大爷那两只耳朵在瓷盘里活泼地跳动，打得瓷盘叮咚叮咚响。"①

……

（十）故事情节清晰完整

小说虽然叙述视角多元，故意打乱时间顺序，使情节颠倒、跳跃，但是，故事情节是清晰完整的——小说的故事情节为：①"我奶奶"出嫁——②单家父子被杀——③曹县长查处单家父子被杀案——④"我奶奶"重振酿酒业——⑤"我爷爷"与"我二奶奶"偷情及被"我奶奶"发觉——⑥"我二奶奶"被日寇轮奸——⑦"我二奶奶""奇死"——⑧墨水河大石桥伏击日寇——⑨"我爷爷"、"我父亲"清查战场——⑩"我爷爷"、"我父亲"进城买枪复仇——⑪返回家时得知日军屠村——⑫"我爷爷"、"我父亲"救出"我母亲"——⑬"我父母亲"等射杀野狗——⑭"我爷爷"、"我父亲"入铁板会——⑮"我奶奶"出殡——⑯铁板会、土八路、冷支队合击日寇——⑰耿十八刀之死以及"我"回乡拜坟。

五

小说也存在着一些不足之处，具体地说：

（一）叙事情节紊乱

小说并不是按照故事情节来叙事的——如前所述，小说的故事情节为：①"我奶奶"出嫁——②单家父子被杀——③曹县长查处单家父子被杀案——④"我奶奶"重振酿酒业——⑤"我爷爷"与"我二奶奶"偷情及被"我奶奶"发觉——⑥"我二奶奶"被日寇轮奸——⑦"我二奶奶""奇死"——⑧墨水河大石桥伏击日寇——⑨"我爷爷"、"我父亲"清查战场——⑩"我爷爷"、"我父亲"进城买枪复仇——⑪返回家时得知日军屠村——⑫"我爷爷"、"我父亲"救出"我母亲"——⑬"我父母亲"等射杀野狗——⑭"我爷爷"、"我父亲"入铁板会——⑮"我奶

---

① 莫言：《莫言文集·红高粱家族》，云南出版集团公司、云南人民出版社2012年版，第32页。

奶"出殡——⑯铁板会、土八路、冷支队合击日寇——⑰耿十八刀之死以及"我"回乡拜坟。但小说的叙事情节是⑧—①—②—③，④—⑨，⑪—⑬，⑫—⑮—⑯，⑭—⑥—⑦—⑰，分别对应的章节是《红高粱》、《高粱酒》、《狗道》、《高粱殡》、《奇死》。由此可知，小说开篇所说的墨水河大石桥伏击战其实是位于整个故事情节中间段的情节——这让人以为是使用了倒叙。但小说又并非如此——小说的后半部分并不是完全按照墨水河大石桥伏击战发生、发展的顺序进行叙述，而是暂时中断叙事，把故事开始部分续上去叙述（即"我奶奶"的出嫁）。在叙述完单家父子被杀前的故事之后，叙述又一次中断，继续叙述故事的后半部分（"我爷爷"、"我父亲"清查战场）。"整部小说就像拧绳子一样进行叙述。其中各小段的叙事时间（叙事时点）又可独立成篇，就像在狂欢大舞台里，各个角落又能各自成为一具小舞台一样。"①

这种叙事情节虽然便于叙述人自由地往来于过去与现实之间，使过去的故事与现实发生联系，但也打破了故事情节的连续性、完整性，加上小说在片段与片段的转换之间又没有任何话语的提示，从而，使得小说的可读性大大地降低了。

（二）次要人物形象性太弱，来去突兀，游离于情节

除余占鳌、戴凤莲、余豆官、罗汉大叔等人物外，小说中的其他人物，如"我母亲"、小舅舅、刘氏、五乱子、耿十八刀等人物，大多面目模糊，而且来去突兀，如"我母亲"、小舅舅、刘氏三个人物，是在第三章《狗道》中才出现的，而且出现得十分突然，完全没有铺垫——只有一句："母亲带着我三岁的小舅舅，蹲在枯井里已经一天一夜。"②小说用了大量的笔墨描写"我母亲"和小舅舅为了躲避日本人屠村躲在一口枯井里时的悲惨经历，甚至反复地写到一只癞蛤蟆："水里蹲着一

---

① 丁国兴、陈海权：《神魔共舞的狂欢化叙事——〈红高粱（"梁"应为"粱"——引者注）家族〉中莫言的叙事特色》，《江西社会科学》2005年第1期。
② 莫言：《莫言文集·红高粱家族》，云南出版集团公司、云南人民出版社2012年版，第167页。

个干瘦的癞蛤蟆,蛤蟆背上生满豆粒大的、漆黑的瘤子,蛤蟆嘴下那块浅黄色的皮肤不安地咕嘟着,蛤蟆凸出的眼睛愤怒地瞪着我母亲。"①"蛤蟆的丑恶形象使母亲极端恐惧、厌恶,但这个丑恶的家伙占据着一汪水。"② 但在"我母亲"和"我父亲"一起跟狗群战斗之后,没有预兆,"我母亲"和刘氏就一起消失了。

又如,五乱子——余占鳌在铁板会遇到的年轻少年,他对余占鳌说了一段将共产党、国民党、日本鬼子统统歼灭,平定天下,自拥为王的话之后,就像完成使命似的从小说中淡出去了;之后,小说对余占鳌的"皇帝梦"也不再提及了。

再如,耿十八刀,这个身负传奇色彩的老人,在最后一章时突然出现。他是战后的幸存者,本来是应该是小说故事情节的重要一环,但实际上一直游离在整个故事之外——直到他最后在雪地里孤苦伶仃地死去,也没有与整个故事情节发生太大的联系。

(三)过分审丑

小说过分审丑,例如,有关日寇对刘罗汉所施暴行的描写——

"父亲看到孙五的刀子在大爷的耳朵上像锯木头一样锯着。罗汉大爷狂呼不止,一股焦黄的尿水从两腿间一蹿一蹿地呲出来。父亲的腿瑟瑟颤抖。走过一个端着白瓷盘的日本兵,站在孙五身旁,孙五把罗汉大爷那只肥硕敦厚的耳朵放在瓷盘里。孙五又割掉罗汉大爷另一只耳朵放进瓷盘。父亲看到那两只耳朵在瓷盘里活泼地跳动,打击得瓷盘叮咚叮咚响。"③ "罗汉大爷的双耳底根上,只流了几滴血,罗汉大爷双耳一去,整个头部变得非常简洁。"④ "罗汉大爷的头皮褪下。露出青紫的眼珠。露出了一棱棱的肉……"⑤ "父亲对我说,罗汉大爷脸皮被剥掉后,

---

① 莫言:《莫言文集·红高粱家族》,云南出版集团公司、云南人民出版社 2012 年版,第 171 页。
② 同上书,第 173 页。
③ 同上书,第 32 页。
④ 同上。
⑤ 同上书,第 33 页。

不成形状的嘴里还呜呜噜噜地响着,一串一串鲜红的小血珠从他的酱色的头皮上往下流。孙五已经不像人,他的刀法是那么精细,把一张皮剥得完整无缺。罗汉大爷被剥成一个肉核后,肚子里的肠子蠢蠢欲动,一群群葱绿的苍蝇漫天飞舞。"①

这些描写虽然充分地揭露了日寇的暴行——"丑不仅激活了读者生理上的痛感和厌恶,而且在丑的描写中,也升腾起对侵略者残暴行为的刻骨仇恨和民族血性精魂中那刚烈的复仇精神。"② 但也实在太血腥、太恐怖、太令人感到恶心。

又如,"墨水河里,去年曾经泡胀沤烂了几十具骡马的尸体。它们就停泊在河边的生满杂草的浅水里,肚子着了阳光,胀到极点,便迸然炸裂,华丽的肠子,像花朵一样溢出来,一道道暗绿色的汁液,慢慢地随河水流走了。"③

在这里,比喻虽说很形象,但给人感觉的更多的是恶心。

"他(即余大牙——引者注)的脸上只剩下一张完好无缺的嘴,脑盖飞了,脑浆糊满双耳,一只眼球被震到眶外,像粒大葡萄,挂在耳朵旁。"④

这些描写过于恐怖。

(四)结构松散、也不完整,风格不统一

整部小说虽名曰为是一部长篇小说,但实际上是几个中篇小说的结集——结构松散、也不完整。

第一篇《红高粱》写得非常的奔放,文字"汪洋恣肆",后面的各章均无法与之"匹配"——风格不统一。

(五)有些语句有剽窃之嫌

如,"高密东北乡无疑是地球上最美丽最丑陋、最超脱最世俗、最

---

① 莫言:《莫言文集·红高粱家族》,云南出版集团公司、云南人民出版社2012年版,第33页。
② 张学军:《中国当代小说中的现代主义》,山东大学出版社2005年版,第122页。
③ 莫言:《莫言文集·红高粱家族》,云南出版集团公司、云南人民出版社2012年版,第35页。
④ 同上书,第51页。

圣洁最龌龊、最英雄好汉最王八蛋、最能喝酒最能爱的地方。"① 这段文字与狄更斯《双城记》中的开头——"那是最好的年月,那是最坏的年月,那是智慧的时代,那是愚蠢的时代,那是信仰的新纪元,那是怀疑的新纪元,那是光明的季节,那是黑暗的季节,那是希望的春天,那是绝望的冬天,我们将拥有一切,我们将一无所有,我们直接上天堂,我们直接下地狱"。② ——几近雷同,有剽窃之嫌。

---

① 莫言:《莫言文集·红高粱家族》,云南出版集团公司、云南人民出版社 2012 年版,第 3 页。
② [英]狄更斯:《双城记》,石永礼、赵文娟译,人民文学出版社 1993 年版,第 1 页。

第二章 《天堂蒜薹之歌》

一

《天堂蒜薹之歌》最初发表在《十月》1988年第1期,同年4月,作家出版社出版单行本;在1993年出版修改本时,小说更名为《愤怒的蒜薹》;在2005年重新出版时,小说又改回原来的名字——《天堂蒜薹之歌》。据作者的答《鲁中晨报》记者问,改回原来的名字是为了"避免过于效法斯坦贝克的《愤怒的葡萄》"[①]。在莫言获得诺贝尔文学奖之前,该作已被翻译成英语、法语、德语、意大利语、荷兰语、韩语、越南语、希伯来语、西班牙语、瑞典语、希腊语等出版。

小说的创作与一桩真实的事件密切相关:

1987年,山东临沂地区苍山县政府在没有预估市场的情况下,盲目摊派农民种蒜薹。农民收获了大约一亿公斤蒜薹。起初,外地到苍山收购蒜薹的客户很多,苍山县政府各机关便想方设法利用权力捞好处——工商行政管理所提高摊位收费标准,每笔交易都要由他们过秤,借此收取好处费;税务所借机提高税收定金;交通局对外地车辆严加盘查,简直是吹毛求疵、没事找事,并提高罚款数额,以便挣更多的钱给本单位职工发奖金;公路段在路口和桥梁等处设立岗哨收取过路费……苛捐杂税的大量增加,抬高了蒜薹的收购成本,外地客户便纷纷离开了苍山。于是,农民大量的蒜薹只能烂掉。农民对当局雁过拔毛、杀鸡取

[①] 参见李波《一场沉默者的胜利》,http://roll.sohu.com/20121016/n354967617.shtml。

卵、赶走客户的行为非常气愤,于是,在1987年5月27日,开着拖拉机、推着小推车涌进县政府大院,把卖不出去的蒜薹到处抛撒,要求县委、县政府赔偿他们的损失。县委、县政府的官员吓得不敢出来,怒不可遏的群众便围攻冲击县政府,砸烧政府办公大楼……此即"蒜薹事件"。事件发生后,苍山县委副书记兼县长李常存被撤职;县委书记杨国胜被停职检查,视检查情况另行处理;借机煽动打砸抢的违法分子9人被逮捕,29人分别作罚款、赔偿、教育释放处理。①

看到报纸上有关"蒜薹事件"的报道后,莫言中断了手中的家族小说和先锋小说的创作,用35天时间创作了《天堂蒜薹之歌》。

不过,小说并没有照搬生活——在最初出版时,《天堂蒜薹之歌》的封面上有莫言自序中的一段话:"这是一部小说,我不为对号入座者的健康负责。小说中的事件,只不过是悬挂小说人物的钉子。事过多年,蒜薹事件已经陈旧不堪,但小说中的人物也许还有几丝活气。"②在莫言的作品中占有重要的地位——诺贝尔文学奖评委会主席彼得·英格伦建议,阅读莫言应当从1995年首次以英文出版的《天堂蒜薹之歌》开始;该作曾被《纽约时报》誉为中国乡村版的《第二十二条军规》,也有一些评论在介绍该作时,称之为中国版的《愤怒的葡萄》③。

小说的内容梗概为:

高马在割完自家的麦子后看见方金菊在割她家的麦子,便去帮她割麦子。他由衷地喜欢她,而此时的她却已经被许配给了年已四十五岁、患有气管炎的刘胜利——高马认为对于方金菊来说,这简直是"鲜花插在牛粪上"④。高马在与方金菊一边收割麦子一边闲聊时,发现方金菊

---

① 参见《直笔的莫言——读〈愤怒的蒜薹〉(〈天堂蒜薹之歌〉)》,https://book.douban.com/review/1057695/;《苍山县蒜苔事件》,http://ishare.iask.sina.com.cn/f/j85hlO733J.html。
② 莫言:《莫言文集·天堂蒜薹之歌》,封面,南海出版公司2005年版。
③ 参见《莫言〈天堂蒜薹之歌〉解读》,http://wenxue.yjbys.com/moyan/69160.html;另参见"百度百科"的"蒜苔事件"。
④ 莫言:《莫言文集·天堂蒜薹之歌》,云南出版集团公司、云南人民出版社2012年版,第20页。

其实也不喜欢自己的那门婚事——她实际上是为其大哥方一君换婚。之后，高马和方金菊偷偷地恋爱了。此事被方金菊的父母方四叔（方云秋）、方四婶知道之后，方金菊遭父亲方四叔毒打。高马想通过乡政府来解决这件事情，但乡政府民政助理员——杨助理员——是作为方金菊换婚一环的曹文的舅舅，便暗中向着曹文，因此，不但不管，而且还认为高马做的不对。方金菊的父母不许方金菊与高马交往，并让她的两个哥哥监视她，甚至将她锁在屋内。两个月后，方金菊的父母与哥哥渐渐地放松了对她的监视。方金菊在去挑水时，碰到高马的邻居——于秋水的老婆于大嫂，从其嘴中得知高马对她的爱没有改变，高马还托于大嫂转交给她一个纸团，问她愿不愿意与他一起出走。方金菊想与高马一起出走，但又舍不得父母；同时，她也放心不下大哥——因为她知道，她的大哥只有通过换婚的方式才能娶到老婆。在经过几番思想斗争之后，她决定与高马一起出走。在出走的过程中，她对高马的爱总是处于变化之中——她厌恶高马的许多陋习，但在每一次厌恶之后，又能发现他的优点，便重新产生了对他的爱慕之情。他们二人在长途汽车站候车、准备离开天堂县时，被方金菊的大哥方一君和二哥方一相及杨助理员等人抓住；方一君、方一相在杨助理员的怂恿下差点把高马打死，并把高马身上卖掉家产所得的钱全部抢走。随后，高马与方金菊被迫分开，但方金菊已经怀了高马的孩子。方四叔、方四婶认为方金菊给他们丢尽了脸面，便通过邻居于大嫂传话给高马：如果高马给他们一万元，他们就把女儿嫁给他。

此时，天堂县政府见蒜薹行情不错，便号召农民扩大蒜薹种植面积，农民们纷纷响应。最后，蒜薹大获丰收。但是，由于天堂县县委、县政府对蒜薹的产量和销售进度心中无数，以致蒜薹在刚开始上市时，盲目抬价收购，不准外地客户收购，供销社主任王泰还"跟诸南县供销社的人大吵大骂，把人家的磅秤推翻了"[①]，并蛮横地说，"我的恒温库

---

① 莫言：《莫言文集·天堂蒜薹之歌》，云南出版集团公司、云南人民出版社2012年版，第257页。

没装满之前，谁也甭想拉走一根天堂蒜薹"。① 可等天堂县的恒温库满仓后，外地客户已经撤走了。同时，蒜农们在卖蒜薹时，还要交纳市场管理税、计量器检查税、交通管理税、环境保护税等以及种种名目的罚款。最后，蒜农们的蒜薹没卖出去。蒜薹滞销了七天的蒜农们"心如汤煎"②，"守着些烂蒜薹长吁短叹"③，"街上蒜薹腐烂，臭气冲天"④，"三分钱一斤都没人要"⑤。

由于蒜薹是县政府号召农民种植的，而政府又实际上地导致了蒜薹的滞销，因此，农民们聚集起来去县政府讨说法，但县长仲为民却闭门安睡，不出理事，甚至为保自身的安全，急急忙忙地加高院墙，墙上插满玻璃碎片，对广大群众的疾苦漠不关心。县政府工作人员多次电话催促他与群众见面，但他始终没有与群众见面——只是派办公室逄副主任与群众见面。逄副主任说："蒜农们，县长委托我给你们说话。你们聚众闹事，是违犯国法的。县长让大家快回去，不要受坏人的的挑唆！"⑥"县长说，供销社冷藏库已经饱和，你们的蒜薹拉回家去自己想办法处理，能卖就卖，不能卖自家吃吧！"⑦蒜农们彻底绝望了，于是，以烧冷库、砸县政府的办公用品等方式发泄他们的愤怒，从而，"酿成"了所谓的"蒜薹事件"。

在蒜农中，方四叔一家损失最为惨重——

蒜薹成熟后的一天，方四叔很早就起床，驾着由即将生产的母牛拉的装满蒜薹的车去供销社卖蒜薹。途中，方四叔遇到了高羊，于是，两人结伴而行。在没卖掉蒜薹之前，两人各自交了交通管理费、工商交易税、卫生检查站罚款等苛捐杂税。

---

① 莫言：《莫言文集·天堂蒜薹之歌》，云南出版集团公司、云南人民出版社2012年版，第257页。
② 同上书，第97页。
③ 同上书，第165页。
④ 同上书，第179页。
⑤ 同上书，第260页。
⑥ 同上。
⑦ 同上。

然而，方四叔和高羊在漫长的等待后轮到了他们时，却被告知冷库已满，供销社暂时不收蒜薹了，在这种情况下，一群年轻人愤怒地闹起事来。高羊和方四叔怕事，便远离了闹事之人。方四叔对即将生产的母牛毫不怜惜，任它挣扎着爬高坡。高羊由此觉得方四叔心肠太狠，暗地里提醒自己以后少与这种人打交道。在高羊和方四叔把车停在路边时，方四叔连人带牛被乡党委书记王安用于贩卖蒜薹的公车轧死了，王安却若无其事地对司机说："小张，你别怕，是咱乡里的农民，事情好办极了，给他们家点钱就是啦！"[①] 之后，王安赔给方四婶三千五百块钱。司机是王安的老婆的堂兄弟，"原是个开拖拉机的，根本没有开汽车的执照"[②]，但因为有王安这层关系，便没有被起诉。在方家给方四叔办丧事时，方一君、方一相对方四叔的死不但毫不在乎，反而还把主要心思放在能卖钱的被撞死的母牛身上。方四叔还没有下葬，方一君、方一相便决定分家；在分财物时，方一君、方一相均斤斤计较，连方四叔的一件棉袄都要用菜刀剁成两半后各分一半，并将方四叔的一双破鞋各分一只。与此同时，一直遭方四叔打骂的方金菊却在无怨无悔地整理他的尸体。

高马急需要一万元钱迎娶方金菊，而蒜薹又卖不掉，因此，他便主动地参与了冲击县政府之事。高羊和方四婶也参与了此事——但他们仅仅是随波逐流，并不很清楚自己到底在干什么。之后，所有与冲击县政府之事有关的人都被逮捕。

高羊被捕后留下了怀孕的妻子以及瞎眼的女儿，在监狱里受尽折磨，但因生性懦弱而未作反抗。高马在被警察追捕过程中逃脱。方四婶被捕后，方金菊挺着肚子去看她，她同意方金菊嫁给高马，但此时的高马已经成为了闹事嫌疑犯，并被迫四处流窜以防被抓。方金菊在临产之际，费尽全力地爬到高马家中；在觉得孩子出世后不会有幸福的人生

[①] 莫言：《莫言文集·天堂蒜薹之歌》，云南出版集团公司、云南人民出版社2012年版，第242页。
[②] 同上。

后，她非常悲观失望，便自杀了。逃亡的高马打算回家将自己的存款取出来，一部分留给方金菊，一部分用作自己外出发展的费用，但在回家后却发现方金菊在他的家里上吊自杀了；他愤怒了，也心灰意冷了。警察在得知高马回家的消息后，赶到他家里将他抓进了监狱。杨助理员的外甥曹文跳到机井里死后，曹家看中了死去的方金菊，欲让曹文与她结阴亲。方一君、方一相兄弟俩财迷心窍，将方金菊的尸骸卖给曹家，卖得八百块钱，并将此钱平分。曹家派人挖开方金菊的坟墓，将方金菊的尸骸取走。在曹家去掘方金菊尸骨当天，方四婶绝望地上吊自杀了。高羊把此事告诉高马后，高马十分悲愤，试图越狱为方金菊报仇，结果被击毙。

"蒜薹事件"之后，除高马等少数违法分子遭到了法律的制裁外，县委副书记仲为民被撤职，并被建议撤销县长之职；县委书记纪南城被停职检查，并视检查情况另行处理；不过，据小道消息，仲为民和纪南城都不久就异地做官了。

二

小说中重要的人物有高羊、高马、方四婶、方金菊、张扣等。

（一）高羊

高羊是一位农民，出生于地主家庭。在"运动"的年代，他是历次运动中的"运动员"——在每次运动中都挨批斗。他懦弱、胆小——在上小学时，贫农出身、爹是生产队队长的王泰伙同他人逼他喝王泰拉的尿，他一咬牙便喝了；王泰把尿滋到女同学头上，诬赖是他所为，他便背黑锅，被学校开除。"文革"时，他母亲去世后，因为下大雨，加上家离县城远，家穷没钱付火葬费、没钱买骨灰盒，便把母亲土葬了，结果，被治保主任高景龙带着七个手持三八式大枪的民兵抓到大队队部里，遭到黄书记胡搅蛮缠的审讯和民兵的毒打，被黄书记逼迫喝自己的尿，他不但没作丝毫的反抗，反而还给黄书记下跪求饶。在遭遇不公时，他首先想到的是"忍"，在劝方四叔时甚至说："忍着吧，忍过来是个人,忍不过来就是个鬼。"① 在卖蒜薹遭遇勒索、被迫交各种苛捐杂税时,他一味地认命。他虽然也参与了"蒜薹事件",并且在"蒜薹事件"中一改平时的卑微畏缩,变得具有攻击性,如在县政府大楼里,把仙人掌、鱼缸对准窗玻璃投过去,但那主要是出于一种本能的仇富心理——"眼前的所有豪华设施都是那么招他嫉恨"②;在听到自己所冲撞的是县长办公室时,他不禁心惊肉跳,立刻停止了行动,并拉着方四婶逃离现场。在参与"蒜薹事件"被捕之后,他坦言道:"政府,俺不知道那是县长的办公室……他们一说是县长的办公室,俺就再也不敢动手了……"③ 在监狱中,他任凭同室的杀人犯和盗窃犯残酷折磨,并顺从地喝自己的尿。在受审时,他主动地揭发了方四婶放火。之后,他下定决心:"出去后,哪怕人家把屎拉到我头上,我也不骂,不打,不找地方说理。"④ 自轻自贱,奴性心理强——他总认为自己低人一等,有时甚至觉得自己连个人都不是;"文革"结束之后,他家被摘了地主帽子,土地承包到户后,他家有了土地,过上了比他爸妈解放前当地主时还要好的日子,他感到心满意足,不过还是认为:"咱这些庄户人家不能跟好人家比较,人比人要死,货比货要扔,咱只能跟叫花子比,虽然穷,还没吃了上顿没下顿,穿得破,还强似光腚。日子不顺心,身体还健康,有点瘸腿拐胳膊,还强似得了麻风病","人就得知足,就得能自己糟践自己"⑤。在因参与"蒜薹事件"而被捕后,他向政府官员下跪,求他们相信他;政府官员在审问他关于"蒜薹事件"的经过时让他坐在地上,他满怀感激,觉得能坐着就很好了。在监狱中被宋医生诊治时,他所想的是"哪怕立刻死在这间监室里,我也够本啦!一个高级的女人摸过我的额头,她的脸离我的脸这么近过,我清楚地闻到了她的香

---

① 莫言:《莫言文集·天堂蒜薹之歌》,云南出版集团公司、云南人民出版社 2012 年版,第 219 页。
② 同上书,第 261 页。
③ 同上书,第 263 页。
④ 同上书,第 265 页。
⑤ 同上书,第 218—219 页。

味,她弯腰的时候,我还看到了她脖子下边像粉团一样白的皮肤。人活一世,也不过如此了。"① 监狱中的女理发师给他理发,他所想的是"这么高级的女人给我剃过头,死了也知足了"②。民众因蒜薹卖不出去而愤怒,便抗议政府,甚至冲击县政府办公大楼,他却认为:"县长是一县之主,难道还让他替我卖蒜薹?即使把蒜薹都烂了,也不能让县长去卖蒜薹。"③ 逆来顺受、随波逐流——他从没想过要去改变什么;对一切,他只是接受;他虽然参与了"蒜薹事件",但又只是被裹挟进去的,并且也不知道自己干了些什么,在被捕后,他战战兢兢地说:"政府,俺迷迷糊糊地就被裹进去了……政府,俺自小老实,没干过坏事……"④ 有很强的宿命观——在与方四叔谈话时,他说:"四叔,人呐,都是命,婚姻啦,钱财啦,都是命中注定了的,愁也没有用。"⑤ "俺娘死了后,我就这样安慰自己,人就得知足,就得能自己糟践自己,都想好,孬给谁?都想进城享福,乡下的地谁来种?天老爷造人的时候使用了几种材料,高级的为官为相,中级的当工人,低级的当农民。像咱这道号的,都是下脚料做的,能活在世上为人,就是大福气"⑥,"咱这些庄户人家不能跟好人家比较,人比人要死,货比货要扔。"⑦ 心地善良——在与方四叔一起去卖蒜薹时,他问方四叔为什么不让高马和方金菊在一起,因为他很希望有情人终能成眷属;在与方四叔一起回家时,"上坡了,毛驴喘息着,像个患严重气管炎的老人。他从车上跳下来,毛驴的哮喘声小了些。四叔依然坐在牛车上,任凭那条怀孕的老牛挣扎着爬坡。高羊心里有些凉,他感觉到四叔是个心肠很狠的人"⑧。

---

① 莫言:《莫言文集·天堂蒜薹之歌》,云南出版集团公司、云南人民出版社 2012 年版,第 194 页。
② 同上书,第 284 页。
③ 同上书,第 260 页。
④ 同上书,第 263 页。
⑤ 同上书,第 218 页。
⑥ 同上书,第 219 页。
⑦ 同上书,第 218 页。
⑧ 同上书,第 233 页。

（二）高马

高马是一位退伍军人。他大胆、勇敢、富有斗争精神、敢爱敢恨、爱憎分明——在当兵时，不畏强权，并因此得罪了团长的小姨子，最后不但没被提干，而且还背了个犯错误的罪名"被复员"。他在爱上方金菊后，便勇敢地追求她，并向她坦言："金菊，我爱你，我要娶你做老婆"[①]，"我要救你出火坑"[②]，即使遭方金菊的父兄们辱骂或毒打，他也不放弃方金菊，并铿锵有力地对他们说："我和金菊的事，你们是挡不住的"[③]，"你们打我，我情愿挨着，要是敢打金菊，我就去告你们"[④]，并与方金菊一起私奔。在政府言而无信、蒜农遭到坑害时，他煽动蒜农奋起抗争，跳到车上大喊"打倒贪官污吏"、"打倒官僚主义"[⑤]等口号，带头把自己卖不出去的大蒜都抛到县政府院里。冲进县政府大楼后，他砸碎了两部电话机，放火焚烧了一批档案，还打伤了一名打字员。他很清楚自己的所作所为是犯法，便在事后一直等着警察来抓他。在法庭上，他对审判员们大喊："我恨你们，我恨不得活剥了你们这群贪官污吏的皮。"[⑥] 审判长说："党和政府的大多数干部还是好的嘛。"[⑦] 他立刻反驳说："天下乌鸦一般黑。"[⑧] 真诚、感情专一——他在与方金菊相爱之后，便义无反顾、勇往直前，并携她出走；在与方金菊一起出走的过程中，方金菊对他时而喜爱时而厌恶，很有点三心二意，而他对她却一如既往，且始终是"一片冰心在玉壶"；他对她爱得很真、很纯，甚至自认为："对金菊我是真爱，哪怕她要我去死我也不会犹豫"[⑨]；他之所以参加蒜农们的抗争活动，也主要是为了筹措一万元钱以将方金菊娶回家；方一

[①] 莫言：《莫言文集·天堂蒜薹之歌》，云南出版集团公司、云南人民出版社 2012 年版，第 24 页。
[②] 同上。
[③] 同上书，第 33 页。
[④] 同上。
[⑤] 同上书，第 261 页。
[⑥] 同上书，第 279 页。
[⑦] 同上书，第 278 页。
[⑧] 同上。
[⑨] 同上书，第 27 页。

君、方一相因为方金菊与他相爱而恼羞成怒,以至于到他家抢东西,把他的家抢得一干二净,使他家"穷得连耗子都留不住"①;他"吐血、呕血、咯血、便血,浑身上下血迹斑斑"②,但却没有半点后悔。坚强、坚韧——碰上任何困难,他都坚持,而且能坚持到底;他去方家求亲,遭方一君毒打,头被打破,血流到眉毛上,直至被打得昏过去,也始终不放弃方金菊。明辨是非、有头脑、有主见——方金菊为她哥哥换亲,他不认可她的这种做法,并对她明言:"你哥是你哥,你是你,凭什么为他葬送你自己。"③ 在遇到问题时,他首先想到的是找政府,试图用法律手段来解决问题。朴实、光明磊落、品行端正——他没有什么野心和奢望,只希望能与方金菊成婚,并明确地对方金菊说:"我现在什么都不想,就想着快点把蒜薹卖了,凑够了钱,给你那黑心的爹娘,把你娶过来,平平安安地过日子"④;做官的不仁不义,他便直言不讳地批判;被抓进监狱后,他循规蹈矩,表现很好。善良、通情达理、心胸宽广——在黄麻地里看到方金菊因挂念父母而痛苦时,他对方金菊说:"你回去吧"⑤;在方金菊骂她哥哥是"黑了心的狼"⑥时,他反而对她说:"也不要这样骂他们","他们也活得不容易"⑦;在方四叔惨死于车轮之下后,方一君、方一相弟兄俩因受杨助理员劝诱而置方四叔的惨死而不顾,他则不计前嫌,主动去抬方四叔的尸体,并质疑道:"人活着难道仅仅为了钱吗?"⑧ 勤劳、刻苦——就连痛恨他的方四叔也称赞他"能吃苦"⑨,方四叔要他拿一万元钱彩礼才允许方金菊跟他结婚,他爽快地说"一万元钱,我挣,钱是死的,人是活的,我种蒜卖蒜

---

① 莫言:《莫言文集·天堂蒜薹之歌》,云南出版集团公司、云南人民出版社2012年版,第163页。
② 同上书,第205页。
③ 同上书,第28页。
④ 同上书,第278页。
⑤ 同上书,第87页。
⑥ 同上书,第94页。
⑦ 同上书,第95页。
⑧ 同上书,第246页。
⑨ 同上书,第154页。

薹，顶多两年，就能把金菊娶过来……"①

（三）方四婶

四婶是一位农村妇女。她愚昧无知、刁蛮、冷漠——平常无地位、无尊严，无论对什么事都总是听之任之，从不知道反抗；她虽然大半辈子生活在新中国成立之后，但对存在了几十年的《婚姻法》好像一无所知，竟然与丈夫方四叔一起与另两家签订换婚协议，用换亲的方式逼女儿嫁给一个四十多岁的气管炎患者；女儿不愿意，她便伙同丈夫逼迫女儿就范，并且威胁女儿说，如果女儿不从，她就喝毒药；在得知女儿怀孕、"换亲"失败之后，她又认可方四叔的主意——实际上是把女儿以一万元的价格卖给高马。她在县政府大楼内点着了一堆用纳税人的钱买的绸窗帘和字画等，触犯法律；被捕后，政府工作人员问她为什么要冲击县政府，她说："俺不知道。俺有冤枉，俺老头子，身体棒棒的，一点病也没有，生生被他们给轧死啦……"② 在监狱里，她一开始不敢吃饭——因为怕监狱向她要钱和粮票，而吃发了霉的馒头，且吃得有滋有味。自轻自贱、奴性强、宿命论思想严重——在监狱里，狱友悲痛得不能自已，她便劝道："他大嫂子，快别这样啦，看开了就好了。这个世界，本不是咱这号人活的，人都是命，没下生就定好了的，该着你当官当将，该着你为奴为婢，都是改不了的……咱老姐妹们关在这里，也是天老爷早给安排好了的。这里还好，有床，有被，吃饭也不要钱，就是这窗户小了点，憋气……想开点吧，实在活不下去，寻思个方方就死了……"③

（四）方金菊

方金菊是一位农村青年。她勤劳——平常没日没夜、不辞劳苦地干活，一个人去割麦，并认为"人没有遭不了的罪"④。善良——她大哥

---

① 莫言：《莫言文集·天堂蒜薹之歌》，云南出版集团公司、云南人民出版社2012年版，第173页。
② 同上书，第144页。
③ 同上书，第147页。
④ 同上书，第23页。

曾称赞她"有一颗菩萨一样的善心"①;为了大哥能娶上媳妇,她最初竟然答应牺牲自己,嫁给四十五岁、患有气管炎的刘胜利;在与高马私奔之前,她"决定帮爹和哥把豆子割完再跑"②;在与高马私奔的途中,她时而牵挂父母,"她似乎看到爹在哭。她扔掉高马的手站起来,眼睛里盈满泪水"③,时而觉得自己有愧于哥哥。勇敢——她不顾"婚约"以及父母、哥哥的威逼利诱而与高马相爱;在遭到父母、哥哥的"打压"之后,她与高马私奔;在私奔失败之后高马遭到她父兄的毒打时,她主动地承担责任,"你们别打他……是我要他领我跑的"④;她爹一次又一次问她"还跑不跑啦?"她的回答是:"跑!"⑤。她爹剥了她的衣裳,把她吊在房梁上,拿了一条使牛的鞭子抽打着她,但她并不告饶,声称"打死我我也是高马的人!"⑥ 在爹横死、妈被关进监狱、爱人遭通缉、两位哥哥极其自私地分家且把她视若路人之际,她对生活彻底绝望了,毅然决然地自杀。不过,她也并不一直都是勇敢、果断,她也有意志不够坚强的一面——她在与高马私奔时,不时有"反复"的念想,她的自杀既是她勇敢的表现,又是她意志不够坚强的表现。她是一个彻彻底底的不幸者——活着时备受辛苦,不仅没过上一天自由自在、舒舒服服的生活,而且还被父母、哥哥当作"换亲"的交换品使用,她拒不服从,便遭父亲的毒打、母亲的责骂;死后,尸骸也不能"安身",被自己的两个哥哥卖给曹家,与曹家之子曹文结"阴亲"。

(五)张扣

张扣是一位盲歌者。他既是叙事者——以唱歌谣的形式反映了天堂县的"蒜薹事件";又是一个被叙述者——小说中的一个人物、情节的推动者:他是"天堂蒜薹之歌"的创作者和演唱者,高马与方金菊恋情

---

① 莫言:《莫言文集·天堂蒜薹之歌》,云南出版集团公司、云南人民出版社 2012 年版,第 70 页。
② 同上书,第 72 页。
③ 同上书,第 87 页。
④ 同上书,第 136 页。
⑤ 同上书,第 161 页。
⑥ 同上书,第 162 页。

的萌发,就起始于观看张扣的演唱会;他还是小说中蒜薹事件的经历者和参与者,当蒜农聚集在广场时,他唱出了"孩子哭了抱给亲娘,卖不了蒜薹去找县长"①,成为蒜薹事件的鼓动者,自发地为老百姓代言。他有骨气、有反抗性——他认为"仲县长并不是天上星宿,老百姓也不是猪狗牛羊。"②他将那些不敢去抗议政府、不作为的人称作"熊包软蛋"③,同时,还用民国时一个叫高大义的共产党员带领"穷爷们抗粮抗捐"④之事来鼓动村民起来与不作为的官员作斗争,甚至喊出了"舍出一身剐,把书记县长拉下马"⑤的口号。

三

小说通过其内容及一系列人物,尤其是高羊、高马、方四婶、方金菊、张扣等人物所表达的主旨大致有以下几点:

(一)"支持改革,但是没有任何特殊的政治因素"⑥

"这是莫言最具有思想性的文本。它支持改革,但是没有任何特殊的政治因素。小说最后一章大部分由虚构的一九八七年七月三十日的《大众日报》(显而易见是暗指《人民日报》)上的一些文章所构成。它们呼吁要持续、深入进行一九七九年开始的政治经济改革——推进民主化和更多的市场经济,要制止地方干部违背中央政策去压迫农民的生计。尽管作品带有明显的思想取向,但它绝不是简单的报道式作品,它是20世纪中国小说中形象地再现农民生活复杂性的最具想象力和艺术造诣的作品之一。20世纪80年代中国农民的身体的、物质的、精神的和心理的生活以及包含其中的社会的、政治的、文化的实践,都在这部想象性的叙事作品中得到了传达,也许比一大堆社会科学相关课题的研

---

① 莫言:《莫言文集·天堂蒜薹之歌》,云南出版集团公司、云南人民出版社2012年版,第258页。
② 同上书,第179页。
③ 同上书,第165页。
④ 同上书,第6页。
⑤ 同上书,第215页。
⑥ 杜迈可:《论〈天堂蒜薹之歌〉》,《当代作家评论》2006年第6期。

究还要丰富得多。读者从这部作品中获得一种明确的意识,可以理解中国农民是怎样一种生活状态——他们的爱,恨,善良,残忍,文雅和粗俗,可以活生生地感受到这一切。在这部作品中,莫言或许比任何一位写作农村题材的 20 世纪中国作家更加系统深入地进入到中国农民的内心,引导我们感受农民的感情,理解他们的生活。"①

(二)揭示了农民的不幸与无助

在小说中,农民"不仅包括务农中,从种到卖,受各方面的盘剥;还包括落后的社会习俗对于自由恋爱婚姻的破坏,解放来历次运动对于农民人格上的摧残"②——在天堂县,农民响应政府的号召种蒜薹,但在蒜薹丰收了之后,本应该统一收购蒜薹的供销社却拒绝收购,政府本应该出面干预,给农民提供应有的帮助,但实际上却是视而不见、不理不睬;农民在无法可设、无路可走时不由得愤怒起来,冲击政府,但最终不但一无所获,反而因触犯法律而被抓进监狱。高马与方金菊自由恋爱,合情合理合法,却不仅自己先后遭到了方家兄弟的毒打,而且方金菊也遭到了其父方四叔的毒打;事后,高马告到乡政府,乡政府的干部不但不管,反而将他打跑;高马和方金菊被迫一起私奔,却遭到了官方和民间合力的围追堵截;愤慨于死后的爱人"被"与他人结阴亲,高马试图越狱去过问,结果,被击毙。方四叔连人带牛被乡党委书记王安所挪用的公家的汽车轧死,村主任高金角害怕乡党委书记,便不许知情的高羊实话实说,最后,他不但不愿意为方四叔说句公道话,反而威胁方四叔的家人道:"这事情不简单,我一个村主任,管不了这样的事情,你们愿意怎么办就怎么办吧,我只有两条要求:一、死尸要火葬,这是县里的规定;二、卖了牛肉要向村委会交十块钱管理费,这是乡里的规定。"③ 方金菊因家遭横祸,对生活绝望,最后怀着即将出生的孩子吊

---

① 杜迈可:《论〈天堂蒜薹之歌〉》,《当代作家评论》2006 年第 6 期。
② 《直笔的莫言——读〈愤怒的蒜薹〉(〈天堂蒜薹之歌〉)》,https: // book. douban. com/review/1057695/。
③ 莫言:《莫言文集·天堂蒜薹之歌》,云南出版集团公司、云南人民出版社 2012 年版,第 242 页。

死在自己所爱之人的家里。方四婶在被抓进监牢后悲哀绝望,以至于对狱友说:"人活着是不容易。俺有时候就想,人哪里比得上条狗呢?狗有人给它拌糠吃,没有糠吃泡屎也就饱了。狗身上有毛,不用发愁没衣裳穿。人呢,既要操持着吃,又要操持着穿,忙忙碌碌一辈子,到老来,养着好儿女还好,养不着好儿女还得挨打受骂……"① 最后,因女儿"被"与他人结阴亲而上吊自杀。马脸青年被警察抓捕后,先是被拷在马路边的树上,后是被过路的车撞死。看守所里的所谓的死囚不过是因遭不公待遇而打了别人一棍,结果被判死刑,上诉未果后被执行枪毙。只有高羊因为胆小怯懦、逆来顺受而得以在劳改中苟且偷生。"蒜薹事件"之后,蒜农受到了法律的"公正判决"。

(三) 揭露和批判了农民的愚昧和丑陋

在小说中,除退伍复员军人高马称得上有觉悟外,几乎所有的农民都愚昧、都有丑陋的一面——方四叔和方四婶作为方家家长,不仅包办儿女的婚姻,而且还用女儿为儿子换亲;女儿不从,方四叔居然骂女儿是"杂种",还说要打死她,甚至伙同妻子、儿子对女儿采取暴力、监视等野蛮而又非法的手段;在得知女儿怀孕后,方四叔冲她说:"我成全你们!告诉高马,让他拿一万块钱来!一手交钱,一手交货!"② 把女儿当作可供交易的商品,毫无父女亲情可言。在蒜薹遭拒收时,方四叔不是据理力争,坚决维护自己的权利,而是胆小怕事、明哲保身、退让躲避。方四婶随同愤怒的群众冲击县政府时,砸打公物,做了违法乱纪之事,居然浑然不知,被抓进监牢后只是认命般地自怨自艾。方一君、方一相虽是有别于其父母的新一代农民,但也像其父母一样愚昧,居然认可换亲这种婚姻方式,方一君更是为了自己娶老婆,丝毫不顾及妹妹的幸福,伙同父母把妹妹推向火坑,并且做出像监视妹妹这样的触犯法律之事;同时,方一君、方一相兄弟俩肆意干涉妹妹与高马的自由恋爱,在找到带着其妹妹出走的

---

① 莫言:《莫言文集·天堂蒜薹之歌》,云南出版集团公司、云南人民出版社 2012 年版,第 146 页。

② 同上书,第 162 页。

高马时，几乎将高马打死，并洗劫了其家；对父亲的横死，方一君、方一相表现得极度的冷漠、麻木，在分家时，两人又表现出极度的贪婪、愚昧、自私，如连父亲的一件棉袄都要用菜刀剁成两半后各分一半；最后，为了牟利，两人竟然将妹妹的尸骸卖给曹家，与曹家因跳井而死的曹文结阴亲；方一君为了讨好干部杨助理员、岳父曹金柱等人，把"敌敌畏"加入用水稀释了的酒，冒充茅台酒……人性的善良、美好，传统的伦理道德，在他们的身上荡然无存。方金菊虽然追求幸福，勇敢地与高马自由恋爱，并与高马私奔，但最后却带着腹中的孩子自杀了——殊不知，自杀不仅于事无补，而且对家人、爱人也是一种伤害，对胎儿而言，更是一种犯罪。高羊自小就胆小怕事、怯懦窝囊，对权势和强力总是盲信、盲从。张扣虽然看起来有觉悟，具有反抗性，但实际上是因为自己是盲人，便"死猪不怕开水烫"，口无遮拦。高直棱虽然敢于忤逆村主任，看起来好像有觉悟，具有反抗性，但实际上是仗着自己有一个做组织部副部长的舅舅。此外，农民的迷信思想根深蒂固，如高马从警察手里逃出来后躲在槐树林里，到后半夜时，他恍惚看到方金菊挺着大肚子过来，说："高马哥，俺要走了，跟你来告个别……"[1] 便以为这是"不祥之兆"[2]，于是，决定无论如何，夜里也要回家看看。方四婶在监狱里梦见方四叔浑身是血，站在她床前，要她给他伸冤报仇，还告诉她窗台下有二百元钱，方四婶惊醒后，决定回家后的第一件事情就是去窗台下抠钱。民众认可"换亲"、"冥婚"的陋习，并堂而皇之地参与其中。

（四）揭露和批判了社会的黑暗和腐败

虽然这部小说在莫言众多小说中是相对"温和"的一部——没有人吃人，没有人狗大战，没有活剥人皮，没有令人发指的檀香刑，但仍然具有很强的揭露性和批判性——揭露和批判了社会的黑暗和腐败。总的来看，小说主要是通过两种方式来揭露和批判社会的黑暗和腐败：

---

[1] 莫言：《莫言文集·天堂蒜薹之歌》，云南出版集团公司、云南人民出版社2012年版，第172页。

[2] 同上。

1. 故事情节

（1）乡党委书记王安在所挪用公家的汽车把方四叔轧死后，竟然一副若无其事的样子——他居然这样对司机说："小张，你别怕，是咱乡里的农民，事情好办极了，给他们家点钱就是啦！"① 企图用简单的赔款掩盖其实质上的犯罪行为。王安实质上地犯罪了——从根本上导致了方四叔的死，高羊作为见证人只是实话实说了一下，就遭村主任高金角呵斥和威胁。

（2）方四叔及其母牛被乡党委书记王安所挪用的公家的汽车轧死了，人财两空，家陷绝境，村主任高金角不但毫无同情之心，反而还落井下石——他对方家兄弟说："这事情不简单，我一个村主任，管不了这样的事情，你们愿意怎么办就怎么办吧，我只有两条要求：一、死尸要火葬，这是县里的规定；二、卖了牛肉要向村委会交十块钱管理费，这是乡里的规定。"②

（3）政府要求农民种植蒜薹，可并不负责收购农民的蒜薹；农民卖不掉蒜薹，深陷困境，政府不但不伸之以援手，反而勒索般地为难农民。如高羊和方四叔去卖蒜薹，跑了好远的路，排了好长时间的队，可在轮到他们卖蒜薹时，供销社却停止了收购，结果，他们不但没有卖掉蒜薹，反而还交了工商交易税、交通监理费等各种税款与费用。

（4）杨助理员身为国家干部，不但不伸张正义，反而执法犯法，助纣为虐，不择手段地促成三方换亲，还唆使方家兄弟毒打高马。

（5）高马去找乡政府干部杨助理员理论他与方金菊的婚事，杨助理员不但不支持他们合情合理合法的婚事，反而对他横加指责。高马和方金菊私奔，杨助理员开车带着方家兄弟把他们抓了回来，并怂恿方家兄弟把高马打得半死、纵容方家兄弟把高马身上卖掉家产所得的钱全部抢走。法院不再是一个公正、公平的场所，而是强势和权势的庇护所。警

---

① 莫言：《莫言文集·天堂蒜薹之歌》，云南出版集团公司、云南人民出版社 2012 年版，第 242 页。
② 同上。

察在去抓高马之前，把高羊与树捆绑在一块，槐针扎进高羊的肚皮，当黑红色的槐针从肚皮上拔出来时，肚皮上的孔里慢慢地渗出了黑红色的血。警察捕获犯人后，警察局没有足够的屋囚禁他们，便让他们背靠杨树，双臂拉到树后，再用铐子锁住他们的双手。

（6）张扣因为用歌谣表达了自己及民众对政府的讽刺与不满，揭露和抨击了官方的恶政和恶行，结果，"一个戴眼镜的警察蹲在张扣身边，用透明的胶纸牢牢地封住了他的嘴巴……"①，最后，竟然被"杀人灭口"。

（7）农民在走投无路之际到县政府讨说法，可最终不但一无所得，反而身陷囹圄，甚至家破人亡。

（8）在监狱中，老、中、青三代犯人同居一室，中年犯人霸道，老年犯人猥琐，青年犯人狠毒……铁窗内的生活简直令人发指，让人不寒而栗。

（9）县长、县委书记等渎职后并没有受到实质性的处罚——被撤职的县长仲为民不久就在别处官复原职，县委书记纪南城停职检查，视检查情况另行处理；而农民们则或者死亡，或者被判刑。

2. 人物之口

除通过瞎子张扣之口揭露和批判了社会的黑暗和腐败外，还通过一位解放军青年军官在法庭上的慷慨陈词直接揭露和批判了社会的黑暗和腐败："自从党的十一届三中全会之后，农村形势发生了巨大变化，我们天堂县也毫不例外，农民的生活较之'文化大革命'期间，有了很大改善。这是有目共睹的。可是，近年来，农村经济改革带给农民的好处，正在逐步被蚕食掉"，"县供销社在收购蒜薹时，无理克扣农民，并且大开后门，优先收购县社各级干部的蒜薹，而无后门可走的群众为卖蒜薹昼夜奔波，民怨沸腾"，"因为卖不了蒜薹，是这次案件的导火索，而根本的原因在于天堂县昏聩的政治"，"三中全会之后，实行了分田到户政策，农民的生产根本无需干部操心。干部们便天天大吃大喝，吃喝的费用当然不需自己掏腰包！说句过火的话，这些干部，是社会主义肌体上的封建寄生虫"，"一

---

① 莫言：《莫言文集·天堂蒜薹之歌》，云南出版集团公司、云南人民出版社 2012 年版，第 299 页。

个党,一个政府如果不为人民谋利益,人民就可以推翻它!而且必须推翻它","一个政党,一个政府,如果不为人民群众谋利益,人民就有权推翻它;一个党的负责干部,一个政府的官员,如果由人民的公仆变成了人民的主人,变成了骑在人民头上的官老爷,人民就有权力打倒他!"[①]

(五)揭示了社会矛盾的尖锐性和农民的觉醒

在天堂县,农民与政府的矛盾不再是一般矛盾或所谓的"人民内部矛盾",而是不可调和的矛盾,以至于最后发生暴力冲突。农民虽然本性善良,能忍辱负重,但也不只是一味地忍辱负重——他们之中不仅有像张扣、高直楞那样的反抗者,而且也有原本懦弱,但最终一改平时的懦弱、变得暴怒起来、随大流冲击县政府的高羊。方金菊虽然很孝顺父母,体贴哥哥,但在事关自己终生幸福的婚姻上,不委曲求全、不随便苟且,并勇敢地反叛家庭,与高马私奔……

四

从艺术表现的角度来看,小说主要具有如下特点:

(一)采用了"中间开花"的写法

小说并不是按故事情节发展的顺序展开叙述的——而是从"蒜薹事件"发生后,警察抓捕高羊与高马开始,交叉叙述高马与方金菊的恋爱之事和现实中的高羊被抓、高马逃亡之事。在这种"扑朔迷离"的叙述中,小说把警察的卑鄙无耻、乡干部的徇私枉法、县长的渎职害民、税务与工商部门的营私舞弊等丑恶行为"含蓄"而又清晰地描绘了出来,从而,既具有"朦胧美",又减少了"问世"的阻力。

(二)双线并行

小说有两条线索:一条是叙写农民因政府的无所作为、横征暴敛而冲击政府的"蒜薹事件"——反映了当时天堂县政府碌碌无为以及官僚主义、形式主义,揭露了一些地方官吏的丑恶嘴脸,鞭挞了执法部门徇

---

① 莫言:《莫言文集·天堂蒜薹之歌》,云南出版集团公司、云南人民出版社2012年版,第310—313页。

私枉法、粗暴执法的丑恶行径。另一条叙写高马与方金菊自由恋爱的故事，反映了农村青年的觉醒以及农村封建主义残余思想的顽固性、毒害性、破坏性，也反映了农民的愚昧，形象地说明了"改造国民性"仍然很有必要。两条线索各自发展，但也不时交错，并最终交汇在一起。

（三）使用了多重叙事话语

小说有三重叙事话语："小说从叙述者、《群众日报》上的文章和瞎子张扣的唱词三个角度对蒜薹事件进行了全方位的叙述，这三个角度分别代表了精英、官方和民间的立场，同时也构成了三个叙述文本。这三个文本分别属于小说叙述文体、新闻文体和政论文体、民间说唱的韵文文体。多种文体被组合在一个叙事结构中，构成一部跨文体的小说。在小说的叙述过程中，莫言将西方现代派手法与民族传统的叙事方式交融在一起，使其叙事方法显得错落有致、丰富多姿。"①

同时，三重叙事话语"让不同身份和不同立场的人用不同的话语形式完整地讲述同一故事，以凸现观念的差异和利益的冲突，从而造就文本内部的戏剧冲突和审美张力。"而"每一叙事秩序内部都有其立场不同的戏剧冲突，而不同叙事立场的对立、不同叙事语言间的冲撞又必然会引发叙事与叙事之间的矛盾与对抗，造成三种叙事秩序间的外部冲突，从而使整个文本在叙事上具有魅力独特的艺术张力。"② 其中，瞎子张扣演唱的歌谣则具有其独特的意义功能和结构功能：一方面抒发张扣的内心情感，另一方面揭示了官民的严重对立、官民关系的紧张，传达出了民众的愤怒情绪，揭露和批判了官场的丑恶和官吏的丑态——"灭族的知府灭门的知县/大人物嘴里无有戏言/您让俺种蒜俺就种蒜/不买俺蒜薹却为哪般"③、"舍出一身剐/把书记县长拉下马/聚众闹事犯国法/他们闭门不处理政事

---

① 张学军：《〈天堂蒜薹之歌〉的叙事结构》，《山东师范大学学报》（人文社会科学版）2014 年第 59 卷第 3 期。另外，参见陈思和《莫言近年小说的民间叙述》，见《中国当代文学关键词十讲》，复旦大学出版社 2002 年版，第 173—182 页。
② 王西强、张笛声：《莫言叙事文本分析》，《青海师专学报》（教育科学）2005 年第 1 期。
③ 莫言：《莫言文集·天堂蒜薹之歌》，云南出版集团公司、云南人民出版社 2012 年版，第 83 页。

/纵容手下盘剥农民犯法不犯法"①,"县长你手大捂不住天/书记你权重重不过山/天堂县丑事遮不住/人民群众都有眼"② ……而警察因为张扣的歌谣中的蛊惑性和抨击性而"用透明的胶纸牢牢地封住了他的嘴巴"③ 则直接呈现了官场的丑恶、邪恶和官吏的丑态。同时,张扣所吟唱的歌谣还在一定程度上起到了推动情节及"线索"的作用——"使得即将发生的行为(预期的叙述)的意义和刚刚结束的行动(事后的叙述)的意义都更加明确。"④

(四)注重使用象征

1. 人物名字具有象征意义

在小说中,几个重要人物都有颇为明显的象征意义:

高马,即高大的马。我国历来崇尚马,将马视为活力、坚韧与人才、智慧的象征;高马的一系列言行也很好地彰显了马所蕴含的美好品质。因此,高马这个名字实际上蕴含着即他不是一个软弱、没主见的人,或暗指他像一匹高大的马守护在方金菊身边。

高羊,是"羔羊"的谐音,寓意为懦弱——在小说中,高羊实为一头"羔羊",从小到老,总受人欺负,而且从不反抗。

金菊,即金色的菊花,能让人马上联想到田野里盛开的金灿灿的菊花,淳朴、美丽、顽强,散发出阵阵芳香,喻示着美好的生命;同时,也喻示着生命易凋——菊花容易凋谢,所以,方金菊最后夭折了。

仲为民,内蕴着"为人民服务"之意,但从小说中仲为民这一人物的所作所为来看,他恰恰与此相反——"仲为民"这一名字寓有鲜明、强烈的讽刺意味。

2. 动物意象具有象征意义

在小说中,至少有二十二种不同的动物出现在在八十处不同的地

---

① 莫言:《莫言文集·天堂蒜薹之歌》,云南出版集团公司、云南人民出版社2012年版,第215页。
② 同上书,第299页。
③ 同上。
④ 杜迈可:《论〈天堂蒜薹之歌〉》,《当代作家评论》2006年第6期。

方，而出现次数最多的是狗——十六次，其次是马、牛——各四次，再次是虎、狼、老鼠、小鸡、猫——各两次。而动物意象又往往具有象征意义，如牛象征着劳苦无助的农民，虎、狼象征着凶残之人。

在众多动物意象中，小说特别地突出了红色小马驹的象征意义。红色小马驹不断地出现在高马与方金菊二人的活动中，包括他们一开始的牵手、夜晚约会及后来方金菊的自杀、高马的精神崩溃等。红色马驹这一意象，见证了高马与方金菊的爱情，衬托了恋爱中两人的心理，并在参与两人的爱情过程中给予了他们鼓励与希望。①

3. 蒜薹具有象征意义

"一根根卖不出去的蒜薹就像当时被漠视的挣扎在温饱线下的农民，这也许就是小说原名《愤怒的蒜薹》的来历吧。"②

（五）注重描写人物的心理

1. 通过人物之间的对话来描写人物的心理

（1）方金菊与其腹中婴儿的对话

方金菊年轻、貌美，与高马自由恋爱并身怀有孕，然而，方金菊的行为违背了父母兄长的意愿，也伤害了兄长及未婚夫家的利益，于是，招致父亲的毒打、兄长的监视，她爱人高马先是遭她兄长毒打，后是遭她父母和她兄长的勒索，在穷途末路之际参加了反暴政的活动，结果先是遭通缉，后是被捕入狱，实际上是家破人亡。而方金菊家的情况是：父亲横遭车祸，母亲被抓进监狱，爱人被通缉，两个兄长均自私自利，丝毫不尽人子之责。因此，方金菊不由得悲愤至极。在无可奈何之际，她便通过与腹中胎儿的对话来发泄悲愤——

"让我出去！让我出去！你不放我出去，你算个什么娘？"

她眼里流着血，推开枣红马驹长方形的冰凉头颅，说：

"孩子，娘想明白啦，你别出来了，你出来干什么？你知道这

---

① 参见隋双双《论〈天堂蒜薹之歌〉中的红色马驹意象》，《文教资料》2014 年第 30 期。
② 王西强、张笛声：《莫言叙事文本分析》，《青海师专学报》（教育科学）2005 年第 1 期。

外边的苦处吗?"

男孩停止了挣扎,问:

"外边是什么样子,你说给我听听。"

她把正用温暖的紫舌舔着她的脸的枣红马驹推开,说:

"孩子,你听到鹦鹉们的叫声了吗,你好好听听?"

男孩竖起了耳朵,认真谛听着。

"这是高直楞家的鹦鹉群,有黄的,有红的,有蓝的,有绿的……五颜六色,色色俱全。它们都生着弯钩嘴,头顶上高挑着一撮翎毛,它们吃肉,喝血,吸脑子,孩子,你敢出来吗?"

男孩好像感到了恐惧,把身体紧缩了起来。

"孩子,你看,那遍地的蒜薹,像一条条毒蛇,盘结在一起,它们吃肉,喝血,吸脑子,孩子,你敢出来吗?"

男孩的手脚盘结起来,眼睛里结了霜花。

"孩子,娘当初也像你一样,想出来见世界,可到了这世界上,吃了些猪狗食,出了些牛马力,挨了些拳打脚踢,你姥爷还把我吊在屋梁上用鞭抽。孩子,你还想出来吗?"

男孩把脖子也缩了进去,整个身体团成了一个球,只有那两只大眼睛还是可怜巴巴地睁着。

"孩子,你爹正被公安局追捕着,你爹家里穷得连耗子都留不住了,你姥爷让车轧死了,你姥姥被抓走了,你两个舅舅分了家,家破人亡,无依无靠,孩子,你还想出来吗?"

男孩闭上了眼睛。

枣红马驹从敞开的窗户里把头伸进来,用温暖的舌头舔着她的手背,马脖子上的铜铃叮叮当当地响着。她用另一只手抚摸着马驹平整的脑门,和它的深深的眼窝。马驹的皮肤光滑凉爽,好像高级的绸缎。她的眼里盈了泪,她看到马驹的眼里也盈出了泪。

男孩又蠕动起来,他眯着眼说:

"娘,我还是想出去看看,我看到了一个圆圆的火球在转动着。"

"孩子，那是太阳。"

"我要看看太阳！"

"孩子，不能看，这是一团火，它把娘的皮肉都烤焦啦。"

"我看到遍野里都是鲜花，我还闻到了它们的香味！"

"孩子，那些花有毒，那香味就是毒气，娘就要被它们毒死了！"

"娘，我想出去，摸摸红马驹的头！"

她抬手打了枣红马驹一巴掌，马驹一愣，从窗户跳出去，嗒嗒地跑走了。

"孩子，没有红马驹，它是个影子！"①

通过方金菊与其胎儿的对话，小说把方金菊的悲愤之情、悲苦无告以及对中国农村生活彻底失望的内心世界活灵活现地揭示了出来。

（2）高马与方金菊尸体的对话

他（即高马——引者注）贴着她的身体出了房门，弯腰至锅灶后，寻找切菜的刀。他摸到了炊帚疙瘩，炝锅铲子，却未摸到菜刀。高马，你那把切菜刀让俺大哥抄走了，你难道忘了吗？他听到金菊的说话声。

金菊的脸背着油灯的光看去不太分明，好像在微笑。她微笑着说："高马哥，我猜一定是儿子。"

"女儿我也喜欢，我一点都不重男轻女。"

"女儿总是不行。咱一定让他好好上学，让他上中学，上大学，到城里去工作，别在庄户地里受罪。"

"金菊，你跟着我遭罪了。"他摸着她的头。

"你不也一样吗？"她摸着他肋条凸出的胸脯，难过地说，"俺爹俺娘心真黑，跟你要那么多钱。"

---

① 莫言：《莫言文集·天堂蒜薹之歌》，云南出版集团公司、云南人民出版社2012年版，第162—164页。

"不要紧,我能挣。"他坚定地、充满信心地说,"卖了蒜薹,再卖了蒜头,估计会有五千元,那时候乡亲们手里都有钱,我求求他们,借五千块,乡亲们是会帮忙的。你生孩子前,我一定要把你娶过来!"

　　"你快点把我娶过来吧!"她说,"我在那个家里受够了!"

　　她的脸上沾着一些绿色的、抖动的斑点。他疑心那是花毛鹦鹉脱落的羽毛沾在她的脸上。①

这段对话表现了高马与方金菊对幸福生活的希望以及希望的渺茫。
(3) 高羊与其母亲的鬼魂的对话
高羊梦见其母亲的灵魂后与他母亲的对话:

　　……一个白发苍苍的老太太,沿着泥泞的道路跟跟跄跄地走过来。她披着一条破被子,赤着一只脚。她的脸上、身上沾着厚厚一层泥巴。

　　他高叫着:"娘——娘——我还以为你早死了,原来你没死!"

　　他向娘扑过去。他感到自己的身体失去了重量,就跟那些单薄的小女孩一样。风拉扯着他,他的身体抻得比原先长出了好几倍。站在娘面前,用力把住一根根横着的栏杆,他才能站直。

　　娘转动着淤满泥土的眼球,怔怔地看着他。

　　他兴奋地说:"娘,你这些年到哪里去了?我一直以为你死了!"

　　娘轻轻地摇着头。

　　"娘,你不知道,世道变了。八年前,地、富、反、坏、右都摘了'帽子',土地承包到了户。我娶了一个媳妇,她胳膊有点毛病,心眼挺好的。她给您生了一个孙女,又给您生了一个孙子,咱家绝不了后代啦。现在咱家里有余粮,要不是今年把蒜薹烂了,钱

---

① 莫言:《莫言文集·天堂蒜薹之歌》,云南出版集团公司、云南人民出版社2012年版,第205—206页。

也不会缺。"①

在这里，高羊向其母亲诉说"现在"美好的生活状况，表达了他对改革开放政策的认可。

……

2. 直接地描写人物的心理

如对方金菊在黄麻地里的心理活动的描写——层次分明地描写出了她牵挂爹娘的凄惶、对高马的进一步的深沉的爱和对美好未来的担心、憧憬。

>……她突然想到娘曾经说过，在野地里睡觉，遭到雾露的打击和地气的侵袭，会得麻风病。娘的脸在眼前晃动。她后悔了，没有了滚热的炕头，没有了老鼠跳梁的声音，没有了墙角上蟋蟀的鸣叫，也听不到外屋里大哥的梦呓和二哥的呼噜，她六神无主。她现在最想的就是那个散发着烟灰味的热炕头。②
>
>等他们再次醒过来时，正是黎明前最黑暗的时候。她感到只有被他搂在怀里才是实在的，一离开他的怀抱，什么也变得有影无形。也只有在他怀抱里，她才能看得到那些美妙的绿光点。③

……

3. 对特定境遇下人物的心理进行描写

（1）在小说的第二章，高马想要抓住方金菊的手，他紧张、激动，一步一步地挪，黑夜、唱词、小马驹、白天的回忆、内心的独白……这一切巧妙地烘托出人物此时的心情；当他终于如愿以偿时，"眼睛什么也看不见，周身发冷，心里一片灰白"④，幸福的感觉已让他晕醉，失

---

① 莫言：《莫言文集·天堂蒜薹之歌》，云南出版集团公司、云南人民出版社 2012 年版，第 190 页。
② 同上书，第 88—89 页。
③ 同上书，第 91 页。
④ 同上书，第 24 页。

去知觉。

（2）在逃婚途中，经过那浩瀚无边的黄麻地，方金菊的心情纷繁复杂——

兴奋："只有温存的黄麻，只有清凉的温暖，盛满了她的感觉器官"①；

恐惧、后悔："背后一片冰凉，那些毛茸茸的尖吻已经触着了脖子"②；

幸福："内部的器官像鲜花般开放了"③；

失望："心里有无法忍受的生、冷、滑、涩"④。

（3）高马逃脱追捕回到家里，目睹方金菊上吊的惨景，他挥舞长刀砍杀起无辜的鹦鹉——"他奋力搏斗着，不是在杀鹦鹉，而是在汹涌的狂潮里挣命。"⑤ 这汹涌的狂潮正是高马的心理活动——是他愤怒的狂潮、悲哀的狂潮，他百感交集，但又欲哭无泪。

4. 写人的幻觉

（1）他们把高马打死了！金菊眼前万点金星飞舞，金星又变成绿色的光点，那么多绿色的光点画着优美的弧线在她头上飞舞。她伸出手，去捕捉些么绿光点。总也捕捉不住……总也捕捉不住……有时，好像把一个绿光点握在手心里，但一张手，它又飞走了。⑥

（2）黎明时分，他好像睡了一小会儿，醒来时浑身酸疼，鼻孔和嘴巴往外喷着火，灼热的气流把嘴唇和鼻翼都烧烂了。他拼命打着哆嗦，哆嗦得铁床嘎嘎吱吱响。人为什么要打哆嗦呢？是啊，人为什么要打哆嗦呢？一些红颜色的小女孩在天花板上跑着跳着嚷着叫着。她们的身体很单薄，来回乱窜的风吹得她们的腰拧来拧去。其中一个女孩赤裸着上身，手里持着一根竹竿，孤零零地呆

---

① 莫言：《莫言文集·天堂蒜薹之歌》，云南出版集团公司、云南人民出版社2012年版，第86页。
② 同上书，第89页。
③ 同上书，第91—92页。
④ 同上书，第93页。
⑤ 同上书，第208页。
⑥ 同上书，第137页。

在一边。①

（3）又来一阵急风，把小女孩们通通刮跑了，一个白发苍苍的老太太，沿着泥泞的道路跟跟跄跄地走过来。她披着一条破被子，赤着一只脚。她的脸上、身上沾着厚厚一层泥巴。

他高叫着："娘……娘……我还以为你早死了，原来你没死！"②

（4）娘的脸突然变了。她那两只积满淤泥的眼球里爬出了两只拖着长尾巴的蛆来。他惊慌万分，伸手去捏那两只蛆。他的手一接触到娘的肌肤，一股冰凉的冷气沿着指尖直扑进心脏，与此同时，娘的身体里涌出了黄水，那些筋肉，也一块块地随风消散，只剩下一具骨架立在他的面前。他怪叫了一声。③

……

（六）结构巧妙

1. 小说共二十二章，除最后一章外，每一章的前面都有张扣所唱的歌谣片段。而在小说里，张扣是一位民间艺人，他眼瞎心亮，嫉恶如仇，深明大义，敢说敢讲，爱憎分明；"张扣是蒜薹事件的经历者，他的这些歌谣呈现出蒜薹事件的前因后果、官逼民反的过程。张扣的唱词对官僚不顾群众的利益致使蒜薹大量腐烂的行径进行了猛烈的抨击，义正词严，悲愤满腔，酣畅淋漓。作者在第二十章写了张扣因唱《天堂蒜薹之歌》遭到威胁被害致死（似应为'至死'——引者注）的结局"。④

同时，张扣所唱的歌谣片有多重叙事功能：

其一，补充了小说的正文（叙述者的叙述）；

---

① 莫言：《莫言文集·天堂蒜薹之歌》，云南出版集团公司、云南人民出版社 2012 年版，第 190 页。
② 同上。
③ 同上书，第 191 页。
④ 张学军：《〈天堂蒜薹之歌〉的叙事结构》，《山东师范大学学报》（人文社会科学版）2014 年第 59 卷第 3 期。

其二,"串联故事情节"①——像一颗颗连接各章的"扣子",把小说中的人物、事件紧紧地"扣"在一起;

其三,调节了小说的叙事节奏和叙事基调;

其四,对小说的整个故事具有"见证功能"和"评论功能";②

其五,作为小说多重叙事话语的一种。

2. 小说大致是在单章用顺叙的手法写当下——从警察捕人写到法院宣判、省委处理"蒜薹事件",在双章用倒叙的手法写过去——交待事件的起因和发展;这种写法使得当下与过去交叉发展。

3. 小说的每一章都以一个人物为中心,由人忆事,以事塑人。

4. "结构网络"③——小说"破坏文本和读者的理解与期望的稳定性的最基本的技巧,就是前十九章,也就是整个'天堂县事件'故事中贯穿始终的不一致(或陌生化)的结构网络"。小说"以一种明确的非线性的叙事,多次得心应手地安排从各个主人公视角来叙事的顺序。""在这种非线性的故事或情节发展过程中,其他一些现代技巧的运用创造了时间的不一致性,并成为整个意义结构(主题的一致)的一部分。回忆倒叙的第三人称叙事和第一人称的意识流叙事,自然出现于正常编年顺序之外。作为一个整体,它们达到了一系列重要题旨的时间并置。它们连接了过去——土地改革、'文革'时代、极端贫穷的年代——和现在,并对整个革命的社会宏图的未来提出了质疑。高羊关于母亲的葬礼、在学校领导和乡村干部那里所受虐待的神志不清的回忆,正说明干部和过去一样坏,说明'阶级斗争'是残酷的、非人道的和不公正的(高羊就是如此),像高羊这样的农民和过去一样就像绵羊那样温顺。方四婶有关捉虱子的回忆,如果和她家当前的斗争结合起来阅读,一下子就彰显了这样一个事实,即一九八七年农村的贫困几乎和十年前一样糟

---

① 刘姝:《非长歌何以聘其情?——莫言小说〈天堂蒜薹之歌〉中歌谣的叙事功能》,《柳州师专学报》2013 年第 28 卷第 5 期。

② 同上。

③ 杜迈可:《论〈天堂蒜薹之歌〉》,《当代作家评论》2006 年第 6 期。

糕。农民的生活有所改善,但是方家仍然过着极端艰辛的生活。"①

(七)现实性强

小说所描写的事情以现实生活中的事件为创作原型,让人可感可触、如在目前,如使人仿佛嗅到了蒜薹辛辣的气息,置身在法院审判大厅的过道上听着青年军官对官僚主义的义愤填膺的控诉……现实性颇强。

五

小说也存在着一些不足之处,具体地说:

(一)把社会写得过于黑暗、把人生写得过于绝望。

在小说中,官场无好人,社会简直是暗无天日,老百姓宛如生活在水深火热之中,而且毫无希望……

(二)小说情节过于"跳跃",发展太快。多数人物为"扁形人物"——性格不够丰富,形象不够厚重。

(三)行文不够严谨——一个颇为突出的表现便是行文"前后不一":

1. 同一个人的自称不统一,如同一个人,一会儿自称"我",一会儿自称"俺":

"我……我也不知道犯了哪条律令……"

"你是说政府冤枉你啦?"中年人冷冷地说。

"我没说政府冤枉我呀!"高羊辩解着。

"瞎扯!"中年人竖起一个粗大模糊的黑手指,恶狠狠地说,"你瞒不了我,你是个强奸犯!"

高羊羞惭地说:"我不是……我有老婆有孩子怎么能干那种丑事呢?"

"你一定是个偷盗犯!"中年人又说。

---

① 杜迈可:《论〈天堂蒜薹之歌〉》,《当代作家评论》2006 年第 6 期。

"我没偷！活了四十岁，我连人家一根针都没拿过！"高羊生气地说。

"那、那你是杀人犯！"

"你才是杀人犯！"

"我是杀人犯，"中年人说……①

——以上是高羊在监狱与中年犯人的对话，高羊、中年犯人都自称是"我"。

"俺爹是早死了，这个老杂种！"中年犯人说——高羊很纳闷：这人，怎么骂自己的爹是个杂种——"我是问你爹早死了吧？"②

——几行之后，中年犯人就改用了"俺"，并且一句话未完又变成了"我"。

高羊弓着腰说："同志……俺要撒尿……同志……"③

高羊用头撞着铁门，哀嚎着："不是同志是政府，政府政府政府，快放俺出去……憋不住啦……憋不住啦……"④

——随后，高羊的自称也变成了"俺"

又如，方一君在同一个语境里，时而自称"我"，时而自称"俺"：

老大说："娘，今黑夜里，我正好把那条牛剥剥皮，把肉剔巴剔巴，明儿正好赶集卖肉，杨助理说得在理，死人怎么着都是死

---

① 莫言：《天堂蒜薹之歌》，云南出版集团公司、云南人民出版社2012年版，第101—102页。
② 同上书，第103页。
③ 同上书，第108页。
④ 同上。

了，活人还是要好好活。"

四婶无奈，哭着说："老头子，你儿子们不要你上炕，你就在场院里躺着吧。"

老大说："娘，你别难受了，上炕歇着去吧。俺爹的事，俺来操持就是。"①

……

2. 同一个物的称谓不统一，如臀部，时而称"屁股"，时而称"腚"：

"方家兄弟扔下单饼，抄起腚下的小板凳，扑上来，对着高马没鼻子没脸地砍起来。"②

"'咱不是光明正大……高马，你让我成了什么人了……'金菊一腚坐下，哭起来。"③

"'屁，空挂着个地主的名！嘴里不舍得吃，腚里不舍得拉，积攒了点钱买地。俺爹和俺娘受了一辈子的罪。'"④

"一放下高马，大哥就一屁股坐在路上，张着大嘴喘气。"⑤

"她一屁股坐在地上，像撒娇的女孩子一样踢蹬着脚，把饭桌上的水碗都踢翻了。"⑥

"我够本啦！真够本啦！她是个高级的女人，她一点不嫌我脏，她用那么干净的手打我的屁股！死在这监室里也不委屈啦！"⑦

"屁股"和"腚"是对同一对象的两种不同称谓，其差别在于是否运用方言，基于不同人物，语言风格有所不同，在表现高密东北乡农民形象的时候，选用"腚"这样的词可以使小说显得更加贴近生活，更加

---

① 莫言：《莫言文集·天堂蒜薹之歌》，云南出版集团公司、云南人民出版社2012年版，第247—248页。
② 同上书，第32页。
③ 同上书，第125页。
④ 同上书，第81页。
⑤ 同上书，第137页。
⑥ 同上书，第59页。
⑦ 同上书，第195页。

完整地保留了当地语言特色。如果是出于这样的考虑，选用两种不同的表达也合情合理。可是，由上下两组的对比却不难看出来，小说对于"屁股"和"腚"这两种不同的表达方式的选取并不是基于不同人物不同出身背景的考虑，也不是因习语而改变（"一腚坐下"和"一屁股坐下"作者都用到过），而似乎是很随意的，想起来便用具有突出语言特色的"腚"，想不起便不用。

3. 其他的"前后不一"，如：

> 夜里营业的小摊贩们沿着进入大门的通道两侧摆开货摊，形成一条走廊。小贩们有男有女，都睡眼惺忪，满脸的疲倦。她还看到一个二十多岁的女摊贩用手掌遮住嘴巴打哈欠，打完了哈欠两眼里盈着泪水，被矿石瓦斯灯吱吱叫着的长长的蓝色火舌映照着，那姑娘浸泡在泪水里的双眼像两只半死不活的大蝌蚪一样，腻腻的、懒懒的。
>
> "甜梨——甜梨——买甜梨吗？"女摊贩招呼着。
>
> "葡萄——新疆无核葡萄——买葡萄吗？"男摊贩招呼着。
>
> 摊贩们兴致勃勃地招徕着顾客，各色水果都散着腐臭气，遍地废纸、烂果皮和人的粪便。[①]

这一段描写的是方金菊与高马私奔，凌晨时来到长途车站，看到车站两旁摊铺的样子。前半段描写午夜时分，摊贩都"睡眼惺忪"，无精打采，此时的叫卖，也是有一搭无一搭的叫卖，而后的描写却又说"兴致勃勃地招徕"，与前段营造的氛围大相径庭，与后段中车站工作人员同样疲乏困倦的气氛也不相符。

紧接着，高马与方金菊走进车站内，向人打听班车的情况：

> 那人是个女的，腆着大肚子，脸上有七八个黄豆大的黑痦子。

[①] 莫言：《莫言文集·天堂蒜薹之歌》，云南出版集团公司、云南人民出版社 2012 年版，第 126 页。

"同志……去兰集的汽车几点开?"高马问。

那人抓了抓肚皮,斜着眼打量着高马和方金菊,说:

"我也不知道,你到售票口问问去。"

这女人长得漂亮,嗓音也特别温柔动听,她还顺手一指,说:

"售票厅往那边走。"①

"七八个""黄豆大小"的"黑痦子"长在"脸上",这种情况稍微想象一下便知——若真是如此,这女人恐怕很难与"漂亮"有任何联系了。不仅如此,小说还描写她"腆着"肚子。"腆着"并不是一个含有褒义色彩的词汇,当用到"腆着肚子"的时候,所要表现的应该是人由于肥胖而腹部臃肿,行动不便。若是描写孕妇的肚子,通常应该用到的词汇并不是"腆着"而是"挺着"。也就是说,从第一句中的描写来看,这个女人完全与美丽无关,可后一句又说她"长得漂亮"。

(四)描写重复。

同一场景、同一人物多次出现的时候,小说往往会重复描写——这虽然可能会突出所描写的对象,但做得过分,便会使小说显得拖泥带水,或变成小说的附赘悬疣。

1. 人物描写的重复

如小说在第七章集中对监狱中与高羊同监室的老犯人丑恶嘴脸及令人作呕的舔唇动作进行反复的描写:

"老犯人把两个大钵子从铁门下的方洞里推出去后,就不停地伸出舌头舔嘴唇,像一条吞食了烟油子的蜥蜴一样,十分使高羊害怕。高羊怕他那一嘴被氟腐蚀得不像样子的破牙齿,还怕他那两只泪汪汪的、烂了边的、不停地眨巴着的眼睛。"②

"后来,他趴在地板上,侧着脸往外看,大概除了钵子外,什么也

---

① 莫言:《莫言文集·天堂蒜薹之歌》,云南出版集团公司、云南人民出版社2012年版,第127页。

② 同上书,第103页。

看不见。他爬起来,继续舔嘴唇眨眼睛。"①

"铁勺碰着铁桶的声音终于响近了,老犯人舔嘴唇眨眼睛的频率更快了。"②

"老流氓舔着嘴唇,眨巴着眼凑上来,细声细气地问:'你,你不吃?'"③

"老犯人吃光了尿浸馒头,又喝光了汤盆里的汤,一节黄蒜薹粘在盆底上,他用手指抠起来,塞到嘴里去。汤盆边沿上沾着一层泡沫和油,他伸出长舌头舔着,呱唧呱唧舔着,像一条老狗。"④

2. 动物描写的重复

如小说对高直楞家饲养的鹦鹉进行了反复的描写,且着重描写了鹦鹉花花绿绿的外形及其嘈杂的叫声:

"四婶的眼在暗夜里神秘兮兮地亮着,'你去看过那些鸟吗?绿毛的,黄毛的,红毛的,什么色的都有,嘴巴都钩钩着,扎到毛里去,眼珠都晶晶亮。人家都说这些鸟邪魔鬼祟的,高直楞发的是鬼财,我看着也不地道。'"⑤

"这是高直楞家的鹦鹉群,有黄的,有红的,有蓝的,有绿的……五颜六色,色色俱全。它们都生着弯钩嘴,头顶上高挑着一撮翎毛,它们吃肉,喝血,吸脑子,孩子,你敢出来吗?"⑥

"拐到胡同里时,他看到了一群群五颜六色的鹦鹉在胡同里在槐林里飞舞着,他疑心是高直楞家的鹦鹉们冲破了牢笼,飞出来夜游。"⑦

"鹦鹉们用很难听的声音叫着。"⑧

"黄昏时分,高直楞家的鹦鹉们叫疯了,好像它们在为他鸣叫。"⑨

---

① 莫言:《莫言文集·天堂蒜薹之歌》,云南出版集团公司、云南人民出版社 2012 年版,第 103 页。
② 同上书,第 103—104 页。
③ 同上书,第 109 页。
④ 同上书,第 117 页。
⑤ 同上书,第 152 页。
⑥ 同上书,第 163 页。
⑦ 同上书,第 176 页。
⑧ 同上书,第 25 页。
⑨ 同上书,第 31 页。

"鹦鹉们又噪叫起来，叫声像一团云，飘过来又飘回去。"①

"胡同东边高直楞家的鹦鹉叫到第四遍上，四婶用脚钩了一下四叔，说：'老头子，该起来了，鹦鹉都叫了四遍啦！'"②

粗略统计，小说中对鹦鹉五颜六色的外貌直接和间接描写约有12处，对其叫声的描写更是多达21处。

3. 环境描写的重复

如对高羊所在监狱的描写：

"这条走廊长得好像没有尽头，那响声也就没有尽头。高羊想起从囚车里出来后，就被警察同志架到一间铁灰色的屋子里，一个老警察问了他许多话，还对他说：'从今之后你就是九号！'后来他就走在这条长长的走廊上了。"③

"监室里灰暗得很，地面是灰色的，墙壁是灰色的，床是灰色的，一只只饭钵子也是灰色的。"④

"那个摸索过高羊的老头子从床下拖出两个灰色的搪瓷盆，从铁门下边一个四方的空洞里推出来。这时候，监室里一片光明耀眼，但这光明很快就暗淡了，变成昏黄的、雾一般的气体，在监室里流动着。他这时才发现监室是这般高瘦，一个小小的，蒜锤子形状的电灯泡安在同样漆成灰色的天花板上，好像半天里的一颗星。"⑤

"中年犯人弯腰从高羊床下拖出一个脸盆来，脸盆也是灰色的，灰色上漆着一个红'9'。盆里套放着一个灰钵子，一双筷子。盆里和钵里都是白色的蛛网和黑色的灰尘。"⑥

……

---

① 莫言：《莫言文集·天堂蒜薹之歌》，云南出版集团公司、云南人民出版社2012年版，第155页。
② 同上书，第152页。
③ 同上书，第100页。
④ 同上书，第101页。
⑤ 同上书，第102页。
⑥ 同上书，第106页。

第三章 《十三步》

一

《十三步》最初发表于《文学四季》1988年第二期（冬之卷），并由作家出版社于1989年4月出版。

"十三步"来自"一个古老而美丽的传说"："人只要看到麻雀单步行走——麻雀总是双腿并拢往前跳，跳呀跳呀它不会像小鸡那样左脚迈出，右脚落地，左脚再迈出，右脚再落地，小鸡走路跟人走路一样，麻雀只会跳呀跳……人只要看到麻雀像小鸡一样往前走，就会有好运气降临，它走一步你交财运，走两步你交官运，走三步你交桃花运，走四步你身体健康，走五步你精神愉快，走六步你工作顺利，走七步你智慧倍增，走八步你妻子忠诚，走九步你名满天下，走十步你容貌变美，走十一步你妻子美丽，走十二步你的妻子和情人和睦相处，亲如姐妹。但是决不能看到第十三步，如果看到它走了第十三步，前边的所有好运气都将变成加倍的坏运气降临到你的头上！"[①]

小说的内容梗概为：

星期一上午，市第八中学高三班物理教师方富贵站在讲台上讲原子的原理和人类制造第一颗原子弹时的轶闻趣事；讲着讲着忽地一头栽到讲台上，蹬岿了两下腿后便一动不动，好像一根朽木一样——死了。学校领导给市教育局打电话报告了方富贵的死。因为第二天就是教师节，

[①] 莫言：《莫言文集·十三步》，云南出版集团公司、云南人民出版社2012年版，第222—223页。

市教育局的领导便对此很重视,并给市政府打了一个电话;市长也很重视——"市长在电话里擤着鼻涕说我很悲痛"①。与此同时,学校领导与"美丽世界"殡仪馆领导联系好,让特级整容师李玉婵给方富贵整容;随后,官方安排主管文教的王副市长在方富贵的葬礼上发表讲话;方富贵被追认为中共党员、劳动模范、优秀人民教师。

市第八中学的教学环境与教师待遇都非常差,校长便借自己知道王副市长与李玉婵——方富贵的同事兼邻居张赤球的妻子——通奸这一"秘密"而去"要挟"性地、暗示性地请求王副市长为市第八中学开个后门,优先给予资助。但校长的请求还没落实,方富贵便以他辉煌的死——累死在讲台上——为市第八中学、也为全市的人民教师,争得了同情和光荣。市日报在显著的位置以空前的版面向全市人民报道了方富贵的死讯。千家万户随即发出了要关心教师生活、提高中年教师工资的呼声。

市第八中学所办的兔肉罐头厂(兔肉罐头加工厂)的大头汽车,把看起来死了但实际上还活着的方富贵拉去殡仪馆"美丽世界"。在汽车车厢铁皮板上,方富贵听到校长赞赏他的一番话后,叹了一口气,暗自发誓不再说话,免得给校长添麻烦。校长等人准备将方富贵弄进"美丽世界"让特级整容师李玉婵为他整容时,漂亮的女门卫因为校长等人不能出示死者是处级以上干部的证明或领导的批条而死守着大门不愿打开,方富贵便低沉地呼唤道:"送我回去……"②;女门卫还是不愿意打开大门,方富贵咆哮道:"送我回去……"③;女门卫尖叫一声,冲向正在拨打电话的校长,夺下电话,给她在市日报社工作的情人打电话,向他提供有关死亡与性爱以及死亡与性爱之间关系的小说素材。趁女门卫打电话的时机,校长使了个眼色,五个人抬起方富贵,飞一般地蹿进了"美丽世界"。

---

① 莫言:《莫言文集·十三步》,云南出版集团公司、云南人民出版社2012年版,第4页。
② 同上书,第58页。
③ 同上。

方富贵"去世"之后，他讲授物理课的工作由张赤球接替。张赤球因薪水微薄，不仅常常受李玉婵的气，而且还要照料李玉婵半身不遂的母亲"蜡美人"。张赤球在准备批改学生模拟考试试卷时犯了烟瘾，但没钱买烟抽。他想起三屉桌的中间抽屉里有钱——他想，他如果拿到了钱，就可以去附近的小卖部买包烟；他在过去去那小卖部买烟时因为钱有限，每次都只能买最便宜的，而小卖部的老板娘因为有事需要他帮忙，所以，总是想赊给他贵的，他则因怕中"美人计"而予以拒绝。抽屉上挂着锁，钥匙在李玉婵裤腰带上拴着——他们家的经济命脉由李玉婵掌握着，他只能呆呆地望着三屉桌的中间抽屉。

不过，李玉婵平时对张赤球也不错，如张赤球脱肛，她便想办法搞到猪大肠为他补身子，且将猪肠子全都给他吃，而她的两个儿子张大球、张小球则只被允许喝汤。

"蜡美人"当年风流全城，其情人之一便是现在的王副市长。王副市长当年还只是一个小小的科长时就迷上了"蜡美人"，而他也因会拉胡琴、唱山歌而吸引住了"蜡美人"，于是，"蜡美人"顺理成章地成为了他的情人。

在李玉婵还小的时候，"蜡美人"经常赤身裸体地在院子里走来走去。李玉婵十五岁时，"蜡美人"建议她脱光衣服与自己一起在院子里行走——进行有利健康的日光浴，于是，母女俩一起一丝不挂地在院子里走。后来，王科长变成了市政府劳动局副局长，李玉婵在听到时为劳动局副局长的王副市长和她母亲在房间里做爱的声音时，大受刺激。有一天，"蜡美人"不在家，时为劳动局副局长的王副市长又来了，他送给李玉婵一双尼龙袜子，李玉婵便脱光了衣服，摘了一朵石榴花插在头发里，趿拉上"蜡美人"的缎子鞋，在院子里走，随后又骑在时为劳动局副局长的王副市长的身上，让他驮着在院子里爬；"蜡美人"回来后，三个人一起欢快地在泥里打滚，之后吃了一顿美餐。再后来，时为劳动局副局长的王副市长安排李玉婵去殡仪馆"美丽世界"当了一名整容师。当时，李玉婵对时为劳动局副局长的王副市长说：你将来死了，我一定为你整容。

在李玉婵正准备给方富贵整容之际,王副市长在一次有关城市建设远景规划会议上病故,并被送进殡仪馆"美丽世界"整容。于是,被抬到李玉婵整容床上等待整容的方富贵又被原封不动地抬下去,放到墙边的大冰柜里,暂时保存,而让王副市长先整容。为了不使学校当局难堪,方富贵决定不说话——即使被扔进冰柜里他也没说话。在大冰柜里,方富贵凌乱地回忆了自己的一生:童年时代——少年时代(小学时期)——青年时代(中学、大学时期)——死亡时代(中学教师时期)。他回忆起在童年时代——他抱着一只死雁,站在枯草丛中,咧着大嘴哭叫亲娘,头上流弹如蝗,四周硝烟弥漫,时为解放军战士小王的王副市长救了他;也想起了自己妻子的丰腴的身体,想起了自己的孩子方龙、方虎;想到这儿,他觉得自己还是应该活,于是,起身与近旁的王副市长告别。在走出殡仪馆后,他遇到了他的一个当警察的学生,学生问他究竟是死了还是活着,他说他也分不清自己是死了还是活着。

领导指示李玉婵把王副市长弄瘦一点以减小群众的反感,或避免不必要的误会。李玉婵在面对已经成了一具僵尸的王副市长时,五味杂陈;她拿镊子掀开王副市长的嘴,发现了他的三颗金牙;她怀着复杂的感情把那三颗金牙拔了下来,经过消毒占为己有;她把他身上的脂肪一条一条撕下来,一共四十五斤,拟全部送给了猛兽馆的管理员"老猴子"。

在给王副市长整容的过程中,李玉婵回忆起自己第一次与猛兽馆管理员"老猴子"的交往:

去年秋天的一个晚上,李玉婵为"老猴子"在车祸中丧生的儿子整过容——她根据照片将"老猴子"的头颅被压成一团渣滓的儿子恢复了生前的容貌,使他栩栩如生,"老猴子"很满意,于是,"老猴子"在一个晚上登门拜访她;临走之时,"老猴子"送给她一棵老山参,她起身相送。在人民公园,"老猴子"抱住她对她说,他新培育出来的狮虎幼崽不愿吃动物的肉,甚至对动物的肉闻都不闻,他做了个梦,梦见那两只幼崽对他说要吃人肉;他想和她做一笔交易——她每周保留在殡仪馆给死人整容时留下来的人肉下脚料,每周六晚上,二人在人民公园猛兽园见面,她把人肉下脚料带到公园里给他,他则把猪大肠之类的优美食品给她。

之后,李玉婵又想起了她第一次操着手术刀独立工作以及与之相关的事情:

那时,李玉婵尚未结婚,所整容的是一位不幸在火灾之中遇难的纺织女工——一位向秀丽式的英雄,其丈夫是一位解放军中尉。

整容桌前摆放着用作参照的英雄的结婚照,在照片和现实的对比之下,李玉婵产生了莫名的感慨,也产生了对英雄的丈夫——解放军中尉——的怜爱之情,甚至幻想起解放军中尉其实曾经是她的情人,背叛了她之后投入纺织女工的怀抱。解放军中尉到处去作报告,宣讲女英雄的英勇事迹。在去各单位所做的报告中,解放军中尉的话语表达越来越流畅,越来越神圣,甚至如此宣称道:"新婚之夜,她与我一起在灯下并肩学习毛主席的光辉著作《为人民服务》,一直学到天亮,她让我背诵《纪念白求恩》,背错一个字也不允许我上床……"①。在殡仪馆的大厅,殡仪馆党委书记把她拉上讲台介绍给中尉——她紧握着他的双手,沐浴在他含情脉脉的目光之中。后来,王副市长以李玉婵的舅舅的身份,为李玉婵保媒,替两人牵线搭桥。解放军中尉在与李玉婵第一次做爱时,发现李玉婵已不是处女了,便悻悻而去。李玉婵伤心欲绝,便独自去河边散步,并看见有个女清洁工把成堆的避孕套扔进小河里;她正在思考女清洁工是谁时,那个捅破她的处女膜又将她推给解放军中尉的时为劳动局副局长的王副市长携着老婆和儿子迎面走来。突然,她的内心有个声音让她脱掉衣服,她便脱光了衣服跳进河里;时为劳动局副局长的王副市长脱光衣服下河救起了她。第二天,报纸上还刊登了题为"劳动局副局长奋不顾身抢救落水女青年"的快讯。快讯刊登的那天傍晚,李玉婵又去河边,王副市长也意外地去了那儿,随后,把李玉婵抱到一处僻静之地与她疯狂地做爱——他们的做爱被"老猴子"用一架照

---

① 莫言:《莫言文集·十三步》,云南出版集团公司、云南人民出版社 2012 年版,第76 页。

相机拍摄了下来。"老猴子"据此猜测到了李玉婵及其家人的情况——或许是她丈夫在性生活中无法满足她,她才红杏出墙的;后来,"老猴子"用所拍摄的照片要挟李玉婵——要她把人肉下脚料带到公园里与他交换猪大肠之类的优美食品,李玉婵无可奈何地答应了。之后,"老猴子"每星期六在公园外草坪上取走李玉婵交给他的下脚料,同时,回赠她牛肉或猪肉或冻兔或鸡杂碎或猪大肠。

方富贵从"美丽世界"回家,在敲开自家门时被妻子屠小英认为是鬼,不允许进门;于是,他去了张赤球的家。方富贵在张赤球的家听到了隔壁的妻子为他之死而伤心的声音,为此,他非常迫切地想让人们知道自己没死、想重回学校教书。但张赤球反对,其理由是学校正在借方富贵之死向社会呼吁改善教师的生活。方富贵左右为难——他想死,可又舍不得妻子和儿女,忘不了美酒佳肴;他想活,可如果活就会伤害校长和同事。张赤球献"万全之策"供方富贵"参考"。第二天早晨,方富贵、张赤球、李玉婵达成协议:"(1)由整容师将方富贵的原本就与张赤球的面貌有几分相似的脸稍加改造变成张赤球的面貌,回第八中学任教。(2)张赤球保持原貌,外出经商赚钱。(3)方富贵顶替张赤球挣来的工资和张赤球经商赚到的钱要合在一起,然后再一分为二,用来供给两家的生活。(4)在厨房里为方富贵安一张床。方富贵享有继续与屠小英同居的自由。"① 第二天,李玉婵便利用午休时间给方富贵整容。三天之后的中午,方富贵的纱布被摘下,方富贵的面貌变成了张赤球的面貌;接着,李玉婵又为方富贵换上了张赤球的衣服;晚上,张大球、张小球和张赤球回家后,看到方富贵时都迷惑了——因为方富贵与张赤球简直一模一样了。张赤球对方富贵感到很不舒服,觉得他是自己的威胁,深感后悔。方富贵怒斥他的出尔反尔,同时也感到自己掉进了张赤球、李玉婵夫妇俩的圈套。李玉婵回家后,看出了儿子张大球与张小球的疑惑的眼光,便对他们说方富贵是他们的父亲张赤球从乡下来

---

① 莫言:《莫言文集·十三步》,云南出版集团公司、云南人民出版社 2012 年版,第 106 页。

的兄弟。

　　李玉蝉用从"老猴子"那里得来的肉类食料做了一顿丰盛的晚餐，打算好好庆祝一下她们的计划。在方富贵等三人为即将开始的合作而干杯时，隔壁传来了屠小英呜呜的哭声。李玉蝉把两条鸡腿、一只鸡翅、一些牛肉放到一个圆盘里，让方富贵给屠小英及其儿女方龙、方虎送去，并鼓励他留在那里，好好地安慰她一下。在见到屠小英时，方富贵十分伤心，往事随即涌上心头，失口叫道："大奶牛……我没死……"① ——"大奶牛"是方富贵在与屠小英做爱时对她的称呼，但他随即便意识到了自己身份的转换与自己的失态。此后的几天，屠小英一直感觉自己亡夫的声音在隔壁轰鸣着，同时又想起前几天以"张赤球"身份出现的方富贵对她的暧昧眼光。但屠小英的心头却笼罩着"女子私通杀夫，内着红裙为丈夫发丧"、"丧夫之妇急于改嫁而扇干丈夫坟头"、"丧夫女丈夫棺材前与小和尚鱼水之欢"之类的故事。她用这几个故事来告诫自己一定不要心猿意马，要为丈夫守节，抵御住来自那个张赤球的诱惑；其女儿方虎在方富贵死了没几天就穿上了火红的乳罩，她强令方虎把乳罩摘下；同时，她又回忆起自己与方富贵在大学里相遇、相识及毕业后的一些事情等——方富贵与屠小英是在师范大学时的同学。当年，愣头愣脑的方富贵一头栽进了屠小英的怀抱里，后来，二人在图书馆又多次相遇。有一天，方富贵约屠小英去看一部苏联的电影；途中，方富贵占有了屠小英。毕业之后，二人都被分配到市第八中学教书，屠小英也嫁给了方富贵。"文革"时期，屠小英因拥有一半的俄罗斯人血统而被认为是苏联的间谍，并因此失去教师资格；之后，去市第八中学所办的兔肉罐头厂做临时工。

　　剃着光头的方富贵以"张赤球"的身份去学校上课时，在路上遇到了过去与张赤球关系暧昧的小卖部老板娘；老板娘把他当成张赤球而问他话，他不知所措，无言以答，只好缩着脖子挨骂；方富贵以"张赤

---

　　① 莫言：《莫言文集·十三步》，云南出版集团公司、云南人民出版社2012年版，第131页。

球"的身份去学校后，在随全体物理老师拿着集体凑钱买的一只鹅去慰问屠小英时，走在最后头。屠小英觉得眼前的"张赤球"，无论是从声音来说还是动作来说都极像自己的已故丈夫。在慰问团队走后，"张赤球"口唤着"大奶牛……我的大奶牛……"，吻屠小英、猥亵屠小英。尽管屠小英的女儿都鼓励她应该看开点，并支持她再嫁，她也在"张赤球"纠缠自己时眼看就要把持不住了，但在看到了自己与丈夫的结婚照时，她还是拒绝了"张赤球"的轻薄。"张赤球"告诉她自己就是方富贵——她的丈夫。这使得屠小英更加精神紧张，认为不是她自己得了神经病就是"张赤球"得了神经病。最后，"张赤球"落荒而逃。

在方富贵死后，屠小英等候着与他的遗体告别，但是，方富贵从殡仪馆跑走了——殡仪馆没有方富贵的遗体了。与李玉婵有着暧昧关系的馆长为了不对丢失方富贵的尸体这一"事故"负责，便想出了一个办法——伪造一封方富贵的遗书，上面写着死后一不要整容，二不搞遗体告别，三不开追悼会，四要把遗体贡献给医学院。在等待瞻仰丈夫遗容的焦虑和渴望工作的烈火就要把屠小英"烧焦"之时，校工会主席给她送去了二百元钱和一张大红证书。

经过整容变成了张赤球的模样的方富贵回到市第八中学给学生上课，而真正的张赤球则带着李玉婵交给他的经商赚钱的任务与一百元的本钱，跨出家门上路了。他首先去小卖部去找与自己关系暧昧的女老板，女老板勾引他未遂，但找到了李玉婵与"老猴子"勾搭而给他戴绿帽子的原因——他的性能力有问题。女老板在得知到张赤球既没有对市场进行过调查研究又没有经商的方向后，以批发价给了他四条烟，并嘱咐他说，只要有耐心，原价二十五元的香烟一定可以卖到五十元，四条烟就可以赚到一百元，比张赤球一个月的工资还要多。在准备去卖香烟的途中，张赤球碰到了自己以前的学生——没考上大学而开炸鸡店且开得风生水起的马鸿星，两人寒暄了一番；之后，张赤球继续上路。走着走着，张赤球感到饥饿了，猛然想起自己家里此刻会坐着一个与自己面孔、穿着一样的方富贵——他与自己的妻子极有可能都吃饱喝足了，而自己的妻子又是一个对暴露肉体满不在乎的女人，因此，极可能在饱食之后与他上床。张赤球想到这儿，感情凄怆到了极点。张赤球因为自己沉浸在超现实的想象中而在马路上横穿直撞，乱抡旅行包，从而，使一个绣花女工从车上摔了下来，弄断了手腕。因此，张赤球被行人当做神经病，并被警察带到派出所拘留了两天。在拘留所的日子里，张赤球想起了与李玉婵的往事——

一天，"蜡美人"去张赤球的学校说自己的女儿李玉婵想要见他。张赤球上门之后，院子里的床单上有了一团血迹，"蜡美人"诬陷是张赤球夺了李玉婵的清白，随后，把李玉婵强行嫁给了张赤球。

张赤球在拘留所饿得肠胃发酸，直到第三天，他才被警察想起来——他在交了一百元的罚款之后被放了出来。重获自由的喜悦，让他忘记了赚钱，忘记了自己的替身可能与自己的老婆通奸等所有不愉快的事情。为了支付一碗馄饨的钱，他在就近的电影院门口贱卖香烟。因为卖价不高，便有很多人来买，而一个女烟贩想将他的烟全部买下来后再提价卖出，他不同意，周围的人也不同意，女烟贩为了报复他们，将她在工商管理所工作的女婿叫来，他便被人拉着逃跑了。他跑到玉米地里，狂吃生玉米，吃至胃绞痛甚至昏厥。乡村里的一对父女把他当作邮差救了下来。

有人趁白天游园之机，潜伏在园内，夜间将一只九岁的东北虎剥了皮。"老猴子"在看到了虎的无皮尸首时，当场昏倒。苏醒后手舞足蹈，胡言乱语；恢复意识后，在装东北虎的笼子里自缢身亡。警方在调查后发现剥虎皮的正是救了张赤球的姑娘的相好——铁牛。铁牛弄那张虎皮是想孝敬姑娘的父亲。张赤球在与救他的父女俩聊天之时，铁牛带着一张虎皮来了，与此同时，追踪他的警察也来了；警察逮捕了包括张赤球在内的所有在场的人。经过严格审问，张赤球被无罪释放。张赤球走到小卖部前面，发现小卖部已经被封了，附近的便衣警察见他神色可疑，将他抓进派出所，曾经抓过他的警察认出了他，以他是一个神经病为名把他放了。他"暗暗庆幸自己的好运气，走出派出所，一心一意想回家。他想回家后的第一件事就是：请方富贵把脸还给我，要死要活随他的便，我的位置是第八中学高三班的砖头讲台。"① 他沿着街边走着，认出了自己以前的学生马鸿星，便向他借钱；马鸿星给了他200元。离开马鸿星后，张赤球遇上了迎面走来的一群"为在死亡线上挣扎的中年中学教师募捐"的小学生，便把马鸿星给他的那200元捐了出去。

  在张赤球的家里，因为张赤球不在家，李玉蝉和方富贵便相互吸引、相互温存，尽管隔壁的屠小英一直在抽泣，尽管他们都在担心屠小英，但是，他们还是不能自已，全然不顾两个孩子而在厨房里亲吻。方富贵出于羞愧而回到了自己家里，想亲吻、爱抚屠小英，但遭到了她的拒绝。之后，方富贵回张赤球家与李玉婵偷情。入睡后，他们做了许多怪梦，其中，有关于麻雀走十三步的传说，这些梦使得他们的肉体和灵魂紧紧缠绕在一起，越发不能自拔。李玉婵一觉醒来后去参加王副市长的追悼会，看到王副市长的尸体被火化了，心里一阵痉挛。李玉婵去银行兑换从王副市长嘴里窃取的三颗金牙，被在银行里当职员的王副市长的儿子"发现"了那三颗金牙——他便将那三颗金牙"鉴定"为是用黄铜做的。之后，王副市长的儿子去李玉婵家向她索要那三颗金牙——她告诉他她把那三颗金牙扔掉了；他以此要挟她，逼她上床，并告诉她，在十几年前，她在河边投水自尽时，他就偷偷地爱上了她……

  在方富贵与李玉婵偷情时，张大球打穿了张赤球家和方富贵家之间的墙。方富贵在试图钻墙洞时被屠小英打昏——屠小英说她的女儿被他的儿子张大球勾引走了，便迁怒于他（伪张赤球，真方富贵），将他打昏；他醒来后又遭屠小英辱骂，屠小英还勒令他归还她女儿。方富贵急忙出去寻找方虎，结果撞见方龙正在与一个女孩鬼混，他劝阻无效，并挨了方龙一拳；走了不远后，他又看到了方虎和张大球在雨中跳着裸体舞。他没有再试图干涉，而是惭愧地闭上了眼。两只手在衣兜里胡乱摸索着。他摸到了一个绿色的粉笔头，便急忙塞到嘴里去。嚼着它，他眼

---

① 莫言：《莫言文集·十三步》，云南出版集团公司、云南人民出版社2012年版，第272页。

里流出了苦辣的黄水。他想起了自己早已是死人了；而死人应该回到自己的位置上去，不要给活人添乱。而他（方富贵，即伪张赤球）却因进自己的家而遭到同事们非议，被视为"扒寡妇门，挖绝户坟，奸哑女人"① 之类的无耻之徒。

在方富贵死后，屠小英被党总支提拔为兔肉罐头厂第一车间副主任兼产品推销部副部长，随后，她在车间主任的教导下学了一套拳法，狠狠地教训了一直欺负她的女工刘金花。后来，屠小英又升任兔肉罐头厂副厂长兼产品推销部部长——这在很大程度上是由于她身材丰满和脸蛋漂亮。与此同时，有关屠小英跟车间主任闹恋爱的传闻不胫而走；之后，又有关于屠小英的一些其他传闻，如屠小英的模范事迹在市报上连载了三天；屠小英被市委、市政府召见，并当选为市人大代表；屠小英卷入一件伪钞案，被公安局逮捕了；屠小英嫁给了市委一位纪检书记；屠小英神经错乱，跑到市政府去寻找她的丈夫，跑到"美丽世界"去寻找她的丈夫……后来，有人把她送进市精神病防治院；最后，屠小英投河自尽。方富贵去找屠小英想告诉她实情，但他没能让屠小英相信；他便去找李玉蝉，想让她将他恢复原样，可李玉蝉已经成了傻子，一言不发。方富贵很绝望，在上完一天课后，从一位女生的铅笔盒里找出一把铅笔刀，对着窗户玻璃刮削掉脸皮，之后在教室里上吊自尽。自尽时，他想起了那个麻雀走十三步的传说。在方富贵——伪张赤球——的追悼会上，校长用他的死来激励学生，让他们誓死拼搏，考上大学。此时，回到学校的张赤球挤到讲台边说："校长，我要教书……"② 说完这句话就晕倒了。在场的工会主席说："同学们，大概是张老师的父亲来了，他要继承儿子的遗志，与我们一起拼搏……"③

---

① 莫言：《莫言文集·十三步》，云南出版集团公司、云南人民出版社 2012 年版，第 282 页。
② 同上书，第 288 页。
③ 同上。

二

小说中重要的人物有李玉婵、方富贵、张赤球、屠小英、"老猴子"等。

（一）李玉婵

李玉婵是"美丽世界"殡仪馆的特级整容师，一级劳模。她自小由母亲单独抚养，父爱缺失；她的母亲是那种"中年比青年时更迷人"的女人，很淫荡，她深受母亲的影响；十五岁时，她看到母亲与时为劳动局副局长的王副市长偷情，大受刺激，情窦大开；她脸上长的一抹绿油油的小胡子，随着年龄的增长更加葱郁；她富有肉感的身体覆盖着一层金黄色的毛；因为在殡仪馆工作的缘故，她身上有一股浓郁的死人气味，以致其丈夫对她丝毫提不起兴致。总的来看，一方面，她有诸多负面特征：

其一，淫荡——她十五岁时就裸体与时为劳动局副局长的王副市长嬉戏、狂欢。之后，她又与之保持着性关系；与所在的殡仪馆馆长在整容床上做爱；接受猛兽管理员的猥亵，并渴望与之做爱；在将复活的方富贵整容为"张赤球"后，与他在厨房里做爱；不仅与母亲共享一个情人——王副市长，而且还与王副市长的儿子做爱。

其二，狐媚惑人——她虽然很淫荡，但她身边的人，无论是母亲还是被戴了绿帽子的丈夫，无论是邻居方富贵、动物园管理员"老猴子"，还是情人王副市长及其儿子，都带着一种欣赏或不可抗拒的占有欲去看她，甚至是无言地鼓励她淫荡。

其三，有心计，充分利用所有能利用的人和事来为自己服务——她利用时为劳动局副局长的王副市长来获取在殡仪馆的工作；利用张赤球避免了未婚先育的丑名；利用猛兽管理员获取每周的荤菜；利用殡仪馆馆长掩盖了方富贵尸体"丢失"的真相；利用方富贵代替丈夫去上班，让丈夫去挣钱，同时，也利用方富贵解决性生活的问题；利用王副市长的儿子来免于承担偷王副市长金牙的罪责。

其四，泼辣、粗野、专横跋扈——在家里称王称霸，支配着丈夫的一切，如让丈夫把工资仅仅留一点不足以零花的零花钱之后全部交给她；常常辱骂、训斥丈夫，甚至如此辱骂、训斥丈夫："老兔崽子，告诉你，必须戒烟，我勒令你戒烟！你挣几个工资，也配抽烟？烟是为你们这些喝粉笔末子的家伙准备的吗？瞧瞧你这副德行样子：红墨水蓝墨水，一脸晦气，当年算我瞎了眼，被你运动衣上那几个字迷住了……"①；常常揪打丈夫，甚至拧住丈夫的耳朵，"双手用力扯，把他的嘴都撕大啦。一直到他的耳朵与头颅连接的地方裂开了缝隙，渗出了橙色的汁液时，她才松开手。"②

其五，心理变态——她与母亲在自家的院落里一起裸体行走，疯狂般地欣赏着自己的身体；与母亲共享一个情人。

其六，狠心——她为了留住方富贵，对屠小英严词厉色；方富贵在与她做爱时听到屠小英的哭声后性欲减退，她就在心里对屠小英仇恨不已，甚至当着方富贵的面讥讽屠小英；为了方便自己与方富贵偷情，她在母亲的饭里添加安眠灵；她利用工作之便，用人肉和猛兽管理员交换动物肉。

其七，贪婪——连死人的东西也坦然利用，如用死人的"下脚料"交换肉食品，将王副市长的三颗金牙据为己有。

另一方面，她也有可圈可点之处：

其一，美丽——她拥有石榴花一样的外表，"周身覆盖着一层柔软的金毛，美丽得让人心惊肉跳。"③

其二，善良——她在为她与方富贵、张赤球的合作干杯时，听到屠小英的哭泣声，随即便让方富贵给屠小英及他与屠小英的儿女送吃的东西；她在每次与方富贵做爱之后，发现方富贵的心离开了他的身体，穿越墙壁，悬在隔壁的上空，注视着他的女人，便让方富贵去陪陪屠小英。虽然在欲望的驱使下情不自禁地与方富贵偷情，但也念念不忘其在外漂泊

---

① 莫言：《莫言文集·十三步》，云南出版集团公司、云南人民出版社 2012 年版，第 14 页。
② 同上书，第 12 页。
③ 同上书，第 35 页。

的丈夫。

其三，贤惠——她虽然与王副市长、殡仪馆长、猛兽馆管理员保持着性关系，但也"是位勤俭持家、有经济头脑的好女人"[①]：平时，她除了尽力照顾瘫痪在床的母亲外，对丈夫也不错，如丈夫脱肛，她便想办法弄猪大肠为丈夫补身子，且将猪肠子全都给丈夫吃，而只允许她的两个儿子（张大球、张小球）喝汤，希望丈夫能当上教导主任。

其四，积极上进——她进入殡仪馆之后，没有借时为劳动局副局长的王副市长以及后来的王副市长的庇护而尸位素餐，而是勤勤恳恳、兢兢业业地工作，最后成为了一名顶尖级整容师。

（二）方富贵

方富贵是一名中学物理教师。他勤勤恳恳、兢兢业业——讲课时眉飞色舞、神采焕发，最后累"死"在讲台上；"死"而复活后，他渴望回到自己的工作岗位。善良——他在"死"而复活后听到张赤球说学校正利用他的"死"来要求上级改善教学环境与教师的待遇后，为了不给学校造成负面影响，让学校的计划落空，放弃了自己的身份，甘愿做一个"活死人"。情感专注——他对妻子始终是"一片冰心在玉壶"，如他在"死"而复活回家不被妻子接纳时仍然想着妻子，想着"她一辈子没住上新屋……她没喝过一滴茅台酒！她没吃够过猪肝！她没吃过一次海参！她一直想吃一次牛肉馅的饺子"，想着"要让她喝醉一次茅台酒！让她吃一副猪肝！！让她吃一斤海参！！！让她吃一盆牛肉馅饺子！！！！还有新屋！！！！！"[②] 在被整容后，他每当被迫与李玉婵做爱时，只要听到隔壁妻子的哭声，他便性欲骤减；每次与李玉婵做爱完毕后，他总是充满了深深的耻辱感和对妻子的愧疚感；最后，在听说妻子投河自尽后（加上一些其他原因），他自杀。讲义气、守道德——他虽然被迫与李玉婵做爱，但在做爱之后，又深深地内疚与后悔，觉得对不起同事和朋

[①] 莫言：《莫言文集·十三步》，云南出版集团公司、云南人民出版社2012年版，第12页。

[②] 同上书，第101—102页。

友;在他被整完容后,小卖部老板娘认为他是张赤球而对他进行挑逗,他能坐怀不乱、"岿然不动"。有骨气——他在无法忍受顶着别人的面容生活、背叛自己的妻子、自己的妻子嫁给了别人或投河自尽、自己的女儿被张赤球的儿子勾引等时,毅然地结束了自己的生命。

不过,他也懦弱、软弱、立场不够坚定——他死而复生回到家时,把妻子吓晕了,但他没有坚持说明真相,而是选择了逃跑;虽然总挂念着自己和妻子的那个家,但是,每每看到李玉婵,也总是不能自已地被吸引,最后控制不住自己而与李玉婵交媾;糊涂、因小失大——因贪图小利而被整容为张赤球,结果"面对自己(方富贵)的妻子儿女无法相认;面对'自己'(张赤球)的妻儿无所适从……只有在梦境中重温和回味和自己的妻子美好与苦涩;人的社会属性表现在人的身份和位置,这两样都没有了,'你是谁'的问题成为永远的无解之谜"①,最后便不得不自杀"。

(三)张赤球

张赤球是一位中学物理老师。他愚蠢、懦弱、窝囊——他被"蜡美人"轻而易举地算计,娶其未婚先孕的女儿李玉婵;因十分厌恶李玉婵身上的那股殡仪馆特有的气味而无法与之过正常的夫妻生活;抚养根本不是自己儿子的大球、小球,赡养实际上是自己仇人的"蜡美人",长期受给自己戴绿帽子的妻子的气,每月的工资留点零花钱后全交给妻子,但每月的零花钱总是不够花,甚至没有钱来买烟抽;他在可怜兮兮地向两个名义上的儿子借钱买烟时,小儿子有点心软,大儿子则毫不心软,甚至轻蔑地说:"你死了心吧!你的信誉已经彻底完蛋啦!"② 妻子回家察觉到他有买烟的意图后,不但严词训斥他,而且差点把他的耳朵扯掉;他虽愤怒到了极点,但不敢爆发出来,便以打嗝的方式发泄出

---

① 杨万寿:《莫言小说〈十三步〉:简单的故事迷宫式的叙事》,《河西学院学报》2014年第30卷第3期。
② 莫言:《莫言文集·十三步》,云南出版集团公司、云南人民出版社2012年版,第11页。

来；他轻信妻子之言，离开教师岗位下海经商，而丝毫没有想过自己是否有经商的天赋和资本……心理变态——面对妻子的求欢，"他强忍着恶心去亲吻她的嘴唇，那股殡仪馆里特有的气味渗进他最深层的意识里。他知道自己神经过敏，整容师曾当着他的面用上等的香皂洗身体上下所有的地方，连一根毛也不放过，但他还是闻到那股浓烈的、难以用文字表述的气味。而每当此刻，他就变成了废人。"[①] 轻信别人、没主见、患得患失——他在学校工作不开心，便想下海经商，经商不如意又想回到学校去工作；他在家里听妻子摆布，遇到卖香烟的女老板后多听其摆布；轻信妻子之言，与方富贵"合作"，离岗离家经商，但又担心妻子背叛他而与方富贵在家做爱，以至于在这种担心中恍恍惚惚、触犯交通法规，被警察关进了拘留室……糊涂——他先是糊里糊涂地触犯交通法规，被警察关进了拘留室，后因涉嫌剥虎皮而险些再次被抓；将向学生马鸿星所借的二百元钱捐献给了为在死亡线上挣扎的中年中学教师募捐的少先队员，可又没想到所谓的中年中学教师实际上就是自己及方富贵之类的中年中学教师；他为了自己的身份和权利而返校，可当他返回到学校时，他却发现自己已经死了，并且学校正在为自己举行追悼会；当他走上讲台向校长要求回校教书时，历经经商沧桑的他却被工会主席认为是他的父亲……他再也找不到自己原来的位置了。不过，他也并非一无是处——他工作兢兢业业，善良，慷慨，如，将身上仅有的刚刚借来的二百元钱全部投进少先队员们为在死亡线上挣扎的中年中学教师募捐的募捐箱。

（四）屠小英

屠小英是市第八中学校办兔肉罐头厂的临时工。她命运多舛、经历坎坷——她有一半的俄罗斯血统，在"文革"中因被认定为特务而受到迫害；俄语专业毕业，且是外语学院的高材生，但由于政治方面的原因而用非所长，只能在市第八中学校办兔肉罐头厂做一个剥兔皮的临时工；她拥有俄式丰腴的身材与姣好的脸蛋，本可借此获得同事的善待，

[①] 莫言：《莫言文集·十三步》，云南出版集团公司、云南人民出版社2012年版，第19页。

可结果却是适得其反,受到了同事的排挤;丈夫"因公殉职"且被官方认定为教师的楷模后,她本应"时来运转",但事实上,她的生活依然如故,毫无改观,虽然被提拔为校办兔肉罐头厂第一车间副主任,但干的却是凭姿色推销兔肉罐头的工作。坚强——尽管命运多舛、经历坎坷,但她并不向命运屈服,没有自轻自贱,即使是在校办兔肉罐头厂做一个剥兔皮的临时工,她也没有自认为是低人一等;丈夫无意间成了有关部门和群体的广告、没有由头的绯闻、遭伪张赤球的"猥亵"、两个孩子均走上邪路……这些"无妄之灾"均没有让她气馁。重感情、守道德、贤淑——与方富贵结婚后,家境贫寒,但她无怨无悔,与方富贵恩恩爱爱;方富贵去世后,她一直为失去丈夫而伤心,并时常哭泣,不时回忆起自己与方富贵在大学里的相遇、相爱;心头总萦绕着"女子私通杀夫,内着红裙为丈夫发丧"、"丧夫之妇急于改嫁而扇干丈夫坟头"、"丧夫女丈夫棺材前与小和尚鱼水之欢"[①]之类的故事和观念,告诫自己一定不要心猿意马,要为丈夫守节,立起贞洁牌坊;在遭到伪张赤球"亲昵"时,她虽然觉得他身上有自己丈夫的明显的特征,但每次都一想到自己的丈夫,或者是看到自己的结婚照,便克制住了自己的情欲、抵御住了诱惑;在受到了邻居李玉婵的冷嘲热讽后,出于对李玉婵的报复,她接受了伪张赤球的求爱,但事后又很内疚。

(五)"老猴子"

"老猴子"是猛兽馆的管理员。他很不幸——他本有一个不错的儿子,但儿子不幸被汽车轧死了。他爱岗敬业——他在动物园工作,一干就是二十年;他潜心研究狮虎杂交技术,并成功地培育出狮虎元元与方方;发觉元元与方方对鸡肉、牛肉等没有感觉后,他主动找到李玉婵做交易,用动物肉交换李玉婵为死人整容后所剩的人肉;他因为对动物情有独钟,于是,在带李玉婵参观动物园时要求她与动物交配;他爱虎如子,于是,在东北虎被人剥皮后伤心欲绝,以至于癫狂,最后,在东北

[①] 莫言:《莫言文集·十三步》,云南出版集团公司、云南人民出版社 2012 年版,第138—140 页。

虎曾经呆过的笼内上吊自尽,并要将自己的尸体用来喂元元和方方。有头脑、有心计——在无意间发现了李玉婵与王副市长偷情之事后,他随即对此事予以充分的利用,迫使李玉婵与他做交易。

(六)王副市长

王副市长是一个政府官员。他腐化堕落——他虽然早年参加革命,经历了战火的洗礼;战争结束之后,成了一个公务员;但从做科长时起,他就乱搞女人,比如他先是占有"蜡美人"、后是占有"蜡美人"的女儿李玉婵。阴险——他捅破了李玉婵的处女膜后,企图借保媒之机将她推给解放军中尉。沽名钓誉——借救投水的李玉婵之事而成为奋不顾身抢救落水女青年的英雄;借死在城市规划的沙盘上而捞取了一个勤政敬业的好名声。腐败——他大腹便便,显然是海吃海喝所致;口镶金牙,简直是腐败到了牙齿。

三

小说通过其内容及一系列人物,尤其是李玉婵、方富贵、张赤球、屠小英、"老猴子"等人物所表达的主旨大致有以下几点:

(一)揭示了"荒诞的现实世界中知识分子的生存困境和精神困境"[1]

小说故事的背景是20世纪70年代末、80年代初——那时正值改革开放初期,中学教师待遇差,搞原子弹的不如卖茶叶蛋的,拿手术刀的不如拿剃头刀的,知识分子普遍面临着生存困境和精神困境,小说形象地反映了这一社会现实:

"作品中人物活动的场景都弥漫着死亡的气息,令人窒息、压抑、愤懑。每个人都在苦苦寻找着自己的幸福,可是到头来却是处处碰壁。"[2]如方富贵累"死"在讲台上,"死"而复活之后因既不被妻子认可和接纳,又不得不顾虑同事和领导的利益而继续死,并不得不以邻居兼同事

---

[1] 赵文兰:《〈十三步〉叙事艺术论》,《当代文坛》2017年第2期。
[2] 杨万寿:《莫言小说〈十三步〉:简单的故事迷宫式的叙事》,《河西学院学报》2014年第30卷第3期。

张赤球的身份活着,但同事和领导的生活并没有因此得到些许的改善,以至于一群少先队员上街呼吁社会关注教师生活现状,捐款行善;方富贵最后因不能忍受非议、冒名顶替张赤球而活、不被孩子承认、背叛自己的妻子、自己的妻子嫁给了别人后投河自尽等而自杀。张赤球一家五口人住一间半房——两个孩子睡在墙洞里,老人睡在半间厨房里,他本人则因为薪酬太少而备受妻子李玉婵的凌辱,连孩子大球、小球都说将来不考"下等"的师范大学,最后,不得不在妻子的胁迫下离家经商,成为没有身份、没有立足之地的孤魂野鬼,在上吊的刹那间看见单腿跳了十三步的麻雀之后放弃自杀,将自己贡献到动物园当展品。方富贵和张赤球都在经历了一番坎坷后想恢复自己的身份,但最终都以失败而告终,都成为孤魂野鬼,方富贵甚至不得不吊死在教室里。小郭是一名物理教师,但因为工资不够自己的开销,一直不婚。教师不涨一分钱的工资,可物价却涨得像插在沸水里的温度计飞速升温一样快。屠小英是俄语专业的高材生,但因为中苏交恶,俄语没有了用武之地,她只得在校办兔肉罐头厂当临时工……而张赤球的学生马鸿星没考上大学,开了一家炸鸡店,却将小日子过得风生水起、滋滋润润,随便帮一下老师出手就是二百元,比其老师几个月的工资还要多;而其老师用来做买卖的全部本钱才一百元……如果不是方富贵的猝死,那么,社会的目光是很难聚焦到市第八中学的教师身上的,也不会让人看到那些教师的生活环境和工作环境都非常差,如张赤球一家五口人住一间半房,教师们共同挤在一间小房里批卷子,开一些辛酸的玩笑来调剂生活,紧挨的水房变成了一个新房,厕所的臭味在走廊里萦绕盘桓……

(二)揭露和批判了社会的丑恶

在小说中,社会上的拜金主义和肉欲主义盛行,世风日下、道德日趋败坏——李玉婵为了物质和精神的满足,不守道德底线,先与自己母亲的情人偷情,后与自己的领导偷情,再后与自己的邻居偷情,用死人的肉同猛兽馆的管理员交换自己用作食用的肉;猛兽管理员用死人的肉喂老虎;方富贵为了自己及同事们的利益而"借尸还魂"般地假冒张赤球给学生上课；张赤球为了改善生活竟然放弃身份、擅离职守；方富贵和张赤球身为人民教师，而且还可以说都是很优秀的人民教师，可是都有"婚外恋"，连基本的"师德"也没有；小郭在办公室高声大嗓地吼叫着："道德家们何须大惊小怪！道德这玩意儿从本质上讲是虚伪的。许多了不起的大人物一旦倒了霉，就会有人揭露他们的风流韵事。"①"蜡美人"和李玉婵母女俩共享情人王副市长，王副市长父子俩与李玉婵通奸；河边的绿草地和排椅上"孕育了无数婴儿"，清洁工每天打扫避孕套，然后像铁饼运动员那样地把那些避孕套扔进河里……方龙与一个女孩鬼混，李玉婵才十五岁就和时为劳动局副局长的王副市长胡搞，方虎才十五岁就和邻居张大球在雨中跳着裸体舞……领导干部腐化堕落——王副市长与"蜡美人"母女一起在院子里裸体嬉戏淫乐，并将她们俩一起据为己有；利用职务之便给自己的情妇安排工作；连牙齿都是用金子做的；大吃大喝，结果脑满肠肥、大腹便便，以至于在他死后，领导不得不指示整容师把他弄瘦一点以减少群众的反感，避免不必要的误会；而整容师仅从他身上撕下来的脂肪，就多达四十五斤（如此"人民公仆"、"革命干部"，不仅暴死，未得善终，而且死了之后也被开肠破肚抽脂肪，不得全尸；在整容师拔其三颗金牙时，"他痛得吱吱叫，你恋得格格笑"②——小说对他的批判溢于言表）。社会等级森严——连死人进殡仪馆去整容也得遵守级别，方富贵在去进"美丽世界""享受"特级整容师的整容时，漂亮的女门卫因为校长等人不能出示能证明死者是处级以上干部的证明或领导的批条而死守着大门不让其进入。

（三）揭示了世界的荒诞性

方富贵累得直至"死"在讲台上都"无人问津"，可在累"死"之后却成了"抢手货"——领导视之为牟取功绩的机会，群众视之为牟取福利的机会，邻居视之为创收的机会；方富贵在复活后既不被家人接

---

① 莫言：《莫言文集·十三步》，云南出版集团公司、云南人民出版社 2012 年版，第 134 页。
② 同上书，第 89 页。

受，又不被同事认可，而且学校领导为了学校的荣誉和教师的福利而不允许他活过来；方富贵在改换容貌之后虽然还是方富贵，但丧失了与妻儿相见的权利。方富贵因为"死"了，所以，在现实生活中没有自己的身份和地位；张赤球活着也如此。李玉婵不爱自己的丈夫，便和丈夫以外的人瞎搞；屠小英爱自己的丈夫，甚至可以说非常爱自己的丈夫，但也和伪张赤球瞎搞（以报复李玉婵）。"蜡美人"和李玉婵母女俩共享一个情人。殡仪馆整容师本应该只为死人整容，却也为活人整容，并且将别人整容成自己丈夫的模样。李玉婵让方富贵变身为张赤球，原本是想使两家的生活变得更好，可结果却恰恰相反——不仅两个家庭实际上都破碎了，而且两个当事人都失去了自我，失去了自己在生活中原有的位置，都回不去了！不仅活人使人受苦，而且死人也使人受苦。死人捉住活人！学校片面追求升学率，呼吁学生以往死里学的方式来报答张老师……

（四）揭示了了人的无助及宿命般的悲剧性

1. 人不能做自己的主。方富贵本来已经"死"了，但又活了过来，而活过来之后，又不能以自己的身份活，而只得以别人的身份活；在很想以自己的身份活时还是不能成，最后不得不再次死去。张赤球别出心裁地想过上好一点的日子，但事与愿违，每况愈下，最后连身份都失去了……纺纱厂女工不能安安逸逸地活——不得不以身殉职，也不能安安逸逸地死——死后被其丈夫用作沽名钓誉的工具（其身为中尉的丈夫在去各单位所做的报告中，话语表达越来越流畅，越来越神圣，甚至声称在"新婚之夜，她与我一起在灯下并肩学习毛主席的光辉著作《为人民服务》，一直学到天亮，她让我背诵《纪念白求恩》，背错一个字也不允许我上床……"①）。人不得不过一种精神分裂的生活——方富贵和屠小英夫妇彼此相爱，可方富贵却又和别的女人做爱，而且一边和别的女人做爱一边想着自己的妻子；而屠小英虽然很贞洁、很想为丈夫守节，却也和伪张赤球瞎搞……

---

① 莫言：《莫言文集·十三步》，云南出版集团公司、云南人民出版社2012年版，第76页。

2. 人生无常。"生活中的计划常常被突发的事件彻底打乱，这种被突发事件彻底粉碎计划从而导致命运变化、导致历史变化的情况每天每时每刻都在每个人身上、每个家庭里、每个国家里发生着"① ——方富贵的"死"而复生纯属一件偶然性事情，但对方富贵的妻儿、邻居兼同事张赤球一家、市第八中学的全体物理教师及全校教师、市第八中学、市第八中学所在的市的现状均产生了不小的影响。

3. "纵有千年铁门槛，终须一个土馒头"。作为一个校办兔肉罐头厂剥兔皮的临时工，屠小英从职业的角度所体悟到的是："无论什么颜色的兔子，剥了皮后都一样；无论什么颜色的兔子，最终的结局都一样"②；作为一个殡仪馆的整容师，李玉婵从职业的角度所体悟到的是："人无论生前处于什么位置上，死后发出的气味是一样的"③……

4. 谶语般的传说。"十三步"的传说"隐喻着现实世界中人们走投无路、无处藏身的生存困境，暗示着他们无法躲避的悲剧命运和无处不在的精神危机，从而使整个小说弥漫着一种挥之不去的悲剧氛围和宿命论思想……被囚禁在笼子里面的这个意象，暗示并强化了小说反复出现的主题，即现代人的生存困境和精神困境。生存在这个世界上，现代人不仅要受到来自家庭、工作和社会生活的压制，而且更重要的是还受到人性、自我欲望的压抑……动物的被剥皮这一意象，显然隐喻着个性丧失、在残酷的社会现实面前无望、无力抗争的现代人的悲惨命运"④。

5. 小说中的人物"几乎都是性欲极旺盛的人，虽受着精神道德的鞭笞——特别是为人师表的教师，但总能使欲望战胜道德，较自由的欢爱，他们是性解放的先锋或性自由的人。但是，这些人物在疯狂一阵之后，纷纷落入悲惨的境地，无可奈何地接受命运的捉弄。"⑤

---

① 莫言：《莫言文集·十三步》，云南出版集团公司、云南人民出版社2012年版，第58页。
② 同上书，第151页。
③ 同上。
④ 赵文兰：《〈十三步〉叙事艺术论》，《当代文坛》2017年第2期。
⑤ 朱珂青：《莫言创作新趋向探源——兼评长篇小说〈十三步〉》，《小说评论》1989年第5期。

（五）揭示了舆论和社会积习给人造成的负面影响

屠小英在丈夫去世后因为害怕旁人嚼舌，一直不敢开始新生活，以至于投水自尽；方富贵回到自己的家与老婆亲热，可因世人不知实情而被视作"扒寡妇门，挖绝户坟，奸哑女人"①之类的无耻之徒，最后，为舆论及社会积习等所迫而悬梁自尽；李玉蝉最后变成木头人，张赤球变成笼中物……每一个人都活得很累，不仅活人使活人痛苦，而且死人也使活人痛苦——死人抓住活人。可是，"活人没必要为死人受苦，死人不能抓住活人不放。"②

（六）演绎了人要"慎择"的道理

方富贵和张赤球轻信李玉婵"互换身份"的建议，结果，两个人都最后无家可归、无立足之地；也就是说，他们的悲剧，从根本上来说，就是他们因一念之差所致。而人的命运，往往就是由一生中某一闪念所决定的。因此，人应该"慎择"。

四

从艺术表现的角度来看，小说主要具有如下特点：

（一）叙事别具一格

"小说在叙述艺术层面的丰富成功，几乎是莫言在技术上最为复杂有机的小说"③：

1. 使用了多种叙事人称和视角。

小说使用了多种叙事人称，如"我"及"我们"——笼子外的倾听者，"你"——笼中人，"他"或"她"——李玉蝉、方富贵、张赤球、屠小英等。

"叙事视角指'作者叙述故事的方式和角度'……托多洛夫把作品

---

① 莫言：《莫言文集·十三步》，云南出版集团公司、云南人民出版社2012年版，第282页。
② 同上书，第283页。
③ 刘志荣：《莫言小说想象力的特征与行踪》，《上海文化》2011年第1期。

中人物与叙述者的关系分为三种,即叙述者大于人物,叙述者等于人物和叙述者小于人物……相当于热奈特的零聚焦、内聚焦和外聚焦三分法。而申丹则进一步把叙事视角分成了四类:第一类是零视角即传统的全知视角;第二类是内视角,分别包括第一人称和第三人称;第三类是第一人称外视角;第四类是第三人称外视角。就《十三步》而言,这个小说综合运用了全知视角、内视角和外视角。第一种是全聚焦模式,笼中人作为方富贵和张赤球的故事全知叙述者的叙事。第二种是内聚焦模式,叙述者采用故事中聚焦人物的眼光来观察事物,进行叙事,涉及第一、第二和第三人称有限视角等,用主人公的眼光来聚焦,对其内心进行透视。第三种是外聚焦,笼子外的'我'——第一人称见证人观察位置处于故事边缘的'我'的眼光的第一人称外视角叙事,以及故事外的叙述者作为客观、冷静的旁观者的第三人称外视角叙事。"①

2. 叙事人称或视角转换频繁。

"叙事可以理解为特定的看待世界的方式,是对世界有序性的理解,叙事个体的感知引发了人类经验,因而,人类叙事普遍存在于人类意识中。人称或视角是叙事的本质,也是人类交流和理解的本质。我们以第一人称,讲述我们自己生活的故事,由于不断的叙述,支离破碎的多重个性和现实才有了连贯性。"② 在谈及《十三步》时,莫言曾说:"这部小说我想真正看懂的人并不太多,确实写得太前卫了,把汉语里所有的人称都实验了一遍。写《十三步》让我认识到了所谓的人称变化、视角变换,实际上都是小说的结构。"③ "写《十三步》时我认识到视角就是结构,人称就是结构,认识到一旦人称确定之后,你就不是在叙述故事,而是在经历故事。如果用传统现实主义小说笔法来写,很容易变成作家叙述故事,但是你一旦赋予小说特殊视角,就变成经历故事。

---

① 赵文兰:《〈十三步〉叙事艺术论》,《当代文坛》2017 年第 2 期。
② 汪毓楠:《人类叙事中的人称问题——以莫言的长篇小说〈十三步〉为例》,《吉林省教育学院学报》2008 年第 6 期。
③ 莫言:《与王尧长谈》,《莫言文集·琐碎文学》,云南出版集团公司、云南人民出版社 2012 年版,第 150 页。

我确定了物理教师的视角,就变成了我跟着物理教师经历他的冒险传奇故事,这个物理教师的所闻所见,所经历感受到的事,是跟作家一致的。"①

《十三步》的叙事人称或视角转换频繁——"每一章作者都会选择一个主要人物作为视点人物来叙事。如第一部是张赤球,第二部是李玉蝉,第三部是方富贵,第四部是李玉蝉,第五部是方富贵,第六部是屠小英,第七部是张赤球,第八部是李玉蝉,第九部是张赤球,第十部是屠小英,第十一部是张赤球,第十二部是李玉蝉和方富贵,第十三部是方富贵。另外,各章内部也会有视角转换。如第五部第四节,整容后的方富贵见到回到家中的张赤球,双方有这样言语和内心的交集:'你感到莫名其妙地暴怒起来……(1)我只能从他那张与我完全一样的脸上看出他的软弱和空虚……(2)这一对满口俗话的夫妻设了一个圈套,我钻了进去……(3)被改换了容貌的物理老师痛苦地想着。(4)他的心里涌起了愤怒,我看到张赤球的脸上表情也是凶残的,也是傲慢的……'"②。

小说第一部的开头部分如此写道:

"方老师的脸磕破了,又被麻雀啄得百孔千疮,送到殡仪馆里,请特级整容师李玉蝉修理。李玉蝉看到方老师的破脸很难过,因为她丈夫张赤球也是市第八中学的物理教师,与方老师是同事,两家同住一排房,只隔一道间壁墙,每天都见面。更为有缘的是方老师和张赤球的面貌有许多相似之处。学校门房里那位负责分报打铃的王大爷,与他们相处了几十年,还经常对着张赤球说:方老师,有您一封挂号信!

方老师死啦,同事们都无精打采,好像生了重病。

我们对学校里的事情不感兴趣,我们想知道是谁把你放在笼里的?又是谁逼你吃粉笔?难道你肚子里有蛔虫?

---

① 莫言:《与王尧长谈》,《莫言文集·琐碎文学》,云南出版集团公司、云南人民出版社 2012 年版,第 159 页。

② 赵文兰:《〈十三步〉叙事艺术论》,《当代文坛》2017 年第 2 期。

别打岔！

要不就是有钩虫？

别打岔！

那么你再想想看是谁把你放在笼子里的？"①

小说像这样叙述视角转换频繁的部分"俯拾即是"。

叙事人称或视角转换频繁造成了小说叙述时空（与故事时空具有同一性）的错乱与不定性。如第二部第六节中，王副市长被抬到"美丽世界"的"时间是早上八点，时间是晚上八点，两种说法都是正确的，因此可以并存。"② 第八部第一节的开头——"在一个模糊不清的时刻，整容师与笼中叙述者在殡仪馆大门口撞了一个满怀。"③ 这种同一事件的发生有两个时序或模糊时序——时间具有不确定性，打破了传统的叙事文本时间的确定性规律，从而，赋予小说时间上的朦胧感。视角的多变和笼中叙述者的"疯癫"身份同样也造成了空间的模糊性，如第六部第六节中，"他始终没给我们讲清楚第八中学的方位。在你的嘴里，它一会儿坐落在蓝色的小河边，一会儿紧傍着'美丽世界'，一会儿又好像是人民公园的近邻……"④ "这种时空的不定性是和小说叙述人称的频繁变换与笼中叙述者的身份是一致的，是符合作家的想'搞点极端'的艺术心理诉求的，它是对传统叙事文本时空确定性特征的一个反叛，是试图寻求艺术新样板的一个极致化（极端化）的努力，虽然它导致了严重的阅读障碍，但整部小说的内在叙事秩序却是整饬统一的。"⑤

3. "打破了传统的线性叙事，打破了以钟表时间为顺序的框架结构，采用了心理时间与钟表时间彼此交融、互相渗透的叙述方式，将时间颠倒或重叠，用有限的时间展示无限的空间，将过去、和现在和未来

---

① 莫言：《莫言文集·十三步》，云南出版集团公司、云南人民出版社2012年版，第4页。
② 同上书，第40页。
③ 同上书，第191页。
④ 同上书，第158页。
⑤ 王西强：《极致化的人称视角转换构建的叙事迷宫——论莫言小说〈十三步〉的叙事视角试验》，《环球市场信息导报（理论）》2011年第1期。

交织在一起,成功将人物几十年的复杂经历压缩在十几天内加以集中体现。现在的叙述层围绕着笼中人对故事的讲述展开,而主人公们对过去的追忆、联想和梦幻等则通过她们的内心独白等意识流活动展示出来。"①

4. 小说故事的叙述者是被关在笼子里吃粉笔的人,从小说中的"他说你叫张赤球。你对我们说他叫张赤球。这些话都是他挂在笼中横杆上对我们说的。这些话都是你挂在笼中横杆上对我们说的"② 来看,这个人应该是张赤球;从小说中的"在一个模糊不清的时刻,整容师与笼中叙述者在殡仪馆大门口撞了一个满怀。你对我们说:我慌忙躬腰道歉,并且把身体撤到一边,伸出两只手,好像高级饭店大门口视顾客为上帝、像爱护眼睛一样爱护顾客、彬彬有礼的门童,在欢迎一位女贵宾"③ 来看,这个人应该是方富贵。除叙述者的叙事之外,小说还间以李玉蝉、方富贵、张赤球、屠小英等人物的追叙、梦幻、联想和内心独白,但张赤球或方富贵与其说是叙述者,还不如说就是故事的本身;他们似乎各以一个全知全能的视角叙述这个故事,故事的每个侧面,每个人的成长环境和心理活动,都被他们一览无余;他们一边叙述一边评论,还以提问、设问的方式与读者和旁观者进行互动,故事的精神就像叙述者的声音一样穿越笼子,飞到旷野,树木能听到,鸟儿也能听到,可惜故事无法冲破牢笼,就像故事里的人一样无法跳出牢笼。在这个虚构的笼子里,故事和叙述者都是自由的,他们在里面撒野撒欢,做出各式各样超出常规的动作,但是,他们不能越出笼子。

5. 小说有"三个叙述层。故事中第一人称的叙述者'我'们——即很久以前在笼子外听吃粉笔的笼中人讲述发生在方富贵和张赤球两家的故事的旁观者,'我'们——在多年以后的现在对当时听笼中人讲故事那个事件的追忆,为第一叙述层。……而小说开端,笼子外的'我'提供的是这样一个画面:'你坐在笼子里的一根黄色横杆上,耷拉着两

---

① 赵文兰:《〈十三步〉叙事艺术论》,《当代文坛》2017年第2期。
② 莫言:《莫言文集·十三步》,云南出版集团公司、云南人民出版社2012年版,第6页。
③ 同上书,第191页。

条瘦长的腿⋯⋯'⋯⋯这里叙事显然回到了多年以前，笼中人'你'作为叙述者对作为叙述接受者的笼子外的'我'们讲述发生在方富贵和张赤球两家的故事，这构成了第二叙述层，小说的主体部分就是建构在这一叙述层延续发展的基础上的⋯⋯在第二叙述层的叙述流中，以主人公的经历为基础的叙述层的发展线索却屡屡被以李玉蝉、方富贵、张赤球、屠小英等故事中的几个主要人物的追叙、梦幻、联想和内心独白所充斥、打断、甚至淹没，从而给读者一种混乱复杂、扑朔迷离的感觉。故此，主人公们的追叙、梦幻、联想和内心独白则构成了小说的第三叙述层，并呈现出破碎、断裂的形式。"①

（二）情节怪异，格调阴沉

小说有很多怪异的情节——"像物理教师方富贵晕倒后被当作死人推进火葬场然后又从停尸房逃离的情节，像殡仪馆的整容师李玉蝉为尸体整容及把死人脂肪带去动物园饲养猛兽的情节，像复活的方富贵与同事张红（应为赤——引者注）球改换面容的情节，像李玉蝉与王副市长及猛兽管理员之间畸形的情感纠缠，像张红（应为赤——引者注）球最后进入动物园笼中以粉笔为食滔滔不绝叙述整个故事的情节⋯⋯整部小说弥漫着一种腐烂、恶臭的气味，其基本的氛围则是阴森、狞厉的，包容着巨大的黑暗与愤怒，预示着恐怖和不祥。"②

（三）荒诞色彩浓重

1. 小说故事开始的时候出现了一个被关在动物园的笼子里不停吃粉笔的人，这个人以返祖的状态、上帝般的视角、纵向叙事的方式，换脸不换身地讲述了整个故事，并不停地要求吃更多的粉笔，直到最后惹得一群观众也产生了强烈的吃粉笔的欲望。

2. "十三"在"十三步"这个传说中是一个"凶兆"，但它具有很强的现实性——笼罩着现实。

3. 李玉禅拔下死去的王副市长嘴里的金牙后的举措、感觉及小说

---

① 赵文兰：《〈十三步〉叙事艺术论》，《当代文坛》2017年第2期。
② 刘志荣：《莫言小说想象力的特征与行踪》，《上海文化》2011年第1期。

中出现的蝴蝶意象等具有怪异性。

4. 小说的主要故事情节具有强烈的荒诞性。

由此,小说在整体上笼罩着一种荒诞的氛围。

(四)"较多采用自由间接引语、自由直接引语即内心独白"

"小说叙事话语除了传统的直接引语、间接引语外,较多采用自由间接引语、自由直接引语即内心独白","自由间接引语不带引述句,而且在时态和人称上和间接引语一致,能体现人物的主体意识,保留话语的生动性和表现力。自由直接引语即内心独白同样不带引导词和引号,以第一人称讲述,在语气、意识等方面都和人物一致……更适合表达人物潜意识的心理活动……"①

(五)注重对民间俗语的运用

小说"可以看作是民间俗语的汇集——经过世世代代农民提炼出的有关法律精神、官民关系、生活哲理、人情世故、民俗民情诸方面的精华,在小说里都可以找到。主人公李玉蝉……能够非常合乎时宜地引用各种俗语。"②

(六)比喻形象、生动

如,"用烟头般的红瞳仁盯着我们……"③

"价格如一匹发了疯的野马,或者,如一支插入沸水里的温度计"④;

"薄如苍蝇翅膀的透明乳胶手套"⑤;

"物理教师扑向河水,好像一头从沙漠深处走出来的骆驼"⑥;

"麻雀头上的毛多半撞破了,好像秃顶的小老头儿"⑦;

……

---

① 赵文兰:《〈十三步〉叙事艺术论》,《当代文坛》2017年第2期。
② 朱珩青:《莫言创作新趋向探源——兼评长篇小说〈十三步〉》,《小说评论》1989年第5期。
③ 莫言:《莫言文集·十三步》,云南出版集团公司、云南人民出版社2012年版,第2页。
④ 同上书,第8页。
⑤ 同上书,第112页。
⑥ 同上书,第235页。
⑦ 同上书,第3页。

（七）语言幽默

如，"因为没水冲洗，学生们值日不积极，厕所里像沼泽，肥肥的臭气从容不迫地洋溢出来，和着暖洋洋的春风，在走廊里回荡。臭气经过物理与化学，分解与裂变，竟成了油炸小公鸡的香味。"①

"现在市民中流行着一种传染病，这种传染病的主要症状是坐在沙发上、抽着过滤嘴香烟、看着彩电骂市里的领导。第八中学的语文教师把市里的领导统称为'大肚子'，他们认为我们肚子里装满了民脂民膏。"②

"这是双倍的痛苦：硬憋下去的言语在肠胃中翻腾，硬咽下去的燕粪在肠胃中翻腾。翻腾加翻腾是双料的翻腾，痛苦加痛苦是复合的痛苦，死人加活人是半死不活的人。语言与燕粪混合在一起，就像酵母和面团混合在一起，生发开来，膨胀开来，产生大量的气体，气体急于寻找出口，于是，语言与屁就混合在一起，所谓的屁话就是这样产生的。"③

"第一题：填空（每空一分，填错一空扣二分）——'四人帮'是指由四人组成的反党集团。双胞胎的答案：校长、书记、教导主任、赵大嘴（食堂的炊事员）。"④

"冰柜里安静，与世隔绝，机器在工作，沙沙的电流声在冰柜里回旋——好像沙土的瀑布，按摩着你的灵魂，你感到了空前的轻松愉快，无牵无挂。至此你才真正品尝到死亡的滋味，体会到尸体被冰镇的幸福。"⑤

"张赤球同志的不幸去世，就像不久前方富贵同志的去世一样，是我们第八中学的重大损失。毛泽东同志曾说，中国古时候有个文学家叫做司马迁的说过：'人固有一死，或重于泰山，或轻于鸿毛'，为人民利益而死，就比泰山还重，替法西斯卖力，替剥削人民和压迫人民的人去死，就比鸿毛还轻。张赤球是为人民利益而死的，他的死比泰山还重！"⑥

---

① 莫言：《莫言文集·十三步》，云南出版集团公司、云南人民出版社2012年版，第8页。
② 同上书，第37页。
③ 同上书，第53页。
④ 同上书，第55页。
⑤ 同上书，第59—60页。
⑥ 同上书，第287页。

……

（八）注重"以意象、象征和暗示为主体的隐喻和讽刺手段的运用"[1]

1. 小说的"标题本身就有着象征性涵义……看到麻雀单步走到十三步，所有的好运就都会成为其反面，降临下来。作家借用神话传说，来隐喻着现实世界中人们走投无路、无处藏身的生存困境，暗示着他们无法躲避的悲剧命运和无处不在的精神危机，从而，使整个小说弥漫着一种挥之不去的悲剧氛围和宿命论思想……被囚禁在笼子里面的这个意象，暗示并强化了小说反复出现的主题，即现代人的生存困境和精神困境。生存在这个世界上，现代人不仅要受到来自家庭、工作和社会生活的压制，而且更重要的是还受到人性、自我欲望的压抑……一些植物和动物意象的运用，也起着烘托人物的内心情感、揭示主题意义等象征作用。如李玉蝉家庭院里的石榴树以及树上红色的花朵，看似纯粹的写实，但其言外之意分明带有某种暗示性，象征着人物内心未受到压抑的原始欲望的呈现以及人的本真自我的复苏……动物被剥皮这一意象，显然隐喻着个性丧失、在残酷的社会现实面前无望、无力抗争的现代人的悲惨命运，表达了作家对人的存在的思考，或者说是对人的生存性的一种自我体认和表述。"[2] 小说"最后以麻雀单脚跳十三步的寓言收尾暗示着灾难并未结束，活着的人会继续受到良心的谴责，承受社会的压力"[3]。

2. 小说"对丑恶的描写呈现出无节制的随意状态，而讽刺则是其叙述语调的基色，调侃、讽刺、戏谑无处不在。例如，方富贵本来没有死，但是为了学校的荣誉，为了广大老师都能因此而得到福利房子而又不得不死，或者说不能活过来。这一事实尖锐地讽刺了以利益为目的的现实世界，暗示了人在社会中命运的不能自主。另外，纺纱厂女工死后，她的丈夫竟也成了英雄，带着荣耀的光环，四处作有关他妻子的英

---

[1] 赵文兰：《〈十三步〉叙事艺术论》，《当代文坛》2017年第2期。
[2] 同上。
[3] 刘鸽：《从修辞学角度看莫言的〈十三步〉》，《吉林省教育学院学报》2014年第8期。

模事迹报告，并'津津有味地诉说荣耀的悲恸.'叙述者的评论'津津有味'四个字无不是对这位英雄的丈夫借机扬名的卑琐行径的莫大讽刺，充分暴露了人类自身的缺陷。然而，这个丈夫的丑陋却通过讽刺的手法使得那位纺纱女工的美好形象得到了极大的烘托。而最具讽刺意味的莫过于故事中的两位男主人公在荒诞的世界所做出的自由选择了：无家可归的方富贵被李玉蝉整容成其丈夫张赤球的模样并以他的身份代替他生活和工作，而真正的张赤球外出做买卖却遭遇坎坷并一无所获，两人均失去了自我，并都有了重新获得自我、寻求自我身份认同的强烈愿望，却最终都以失败而告终。"①

此外，小说的有些语段不仅幽默，而且还具有讽刺性，例如：

"第一题：填空（每空一分，填错一空扣二分）——'四人帮'是指由四人组成的反党集团。双胞胎的答案：校长、书记、教导主任、赵大嘴（食堂的炊事员）。"②

"张赤球同志的不幸去世，就像不久前方富贵同志的去世一样，是我们第八中学的重大损失。毛泽东同志曾说，中国古时候有个文学家叫做司马迁的说过：'人固有一死，或重于泰山，或轻于鸿毛'，为人民利益而死，就比泰山还重，替法西斯卖力，替剥削人民和压迫人民的人去死，就比鸿毛还轻。张赤球是为人民利益而死的，他的死比泰山还重！"③

（九）写实性强

小说虽然运用了现代主义表现手法，是一部创新性叙事实验文本，但也具有很强的写实性——小说虽然没有标示故事所发生的时间与背景，但从屠小英俄文系毕业后在市第八中学担任了一段时间的老师，后来由于中国与苏联的关系恶化，中学不再开设俄语课了，便只得去校办

---

① 赵文兰：《〈十三步〉叙事艺术论》，《当代文坛》2017年第2期。
② 莫言：《莫言文集·十三步》，云南出版集团公司、云南人民出版社2012年版，第55页。
③ 同上书，第287页。

兔肉罐头厂做临时工,再加上方龙的大致年龄,可以推断出故事大致发生在 20 世纪 70 年代末和 80 年代初。那时正是改革开放初期,中学教师待遇低,正如小说中市第八中学教师小郭所说:"我没有资格找老婆,这几个工资刚够我自己开销。涨价,同志们,涨价,同志们,涨价,同志们,价格如一匹发了疯的野马,或者,如一支插进沸水里的温度计!明天我准备辞职贩虾酱去!"① 小说就是在这种社会背景下开启叙事的——小说的内容实际上是对当时的这种社会现实的再现。

(十)巧设伏笔和照应

比如,小说开头写道:"更为有缘的是方老师和张赤球的面貌有许多相似之处。学校门房里那位负责分报打铃的王大爷,与他们相处了几十年,还经常对着张赤球说:方老师,有您一封挂号信!"② 这为后面李玉蝉轻而易举地将方富贵整容成张赤球的模样埋下了伏笔。又如,为了让方富贵能死而复生,小说写道有一个名叫欧阳山本的学者在报纸上发表了一个理论:"无论因什么疾病死亡的人,在理论上,都存在着死而复生的可能性……有力地粉碎了'生命只有一次'这一庄严的谎话。"③

(十一)采用了开放式结尾

小说在"结构"上或"叙事情节"的结尾写道,被妻子和儿女拒之门外、找不着自我、绝望的方富贵在准备自杀时,之前在他梦里出现的麻雀单步走的传说再次出现;在幻觉中,他看见教室窗外有一只拖着流血翅膀的麻雀摇摇摆摆地单步向他走来,笼子外的"我们"默默地数着它的步数,在数到十三的时候,整个故事戛然而止,余味袅袅。

(十二)细节描写细腻

如李玉蝉投进河里时肚皮拍击水面的声音,方富贵希望一股油咕叽咕叽地灌进自己耳朵里的心理,王副市长淌进水里时脚在鞋里的感觉

---

① 莫言:《莫言文集·十三步》,云南出版集团公司、云南人民出版社 2012 年版,第 8 页。
② 同上书,第 4 页。
③ 同上书,第 47 页。

等，方富贵小时候在炮火里所看到的天空的颜色有大雁的血，兔肉罐头厂处理兔子的过程，李玉婵为王副市长整容时对他进行解剖的过程……小说描写得极为细腻，让人有身临其境之感，尤其是关于李玉婵为王副市长整容时对他进行解剖的描写，那些迫不及待涌出的脂肪让人觉得可感可触。

（十三）注重将景物描写与塑造人物、表达主题紧密地联系在一起

如对石榴花的颜色和香气的描写，涉及王副市长和"蜡美人"的偷情和李玉婵少女时期的情窦初开；对小树林旁边的那条河的描写，充满了性的暗示和原始生命力的勃发……

（十四）悬念迭出。

小说充满悬念，但这些悬念不同于侦探小说或恐怖电影的悬念——它们不是由推理的严密或是镜头的血腥所构成的，而是因故事情节被打断被任意组合之后所构成的，凌乱得让人找不到故事的入口和出口。

五

小说也存在着一些不足之处，具体地说：

（一）有些描写过于血腥。

小说多次描写了剥皮或抽脂——

其一是抽人脂。"以王副市长深陷进去的肚脐为中线、中点，切开了一个半尺长的大口子。一点血也不流，一点血腥味也没有，白花花的脂肪嗞嗞响着从刀口里冒出来。"[①] "你把那些脂肪撕下来。在银白的灯光照耀下，王副市长的脂肪表现出柔和的浅蓝色……你把一条条的脂肪从王副市长的肠子上剥离下来，塞进工作台下的一条黑色塑料口袋里。蓝色的肠子被剥离出来……"[②]

其二是剥兔皮。"按文雅的说法，这道工序的名称应该叫作'脱袍

[①] 莫言：《莫言文集·十三步》，云南出版集团公司、云南人民出版社2012年版，第79页。

[②] 同上书，第79页。

摘帽',实际上就是趁着兔子还没清醒过来,把它的皮剥下来。"①

其三是剥虎皮。"康康被剥了皮的尸首横躺在铁笼里,因为虎尾巴被连根切走,虎身显得很短。昔日华毛蓬松、尾巴高扬、咧眦一啸地动山摇的山大王,如今变成了一条血淋淋的死耗子。"②……

小说中还有一些诸如此类的描写,如有关屠夫杀牛的描写。

这些描写,在给人造成震撼的同时,也挑战了人感觉的极限,对低龄段的读者可能会造成负面影响。

(二)叙事人称或视角转换过快、频率过大。

尽管叙事人称或视角的转换可以增加叙事的生动性、丰富性或深度,也能增加故事的神秘性和生动性,但转换得过快、频率过大也造成了小说结构的松散、故事情节的散乱近于平淡、内容的支离破碎、故事性的消解。

(三)可读性不强。

小说将几十年的事情揉在十几天里,笼中人与笼外人对话,故事本末倒置,大量地运用意识流手法,有时候以意群为单位穿插情节,加上叙事人称或视角转换过快、频率过大,结果使得故事碎片化,跳跃性与抽象性过大,从而,可读性不强。

(四)小说的部分描写,如有关"蜡美人"、李玉婵母女俩在院子内裸体行走及对话的描写,有关"蜡美人"、李玉婵、时为劳动局副局长的王副市长等三人在院子里裸体狂欢的描写,都有色情描写之嫌。

(五)从总体上来说,小说内容色调过于灰暗,缺乏美感。

(六)"硬伤"——小卖部的主人时而被称之为"女老板"③,时而被称之为"老板娘"④;校办工厂时而被称为"兔肉罐头厂",时而被称为"兔肉罐头加工厂"……称谓不统一。

---

① 莫言:《莫言文集·十三步》,云南出版集团公司、云南人民出版社2012年版,第162页。
② 同上书,第207页。
③ 同上书,第170页。
④ 同上书,第237页。

不过，小说尽管还存在着这些不足之处，但总的来说，仍然不失为一部"杰作"①，作者也相当看重——莫言曾相当自得地说："直到现在，《十三步》也是我登峰造极的作品。至今我也没有看到别的作家写得比《十三步》更为复杂。我把汉语里能够使用的人称和视角都试了一遍。"②

---

① 参见刘志荣《莫言小说想象力的特征与行踪》，《上海文化》2011年第1期。
② 石一龙：《写作时我是一个皇帝》，《延安文学》2007年第3期。

第四章 《酒国》

一

《酒国》于"1989年9月—1992年2月创作于北京—高密,1999年11月修改于北京"①,最初由湖南文艺出版社于1993年2月出版,在作家出版社于1995年出版的《莫言文集》中名为《酩酊国》,2000年2月,南海出版公司以《酒国》之名重新出版;1993年2月出版后,在中国评论界并没有多么引人注目;2000年3月再版且法文本于2000年春天在法国发行之后,受到了国内外评论界的高度赞扬②;法语版获法国2000年度"卢尔·巴泰雍"奖。《酒国》"无论是在技术层面还是在思想层面都展现出来了极大的实验性、探索性、创新性和超越性。它是莫言众多长篇小说中较为独特的一个存在,是一部具有过渡性质的作品。"③ 美国汉学家葛浩文称该作为最有想象力、最为丰富复杂的中国小说,莫言自己则称之为"我的美丽刁蛮的情人"、"我迄今为止最完美的长篇"④。

小说由三重文本组成:

(一)检察院侦察员丁钩儿去酒国市调查"红烧婴孩"案件

省人民检察院的特级侦察员丁钩儿搭乘一辆拉煤的解放牌卡车到市

---

① 莫言:《莫言文集·酒国》,云南出版集团公司、云南人民出版社2012年版,第298页。
② 参见莫言《莫言对话新录》(莫言心声系列),文化艺术出版社2009年版,第250页。
③ 谢文兴:《〈酒国〉:莫言小说的一个独特存在》,《郑州师范教育》2014年第2期。
④ 莫言:《在京都大学的演讲》,《莫言文集·用耳朵阅读》,云南出版集团公司、云南人民出版社2012年版,第9—10页。

郊的罗山煤矿，调查一个特殊的案件——酒国市的官员烹食活着的婴儿。司机为一女性，双眼黑里透绿，额头短促，下巴坚硬，嘴唇丰厚。一路上，丁钩儿与卡车女司机相互斗嘴、相互勾引。

到煤矿后，丁钩儿想要见矿长和党委书记，看门人仗势欺人，丁钩儿便冒充新矿长吓唬他，而后又表明自己是来办事的。在看门人将丁钩儿请进屋小坐之后，丁钩儿走进了煤矿党委保卫部，一个剃平头的小伙子热情地接待他并向他敬酒，说矿上的规矩是："敬酒不成三，坐立都不安"[①]。丁钩儿本是要拒绝的，但最终还是经不住其哀求，于是，喝了三杯。在丁钩儿再次要求见领导后，剃平头的小伙子把他带入深邃的走廊与圆木丛，让他去红瓦房见矿长和党委书记。丁钩儿见到矿长和党委书记后，被推进众官员为他特设的宴席。刚开始时，丁钩儿以喝酒多误事为由推辞，但逐渐地变成了有劝必饮。在丁钩儿喝得腹中剧痛、思绪混沌、意识迷离时，市委宣传部副部长金钢钻推门而入，丁钩儿暗自提醒自己要开始工作。金钢钻酒量很大——他在喝酒时即使自罚三十杯酒也不会醉；他劝丁钩儿喝酒，丁钩儿又喝了九杯酒；在丁钩儿喝得酩酊大醉后，酒席上上了一道名为"麒麟送子"的菜——红烧婴孩。丁钩儿见后从酒醉中猛然醒过来，并愤怒地拔枪射击。但由于手脖子酸软等原因，丁钩儿仅击中那个婴孩的脑袋。从枪击的震惊中清醒过来的金钢钻等官员随即向他解释道："这是男孩的胳膊，是用月亮湖里的肥藕做原料，加上十六种佐料，用特殊工艺精制而成。这是男孩的腿，实际上是一种特殊的火腿肠。男孩的身躯，是在一只烤乳猪的基础上特别加工而成。被你的子弹打掉的头颅，是一只银白瓜。他的头发是最常见的发菜……这道菜是合法的，是人道的……"[②] 丁钩儿对此半信半疑，便尝了一小口那道菜，觉得其滋味妙不可言；随即放开地吃喝，直至烂醉如泥，最后，被服务小姐架到了招待所里。晚上，丁钩儿在酒醉入睡后，一个身上长着鱼鳞的男孩口叼着一柄柳叶小刀摸进他的房间偷走了他随

[①] 莫言：《莫言文集·酒国》，云南出版集团公司、云南人民出版社 2012 年版，第 16 页。
[②] 同上书，第 72 页。

身携带的物品——他虽然眼看着男孩行窃,但无力制止,结果,几乎丢掉了随身所带的一切东西。

丁钩儿在酒醉醒来时,感到眼珠枯涩,头痛欲裂,嘴巴里喷放着臭气,四肢不听使唤。他想起盘中的婴儿和鳞皮少年时心里很难受,进卫生间后突然想自杀。但就在此时,矿长、党委书记和金钢钻进来了。在他们慰问他后离开时,丁钩儿意识到:酒国市有一伙吃人的野兽;酒宴上的一切,都是巧妙的骗局。在离开房间怅然若失时,丁钩儿遇到了女司机,便搭其车离开那里。路上,卡车水箱出了问题,女司机让丁钩儿给水箱打水;在丁钩儿回来后,两人便对骂;丁钩儿在亲吻女司机时被她咬了一口。丁钩儿随女司机到她家后,女司机主动地勾引丁钩儿——刚开始时,丁钩儿很镇定,但后来还是忍不住和女司机纠缠在一起。在他们俩正在做爱的时候,被女司机的丈夫金钢钻当场捉住了。金钢钻手握证据羞辱丁钩儿,同时又表明自己不会阻止他调查。两人争论不休并斗酒,结果,丁钩儿喝得酩酊大醉。

丁钩儿在酒醒后逃命似地离开女司机家,途中,撞倒了一个老女人,并被她缠上;在被女司机解围后,他迫不得已带着女司机离开。路上,丁钩儿被女司机的话温暖着,并在女司机的带领下前去拜访一尺酒店(矮人酒店)的老板余一尺,向他打听酒国烹食婴儿的情况——酒国市的事情他都知道。他们在走进一尺酒店后受到身穿红衣的小家伙的接待。在与女司机对话之后,丁钩儿发现,女司机是余一尺的第九号情妇。因为对女司机有一丝情感,于是,丁钩儿因女司机是余一尺的情妇之事而愤怒地骂女司机,女司机则呼噜呼噜地哭起来,在疯狂自虐的同时大声尖叫。丁钩儿几乎被那尖叫震破耳鼓膜,吓得尿湿了裤子。丁钩儿一边安慰女司机,一边扇自己的脸;待她闭了嘴巴停止哭泣后,丁钩儿缓缓站起来,嘴里说着暗藏着愤怒的甜言蜜语,双脚偷偷地朝门口挪动,然后,冲出了灯红酒绿的一尺餐厅。

丁钩儿在一个卖馄饨的摊子前游荡时遇到老革命丘大爷——丁钩儿泪眼婆婆地看着老革命乌黑的长头,好像在他乡遇到了故交一样,也像部下见到了首长一样,更像儿子重逢了亲爹一样,向他诉苦,说自己栽在一个女人手里。老革命只是死死地盯着丁钩儿,然后一声不吭地走了。丁钩儿觉得老革命有丰富的智慧,便决定去找老革命。丁钩儿跟老革命说了他来此地的目的——他原想对老头儿倾诉衷肠,却从老革命的话里听出了辛酸与牢骚,听出了一部艰难困苦的革命史;他感到失望,明白了在这世界上谁也救不了谁,人人都有烦心事,说出来不充饥不解渴。后来,他喝老革命的酒,老革命的话刺激了他,他立即返回酒店,看到女司机坐在余一尺的膝头与余一尺调情,丁钩儿怀着对女司机的爱恋和仇恨开枪杀死了女司机和余一尺;之后,他提着只有一发子弹的手枪跑出了一尺餐厅的大门。他知道自己伤了两条人命,死罪是难以逃脱了,但想在死前见见自己的儿子,于是,想起了省城,可省城遥远得像天国一样。他穿过车水马龙的大街,边跑边想:天网恢恢疏而不漏,能跑去哪里?但双腿依然载着他跑。丁钩儿被刑警队队长抓住。因为要回城看儿子,丁钩儿被放走了。最后,他在酩酊大醉之中看到酿猿酒的白发教授,看到被耗子们糟蹋了的老革命的遗体,看到有人在画舫中的盛宴上吃婴儿——他"从中看到了许多熟悉的面孔,有金钢钻、女司机、余一尺、王局长、李书记……有一张脸甚至酷肖他自己。他的亲朋好友、情侣仇敌似乎都参加了这吃人的宴席"①;他边抗议边向画舫扑去,结果,跌进了一个露天大茅坑,淹死了。

(二)酒国市酿造大学(或称酿造学院)勾兑专业的博士研究生、业余作家李一斗与作家莫言的通信

莫言作为叙事者,在小说《酒国》中与李一斗讨论他正在写作的小说《酒国》,李一斗则不时地将自己的短篇小说寄给莫言——那些短篇小说与他写给莫言的信一起不断地插入小说《酒国》的各个章节中。

莫言和李一斗均嗜酒,更高度地赞扬酒;李一斗的文思泉涌也脱离不开酒。李一斗写给莫言的信所涉及的范围相当广——李一斗的老师兼

---

① 莫言:《莫言文集·酒国》,云南出版集团公司、云南人民出版社2012年版,第273页。

岳父、妻子、岳母和朋友余一尺等人及其相关事情,有关当代中国社会的一些评点,一些奇闻异事、流言、抱怨、小报告等,均有涉及。不过,该部分的主要内容是李一斗寄给作家莫言的一系列小说——他请求莫言帮助他在《国民文学》杂志上发表。李一斗谄媚地讨好莫言,企图得到莫言的赏识与帮助;莫言则顺其意帮他把作品寄出,也给予他一些修改建议,鼓励他继续创作小说,同时也企图让他多聊酒事,以激发自己创作《酒国》的灵感。李一斗在不断地给莫言送酒并企图得到其帮助的同时,也邀请莫言参加酒国首届猿酒节的宴会,给莫言提供了有大利可图的机会——为余一尺作传、为酒命名、参加《酒法》起草小组等。这个"体态臃肿、头发稀疏、双眼细小、嘴巴倾斜"的"言行一致的真流氓"一到酒国也马上像他笔下的人物丁钩儿一样,毫无招架之力地醉倒在桌子底下,重蹈了丁钩儿的覆辙。

(三) 李一斗创作并寄给作家莫言的九篇短篇小说

李一斗总共创作了九个短篇小说,"这九个短篇小说样式五花八门,堪称小说文体的'盛宴'"①;内容则均与吃婴儿的案件有所关联。

《酒精》的内容主要是被酒国市酿造大学聘为客座教授的宣传部副部长金钢钻在该大学公共课大教室的演讲——金钢钻在一个春天的上午给酿造大学的师生做大型讲座,介绍他这个酒国市里千杯不醉的酒星的成长史,并回忆了他苦难的童年以及他七叔、七婶喝酒精的经历。同时,小说也叙写了金钢钻早年的异禀——金钢钻幼年身怀异能,能十里闻香,嗅出酒味。

《肉孩》以"严酷现实主义"的笔触写成——描写村民专门为烹饪学院特别收购处生小孩,并且都希望能将自己的小孩卖一个好价钱。金元宝半夜起床,让妻子烧水,然后,与她一起给儿子小宝洗澡,想在特别收购处卖小宝时,让小宝被验级员定一个好一点的等级。在用丝瓜瓤子和皂角膏子用力给小宝搓澡后,金元宝趁月亮还没完全落下就急匆匆

---

① 谢文兴:《〈酒国〉:莫言小说的一个独特存在》,《郑州师范教育》2014 年第 3 卷第 2 期。

上路了。在等候渡船时，金元宝碰到一个满脸络腮胡须、身材高大的男人，抱着一个穿着一身簇新的红衣服、目光阴森的、二尺来长的男孩，觉得那孩子不像个孩子，活脱脱是个小妖精，只想尽快赶路以摆脱这小孩。午休时刻，金元宝到达烹饪学院特别收购处，那儿已经排起了三十余人的队伍。收购工作开始后，排在金元宝前面那满脸络腮胡须、身材高大的男人所抱的"红衣小妖精"被定为二等；金元宝的儿子小宝被定为特等——获得二千一百四十元；之后，他激动万分地独自离开了。

《神童》的内容主要是关于满脸络腮胡须、身材高大的男人所卖的"红衣小妖精"进入烹饪学院特别收购处成为小孩子们的霸王之事——"是一个关于反抗也关于暴政的故事"①。"红衣小妖精"进入烹饪学院特别收购处成为小孩子们的霸王。他教训小孩子们，要求他们全听他的、膜拜他，甚至要他们称他为"爹"，并告诉他们吃人的野兽要将他们吃掉。他虽状如婴孩，但思想却像大海一样宽阔。他号召小孩们砸烂特别收购处放置他们的大房子，他打那些打哈欠的小孩，有个胆大的男孩在还手后被他咬掉了半个耳朵。他拉灭了所有的灯，用石头把目睹了一切的白衣阿姨打昏了。在七八个高大的人抬走缺耳男孩和白衣阿姨时，他佯装已经熟睡。他的伪装使清查凶手的工作毫无进展，不了了之。在吃早饭时，进来一个长鼻子男人，在孩子们和这个男人玩游戏时，"红衣小妖精"带领孩子们把长鼻子男人弄死并埋葬。烹饪学院特烹部负责人，即李一斗的丈母娘，突然疯了——疯了的她率领着孩子们逃跑，但只有"红衣小妖精"逃了出去。

《驴街》的内容是有关李一斗带领诸位朋友"走驴街"（游览驴街）的故事。"驴街二里长，杀驴铺子列两旁。"这儿有个传说：每当夜深人静之时，便有一头极玲珑俊秀的小黑驴在街上来回奔跑。一天夜里，一尺酒店的掌柜余一尺多吃了几杯酒，在老石榴树下纳凉，忽然看见从天而降的黑驴，如同一股黑烟在街上来回窜突。一个黑色影子（疑是鱼鳞

---

① 李萌：《〈酒国〉的叙事分析》，硕士学位论文，山东大学，2015年。

少年）从房顶上斜飘下来，不偏不倚落在黑驴背上，一溜烟儿去了。余一尺虽是侏儒，但凭借自己的努力把酒店做大。因为有两位出身高贵的仙女应聘做接待，这不仅让余一尺的酒店大添光彩，而且使酒店"攀上"绝对高级的首长，得到高额贷款，余一尺因此被评为全国劳动模范。李一斗一行人进入一尺酒店，被"红衣小妖精"接待入座。他去找老朋友余一尺要求给他的用餐价格打八折优惠时碰到余一尺与女人接吻。经过一番对话，余一尺给他们开了个全驴宴，并要求李一斗给他写自传。这全驴宴融合了驴的各个器官，而大菜"龙凤呈祥"，则以公母驴的性器官为原料。饭后，他们看到了在街上奔跑的小黑驴和黑影少年。

《一尺英豪》叙写余一尺认为自己很清楚莫言、说莫言写《酒国》是不自量力及余一尺拟让莫言为他写自传等事。余一尺说莫言是邪恶的天才，与自己是同类人，拟让莫言为他写自传；还说莫言写《酒国》是不知天高地厚，认为李一斗和莫言与他相比都只能算是小兔崽子。余一尺说鱼鳞小子就是他自己，向李一斗展示了贴壁绝技，并讲了个关于酒的故事——他早年酒力超人，但自从酒蛾逃出他腹中之后，酒力可就大不如昔了；余一尺还讲了一个类似《酒国奇事录》的故事——一少年在某天碰上一个奇俊的善变魔术的卖艺少女，少年迷上少女，回家之后茶饭不思，后来跋涉千山万水，终于投进少女的怀抱。李一斗后来找到同一个故事不同的版本，各种版本的情节大同小异，结局也略有不同：两人事后共享状似男婴的仙果、美味无比的猿酒等。余一尺最后还说了自己的传奇经历，他想让莫言赶快为他写自传等。

《烹饪课》的内容是关于李一斗的岳母的故事。李一斗的岳父母都是酿造大学烹饪学院的教师，他们关系不和谐——其岳父以酒为妻，其岳母在没发疯前是个半老徐娘，难耐寂寞，甚至与李一斗发生不伦之恋；李一斗的妻子与她母亲为她母亲与李一斗之间的不伦关系产生了矛盾，甚至非常愤怒地要去找她母亲理论，但在路上得知自己升迁的消息后，立刻没事一样地上任去了。李一斗去听其岳母的烹饪课——同时，还有记者在给其岳母的烹饪课录像。其岳母先是讲鸭嘴兽的烹饪方法，然后向学生冷静而理智地演示如何杀婴做菜——她对着学生说那被杀的婴孩不是人，并亲自对那个婴孩进行了烹制。与此同时，她用所谓的学术语言为吃人的行径辩护。

《采燕》写李一斗岳母的家世。李一斗的岳母红颜不老、青春永驻，之所以如此，是因为她常食燕窝。她生于采燕世家，常喝燕窝汤食小燕。她亲眼见过采燕窝的艰辛过程，她的小叔叔和父亲都葬身于采燕窝的工作之中，此后，每见燕窝时，眼前便会再现那些惊心动魄的画面。但自从独创了烹食肉孩的惊人业绩后，她心中的芥蒂便烟消云散了。

《猿酒》的内容主要是关于猿酒的酿造者，也就是李一斗的岳父袁双鱼对酒的热爱之事。在共同课《酒类起源学》上，袁双鱼对青皮后生李一斗有关酒的见解很是欢喜。后来，李一斗考取了袁双鱼的博士研究生。在读博士研究生时，李一斗在图书馆看到《酒国奇事录》，并对这篇文章产生了兴趣。他把此文推荐给岳父袁双鱼看，袁双鱼看后便着了魔，以至于上山拜群猴为师学做猿酒。李一斗由此与他岳母勾搭在一起。

《酒城》的内容主要是关于酒城与酒的关联以及"福娇堂"烧酒坊和酒城第一名酒"云雨大曲"的相关事宜等。袁双鱼是酿出了云雨佳酿的袁九五先生的嫡传六世孙，他最终成功酿制了独步世界、一滴倾城的猿酒，并将在猿酒节上隆重推出。莫言的一位在出版社工作的朋友认为，李一斗写的小说《酒城》甚具规格，如果莫言能将此文扩充到七八万字，再配上一些图画和照片，便可出一本书当酒国的宣传材料。

二

小说中重要的人物有丁钩儿、金钢钻、女司机、李一斗、余一尺、莫言等。

（一）丁钩儿

丁钩儿是省人民检察院特级侦察员。"他身高一米七十五厘米，体瘦，皮肤黑，眼睛有点眍。嗜烟。好饮，但酒量不大。牙齿不整齐。会一点擒拿术。枪法不稳定：情绪好时弹无虚发，情绪坏时百发不中。他有点迷信，相信运气。好运气经常光顾他。"① 他机智、沉着、干练、能力强——他初来酒国市时，人生地不熟，没有见到矿山的高级领导，连看门人也欺负他，于是，他掏出玩具枪连开三枪，把看门人吓得应声倒地，口吐白沫，身体抽搐，接着，他又告诉看门人那枪是假的，看门人明白真相后才从地上爬起来；这样，他既给看门人一个下马威以让他不要狗眼看人低，又达到了教训看门人的目的。正派、有正义感——在宴席上看见端上来的一道菜里有个形状清晰可辨的婴孩时，他"怒火满腔。正义的、复仇的火焰熊熊燃烧，映得满室通红，荷花般辉煌。他大吼一声：畜生们，你们的末日来临了！他听到这吼声在头上发出，很陌生……他用力扣动了扳机……恰好打在红烧男孩的脑袋上。"② 谴责吃婴儿的领导道："你们是领导干部，杀百姓的儿子喂自己的肚子。天理难容！我听到儿童们在蒸笼里啼哭，在油锅里啼哭，在砧板上啼哭……在你们胃肠里啼哭。在厕所里啼哭。在下水道里啼哭。在江河里啼哭在化粪池里啼哭。在鱼腹里啼哭在庄稼地里啼哭……酒国的盛宴上回响着一个个被害男童的令人毛骨悚然的啼哭声。我不对你们开枪对谁开枪？"③ 优柔寡断、意志薄弱——"他想和妻子离婚又不想离婚。他想和情妇好下去又不想好下去。他每次犯病都幻想癌症又惧怕癌症。他对生活既热爱又厌烦。他摇摆不定。他经常把手枪口按在太阳穴上又拿下来，胸口，心脏部位，也经常承担着这种游戏。"④ 放荡、腐败——他以正义为名，经历了"极度的放荡和腐败：通奸、酗酒和饕餮"⑤：他奉命到酒国市调查吃婴儿之事，可一到酒国，就被带入众官员为他特设的宴席，"美酒下肚，意识模糊，真伪莫辨，完全规避了自

---

① 莫言：《莫言文集·酒国》，云南出版集团公司、云南人民出版社2012年版，第12页。
② 同上书，第70页。
③ 同上书，第69页。
④ 同上书，第12页。
⑤ 杨小滨：《盛大的衰颓——重论莫言的〈酒国〉》，愚人译，《上海文化》2009年第3期。

己作为社会秩序维护者和正义承担者的责任"①,与金钢钻等一起饕餮名菜"麒麟送子",成为一个"吃人者";不过,"丁钩的'吃人'同时也意味着'被吃','吃人'只不过是'被吃'的前奏和必要仪式"②。他不仅没能过"酒肉关",也没能过女人关,以至于沉迷声色之中,授恶人以把柄,为恶人所胁迫,甚至被女人强奸,最后走投无路,沦为乞丐,在醉酒后与"理想、正义、尊严、荣誉、爱情等等诸多神圣的东西"一起"沉入了茅坑的最底层"③,把性命丢掉了——"被吃"了。

总的来看,丁钩儿是一个悲剧性的人物——他本是一个猪八戒式的人物,总被诱惑并沉溺于食色之中,但又处于孙悟空的地位,担负着神圣的使命④。他本想成为一个英雄,但最终却没有成为英雄,因为,一般来说,英雄不仅对于自我的英雄行为有清醒的认识,而且有一直坚持其行为的能力,如普鲁米修斯为了给人类带来温暖和光明,使人类生存下去,不惜与宙斯为敌,盗取火种,甚至被吊于悬岩上,即使恶鹰啄食其肝脏也不改初衷;而他则在追查食婴案的过程当中,被酒迷醉了,麻痹了自我意识与行为;尽管"当丁钩儿被人陪同走向位于地下的酒宴,他感到脚下的道路不是通向酒宴而是通向法庭,并且'处在被押解的位置'的并非他要侦察的人,而是丁钩儿自己。"⑤但他没有幡然醒悟;而更可悲的是,他不仅没有成为一个英雄,反而还丢掉了性命,"成为甚至连悲剧光环都没有的牺牲品。"⑥

(二)金钢钻

金钢钻是酒国市市委宣传部副部长,烹食婴儿案件的重大嫌疑

---

① 吴义勤、王金胜:《"吃人"叙事的历史变形记——从〈狂人日记〉到〈酒国〉》,《文艺研究》2014年第4期。
② 张磊:《百年苦旅:"吃人"意象的精神对应——鲁迅〈狂人日记〉和莫言〈酒国〉之比较》,《鲁迅研究月刊》2002年第5期。
③ 莫言:《莫言文集·酒国》,云南出版集团公司、云南人民出版社2012年版,第274页。
④ 参见杨小滨《盛大的衰颓——重论莫言的〈酒国〉》,愚人译,《上海文化》2009年第3期。
⑤ 张旭东、陈丹丹:《"魔幻现实主义"的政治文化语境构造——莫言〈酒国〉中的语言游戏、自然史与社会寓言》,《人民论坛·学术前沿》2012年第14期。
⑥ 杨小滨:《盛大的衰颓——重论莫言的〈酒国〉》,愚人译,《上海文化》2009年第3期。

犯。他出身农民,在矿山子弟小学做过教师,后来凭酒量好,成为酒国市宣传部副部长。他阴险、狡诈、狠毒,是制造"红烧婴孩"案件的元凶——"他是个文质彬彬的中年人,皮色微黑,容长脸儿,高鼻梁儿,一副银边茶色水晶石眼镜遮住了他的眼睛,在灯光下,他的眼睛像两口深不可测的黑井。他中等身材,穿一套笔挺的深蓝色西服,配一件洁白如雪的小领衬衫,一条蓝底白斜格领带,脚蹬锃亮黑色牛皮鞋,头上一头好毛,蓬蓬松松,说乱也不乱,说光也不光,还有,这人嘴里还镶着一颗铜牙,也许是金牙。"① 他如此"仪表堂堂",却在酒国市里参与吃婴之事;他不仅自己腐化堕落、违法乱纪,而且拉人下水,迫使他人与他同流合污,如他"先是以酒为迷魂药,让侦查员丁钩儿失去判断力,成为食婴疑犯,后又用女色做诱饵,一步步把这个侦查员逼成了因性嫉妒而杀人的真正的犯人,终至自蹈死地。"② 恬不知耻——当他邀请丁钩儿吃"麒麟送子"的时候,丁钩儿看着那红烧婴孩对他说:"我宣布退出你们这吃人的宴席!"他却不但不以为然,反而对丁钩儿说:"老丁同志,您太固执了。我们都是高举着拳头在党旗前宣过誓的人,为人民谋幸福是您的任务也是我的任务,不要以为天下只有你是好人。吃过我们酒国婴儿宴的人,有德高望重的领导人,也有世界五大洲的尊贵朋友,还有国内外大名鼎鼎的艺术家、社会名流。他们用盛赞对待我们,只有您,丁钩儿侦察员,对着一片热诚款待您的人,举起了手枪!"③ 卑鄙、残忍、心狠手辣——他的妻子数次怀孕,但他每次都把她送到医院去流产,然后再把流下来的几个月大的孩子拿去吃掉;这种事情是任何正常人都不会干的,而他不仅干了,而且毫不后悔;在知道丁钩儿是上面派来调查吃婴孩之事的侦查员时,他不但没有幡然悔悟,终止犯罪行为,反而想方设法地引诱丁钩儿与他一起吃婴孩,并用丁钩儿与他妻子女司机

---

① 莫言:《莫言文集·酒国》,云南出版集团公司、云南人民出版社2012年版,第43页。
② 毕光明:《"酒国"故事及文本世界的互涉——莫言〈酒国〉重读》,《文艺争鸣》2013年第6期。
③ 莫言:《莫言文集·酒国》,云南出版集团公司、云南人民出版社2012年版,第68页。

发生性关系的照片来威胁丁钩儿,从而,迫使丁钩儿与之同流合污。

总的来看,金钢钻是一个地地道道的"衣冠禽兽"。

(三)女司机

女司机是金钢钻的妻子;丁钩儿在搭乘她的卡车去市郊的罗山煤矿调查案件时与她相识。她秀丽、性欲强——"她穿着一套蓝帆布工作服,粉红衬衣的领子高高地钻出来,护着一段白脖子;双眼黑里透绿,头发很短,很粗,很黑,很亮。戴着白手套的手攥着方向盘,夸张地打着方向,躲避着陷坑。往左打方向时她的嘴角往左歪;向右打方向时她向右歪嘴角。她的嘴左右扭动着,鼻子上有汗,还有皱纹"。丁钩儿"从她短促的额头、坚硬的下巴、丰厚的嘴唇上判断她是一个性欲旺盛的女人。"[①] 放荡、粗野——她甘当余一尺的情妇;丁钩儿对她说:"我想吻吻你。"[②] 她则"突然涨红了脸,用吵架一样的高嗓门吼道:'我他妈的吻吻你!'"[③] 丁钩儿"用食指轻轻地戳了一下她的胸脯,就像戳了机器的启动电钮一样,她的身体压过来,冰凉的小手捧住他的头,嘴唇凑到了他嘴上。她的唇凉飕飕的,软绵绵的,没有一点弹性,异常怪诞,如同一块败絮。他感到乏味、无趣,便把她推开。她却像一只凶猛的小豹子一样,不断地扑上来,嘴里嘟哝着:'我操你二哥,我日你大爷……'丁钩儿手忙脚乱,招架不迭,最后不得不采用了对付罪犯的手段,才使她老实下来。"[④] 再次碰见丁钩儿时,丁钩儿吻她,她则把丁钩儿的舌头咬了个窟窿;她在家里诱惑丁钩儿时,用一个中国武术的"扫堂腿"制服了丁钩儿,"打得他四爪朝天摆在地毯上",然后"纵身骑在了他的肚子上。她双手拽着他两只耳朵,屁股上蹿下跳,蹾出一片脆响。丁钩儿感到五脏六腑都被震荡了。他忍不住地嚎叫起来。女司机伸手摸过一只臭袜子,塞到他的嘴里。她的动作凶狠野蛮,没有半点儿

[①] 莫言:《莫言文集·酒国》,云南出版集团公司、云南人民出版社 2012 年版,第 1 页。
[②] 同上书,第 3 页。
[③] 同上。
[④] 同上书,第 4 页。

女性温柔。"① 愚昧、麻木——她甘当金钢钻的肉弹；怀过好几个孩子，但每当金钢钻要她把孩子流出来吃掉时，她都照办；她不但被金钢钻利用，而且也被丁钩儿利用，最终被丁钩儿一枪打死。阴险——她与其丈夫金钢钻合谋，以色相引诱丁钩儿，由此，让金钢钻抓住了丁钩儿的把柄，并以此胁迫丁钩儿，迫使丁钩儿与他们同流合污。有一定的正义感——她虽然听从金钢钻的吩咐，把孩子流掉给金钢钻做成菜吃了，但又心怀不满，于是，想帮助丁钩儿破案，并将丁钩儿介绍给知道酒国市所有事情的余一尺。

总的来看，女司机是一个"人妖"似的人。

（四）李一斗

李一斗是一个业余作家，酿造大学勾兑专业博士研究生。在刚开始与莫言通信时，他是一个积极向上、不屑于社会腐败、迷恋文学的人——他立志献身文学事业，尝试过许多文体，创作了"一个个或真实或虚构的故事，在这些故事中，有酒国卖婴、杀婴、烹饪婴、食婴的故事，这些故事似真似幻。"② 他倾慕作家莫言的才华声名，便写信给莫言拜师求教，并寄上自己的作品，希望获得莫言的指点和帮助，让它们能在《国民文学》上发表。然而，随着他给莫言的信件的增多及《国民文学》一直没有关于他的作品发表的消息，他变得趋炎附势——栖身于以宣传部副部长金钢钻、暴发户余一尺、大学教师袁双鱼夫妇等人组成的上层社会，对杀食婴儿的事件虽耳闻目睹，但视而不见、听而不闻。意志薄弱——他"清高自诩、发愤创作，对沧桑世态予以剥皮剜疮般的暴露，并一度以此为自己的理想和使命"③，但他在《国民文学》上发表作品的愿望一直未能实现，且遥遥无期，加之上下悬空的生存困境和混乱不堪的情感纠葛，于是，迅速地"还俗"，消退了对文学的热情与

---

① 莫言：《莫言文集·酒国》，云南出版集团公司、云南人民出版社2012年版，第144页。
② 李晓燕：《莫言小说人物原型研究》，硕士学位论文，山东师范大学，2016年，第135页。
③ 黄善明：《一种孤独远行的尝试——〈酒国〉之于莫言小说的创新意义》，《当代作家评论》2001年第5期。

激情，对手握权力、名利双收的金钢钻羡慕不已，混进酒国市委宣传部去过"搞宣传报道"的新生活，与凭借金钱纵情声色的余一尺称兄道弟。淫荡——他与其岳母发生不伦之恋。

总的来说，李一斗是"一个狂热的文学爱好者，变态而乱伦者，一心想成为作家而不顾一切的准疯子"[1]，是一个貌似清高的俗人。

（五）余一尺

余一尺是一尺酒店的经理，八十五岁。他是一个像妖怪一样的人——一会儿是酒店的小伙计，一会儿是神出鬼没的鱼鳞少侠，一会儿是杂耍班子里的小丑，一会儿是威风凛凛的酒店经理。他起初很能喝酒，但在被驴街酒店掌柜偷走腹中的宝贝"酒娥"后，喝酒功力大减——他说："他（即酒店掌柜——引者注）把我的宝贝偷走，我的酒量从此也完了蛋，要不，哪里轮得上金钢钻这小子横行霸道。"[2]他对李一斗讲述《酒国奇事录》中的类似情节，还说这主人公就是他。他丑陋——身高七十五厘米、举止粗俗。狂妄——他讽刺莫言和李一斗为不经世事的小畜生，用贴壁绝技证明鱼鳞少年就是他自己，以表现自己很了不起。追名逐利，市侩性强——他出身贫寒，投机钻营，到中年时发达，并弄到了一连串耀眼的头衔："市个体户协会主席。省级劳模。一尺酒店总经理"[3]。心底邪恶，荒淫无耻——他道貌岸然，但实际上是一个真流氓，仗着权力与金钱玩弄了无数女性，曾发誓要"奋遍酒国美女"，与酒国市八十九名美女发生过性关系。野蛮、凶残——他不仅吃婴儿，而且对此心安理得。

总的来说，余一尺是民族丑陋根性的化身。

（六）莫言

莫言是一位作家。他很博学，最初也能洁身自好，是"吃人"体制世界的旁观者与批评者，但后来慢慢地发生变化——从收李一斗的稿件和酒

---

[1] 罗兴萍：《试论莫言〈酒国〉对鲁迅精神的继承——鲁迅传统在1990年代研究系列之一》，《安徽师范大学学报》（人文社会科学版）2002年第6期。

[2] 莫言：《莫言文集·酒国》，云南出版集团公司、云南人民出版社2012年版，第153—154页。

[3] 同上书，第161页。

开始，他逐渐地变得世俗、势利、自私、放荡，"恍惚感到小马（酒店女服务员——引者注）的微笑含着绵绵的情意，情感冲动，几乎想伸胳膊搂住她，在那红扑扑的脸上亲一口"①，与余一尺那种人交往，甚至"其乐融融"，如与之握手寒暄、调侃戏谑，并答应为他写传记，最后，"下山"到酒国，与酒国官员金钢钻、余一尺、胡书记与王副市长等人亲密共宴。

总的来看，莫言是一个被社会恶势力同化的知识分子。"莫言这一人物形象在《酒国》中并非主要人物，但他与酒国酿造博士李一斗的通信却对推动《酒国》的故事向前发展起到了关键作用。"②"莫言、李一斗是以莫言的作家形象为原型塑造的，莫言的沉稳、李一斗的创作激情，皆是不同时期作家自身的生命体验的反映。李一斗，是以年轻作家莫言在创作道路上不断探索的姿态出现的。而小说中的莫言，则是以一名功成名就的资深作家身份出现的。"③

三

小说通过其内容及一系列人物，尤其是丁钩儿、金钢钻、女司机、李一斗、余一尺、莫言等人物所表达的主旨大致有以下几点：

（一）揭露和批判了社会上的"吃人"现象

在中外历史上都曾存在过"吃人"现象。从中国历史来看，"吃人"大致有四种原因：其一是饥馑荒年。如纪晓岚的《阅微草堂笔记》中所描写的"吃人"——被吃者被称为"菜人"；吃人者尚存有一丝不忍之仁，往往"易子而食"。其二是仇恨。吃人者吃人纯粹是为了发泄对被吃者的仇恨，如《资治通鉴》所记载的王莽被悬首示众后，百姓"切食其舌"等，清朝安徽巡抚恩铭的卫队之吃徐锡麟，《水浒传》中的李逵之吃黄文炳。其三是为了治病。如鲁迅的《药》中所描写的华小栓吃"人血馒头"。其四是为了满足穷奢极欲。吃人者纯粹是为了追求一种世

---

① 莫言：《莫言文集·酒国》，云南出版集团公司、云南人民出版社2012年版，第285页。
② 李晓燕：《莫言小说人物原型研究》，硕士学位论文，山东师范大学，2016年。
③ 同上。

俗享受，满足自己的穷奢极欲，如齐桓公之吃婴儿。《酒国》中的吃人者吃人即源于第四种原因——"仅仅为了美食的享受或刺激"①，他们不仅自己如此，而且也希望到酒国的人都如此——小说借叙事人的口写道："人为什么要长着一张嘴？就是为着吃喝！要让来到咱酒国的人吃好喝好。让他们吃出名堂吃出乐趣吃出瘾。让他们喝出名堂喝出乐趣喝上瘾。让他们明白吃喝并不仅仅是为了维持生命，而是要通过吃喝体验人生真味，感悟生命哲学。让他们知道吃和喝不仅是生理活动过程还是精神陶冶过程、美的欣赏过程。"②官员们"吃腻了牛、羊、猪、狗、骡子、兔子、鸡、鸭、鸽子、驴、骆驼、马驹、刺猬、麻雀、燕子、雁、鹅、猫、老鼠、黄鼬、猞猁，所以他们要吃小孩"③，因为婴孩的肉"比牛肉嫩，比羊肉鲜，比猪肉香，比狗肉肥，比骡子肉软，比兔子肉硬，比鸡肉滑，比鸭肉滋，比鸽子肉正派，比驴肉生动，比骆驼肉娇贵，比马驹肉有弹性，比刺猬肉善良，比麻雀肉端庄，比燕子肉白净，比雁肉少青苗气，比鹅肉少糟糠味，比猫肉严肃，比老鼠肉有营养，比黄鼬肉少鬼气，比猞猁肉通俗"，是"人间第一美味"④；酿造大学更是堂而皇之地设立特食研究中心，向学生教授做红烧婴儿这道名菜的具体方法，包括如何杀婴、放血等；不仅酒国市的高级官员大肆地吃婴儿，而且酒国市的全体市民竟无人质疑与反抗，甚至有大量的妇女想方设法地生餐桌上的"那道菜"，还生怕自己提供的"菜料"过不了质量关——她们实际上不仅仅是助纣为虐，而是参与了吃婴之事：如果她们不提供"菜料"，那么，酒国市的高级官员是无法吃婴、无从吃婴的，"与婴孩的食用者（以金钢钻为代表）相比，婴孩的提供者、制作者的帮凶身份更值得深思。"⑤她们是"麻木不仁的看客"，更是丧心

---

① 杨小滨：《盛大的衰颓——重论莫言的〈酒国〉》，愚人译，《上海文化》2009年第3期。
② 莫言：《莫言文集·酒国》，云南出版集团公司、云南人民出版社2012年版，第118—119页。
③ 同上书，第87页。
④ 同上。
⑤ 吴义勤、王金胜：《"吃人"叙事的历史变形记——从〈狂人日记〉到〈酒国〉》，《文艺研究》2014年第4期。

病狂的帮凶。"少有的清醒者与对既存'吃人'体制的批判者最后也都被不可抗拒的同化,从而成为自觉的'吃人'队伍的一员"①,也就是说,小说实际上提醒了人们一个残酷的事实,在酒国,"吃人的文化并不能简单归咎于吃人者,每个文化基质都是其中的一部分,而受害者有时甚至也很可能是帮凶。"② "吃人"实际上被"制度化"或"体制化"了,成为一种"程式化"的规模性运作,即"公民按照'红烧婴儿'的制作流程各有分工。其一是提供原材料者,如郊区农民金元宝;其二是制作生产者,如酒国酿造大学的袁双鱼夫妇;其三是消费者,包括金钢钻、余一尺及酒国中其他无数食婴者。"③ 因此,小说实际上正如其人物李一斗在谈及自己的小说《肉孩》时所说的:"是一篇新时期的《狂人日记》。"④

不过,在揭露和批判社会上的"吃人"方面,《酒国》与鲁迅的《狂人日记》等作品有所不同,"如果说'吃人'主题在鲁迅那里是一个关于民族传统文化的批判性主题的话,那么,在莫言笔下则主要是一个关于人性的和现实政治性的批判性主题。"⑤

(二)揭露和批判了社会上的"人欲横流"

"酒国,以酒名市,故所有生活都与酒有关。酒国市拳头产品是酒,为研究名酒设置大学、研究所,招收博士研究生,为佐酒开发新食品,创全驴宴,饲养并烹制肉孩。喝名酒、吃驴肉,是酒国市民的日常生活;而品佳肴、食肉孩,则是市领导送往迎来的正常工作。"⑥ 全体市民,简直都是饕餮之徒——"酒国人有着强烈的末日心态,只要有可能,人们就

---

① 古大勇、金得存:《"吃人"命题的世纪苦旅——从鲁迅〈狂人日记〉到莫言〈酒国〉》,《贵州大学学报》(社会科学版)2007年第25卷第3期。
② 杨小滨:《盛大的衰颓——重论莫言的〈酒国〉》,愚人译,《上海文化》2009年第3期。
③ 古大勇、金得存:《"吃人"命题的世纪苦旅——从鲁迅〈狂人日记〉到莫言〈酒国〉》,《贵州大学学报》(社会科学版)2007年第25卷第3期。
④ 莫言:《莫言文集·酒国》,云南出版集团公司、云南人民出版社2012年版,第48页。
⑤ 张闳:《感官的王国——莫言笔下的经验形态及功能》,《当代作家评论》2002年第5期。
⑥ 李珺平:《换一只眼睛看莫言——〈酒国〉印象三则》,《湛江师范学院学报》2002年第23卷第1期。

发疯般地追求生理的享受,不加节制,吃喝玩乐无不走到极致,不仅有连喝三十杯的无人能敌的豪饮,有用驴肉做成二十几道菜的全驴宴和用公驴母驴的生殖器加工成的'龙凤呈祥'名菜"①;刚才还"一身正气"、"怒火满腔"地为吃人之事鸣枪的丁钩儿,在看到菜盘上貌似婴儿的美味后便"跃跃欲试"——"丁钩儿仔细审查着这条胳膊,心里七上八下。它的确有点像肥藕但更像一条胳膊。它的味道诱人,的确有点类似藕的甜味但更多的是从没闻过的香味。他把手枪放进公事包里,感到有些内疚。尽管你负有特殊使命,但也不能随便开枪。我应该慎重。金钢钻用一把锋利的小刀,啪啪啪把另一条胳膊切成几十片。他挑起其中一片……他低下头看摆在自己面前的胳膊,不知该不该动手。党委书记和矿长正在咬着男孩的腿。金钢钻递过刀来,用微笑鼓励着他。他接过刀,试试探探把刀刃按到男孩胳膊上。刀子像被磁力吸引一般,嗞一声,把胳膊一样的藕切成两段。他扎起一片胳膊,闭闭眼,塞到嘴里。哇,我的天。舌头上的味蕾齐声欢呼,腮上的咬肌抽搐不止,喉咙里伸出一只小手,把那片东西抢走了。"②

除无节制地追求吃喝之外,酒国人还肆无忌惮地追求钱与色:

不仅官员们想通过非正常的手段占有金钱,而且普通的社会民众也如此。人和人之间已经失去了最起码的信任,人和人之间的关系变成了纯粹的金钱交易关系;父母为了满足赚钱的欲望,竟然把生儿育女仅仅当成挣钱的一个途径,母亲们还想方设法地生餐桌上的"那道菜",还生怕自己提供的"菜料"过不了质量关,当小宝(被出售的孩子)因被打和因被水烫而大哭起来的时候,其母亲所关心的只是皮肤被打坏或被烫坏会影响其出售的价格——母爱荡然无存;金元宝在去出售儿子小宝时,"如踏入神仙洞府,全身的每一个细胞都在幸福中颤抖"③,当小宝

---

① 毕光明:《"酒国"故事及文本世界的互涉——莫言〈酒国〉重读》,《文艺争鸣》2013年第6期。
② 莫言:《莫言文集·酒国》,云南出版集团公司、云南人民出版社2012年版,第72—73页。
③ 同上书,第62页。

被以特等价格售出时,"元宝激动万分,眼泪差点流出眶外"①——父爱也荡然无存。"官员食婴,看似耸人听闻,但在权力失控,人的贪欲发展到几近邪恶且无以复加的社会里,无论什么样的不人道的行为都可能产生,况且,即使不曾真的烹食婴儿,但类似的毁掉未来的反人类做法何止是存在,只怕是多到罄竹难书。"②美女们为了余一尺——一尺酒店的侏儒经理——手中的金钱,自愿和余一尺交媾,而这个一尺侏儒则恬不知耻地宣称:"别虚伪,有钱能使鬼推磨。世上也许有不爱钱的人,但我至今未碰上一个。"③余一尺仗着权力与金钱发誓要"奸遍酒国美女"④,而他也确实做到"与酒国八十九名美女发生性关系"⑤,并在与他发生关系的美女的照片反面写上其姓名、工作单位、年龄、与他发生性关系的时间等。金钢钻的妻子女司机一方面为了满足性欲而勾引丁钩儿,另一方面又为了金钱而甘愿做根本不能满足其性欲的余一尺的第九号情妇。男女之间,只有欲而没有情——丁钩儿与女司机萍水相逢,初在路上见面便打情骂俏:女司机自称"盐碱地",丁钩儿自称"肥田粉";第二次见面,女司机便带丁钩儿回家并与之交媾。在与丁钩儿做爱时,女司机极其放荡——女司机"纵身骑在了他的肚子上。她双手拽着他两只耳朵,屁股上蹿下跳,蹾出一片脆响。丁钩儿感到五脏六腑都被震荡了。他忍不住地嚎叫起来。女司机伸手摸过一只臭袜子,塞到他的嘴里。她的动作凶狠野蛮,没有半点儿女性温柔。丁钩儿嘴里奇臭难消,心里暗暗叫苦。这哪里是做爱?分明是杀猪。"⑥……

总之,在酒国市,无论是高级官员,还是平民百姓,无论是男性,还是女性,都"欲"壑难填。

---

① 莫言:《莫言文集·酒国》,云南出版集团公司、云南人民出版社2012年版,第65页。
② 毕光明:《"酒国"故事及文本世界的互涉——莫言〈酒国〉重读》,《文艺争鸣》2013年第6期。
③ 莫言:《莫言文集·酒国》,云南出版集团公司、云南人民出版社2012年版,第129页。
④ 同上。
⑤ 同上书,第161页。
⑥ 同上书,第144页。

(三) 揭露和批判了社会上的腐败

"作家在《酒》中进行的社会批判不是以精神批判的面目出现，而是依然遵循着当下文坛'社会—政治'的批判模式行进。也就是说，莫言更关心的是社会政治现状，而不是诸如'国民性'等形而上的问题。"①

其一，揭露和批判了官僚体制的腐败。

小说中的人物李一斗在谈及自己创作的小说《肉孩》时说："我写这篇小说，是对当前流行于文坛的'玩文学'的'痞子运动'的一种挑战，是用文学唤起民众的一次实践。我的意在猛烈抨击我们酒国那些满腹板油的贪官污吏"②。在这里，小说实际上是在借人物之口表明主题——揭露和批判贪官污吏；从小说的内容来看，小说也的确"猛烈抨击……那些满腹板油的贪官污吏"及官僚体制——在小说中，官员均腐败，如矿山党委书记和矿长、老官僚、酒国市宣传部副部长金钢钻等都是既贪又黑；不仅贪财好色，而且还吃婴孩；老官僚为了以形补形，专门找胎盘吃，女司机堕胎五次都是为了给腐败官僚提供胎盘。官员缺乏监管——丁钩儿作为国家公职人员，到酒国去调查食婴案件，可是，在他调查的过程中，根本没有任何监督管理机制制约他，仿佛整个检察院只有他一个官员，他在酒国的行为从不向他的上司报告，他也好像没有上司似的……通过这些叙写，"尖锐地批判了僵化落后腐烂透顶的当代官僚体制"③，并"尖锐地触及了当下底层民间被残忍、虚伪、贪婪、冷酷的官僚贪腐阶层无情掠夺、敲骨吸髓的事实"④，而"丁钩儿的形象，直接暴露了作为体制化的腐败'酒国'巨大的腐蚀力

---

① 张磊：《百年苦旅："吃人"意象的精神对应——鲁迅〈狂人日记〉和莫言〈酒国〉之比较》，《鲁迅研究月刊》2002年第5期。
② 莫言：《莫言文集·酒国》，云南出版集团公司、云南人民出版社2012年版，第48页。
③ 古大勇、金得存：《"吃人"命题的世纪苦旅——从鲁迅〈狂人日记〉到莫言〈酒国〉》，《贵州大学学报》（社会科学版）2007年第25卷第3期。
④ 姚晓雷：《龙行文坛的莫言——也谈莫言的获奖及其他》，《中文学术前沿（第六辑）》2013年第1期。

与同化性"①——"他先是被金刚(应为'钢'——引者注)钻的热情蒙蔽,在酒香美食中失去警惕;继而受女司机的姿色诱惑,陷入荒唐恋情不可自拔;等到清醒过来,却发现自己反倒成了应该被抓捕的罪犯。这一情节深深地印证出'食婴'主题的深刻寓意:一方面,'食婴'已经成为'酒国'制度化的生活现象,成为一种被人守护的信仰和理想,对于它的任何触动或冒犯,必将遭到严重的甚至是致命的腐蚀;另一方面,即使像丁钩儿这样来自'省城'的高级侦察员,也早已对'食婴'的诱惑和腐蚀失去抵抗力。正是在这个意义上,'食婴'主题传达了作家对于体制化生存的深切忧患。"同时,"丁钩儿的形象,蕴含了双重的'反讽';从表层看,通过'高级侦察员'的失败直接暴露了'酒国'官员的腐败;从深层看,通过'高级侦察员'的堕落寄托了对于所谓体制化生存的某些忧虑。"②"莫言批判的锋芒不是像鲁迅那样指向几千年的封建文化,而是指向商品经济大潮冲击下沉渣泛起的现实,这种现实批判的锋芒首先指向了能够支配一切而又腐败变质的权力。"③ 也许正因为如此,莫言才说:"这部小说是 90 年代对官场腐败现象批判的力度最大的一篇小说……这部小说的锋芒太尖锐"④。

其二,揭露和批判了社会整体性的腐败。

在酒国市,腐败是整体性的——从官员到普通民众,从物质层面到精神层面均腐败:大吃大喝、穷奢极欲之风盛行;"'食婴'……作为一种罪恶,它不但被'制度化',而且已经被'程式化'和'规模化'……'酒国'的所有人们按照'红烧婴儿'的制作过程划分成了三个阶层:这里有提供者,如郊区农民金元宝;有制作者,如酒国酿造大学的袁双

---

① 古大勇、金得存:《"吃人"命题的世纪苦旅——从鲁迅〈狂人日记〉到莫言〈酒国〉》,《贵州大学学报》(社会科学版) 2007 年第 25 卷第 3 期。
② 黄善明:《一种孤独远行的尝试——〈酒国〉之于莫言小说的创新意义》,《当代作家评论》2001 年第 5 期。
③ 罗兴萍:《试论莫言〈酒国〉对鲁迅精神的继承——鲁迅传统在 1990 年代研究系列之一》,《安徽师范大学学报》(人文社会科学版) 2002 年第 6 期。
④ 莫言:《我的文学经验》,《莫言文集·用耳朵阅读》,云南出版集团公司、云南人民出版社 2012 年版,第 286 页。

鱼夫妇;有食婴者,即宣传部副部长金刚(应为'钢'——引者注)钻、暴发户余一尺以及在他们身后大大小小的食婴者们。这三个阶层互相勾结、互为依存,将酒国的'食婴'事业推向兴旺。"① "食婴"是违法的,应受到法律追究,可特级侦查员丁钩儿在去酒国市调查烹食婴儿的案件时,此事却始终扑朔迷离、真假莫辨,不给法律留下施加惩处的任何证据,最后,连作为法律化身的特级侦查员丁钩儿也在酒气冲天、肉欲横流的酒国中被同化,并因对罪恶的一点残存的警觉而被酒国的污秽所吞噬。各行各业应有的职业道德也沦丧得很严重,而这种心灵的腐败,比物质的腐败还要可怕。② 正因为如此腐败,曾在"省城"有过赫赫功绩的"王牌侦察员"丁钩儿也未能做到"出淤泥而不染"——"丁钩儿的堕落历程暗示了依靠人类力量进行赎救的不可能性,那只会导致更加严重荒诞的灾难。"③ 酒国之外的省检察院也很腐败,如丁钩儿在去酒国之前,检察长扔给了他一支好烟,自己也抽一支;他在观察检察长吸烟的过程知道了检察长其实并不会抽烟,可检察长的抽屉里却有好烟。检察长的那些好烟是哪里来的呢?显然是别人送给他的……"《酒国》对腐败政治的批评,不仅仅是对腐败官员的批评,而是对弥漫在我们社会当中极其腐败的东西的批评,譬如大吃大喝,穷奢极欲,道德沦丧","这种腐败波及每个层次,不仅仅是官员的腐败,当权者的腐败,包括下面的每个小人物,他也在用他的方式来进行他力所能及的腐败。"④

(四)"揭示了传统文化强烈的非人性和反人性因素"⑤

"莫言在小说中从传统'美食文化'入手,不厌其烦地对酒国美食场景进行炫耀性展示,并对充满专业术语和'科学精神'的烹饪程序与手法

---

① 黄善明:《一种孤独远行的尝试——〈酒国〉之于莫言小说的创新意义》,《当代作家评论》2001年第5期。
② 参见莫言《莫言对话新录》,文化艺术出版社2010年版,第251页。
③ 杨小滨:《盛大的衰颓——重论莫言的〈酒国〉》,愚人译,《上海文化》2009年第3期。
④ 姜异新整理:《莫言孙郁对话录》,《鲁迅研究月刊》2012年第10期。
⑤ 吴义勤、王金胜:《"吃人"叙事的历史变形记——从〈狂人日记〉到〈酒国〉》,《文艺研究》2014年第4期。

进行了近乎无节制、无情感的描述"①，如有关"全驴宴"的叙写——先是十二个冷盘上来，拼成一朵莲花：驴肚、驴肝、驴心、驴肠、驴肺、驴舌、驴唇……全是驴身上的零件。一盆盆热菜则是：酒煮驴肋、盐水驴舌、红烧驴筋、梨藕驴喉、金鞭驴尾、走油驴肠、参煨驴蹄、五味驴肝……②又如，有关一个"龙凤呈祥"的叙写——用公驴的性器官和母驴的性器官精心拼合而成：这道菜"揭示出中国优秀文化包装里的无耻和堕落"③。而稀奇古怪之极当然属"红烧婴孩"——"美食和吃人的同构型表现在李一斗的小说《烹饪课》中烹饪学院教授'我岳母'的课上，这堂课企图在伟大教育传统和先进科学文明的基础上来解释制作人肉的方法。这堂课的内容惨无人道：现代科学方法以美食的名义为野蛮服务。美食横跨了科学与吃人，文明与野蛮的距离被彻底取消。"④ 总之，"在酒国市，似乎没有什么不能吃，也没有什么不可以吃。在这里，吃人就像吃其他的飞禽走兽一样，卖肉孩、吃肉孩似乎是见怪不怪的事。肉孩是一条产业链，拥有自己专门的生产线和烹饪研究中心，肉孩的烧杀，放血都有极大的讲究。"⑤

除"吃"之外，小说还叙写了"喝"——饮酒。莫言在给李一斗所写的信中这样写道："中国人在吃上真是挖空了心思……这真是肉山酒海的时代，你小说中那些官僚们，比四川省大恶霸地主刘文彩那个专吃鸭脚蹼膜的小老婆神气多了。"⑥小说对"酒"在当代社会中的畸形作用作了形象描述：酒国以"酒"立国，金钢钻是"仗着大海一样的酒量"⑦ 而由一个农村的寒酸教师步步高升为宣传部副部长，余一尺是仗

---

① 吴义勤、王金胜：《"吃人"叙事的历史变形记——从〈狂人日记〉到〈酒国〉》，《文艺研究》2014年第4期。
② 参见莫言《莫言文集·酒国》，云南出版集团公司、云南人民出版社2012年版，第129—130页。
③ 杨小滨：《盛大的衰颓——重论莫言的〈酒国〉》，愚人译，《上海文化》2009年第3期。
④ 同上。
⑤ 谢文兴：《〈酒国〉：莫言小说的一个独特存在》，《郑州师范教育》2014年第2期。
⑥ 莫言：《莫言文集·酒国》，云南出版集团公司、云南人民出版社2012年版，第228页。
⑦ 同上书，第23页。

着开酒店横行酒国、玩弄女性,他们的腐败堕落都与酒在权力运作中所起的特殊作用密切相关。丁钩儿本来是一个特级侦察员,肩负特殊使命,可一遇到酒国市宣传部副部长金钢钻,就经不起诱惑,几杯美酒落怀,便烂醉如泥,不仅参与人肉筵宴,而且最后身死酒国……小说"由此建构起了美食与'吃人'的本质性联系,揭示了传统文化强烈的非人性和反人性因素。"[①]

(五)揭示了世界的荒诞性

其一,酒国是一个荒诞的存在——在酒国,几乎所有人都与酒有着千丝万缕的联系,人们所做的每一件事几乎都与酒有所关联。无论是工作还是娱乐,无论是贫穷还是富有,都离不开酒。无论高档酒店,还是破旧的小屋、小摊,都有酒。无论是地位低下的煤矿工人,还是地位相对较高的党委书记和矿长;无论是平庸的看门人,还是秀丽的少妇;无论是具有高学历的知识分子——博士研究生李一斗及其导师兼岳父袁双鱼,还是集诸多权、利于一身的酒国市市委宣传部副部长金钢钻,都喝酒,且都是喝酒的健将、都将酒视为最高的追求。一个人不需要多么能干、多么有本领、多么有背景,只要能喝酒、酒量大,就能够获得人们的尊重与喝彩。

其二,人物皆具荒诞性——无论是丁钩儿,还是金钢钻、女司机、余一尺、李一斗及其岳父,均具荒诞性;有些人物简直荒诞得离奇,如鱼鳞男孩——在小说中的小说《神童》中,他说:"我那时生着一种古怪的皮肤病,遍体鱼鳞,一动流黄水,谁见了谁恶心,没人敢吃我,我无法深入虎穴。后来,我专事偷窃,在一位官员家里偷喝了一瓶画有猿猴图像的酒,身上的鱼鳞一层层剥落,身体也越剥越小,成了今天这副模样。"[②]他虽已经十四岁了,但因喝了一种酒而变得"状如婴孩",能够"从假山上一跃而下"。在小说中的小说《驴街》中,他变成了一

[①] 吴义勤、王金胜:《"吃人"叙事的历史变形记——从〈狂人日记〉到〈酒国〉》,《文艺研究》2014年第4期。

[②] 莫言:《莫言文集·酒国》,云南出版集团公司、云南人民出版社2012年版,第88页。

尺酒店的一位深藏不露的服务员,在一个月明之夜,余一尺在无意中看见了他和他的小黑驴的诡异行为时大吃一惊:"余一尺精神一振,就听得一阵瓦响由远而近,随即看到一个黑色的影子从房顶上斜着飘下来,不偏不倚,正落在黑驴背上。小毛驴立即奋蹄,驮着那从空而降的人,一溜烟去了……适才亲眼目睹的这一幕,不由使他联想起唐人传奇故事中那位神出鬼没的侠客来,于是又想,尽管科学发展如光如电,无法解释但确实存在的事情还有若干。他试试身体,虽然有些发僵但能活动。摸摸肚皮,湿漉漉的,竟唬出了一层冷汗。在那黑影下落过程中,借着明亮月光,余一尺发现那似乎是个身体矮小的少年,他身上有一层鱼鳞般的东西反射月光,嘴里叼着一柄柳叶状的小刀,背上驮着一个大包袱……"① 在小说中的小说《一尺英豪》中,他又变成了一尺酒店的掌柜——侏儒余一尺:"你们知道每当月明之夜,在这驴街上纵驴驰骋的鱼鳞小子是谁吗?那就是我、那就是我!不要问我从哪里来,我的家乡在那阳光灿烂的地方。怎么,你看着我不像?你怀疑我有飞檐走壁的绝妙身手?好,老子露一手,让你小子开开眼。"② 接着,李一斗看到:"这个貌很惊人的小侏儒的眼睛里突然精光四射,犹如两道剑芒。我眼睁睁地看到他在那皮转椅上把身体一缩,一道飘忽的黑影,轻盈盈地飞了起来。皮转椅团团旋转着,啪,到了螺丝杠的尽头。我们的朋友,本文的主人公,已经贴在天花板上了。他的四肢乃至他的全身,仿佛都生着吸盘。他像一只庞大的、令人恶心的壁虎,在天花板上轻松愉快地爬行着。"③

其三,社会氛围具有荒诞性——"在酒国大学、在市委宴会上,教授、官员们不厌其烦地教导人们说,肉孩拥有人的一切特点,活泼、可爱、天真,知痛知痒,包括语言、思维能力,却不是人,而是

---

① 莫言:《莫言文集·酒国》,云南出版集团公司、云南人民出版社 2012 年版,第 120—121 页。
② 同上书,第 152 页。
③ 同上书,第 153 页。

高蛋白、高营养价值的食物。然后举杯举箸，共尝美食。这一活动的荒谬性在于，人人都知道被吃的是小孩，但人人又都以各种理由拒绝承认，解脱自己。"[1]"人们都知道吃婴儿一事，但又不敢多说，在谈话中，人们总会有意无意的谈起，旋及又迅速打住，看到小孩便会多看几眼"[2]。

(六) 揭示了人的生存困境

丁钩儿虽一身正气，但在美酒及婴儿浓郁的香气和金钢钻等人的吹捧中堕落，办案未果就因醉酒而溺死于茅坑之中；李一斗深谙人世，深知"食婴"的来龙去脉，甚至知道其选料、加工的详细过程，可对自己看不惯的事情无能为力，只能写进那些自己并不知道能否发表的小说里，而且在现实社会中还得趋炎附势，与余一尺称兄道弟；莫言本是自命清高、洁身自好的，可因结识李一斗而从酒国外走向酒国内，与人渣余一尺握手寒暄、调侃戏谑，甚至准备为之写自传，最后，沉醉于酒国，走向堕落……丁钩儿是省人民检察院特级侦察员，实际上是政府官员，属体制中人；李一斗为酿酒专业的博士，但实际上也可以被看作是一个企业界人士，莫言为作家，属知识分子……他们身份、地位各不相同，可都不约而同地"做不了自己主"，也就是说，不论什么人都"做不了自己主"——由此，小说揭示了人的生存困境。

(七) 反思了人性

烹饪学院的女教师看上去美丽高雅，但实则冷酷残忍；追求知识的学生看着老师实际上的"演示杀人"竟然麻木不仁；作家莫言是颇为清高的一代名家，本应该不与奢靡之风沾边，但在实际生活中，却在收李一斗的酒、余一尺的钱之后准备给余一尺写自传、参加猿酒节宴会……一步步地走入了腐败的社会，走入了物欲横流、人性丧失的境地。由此可见，

---

[1] 李珺平：《换一只眼睛看莫言——〈酒国〉印象三则》，《湛江师范学院学报》2002年第23卷第1期。

[2] 罗兴萍：《试论莫言〈酒国〉对鲁迅精神的继承——鲁迅传统在1990年代研究系列之一》，《安徽师范大学学报》(人文社会科学版) 2002年第6期。

人性本无善恶,在生命境遇的支配下,永远是复杂的、不断变化着的。

(八)揭示了"文明的压抑机制和文明与生命力之间的冲突"

这一主题集中体现在一些"小男孩"形象上。他们倔强、粗野、机敏、沉默寡言、生命力旺盛,而且有时还会搞恶作剧,如少年金钢钻、少年余一尺、"小叔叔"、"生鱼鳞皮肤的小子","这些小男孩,他们无论是在生理上还是在心理上都尚未成熟,他们没有资格享受成人的权利,却必须(像莫言本人那个时代几乎所有的中国孩子一样)首先承受成人世界的生存痛苦,而且,可以说,他们是那个时代苦难生活的最大受害者。"小说中"对孩子的饥饿感和发育不良的黑孩的描写,均表明了这一点。然而,对于一个儿童来说,更大的苦难尚不在于此。"小说"注重表现文明压抑机制对现实生活的遏制作用",这"首先体现在对儿童生命力的遏制。所谓'文明',对于儿童而言,乃是父辈的、成人的特权。在文明的'进化树'上,儿童似乎是介于动物与人类之间(成人们的确时常称他们为'小畜牲'),是有待进化的'亚人类',因而必须受到成人的'文明监护'。然而,这一监护首先便意味着压抑和惩戒,甚至是必要的暴力手段,以便对儿童身上残存的'动物性'、'野性'加以驯化。这样,在成人与儿童之间便存在着一个'权力结构','父/子'关系表现为'施暴/受暴'关系"①。

四

从艺术表现的角度来看,小说主要具有如下特点:

(一)受鲁迅小说的影响明显

作者曾明言他在"大约七八岁的时候,就开始读鲁迅了",读的"第一篇就是著名的《狂人日记》,现在回忆起那时的感受,模糊的一种恐惧感使我添了少年不应该有的绝望。恰好那个时代正是老百姓最饿肚子的时候,连树的皮都被剥光,关于人食人的传闻也有,初次听到有些

---

① 张闳:《莫言小说的基本主题与文体特征》,《当代作家评论》1999年第5期。

惊心动魄,听过几次以后,就麻木不仁了。"①《酒国》里的"小孩被打死的情节,与读鲁迅有关系。《药》与《狂人日记》对《酒国》有影响。《酒国》是1989年下半年写作的,对于巨大的社会事件,每个中国人都会受到影响。作为一个小说写作者,我对这一事件不可能漠然视之,也在思考一些问题,尽管肤浅,但也在思考……这部作品里有戏仿,有敬仿,比如对《药》的敬仿。小说里那对夫妻平静地像出卖小猪崽儿一样出卖了自己的孩子……《酒国》是小说,不是纪实。是虚构的小说。作品中对肉孩和婴儿筵席的描写是继承了先贤鲁迅先生的批判精神,继承得好还是坏那是另外的事情,但主观上是在沿着鲁迅开辟的道路前进。"②同时,小说借其人物李一斗之口说:"立志要像当年的鲁迅先生弃医从文一样弃酒从文,用文学来改造社会,愚公移山,改造中国的国民性","在这篇小说中,我认为我比较纯熟地运用了鲁迅笔法,把手中的一支笔,变成了一柄锋利的牛耳尖刀,剥去了华丽的精神文明之皮,露出了残酷的道德野蛮内核","我写这篇小说,是对当前流行于文坛的'玩文学'的'痞子运动'的一种挑战,是用文学唤起民众的一次实践。我意在猛烈抨击我们酒国那些满腹板油的贪官污吏,这篇小说无疑是'黑暗王国里的一线光明',是一篇新时期的《狂人日记》。"③ 由此可见,小说无疑是受到了鲁迅小说影响的。具体地说,"除了在叙事表层对《狂人日记》中诸如'吃人的筵席'、'我自己也吃人'等标志性表述的挪用,《酒国》在主题、灵魂上也有着对鲁迅'吃人'叙事与'国民性批判'思想的有意接续和深层次继承。两位作家在对'吃人'现象的理解、阐释和艺术建构及由此而生发的悲愤绝望心理等方面,也庶几近之。在人物塑造上,《酒国》与鲁迅笔下人物多有重合之处。《狂人日记》中的'青年'、'我哥哥'及其他人既是吃人者,又是自食者……在

---

① 莫言:《读鲁迅杂感》,《莫言文集·会唱歌的墙》,云南出版集团公司、云南人民出版社2012年版,第106页。
② 姜异新整理:《莫言孙郁对话录》,《鲁迅研究月刊》2012年第10期。
③ 莫言:《莫言文集·酒国》,云南出版集团公司、云南人民出版社2012年版,第47—48页。

酒国,食婴同样是集体参与的暴行。婴孩的提供者、制作者、食用者构成了酒国'吃人'的完整链条。婴孩的提供者以受害者与自食者的双重身份出现,制作者以看客与自食者的双重身份出现。"① 小说"对鲁迅笔下的奴役者和被奴役者共生的社会,从整体氛围上做了摄取,而又降低视点,潜入内部,一一放大更有心理依据的细节,使鲁迅对历史本质的发现更加具象化。如托名酒国业余作者李一斗创作的短篇小说《肉孩》,对贫困而愚昧的底层人金元宝夫妇起早卖儿子做肉孩的描写,从凉森森的环境氛围的烘托,到夫妇俩生怕儿子卖不了好价钱而担忧和得钱后的激动的心理刻画,都可看作是对鲁迅名作《药》的仿写和补写,二者相互生发,相得益彰,再现了20世纪中国社会的精神奇观。"② 小说的风格——"阴冷",与鲁迅的《狂人日记》、《药》等小说明显地有"异曲同工"之处,"尤其对百姓生活的描写很逼真,有像鲁迅的一面,残酷、惨烈。"③

(二)"表现的深切和格式的特别"④

"鲁迅在自评《狂人日记》等小说时,特别提到了'表现的深切和格式的特别'……这一评价是符合鲁迅创作实际的,将其挪用于《酒国》也是适合的……《酒国》在形式的创构上也煞费苦心。对这部被称为小说文体'满汉全席'的作品,莫言也颇为自得:'《酒国》在结构上有它的独到之处,对多种文体进行了戏仿。'……具体说来,小说除了在叙事模式上对侦探小说、武侠小说(《驴街》)、严酷现实主义小说(《肉孩》)、魔幻现实主义小说、新写实主义小说(《烹饪课》、《酒城》)、表现主义小说、元小说进行了戏仿或'敬仿'之外,象征主义手法的运用,叙事人称上的花样翻新,也使小说有着一种阅读快感和阐释难度的

---

① 吴义勤、王金胜:《"吃人"叙事的历史变形记——从〈狂人日记〉到〈酒国〉》,《文艺研究》2014年第4期。
② 毕光明:《"酒国"故事及文本世界的互涉——莫言〈酒国〉重读》,《文艺争鸣》2013年第6期。
③ 姜异新整理:《莫言孙郁对话录》,《鲁迅研究月刊》2012年第10期。
④ 鲁迅:《〈中国新文学大系〉小说二集序》,《且介亭杂文二集》,人民文学出版社2006年版,第26页。

奇妙扭结。"① 小说中出现了"古代文言、现代白话、官话、粗话、俚语、方言、醉语,杂语共生,金庸式的戏仿和王朔式的调侃,现实主义、浪漫主义、现代主义、魔幻现实主义并行不悖,广告词、报告、讲义,旅游手册比邻而居,多重叙事声音和多重叙事视角互相交织缠绕,形成众声喧哗的局面"②"在后先锋时代,创造意识极强的莫言这样做肯定别有意图。实际上,莫言是要用貌似先锋的叙事来打破对叙事的迷恋,让所有的叙事方式都仅仅成为一种语言,共同完成对世界真相的探察和命名,同时对在叙事中忘记叙事目的的叙事主体及其叙事行为进行反省,让叙事手段紧紧盯住情节线所要追逐的猎物"③。在结构上,《酒国》呈现出了与其他小说极大的不同,由三大部分构成:特级侦查员丁钩儿办案、酒国市酿造学院勾兑专业的博士研究生李一斗和小说中的作家莫言的书信、李一斗寄给小说中的作家莫言的九个短篇小说。"它的各个部分是齐头并进而非线性发展的,但它的各个部分之间又不是独立发展,而是相互裹挟、缠绕、渗透的,这让《酒国》呈现出了难以穷尽的含混性、朦胧性、互文性和多义性。最后,小说通过最后一章(第十章),文中作家'莫言'的酒国之行,把三大部分统一起来。但是,这个统一却给《酒国》的阅读带来了更大的难度,它模糊了真实和虚构的界限,让'真'与'幻'更加模糊难辨。《酒国》看起来像是在一个侦破小说当中插入了数封二人通信和几个短篇小说,通过将其排列、镶嵌、拼凑,整合成一部长篇小说。它是由三部分构成的,但其呈现出来的文本意义却远远超过了'三',它看起来是'三',其实却已经不是'三'。"④

(三)叙述视角多元、多重故事文本叠加

"《酒国》至少并存着四个视角:作为总叙述者、讲述丁钩儿故事的

---

① 吴义勤、王金胜:《"吃人"叙事的历史变形记——从〈狂人日记〉到〈酒国〉》,《文艺研究》2014年第4期。
② 谢文兴:《〈酒国〉:莫言小说的一个独特存在》,《郑州师范教育》2014年第3卷第2期。
③ 毕光明:《"酒国"故事及文本世界的互涉——莫言〈酒国〉重读》,《文艺争鸣》2013年第6期。
④ 谢文兴:《〈酒国〉:莫言小说的一个独特存在》,《郑州师范教育》2014年第3卷第2期。

作家的视角,作为小说人物'莫言'的视角,莫言的崇拜者、业余作者李一斗的视角,还有就是李一斗习作中一会儿第一人称、一会儿第三人称的视角。除第 10 章大收束外,这四个视角在每一章都作为四个独立的部分出现。……如果没有第 10 章,小说从头至尾的四个视角全是独立发展,自成体系。然而,后三个并不完全游离在外,而以渗透、协助等方式,圆融于整体。"①

  不同的叙述视角各自从某一个特定角度的叙事构成了具有多重性的故事:其一是省人民检察院特级侦察员丁钩儿的故事——丁沟儿受上级指示,在酒国市对吃婴儿的传闻进行特别调查;其二是酿造大学勾兑学博士李一斗的故事——李一斗既是一个酒博士,又是一个自命不凡的文学爱好者,他写信向莫言拜师求教,每次给莫言寄信时,都会附上自己的短篇小说,希望获得指点和推荐,莫言则一方面回信,另一方面在回信中与他讨论自己正在写作的小说《酒国》;其三是李一斗给莫言写的信中所附上的九篇短篇小说。小说里"有三个酒国。一个是投书给住在首都北京的著名作家莫言,拜莫言为师的业余作者、酒国市酿造大学勾兑专业博士生李一斗所在的酒国市,这个酒国的真实情况,只在李一斗的信中有片段式交代,并在小说的最后一章里得到描写。这是虚构性最弱、与真实生活更接近的酒国,因为在这个酒国的、现实世界里的莫言出现在其中,与虚构人物李一斗通信交往,获得创作素材,最后作家莫言还从北京应邀到访了这个城市。另外两个酒国,是分别由出现在第一个酒国里的专业作家莫言和业余作者李一斗各自虚构出来的作为艺术世界的酒国,它们似乎都以李一斗信中提到和两个作家最后会面的酒国为原型,所以这两个酒国虽全系虚构,但人物和故事有交叠。"② "三重时空结构在小说中互相穿插、互为补充,立体化

---

① 李珺平:《换一只眼睛看莫言——〈酒国〉印象三则》,《湛江师范学院学报》2002 年第 23 卷第 1 期。
② 毕光明:《"酒国"故事及文本世界的互涉——莫言〈酒国〉重读》,《文艺争鸣》2013 年第 6 期。

刻画出'酒国'市真假难分、正邪莫辨的世态人相,恰如其分地传达出一种'荒诞的真实'"①。

叙述视角多元、多重故事文本叠加"衍生"出了小说的复杂性——李一斗所写小说的主要情节与整部小说的主要情节在叙事框架上处于相同的层面,但又与整部小说的主要情节并不相关,整部小说的叙事对象——人物、场景甚至插曲式的事件——散布在两个不同的叙事领域中。由此,整部小说显得颇为"错综复杂":它不但讲故事,也讲叙事者(莫言和李一斗)对这些故事的想法;它不但是莫言所叙述的单个故事,而且也是由李一斗帮助完成的具有多重意蕴的文本;李一斗的故事,与假定是莫言叙述的主要篇幅相互交迭。进而言之,李一斗的故事大部分来自其岳母、岳丈、妻子以及其朋友余一尺的真实记载,由于他把"真实的生活"不断带进莫言虚构的小说,致使莫言那具有自我意识的叙事不但创造了虚构和想象的场景,也混合了已经发生、应当发生以及可能会发生的事件。②小说原本好像是要把丁钩儿塑造成神探亨特式的大英雄,然而,李一斗一篇接一篇的小说,彻底解构了丁钩儿这一形象——什么神圣使命,什么权威话语都在人物的幻觉狂欢中被击得粉碎。可以说:"小说最突出的一个特征就是以自我暴露的叙事破坏叙事的整体性,对保持间距和自圆其说的叙事功能产生自我怀疑"③。

(四)情节富有传奇性

小说"讲述的是一个十分丑恶而又荒诞的城市故事,似乎存在于另一个星球上,又似乎存在于身边。""小说(尤其是丁钩儿活动)的每一个细节、场景、场面,都极为具体、清楚,甚至异常明晰,但所构成的叙述,其整体效果却朦胧、似真似假、让人摸不着头脑"④,仿佛被酒

---

① 黄善明:《一种孤独远行的尝试——〈酒国〉之于莫言小说的创新意义》,《当代作家评论》2001年第5期。
② 参见杨小滨《盛大的衰颓——重论莫言的〈酒国〉》,愚人译,《上海文化》2009年第3期。
③ 同上。
④ 李珺平:《换一只眼睛看莫言——〈酒国〉印象三则》,《湛江师范学院学报》2002年第23卷第1期。

浸泡过似的，呈现出极强的恍惚性和迷醉性；如，有人写匿名信揭露酒国有人吃婴孩，丁钩儿奉命调查，但酒国究竟是否有人吃婴孩？丁钩儿究竟调查清楚了没有？……都扑朔迷离；酒国既是小说故事发生的场所，又是小说中李一斗所居住并写作的真实城镇；小说虽无一处明写"吃婴儿"在酒国确有其事，但是，此事却既存在于丁钩儿未能探明的传闻中，又存在于酒博士李一斗夸张的叙事中；丁钩儿和李一斗相互补充，在表象与深层、物质与精神方面来回转换，让人在真真假假、亦正亦邪间不置可否，产生一种"隐隐约约"的感觉，也许作者本人都很难将酒国发生的一切理出一个十分清晰的头绪来。具体到小说某一部分而言，也大抵如此，如第一章，"丁钩儿奉命侦察、去矿山，非常真实，顺畅发展时，出现了看门人被枪击又复活、门房里'热得发冷'的场面；平头接待丁钩儿、引见领导，也非常真实，顺畅发展时，又穿插了进圆木林、葵花林绕不出来，稀里糊涂走到矿长、党委书记办公室的场面。这就象给江山万里图上不时撒落几团水，使之洇开，现出迷朦。似真似幻，似幻似真，不知何处是幻，何处是真？"① 具体到小说中的某一人物而言，亦如此，如余一尺，在小说的"现实"中，他是一个侏儒，拥有众多的情妇，在李一斗所写的小说中，他千杯不醉、家学渊博，自主创业致富，并成为一尺酒店的老板；在李一斗所写的纪实性文字以及余一尺的自述当中，他则一会儿是疾恶如仇、劫富济贫的鱼鳞小子，一会儿是腹中有"酒娥"的酒店小伙计，一会儿是《酒闻奇事录》里迷恋魔术女子的小男孩；而鱼鳞小子在李一斗所写的故事中既可与神童婴儿是同一体又可与之分离，小男孩则既可以是《酒闻奇事录》的主人公，又可能是作者余一尺；在小说中的莫言看来："这个余一尺，是……酒国市的灵魂，在他身上，体现了一种时代的精神。他一半是个天使，一半是个魔鬼"②……

---

① 李珥平：《换一只眼睛看莫言——〈酒国〉印象三则》，《湛江师范学院学报》2002年第23卷第1期。
② 莫言：《莫言文集·酒国》，云南出版集团公司、云南人民出版社2012年版，第150页。

不过，虽然"《酒国》在表面上看是传奇式的作品，故事的离奇和多变，场面的惨烈和揪心，在以往的小说里是少见的"，但是，"作品的内在激流，是深切流淌着的。那其实隐含着对无数无辜生灵的大悲悯，其血泪之中系着托尔斯泰和陀思妥耶夫斯基的情怀，只不过是用侦察员式的故事掩人耳目罢了。"①

（五）描写细腻

小说描写细腻，如：

1. 全驴宴：先是十二冷盘上来，拼成一朵莲花，驴肚、驴肝、驴心、驴肠、驴肺、驴舌、驴唇……全是驴身上的零件；一盆盆热菜则是：酒煮驴肋、盐水驴舌、红烧驴筋、梨藕驴喉、金鞭驴尾、走油驴肠、参煨驴蹄、五味驴肝……"龙凤呈祥"用公驴和母驴的外生殖器为基本原料……

2. 农民金元宝趁天还没亮就抱着自己的孩子小宝去"特购处"出售：

工作人员低声问：
"这孩子是专门为特购处生的是吗？"
元宝嗓子干燥疼痛，话出滞息变音。工作人员继续问：
"所以这孩子不是人是吗？"
"是，他不是人。"元宝回答。
"所以你卖的是一种特殊商品不是卖孩子对吗？"
"对。"
"你交给我们货，我们付给你钱，你愿卖，我们愿买，公平交易，钱货易手永无纠缠对吗？"
"对。"
"好，你在这儿按个手印吧！"工作人员说着，把一张铅印的文字推给他，并推过了印泥盒子。

---

① 孙郁：《莫言：与鲁迅相逢的歌者》，《当代作家评论》2006年第6期。

元宝说：

"同志，俺不识字，这上面写着什么？"

工作人员道：

"是你我刚才的对话。"

元宝把一个鲜红的大指印按到工作人员指给他的位置上。好像完成了一件大事一样，他感到一阵轻松。

一位女工作人员把小宝接过去。小宝还是哭，女工作人员捏了一下他的脖子，哭声立刻止住。元宝佝偻着腰，看着她脱掉小宝的衣服，非常迅速但相当仔细地检查了小宝的全身，连屁股都扒开看，连小鸡儿的包皮也撸上去看。

她拍拍手，对坐在桌后的人说：

"特等！"

元宝激动万分，眼泪差点流出眶外。

另一位工作人员把小宝放到一台磅秤上过了过，然后轻声说：

"二十一斤四两。"

一位工作人员按了按小机器，一张纸嗤嗤响着从机器嘴里吐出来。他对着元宝招手，元宝跨上前一步，听到那人说：

"特等每斤一百元，二十一斤四两，共合人民币二千一百四十元。"

他拍给元宝一堆钱，连同那张纸，说：

"你点点清楚。"

元宝手指哆嗦，捞过钱来，胡乱数了一下，脑子里一团模糊，他紧紧地攥住钱，带着哭腔问：

"这些钱归俺啦？"

那人点点头。[①]

如此细腻的描写，把农民的愚昧麻木和自卑表现得淋漓尽致，也揭

[①] 莫言：《莫言文集·酒国》，云南出版集团公司、云南人民出版社2012年版，第64—65页。

示了正是由于极度的贫困和长期的压抑才导致了农民如此的毫无感情和自尊。

3. 丁钩儿之死：

  他却跌进了一个露天的大茅坑，那里边稀汤薄水地发酵着酒国人呕出来的酒肉和屙出来的肉酒，漂浮着一些鼓胀的避孕套等等一切可以想象的脏东西。那里是各种病毒、细菌、微生物生长的沃土，是苍蝇的天国，蛆虫的乐园。侦察员感到这里不应该是自己的归宿，在温暖的粥状物即将淹至他的嘴巴时，他抓紧时间喊叫着："我抗议！我抗——"，脏物毫不客气地封了他的嘴，地球引力不可抗议地吸他堕落，几秒钟后，理想、正义、尊严、荣誉、爱情等等诸多神圣的东西，伴随着饱受苦难的特级侦察员，沉入了茅坑的最底层……①

这些描写细腻而又全面，残忍而又"毫不客气"地写出了丁钩儿的死况。

4. 名菜"麒麟送子"（红烧婴孩）：

  那男孩盘腿坐在镀金的大盘里，周身金黄，流着香喷喷的油，脸上挂着傻乎乎的笑容，憨态可掬。他的身体周围装饰着碧绿的菜叶和鲜红的萝卜花。侦察员丢魂落魄般望着男孩，吞咽着翻卷而上的胃中液体。男孩水灵灵的眼睛回望着他，鼻孔里喷出热气，嘴唇翕动，好象要开口说话……②

这些描写生动形象，不仅活灵活现地描写出了这道"菜"的"神

---

① 莫言：《莫言文集·酒国》，云南出版集团公司、云南人民出版社 2012 年版，第 273—274 页。
② 同上书，第 66 页。

情",而且还仔细地描写了食客的贪婪。

(六)象征主义色彩浓郁

"象征,此前也多有所见,但从来没有《酒国》那样浓厚、那样深刻、那样别出心裁,那样以总体特征呈现出来,那样耐人寻味。在当代文坛,很少有莫言这样对人性、对中国文化的深刻认识,知道自己想说什么,并敢于、而且巧于把它说出来的人。""'吃肉孩',就是一个象征。""小说仅有的亮色——看守陵园的'老革命',竟被饿鼠啃光头颅,饱含寓意:腐败无孔不入,守成者正在被咬啮、蚕食、消灭","由此,也不能不把《酒国》看成一个大象征,它象征着当时的整个社会。小说的生活固然夸张得变了形,但仍能窥见现实的影子,就象阅读《西游记》能窥见人间万象一样。"[①]"作者正是用虚构的吃'红烧婴儿'这个故事,来象征贪婪奢侈的酒国正在对中华民族的伦理道德进行全面的颠覆,象征着部分腐败者吃掉的不是酒和肉,而是社会风气和我们的下一代。"[②]小说"毫无疑问的是一部含意深长的、具有象征意味的书。"[③]

(七)线索清晰

小说"用两条情节线来串联故事、刻画人物。第一情节线(主线)出现在小说的第一时空结构即第一文本系统,这条情节线写高级侦察员丁钩儿在酒国市的办案经过:'大名鼎鼎'的'王牌侦察员'丁钩儿接上级命令,赴酒国市调查'杀食婴儿'的重大案件……第二情节线(辅线)出现在小说的第二时空结构即第二文本系统,这条情节线写专业作家莫言和酒国市业余作家李一斗的交往经过:文学青年李一斗倾慕莫言的才华和声名,写信拜师求教,寄上自己创作的小说,希望获得莫言的

---

① 李珺平:《换一只眼睛看莫言——〈酒国〉印象三则》,《湛江师范学院学报》2002年第23卷第1期。

② 殷宏霞:《"吃人"意象的精神呼应——从鲁迅〈狂人日记〉到莫言〈酒国〉》,《周口师范学院学报》2014年第31卷第3期。

③ 莫言:《向格拉斯大叔致意——文学的漫谈》,《小说的气味》,春风文艺出版社2003年版,第34页。

指点和推荐。"①

（八）精妙地运用了多种修辞手法

1. 比喻

如，"他们仿佛被拴在一根粗大的红绳子上，好像一串鱼，好像一根枝条上缀着的肥硕果实……光焰亮白如炭，孩子们宛若一大串烤熟的小鸟，撒了一层红红绿绿的调料，香气扑鼻。"②

"她的唇凉飕飕的，软绵绵的，没有一点弹性，异常怪诞，如同一块败絮。"③

……

2. 夸张

"舌头上的味蕾齐声欢呼，腮上的咬肌抽搐不止，喉咙里伸出一只小手，把那片东西抢走了。"④

这些夸张把丁钩儿的贪食情状描写得可谓穷形尽相。

"我听到儿童们在蒸笼里啼哭，在油锅里啼哭。在砧板上啼哭。在油、盐、酱、醋、糖、茴香、花椒、桂皮、生姜、料酒里啼哭。在你们胃肠里啼哭。在厕所里啼哭。在下水道里啼哭。在江河里啼哭在化粪池里啼哭。在鱼腹里啼哭在庄稼地里啼哭。在鲸鱼、鲨鱼、鳗鱼、鱿鱼、带鱼等等的肚腹里，在小麦的芒尖上、玉米的颗粒里、大豆的嫩荚里、蕃薯的藤蔓上、高粱的茎杆里、谷子的花粉里等等啼哭。哭啊哭，令人不忍卒听的啼哭声，从苹果里、鸭梨里、葡萄里、桃里杏里核桃里发出。水果店里是婴孩的哭声。蔬菜店里是婴孩的哭声。屠宰场里是婴孩的哭声。酒国的盛宴上回响着一个个被害男童的令人毛骨悚然的啼哭声。"⑤

---

① 黄善明：《一种孤独远行的尝试——〈酒国〉之于莫言小说的创新意义》，《当代作家评论》2001年第5期。
② 莫言：《莫言文集·酒国》，云南出版集团公司、云南人民出版社2012年版，第13页。
③ 同上书，第4页。
④ 同上书，第73页。
⑤ 同上书，第69页。

这些夸张有力地控诉了贪官污吏们"吃婴孩"的罪恶，揭露了贪官污吏们享乐的无耻性，指出了他们的享乐是建立在另外一部分人的生命被摧残之上的。

……

3. 戏仿

"小说中语言的戏仿多出自在李一斗和罗山煤矿的矿长、党委书记、烈士陵园看门人老革命这几位人物口中。他们说话的主要特点是大词小用，也就是喜欢运用成语、俗语、革命话语描述身边事物和内心感受，及熟练地将人生、政治、革命的大道理应用到日常小事上，其中的逻辑看似顺理成章、严密审慎，让人难以否认，但实际上多是偷换概念。"①

如"身在酒国，心在文学……我为了文学真格是刀山敢上，火海也敢闯，'为伊消得人憔悴，衣带渐宽终不悔'……我拜读了您的所有大作，对您佩服得五体投地，一魂出世，二魂涅槃"②。

"那里的一山一水一草一木都将唤起我们对金副部长的敬仰，一种多么亲切的感情啊。想想吧，就是从这穷困破败的村庄里，冉冉升起了一颗照耀酒国的酒星，他的光芒刺着我们的眼睛，使我们热泪盈眶，心潮澎湃……童年时期的痛苦与欢乐、爱情与梦想……连篇累牍行云流水般地涌上他的心头时，他是一种什么样的精神状态？他的步态如何？表情如何？走动时先迈左脚还是先迈右脚？迈右脚时左手在什么位置上？迈左脚时右手在哪里？嘴里有什么味道，血压多少？心率快慢？笑的时候露出牙齿还是不露出牙齿？哭的时候鼻子上有没有皱纹？可描可画的太多太多，腹中文辞太少太少。"③

"您的话像一声嘹亮的号角、像一阵庄严的呼啸，唤起了我蓬勃斗志。我要像当年的您一样，卧薪吃苦胆，双眼冒金星，头悬梁，锥刺股，拿起笔，当刀枪，宁可死，不退却，不成功，便成仁……我这篇小

---

① 李萌：《〈酒国〉的叙事分析》，硕士学位论文，山东大学，2015年。
② 莫言：《莫言文集·酒国》，云南出版集团公司、云南人民出版社2012年版，第21页。
③ 同上书，第28页。

说，属于'严酷现实主义'的范畴……这篇小说无疑是'黑暗王国里的一线光明'……'彻底的唯物主义者是无所畏惧的'……是我党的光荣传统之一。"①

"寄上新作《神童》。此篇所用手法是'妖精现实主义'"……"②。

"我立志要像当年的鲁迅先生弃医从文一样弃酒从文，用文学来改造社会，愚公移山，改造中国的国民性"③

"这是个富有诗意、健康活泼的夜晚，因为在这个夜晚里，探险与发现手拉手，学习与工作肩并肩，恋爱与革命相结合，天上的星光与地下的灯光遥相呼应，照亮了一切黑暗的角落。"④

"龙与凤是我们中华民族的庄严图腾，至高至圣至美之象征，其涵义千千万万可谓罄竹难书……这盘驴街名菜的加工制作过程与我们的文学艺术的创作过程何其相似乃尔。都是源于生活高于生活嘛！都是改造自然造福人类嘛！都是化流氓为高尚、化肉欲为艺术、化粮食为酒精、化悲痛为力量嘛！"⑤

"大人不见小人的怪，宰相肚里跑轮船"⑥。

"更加令人振奋的是，我岳父袁教授只身上了白猿岭，蓬头垢面，鹤发童颜，与猿猴交友，向野兽学习，汲取了猴子的智慧，继承了祖宗的传统，借鉴了外来的经验，古为今用，洋为中用，猴为人用，终于试验成功了独步世界，一滴倾城的猿酒！"⑦

……

——以上这些句段中都有对"时代语言"或"历史语言"的"戏仿"；在这些戏仿中，"主流话语的伟岸风格蜕变成高调的废话、无耻的谎言，它既过于虚弱，又过于强壮：它的虚弱在于它的叙事没有能力把

---

① 莫言：《莫言文集·酒国》，云南出版集团公司、云南人民出版社 2012 年版，第 48 页。
② 同上书，第 82 页。
③ 同上书，第 478 页。
④ 同上书，第 108—109 页。
⑤ 同上书，第 136 页。
⑥ 同上书，第 148 页。
⑦ 同上书，第 268 页。

握客观现实,而它的强壮在于它的意识形态优势有能力感召大众。"①

4. 反讽

小说中的许多"戏仿"也是一种反讽。

此外,小说还有一些反讽,如,"你知道酒是什么?酒是一种液体。屁!酒是耶稣的血液。屁!酒是昂扬的精神。屁!酒是梦的母亲、梦是酒的女儿。这还有点沾边,他咬牙瞪眼地说,酒是国家机器的润滑剂,没有它,机器就不能正常运转!"②

……

五

小说也存在着一些不足之处,具体地说:

(一)叙事紊乱。

小说叙述视角多元、多重故事文本叠加固然有其独特的优长,但也有其不容忽视的缺憾,其中最为明显的是造成了叙事紊乱——以丁钩儿的视角所叙述的故事、以李一斗的视角所叙述的故事、以作为小说中的一个人物的作家莫言的视角所叙述的故事所构成的多重故事文本看上去相互联系,如果单提取出其中之一来看则清楚明白,线索也清晰;可是,当它们相互混合杂糅在一起后就造成了紊乱,同时,也使小说显得支离破碎;读者在阅读小说时,"既需要想象、联想,又需要感受、理解,还需要不断的回顾、唤醒,对普通读者来说,无异于受罪,是一种艰难的跋涉。"③

(二)作为叙事者的莫言出现在小说中容易造成视听混淆,影响了小说的魅力。

从小说文本来看,作为作者的莫言,其小说创作始于作为叙事者的莫言在接到李一斗第一封信之前,但他的小说创作又似乎是对李一斗

---

① 杨小滨:《盛大的衰颓——重论莫言的〈酒国〉》,愚人译,《上海文化》2009 年第 3 期。
② 莫言:《莫言文集·酒国》,云南出版集团公司、云南人民出版社 2012 年版,第 152 页。
③ 李珺平:《换一只眼睛看莫言——〈酒国〉印象三则》,《湛江师范学院学报》2002 年第 23 卷第 1 期。

"纪实"写作的一种（先知先觉的）回应；不过，又绝不能把莫言的写作归结于李一斗的启发，因为说到底，从文本外的角度看，李一斗也不过是莫言整部小说里的一个人物罢了。也就是说，是作者莫言使李一斗似乎独立于小说中的叙事者莫言。但这种对作者莫言和叙事者（人物）莫言的权宜区分只对分析小说具有一定的有效性，而对小说的魅力则产生了负面性的影响。同时，小说结构的反讽性要求呈现二者的不可区分，所以作者莫言只能陷入他所制作的文本中不可自拔，并且无法控制叙事的进展。①

（三）"色调"过于阴暗，缺少温情。

小说中的所有人物和事件无一稍有一点亮色，字里行间无不充斥着一种调侃与讽刺的意味，对"善有善报，恶有恶报"这一最崇高的悲悯，有点熟视无睹——酒国市的腐败官员们不仅没有被绳之以法，反而把丁钩儿这个业绩良好的"特级侦查员"拉下水，让他成为一个腐败分子，最后，还未得好死——溺死在茅厕里。

（四）有些"情节"过于"血腥"。

如酒国市里"一道最有名的菜，叫做'麒麟送子'（即红烧婴孩——引者注）"的做法："第一步，是放血……放血后的肉孩，比不放血的肉孩，味道要鲜美的多。这一步的目的很简单：放出肉孩体内的血，放得越干净、肉的色泽愈好。放血不彻底的肉孩，制成成品后，色泽晦暗，腥味较重……选择切口的位置，是为了保持肉孩的完整性，一般采用从脚底切口，暴露出动脉血管，然后切断引流……肉孩不哭也不叫，刀口已切开，一线宝石一样艳丽的红血，美丽异常地悬挂下来，与他脚下的那只玻璃缸联系在一起……肉孩的血被控干，第二步，要尽可能完整地取出内脏；第三步，用70℃的水，屠戮掉他的毛发……"②

---

① 参见杨小滨《盛大的衰颓——重论莫言的〈酒国〉》，愚人译，《上海文化》2009年第3期。
② 莫言：《莫言文集·酒国》，云南出版集团公司、云南人民出版社2012年版，第189—190页。

（五）有些"叙事"过于"肮脏"。

如，"我们酒国市委蒋书记用童便熬莲子粥吃"①；以公驴和母驴的外生殖器为基本原料做名菜"龙凤呈祥"——"一根驴屌，一扇驴尻，插在一起，往盘里一放……公驴的变成一条乌龙，母驴的变成一只黑凤，一龙一凤，吻接尾交"②。这些文字"严重冲击读者的审美原则"，"往往并不直接产生意义，也不利于小说情节的推进"③，并且变态地"发扬"了"审丑"的独特魅力的做法，也冲击了传统的话语体系。

……

（六）小说"没有谴责集体意识中的潜在病态是十恶不赦的，反而在美食所包含的欣喜和愉快中呈现这样的病态场面。"④

（七）硬伤。

1. 李一斗时而说"我是酒国市酿造学院勾兑专业的博士研究生"⑤，时而说"我是酿造大学勾兑专业的博士研究生，我的导师是我的岳父。"⑥

——"酿造学院"与"酿造大学"，两者必有一错。

2. "午休时刻，元宝抱着小宝，终于站在了烹饪学院特别收购处的门前"⑦

"故事在烹饪学院特别收购部里展开，时间是从傍晚开始的。"⑧

——"烹饪学院特别收购处"与"烹饪学院特别收购部"，两者必有一错。

（八）有"矫揉造作"之嫌。

总的来看，莫言丰富的乡村生活经验使其小说具有浓厚的乡土气息，但《酒国》却"大异其趣"——它在形式上属侦探小说，故事情节

---

① 莫言：《莫言文集·酒国》，云南出版集团公司、云南人民出版社2012年版，第81页。
② 同上书，第135—136页。
③ 李萌：《〈酒国〉的叙事分析》，硕士学位论文，山东大学，2015年。
④ 杨小滨：《盛大的衰颓——重论莫言的〈酒国〉》，愚人译，《上海文化》2009年第3期。
⑤ 莫言：《莫言文集·酒国》，云南出版集团公司、云南人民出版社2012年版，第21页。
⑥ 同上书，第24页。
⑦ 同上书，第62页。
⑧ 同上书，第83页。

发生在"酒国市",脱离了作家小说惯有的乡土语境,语言风格明显地被刻意地抑制,如一开篇就是"省人民检察院"、"拉煤的解放牌卡车"①;一些细节描写所描写的也是一些与现代城市生活、工业有关的事物:"他用食指轻轻地戳了一下她的胸脯,就像戳了机器的启动按钮一样……"②、"像透明玻璃杯里的啤酒泡沫一样"③……而这种描述又极力往细腻的方向发展:"圆形大餐桌分成三层,第一层摆着矮墩墩的玻璃啤酒杯,高脚玻璃葡萄酒杯,更高脚白酒杯,青瓷有盖茶杯,装在套里的仿象牙筷子,形形色色的碟子,大大小小的碗,不锈钢刀叉,中华牌香烟,极品云烟,美国产万宝路,英国产555,菲律宾大雪茄,特制彩盒大红头火柴,镀金气体打火机,孔雀开屏形状假水晶烟灰缸。第二层已摆上八个凉盘:一个粉丝蛋丝拌海米,一个麻辣牛肉片,一个咖喱菜花,一个黄瓜条,一个鸭掌冻,一个白糖拌藕,一个芹心,一个油炸蝎子。丁钩儿是见过世面的人,觉得这八个凉盘平平常常,并无什么惊人之处。圆盘的第三层上,摆着一盆生满硬刺的仙人掌。"④"白酒杯里斟上了茅台,葡萄酒杯里斟上了王朝干红,啤酒杯里斟上了青岛啤。"⑤……小说整体是以内聚焦模式进行的,所描写的必然是丁钩儿能够注意和观察到的细节,然而,这种观察不像是一个从省城来的人会注意到的——一个经验丰富的侦察员即使有着优于常人的洞察力,也不会让他把各种香烟、啤酒的品牌都一一甄别出来,更不可能对身边习以为常的事物如此感兴趣,这种描写虽然能让读者更加愤慨于酒国的腐败,但恐怕对表现丁钩儿的侦察没有多大益处。小说所描写的丁钩儿在醉酒后的幻觉不真实——"英猛的、像奔驰在哥萨克草原上的一匹烈马一样的伏特加(vodka)变成了他,粗犷豪放、粗中有细、富有冒险精神、富有刺激性、像狂欢的西班牙斗牛士一样的格涅克(cognac)变成

---

① 莫言:《莫言文集·酒国》,云南出版集团公司、云南人民出版社 2012 年版,第 1 页。
② 同上书,第 3 页。
③ 同上书,第 5 页。
④ 同上书,第 36 页。
⑤ 同上书,第 37 页。

了他。他吃一口红辣椒，咬一口青葱，啃一口紫皮蒜，嚼一块老干姜，吞一瓶胡椒粉，犹如烈火烹油、鲜花簇锦，昂扬着精神，如一撮插在鸡尾酒中的公鸡毛，提着如同全兴大曲一样造型优美的'六九'式公安手枪，用格拉帕（grappa）那样的粗劣凶险的步态向前狂奔"①；这种附带着完整细节，甚至连英文名字都标注出来的话语，显然不可能是一个感到屈辱的醉酒者、一个满含愤怒的行凶者的脑海中的意识流动；也显然不是一个对现代生活习以为常的作家会给予过多关注的事物。而"一条一米宽的、铺着猩红地毯的道路，通向一条灯光华丽的走廊"②则显示了作家对城市想象力的匮乏……

这些给人的感觉有点是：尽管作家长期生活在城市，应该深切地感受了城市生活，但实际上却仿佛没有深入城市生活，更没有将自己的城市生活化为自己的写作经验，便试图以意象的堆砌来掩饰面对自己所不熟悉的题材所产生的焦虑。③

不过，小说尽管还存在着这些不足之处，但总的来说，仍然不失为一部非凡之作——它"改变了当代小说的平庸的格局，它的分量足可以和以往的任何一部白话作品相媲美。"④

---

① 莫言：《莫言文集·酒国》，云南出版集团公司、云南人民出版社 2012 年版，第 210 页。
② 同上书，第 34 页。
③ 参见李萌《〈酒国〉的叙事分析》，硕士学位论文，山东大学，2015 年。
④ 孙郁：《莫言：与鲁迅相逢的歌者歌者》，《当代作家评论》2006 年第 6 期。

第五章 《食草家族》

一

《食草家族》最初由华艺出版社于1993年12月出版。

莫言在《卷首语》中说:"这本书是我于1987—1989年间陆续完成的。书中表达了我渴望通过吃草净化灵魂的强烈愿望,表达了我对大自然的敬畏与膜拜,表达了我对蹼膜的恐惧,表达了我对性爱与暴力的看法,表达了我对传说和神话的理解。当然也表达了我的爱与恨,当然也袒露了我的灵魂。丑的和美的,光明的和阴晦的,浮在水面的冰和潜在水下的冰,梦境与现实。"①

食草家族是由一匹红色母马驹所变成的一个姑娘与一个小男孩结合后历经许多代的繁衍而形成的。

小说的背景为高密东北乡,整部小说由六"梦"组成。

第一梦:《红蝗》

"我"莫名其妙地被一个散发着性感气息的摩登女人打了两个耳光。

"我"百思难解她为什么要打"我"——因为"我"和她素不相识。在她打"我"之前的五十分钟,"我"在京城的"太平洋冷饮店"北边的树荫下观赏挂在树杈上的鸟笼子和笼子里的画眉。"我"一直迷恋着蹄铁敲击石头发出的美妙的音乐。几年前的一个深夜里,一辆夜间进城的马车从"我"居住的高楼前的马路上匆匆跑过,"我"非常兴奋,在

---

① 莫言:《莫言文集·食草家族·卷首语》,云南出版集团公司、云南人民出版社2012年版。

床上折身坐起，聆听着夜间愈显响亮的马蹄声。马蹄声声声入耳，几乎"穿透"了"我"的心。当马蹄声要消逝时，头上十五层的高楼里，似乎每个房间里都响起森林之兽的吼叫声。一个腿有残疾的姑娘，从动物园里录来各种动物的叫声，合成一盘录音带，翻来覆去地放。"我"在楼道的出口经常碰到她，她的眼神如河马的眼神一样流露着追思热带河流与沼泽的神秘光芒。城市飞速膨胀，马蹄声被挤得愈来愈远，蝗虫一样的人和汽车塞满了城市的每个角落，"'太平洋冷饮店'后边的水泥管道里每天夜里都填塞着奇形怪状的动物。"①

"我"是从今年的三月七号开始去树荫下看画眉的。起初，"我"听说迎春花开了，便准备去看花，但刚一出门，就看见一个"我"所认识的教授扶着一个"我"所认识的女学生细长的腰在黑森森的冬青树丛中漫步。教授满头白发，女学生像一朵含苞待放的玫瑰花，谁也没注意他和她，因为他像父亲，她像女儿。他和她是去看迎春花的，"我"就没有追随他们。

三月七号是"我"的生日，这是一个伟大的日子。走在水泥小径上，"我"突然想到，教授在给"我"们讲授马克思主义伦理学时银发飘动，瘦长的头颅晃动着，画着半圆的弧。教授说他挚爱与他患难相共的妻子，把漂亮的女人看得跟行尸走肉差不多。那时"我"们还年轻，"我"们对这位衣冠灿烂的教授肃然起敬。

"我"还是往那边瞟了一眼，教授和女学生不见了。

起初，遛画眉的老头子们对"我"很不放心，因为"我"是直盯着画眉去的，连自己的脚都忘记了。老头子们好像生怕"我"吃了他们的画眉似的。

"我"在九岁的时候，弄死了九老妈的一只鸭子，她嚎哭起来，掉到渠水里，"我"找来喝醉了酒的九老爷把她救了上来。

打"我"耳光的那摩登女人，一身黑纱裙，在过马路时被汽车撞

---

① 莫言：《莫言文集·食草家族》，云南出版集团公司、云南人民出版社2012年版，第2页。

死了。

　　四老爷是九老爷的哥哥，是个中医，他现在九十岁，但还很精神。他在年轻的时候，小媳妇勾引他，他便和她有了奸情，并药杀了她的公公。这段事情一直被大家拿出来调侃。四老爷上知天文下知地理，他给"我"讲述了当年蝗灾爆发的故事。那时，麦田里到处有嘭嘭的爆炸声，那是蝗虫出土的声音；"我"们都属于华丽的大便不臭的食草家族；四老爷对蝗虫还有一种敬畏之情。

　　村子里从四老爷那辈开始禁止同姓通婚——因为长期的同姓通婚会导致通婚者所生的孩子是长蹼膜的。数百年前，一对同姓的男女陷入爱情中，并且女方怀孕了，但还是被族人用火烧死了。

　　四老爷说自己一直不喜欢四老妈，因为她嘴里有铜臭味，也不肯嚼茅草。他抓住了与四老妈通奸的铜锅匠后，用树杈攻击铜锅匠，并弄瞎了铜锅匠的眼。四老爷四十岁的时候为了让神灵保佑村子不被蝗虫入侵，集资修了一座蜡神庙。他在行医之外忙着三件大事：起草休书、筹集银钱修庙、夜里到流沙口村找小媳妇。他九十岁时，蝗灾又发生了。

　　四老爷休了四老妈之后，四老妈骑着毛驴离开。护送她的是曾经看上她的九老爷。四老妈非常悲愤，为了减轻毛驴的负担，她把大鞋子挂在自己的脖子上。路上遇到了当兵的，他们要抢四老妈，九老爷跟他们拼命，铜锅匠也出现了，结果，铜锅匠被打死。

　　蝗灾还没除，四老爷便病倒了，于是，九老爷成了食草家族的领袖。他彻底否定了四老爷对蝗虫的"绥靖"政策，领导族人，一面集资修筑刘将军庙，一面灭蝗，推行了神、人配合的强硬政策。族人在九老爷的指导下，用各种手段惊吓蝗虫——他们敲打铜盆瓦片，嘴里发出壮威的呐喊，或者晃着高竿……但是，蝗虫完全不怕——它们所向披靡，早上起来外面就片绿不剩了。第四十一天的早晨，十架双翼青色农业飞机飞到食草家族领地的上空，灭蝗虫的药粉喷射出来，干部们让大家躲在屋里以防中毒。蝗虫们的幼虫也没有力气出土了。农药消灭了蝗虫，也破坏了高密东北乡的环境时,"我清楚地预感到:食草家族的恶时辰终于到来啦!"①

第二梦:《玫瑰玫瑰香气扑鼻》

"我"叫金豆,是小老舅舅的妹妹的儿子。

黄胡子,脸很长,一双大眼,几根黄胡须,掀唇,满口黄色长牙。他救了一个从对岸来的女人——玫瑰,她怀了孕,所怀的孩子便是"我"小老舅舅。小老舅舅说黄胡子不是"我"的外公。

黄胡子瞧不起"我",说"我"是长着蹼的鸭子、青蛙、杂种。他虐待"我","我"觉得他脑袋里长着一个不停地在吸食他的脑浆的怪物。

支队长买了黄胡子曾经骑过的红马,让黄胡子来养。黄胡子经常被支队长骂,心里非常怨恨。支队长欲与高司令赛马,谁胜了就得到玫瑰。高司令在去参加比赛的时候还带着情人"夜来香"。

黄胡子心里痛恨支队长——他宁愿让高司令获胜;于是,他在马身上扎了针,当支队长即将获胜的时候,针刺马,马跌倒,支队长因此而输掉了玫瑰。

这时,玫瑰已经怀有孩子,那孩子就是"我"娘。支队长就是"我"姥爷。

第三梦:《生蹼的祖先们》

"我"的儿子是一个喜欢残暴地虐待动物的人,乳名叫青狗儿——这乳名是由"我"老婆的姑妈起的。一个持火把的女子把"我"和妻子带进了一个石洞。两个身材魁梧身穿橘黄色号衣的女人从珠帘后钻出来把"我"妻子挟持到一个小房间,"我"跟着持火把的女人去另一个小房间,她穿的衣服薄如蝉翼,她写字告诉"我"她是"我"的老姑奶奶。她在水中洗澡,让"我"也下水,"我"发现她是生蹼的祖先。

爷爷一直告诫"我"们不能进入红树林。四老爷和九老爷相继死去后,爷爷就成了族里的首长;爷爷死去后,由"我"来负责将他送到红

---

① 莫言:《莫言文集·食草家族》,云南出版集团公司、云南人民出版社2012年版,第102页。

树林里。

"我"送儿子上学校时，遇到了长着蹼膜的梅老师；"我"与梅老师关系暧昧，但每次跟她几乎要成事的时候，儿子都会来捣乱。

儿子带"我"到红树林里，"我"们吃了蓝眼睛花，以防止被飞蛇近身。"我"们遇到了三个女考察队员，与她们在一起的三个男考察队员，一个在帐篷外烧开水，一个持笔往本子上抄写什么东西，另一个用录音机录"我"的故事。后来，三位男队员从直升机上掉到湖里死了。那三个女考察队员非常开放，喜欢赤身裸体，"我"与她们赤身裸体地讨论历史。儿子鞭打她们，嘲笑"我"，但后来和她们相处融洽。过了一段时间，儿子不见了，"我"决定去深处寻找他。女考察队员让"我"传一封信出来。"我"被当成奸细抓到皮团长那里。皮团长烧掉了信。在爷爷的求情下，皮团长放过了已经结扎过的"我"。

为了杜绝后代生蹼，皮团长将生蹼的后代集中起来阉割。阉割连续进行了四年，每年阉割一百人，四年共阉割了四百人。有奸情的同族男女被处以火刑。后来，被阉割的孩子长大了，集合起来造皮团长的反。"我"成为司令，同时，"我"任命范碗儿为副司令。在进攻皮团长时，范碗儿拒不从命，取代"我"指挥着大队向前方冲去。他指挥失误，起义被镇压。范碗儿被打了个半死，挂在树杈上晾晒。领导这支队伍的重担便自然地落在"我"身上。皮团长把"我"们全部俘获了。皮团长原本是要给"我"们上刑的，但洋鬼子要来修铁路，抢"我"们的好宝贝，于是，皮团长让"我"们来对付洋鬼子。"我"们通通死在了旷野上。

第四梦：《复仇记》

"我"——"小屁孩"——梦见自己进入了一个芦苇丛，遇到了双胞胎——大毛和二毛。"我"跟他们一起游过湖，坐在一起聊天。

他们的母亲生他们的时候死了，他们总是隐隐约约地看见一个女人，他们觉得那女人就是他们的母亲。以前，他们的爹总是处在半醉状态之中。他们像狗一样长大了，总穿一件杏黄色的衣服。自从他们的爹带回来一只猫并且拴在树上后，他们就折磨猫，并且养成了舔舐猫毛的癖好。他们的爹非常愤怒地骂他们是狗娘养的。他们的爹大概是在去杀阮书记时被打得血肉模糊，回来后就死了；他在临死前告诉他们：他们的娘在十八年前被阮书记强奸了，仇报了一半，剩下的仇要他们接着报，直到把阮书记干掉，否则，他们也会死在阮书记的手里。

"我"听说在一个非常寒冷的冬天，阮书记买来九百头猪，让大毛、二毛的爹养猪，猪每天都会死一两头。一个吹军号的小伙子叫沫洛会，个子矮小，像个小警卫。阮书记经常脚痛，晚上会用火烤。王先生是一个白胡须、身材高大、学过武功懂中医的人，他赞同阮书记用火烤痛脚的做法。大毛、二毛爹让大毛、二毛给阮书记舔脚后跟，之后，阮书记的脚奇痒难忍，而且只有当大毛、二毛舔阮书记的脚时，阮书记的脚才不会奇痒难忍。

爹叫来阮书记、王先生、沫洛会一起吃死猪肉，又让大毛、二毛舔阮书记的脚。

大毛、二毛因心怀不满，咬了阮书记的脚，于是，赤脚医生小毕被叫来——她是城里人，与阮书记有染；阮书记答应让她回城上大学；小毕有怀孕迹象，呕吐了几次。

因为阮书记强奸过大毛、二毛的母亲，所以，他们的生父可能是阮书记，他们的父亲便辱骂他们——其实，他声声骂的是阮书记；他让他们表演手淫，与驴交配，以此来报复阮书记。

大毛、二毛潜伏在草垛里，商议着如何复仇。"我"帮助他们一起偷了钥匙，从狗洞爬进屋，偷了皮袄，"我"假扮成妖精，把小狗儿都吓死了，"我"本来想下毒把阮书记和他老婆毒死，结果猪出来捣乱，便没有成功。"我"因为太饿了，钻出草垛偷吃的，被民兵抓住后当成反革命分子带到阮书记那里。阮书记当着大家的面处死了老七。接下来枪毙了"我"。"我"的灵魂离开肉体看到围观的群众，"我"打了杀"我"的士兵一个耳光，进到村里以后遇到了大毛、二毛的爹娘——他们的爹殴打他们的娘。大毛、二毛知道"我"被杀了，他们跑到阮书记家放火,去行刺但行刺没成功。后来,他们偷了白菜,驾着船找九姑帮忙斩阮书记的灵魂。新任书记到任了,他号召全体村民有仇的报仇,有冤的伸冤,阮书记的家财也被抢劫一空。大毛、二毛去阮书记家给他们的父母报仇,想砍他的腿,但不敢动手。阮书记为了不使断腿因长短不一而不好看,便拿尺子量好腿的尺寸,之后,自己动手用斧子剁去双腿。

街上有一个无腿的疯子在唱戏乞食。周围一圈人在看。一个老太太给他饭吃却被他责骂。寒食节的晚上,大家都在讲述有关很古很古的时候,村里一对孪生兄弟报仇的可怕故事。

第五梦:《二姑随后就到》

在管家,一个生蹼的孩子——二姑——出生了。

身兼族长和村长的大爷爷与大奶奶一起怂恿二姑的爹即三爷爷把二姑杀死。三爷爷把二姑放在襁褓中,带到荒郊野外的破庙前,想让她自生自灭。没想到一个白发老人把二姑抱回来,并警告他们不能抛弃婴儿,三爷爷便决定把二姑养大。二姑充满野性,喜欢咬人,像狗一样四脚着地、披头散发。后来逐渐长大,出落得很大方的她带着一群土匪到家里来报仇,大爷爷大奶奶顽强抵抗,但没有成功。大爷爷那辈有7个兄弟,生出了48个姑娘,个个如花似玉。"我"父亲那辈有16个男孩,"我"这辈有四个兄弟,就"我"比较聪明伶俐,其他三个一个是哑巴,一个是瞎子,一个是痴呆。大爷爷那辈因为疾病和战争就剩下老大和老小。

二十年后,二姑的儿子天和地回来报仇。他们出现时正好北方有彩虹,食草家族认为那不吉利,会有血光之灾。天和地声称二姑稍后就到,大家人心惶惶。天和地迅速杀害了大爷爷,大奶奶被折磨至死。七爷爷和七奶奶殷勤招待天、地,希望自己的性命能被保住,但是,还是被天、地杀死了。天和地让48个女人每人从口袋里摸一张刻有二姑发明的刑名的骨牌选择一种刑法——每一种刑法都惨绝人寰。大家等待着二姑的出现,但是,二姑一直没有露面;大家互相交换骨牌、争争吵吵，最后，都陷入睡梦中……

第六梦：《白驹横穿沼泽》

爷爷在世的时候跟"我"说过一个故事，现在，"我"说给孙子听——

一群人在迁徙的途中，最后，除一匹红色母马驹和一个小男孩外，其他的人和马都死了。马驹对小男孩说："咱俩做一对夫妻吧……"[①]，但是，在"结成夫妻之后，你永远不能提一个马字……"[②] 小男孩同意了。马驹说："小哥哥你闭眼吧！"[③] 只听得一声响，好像马嘶。男孩睁开眼，站在他面前的竟是一个千娇百媚的姑娘，她说"我的名字叫草香"[④]。他们到了一个蛮荒之地生活，先生下了一对双胞胎男孩，后生了一对双胞胎女孩……草香误吃了彩球鱼的卵块之后，便丧失了生育能力。一转眼十几年，两男两女长大了。她们和他们竟偷偷地干起了欢爱之事。早已长成身强力壮的男人的小男孩在发现此事后用猎枪把一双儿女当场打死，剩下的一双儿女躲在其母亲背后。草香眼里流着泪，为孩子开脱……他骂道：打死你们这两个母马养的畜生！一语未了，就听得一声巨响，犹如山崩地裂，地上升起红色的烟雾，一匹火红色的马驹被那浪涛翻滚般的烟雾卷跑了……ma！ma！男孩和女孩搂抱着，喊叫着。他立刻后悔了，马驹在烟雾中升腾时，两只流泪的大眼睛里射出的仇恨箭矢般扎在他的心上。只用了一天工夫，他就由一个膘肥体壮的大汉变成了一具又黑又瘦的活死尸。

二

小说中重要的人物有四老爷、四老妈、二姑（二姑奶奶）、黄胡子、老四、阮书记等。

[①] 莫言：《莫言文集·食草家族》，云南出版集团公司、云南人民出版社2012年版，第320页。

[②] 同上。

[③] 同上。

[④] 同上。

（一）四老爷

四老爷是一个中医，也是族长。他一表人才，为人和善——他所主持的大家族一直都是宽松和谐的；九老爷当着众小辈的面抖落出他的风流韵事，他只是仇视了九老爷一下后就凄凉、悠长地笑了起来。能力强——他不仅当族长，主持大家庭的事务，而且还有能力开中药铺子。细心、敏感——他通过一些蛛丝马迹很快就发现四老妈和铜锅匠之间的奸情。有一些怪异的癖好——他爱咀嚼青草，喜欢在麦田里拉屎。粗俗、鲁莽——小蚂蚱飞到他脸上，他伸手便拍；路边浅沟里，有一个碗口大的蚂蚱团体正在膨胀，转瞬就要爆炸，他蹲下身，伸出一只大手，狠狠抓了一把。阴险——在发现四老妈和铜锅匠之间的奸情后，他不动声色地当场捉住正在通奸的两人。心术不正——他看到漂亮丰满的小媳妇便想占有，甚至为了小媳妇而与自己的弟弟九老爷反目成仇。狠毒——在四老妈和铜锅匠偷情时，他拿一支树杈子毫不留情地戳瞎了铜锅匠的眼睛，而且在做这一系列事情的时候很亢奋；为了长期占有小媳妇，他利用开药铺之便药杀了小媳妇的公公。自私、卑鄙——他自己早已和小媳妇有奸情，背叛了四老妈，但反过来捉四老妈的奸，借此"名正言顺"地休掉了四老妈，以便让自己与小媳妇在一起。贪财——在集资修筑蜡神庙的过程中，他贪污了一笔银钱；虽然熟知《本草纲目》，深晓药理，但还是用铁药碾子轧碎蝗虫团成梧桐子大的"百灵丸"出售，骗了成千上万的金钱。迷信——在蝗灾发生的时候，他不是积极组织抗灾，而是组织建庙，想通过神来解决问题。

（二）四老妈

四老妈是一个农妇，四老爷的妻子。她泼辣、勇敢、富有反抗精神——四老爷与小媳妇勾搭成奸，她便与铜锅匠通奸；在被四老爷下休书后，她痛斥四老爷"只许州官放火，不许百姓点灯"[①]。大度、心胸开阔——被休回娘家时，"四老妈端坐驴背犹如菩萨端坐莲花宝座那般

---

① 莫言：《莫言文集·食草家族》，云南出版集团公司、云南人民出版社2012年版，第54页。

的雍容大度端庄富丽馨香扑鼻"①。骚情——她在被四老爷下休书后，胸前挂着两只大鞋，大鞋刚好趴在她丰满的乳房上，骑着驴飞跑，她脸上出现了"狂荡迷乱，幸福美满"②的表情，之所以如此，是因为"毛驴飞奔，瘦削的驴背不停地摩擦和撞击着四老妈的大腿和臀部，那两只大鞋不停地轻轻拍打着四老妈高耸的乳房。驴背摩擦和撞击着的、大鞋轻轻拍打着的部位，全是四老妈的性敏感区域，四老妈因被休黜极度痛苦，突然受到来自几个部位的强烈刺激，她的被压抑的情欲，她的复杂的痛苦情绪，在半分钟内猛然爆发，因此说她在那一瞬间超凡脱俗进入一种仙人的境界并非十分的夸张。"③

（三）二姑（二姑奶奶）

二姑生来带着蹼膜。她最主要的特点是具有反叛性——其一，她的出生便是一种反叛。由于在食草家族中，生蹼是一种耻辱；当年为了不生出带蹼膜的孩子，食草家族对有蹼膜的男孩进行了严酷的阉割手术，生蹼的人渐渐消失；但二姑在出生时，手上生着蹼膜，这"带给整个家族的是一种恐怖混合着敬畏的复杂情绪。"④同时，也把自己的娘吓死了。其二，她曾有过直接的反叛行为。因为她生来生蹼，所以，在她出生后，她的父亲欲将她弃之野外；后来，她侥幸活了下来；长大之后，她将自己的父亲杀死，之后，便消失得无影无踪。其三，她消失二十年后，派她的两个儿子天和地回来报仇，天和地迅速杀害了大爷爷，大奶奶被折磨至死。七爷爷和七奶奶殷勤招待天、地，希望留其性命，但是，还是被杀死。天和地让48个女人每个人选择一种二姑发明的刑法，每一种都惨绝人寰。

（四）黄胡子

黄胡子是一个农民。他看起来懦弱、窝囊——自己所爱的女人是玫

---

① 莫言：《莫言文集·食草家族》，云南出版集团公司、云南人民出版社2012年版，第59页。

② 同上。

③ 同上。

④ 同上书，第279—280页。

瑰，但眼睁睁地看着玫瑰被支队长抢走，之后还得给支队长养马；在玫瑰被支队长用作赛马的赌注时，他虽对支队长恨之入骨，但仍然接受支队长的钱，听从支队长的吩咐做事。但他实际上有心计、阴狠——自己得不到玫瑰，便给马蹄钉钉，让支队长把玫瑰输给高司令，并打死了支队长。

（五）老四

老四是一位农民，大毛、二毛的爹。他懦弱——连自己的老婆都保护不了，阮书记强奸他老婆，他只能听之任之；明知大毛、二毛不是自己的亲生儿子，但还得抚养。残忍——自己的老婆被阮书记强奸了，他认为是她背叛了他，便将她折磨至死；小屁孩死了后其灵魂看见老四的灵魂不停地打骂老四的妻子。阴狠——他虽然抚养大毛、二毛，但因为认为他们不是自己的孩子，便虐待他们，骂他们是狗养的，让他们变得很乖戾；借大毛、二毛逗猫把猫杀了吃了之事，不给饭他们吃，逼他们做下作的事情；他之所以抚养大毛、二毛，从根本上来说，是为了报仇：一方面，他故意教坏大毛、二毛，让他们做很多匪夷所思、很令人感到羞耻的事情，并让阮书记看见，让阮书记看看自己的"两个坏儿子"；另一方面，他在临死时，叮嘱大毛、二毛要完成他没有完成的向阮书记报仇的任务。狭隘——仇恨和怨气蒙住了他的双眼，使他内心充满仇恨，时时刻刻想着要复仇，于是，干出了各种极端的事情，表现得十分的残忍、血腥、变态。他的仇恨不仅指向阮书记，而且还牵连了无辜的人和同样也受到伤害的人。

（六）阮书记

阮书记是一个农村干部。他好色——王先生说他就是大公鸡，把全村的母鸡都踩遍；他强暴了大毛、二毛的母亲，占有了赤脚医生小毕。虚伪、狡猾——他诱哄小毕，说会让她到城里上大学，但是实际上是诱使她留下来，让她供他淫乐。狠毒——他强暴了大毛、二毛的母亲，打死了他们的父亲。自暴自弃——他最后自己锯掉了自己的双腿，接受大毛、二毛的寻仇。豪爽——他在失势后，大毛、二毛找他报仇，他神情坦然、从容不迫、满不在乎地砍掉了自己的双腿。

三

小说通过其内容及一系列人物,尤其是四老爷、四老妈、二姑(二姑奶奶)、黄胡子、老四、阮书记等人物所表达的主旨大致有以下几点:

(一)揭示了人与自然的关系,表达了一种对大自然的敬畏和膜拜

在小说中,食草家族的人由于每天吃草,牙齿特别白,嘴里还有一股草的清香,也很少有便秘的问题,拉屎对于食草家族的人来说是非常惬意享受的,四老爷很喜欢去野外拉屎。为了保护庄稼,为了每天能有草吃,为了继续繁衍下去,食草家族的人与蝗虫斗争。五十年前,食草家族的人修庙祈祷神灵来驱赶蝗虫;五十年后,蝗虫卷土重来,因此,食草家族的人又得依靠自己的力量来对付蝗虫。

蝗灾是一种具有毁灭性的灾难,但也是大自然给人的一种考验——蝗虫为数众多、生命力顽强,蝗灾过境,一草一木都被蝗虫啃得干干净净。小说多次描写蝗虫,而且描写得相当仔细——"当他把手里的放大镜抬高时,一只家燕般大小的蝗虫出现在我眼前,放大了数百倍的蝗虫忽然增添了森森的威严,这只小蝗虫的大影像使我感到一种巨大的恐怖。它的麦秆般粗细的触须缓慢地摆动着,这触须结构极端复杂,像一条环节众多的鞭子,也像一条纹章斑斓的小蛇,触须的颜色是暗红色的——基本上是暗红色,因为从根部到顶梢,这暗红是逐渐浅淡的,发展到顶端,竟呈现出一种肉感的乳白色。我注视着蝗的触须——它感觉是那般敏锐,它是那般神经质——想到了蛇、蜥蜴、壁虎、蝾螈等爬行类冷血动物的尾巴。它的椰头状的脑袋上最凸出的是那两只眼睛,像两只小小的蜂房,我记起前天晚上翻看《蝗虫》时,书上专门介绍过这种眼睛。现在,凸起的两个椭圆形眼睛闪烁着两道暗蓝色,不,是浅黄色的光芒,死死的、一动不动的蝗虫眼睛紧盯着我,我感到惶惶不安。它有两条强健的大腿,有四条显得过分长了些的小腿。它的肚子有一、二、三、四、五,五个环节,愈往后愈细,至尾巴处,突然分成

了两叉。"①

这段描写把蝗虫的从触须到腿，从颜色到形状，都描写了出来。一个小小的蝗虫，其实也是很可怕的——它的后腿很有劲，是力量的象征；当把它放大到家燕大小的时候，它便让人感到恐惧；它如果和人一样大小的话，那么将是非常强大不可战胜的；这种神奇的东西正是大自然的杰作。蝗虫入境的时候，它们聚集在一起仿佛是一个庞然大物，不可侵犯，像一条巨龙，掠水而过，气势磅礴，令人震惊。

除蝗虫外，红树林里面的各种生物都非常神奇而又令人感到恐怖……它们与蝗灾一起，给人类带来了严峻的考验。

不过，小说对蝗虫及其他各种生物的描写实际上还蕴含了一种对大自然的崇拜。

（二）审视、反思了近亲结婚，揭示了"感性与理性的难以协调及传统与现代文明的尖锐对立"所造成的"人生的困境"②

"兄妹交媾啊人口不昌——手脚生蹼啊人驴同房——遇皮中兴遇羊再亡——再亡再兴仰仗苍狼……"③ 食草家族的后代生蹼，之所以出现这种畸形，其根源在于近亲结婚——他们的女祖先是一匹红色母马驹，她化做女人与和她一起穿越沼泽的男孩结合，生下两男两女，而这两对兄妹又偷偷结合在一起……于是，后代生蹼。因此，食草家族禁止近亲结婚，皮团长甚至下令"今后凡有生蹼者出生，一律就地阉割；本族男女，有奸情者，一律处以火刑"④，近亲结婚者以及生蹼者均遭到严酷的处罚——如皮团长将生蹼的后代集中起来集体阉割；小男孩们被按在门板上，用牛耳尖刀剜掉下身，即使他们的母亲被拦在外围大声嚎哭，那些孩子也照样被阉割；二姑出生时因生蹼而被其父亲丢弃在虫巴蜡庙前等待狐狸和野狗的

---

① 莫言：《莫言文集·食草家族》，云南出版集团公司、云南人民出版社2012年版，第27—28页。
② 明月草：《揭示人生的本源意义——读莫言之〈食草家族〉》，《山西老年》2013年第5期。
③ 莫言：《莫言文集·食草家族》，云南出版集团公司、云南人民出版社2012年版，第322页。
④ 同上书，第168页。

啃噬；大毛和二毛因为生蹼而被人唾弃；四百名男孩因生蹼而被阉割；A青年与B姑娘因近亲恋爱，结果被烧死在高粱秸搭成的祭坛上。

近亲结婚虽然不符合科学，违反道德伦理，但并不违背人性。因此，从人性的角度来看，并非十恶不赦，而且人类的远祖也是近亲结婚的，于是，小说把生蹼男女被烧死的场景描写得很凄美，让人不禁为他们的爱情而动容——"月光和火光把他们的身体辉映成不同的颜色，那涂满身体的暗红色的牛油在月光下发着银色的冰冷的光泽，在火光上跳动着金色的灼热的光泽。他们哆嗦得越来越厉害，火光愈加明亮，月光愈加暗淡，当十几束火苗猝然间连成一片、月亮像幻影隐没在银灰色的帷幕之后，A和B也遽然站起来。他们修长美丽的肉体金光闪闪，激动着每一个人的心。在短暂的一瞬间里，这对恋人你看看我，我看看你，然后便四臂交叉，猛然扑到一起，在熊熊的火光中，他们翻滚着、扭动着，带蹼的手脚你抚摸着我，我抚摸着你，你咬我一口，我咬你一口，他们在咬与吻的间隙里，嘴里发出青蛙求偶的欢叫声……"①。之后，小说又写道："这场轰轰烈烈的爱情悲剧、这件家族史上骇人的丑闻、感人的壮举、惨无人道的兽行、伟大的里程碑、肮脏的耻辱柱、伟大的进步、愚蠢的倒退……已经过去了数百年，但那把火一直没有熄灭，它暗藏在家族的每一个成员的心里，一有机会就熊熊燃烧起来。"② 同时，食草家族不但没有因禁止乱伦而昌兴，反而日渐衰落，如大爷爷那辈有7个兄弟，生出了48个姑娘，个个如花似玉。"我"父亲那辈有16个男孩，"我"这辈有四个兄弟，就"我"比较聪明伶俐，其他三个一个是哑巴，一个是瞎子，一个是痴呆。"皮团长成为拯救家族的希望，他以铁腕手段阉割生蹼者、火烧淫逸者，但最终也挽救不了家族的命运，侵略者造就了家族的恶梦。"③ 由此可见，表面来看，禁止近亲结婚虽

---

① 莫言：《莫言文集·食草家族》，云南出版集团公司、云南人民出版社2012年版，第33页。
② 同上。
③ 颜水生：《历史的寓言性——莫言小说"种的退化"主题新解》，《中国当代文学研究会第十四届学术年会论文集》，2006年。

然体现了进步和文明，但实际上不仅并不进步和文明，而且暴露了人无视自身历史以及人性凶恶残忍的一面；近亲结婚成为一种禁忌是人类对自身繁衍认识的一大进步，但是，当这禁忌成为一种人人必须遵从的刑罚律例时，则究竟是进步还是倒退就难以一言以蔽之了。小说也由此揭示了感性与理性的难以协调及传统与现代文明的尖锐对立所造成的人生的困境。

（三）审视、反思了城市文明与乡村文明及其矛盾冲突

城市里虽然灯红酒绿、车水马龙，有着优越的物质条件，但又时时令人感到被挤压和恐惧，食草家族虽然居于蛮荒村野，食物粗糙，但也绝无城里人便秘的痛苦，而且可以尽享便畅的愉悦。同时，与城市的嘈杂和喧闹相比，乡村的青石条官道上响起的清脆马蹄声才是令人着迷的美妙音乐。与城市里的老教授和同自己女儿差不多大的大姑娘频频约会的虚伪肮脏相比较，乡村人要坦诚纯洁得多，如四老爷，当晚辈或其他族人当面谈及他当年为争夺一个小寡妇而与九老爷持枪相搏的风流韵事时，他不但不为此感到汗颜，反而颇有几分洋洋自得。然而，当"我"急不可耐地逃离城市，回到梦寐以求的"家园"时，虽然感到在那里"像睡在母亲的子宫里一样安全"①，但那"荒草地曾是我当年放牧牛羊的地方，曾是我排泄过美丽大便的地方，今日的草地野草枯萎，远处的排水渠道里发散着刺鼻的臭气，近处一堆人粪也散发腥臭，我很失望。当我看到这堆人粪时，突然，在我的头脑中，出乎意料地、未经思考地飞掠过一个漫长的句子：红色的淤泥里埋藏着高密东北乡庞大凌乱、大便无臭美丽家族的过去、现在和未来，它是一种独特文化的积淀，是红色蝗虫、网络大便、动物尸体和人类性分泌液的混合物。"②在"我"记忆中出现的九老妈身陷其中的那条水渠，也令人恐怖：九老妈搅动的绿色淤泥中，散发着令人恶心的气味，"我坚信在中国除了我和九老妈、

---

① 莫言：《莫言文集·食草家族》，云南出版集团公司、云南人民出版社2012年版，第25页。
② 同上。

九老爷外,谁也没闻过这种臭气"①。

(四)审视、反思了"人生宿命般的悲剧困境"②

小说中所有的人和事都以悲剧结局,即使一些强权人物,如皮团长、阮书记、支队长、四老爷,即使一些合乎常理、伦理、科学的事情,如禁止近亲结婚,也如此;而且这些人和事似乎一开始就注定了最终必定以悲剧结局,如皮团长制定并严格执行禁止近亲结婚的法规,这虽然合乎常理、伦理、科学,但并不合乎人的本性,且执行本身很野蛮、残酷、血腥,如对生蹼的食草家族的男性成员进行了阉割,因此,从一开始便注定了法规的执行最终必然失败,结果也确实如此——一方面,他并没有真正禁止近亲结婚,如"我"明知梅老师和"我"同属生蹼的食草家族的成员,但还是禁不住感性情欲的诱惑,渴望与之发生关系;另一方面,被他所阉割的孩子长大之后造他的反,而且,他最终也改变不了家族衰亡的命运。阮书记,有权有势,在村里一手遮天,不可一世,好像自己永远能在村里称王称霸似的,这便从一开始就注定了他不得善终,而且结果也确实如此——他由于作恶多端,最后,丧失了权力,并且实际上是在自己的两个儿子的强逼之下自断双腿的。支队长,仗着有权有势,欺男霸女,最终被黄胡子打死。四老爷,身为族长,有权有势,并仗着权势作恶,如贪污,强占小媳妇,毒死小媳妇的公公……这注定了他最后不得善终,结果也的确如此——倒台、家破人亡。

(五)审视、反思了文明与原始,表达了对"种的退化"的焦虑

"在《生蹼的祖先们》(即《食草家族》——引者注)中,最大的焦虑是对'蹼'的恐惧和剿杀。在第三梦中,皮团长抓到了四百个生有蹼膜的人,并对他们进行了阉割,以防繁衍后代。'我'带领这些阉人对皮团长进行了反抗,结果遭到了镇压,这是文明与原始的较量,并以文

---

① 莫言:《莫言文集·食草家族》,云南出版集团公司、云南人民出版社 2012 年版,第 9 页。

② 杨守森、贺立华:《说梦:人生之谜的沉思—莫言〈食草家族〉序》,《山东社会科学(双月刊)》1992 年第 5 期(总第 33 期)。

明的胜利而告终。而文明对原始的处理方式也显出了文明的焦虑。皮团长对这些被镇压了的起义者,先是要全部枪决,继而改为绞刑,再改为活埋,最后,又将这些人送到洋鬼子面前,让那些更为文明的洋鬼子将他们剿杀了。这是文明战胜了愚昧和落后。但在另一梦中,作者却表达了相反的观念,即在历史的长河中,有时愚昧和落后借着文明可以剿杀文明。历史总是处在这种悖论当中。在第五梦中作者讲述了一个有意思的故事,在'我们'这个家族中,十六位叔伯们生的四位男丁除了'我'正常外,剩下三个就是哑巴、瞎子和痴呆,这是'种'的退化,也是文明的衰落。而当年正是为了对文明的追求,'三爷爷'才抛弃了生有蹼膜的'二姑姑',未曾想到多年以后,'二姑姑'所生的两个长有蹼膜的儿子天和地,一个拿着德国造大镜面匣枪,一个拿着俄国造花机关枪,利用现代文明,竟回村剿杀了'姥爷'和'舅舅'们,这也是对母性体系的剿杀。在这场剿灭文明的战争中,最得力的帮凶竟是蜕化了的哑巴、瞎子和痴呆。可见愚昧的联手可以扑灭所有的文明。"[1]

(六) 歌颂了反抗精神

皮团长阉割生蹼的孩子,那些孩子们长大后群起反抗。二姑因为生来生蹼而被父母遗弃于野外,差点夭折,但她没有屈从于命运,而是顽强地活了下来;长大之后,她回家报仇,杀死了遗弃自己的父亲;二十年之后,又派她的两个儿子杀死了曾鼓动她父亲遗弃她的大爷爷、大奶奶和七爷爷、七奶奶等,还让他们残害大爷爷那辈所生的 48 个女儿;她的两个儿子奉其命回家报仇时,她的侄子也参加了他们的行列,反叛自己的父辈,跟着他们一起干坏事。四老爷与小媳妇勾搭成奸,四老妈便与铜锅匠勾搭成奸以报复四老爷。四老妈因与铜锅匠勾搭成奸被四老爷休掉,四老妈痛斥四老爷"只许州官放火,不许百姓点灯"[2];被休

---

[1] 周景雷:《在荒诞和寓言中返还历史——〈生蹼的祖先们〉再读》,《艺术广角》2003 年第 1 期。

[2] 莫言:《莫言文集·食草家族》,云南出版集团公司、云南人民出版社 2012 年版,第 54 页。

回娘家时,"四老妈端坐驴背犹如菩萨端坐莲花宝座那般的雍容大度端庄富丽馨香扑鼻"①。阮书记强奸了老四的老婆,老四便处心积虑地报仇,临死时仍念念不忘报仇,叮嘱他名义上的双胞胎儿子(实际上是阮书记的儿子)杀死仇人阮书记。青狗儿撞见父亲和女考察队员赤裸相对,便挥鞭抽打她们,为母亲报仇——"他抡起毒蛇般的鞭子,疯狂地抽打着女考察队员们。一鞭一道血痕,一鞭一声巨响。女考察队员们被抽得遍地翻滚,鬼哭狼嚎。"②

(七)揭示和批判了人性的恶

1. 虚伪。

小说以人物的口吻写道:

"人,不要妄自尊大,以万物的灵长自居,人跟狗跟猫跟粪缸里的蛆虫跟墙缝里的臭虫并没有本质的区别,人类区别于动物界的最根本的标志就是:人类虚伪!人类的语言往往与内心尖锐冲突,他明明想像玩妓女一样玩你,可他偏偏跪在你的膝盖前,眼里含着晶莹的泪花,嘴里高诵着专为你写的(其实是从书上抄的)、献给你的爱情诗:我爱你呀我爱你,我的相思围抱住了你,绕着你开花,绕着你发芽,我多么想拥抱你……他今天晚上把这首诗对着你念,明天晚上,他把同一首诗对着另一个女人念:我爱你呀我爱你……

……

女人就不虚伪了吗?她同样虚伪,她嘴里说着:我爱你,我是你的,心里想着明天上午八点与另一个男人相会。人类是丑恶无比的东西,人们涮着羊羔肉,穿着羊羔皮,编造着'狼与小羊'的寓言,人是些什么东西?狼吃了羊羔被人说成凶残、恶毒,人吃了羊羔肉却打着喷香的嗝给不懂事的孩童讲述美丽温柔的小羊羔的故事,人是些什么东西?人的同情心是极端虚假的,人同情小羊羔羔,还不是为了让小羊羔

---

① 莫言:《莫言文集·食草家族》,云南出版集团公司、云南人民出版社2012年版,第59页。

② 同上书,第182页。

羔快快长大，快快繁殖，为他提供更多更美的食品和衣料，结果是，被同情者变成了同情者的大便！你说人是什么东西？"①

小说中的不少人物都很虚伪——教授一面在教室里讲授马克思主义伦理学，大谈特谈自己的爱情观是忠诚，宣称他挚爱与他患难相共的妻子，把漂亮的女人看得跟行尸走肉差不多，一面在树丛里的椅子上把女学生弄得"发出绝望的哭叫声"②；真可谓一面是衣冠楚楚、斯斯文文，一面是男盗女娼、龌龊卑鄙，虚伪至极。四老爷与小媳妇通奸，却不能容忍四老妈红杏出墙，并借四老妈红杏出墙之事将四老妈休掉；被汽车撞死的摩登女人，和有妇之夫发生关系，但事发之后，她的相好却不承认……

不过，小说"揭示掌握话语权的阶层道德虚伪的同时，也自我定位在文明礼法之外，这意味着拒绝接受成人礼的各种相关仪式，并且固守着儿童的率真，像安徒生童话中那个惟一说真话的赤裸儿童。这样的视角使他无论面对历史还是现实，都有着一份赤诚。这是一个反文化的角度，充满了恶作剧一样的顽童智慧，嘲弄质疑着文明礼法，才能犀利地解构各种意识形态的神话。这和他的初衷相去很远，他在成人的世界中神出鬼没地逡巡，却无法摆脱童年的基本视角，反而越走越远，越来越自觉。"③

2. 贪婪。

（1）贪财。如四老爷在集资修筑蜡神庙的过程中，贪污了一笔银钱；虽然熟知《本草纲目》，深晓药理，但还是"用铁药碾子轧碎蝗虫团成梧桐子大的'百灵丸'出售，骗了成千上万的金钱"④……

（2）好色。尽管人们都知道近亲结婚会导致后代生蹩，但还是有人

---

① 莫言：《莫言文集·食草家族》，云南出版集团公司、云南人民出版社 2012 年版，第 76 页。
② 同上书，第 9 页。
③ 季红真：《神话结构的自由置换——试论莫言长篇小说的文体创新》，《当代作家评论》2006 年第 6 期。
④ 莫言：《莫言文集·食草家族》，云南出版集团公司、云南人民出版社 2012 年版，第 68 页。

不能克制住原欲，觊觎近亲或近亲相好，如"我"在面对生蹼的梅老师的诱惑时，不能把持住自己；玫瑰虽然生了蹼，但男人还是愿意与她结合；整个食草家族其实一直存在着近亲结婚。阮书记强奸大毛、二毛的母亲。四老爷为了得到小媳妇，违背了医生的职业道德，下药毒死了小媳妇的公公；同时，设计抓住通奸的四老妈和铜锅匠，并借此休掉四老妈。九老爷不顾叔嫂关系，见四老妈漂亮便想占便宜。四老爷与九老爷为亲兄弟，但为了争夺小媳妇，反目成仇，甚至"四老爷兄弟们之间吃饭时都用一只手拿筷子，一只手紧紧攥着上着顶门火的手枪"①。教授在教室里大谈特谈自己的爱情观是忠诚，宣称对漂亮的女人不会动心，可在实际上又被女学生年轻丰满的肉体所吸引……小说甚至明确地这样写道："男人的可恶的性欲，是导致女人堕落的根本原因。男人使女人堕落，堕落女人又使男人堕落。这是一个恶性的循环！"②

3. 邪恶。小说借人物之口说道："人，其实都跟畜生差不多，最坏的畜生也坏不过人"③；四老爷虽熟知《本草纲目》，深晓药理，但还是用铁药碾子轧碎蝗虫团成梧桐子大的"百灵丸"出售，以骗取金钱。

（八）揭示了人类具有普遍性的对母亲的爱

在小说中，食草家族的人总是无意识地叫着"MA"，这实际上是无意识地流露出了他们对母亲的爱。小老舅舅对大红马所喊的一声声"MA"实际上是他对母亲的爱、对母亲的依恋；小老舅舅总是梦到自己骑在大红马上，马在狂奔——马是美丽的，是温暖可靠的，而在马出现的同时又总有一个女人，那个女人就是玫瑰；玫瑰在被捡到的时候是大着肚子的，那孩子就是小老舅舅，因此，小老舅舅的梦其实就是对母亲、对母爱的一种渴望。金豆总是问"小老舅舅难道你就没有骑过大红马吗，你就没想过吗？"之类的话；而在小老舅舅的想象中，他是骑过

---

① 莫言：《莫言文集·食草家族》，云南出版集团公司、云南人民出版社2012年版，第21页。
② 同上书，第75页。
③ 同上书，第67页。

的,马驮着他,他感到安全温暖。

(九)揭示了"人都是不彻底的"①

在"我"问儿子人为什么生蹼时,儿子这样回答:

"人都是不彻底的。"②

接着,小说这样写道:

"我认真思索着他的话。人都是不彻底的。人与兽之间藕断丝连。生与死之间藕断丝连。爱与恨之间藕断丝连。人在无数的对立两极之间犹豫徘徊。如果彻底了,便没有了人。因此,还有什么不可以理解?还有什么不可以宽恕?还有什么不可以一笑置之的呢?

我儿子是个了不起的好孩子,我真为他骄傲!"③

四

从艺术表现的角度来看,小说主要具有如下特点:

(一)魔幻色彩浓重

小说以叙事者的视角随意打碎现实、直接倾泻体验、洞穿事实、表达本质,于是,意识、感觉、印象纷至沓来、瓢泼而下、飘飘忽忽;小说的"生蹼"、"红蝗"、"马驹"、"梦境"等意象内蕴着某种神秘的意味。小说的六章所写的六梦,"时空模糊,情节离奇,制造出一个又一个神话,人性与动物性之间的界限有时泯然难分,神话世界与现实人生的距离非常紧密,以至于使我们觉得这一世界与我们的距离既迫近又那么遥远"④,给人一种强烈的梦幻感觉:如对小说中的人物,人们一会儿觉得在朦朦胧胧中从他/她的眼神中读懂了些什么,一会儿又觉得从他/她若有若无举重若轻的表情里什么也读不到。光影闪烁,色彩迷离,

---

① 莫言:《莫言文集·食草家族》,云南出版集团公司、云南人民出版社 2012 年版,第 207 页。
② 同上。
③ 同上。
④ 贾靖:《从〈红高粱("梁"应为"粱"——引者注)〉到"食草家族"》,《辽宁教育学院学报》(社会科学版)1989 年第 4 期。

当代长篇小说的桂冠

光线惝恍，于是，他/她的脸上的表情变得像一个谜，闪烁着奇异而神秘的光泽，半遮半掩，欲露还羞。一蹙眉一回首一举手一投足都风味十足，风情万种，让人忍不住在心中不断地揣摩他/她的心事，觉得自己离他/她的心近了，甚至听得见他/她强有力的心跳响在耳边，但是倏尔又远了，仿佛遥远的潮汐在耳际回荡，丝丝袅袅不绝如缕。小说还描写了一些好像有神力的人，如青狗儿——

> 他咬牙切齿地、用嘶嘶哑哑的苍老声音说：
> "你敢打我，
> 我就咬你；
> 你用铲子劈我，
> 我就让草垛着火。"
> 他的话音刚落，老杏树下那个陈年积月的柴草垛里就发出了哔哔剥剥的细微声响，几缕白烟从柴草缝里袅袅地升起来。我们目瞪口呆。母亲浑身发抖，两股黑血从鼻孔里蹿出来。儿子冷冷地笑着。白烟由袅袅变为熊熊，终于发出一声巨响，蓝色和黄色的火苗夹杂着，升腾到两米多高，把杏树上的绿叶和黑枝都引燃了。嫩黄的"瓦罐虫"纷纷跌落，在火焰中跳舞。烧得半熟的刺猬和黄鼬发出扑鼻的香气，翻滚着从火堆里逃出来。黄鼬成了黑丝瓜，刺猬成了黑倭瓜。[①]

小说中还有一些有神力的人物或动物，如"我"的爷爷死了以后还能坐起来说话，说话之后再躺下；小屁孩在死了之后仍然能拥有灵敏的感觉；一头像人一样的母猪，能跳舞，能穿鞋；母马变成女人和男孩结婚……

同时，小说情节破碎、模糊，游笔离题万里，像是把一个个场景组接起来的一样，与用蒙太奇的手法结构的电影相仿，如《红蝗》的开头一章，上一句话"我"在讲"我"追着女学生和教授，下一句就讲到老

---

① 莫言：《莫言文集·食草家族》，云南出版集团公司、云南人民出版社2012年版，第143页。

头和画眉,接着,又从现在讲到以前九老妈掉到渠水里之事,然后又回来,"我"被女人打了两个耳光……让人感到摸不着头脑,奇奇怪怪;之后的有些故事是叙事者解释的……

总得来看,小说像一幅现代派画,如果粗粗地看,会觉得不知道究竟画的是什么,但如果细细地看,又会觉得很多地方画得像这像那,而且非常细腻;也像是龚林娜所唱的《忐忑》歌,如果粗粗地听,会觉得不知道究竟唱的是什么,但如果细细地听,又会觉得某一段音律像表达了什么,忽而高亢忽而婉转;朦胧飘忽,呈现出很强烈的魔幻色彩。"阅读这部小说,我们似乎进入到一片洪荒的世界中,在那个世界里,人们还在吃草,刚刚从水世界里进化到岸上,为了脚趾间是否还残存着进化未完成的脚蹼而感到恐惧。那是一个原始的、地域文化的、神话和民俗的、巫术横行的世界,在这个世界里,我们所熟悉的 20 世纪的中国历史的一些片段被镶嵌进去,具体的历史时间段是模糊的,但是却又是可以感觉到的。人性的、历史的、梦境的、现实的、神话的、民俗的、爱情的、暴力的、权力的和慈爱的,都在一个平面上,以六个侧面的方式展开来"①。

(二) 线索清晰

小说虽然魔幻现实主义色彩很浓,但线索也是清晰的——

其一,小说"以食草家族各色人等的际遇兴衰、悲欢离合为线索,创造了一个深藏着人生之谜,浸透着作者对人生本原意义的探寻与思索的梦幻世界。"②

其二,实际上,食草家族"生蹼"也可以被看作是小说展开情节、结构全篇的一条线索:

"生蹼"首次出现是在小说的第一梦《红蝗》的"四"中——"我"读到了有关高密东北乡发生蝗灾的报道,在探究蝗灾原因时牵起了四老

---

① 邱华栋:《故乡、世界与大地的说书人——莫言论》,《文艺争鸣》2011 年第 3 期。
② 杨守森、贺立华:《说梦:人生之谜的沉思—莫言〈食草家族〉序》,《山东社会科学(双月刊)》1992 年第 5 期(总第 33 期)。

爷和九老爷有关五十年前蝗灾的回忆，并引出了暗藏在他们心中的一段关于一对生蹼的男女祖先因违背禁止同姓通婚的族规而被活活烧死的惨痛往事。在第二梦《玫瑰玫瑰香气扑鼻》的"一"的第一段，生蹼再次出现，金豆的小老舅舅的手"虽然动过手术，但依然能够看出曾经生过蹼膜的手"[①]。在第三梦《生蹼的祖先》里，不仅老姑奶奶和皮团长身边的霞霞，还有育红班的梅老师，以及四百名被阉割的男孩，都生蹼。在第四梦《复仇记》中，孪生兄弟大毛和二毛因为生蹼而被人唾弃。在第五梦《二姑随后就到》中，金豆的二姑奶奶，出生时手上就生着一层"透明的粉红颜色的蹼膜"[②]，娘也因生她难产而死，这个被视为"不祥"的女婴被自己的父亲丢弃在虫巴蜡庙前等待狐狸和野狗的啃噬。在第六梦《马驹横穿沼泽》中，生蹼的源头被追溯到异类结合及乱伦[③]。

由此可见，生蹼既像一个永远无解的噩梦一样伴随着食草家族的历史——超越了生物遗传学的意义而成为一种穿越时空、承载人类心灵变迁史的具有象征意味的原型意象，又是一条贯穿小说的线索。

（三）人物类型化

虽然总的来说，小说中的不同人物有不同的个性，但又存在着类型化的倾向：

1. 成年男性

小说中的成年男性，如，《红蝗》中的四老爷、九老爷，《生蹼的祖先们》中的"我"，《二姑随后就到》中的大爷爷，《复仇记》中沫洛会、王先生等人物，都虚伪、没有操守、残忍且好色，血腥且暴力，浅薄自私，下作无耻，无知而市侩；行动仅仅基于欲望冲动和趋利避害的本能，在大事件面前也缺乏基本的担当……显得愚昧而又猥琐。

[①] 莫言：《莫言文集·食草家族》，云南出版集团公司、云南人民出版社 2012 年版，第 103 页。
[②] 同上书，第 279 页。
[③] 参见弓晓瑜《"蹼膜"：〈食草家族〉中的一个原型意象》，《名作欣赏》2012 年第 6 期。

2. 女性

小说中主要有两类女性：一类是缺乏性别特征的老年女性，这些人往往沦为家族中成年男性的附庸和帮凶，起着助纣为虐的作用，如《二姑随后就到》中的大奶奶和麻奶奶。另一类是青年女性，比如《红蝗》中的四老妈，《玫瑰玫瑰香气扑鼻》中的玫瑰，《生蹼的祖先们》中的梅老师和女考察队员们等，她们充满了生命的能量和活力，不但美丽、健康，而且经常成为带有神话色彩的传说中的主角。

3. 军人/领导

小说中的支队长、高司令、皮团长、阮书记等人物，或为军人，或为领导，他们一般都是颐指气使、武断、蛮横、残忍，不近人情，最后，下场都比较难堪。

4. 少年

小说中的少年虽然往往受到迫害、不幸，但都代表一种生猛的力量，他们往往无所顾忌，嘲弄和揭露成年人的虚伪，破坏既有秩序，无所顾忌甚至血腥地挑战和对待他们的长辈及其权威。

(四) 象征主义色彩浓重

小说的许多意象均具有象征意味，如"红蝗是人类进化从而异化的一个表征。这种表征中既包含了生命的膨胀——红蝗的数量疯狂地增长，也包含着遏制生命的暴力——红蝗蚕食树木庄稼危及人的生存。于是在这两者之间，人与自己展开争斗，从此历史在两个向度上发展并纠缠着。""红树林"可能象征着"一个理想的历史境界"[①]。

同时，小说不注重再现客观世界——小说的故事不是发生在现实生活中，人物也不是现实生活中的人物；而注重表现叙事者的感受——注重营造幻境和梦境，人物虽然有血有肉，但面目模糊，行为怪异而又荒诞；人物的行为在细节上有着很强的真实性，但对其行为的动机和结果则不可较真……从而，在整体上呈现出浓重的象征主义色彩。

---

① 周景雷：《在荒诞和寓言中返还历史——〈生蹼的祖先们〉再读》，《艺术广角》2003年第1期。

（五）散文化

虽然总的来看，整部小说的叙事者是"我"，好像"我"是贯穿小说的线索，但每一章的"我"，年龄、性格、身份等均不相同，如《红蝗》中的"我"，既是故事的叙述者，又是故事中的一个人物，与故事中的事件密切相关，并能分析、揭破四老爷五十年前的阴谋；《玫瑰玫瑰香气扑鼻》中的"我"也既是故事的叙述者，又是故事中的一个人物——"我"乳名金豆，是小老舅舅的妹妹的儿子，讲述、见证甚至参与了故事中的事件；《马驹横穿沼泽》中的"我"则成了向孙辈讲述家族传说的老人。同时，小说没有一个统一的故事，几个故事之间也不存在着有机的联系。因此，小说呈现出明显的散文化倾向。

（六）语言挥洒自如，不少语言富有哲理、张力强劲

小说冗余的惯性抒写，随意而直接、游离而深刻、花哨而本真，打破了情节的联贯，意象意味浓厚，诗意盎然；这种诗化的语言强化了小说的陌生化效果，意义模糊而不确定，使多重阐释成为可能；小说不仅嘲讽、戏弄了对象，而且也以冗长的句子、离经叛道的语调嘲讽了语言本身。

同时，小说的不少语言富有哲理，张力强劲，如"在欢庆的婚宴上，我举起了盛满鲜红酒浆的高脚透明玻璃环，与我熟识的每一个仇敌和朋友碰杯，酒浆溢出，流在我手上，好像青绿的蝗虫嘴中分泌液。我说：亲爱的朋友们、仇敌们！经年干旱之后，往往产生蝗灾。蝗灾每每伴随兵乱，兵乱蝗灾导致饥馑，饥馑伴随瘟疫，饥馑和瘟疫使人类残酷无情，人吃人，人即非人，人非人，社会也就是非人的社会，人吃人，社会也就是吃人的社会。如果大家是清醒的，我们喝的是葡萄美酒；如果大家是疯狂的，杯子里盛的是什么液体？"[①]

（七）注重对红色的渲染

"红色是莫言给历史的一个基本的定义。从《透明的红萝卜》到《红高粱家族》已经鲜明地点出了这种判断。红色崇拜是人类一个共同

---

① 莫言：《莫言文集·食草家族》，云南出版集团公司、云南人民出版社2012年版，第102页。

的心理（人类学家认为这是性和生殖崇拜），在莫言的思维中，红色有三层意义，即血、生命、暴力，三者是依次演进的，每一个都是前一个的上升形式。人类的发展史是血、生命和暴力纠缠的历史，在这期间不管有多么大的叙事和叙事内容的更迭，都是以此为其基本构成因素。血是生命的基础，生命又是血的存在形式，暴力是依靠了生命才得以完成的。由此可见，莫言的红色蕴含了一种宏大的背景，增加了无限的容量。《生蹼的祖先们》（即《食草家族》——引者注）就承担了这种容量的任务。小说中的六梦几乎每一个都和红色有关，这都是莫言对历史的思考。"① 而且，小说中核心意象——"红蝗"、"红树林"、"红马驹"——均为红色。

（八）注重运用反讽、夸张、通感等修辞手法

如——

"路边浅沟里，有一个碗口大的蚂蚱团体正在膨胀，转瞬就要爆炸，四老爷蹲下身，伸出一只大手，狠狠抓了一把。四老爷说好像抓着一个女人的奶子，肉乎乎的，痒酥酥的，沉甸甸的有些坠手。抓着一大把蝗虫，四老爷抬头看看冷酷的太阳，远远眺望正在发酵的红色沼泽地，收回眼看看泰然自若的毛驴，他的目光迷惘，一脸六神无主的表情上有几十只蚂蚱的尸体几十只受伤的蚂蚱，还有几十只活蚂蚱在他脸上蠕蠕爬动。蚂蚱从四老爷的手指缝里冒出来，蚂蚱的蠢动合成一股力量胀着四老爷的手掌，四老爷感到手脖子又酸又麻，他想了想，松开手，一大团蚂蚱掉在路上，刚落地面时，蚂蚱团没破，一秒钟后，蚂蚱豁然开放，向四面八方奔逃，毛驴闪电般一跳，尾巴急遽扭动，但小蚂蚱们已经糊满了它的腿，糊满它的两条前腿，它好像把两条前腿陷进红色沼泽里又拔出来一样，它的两条前腿上好像糊满了红色淤泥。"②

---

① 周景雷：《在荒诞和寓言中返还历史——〈生蹼的祖先们〉再读》，《艺术广角》2003年第1期。

② 莫言：《莫言文集·食草家族》，云南出版集团公司、云南人民出版社2012年版，第24页。

当代长篇小说的桂冠

"蝗虫们疯狂叫嚣着,奋勇腾跳着,像一片硕大无比的、贴地滑行的暗红色云团,迅速地撤离草地,在离地三尺的低空中,回响着繁杂纷乱的响声,这景象已令我瞠目结舌,九老妈却用曾经沧海的沧桑目光鞭挞着我兔子般的胆怯和麻雀般的狭小胸怀。"①

"一只肮脏的黄毛里生满跳蚤和虱子的波斯猫伏在电冰箱高高的头颅上,闭着眼睛,均匀地打着呼噜。猫身上那股又腥又咸的好像腌鲅鱼一样的味道突然唤起了一种陌生而亲切的回忆,当然,毫无疑问地,猫身上的腥臊味道同样唤起了他的亲切又陌生的回忆。不是猫的味道,是鲅鱼的味道。"②

"我们看到,蝗虫的巨龙沿着河堤蜿蜒,一条条首尾相连,前前后后,足有三十多条,我把每条蝗虫的长龙按长一百米、直径五十厘米计算,我知道,那天上午,滚动在河堤上的半大蝗虫有一万九千六百二十五立方米之多,这些蝗虫十火车也拉不完,何况它们还在神速地生长着,而且我还坚信,在被村庄掩蔽的河堤上,在村西的河堤上,都有这样的蝗虫长龙在滚动。"③

"我眼巴巴地看着蝗虫带着毁灭一切的力量滚滚上堤,阳光照在蝗虫团结成的巨龙上,强烈的阳光单单照耀着亿万蝗虫团结一致形成的巨龙,放射奇光异彩的是蝗虫的紧密团体,远处的田野近处的河水都黯然失彩。闪闪发光的蝗虫躯壳犹如巨龙的鳞片,嚓啦啦地响,钻心挠肺地痒,白色的神经上迅跑着电一般的恐怖,迸射着幽蓝的火花……蝗虫的龙在河堤上停了停,好像整顿队形,龙体收缩了些、紧凑了些,然后,就像巨大的圆木,轰隆隆响着,滚进了河水之中。数百条蝗虫的龙同时滚下河,水花飞溅,河面上远远近近都喧闹着水面被砸破的声响……

蝗虫的长龙在河水中急遽翻滚着,龙身被水流冲得倾斜了那就倾斜

---

① 莫言:《莫言文集·食草家族》,云南出版集团公司、云南人民出版社 2012 年版,第 65 页。
② 同上书,第 72 页。
③ 同上书,第 79 页。

着翻滚，水花细小而繁茂，幽蓝的河千疮百孔，残缺不全，满河五彩虹光，一片欢腾……

……蝗的龙靠近对岸，又缓慢地向堤上滚动，蝗虫身上沾着河水使蝗的龙更像镀了一层银……几百条蝗的龙迅速膨胀，突然炸开，蝗虫的大军势不可挡地扑向河堤北边也许是青翠金黄的大地……"[1]

"一群群蝗虫飞来，宛若一团团毛茸茸的厚云。在村庄周围的上空蝗虫汇集成大群，天空昏黄，太阳隐没，唰啦唰啦的巨响是蝗虫摩擦翅膀发出的，听到这响声看到这景象的动物们个个心惊胆战。"[2]

……

（九）叙事方式多种多样

小说"第一梦"采用了插叙，历史和现实是相互交织的，叙写了"我"在街上的经历、四老爷和四老妈的故事以及蝗虫的故事。"第二梦"采用了倒叙，叙写了玫瑰的故事。"第三梦"采用了插叙，叙写"我"和儿子进入红树林及有关皮团长的故事。"第四梦"采用了倒叙，叙写了大毛、二毛的复仇之事。"第五梦"采用了倒叙，叙写了二姑的儿子复仇等。"第六梦"采用了插叙，叙写了父亲给"我"讲的故事。"第一人称的叙事者以疑问开始叙事，而不少的故事又是以疑问结束，倾听得来的答案又在倾听中瓦解。由好奇开始的追寻终止在儿童口吻的最简单的设问中，神秘的历史以故事的方式流传。"[3]

（十）比喻形象生动

如，"女学生像一朵含苞待放的玫瑰花"[4]

"鸡冠花像火苗子一样燃烧着，画眉的眼珠像两颗明亮的火星"[5]

---

[1] 莫言：《莫言文集·食草家族》，云南出版集团公司、云南人民出版社2012年版，第80—81页。

[2] 同上书，第98页。

[3] 季红真：《神话结构的自由置换——试论莫言长篇小说的文体创新》，《当代作家评论》2006年第6期。

[4] 莫言：《莫言文集·食草家族》，云南出版集团公司、云南人民出版社2012年版，第2页。

[5] 同上书，第5页。

"教授和女学生带给我的不愉快情绪便立刻淡化,化成一股屁一样的轻烟。"①

……

(十一)描写传神

如"太阳冒出了一半,金光与红光,草地上光彩夺目,红太阳刚冒出一半就光芒万丈,光柱像强有力的巨臂拨扫着大气中的尘埃,晴空万里,没有半缕云丝,一如碧波荡漾的蔚蓝大海。"②

"连续一年滴雨不落之后又是一月无雨,只是每天凌晨,草茎上可以寻到几滴晶莹的可怕的露珠。太阳毒辣,好似后娘的巴掌与独头的大蒜,露珠在几分钟内便幻成了毛虫般的细弱白气。"③

"夜安静馨香,干巴巴的寒冷里竟透出几分润泽的温暖来,田野里的麦苗在厚重的积雪下沉沉大睡,肥厚的、硫磺色的云团把星星与大地的联系切断了。他们同时陷入冥思苦想之中,脑的眼穿透云层,观看着万千星斗旋转翻腾,天空犹如沸水,煮着日月星辰。"④

……

五

小说也存在着一些不足之处,具体地说:

(一)小说对丑的暴露、对美的亵渎缺乏应有的限度——太过于"天马行空"了,叛逆有失分寸,审美陷入非理性的流俗,对丑的表现是玩赏式的,甚至表现出一种"嗜丑如癖"的倾向。

其一,描写过于低俗化。

如,小说不厌其烦地叙述四老爷拉野屎的过程,叙事者"我"形容自己的故乡"是一个独特的地方,一块具有鲜明特色的土地,这块土地

---

① 莫言:《莫言文集·食草家族》,云南出版集团公司、云南人民出版社2012年版,第3页。
② 同上书,第25页。
③ 同上书,第64—65页。
④ 同上书,第227页。

上繁衍着一个排泄无臭大便的家族。在臭气熏天的城市里生活着,我痛苦地体验着淅淅沥沥如刀刮竹般的大便痛苦,城市里男男女女都肛门淤塞,像年久失修的下水管道,我像思念板石道上的马蹄声一样思念粗大滑畅的肛门,像思念无臭的大便一样思念我可爱的故乡,我于是也明白了为什么画眉老人死了也要把骨灰搬运回故乡。"[1] 声称"我们的家族有表达感情的独特方式,我们美丽的语言被人骂成:粗俗、污秽、不堪入目、不堪入耳,我们很委屈。我们歌颂大便、歌颂大便时的幸福,肛门里积满锈垢的人骂我们肮脏、下流,我们更委屈。我们的大便像贴着商标的进口香蕉一样美丽为什么不能歌颂,我们大便时往往联想到爱情的最高形式、甚至升华成一种宗教仪式为什么不能歌颂?"[2] 这些都很低俗。

这类写大便或与之相关的文字还有不少,如,"我清楚地知道我不过是一根在社会的直肠里蠕动的大便,尽管我是和名列仙班的治蝗专家刘猛将军同一天生日,也无法改变大便本质。"[3]

"五十年前,高密东北乡人的食物比较现在更加粗糙,大便成形,纤维丰富,恰如成熟丝瓜的内瓤。那毕竟是一个令人向往和留恋的时代,麦垄间随时可见的大便如同一串串贴着商标的进口香蕉。"[4]

小说不仅写人的大便,而且还写其他动物的粪便,甚至写了人吃动物的粪便——《玫瑰玫瑰香气扑鼻》写到马粪不脏,马把粪拉在锅台,马粪里有炒黄豆的香味。《复仇记》中大毛、二毛在烧水时,二毛把牛粪扔到锅里……

除了写粪便外,小说还写了尿(撒尿)、唾沫、鼻涕等其他大量秽物。如《红蝗》中在叙写一个兵要抓四老妈、结果被锔锅匠打死后倒在四老妈骑的毛驴肚皮下时,这样写道:"那个兵嗓子里哼了一声就把头

---

[1] 莫言:《莫言文集·食草家族》,云南出版集团公司、云南人民出版社2012年版,第22页。
[2] 同上书,第25页。
[3] 同上书,第2页。
[4] 同上书,第22页。

扎到毛驴肚皮下，如果四老妈要撒尿恰好滋着他的脸，温柔的、碱性丰富的尿液恰好冲洗掉他满脸的黑血和白脑浆，冲涮净他那颗金牙上的红血丝。他的幸福的手恋恋不舍地从四老妈的乳房上滑落下来，毛驴不失时机地动了一下，他就一头栽到驴肚皮下去了。假如这不是匹母驴而是匹公驴，假如公驴正好撒尿，那么粘稠的、泡沫丰富的驴尿恰好冲激着他痉直的脖颈，这种冲激能起到热敷和按摩的作用，你偏偏逢着一匹母驴，你这个倒霉蛋！"① 这些描写从四老妈到驴，层层想象，但这完全没必要，"把人的温柔的尿液和驴的粘稠的尿液一古脑地堆砌在这里，除了让人拼命记起厕所里的骚味以外，还能有什么作用呢？"②

这些低俗化的描写在相当大的程度上弱化了小说的审美品质，这正如鲁迅所说："作为缺点较多的人物的模特儿，被写入一部小说里，这人总以为是晦气的。殊不知这并非大晦气，因为世间实在还有写不进小说里去的人。倘写进去，而又逼真，这小说便被毁坏。譬如画家，他画蛇，画鳄鱼，画龟，画果子壳，画字纸篓，画垃圾堆，但没有谁画毛毛虫，画癞头疮，画鼻涕，画大便，就是一样的道理。"③

其二，暴力渲染太甚。

小说所描写的残忍场景过于血腥，如对阉割过程的描写，对割肉、挖眼的描写；有关天和地给表妹们实施的彩云遮月、油炸佛手、去发修行、虎口拔牙、步步娇等刑罚的描写；有些描写简直令人心惊胆战，不忍卒读，如——

> 天举起菜刀，往刀刃上吹了一口气，然后挥臂刀落，"喀嚓"一声响，麻奶奶一只手齐着腕断了。父亲说麻奶奶怪叫了一声，背虽然被地的脚踩着，还是罗锅了起来。血一股股地从断腕上冒出

---

① 莫言：《莫言文集·食草家族》，云南出版集团公司、云南人民出版社 2012 年版，第 85 页。
② 贺绍俊、潘凯雄：《毫无节制的〈红蝗〉》，《文学自由谈》1988 年第 1 期。
③ 鲁迅：《且介亭杂文末编·半夏小集》，《鲁迅全集·第六卷》，人民文学出版社 2005 年版，第 620 页。

去。那只脱离了肢体的大手,在地上抽搐着。

父亲说天把菜刀递给地。地接了刀,用更加干净利索的手段,剁下了麻奶奶另一只手。

天说:"你们松手吧。"

父亲他们松了手。麻奶奶困难地爬起来,失了双手,她的身体丧失了平衡,晃晃荡荡站不稳。豆大的黄汗珠在她的麻脸上滚动着。

"小畜生们!狠心的小畜生们!"父亲说麻奶奶扯着喉咙骂着,挥动着双臂,像挥动着两根棍子,黑色的血像热乎乎的急雨,在屋子里飞溅。一道热血淋在天洁白的脸上。天像被火烫了似的,怪叫了一声。父亲说天掏出一块布擦着脸上的血,气急败坏地下着命令:"快快快,按倒她,剁了她的脚!"

父亲说麻奶奶闭着眼往墙上撞去,哑巴伸手揪住了她,并顺势把她压倒在地。天和地把剁脚的任务交给了父亲。德高抢刀先剁,父亲说哑巴手大臂粗,劲头儿十足,一刀便剁断了麻奶奶的脚脖子,那只穿着缎子鞋的小脚单独立在地上,样子十分可怕。父亲说麻奶奶虽然面孔丑陋,两只小脚却裹得十分精巧。父亲说轮到他动手时,那把菜刀已经被热血烫卷了刃子,所以他连剁了三刀也没能把麻奶奶的脚剁下来。剁到第三刀时,父亲说他忍不住地恶心,一股黏稠的东西从胃里往上翻。他扔掉菜刀跑到院子里,弯着腰呕吐。①

小说对暴力的渲染,带有很强的狂欢性,但这在相当大的程度上解构了暴力,或美化了暴力,这恰如尼采所说:"什么是最大的欢乐?暴行的欢乐:因为在这些状态下,对于残暴行为的欲望和才能被视为一种美德。在暴行中,群体获得了新的生命,日常生活的提心吊胆和战战兢

---

① 莫言:《莫言文集·食草家族》,云南出版集团公司、云南人民出版社2012年版,第306—307页。

竞一扫而空。暴行是人类最古老的节日欢乐之一。"① "看别人痛苦使人快乐,给别人制造痛苦使人更加快乐。惩罚的补偿,包含了人对他人实施残酷折磨的权利,折磨的残酷就这样同快感和庆贺结合起来而剔除了任何的羞耻感。对古代人而言,残酷天真无邪,并充满快乐。没有残酷性就没有节日……就是在惩罚方面也有如此多的喜庆。"②

(二)丑化了人类。

1. 《马驹横穿沼泽》把食草家族写成是由人与马结合而来的;

2. 《红蝗》写到家族里有一个奇丑的男人曾与一匹母驴交配;

3. 人物形象过于丑陋,如九老妈手像鸭蹼,疯猫式的眼睛,躺在绿草上又像一条昏睡的大泥鳅,脖子又细又长像只仙鹤,脑后小髻像一片干巴巴的牛粪,"九老妈是没有屁股的,两扇巨大髋骨在她弯腰时突出来,正直地上指。令人心悸的喊叫声从九老妈的胸膛里发出,平静的水面上皱起波纹,那是被九老妈的嘶叫声砸出来的波纹。"③ 两个泥塑匠人,瘦骨嶙峋,一个像褪毛的大公鸡,另一个像羽毛未丰的小公鸡;九老爷的形貌介于狼与狗之间;黄胡子头皮绿油油,眼像狗眼,两撮鼻毛像蝴蝶的触须,十指像植物的根茎;二姑的两个儿子天和地,天身材高大,头发金黄、嘴唇鲜红,大眼睛蓝汪汪的,像滴进了几滴蓝墨水,而地则个头矮小、驼背弓腰、五官不正、牙齿焦黄;"我"则"生气蓬勃,邪性十二分地足;宛若红色沼泽里一只刚萎了尾巴的半大马蹄蟾蜍,全身流动着粉红色的毒液。"④

(三)叙事紊乱,情节混乱。

小说的单个故事看起来虽然是完整的,但叙事紊乱,情节混乱甚至有悖情理,比如,在第一章《红蝗》中,叙事者是食草家族的后代,他所叙述的时而是有关几十年前四老爷和九老爷的事情,时而是发生当下

---

① [德]尼采:《曙光》,田立年译,漓江出版社2000年版,第13页。
② 汪民安:《尼采与身体》,北京大学出版社2008年版,第72页。
③ 莫言:《莫言文集·食草家族》,云南出版集团公司、云南人民出版社2012年版,第6页。
④ 同上书,第285页。

现实之中的事情。在第三章《生蹼的祖先们》中,"腊八老爷"本已死了,可又多次复活,不但起来吃东西,还对自己的葬礼指手画脚,最后,在把一切安排妥当之后才心满意足的死去。在第四章《复仇记》中,"我"的年龄随意变化,"我"在过去与现在之间自由穿梭,并且在死了之后还可以与活人对话,能够看见凡间的事物。在第五章《二姑随后就到》,先是用父亲的视角叙写二姑,然后又用"我"的视角叙写二姑奶奶。中间写"我"是德建,然后紧接着写有关德建的事情……从而,使叙事显得很紊乱。

(四)可读性不强。

小说的故事性较差,更多的是原始的对白,民间言语不加提炼地进入文学,加上小说本身亦是由几部中篇小说组合而成的长篇,结构松散,无整体性可言;小说在家族历史回顾时,描写了一些奇异现象,但表述相当模糊,充斥着暗示、暗语,从而,使得小说的可读性不强。

第六章 《丰乳肥臀》

一

《丰乳肥臀》最初于 1995 年发表于云南《大家》第 5—6 期；最初由作家出版社于 1996 年 1 月出版，出版时，增加了发表时所没有发表的最后一章《七补》——该章将前面七章里面没有写透的地方独立出来进行补写，尽可能地写透，好像是一部影片在整部片子放完后再放了七个特写镜头；2003 年，由工人出版社出版增补修订版，包括七卷和《卷外卷：拾遗补阙》，每卷包括若干章，《卷外卷：拾遗补阙》包括"七补"。它是莫言最为看重的一部作品——小说最初在出版时，莫言在其自荐中说："你可以不看我所有的作品，但你如果要了解我，应该看我的《丰乳肥臀》"，后来，他再次表达过类似的观点[①]；小说一问世，便受到了徐怀中、汪曾祺、谢冕、李锐、苏童、王干、刘震云等文坛名家的赞誉，并于 1997 年获首届"《大家》·红河文学奖"。

小说的内容梗概为：

上官金童是上官鲁氏最小的孩子，也是她唯一的儿子。上官鲁氏原名鲁璇儿。大清朝光绪二十六年即 1900 年农历八月初七，上官鲁氏刚满六个月。这一天，德国鬼子包围了高密东北乡的沙窝村，上官鲁氏的父亲鲁五乱抗击德寇，在杀死一个德国鬼子后牺牲；上官鲁氏的母亲姚

[①] 在与王尧对话时，莫言曾再次说："《丰乳肥臀》是我的最为沉重的作品，还是那句老话，你可以不看我所有的作品，但你如果要了解我，应该看我的《丰乳肥臀》"，莫言、王尧：《从〈红高粱〉到〈檀香刑〉》，《当代作家评论》2002 年第 1 期。

氏悬梁自杀。第二天，上官鲁氏的大姑姑和大姑夫于大巴掌救出了藏在面缸里的她，并将她带回家抚养。上官鲁氏5岁时裹脚，16岁时小脚裹成，成为"高密东北乡第一金莲"。1917年夏天，高密新任县长牛腾霄下车伊始便下达放足令，小脚女人不再吃香了，上官鲁氏不得已便嫁给上官寿喜。上官寿喜没有生育能力，上官鲁氏便在结婚后最初的三年里一直没有怀孕，并因此而受到其婆婆上官吕氏的指责和丈夫的折磨。为了让上官鲁氏摆脱困境，上官鲁氏的大姑姑用酒将上官鲁氏灌醉后让其丈夫于大巴掌给她"下种"，于是，上官鲁氏生下了其大女儿，即上官金童的大姐上官来弟。上官来弟在抗战时期和黑驴鸟枪队队长沙月亮相爱，上官鲁氏因认为上官来弟与沙月亮结合不会有好结果，也因沙月亮所率的黑驴鸟枪队队员曾蹂躏过她、凌辱过马洛亚并导致马洛亚跳钟楼而死，便极力反对。同村的孙大姑曾对上官鲁氏有恩——上官鲁氏在生产孪生儿女上官玉女、上官金童时，孙大姑为之接生，并遭日寇枪杀。出于对孙大姑的报恩和对沙月亮的报复，上官鲁氏便强行把上官来弟许配孙大姑的大孙子孙大哑巴，即后来的孙不言。上官来弟拒绝上官鲁氏为她订的婚约，并与沙月亮私奔，之后，与之生下女儿沙枣花。沙月亮投日任伪渤海警备司令、"皇协军"旅长后，抗日爆炸大队鲁大队长和蒋立人政委等人以沙枣花为诱饵消灭了沙月亮所部，活捉了沙月亮；随后，沙月亮上吊自杀，上官来弟为此大受刺激，精神错乱，时疯时好。在遇到美机驾驶员巴比特（巴比特在所驾驶的飞机被日机击中后被司马库任司令的抗日别动大队所收容；司马库即"福生堂"大掌柜司马亭的弟弟、"福生堂"的二掌柜。司马亭在1949年前当过镇长、维持会长，随担架队参加了淮海战役，并立过功；"文革"中被红卫兵打死）后，上官来弟主动地向他投怀送抱，但未被他接受；之后，在半疯之中与司马库一夜风流；1949年后，由政府做主与昔日的未婚夫、在抗美援朝战争中立过大功、只有上半身的孙不言结婚；婚后，惨遭孙不言的性虐待；在苦不堪言之际，遇到了鸟儿韩并与之忘情欢爱。鸟儿韩懂鸟语、善捕鸟、通武术、善使用弹弓、在抗战时期被日寇掳至日本做劳工，逃跑后在日本北海道深山里躲藏了 15 年——在躲藏时，与狼争过地盘、与熊打过架，可谓历尽了艰难险阻。孙不言由于整日里忙着喝小酒、遛大街，向人们炫耀他的勋章以显示其存在，便在很长一段时间里没有发现上官来弟与鸟儿韩的欢爱，他们二人便更加放肆。一天，孙不言拦着路过的炮队以炫耀他的勋章，结果，被拉炮的卡车撞伤，于是，较往常提前回家，发现了正在欢爱的上官来弟与鸟儿韩，随即袭击上官来弟与鸟儿韩，并死死地掐住鸟儿韩的喉咙，情急之中，上官来弟用门闩砸死了孙不言。上官来弟和鸟儿韩自首后，上官来弟被判处死刑，鸟儿韩被判处无期徒刑，服刑地点在塔里木盆地；上官来弟在生下儿子鹦鹉韩后被执行死刑，鸟儿韩在被押赴服刑地的途中企图跳车逃跑，结果，被火车轮子轧死了。上官来弟的女儿沙枣花出生后即由上官鲁氏抚养，与上官金童和司马粮（司马库与其三姨太所生的儿子）等人一起长大。沙枣花与司马粮感情很深；1949 年后，她流落江湖，成为神偷；司马粮在成为南韩巨商后还乡，沙枣花向他求婚不成，便跳楼殉情。鹦鹉韩出生后亦由上官鲁氏抚养；改革开放后，鹦鹉韩与其妻耿莲莲合办"东方鸟类中心"，骗取银行巨款，挥霍浪费，穷奢极欲，后被判刑。

上官鲁氏在生下上官来弟后，为了生儿子，同时，也是出于对封建道德观念和婆家虐待的反抗以及对大巴掌养育之恩的报答（她在主动献身于于大巴掌时，对着棚外那些圆溜溜的西瓜——好像它们都是听众——说："你们听吧！你们笑吧！姑夫，人活一世就是这么回事，我要做贞节烈妇，就要挨打、受骂、被休回家；我要偷人借种，反倒成了正人君子。姑夫，我这船，迟早要翻，不是翻在张家沟里，就是翻在李家河里。姑夫，"她冷笑着道，"不是说'肥水不落外人田'吗?!"[①]），主动地向大巴掌借种，于是，生下二女儿，即上官金童的二姐上官招弟。上官招弟长大后，在深冬率领妹妹们破冰取水时遇上了司马库，司马库让其手下帮助她们割冰取水。第二天，司马库率部毁坏了蛟龙河大

---

① 莫言：《莫言文集·丰乳肥臀》，云南出版集团公司、云南人民出版社 2012 年版，第 596 页。

桥，使日寇一列满载着货物的列车掉进河里，并引爆了车上的烈性炸药、炮弹、子弹等。不久，上官招弟做了司马库的四太太。司马家因司马库炸毁大桥和日寇的列车及其货物，被日寇杀掉19个亲人，司马库和他三姨太太的儿子（后取名司马粮）被上官招弟强塞给上官鲁氏，让她抚养。司马库日后成为抗日别动大队司令，抗战胜利后率部回高密乡，并驱逐了鲁立人所部的驻扎在高密东北乡的爆炸大队；爆炸大队后成为独立纵队十七团。在与独立纵队十七团的交战中，上官招弟因被流弹击中而死，司马库逃亡。在"土改"中，司马库与上官招弟的一双女儿司马凤、司马凰及司马粮在坐着轿子下乡搞"土改"的"大人物"的示意下，被鲁立人判处死刑，但遭上官鲁氏竭力阻挠。随后，司马粮逃走，司马凤、司马凰被两个分别骑着白马和黑马的人射杀。秦二先生给高密东北乡年龄差距很大的第一批一年级学生授课，巫云雨、郭秋生等人在上课时捣蛋，结果，秦二先生被气走了。县城派来的女教师纪琼枝接着上音乐课，巫云雨因为弄翻了桌子被上官金童检举而受到了惩罚，便带着郭秋生、魏羊角、丁金钩等人殴打上官金童，司马粮、沙枣花碰到后出手帮上官金童，随后，上官鲁氏也来帮上官金童，但司马粮等人不敌巫云雨等，消失已久的司马库出来惩罚了他们。司马库被发现后再度逃跑。新政府召开大会，请郭马氏揭发和控诉司马库的罪行，但是，郭马氏却说司马库是个好人，群众一片哗然。新政府的杨公安员抓住上官鲁氏等人以要挟司马库归案。狐狸仙崔凤仙与司马库幽会时告诉了司马库上官一家遭新政府抓押之事，司马库主动向新政府投案自首，随后，被公审，遭枪决。司马粮流落它乡，后成为南韩巨商；改革开放后，司马粮回乡投资，花天酒地，惹是生非，后逃匿。

上官鲁氏在与于大巴掌连续生下了两个女儿后，开始怀疑于大巴掌种子的质量，便在遇到身材高大的名为赊小鸭的土匪密探时，表面上被迫实际上主动地向他借种，于是，生下了第三个女儿，即上官金童的三姐上官领弟。上官领弟在饥荒年代偶然遇到具有神奇打鸟本领的鸟儿韩后，便不断地将鸟儿韩送给她的猎物——一些不同种类的鸟——带回家中，让全家人吃上了鸟肉。后来，鸟儿韩被日寇抓到日本做苦工。上官领弟因思念鸟儿韩心切而精神错乱，以至于被鸟附体，成了鸟仙。鸟仙神通广大——无所不知，一时间求医问药之人络绎不绝，借此，上官家收获颇丰，于是，度过了一段困苦时期，也获得了乡亲们的尊敬。后来，孙不言奸污了鸟仙，由此，违反了军纪，面临死刑，而鸟仙处在一种癫狂状态，对孙不言是否犯罪之事不置可否，于是，二人便被顺水推舟般地结了婚；婚后，鸟仙生下大哑、二哑。后来，鸟仙在臆想症发作时练习飞翔，结果摔死在悬岸下，其子大哑、二哑则在国共内战期间在逃亡途中死于国军飞机所投掷的炸弹。

由于老三仍然是个女儿，上官鲁氏便觉得高大的身材也不一定就有好种子，于是，在遇到身材瘦削、鹰嘴鹞眼的青年郎中时，主动地进了他的房间——该郎中用欺骗的手段给人治虫牙，但也有一定的医术，并治好了上官吕氏的火牙，于是，上官家便将一间房租给他住；上官鲁氏因迟迟未能生子而受尽了其婆家一家人的凌辱，便向该郎中讨要生子的方子，并向他借了种。在上官鲁氏怀孕后，郎中离开了上官家。上官鲁氏足月后生下四女儿，即上官金童的四姐上官想弟。在兵荒马乱的年代，上官家人时时面临着饿死，为了救家人，上官想弟便自卖自身做了妓女。在多年的妓女生涯里，上官想弟颇积累了一些财物。1949年新政府成立后，上官想弟携带着一个藏有珠宝的琵琶返乡，但藏在琵琶里的珠宝被公社干部全部搜出、没收，只让她抱着个被砸破了共鸣箱的琵琶回家。后来，公社干部把上官想弟的终生积蓄摆在展览馆的一个玻璃柜里供人参观，并把上官想弟弄到展览馆里去现身说法。上官想弟愤怒地脱下了自己的旗袍，展示她用来赚钱的身体，并羞辱胡书记等干部，于是，获取了在场的普通民众的同情，但也被胡书记打成了可怕的脑震荡，并始终未曾康复。后来，上官想弟因为旧病复发，鼻子烂成了一个黑洞洞的窟窿，两只眼睛也瞎了，满头的黑发几乎脱落干净……死了。

上官想弟一出生，上官鲁氏便因上官想弟仍然是一个女孩子而被其婆家一家人逼着干各种苦活，还挨打受骂。上官鲁氏便怀着对婆家的满腔仇恨，将身子交给沙口子村以杀狗卖肉为生的光棍汉高大膘子，任其糟蹋了三天，结果，生下了五女儿，即上官金童的五姐上官盼弟。上官盼弟长大后参加了爆炸大队，并与爆炸大队政委蒋立人即鲁立人生下了女儿鲁胜利。上官盼弟在1949年前担任过卫生队长、区长等职。1949年后，任蛟龙河农场畜牧队队长，并改名马瑞莲，彻底与上官家断绝了关系；后来在"文革"中自杀。鲁胜利幼时由上官鲁氏抚养，后被上官盼弟和鲁立人接回县城读书；改革开放后，鲁胜利担任过工商银行大栏市分行行长、大栏市市长，最终因贪污受贿而被判死刑，缓期一年执行。

　　由于老五仍然是女孩，上官鲁氏便觉得粗野汉子的种子也不好，于是，在遇到"面白神清，修眉俊目，浑身上下，散发着好闻的檀香味儿"[①]的智通和尚时，便向他借种——上官吕氏得了一种怪症，脖子之下的身体上长满了银灰色的鳞片，奇痒难挨，上官鲁氏在为上官吕氏寻医的过程中与天齐庙智通和尚私通，生下六女儿，即上官金童的六姐上官念弟。上官念弟出生后，上官吕氏见上官鲁氏所生的仍然是个女孩，加上怀疑上官念弟是智通和尚的种，便要将她放到尿罐里溺死。上官鲁氏死死求情，并坚决否认她是一个野种，于是，上官念弟活了下来。上官念弟长大后，嫁给了美国飞行员巴比特，但在婚后的第三天，二人便被鲁立人所部俘获。在被押解的途中，二人逃脱，但失散了。上官念弟寻夫七天七夜后，被一新丧丈夫的妇女诱至一山洞与巴比特团圆，两人刚相聚，寡妇拉响了手榴弹，三人同归于尽。

　　上官念弟出生后，上官鲁氏心灰意冷，再也没有想着去借种。7年后的1935年的秋天，上官鲁氏在时隔上次生产八年后在蛟龙河北岸割草时被四个拖着大枪的败兵轮奸了，第二年初夏，生下了七女儿，即上官金童的七姐上官求弟。上官求弟在4岁时被卖给流亡至哈尔滨的白俄

---

① 莫言：《莫言文集·丰乳肥臀》，云南出版集团公司、云南人民出版社2012年版，第600页。

人罗斯伯爵夫人做养女,伯爵夫人死后又被一火车站站长收养,改名乔其莎,后毕业于省医学院。在反右运动开始之后,上官求弟被打成右派,在蛟龙河农场畜牧队劳改,与上官金童相逢。1960年春天,饿殍遍野。农场里活着且没得浮肿病的人只有十个。因为饥饿,上官求弟被张大麻子用食物作为诱饵诱奸,之后,受到他的优待,最后,因暴食生豆饼而胀死;农场的所有女右派,包括出生于名门贵族、留学过俄罗斯的霍丽娜,几乎都像上官求弟那样因为饥饿而屈身于张麻子。

上官求弟出生后,因见上官鲁氏所生的仍然不是男孩,上官吕氏嚎啕大哭,上官寿喜气急败坏,暴打上官鲁氏,并从铁匠炉里夹出了一块暗红的铁烫伤了上官鲁氏的下身。于大巴掌在得知上官鲁氏被烫的消息后大闹上官家,并将上官父子打了个半死,直至上官鲁氏出面制止才罢手。此后,上官一家收敛了对上官鲁氏的虐待。上官鲁氏被烙伤的下体腐烂化脓,散发着恶臭;她自觉不久于人世,便搬到西厢房里去居住。一天凌晨,教堂的钟声把她从迷朦中唤醒了,她拄着拐棍,步入了教堂,结识了牧师马洛亚,皈依基督教。1938年初夏,在人迹罕至的沙梁子上稠密的槐树林里,上官鲁氏与马洛亚野合;足胎后,上官鲁氏生下一双龙凤胎——八女儿上官玉女和儿子上官金童。

在上官玉女和上官金童出生时,日本鬼子进村,上官福禄和上官寿喜被杀,上官吕氏被吓疯,上官鲁氏以及上官玉女和上官金童因得到日寇军医的救助(实际上是日寇为了美化其侵略行为)而侥幸活下。在上官金童出生一百天时,上官鲁氏抱着上官玉女和上官金童到教堂去洗礼,遭鸟枪队队员强奸;鸟枪队员们在满足了自己的兽欲后,把上官鲁氏和上官金童、上官玉女扔到大街上。马洛亚因阻挠鸟枪队员的暴行而被鸟枪队员用枪打伤了双腿。眼睁睁地看着上官鲁氏被强暴及母子三人被扔到大街上而自己又无能为力,马洛亚悲苦无比,便从教堂的钟楼上跳下而死。

上官玉女天生双目失明;她虽然是上官金童孪生的姐姐,但常被上官金童欺负——上官金童总是独霸上官鲁氏的乳房。神志不清的上官吕氏欲加害上官玉女，被上官鲁氏发现后，上官鲁氏将上官吕氏打死。上官金童因被娇生惯养，到了该断奶的时候也不断奶，最终患上了恋乳症；后来，上官金童好不容易断了母乳，但又得依靠着羊奶生活。

　　在国共内战结束之际，高密东北乡举行"雪集"，上官金童被选为"雪公子"——按照规矩依次抚摸了那些祈求来年生子的女人以及那些祈求奶水旺盛、乳房健康的女人的乳房。在这次活动中，上官金童抚摸了大约120对乳房，并与独乳老金结下了隐隐的恋情。上初中之前，县医院的十几个医生，组成了一个医疗小组，在苏联医学专家的指导下，运用了巴甫洛夫的学说，治好了上官金童的恋乳厌食症。为苏联专家做过翻译的霍丽娜老师为了帮助上官金童提高俄语水平，便替他牵线，让他跟苏联赤塔市一个九年级女学生——一个在中国工作过的苏联专家的女儿娜塔莎通信，两人交换了照片，随后，他对俄罗斯少女娜塔莎产生了单相思，恋乳厌食症因此复发。

　　为了开垦高密东北乡上万亩的荒草甸子，上官金童和大栏镇的其他青年男女，统统被吸收为国营蛟龙河农场农业职工。在蛟龙河农场畜牧队，上官金童拒绝了其顶头上司、鸡场场长、少了一只胳膊的老处女龙青萍的勾引。龙青萍直到把自己煎熬到吐血为止，也没能达到把上官金童勾引到手的目的，因此，恼羞成怒，开枪自杀。上官金童出于对龙青萍的同情，在她尸体未冷却时，满足了她生前的欲望。与上官金童同在农场的上官求弟是学医的，从龙青萍尸体上的蛛丝马迹断定上官金童奸过龙青萍的尸体，便问上官金童实情，上官金童向她承认有奸尸之事。因突降暴雨，对龙青萍验尸未果，于是，上官金童最初免掉了牢狱之灾。在三年困难时期，上官金童目睹了上官求弟为馒头而接受张麻子诱奸的场景。20世纪60年代中期，上官求弟死后留下的日记被发现——日记中记载了上官金童奸尸的事件，于是，上官金童被判刑15年。

　　上官金童在蛟龙河农场上班时，包括上官鲁氏在内的一群妇女在司马家的风磨房里拉石磨，粉碎粮食以为修筑峡山大水库的民工们供应面粉；在拉磨的过程中，上官鲁氏将自己的胃当作口袋把粮食带回家后再用催吐法将粮食吐出来，供上官玉女和鹦鹉韩吃。上官玉女不忍拖累上官鲁氏，便投河自尽。

　　20世纪80年代的第一个春天，42岁的上官金童刑满释放。回家后，上官金童莫名其妙地生了一场大病，垂死之际，独乳老金给上官金童哺乳，上官金童的病情好转；两月之后，上官金童康复，对独乳老金也产生了深深的依恋。上官鲁氏为了救上官金童，为上官金童和独乳老金拉皮条。在与独乳老金纵情狂欢一段时间后，上官金童因性能力不强而被她扫地出门。

　　大栏市市长纪琼枝是上官金童读小学时的老师；当年，她很器重上官金童；在当上市长后，她仍然惦记着上官金童；鹦鹉韩的妻子耿莲莲在得知此事后，把上官金童招入他们夫妇俩经营的东方鸟类中心，试图利用上官金童让纪琼枝给他们批贷款；在其如意算盘没打成后，他们又要上官金童给能批他们贷款的人——如一些银行的行长——送礼，上官金童因干不了送礼之事而拒绝，耿莲莲便怒气冲冲地将他赶走。上官金童开始在街上游荡，精神恍惚之际扑向商店橱窗玻璃的女模特，手按在一个坚硬的"乳房"上，因此，被送进精神病院医治了三年。在此期间，纪琼枝因为患脑血管疾病而去世。

　　20世纪80年代末，鲁胜利任大栏市市长，成为南韩巨商的司马粮回大栏市投资。在得知上官金童对女人的乳房痴迷不已后，司马粮花钱雇请了大栏市的许多美女们，让上官金童过足了奶子瘾；随后，又掏钱开办销售乳罩的"独角兽乳罩大世界"商店，让上官金童任董事长。商店用"独角兽"为名一事遭到了时任大栏市广播电视局局长汪金枝的反对——汪金枝在"文革"时期成立过"独角兽"战斗队，并在人民公社的广播站争取到五分钟的时间，开辟了一个"独角兽"栏目，在随后的30年里，他一直使用着"独角兽"的笔名，在国家级的报刊发表过88篇署名文章。汪金枝以"独角兽乳罩大世界"用"独角兽"作商店名是刻意诋毁他作为公民的声誉为由向司马粮索赔3万元，并要求上官金童转告鲁胜利让他进入大栏市人民代表大会任常务副主任。汪金枝敲诈之事被司马粮"摆平"后,"独角兽乳罩大世界"生意也越来越红火。之后,汪金枝耍阴谋让其女儿汪银枝和上官金童结婚。在结婚之后,汪银枝控制了"独角兽乳罩大世界",上官金童被迫与汪银枝离婚,且被她扫地出门。

上官鲁氏在九十五岁那年,由上官金童陪同进重开的教堂。讲经的牧师是当年马洛亚牧师与回族女人生的儿子。在听完牧师讲经后,上官鲁氏双手扶着膝盖,端坐在小凳子上,永远地闭上了眼睛。埋葬上官鲁氏之后,上官金童躺在上官鲁氏的坟墓前,回忆着往事;在回忆中断后,上官金童眼前飘荡着一个个乳房……后来那些乳房渐渐聚合在一起,膨胀成一只巨大的乳房,在继续膨胀后,成为矗立在天地间的世界第一高峰,"太阳和月亮围绕着它团团旋转,宛若两只明亮的小甲虫。"①

二

小说中重要的人物有上官鲁氏、上官金童、司马库、上官来弟、上官盼弟、孙不言等。

(一)上官鲁氏

上官鲁氏是一位农村妇女;一生多灾多难多苦——她在襁褓之中,父母便已双亡,自己则差点被闷死在面缸里;在童年时被大姑姑和大姑父强行裹脚;出嫁之后,先是因不能生育而饱受婆婆的责骂,后是因迟迟未生出男孩而遭受婆婆的责骂和虐待、遭受丈夫的毒打,两次遭轮奸;在公公和丈夫被日寇枪杀、婆婆被日寇惊吓痴呆之后,孤身一人地抚养上官来弟等九个儿女和沙枣花、司马凤、司马凰、大哑、二哑、鲁胜利、鹦鹉韩等七个外孙以及司马库与其三姨太所生的司马粮,赡养痴呆了的婆婆;有生之年经历了德寇入侵、日寇入侵、国共内战、反右、灾荒之年、"文革"、改革开放等急剧的社会变革,经历了公公和丈夫之死、婆婆之痴呆、八个女儿之死、五个女婿之死、六个外孙之死,而且

---

① 莫言:《莫言文集·丰乳肥臀》,云南出版集团公司·云南人民出版社2012年版,第647页。

看着女儿、女婿们相互残杀或相互残杀而死而又无力制止……俨然一位苦难之神;对于上官鲁氏而言,生活简直就是一部苦难的连续剧。

上官鲁氏所经历的苦难不仅多,而且巨大,有些苦难实际上巨大得超过了其应有的承受力:

其一,上官鲁氏在生下四女儿上官想弟后,"双腿间还淋漓着鲜血",就被婆婆"用铁钳敲打着窗户"吆喝着上打谷场;当她拖着血身子"挨到打谷场上"时,丈夫"对准她的腿弯子抽了一杈杆,骂道:'懒驴,你怎么才来?你要把老子累死吗?'"她被那"一杈杆"抽得"不由自主"地坐在地上后,丈夫又用"沙哑的嗓子怒吼着:'别装死,快起来翻场!'"她"头顶着似火的毒日头翻麦子。而她的公公和丈夫,两个小男人,却坐在树荫凉里磨牙斗嘴"。她昏死在打谷场上后刚醒来,便遭婆婆的抢白。她因刚生孩子及打麦子而体力透支,失手打破了碗,结果,"婆婆用蒜锤子砸破了她的后脑勺子",丈夫则"从墙边抄起一根棍子,拦腰一棍",把她打倒,然后,"棍子频繁起落着",打得她"满地翻滚",最后,她被打得昏死过去。①

其二,上官鲁氏在生下七女儿上官求弟后,婆婆"大声号哭起来",丈夫更是气急败坏——"上官寿喜冲进屋,掀起破布一看,往后便跌倒了。他清醒过来的第一件事,便是抄起门后捶衣服的棒槌,对准老婆的头砸了一下子。鲜血喷溅在墙壁上。这个气疯了的小男人,恨恨地跑出去,从铁匠炉里夹出了一块暗红的铁,烙在了妻子的双腿之间。一股焦黄的烟雾蹿起来,烧焦了毛发和皮肉的臭气弥漫全屋。母亲惨叫一声,便滚到了炕下。她的身体弯得像弓背一样,在地上抖动着。"②

其三,在日寇屠村之后,上官鲁氏带着孩子们从所躲藏的地道走出时,"东厢房里的麦子没有了,驴和小骡没有了,锅碗瓢盆都成了碎片,神龛里的瓷观音成了无头尸首","日本人——也许是中国人——留给"

---

① 莫言:《莫言文集·丰乳肥臀》,云南出版集团公司、云南人民出版社 2012 年版,第 593—598 页。

② 同上书,第 602—603 页。

她们的"只有半窖抽了黄芽的糠萝卜",而她此时需要养活一个痴呆了的婆婆和一大群儿孙,因此,她不由得"绝望了",甚至想到了自杀——"找出一个没被打碎的瓦罐,瓦罐盛着上官吕氏珍藏的砒霜……"①

其四,上官鲁氏亲历了一个个亲人的死——她先后失去了公公、丈夫、八个女儿、五个女婿、六个外孙等亲人。而她的那些活着的亲人又是那么的不争气——儿子上官金童42岁了,可还得靠她十几年来收废品、卖破烂的积蓄来治病,靠她给他与独乳老金拉皮条来维系生命;病愈后又无以自立,并一再遭人算计、流离失所;最后,在她离世时,他也没能如她所愿,做"一个真正站着撒尿的男人"②。外孙鹦鹉韩夫妇俩为敛财而犯行贿罪,并锒铛入狱。外孙女鲁胜利大肆收受贿赂,最后,被判死刑,缓期一年执行。养外孙司马粮花天酒地、惹是生非。

此外,封建伦理道德观一方面要求她为丈夫守身如玉,另一方面又要求她给没有生育能力的丈夫生孩子,而且还要求她一定要生一个男孩子、为夫家续香火,为此,她不得不不断地四处借种——这实际上给她带来了撕裂般的精神痛苦。

上官鲁氏虽然苦难深重,但从来都没有真正地被苦难所吓倒,而是像大雪覆盖大地一样掩埋了苦难,抱着"死容易,活难,越难越要活。越不怕死越要挣扎着活。我要看到我的后代儿孙浮上水来那一天"③ 的信念顽强地活着;即使是在唯一活着的儿子在服刑、身边活着唯一的由自己含辛茹苦抚养成人的外孙鹦鹉韩对自己不管不问、自己孤身一人地住在教堂塔前草屋里时,她靠捡破烂也要活着;儿子刑满释放回家后旧病复发,岌岌可危,她不顾高龄,想着各种办法为儿子治病,并让儿子得以痊愈、安好地活下来……她不仅自己很顽强,而且教育儿子也要顽强——每当儿子遇到挫折时,她总是鼓励他要顽强、勇敢,并曾明确地

---

① 莫言:《莫言文集·丰乳肥臀》,云南出版集团公司、云南人民出版社2012年版,第113页。
② 同上书,第478页。
③ 同上书,第360页。

对儿子说:"金童,还是那句老话,越是苦越要咬着牙活下去,马洛亚牧师说,厚厚一本《圣经》,翻来覆去说的就是这个"①;最终,她活到九十五岁而逝,并且是在儿子的陪伴下在教堂里安然而逝的,确如自己所说:"不是我们怕死,而是死怕我们了"②——表现出了一种世所罕有的忍辱负重、坚韧不拔。

除忍辱负重、坚韧不拔外,上官鲁氏还具有其他一些突出的特点:

一方面,她具有一些非常鲜明的优良品性——

其一,慈爱、善良、宽容。她"死"也要养护孩子:儿子上官金童患恋乳厌食症,为了他能健康地成长,她即使骨髓都快被他吸出来了也迟迟不给他断奶③,女儿上官念弟认为她太惯他了,抢白她道:"娘,你也太惯他了,他吃奶要吃到娶媳妇吗?"她则说:"吃奶吃到娶媳妇也是有的"④;儿子软弱无能、窝窝囊囊,但她对他从不嫌弃。大女儿上官来弟将自己生的孩子沙枣花交给她抚养时,她本来就抚养着一大群孩子,而且上官玉女和上官金童还在吃奶,她便嚷着要把那孩子"扔到河里喂鳖,扔到街上喂狗,扔到沼泽里喂乌鸦",可是,她"把裹在紫貂皮大衣里的女婴放在教堂门口,逃命似的往家跑,但仅跑了十几步,她就迈不动腿了。女婴杀猪般的哭嚎声像一条无形的绳子,把母亲扯住了"⑤,后来,在上官来弟为了不让沙枣花被爆炸大队当作人质而欲强行带走沙枣花时,她坚决拒绝,并蛮横地说:"……我只知道枣花是我养大的,我舍不得给别人。"⑥上官来弟被爆炸大队捉住后对她说:"娘,要是他们枪毙我,这孩子就要靠您抚养了。"她则回答道:"他们不枪毙你,这孩子,也得由我抚养。"⑦在鲁立人的手下把上官金童等

---

① 莫言:《莫言文集・丰乳肥臀》,云南出版集团公司、云南人民出版社 2012 年版,第 415 页。
② 同上书,第 291 页。
③ 同上书,第 167 页。
④ 同上书,第 187 页。
⑤ 同上书,第 128 页。
⑥ 同上书,第 154 页。
⑦ 同上书,第 160 页。

人关押在磨房里时,即使马排长拉动枪栓,用汤姆枪口对着她的胸膛,她也要进磨房找孩子;在鲁立人下令枪毙司马粮、司马凤和司马凰时,她挺身而出,大喊:"我看你们哪个敢!"① 在上官金童、司马粮、沙枣花等人被巫云雨等人殴打时,她拼死救护他们;为了抓住司马库,杨公安员抓她及孩子们以做人质,她"用力地把头昂起,喘息着说:'把我的孩子放下来……一切由我担承……'"②;为了养活孩子,她不惜忍受着巨大的痛苦和违反传统道德,用胃偷粮食。她一生一共抚养了八女一子、七个外孙和一个养外孙,但无论对谁,无论其父母属于哪一个政党或政治集团,她都一视同仁、都疼爱有加,而且在所抚养的孩子中,司马粮与她毫无血缘关系,沙枣花、鲁胜利分别是忤逆她的两个女儿所生的孩子,大哑、二哑是她所嫌恶的孙不言与她的女儿所生的孩子!无论失去哪个孩子,她都悲痛万分——在被迫将年幼的上官求弟卖给白俄罗斯托夫伯爵夫人做养女时甚至悲痛得病倒了;一心盼着孩子们平安,甚至宁愿用自己的受苦受难来换取孩子们的平安——她的六女儿上官念弟及其丈夫巴比特在被押解的途中逃脱后,她每天夜里都"在院子里一边转圈一边叹息……在叹息的间隙里,大声地祈祷着:'老天爷爷,主上帝,圣母玛丽亚,南海观世音菩萨,保佑我的念弟吧,保佑我的孩子们吧,把天上地下所有的灾难和病痛都降临到我的头上吧,只要我的孩子们平安无事……'"③ 司马库在被苦苦追逼时,她对他的叮咛是:"走吧,走吧,远走高飞吧,什么仇,什么怨,越报越深啊……","你听我一句话,远走高飞,不要滥杀人!'"④ 她既能容忍孩子们的缺点和反叛,又能容忍他们的无能和懦弱——对叛逆的女儿们,她虽然最初也颇有不满,但最终还是宽恕了她们——不仅听之任之,而且还养育她们的孩子;对儿子金童,她虽然非常地"怒其不争",但又从来都是"不离不

---

① 莫言:《莫言文集·丰乳肥臀》,云南出版集团公司、云南人民出版社 2012 年版,第 263 页。
② 同上书,第 352 页。
③ 同上书,第 252 页。
④ 同上书,第 338 页。

弃"。婆婆上官吕氏曾对她不仁不义,但在上官吕氏痴呆之后最初的一段时间里,她对上官吕氏还是尽了赡养之责的,要不是上官吕氏要掐死上官玉女,她也是不会失手打死上官吕氏的。游手好闲、倚仗着贫农出身的身份而横行村里的房石仙曾诬陷她偷红薯,还扇了她两个耳光,并打破了她的鼻子,可在房石仙投水自杀的时候,她却一边愤怒地谴责周围的人袖手旁观,一边把房石仙从水里救了出来,并脱下自己的大棉袄给他穿上以让他免于被冻死。

其二,温顺贤惠。她的大姑姑和大姑父把她抚养成人,对她有养育之恩,她便把他们视作父母,听凭他们把她嫁给自己从来未曾谋面的上官寿喜;出嫁之后,操持繁杂的家务,对婆婆的无理责骂及丈夫的凶残暴戾总是听之任之,如刚生完孩子,就拖着个血身子上打麦场,头顶着洒火的毒日头翻麦子,直至昏死在打麦场上,醒来后,又遭婆婆的抢白,但并无稍稍的顶撞;因刚生产,加上在打麦场上打麦子而体力透支,失手打破了碗,随即惨遭婆婆、丈夫毒打,但在此之时,她也只是冲丈夫回了一句:"上官寿喜,你打死我吧……你不打死我,就是狗养的……"①

其三,重情重义。在她难产的时候,孙大姑不计得失地给她接生;之后,孙大姑被日寇枪杀了,她便把大女儿上官来弟许配给孙大姑的大孙子孙不言;丈夫对她不仁不义、毫无情感甚至缺乏人性,但在丈夫死后,她却不忍他尸首分家,不让收尸员用钩子钩他的尸体;司马家遭难,她冒着遭日寇杀害的危险养护司马家的司马粮;司马亭在"土改"时面临着被枪毙的危险,她尽管知道若救司马亭便会被"土改"工作队扣上"窝藏"罪犯的罪名予以处罚,但还是毫不犹豫地出手相救……

其四,执着。她"死"也要生一个男孩:婆家人由于受重男轻女的传统思想的影响,逼着她生男孩子,她本人也为现实所迫,也铁了心要生一个男孩子,于是,四处借种,在生了七胎之后还要生八胎;她在生八胎时难产,但还是抱着生男孩子的信念,最终战胜了死神,生下了一

---

① 莫言:《莫言文集·丰乳肥臀》,云南出版集团公司、云南人民出版社2012年版,第598页。

个男孩子。

其五，富有反抗精神、大胆、勇敢，甚至敢于做出一些"大逆不道"的事情。婆婆、丈夫责骂她不生不养，她开始逆来顺受、委曲求全，但在得知自己不生不养并非自己之过后，便不再责备自己，后来更是不拘礼法、不死守传统道德条文，主动地向多个男人借种——乱伦、野合、通奸，什么方式方便就采用什么方式，甚至还怀着对夫家的满腔仇恨，把自己的身子交给自己并不喜欢甚至厌恶的沙口子村以打狗卖肉为生的光棍高大膘子糟蹋了三天，从而，一次又一次地给上官寿喜戴绿帽子、给上官家添野种，让上官家虽然养活了一大群孩子但又全都是给别人养的。她虽信佛但又不守佛法而与和尚私通，虽皈依基督但又不守教义而与牧师偷情。婆婆曾经恶待她，她便假借婆婆加害八女上官玉女之事打死了婆婆。她冒着生命危险保护面临着被枪毙的司马亭，放走遭通缉的司马库。她为偷情的大女儿"站岗放哨"，鼓动儿子与有夫之妇独乳老金上床。在自己所住的房屋要被强拆时，她"稳如磐石，坐在炕上，说：'让你们的推土机从我身上轧过去吧。'"①……

另一方面，她的品性缺憾也很明显——

其一，自私、偏心。她为救大女儿，企图将大女儿打死丈夫孙不言之罪"嫁"给误撞孙不言的解放军战士。虽然总的来说她很慈爱，珍爱每一个孩子，在卖掉上官求弟时伤心欲绝，但是，上官求弟又毕竟是被她卖掉的。同时，她对孩子的爱也是有轻重之别的，比如，她最爱上官金童，连一向甘愿给上官家"当牛做马"的上官来弟也看不惯，甚至当面抢白她："娘，您还要我怎么样？您心里装着的只有金童，我们这些女儿，在您心里，只怕连泡狗屎都不如！"②

其二，心理扭曲。她执着地要生儿子，并为此而不惜违背道德、人伦地四处借种，直至差点丢掉性命、生下儿子为止；这实际上是一种偏

---

① 莫言：《莫言文集·丰乳肥臀》，云南出版集团公司、云南人民出版社2012年版，第517页。
② 同上书，第83—84页。

执心理。她主动地四处借种,这既可以说是为了生儿子,又可以说是对婆家的报复;这显然是一种相当诡异的报复心理。她心中充满了对婆婆的刻骨仇恨,借机暴打婆婆——她"双手抡起擀面杖,噼噼啪啪地打下去,对准上官吕氏那胶泥般的脑袋。她越打越有劲,越打越生龙活虎,越打越神采飞扬,随着棍子的频繁起落","腥臭的、腐乳状的脑浆从她的被打裂的脑壳里迸溅出来",甚至一边痛打婆婆,一边咬牙切齿地骂道:"老混蛋,老畜生,你也有今天?自从我嫁到你们家,吃了你多少苦头!你让我吃剩饭,你让我穿破衣,你不拿我当人,你用这擀面杖打破过我的头,你用滚烫的火钳烫烂了我的腿,你唆使你儿子作践我,吃饭时你夺过我的碗,你骂我只会养女孩给你们上官家断了香火绝了根,不配吃饭,你把一碗热菜粥泼到我脸上,烫了我一脸燎泡,你心狠手毒啊,老东西,你知不知道你那儿子是个骡子?你们一家人把我逼上了绝路,我像只母狗一样翘着尾巴到处借种,我受尽了屈辱,我为你们上官家,遭了多少不是人遭的罪啊,你这老畜生!"① 这明显是一种歇斯底里的报复心理。她爱儿子爱到溺爱的程度,以至于为他拉皮条;这是一种变态心理。

其三,放荡。她四处借种虽然主要是为了能生一个儿子来实现"有后"的目的,或以此来反抗、报复婆婆和丈夫等,但也是一种实实在在的释放情欲的行为……

不过,上官鲁氏以上的这些特点——不论是优良品性还是品性缺憾,从根本上来说,是从属于其忍辱负重、坚韧不拔的性格特点的:

她的慈爱、善良、宽容与富有反抗精神、勇敢、大胆实际上分别是其忍辱负重、坚韧不拔或温和或激烈的表现;她的重情重义实际上是其忍辱负重、坚韧不拔的基础——薄情寡义、无情无义之人不可能、也没必要忍辱负重、坚韧不拔!而她的自私、偏心、心理扭曲、放荡等从一个特定的角度来说是其忍辱负重、坚韧不拔的一种变态表现。

---

① 莫言:《莫言文集·丰乳肥臀》,云南出版集团公司、云南人民出版社2012年版,第623页。

作为一个人物形象，上官鲁氏具有独特的意义和价值——在中国现当代小说史上，像上官鲁氏这样的人物形象几乎没有，与之差可相比的大概仅有余华《活着》中的主人公福贵：

福贵在接连失去多位至亲好友之后仍然"活着"——他出生于三代都是地主的殷实之家，年少时吃喝嫖赌，什么浪荡的事都干，最后，因赌博而彻底败家，并因此而气死父亲。在被国民党的大兵掳去当壮丁后，他在军队里认识了老全和春生，三人共历患难，成为生死之交；在战场上，老全对春生和他说："老子大小也打过几十次仗了，每次我都对自己说：老子死也要活着"①，但随后就中弹而死，几乎是与此同时，春生也与福贵失散了。他在当兵期间，母亲死了，女儿则因发高烧变成了哑巴。"土改"后，他的妻子患了软骨病，儿子则因给生产时大出血的县长夫人献血过多而死；而县长却是春生——春生后来在"文革"时期被当成走资派批斗时自杀身亡。后来，他的女儿在难产时给他留下一个外孙后死了，妻子因悲伤过度而死，女婿在工地被水泥板压死，外孙因多吃了豆子而撑死。他尽管接连失去了这么多至亲，但并没有绝望，更没有自寻短见，而是与一头从市场买回的老牛相依为命地活着。

福贵的连失亲人及"好死不如赖活着"、"死也要活着"的人生态度，与上官鲁氏非常相似。

但是，作为一个人物形象，福贵比上官鲁氏"单薄"、"黯淡"得多——

其一，福贵比上官鲁氏幸运得多。

首先，福贵的生活条件比上官鲁氏的要好得多。

福贵出生时父母双全，家境殷实；从小到大，一直都是过着锦衣玉食、狂嫖乱赌的少爷生活；虽然因赌博而输光了家产、被迫带着父母妻儿寄住在向赢家龙二家所租的茅屋里，但毕竟有茅屋可租可住、父母妻儿俱全，且有独立生活、养家糊口的能力；他在很长一段的人生里有贤

---

① 余华：《活着》，作家出版社 2008 年版，第 6 页。

惠的妻子相伴。

上官鲁氏则从生到死，几乎都是衣、食、住均不保；既没有足够强壮的体力甚至没有必要的自卫能力，又没有些许的技能，即实际上并不具备独立生活能力，但在丈夫死之后不仅自己要活命，还得养活将近二十个人。而在丈夫死之前，夫家从来都没谁把她当作一个人看待。

其次，福贵的遭际比上官鲁氏的要好得多。

福贵的人生历程涵盖了从民国初年到改革开放初期这一段时间，身历了第三次国内革命战争、反右派、左倾思潮盛行、三年自然灾害、"文革"、改革开放初期等时期，所亡故的亲人有父、母、妻子、儿子、女儿、女婿、外孙等七人——父、母、妻等死皆"有因"，儿子、女儿、女婿、外孙的死虽带有"偶然性"，但基本上不属于人"有意为之"的"人祸"，如其父亲实际上是死于自己好赌的"遗传基因"（福贵的"好赌"实际上是对他的"好赌"的继承），母、妻死于疾病，儿子、女儿、女婿、外孙死于飞来的横祸，因而带有"情有可原"的性质。同时，他本人基本上没受过皮肉之苦。因此，总的来说，福贵虽"悲"但不"惨"。

上官鲁氏的人生则为从1900年到1995年，身历了德寇入侵、日寇入侵、国共内战、反右、灾荒、"文革"、改革开放等时期，所亡故的亲人包括公公、婆婆、丈夫、女儿、女婿、外孙等二十多个——他们的死多与人"有意为之"的人祸密切相关，如公公、丈夫死于日寇入侵，婆婆先疯于日寇入侵，后在疯狂中行暴时被她打死，女儿、女婿、外孙等人或死于战乱或死于动乱或死于与战乱或动乱相关的事情，有的还死得相当惨，如丈夫尸首分家、外孙子大哑和二哑被炸得血肉模糊、外孙女司马凤和司马凰被枪杀。同时，如上所述，她本人还遭受了不少超过了自身承受力的苦难。因此，总的来说，上官鲁氏不仅"悲"而且"惨"。

最后，福贵的人生结局比上官鲁氏也要好。

福贵最终虽然孑然一身，但毕竟还有老牛作伴，且年纪尚不是太大、无牵无挂。

而上官鲁氏在溘然长逝时，虽身边有儿子相伴，但儿子是一个始终没有长大的"老儿子"——既弱智又无一技之长，懦弱、老大不小、不可能再有什么长进，因此，她实际上是"死难瞑目"的！

其二，福贵的性格不如上官鲁氏的丰富。

总的来看，福贵的性格比较单一——其性格特征主要是坚韧，但他又实际上是死乞白赖、逆来顺受地活着的，即使是在得知自己被龙二坑骗了之后也没有进行丝毫的反抗。而上官鲁氏的性格则如前所述，比较复杂——除了坚韧外，她还有多方面的性格特征，特别是能在该反抗的时候就奋起反抗。

同时，福贵只是在吃喝嫖赌、败完了家产、走背运之时才表现出一点亮色的人性。而上官鲁氏的人性基本上是亮色的。

其三，福贵的悲剧是"悲中带喜"，而上官鲁氏的悲剧则是"悲上加悲"。

福贵赌博输掉家产，这在最初是悲剧，但在最终却是喜剧——他因为一无所有而没有被划为人民的"阶级敌人"，也因此让龙二成为他的替死鬼，而自己则保住了一条性命；他的儿子因被抽血过多而死，这看起来是颇具悲剧性的，但他的儿子又是为他人而死的，即实际上是死有所值；他从最初的亲人相拥到最终的孤身一人，以至于不得不与一头老牛相伴，这确实很凄凉、悲惨，但也带有一定的"无牵无挂"、"闲适"意味——他是唱着"皇帝招我做女婿，路远迢迢我不去"[①] 的歌谣耕作，唱着"少年去游荡，中年想掘藏，老年做和尚"[②] 结束一天的劳作的。

而上官鲁氏则从生到死都渗透着悲剧性——平生中没有一件能让她真正感到欣喜的事情，她不仅是悲剧的主角，而且也承担着别人的悲剧。

其四，作为小说中的人物形象，福贵所承载的意蕴不如上官鲁氏所

---

① 余华：《活着》，作家出版社2008年版，第5页。
② 同上书，第6页。

承载的丰富。

福贵这一人物形象所昭示世人的主要是"中国人这几十年是如何熬过来的"——是依靠他们的逆来顺受,是依靠他们的"为了活着本身而活着的,而不是为了活着之外的任何事物而活着"① 这一卑微的"百姓"哲学,他们的麻木也不再像鲁迅笔下人物的麻木一样是值得批判的对象——他虽然一辈子"没有出息",而且"越混越没出息"②,但他"活着";他所认识的比他"有出息"的人,如龙二、春生,都死了;他的活着与他的麻木密切相关,他的"活着"本身实际上就是一种"出息"。"活着"的"力量不是来自于喊叫,也不是来自于进攻,而是忍受,去忍受生命赋予我们的责任,去忍受现实给予我们的幸福和苦难、无聊和平庸!"③

而上官鲁氏这一人物形象则除蕴含福贵这一人物形象所蕴含的意义外,还昭示世人不能仅仅是逆来顺受、麻木不仁、死乞白赖地活,而还要有思想、有灵魂、有信仰地活着——上官鲁氏活着时心中有"上帝",死的时候也是死在教堂里的;要"向死而生"——主动地与死亡抗争!

由此可见,上官鲁氏是一个比福贵更为"厚重"的人物形象,在中国现当代文学史上具有"唯一性"。

(二) 上官金童

上官金童是一个农民。由于是上官鲁氏在经过"艰苦卓绝"、"持之以恒"的努力之后所生的唯一的儿子,所以,上官金童深得上官鲁氏的宠爱——与他孪生的上官玉女不能与他一视同仁地享受上官鲁氏的乳汁,而且在 7 岁时,他也不断奶;上官念弟见他老大不小了还吃奶,便责怪母亲上官鲁氏:"娘,你也太惯他了,他吃奶要吃到娶媳妇吗?"上官鲁氏却说:"吃奶吃到娶媳妇也是有的"④;在 13 岁上学时,他还得

---

① 余华:《活着》,作家出版社 2008 年版,第 6 页。
② 同上书,第 181 页。
③ 同上书,第 5 页。
④ 莫言:《莫言文集·丰乳肥臀》,云南出版集团公司、云南人民出版社 2012 年版,第 187 页。

由上官鲁氏把羊奶用奶瓶盛着送到学校给他吃。同时，他也深受姐姐们的护爱——上官想弟即使是在做妓女时也惦记着给他打了一把金脖锁；在回家见到他后如释重负般地说："只要金童兄弟在，我就放心了，我们上官家就断不了根了。"① 上官鲁氏的宠爱和诸位姐姐的护爱，一方面，使他获得了相对优越的生活条件，另一方面制约了他的成长，使之形成了"畸形"的性格：

其一，终生恋乳厌食——在他该被断奶的时候，上官鲁氏便试图给他断奶；但断奶对他而言，好比抽去了他身上的筋骨一样，使他痛苦不堪，所以，他每次都以装死来反抗，并且最终都获得了反抗的胜利；在他七岁时，上官鲁氏以面条取代奶来喂他，但他跑到院子里大声地呕吐不止；在抗战胜利狂欢中，他没有被及时地喂奶，便想寻死——要跳井，或者投河。再长大一点后，他见到任何一个年轻女人，便升起一股不可克制的欲望——想去抚摸、玩弄和吮吸她的奶子。在长大成人后，他对女人的兴趣只是停留在对其乳房的兴趣上，而没有一个成年男人对女人应有的性的要求，也就是说，他以乳为性的。在"雪集"上，他能从女人的乳房上获得艺术般的感受，也就是说，他是以乳为美的。在42岁刑满释放后大病垂死之际，只是依靠独乳老金的哺乳，他才病情好转，后来也是依靠独乳老金的哺乳，他才完全康复的。"文革"结束后，司马粮回国投资时花钱买众多的美女让他过"奶子瘾"，他恬然接受。在与妻子汪银枝的初夜，他整夜地吮吸她的乳房，以至于吮吸得腮帮子又酸又麻又胀……

其二，骄横、爱耍无奈——上官玉女要与他分食上官鲁氏的乳汁，他便毫不客气地用小脚把她踹开，并横蛮地大哭大叫；七岁时，上官念弟说他还吃奶，没出息，他便把一碗面条抛在她身上，还用双手揪她乳房。

其三，懦弱、窝囊——他虽然是混血儿，遗传基因很好，外表英俊，但从小到大，一直窝窝囊囊、畏畏缩缩，是"抹不上墙的狗屎，扶

---

① 莫言：《莫言文集·丰乳肥臀》，云南出版集团公司、云南人民出版社2012年版，第629页。

不上树的死猫"①：他上小学时，遭巫云雨、魏羊角、丁金钩、郭秋生等同学欺负时，得靠侄辈司马粮和沙枣花保护。中学毕业后，去农场劳动；在农场，被上司龙青萍视为满足自己欲望的对象。龙青萍因其欲望不能得到满足、恼羞成怒地自杀；他为了满足她生前的欲望，便趁其尸温犹在而奸其尸，最后，因此而被判刑15年。刑满释放后，他先寄身于母亲式的情人独乳老金，但不久就被她炒了鱿鱼；后在鹦鹉韩夫妇开办的"东方鸟类中心"任公关部经理、在司马粮投资的"独角兽乳罩大世界"任董事长，但结果是被鹦鹉韩夫妇炒了鱿鱼，或被他稀里糊涂娶来的妻子汪银枝骗走了产业，并被她赶出家门，在黑夜中流落街头，身上的衣服被一群小流氓剥了个精光……每次遭遇挫折，第一时间总是想到母亲而不是振作奋起……最后，在葬母时也遭人敲诈。他明知龙青萍、独乳老金、鹦鹉韩夫妇、汪银枝等人都是在玩弄他或利用他，但总是听之任之，不作丝毫的抵御或反抗。他从监狱里出来的时候已经四十多岁了，可连杀死一只野兔都不敢——"刀尖从兔子的眼眶那儿，深深地扎了进去，一缕像丝线一样的血，沿着雪亮的刀刃流了出来，兔子的玻璃球一样的眼狡诈地眯缝着。一阵冰冷的寒意突然袭来，他扔掉镰刀跳到沟畔上，四处张望着，好像要求人帮助的闯了大祸的儿童。"② 总的来看，他不仅远远不如他的上官来弟等七个姐姐，而且也不如他天生盲目的孪生姐姐上官玉女……从某种意义上，他实际上没有真正地走出母亲的子宫。正因为如此，连极度娇宠他的上官鲁氏才满含愤懑地说，"与其养活一个一辈子吊在女人奶头上的窝囊废，还不如让他死了！"③

其四，自闭、冷漠——在他的世界里只有母亲一个人，对其他人，他始终是冷漠甚至无情的，即使对他的那些对他关爱呵护有加的姐姐们也如此，如不论哪个姐姐不幸去世了，他都没有表现出一点悲伤，而总

---

① 莫言：《莫言文集·丰乳肥臀》，云南出版集团公司、云南人民出版社2012年版，第489页。
② 同上书，第476页。
③ 同上书，第477页。

是以旁观者的眼光冷眼观看。

不过,上官金童也善良——龙青萍为了满足自己的本能欲望,威逼利诱地让他与自己勾搭成奸,他坚决不从;但龙青萍因不能逞己之欲而自杀后,他又觉得她实在太可怜,便在她尸体尚未完全冷却之际,怀着对她的同情满足了她生前的欲望,并为此付出了被判刑15年的代价。有良知——他也深知母亲抚养一大群孩子非常不容易;在母亲受苦时,他也感到非常痛苦;在看到母亲用胃当作口袋携带豌豆、在风磨坊前为救自己而挨打时,他心中充满了对她的愧疚。孝顺——他虽然不体恤上官鲁氏、坚持吃奶,但总的来说,对上官鲁氏是孝顺的,并且陪伴上官鲁氏走完了人生的最后一程,还亲手将她埋葬;上官鲁氏下葬后,在"公家人"逼他将上官鲁氏尸体挖出火葬时,他不惜乞求、行贿"公家人",最后决定,如果"公家人"执意不让他土葬上官鲁氏,他就背着上官鲁氏的尸体,跳入旁边的沼泽地的泥塘里。

总的来看,上官金童可以说是一个"碌碌无为而又心灵敏感易受伤害的宵小,是扭曲变态心灰意懒有时却又不甘堕落而渴望生活的侏儒,是不乏善良天性却又只会逆来顺受任人宰割的庸人,甚至是泯灭人伦人性却又似乎自有一番道理的禽兽。"①

(三)司马库

司马库是"福生堂"的二掌柜,上官家的二女儿上官招弟之夫;抗战时任抗日别动大队司令,抗战胜利后率部还乡;被独立纵队十七团俘获后逃脱,但又为救被拘押的上官鲁氏等人而自首,之后,被公审并被枪毙。

总的来说,司马库是一个英雄好汉:

其一,有勇有谋。面对穷凶极恶的日寇,他毫不畏惧,先是率家丁在蛟龙桥上洒烧酒布火龙阵,使日寇蒙受重大损失;后是率爬犁队毁坏蛟龙河大桥,让日寇的列车掉进河里,并引爆了列车上的烈性炸药、炮弹、子弹,让列车及其货物全被炸毁,给日寇以毁灭性的打击;再后是

---

① 王玮:《笑之纵横》,上海社会科学院出版社1988年版,第176页。

任抗日别动大队司令,率部抗日;在与鲁立人领导的独立纵队十七团的战斗中,他为了避免不必要的牺牲而令部队投降;在被俘后被押解的途中,他成功地逃跑,随后又神出鬼没,让想要抓他的杨公安员们束手无策;儿子司马粮与上官金童等人遭遇恶人欺侮之时,他如天兵突降,及时伸之以援手;在听说其岳母一家因他而被抓时,他选择了投案自首,要"一人做事一人当"①;在被执行死刑时,他"直视那些黑洞洞的枪口,脸上浮起冰一样的微笑"②。

　　其二,重情重义。他重私情、亲情,风流倜傥、敢爱敢恨,如在遇到上官招弟前,他已经有了三个老婆,但在见到并喜欢上上官招弟之后,便将她"收入囊中";在发迹后,他让上官招弟满手戴上金戒指;在上官招弟中流弹而死后,他"双手沾满鲜血,抱着上官招弟,大声地召唤着:'招弟,招弟,我的好老婆,你醒醒啊……'"③虽然"染指"过多个女人,但对所"染指"过的每一个女人都真情相待、真心呵护——也正因为如此,他在落难时,崔凤仙才冒死与他来往,向他传递信息;为了不连累家人和岳母家人,他主动投案自首……他也重乡情——在毁蛟龙河大桥的途中,见上官姐妹相当艰难地砸冰窟窿,他便命令手下道:"在这河上给我切它八八六十四个窟窿,让乡亲们跟着我司马库沾光。"④ 在抗战胜利后,他率还乡团回到大栏,让手下"杀了几十口猪,宰了十几头牛,挖出了十几缸陈酒。肉煮熟了,用大盆盛着,放在大街当中的桌子上。肉上插着几把刺刀,任何人都可以前来割食,你割下一只猪耳朵扔给桌子旁边的狗也没人干涉。酒缸摆在肉桌旁,缸沿上挂着铁瓢,谁愿喝谁就喝,你用酒洗澡也没人反对"⑤,为父老乡亲举办飞行表演、放电影,与父老乡亲们相处甚洽。既重小

---

① 莫言:《莫言文集·丰乳肥臀》,云南出版集团公司、云南人民出版社 2012 年版,第 358 页。
② 同上书,第 365 页。
③ 同上书,第 219 页。
④ 同上书,第 94 页。
⑤ 同上书,第 179—180 页。

义——哑巴兄弟宰吃了他家的一头大骡子,他"非但没有掏枪,反而掏出五块大洋钱,赏给了哑巴五兄弟"①;在逃亡时,他遇到儿子司马粮及上官金童、沙枣花等人被巫云雨、魏羊角、丁金钩、郭秋生等人欺负时,本可以杀死巫云雨等人,这样既可替司马粮等人报仇,又可报队伍被消灭、自己被追击之仇,还可杀人灭口,但最后还是将他们放了。又重大义——他抗击日寇,不怕抛头颅、洒热血,因此,招致家人19口被杀,也不屈服;在抗战胜利后,他率还乡团返乡时,"如果他们要消灭爆炸大队,足可以杀得人芽儿不剩。但他们施行恐吓战术,仅仅打死打伤了爆炸大队十几个人"②,缴了爆炸大队的械。明辨是非,讲道理——在遇到小狮子等人滥杀无辜、杀郭马氏以凑数时,他说:"别凑数,该杀的就杀,不该杀的别杀。"③ 正因为如此,郭马氏才说,"说一千道一万,司马库还是个讲理的人"④。

其三,思想解放,善于接受新生事物。他对风力磨面、飞行、电影、"割铁器"等新生事物都感兴趣,并把它们用来为自己服务。

不过,他也是一个混蛋——娶上官招弟之后,他又觊觎大姨子上官来弟、小姨子上官念弟,并且和上官来弟一夜风流;在被通缉后被迫藏身于坟墓时,他也仍然与女人淫乐;甚至在临刑之时还感叹道:"我这辈子日了那么多女人,只可惜至今还没日过一个女共党"⑤,并大叫道:"女人是好东西啊——"⑥。

(四)上官来弟

上官来弟是上官鲁氏的大女儿;其生父为于大巴掌。上官鲁氏反对她与黑驴鸟枪队队长沙月亮相爱,同时,因同村的孙大姑对自己有接生之恩,便强行把她许配给孙大姑的大孙子孙不言;在与沙月亮私

---

① 莫言:《莫言文集·丰乳肥臀》,云南出版集团公司、云南人民出版社2012年版,第14页。
② 同上书,第178页。
③ 同上书,第348页。
④ 同上。
⑤ 同上书,第364页。
⑥ 同上书,第365页。

奔后与之生女沙枣花；在沙月亮死后，她爱上了美机驾驶员巴比特及抗日别动大队的司令司马库；在 1949 年后，她由政府做主嫁给孙不言；后来，她爱上了从日本归来的懂鸟语、善捕鸟、通武术、善使用弹弓的鸟儿韩；在被孙不言发现她与鸟儿韩的奸情之后同孙不言搏斗，并在搏斗的过程中失手打死孙不言；最后，在生下鹦鹉韩之后被处决。她长得很美——胸脯"高高挺起"，"腰肢变得纤细柔软富有弹性，屁股膨胀并往上翘起"①。一生苦难——她在很小的时候就得协助父母做家务、照看妹妹、弟弟；长大后，她先是被母亲强行许配给哑巴孙不言，后是受尽了残废的孙不言的性虐待，一再失去爱人，并为救爱人而死；在国共战乱年代，她与母亲一起为养护妹妹、弟弟、侄儿、侄女而历经千辛万苦。有主见、勇敢、执着、敢想敢做——她见抗日的黑驴鸟枪队队长沙月亮不同凡响，便爱上他；母亲反对她与沙月亮相爱，她便与沙月亮一起私奔；沙月亮兵败被活捉自杀后，她一如既往地爱着他，还因失去他而疯狂，而且即使在疯狂中也惦记着为他报仇；遇上巴比特后，她便主动地对他投怀送抱；在疯狂中遭司马库奸污后，她自认为是他的女人，于是，在他临刑时想为之殉节；遇上意中人鸟儿韩后，她便倾情相投；在打死残酷虐待她的孙不言后，她为了不"冤枉人家那些当兵的"②，主动承认是自己打死孙不言的。善良、富有牺牲精神——在违逆母亲而与沙月亮私奔后，她一直心中有愧，并牵挂着母亲、妹妹、弟弟；在失去丈夫后，她与母亲一起养护包括其仇敌的孩子鲁胜利在内的几个孩子；当司马库的一双女儿将要被枉杀时，她"径直扑向池塘，挡在了两个女孩的前面。'杀我吧，杀我吧，'……疯狂地喊叫着，'我跟司马库睡过觉了，我就是她们的娘！'"③ 之后，她主动献身于孙不言以图救下司马库的一双女儿，而将

---

① 莫言：《莫言文集·丰乳肥臀》，云南出版集团公司、云南人民出版社 2012 年版，第 72 页。
② 同上书，第 407 页。
③ 同上书，第 265 页。

道德和自己的颜面置之脑后;失手打死孙不言后,为了不"冤枉人家那些当兵的"①,她主动地承认孙不言之死是自己所为。

(五)上官盼弟

上官盼弟是上官鲁氏的五女儿,其生父乃杀狗人高大膘子。她在少年时自愿参加爆炸大队,后嫁给爆炸大队政委鲁立人,生女鲁胜利;在1949年后,她先后任卫生队长、区长、农场畜牧队队长,并改名马瑞莲;最后,在"文革"中自杀身亡。"在上官家的几个姐妹中,上官盼弟体态最丰满,个头最高大。她的那两只乳房凶悍霸蛮,仿佛充满了气体,一拍嘭嘭响"②;在改名为马瑞莲任畜牧队队长时,她"留着一个半男半女的大分头,头发粗得像马鬃一样。一张红彤彤的大圆脸,长长的细眯的双眼,肥大的红鼻子,丰满的大嘴,脖子粗短,胸脯宽阔,沉甸甸的乳房宛若两座坟墓"③。发怒时,她"大脸盘赤红,厚厚的下唇像发热病一样打着战……像个撒泼的村妇一样骂起来"④。其突出的性格特征主要有以下几点:

1. 个性强——对因乍失丈夫而疯的大姐上官来弟,她不但不抚慰、照顾,反而总是以眼还眼、以牙还牙,故意伤害她。

2. 自私、薄情——为了与娘家撇清关系而改名换姓;虽然也为上官来弟求过情并让她没有被枪毙,虽然当司马库与上官招弟的一双女儿将要被枉杀时,作为姨姨的她也阻拦过,但是,当弟弟出现在自己所管的畜牧队时,她先是装作不认识,后是暗地里叮嘱弟弟不要给她夫妇俩添麻烦。

3. 愚昧、蛮横——在种畜场指挥搞牛、驴、羊、猪杂交试验,当名为乔其莎的妹妹指责她是在搞恶作剧并拒绝执行她的命令时,她便用政治话语压制、威胁乔其莎;当母亲不答应帮她抚养孩子时,她凶蛮地

---

① 莫言:《莫言文集·丰乳肥臀》,云南出版集团公司、云南人民出版社2012年版,第407页。
② 同上书,第171页。
③ 同上书,第409页。
④ 同上书,第261页。

说:"你必须给我好好养着她,我和鲁立人迟早要杀回来"①,当她母亲说要把她的孩子"扔到河里喂王八,扔到井里喂蛤蟆,扔到粪里喂苍蝇"时,她说:"随你的便……反正她是我生的,而我是你生的,追根刨底,还是追到你身上!"②

4. 胆小、懦弱——她明知极左政策是错误的,但不敢反对或不敢坚决反对,如当鲁立人执行大人物的极左意见要杀害司马库与上官招弟的一双女儿时,她既没有像母亲那样敢于对着"刽子手"孙不言,"挺起胸膛,尖利地嘶叫着:'畜生!你先杀了我吧……'"③;又没有像其大姐上官来弟那样"一边奔跑一边鸣叫,像一只赶来护雏的母鸡","径直扑向池塘,挡在了两个女孩的前面。'杀我吧,杀我吧,'……疯狂地喊叫着,'我跟司马库睡过觉了,我就是她们的娘!'"④

5. 虚伪——她表面上一副包公的样子,但暗地里却对弟弟说:"你知道,我和老鲁,混到今天这个份上,是多么的不容易。所以,请你不要给我们添麻烦了。暗地里,我会帮助你,在公开的场合……"⑤

(六)孙不言

孙不言是上官家邻居孙大姑之长孙,生来即哑;曾与上官来弟订婚;在上官来弟与沙月亮私奔后,他参加了八路军爆炸大队,后与鸟仙上官领弟结婚;1949年后,他参加了抗美援朝,在战争中,身体残废,"双手按地,像一只巨大的青蛙"⑥,脱掉衣服时,"像一只漆黑的大蜘蛛"⑦;在抗美援朝胜利后,他由政府做主与孀居在家的上官来弟结婚,在发现上官来弟与鸟儿韩偷情时,他与鸟儿韩搏斗,结果,被上官来弟打中要害而死。他凶残、野蛮——儿时,他和他的四个兄弟"在墙头上

---

① 莫言:《莫言文集·丰乳肥臀》,云南出版集团公司、云南人民出版社2012年版,第184页。
② 同上书,第184—185页。
③ 同上书,第264页。
④ 同上书,第265页。
⑤ 同上书,第413—414页。
⑥ 同上书,第405页。
⑦ 同上书,第383页。

爬来爬去，爬出五个豁口，呈马鞍形状。他们一个挨一个骑在豁口上，好像骑着骏马。他们手持棍棒、弹弓、或是木棍刮削成的刀枪，瞪着眼白很多的眼睛，阴沉沉地盯着每一个从胡同里经过的人，或是别的动物。他们对人比较客气，对动物绝不客气，不论是牛犊还是狸猫，是鹅鸭还是鸡犬，只要发现，便率着他们的狗，穷追不舍，把偌大的村镇变成猎场……村里的牲畜们见了他们，都只恨爹娘少生了两只翅膀……"①长大后，他先是对自己的还处在孩童时代的姨侄女也要大开杀戒，后是在大庭广众之下与上官来弟发生性关系，最后是残酷地对上官来弟进行性虐待。变态——他在残废后因丧失了性功能，便性虐待妻子；整天脖子上挂着酒瓶、胸前挂着一片金光闪闪的军功章，在人群川流的大街上，飞快地跃进着，从民工们尊敬地看着他、并停止前进而为他让开道路的举止中获得满足。

除上官鲁氏、上官金童、司马库、上官来弟、上官盼弟、孙不言等人物外，小说中值得关注的人物还有上官招弟、上官领弟、上官想弟、上官念弟、上官求弟、上官玉女、沙月亮、鲁立人、鸟儿韩、巴比特、鹦鹉韩、司马粮等。

三

小说通过其内容及一系列人物，尤其是上官鲁氏、上官金童、司马库、上官来弟、上官盼弟、孙不言等人物所表达的主旨大致有以下几点：

（一）再现了20世纪中国社会的历史风貌。

小说从上官鲁氏出生的1900年写起，一直写到上官鲁氏在95岁去世时的1995年，几乎描写了中国在20世纪所发生的所有重大事件——德国人在中国大地上横行霸道、日寇入侵、中华民族全民抗战、国共内战、共产党取得政权、"土改"、抗美援朝、镇压反革命、反右、大跃

---

① 莫言：《莫言文集·丰乳肥臀》，云南出版集团公司、云南人民出版社2012年版，第14页。

进、人民公社、"文革"、改革开放；上官鲁氏一家人几乎涉身于所有这些事件之中——上官鲁氏本人身历了除抗美援朝、反右之外的所有事件，上官鲁氏的父亲参加了抗德斗争并壮烈牺牲，上官鲁氏的母亲自杀于同一抗德斗争之中，上官鲁氏的大女儿及其丈夫沙月亮、二女儿及其丈夫司马库、五女儿及其丈夫鲁立人、三女婿兼大女婿孙不言等人均直接参加了抗日战争，上官鲁氏的二女儿及其丈夫司马库、五女儿及其丈夫鲁立人及三女婿兼大女婿孙不言分别置身于国共内战的一方，上官鲁氏的三女婿兼大女婿孙不言参加了"土改"和抗美援朝，上官鲁氏的五女儿及其丈夫鲁立人身历了"土改"、大跃进、人民公社，七女儿身历了反右、大跃进，上官鲁氏的儿子除身历大跃进、人民公社、"文革"等之外，还与其外甥沙枣花、司马粮、鲁胜利、鹦鹉韩等人一起置身于改革开放的浪潮之中，各以亲身经历展示了历史的一面，从一个特定的角度再现了 20 世纪中国社会的历史风貌：

（1）德寇、日寇等野蛮、凶恶、惨无人道——德寇、日寇先后屠村；日寇在占领县城后，杀害县长，强奸其家眷……

（2）战乱及政治斗争给民众带了深重的灾难——在德寇、日寇屠村时，老百姓惨遭屠杀，幸存者则生活在水深火热之中，如上官鲁氏带着孩子们逃脱日寇的屠杀后，一无所有，无法生活时先是想和婆婆、孩子们一起吃砒霜同归于尽，后是带着孩子上街找吃的；上官鲁氏在带着孩子逃难时被迫卖掉其七女儿，其四女儿为了让她和她的其他子女免于饿死，自己把自己卖了；在国共内战时，上官鲁氏带着孩子们在逃离家园的路上苦不堪言，最后，宁愿回家死于战火也不愿意再在路上受苦受难。

（3）错误的政治路线给民众带来了深重的灾难——极左路线让刚刚摆脱战乱之苦的民众陷入精神、肉体之苦：大量的知识分子被打成右派劳改，大批人或饿死或饿得半死，为了免于饥饿或成为饿死鬼，人可以抛弃了所有的礼仪与文明的面纱，不要人格尊严，不要道德，如出身于名门贵族、留学过俄罗斯的霍丽娜会为了一勺菜汤而委身于猥琐、不堪入目的厨子张麻子,并因为受张麻子的关照而多吃毒蘑菇而死;原医学院校花乔其莎会为了能吃到馒头而任凭张麻子蹂躏,并最后因吃过多的豆饼而胀死,上官鲁氏为了孩子不饿死用胃做工具偷集体的粮食。上官想弟为生活所迫而沦为妓女,可当她离开苦海回到家乡时,却先是被当作可疑分子抓了起来,多年卖身所积攒的钱财被没收,后是被当作剥削者批斗、被打成重度脑震荡;厨子张麻子、负责看守磨房的残疾退伍军人麻邦可以利用自己所掌握的食物或粮食蹂躏妇女……

(4) 在改革开放过程中产生了新的问题——伴随着改革开放而出现的享乐奢靡之风甚嚣尘上,贪污腐败盛行,世风一落千丈,如鲁胜利贪污腐败,鹦鹉韩大肆挥霍从银行套取的巨额贷款,司马粮借投资之名荒淫,蒙受上官鲁氏养育之恩的鹦鹉韩、鲁胜利对孤苦伶仃地生活的上官鲁氏不管不问……

(二) 讴歌了母亲、母爱及大地,诠释了中华民族普通民众"好死不如赖活着"、"死也要活着"的生活理念,歌颂了生命意志和生命力的坚韧、顽强。

《丰乳肥臀》卷首和封底分别赫然写道:"献给母亲在天之灵"、"谨将此书献给母亲与大地"[1],作者曾坦承其母亲与上官鲁氏有"类似的经历"[2]——此即表明作者创作该小说的主观动机是要讴歌母亲。从显在的层面来看,小说确确实实可以说是"献给母亲在天之灵"、"献给母亲与大地"的,也确确实实地达到了这一目的——讴歌了母亲、母爱:

上官鲁氏在 95 年的生命历程中,独自一人地抚养了 9 个子女、7 个外孙、1 个养外孙。在抚养这为数众多的孩子的过程中,上官鲁氏屡遭婆婆、丈夫的责骂和毒打,多次被兵、匪、痞凌辱,饱受了战乱、饥荒之苦。但是,无论在何时、在何种情况下,无论多么受苦受难,上官

---

[1] 莫言:《丰乳肥臀》,作家出版社 1996 年版。
[2] 莫言:《我的〈丰乳肥臀〉》,《莫言文集·用耳朵阅读》,云南出版集团公司、云南人民出版社 2012 年版,第 34 页。

鲁氏都是倾全力呵护、抚养着孩子。大女儿、二女儿、五女儿等违背上官鲁氏的意愿，与人私奔，上官鲁氏伤透了心，可是，当她们把生下的孩子交给上官鲁氏抚养时，上官鲁氏虽也曾口出怨言，但最终还是接受了下来；不仅如此，还抚养了二儿女所强行托付的与上官家没有血缘关系的司马粮。为了抚养孩子，上官鲁氏可谓"不择手段"：或者发动能干活的孩子下河捉鱼虾、到野地找野菜，或者违背心愿地接受沙月亮提供的野兔子、动物毛皮大衣和鸟儿韩提供的鸟，或者带着孩子们上街找吃的，或者带孩子们长途奔波到县城喝教堂施舍的腊八粥，或者用胃作口袋偷集体的粮食……如此母亲，如此母爱，多么伟大！

同时，小说也讴歌了大地：

莫言曾说："母亲具有大地的品格，厚德载物，任劳任怨，无私奉献，大言希声，大象无形，大之至哉。所以为母亲歌唱必须为大地歌唱，因此歌唱母亲也就是歌唱大地"[①]。大地与母亲有某种相通的地方——大地最重要的品质是它的包容性，而母亲最主要的品性亦是她的包容性。正因为母亲具有大地的品格，因此，小说在讴歌母亲时实际上也是在讴歌大地。

但是，从较深的层面来看，小说实际上又通过上官鲁氏这一人物形象具体、生动地诠释了中华民族普通民众的生活理念：

几千年来，中华民族的普通民众，许多人都是像上官鲁氏这样抱着"好死不如赖活着"、"死也要活着"的理念活着的，很多家庭都是像上官家这样"不择手段"才得以"苟存"的——为了一家人的生存，上官家可以通过女儿来换取各种政治势力的庇护，如上官来弟嫁给沙月亮，日寇对上官家多少有点"投鼠忌器"；上官招弟嫁给司马库，上官家便能得到国民党势力的庇护；上官盼弟嫁给共产党鲁立人，上官家便能得到共产党势力的庇护；也可以让女儿做妓女，或者将女儿卖掉……也正因为如此，中华民族才虽屡经劫难甚至是浩劫，如清军入关后的扬州十

[①] 莫言：《〈丰乳肥臀〉解》，孔范今、施战军：《莫言研究资料》，山东文艺出版社 2006 年版，第 35 页。

日、嘉定三屠、苏州之屠等大屠杀，日寇入侵时的旅顺大屠杀、南京大屠杀等，但不仅没有"灭种"，反而还"人丁兴旺"、"历久弥新"；20世纪的中国普通民众很多都是像上官鲁氏一样生活在此起彼伏的外患内忧、天灾人祸之中，他们也都是像上官鲁氏一样地历尽苦难、很少有畅快的时候，但最终并没有屈服于灾难困苦，更没有自暴自弃、自甘堕落、自戕自毙，而是不惜一切代价、不择一切手段地活了下来。

而从更深的层面上来看，小说则通过官鲁氏这一人物形象，歌颂了生命意志和生命力的坚韧、顽强：

上官鲁氏曾多次面临着死亡——在襁褓之中遭遇德寇洗劫村子，可能死；生下四女儿之后双腿间还淋漓着鲜血，就被婆婆吆喝着上骄阳似火的打麦场打麦，结果，昏死在打麦场上，可能死；在蛟龙河北岸割草遭四个拖着大枪的败兵轮奸时，可能死；生完第七个女儿上官求弟后，丈夫上官寿喜先是用一根木棒槌打破她的头，血溅墙壁留下了污迹，后是从铁匠炉里夹出了一块暗红的铁，烙在了她的双腿之间，一股焦黄的烟雾蹿起来，被烧焦的阴毛和皮肉的臭气弥漫全屋，后来，被烙伤的下体腐烂化脓，散发着恶臭……可能死；生孪生的金童、玉女时难产，遭遇日寇洗劫村子，可能死；在教堂让马洛亚给金童、玉女施洗礼遭遇鸟枪队队员轮奸时，可能死；日寇屠杀司马家19人时，洗劫了全村，家里只剩半窖抽了黄芽的糠萝卜，她绝望了，拿出砒霜，拟与全家一起同归于尽；在带领孩子们长途奔波到县城喝教堂施舍的腊八粥的途中，一旦坐下就会被冻死；国共内战时，为了躲避战火，带领一家人逃离家园，途中，枪林弹雨，可能死，而且，大哑、二哑死于炸弹；眼睁睁地看着自己含辛茹苦养育长大的孩子一个一个地死去，而自己又束手无策，可能会因伤心而死……但她不仅每次都没有死，而且像青松傲雪一样傲视死神、击败了死神，并且颇为悲壮豪放地说："'不是我们怕死，而是死怕我们了。'"① 上官金童也曾多次面临死亡——刚出生时难产，可能死；

---

① 莫言：《莫言文集·丰乳肥臀》，云南出版集团公司、云南人民出版社2012年版，第291页。

随上官鲁氏逃难时，可能死；刑满释放回家后患病时，百药不医，可能死……但上官金童不仅没有死，反而浑然无苦地活着！

上官家总处在或面临着饥饿或被饿死的危险，总在为食物所苦，上官玉女甚至会因为食物的问题——不忍母亲用胃做工具偷集体的粮食来养活家人——而投河自尽；二女婿司马库在率领还乡团回大栏镇时向上官鲁氏许诺要让她等着享福，上官鲁氏则是心有余悸地对其二女儿上官招弟说："'你要真有孝心，就给我囤下几担谷子吧，我是饿怕了。'"①但总能渡过"吃"的难关：挖野菜、刨草根、剥树皮、捕鱼鳖虾蟹青蛙、打野兔野鸟、捉蛇、捡垃圾堆的烂菜叶等都被他们用作解决吃的问题的手段；身子也常被用作解决吃的问题的手段，如上官鲁氏用身子换取牙医的钱财、用胃做工具偷集体的粮食，上官来弟用身子换取沙月亮的野兔等，上官招弟用身子换取司马库的钱财，上官领弟用身子换取鸟儿韩的野鸟，上官想弟自卖自身进妓院以救全家，上官盼弟自嫁鲁立人以换取爆炸大队的食物，上官求弟用身子换取张麻子的馒头和豆饼。德寇、日寇轮番屠村，但上官家及其他家仍然有人活着……不仅上官家的人，而且整个高密东北乡人，都"像韭菜一样，一茬茬地死，一茬茬地发"②。通过这些描写，小说歌颂了意志之坚强与生命力之顽强。

（三）对历史、现实、人性的恶进行了全方位的揭露和批判。

小说甫一问世，便引起了刘白羽、陈荒煤、端木蕻良、程代熙等文坛"大佬"的强烈不满，一些颇有影响的刊物纷纷发表文章对它进行批判，如《武汉大学学报（人文科学版）》在1999年第6期发表了何国瑞的《歌颂革命暴力、爱国主义和国际主义的文艺——社会主义文艺本质论之二》，《求是》杂志主办的《内部文稿》发表了彭荆风的《莫言的枪投向哪里？——评〈丰乳肥臀〉》，《中流》在1996年的第5期至12期

---

① 莫言：《莫言文集·丰乳肥臀》，云南出版集团公司、云南人民出版社2012年版，第179页。

② 同上书，第360页。

先后发表了余立新的《倾斜的母性——〈丰乳肥臀〉读后感》、陶琬的《歪曲历史，丑化现实——评小说〈丰乳肥臀〉》、汪德荣的《浅谈〈丰乳肥臀〉关于历史的错误描写》、玉华的《历史不能胡乱涂抹》、本刊记者的《文坛的堕落与背叛》等；"一些中文系的教授……用一种邪恶的腔调、用一种几近人身攻击的方式"批判莫言[1]，如何国瑞曾直言《丰乳肥臀》是一部"近乎反动的作品"[2]，《中流》连篇累牍地发表了批判文章；"部队的一些老作家，进京串连，联名给上边写信"[3]，有的人"下手很狠，用心极毒，竟然把告状信寄到部队保卫部门和地方公安部"[4]，以此表达对党的热爱，同时也表达对"反动小说"的愤恨……莫言因此而"人生自由也受到了很多限制……要去海南岛开个会，他们也不批，出国更不行"[5]，最后，莫言被迫"脱去军装，转业到《检察日报》"[6]，从此结束了自己曾梦寐以求并投身了21年的军旅生涯。之所以如此，最为根本的原因实际上是该小说对历史和现实进行了全方位的批判：

1. 揭露和批判了20世纪的"罪恶"。

如前所述，小说从上官鲁氏出生的1900年写起，一直写到上官鲁氏去世的1995年——几乎涵盖了整个20世纪；同时，差不多描写了中国在20世纪发生的所有重大事件。但是，所有的人、事所体现的都是"恶"：

德寇、日寇都是像小孩子玩游戏一样烧杀抢掠、屠村。无论是蒋立人所率领的铁路爆炸大队，还是司马库所率领的家丁或抗日别动大队以

---

[1] 莫言：《与王尧长谈》，《莫言文集·碎语文学》，云南出版集团公司、云南人民出版社2012年版，第169页。
[2] 何国瑞：《歌颂革命暴力、爱国主义和国际主义的文艺——社会主义文艺本质论之二》，《武汉大学学报》（人文科学版）1999年第6期。
[3] 莫言：《与王尧长谈》，《莫言文集·碎语文学》，云南出版集团公司、云南人民出版社2012年版，第172—173页。
[4] 同上书，第178页。
[5] 同上。
[6] 张志忠：《莫言研究的回顾与展望（1984—2013）》，《海南师范大学学报》（社会科学版）2014年第6期。

当代长篇小说的桂冠

及沙月亮所率领的土匪,都带有明显的匪气;面对强敌日寇,各路人马都是各自为政、自以为是,都没有想到要从民族大义的角度共同对敌,更没有实质性的共同对敌行为。国共内战带给人民的只是苦难——民众流离失所、朝不保夕,像大哑和二哑那样的孩童更是被炸得血肉横飞。"土改"、抗美援朝、镇压反革命、反右、大跃进、人民公社、"文革"等无一给民众带来过真正的幸福,如司马库的一双女儿死于"土改";孙不言残废于抗美援朝;司马库、门圣武老道士在镇压反革命的运动中被镇压;鲁立人在"土改"、镇压反革命、大跃进、人民公社等一系列政治事件中人性异化,最后,因心力交瘁而死;乔其莎等一批知识分子被划为右派,身心受到摧残;上官玉女在生活困难时期不忍因饥饿拖累母亲而投河自尽;上官盼弟在"文革"中自杀;司马亭在"文革"中被批斗而死;上官金童在"文革"中无辜地被判罪;鲁胜利、耿莲莲与鹦鹉韩在改革时代因经不起诱惑而犯罪……总之,从小说的描写来看,20世纪实际上是一部"恶"的连续剧;对于中国人而言,整个20世纪简直就是一个噩梦。

2. 揭露和批判了封建主义对女性的戕害及男权社会对女性的压迫。

作者曾在谈及《丰乳肥臀》时明言:"我想通过这个母亲为了生儿育女和男人进行的性关系来揭示中国封建制度对女性的残酷迫害。"[①]小说基本上实现了作者的这一目标——揭露和批判了封建主义对女性的戕害,如封建观念戕害了上官鲁氏的灵魂:"在家从父"、"父母之命,媒妁之言"等封建观念迫使上官鲁氏嫁给自己毫无了解、其貌不扬、性情乖僻、窝囊的"小男人"上官寿喜。"出嫁从夫"、"夫为妻纲"等封建观念迫使上官鲁氏俯首帖耳地接受丈夫的暴虐。"母凭子贵"、"父父子子"等封建观念迫使上官鲁氏任凭婆婆折磨。"不孝有三,无后为大"、"重男轻女"等封建观念迫使上官鲁氏屈从于婆婆和丈夫的压力,被动或主动地、且多次地"和自己毫不相识、更不爱的男人去

[①] 莫言:《大江健三郎与莫言在中国》,《莫言文集·碎语文学》,云南出版集团公司、云南人民出版社2012年版,第56页。

睡觉"①,直至生下儿子为止,从而,成为地地道道的生儿育女、传宗接代的工具,"这是对封建主义最沉痛的控诉"②;同时,又迫使上官鲁氏不得不忍受伦理道德的折磨:她四处借种,这显然违背了封建伦理道德,她不能不感到身心备受折磨,但又不得不忍受;她在遭四个败兵轮奸后,"面对着清凉的河水,她心里闪过了投水自尽的念头"③。封建观念也戕害了上官吕氏的灵魂:她虽然颇为泼辣,甚至打丈夫、打儿子、打儿媳,简直称得上是一个泼妇或悍妇、恶妇,但也是封建观念的受害者——她非常重男轻女,甚至把无男孩子等同于无后;因上官鲁氏没生男孩子而丧心病狂——上官鲁氏刚刚生下上官想弟,"双腿间还淋漓着鲜血,就听到婆婆用火钳敲响了窗户"④,不仅如此,上官吕氏还赤裸裸地对上官鲁氏说:"你要能生出个带把儿的,我双手捧着金盆为你洗脚"⑤;在"多年媳妇熬成婆"的观念的影响下,她异化了,丧失了人性,对儿媳妇上官鲁氏为所欲为,从而,成为一个地地道道的"恶妇"。在封建制度下,女人的生命比一头驴的生命还贱——上官家的驴生产,一家人忙得团团转,并请兽医接生;上官鲁氏生产,上官家先是不请接生婆或医生给她接生,让她"轻车熟路,自己慢慢生"⑥,然后是在上官鲁氏难产迟迟生不下孩子时让刚刚给难产的驴接生过的兽医顺便给她接生,直到上官鲁氏奄奄一息之时才请接生婆给她接生……

同时,小说也揭露和批判了男权社会对女性的压迫——在小说中,总的来说是男人主宰着女人的命运,女人总是"被动挨打":上官鲁氏两次被轮奸,上官来弟遭孙不言虐待,上官领弟遭孙不言强奸,乔其莎、霍丽娜实质上地被张麻子强奸,上官想弟先是被迫做妓女染上脏

---

① 莫言:《与王尧长谈》,《莫言文集·碎语文学》,云南出版集团公司、云南人民出版社2012年版,第169页。
② 同上。
③ 莫言:《莫言文集·丰乳肥臀》,云南出版集团公司、云南人民出版社2012年版,第602页。
④ 同上书,第593页。
⑤ 同上。
⑥ 同上书,第5页。

病，后是不仅终生积蓄被公社干部没收后摆在展览馆的一个玻璃柜里供人参观，而且自己也被弄到展览馆里去现身说法，最后是被胡书记打成了可怕的脑震荡，并始终没有康复，沙月亮、司马库、鲁立人、孙不言等人一样地对上官家的女儿"感兴趣"，一样地"不放过"……这些都揭露了男人对女人的欺压——男人只是把女人当作泄欲的对象，而没有把女人当作真正的人。女人只不过是男权制度得以维系的一种工具而已：从表面上来看，上官鲁氏很无私地奉献，也很了不起，但实际上，她只是在用她的无私奉献来帮助男权制度的延续，她自己也成为男权体制下"为母之道"的牺牲品。女人的命运总是随着男人命运的改变而改变：上官家的大女儿、二女儿、五女儿，当丈夫得势时，她们扬眉吐气，当丈夫失势时，她们则垂头丧气，有的甚至还丢掉性命；三女儿有男人便有魂，没男人便没有魂；七女儿为了免受饥饿之苦而甘愿受男人的蹂躏……上官金童拒绝断奶，实际上也可以看作是"对中国传统男权文化思想的解构"①、揭露和批判。

3. 揭露和批判了战争。

在小说中，无论是抗德战争，还是抗日战争、国共内战、抗美援朝，带给民众的都是灾难——德寇入侵、日寇入侵、国共内战，都一样地让高密东北乡的民众陷于水火，让民众命如韭菜，被随意地"割"；抗美援朝既使孙不言身残，又假因身残而变态的孙不言之手伤害上官来弟。战争中任何一方都是非正义的——无论是德寇、日寇等外来侵略者，还是沙月亮等土匪、司马库所率领的地方武装或政府武装、鲁立人等人所率领的共产党武装，带给民众的都是灾难……

4. 揭露和批判了现实的丑恶。

小说"借心理变态者的嬉笑自虐疯言颠语把社会尘埃洒布到读者面前去品味人生。凭借艳丽轻佻的色彩诅咒社会的腐败，它与《废都》有着曲异（应为'异曲'——引者注）同工之处。真情地鞭笞了人生的不

---

① 陈一水：《文学的失落——兼评莫言的长篇小说〈丰乳肥臀〉》，《名作欣赏》1996年第4期。

平社会的弊端"①——小说注重对现实生活中的丑恶进行批判：所叙写的婆媳之争、夫妇之争、邻里之争、战争、政权及党派之争、世风日下等，都属丑陋之事。所叙写的人多为丑陋的人：女性多放荡，男性多乖僻；上官吕氏粗俗、刁钻、凶暴；上官家的女儿们"个个春情烈火，野性娇艳，在情欲上过分张扬，怎么想就怎么说，怎么说就怎么做，激情勃起便直奔性的主体，性格上的共同特征是炽烈、轻浮、放纵、早熟、坦率，你很难分清来弟与领弟、招弟与念弟谁是谁"②，上官金童是一个精神侏儒、患恋乳厌食症者；沙月亮在本质上是一个地痞流氓；司马库放荡；"大人物"、鲁立人、孙不言等人均为残忍、滥杀无辜之徒；司马亭及其随从均为"偷鸡摸狗，打架斗殴，撬寡妇门、掘绝户坟"、干"伤天害理之事"之徒；独乳老金"独乳"、变态、淫荡……"红卫兵"小头目郭平恩为残暴之徒——他踢坏老师的肾脏，把上官鲁氏踢倒在地后又揪着她的耳朵命令她站起来，可当她刚刚站起来，他又把她一脚踢倒；鸡场场长龙青萍虽是一个革命英雄，却逼迫金童满足她的变态欲望；企业家独乳老金虽只有一个乳房，但也以乳房来诱惑视乳如命的金童；鹦鹉韩夫妇是骗取银行巨款、挥霍浪费、穷奢极欲之徒；成为南韩巨商的司马粮是恃财而为所欲为之徒——他不仅自己荒淫，而且为了让上官金童过足"奶头瘾"，用美元剥掉七个美貌女郎的衣服，让上官金童像职业妇产科专家给病患做检查一样抚摸、撩拨她们；鲁胜利是一个贪污腐化分子——她所贪之物仅放在抽屉里的就有"金项链一百八十五条。金手链九十八条。金耳环八十七对。金戒指镶钻的、嵌宝石的、啥也不镶不嵌的共有一百二十七个。铂金戒指十九个。金胸花十七个。纯金纪念币二十四枚。劳力士金表七只。其他各式女表一堆"③，连她自

---

① 陈一水：《文学的失落——兼评莫言的长篇小说〈丰乳肥臀〉》，《名作欣赏》1996年第4期。
② 王金城：《文本重复：莫言小说的内伤与内因》，李斌、程桂婷：《莫言批判》，北京理工大学出版社2013年版，第357页。
③ 莫言：《莫言文集·丰乳肥臀》，云南出版集团公司、云南人民出版社2012年版，第637页。

己都自叹:"腐败,太腐败了。"① 汽车站的服务员、"卫生监督员"白发苍苍的老太太等人均为粗俗、粗暴之徒——前者对旅客、后者对因被迫而没在厕所里小便的人都是一副凶神恶煞的神情……即使是小说试图歌赞的上官鲁氏和纪琼枝也不乏丑陋之处,如上官鲁氏甚至为偷情的女儿上官来弟放哨、为儿子上官金童拉皮条。纪琼枝在"土改"时强迫寡妇改嫁,在做教师时拳打脚踢学生以至于把学生打趴在地上;其形容也丑陋,如做市长后,她"穿着一件男式旧军装,连风纪扣的领子也扣得紧紧的……她叼着一个斯大林式的大烟斗,抽着臭烘烘的莫合烟,用一个像小桶那么大的、搪瓷脱落的、上面残留着蛟龙河农场字样的大缸子咕咕咚咚地灌着茶水,她坐在一张破藤椅上,穿着尼龙袜子的臭脚高高地搁在办公桌上"②;雪集和风味小吃夜市街都禁止人说话,都活动着一些丑陋的人、发生着一些丑陋的事,都给人十分压抑、恐怖的感觉。对于这些丑陋的事或人,小说都是以一种嘲讽、批判的笔调叙写的,而且,给丑陋之人所安排的结局多数不妙,如上官吕氏、司马亭、孙不言等人都是遭暴打而死,沙月亮兵败自杀,鲁立人因心肌梗塞而暴死,鹦鹉韩被判刑,鲁胜利因贪污受贿而被判死刑。

5. 揭露和批判了民族或国民劣根性、封建主义及传统文化。

"国民内在的灵魂、特别是男人内在的灵魂里,往往都有一个上官金童,一个永远长不大的婴儿,在渴望着母亲的拥抱和安抚,在向往着不负责任的'自由'和解脱"③,上官金童的恋乳成癖,"恰恰反映着深藏在其内心深处的,具有普遍代表性的中国男性的理想与梦想:他们不仅仅渴望母亲的爱,而且希望被包括母亲在内的所有女人溺爱,希望获得最多数的女人最真诚的奉献之心,他们甘愿、渴望成为上官金童这样

---

① 莫言:《莫言文集·丰乳肥臀》,云南出版集团公司、云南人民出版社 2012 年版,第 637 页。
② 同上书,第 499 页。
③ 邓晓芒:《灵魂之旅》,湖北人民出版社 1996 年版;转引自莫言《丰乳肥臀·"高密东北乡"的"圣经"(代后记)》,《丰乳肥臀》,云南出版集团公司、云南人民出版社 2012 年版,第 650 页。

永远停留在孩童心理的窝囊废。如果能够达成这样的理想,他们就会感到无比幸福,比仅仅拥有母亲的爱,比仅仅占有女人的性更幸福。"①"上官金童的恋乳症实际上是一种象征,每个人的灵魂深处都有污点,每个人都有一些终生难以释怀的东西……总有一些东西的价值被你放大了……放大了某事物的价值,然后产生一种病态的冲动去疯狂地追求,其实完全不需要这样。"② 而小说将上官金童描写成"一个永远长不大的儿子"③、写"上官吕氏经常叹息:种子不好,地再肥也没用"④,上官鲁氏只有向马洛亚牧师借种才能生男孩子,也隐喻着对迷恋封建文化及封建主义的批判,"封建主义那套东西,在今日的中国社会中,其实还在发挥重大的影响。许多人对封建主义的迷恋,不亚于上官金童对母乳的迷恋"⑤;中国不能迷恋传统文化,或坚持"中学为体,西学为用",而应该全面、彻底地搞"拿来主义",否则,不可能真正地实现现代化。

6. 批判了"文明"。

小说没有简单地将"文明"处理为"进步/保守"的单一模式,而是把"文明"放到"生命力"的对立面,并通过对文明的批判,实现对原始生命力的张扬——在小说中,作为"子辈"出现的被"阉割"人物的心灵充满了对将被"阉割"的命运的恐惧感和在被"阉割"后的焦虑感。面对这种情况,有的生命力发生削减,退化到"婴儿"状态;有的生命发生畸变,人变成了非人:

"'私生'女儿的天生残疾和儿子上官金童的'恋乳癖'与'性无能'都说明了'杂交'这一模式存在极大的缺陷,从而让人深思中国在

---

① 张光芒:《莫言的欲望叙事及其他》,《文学报》2007年10月25日。
② 莫言:《与王尧长谈》,《莫言文集·碎语文学》,云南出版集团公司、云南人民出版社2012年版,第179页。
③ 莫言:《莫言文集·丰乳肥臀》,云南出版集团公司、云南人民出版社2012年版,第478页。
④ 同上书,第583页。
⑤ 莫言:《我的〈丰乳肥臀〉》,《莫言文集·用耳朵阅读》,云南出版集团公司、云南人民出版社2012年版,第36页。

现代化进程中，应如何对待'西化'的问题。"① 西方基督教文化和中国传统文化共同阉割了上官金童，从而，使他的生命力衰退到婴儿状态；而小说对上官金童进行的无情鞭笞，更显示了作者对文明的批判和对原始生命强力的张扬，对被压抑的自由生命的张扬。上官领弟及小说中其他一些女子则在面对"文明"秩序和规范的压抑时生命发生了畸变，人变成了非人；她们在受到外界的压抑和迫害时无力反抗，只好把痛苦深埋在心底，并在幻想中向内心深处去寻求解脱，她们拒绝人世文明的世界而沉溺于动物的状态，因为只有在这种状态中，她们才能得到解脱、受到敬畏，才能寻到在"文明世界"中所没有的自由、尊严和位置。"文明"社会给她们痛苦和压抑，动物状态却使她们得到了安慰和尊敬，她们也是绝好地进行文明批判的形象系列。②

（四）揭示了饥饿对人性及人的影响。

《丰乳肥臀》是一部关于苦难与生存的小说。饥饿和与之相关的饥荒、食物匮乏、恐惧、饮食过度等是苦难的根本原因，也是生存的最大敌人。在小说中，人物时刻面临着饥饿的威胁，饥饿诱发了包括道德伦理冲突在内的一系列冲突，也让人对死亡变得麻木，乃至对眼前饿死的尸首也没有精力去看一眼了；由于饥饿，人们抛弃了所有的礼仪与文明的面纱，回到了最原始的饮食状态："同桌的目光都盯着松鼠桂鱼，可怜的鱼，已经被揭掉了半边尸体，一条青蓝色的鱼刺露了出来。一只小爪子扯着那根鱼刺一抖，鱼的下半边尸体转眼便被扯碎。每个孩子的面前，都放着不成形状的、冒着热气的鱼肉，他们像贪食的小兽，总是把大量的食物拖到洞边，然后悠然进食。"③ 饥饿的人们为了获得教堂布施的稀粥而长途跋涉，数百条红舌头舔着碗底；五个孩子一字排开吸羊奶；农场里饥饿的人们通过各种方式偷食；母亲用

---

① 宁明：《莫言海外研究述评》，《东岳论丛》2012年第6期。
② 参见代柯洋《莫言〈丰乳肥臀〉中的生命意识》，《鸡西大学学报》2009年第1期。
③ 莫言：《莫言文集·丰乳肥臀》，云南出版集团公司、云南人民出版社2012年版，第204页。

自己的胃偷装食物回家后吐出来给孩子们吃；人们借婚宴或丧葬狼吞虎咽地饱餐一顿……

（五）表达了作者对于下层民众的同情。

在小说中，无论是在兵荒马乱的时代，还是在和平时代，民众总是受苦受难——在兵荒马乱的时代，上官鲁氏的父母被杀，襁褓之中的上官鲁氏在面缸里被闷得半死，上官鲁氏的公公、丈夫被杀，上官鲁氏的婆婆被吓成痴呆，上官鲁氏的大女儿因丈夫的死而疯、二女儿命丧黄泉、三女儿因恋人被绑走而疯并因疯而死、四女儿被迫自卖自身做妓女、六女儿被炸死于山洞之中、七女儿被迫被卖掉……在和平年代，上官鲁氏的大女儿被枪毙、四女儿被批斗被打成脑震荡、五女儿自杀、七女儿在劳改期间因暴食生豆饼而胀死、八女儿在生活困难时期因不忍心拖累母亲而投河自尽、上官鲁氏孤身一人寄身于教堂塔前的草屋里……上官想弟在兵荒马乱的年代，为了一家人免于饿死，自卖自身，进妓院做妓女，受尽凌辱；和平年代却又因为做过妓女之事而在阶级教育展览会上的"现身说法"，满足公社干部的下流欲望和围观人群固有的"窥私癖"，最后，因旧病复发而死。上官求弟在兵荒马乱的年代为了免于饿死而被其家人卖掉，在和平年代为了免于饿死而任凭厨子蹂躏，最后，又因饿极后暴食过饱而死……真可谓"兴，百姓苦；亡，百姓苦"（张养浩：《山坡羊·潼关怀古》）。

（六）歌颂了中华民族不畏强敌、不屈不挠的精神。

在小说中，面对外敌的入侵，高密东北乡民众同仇敌忾——"德国人修建胶济铁路，破坏了高密东北乡的风水。为此，上官斗和司马大牙与他们进行过屎尿战"[①]，虽然以惨败告终，上官斗赤脚走烧红的铁錾，皮肉被烧焦，但高密东北乡民众并没有被吓倒：当一个筑路工程师在沙窝集上调戏妇女时，民众奋起将其打死；当德寇血洗村庄时，杜解元来不及召集所部的红枪队成员，就把十几个家丁和长工集合起来和德寇浴

---

① 莫言：《莫言文集·丰乳肥臀》，云南出版集团公司、云南人民出版社 2012 年版，第570页。

血奋战；鲁五乱单枪匹马与敌人作战；不仅杜解元、鲁五乱战死了，杜解元的妻子也战死了，鲁五乱的妻子为避免落入德寇之手上吊自杀……面对侵略者，不管是土匪如沙月亮所率的土匪、地方武装及政府武装如司马库所率的武装力量，还是共产党如鲁立人等人所率的爆炸大队等均奋起抗击，沙月亮后来投日，也不是真心实意想做汉奸，而是在走投无路之际，抱着"妈的，有奶便是娘，先投日本吧，好就好，不好再拉出来"①的心态投日的……通过这些描写，小说歌颂了中华民族不畏强敌、不屈不挠的精神。

（七）表达了对"种的退化"的忧虑。

在小说中，上官金童的祖爷爷上官斗铁骨铮铮——与司马亭、司马库的爷爷司马大牙一起抗击德寇，失败被俘后赤脚走烧红的铁鏊；爷爷上官福禄虽然矮小、软弱、无能——干重活还不如妻子，家内家外皆由妻子掌控，但毕竟还生有一个儿子；父亲上官寿喜窝窝囊囊、百无一用、如同废物——不仅丧失了生育能力，而且丧失了人格、丧失了灵魂，竟然容忍妻子不断地红杏出墙；上官金童本人弱智——一辈子恋乳成癖，男性意识沉睡不醒，被龙青萍勾引而被迫奸尸、被汪银枝诓骗而被迫与之结婚、后又被汪银枝扫地出门，孤身一人——连弱智的儿子也没有一个，最后，寄身于教堂以苟延残喘、惶惶不可终日，而且，事实上上官金童已经不是上官家的儿子了——上官家实际上已经断子绝孙了；上官金童的外甥鹦鹉韩奸猾、懦弱，不走正道，最后，锒铛入狱；外甥女沙枣花沦为小偷、鲁胜利沦为罪犯，最后，或者自杀，或者被判死刑……借此，小说表达了对"种的退化"的忧虑。

（八）表达了基督教的救赎观。

莫言说："我不是基督徒，但我对人类的前途满怀着忧虑，我盼望自己的灵魂能够得到救赎。""我希望用自己的书表现出一种寻求救赎的

---

① 莫言：《莫言文集·丰乳肥臀》，云南出版集团公司、云南人民出版社2012年版，第134页。

意识。"① 小说也的确表达了基督教的救赎观——小说弥漫着基督教的救赎氛围，如小说以"马洛亚牧师"开头，也以"马洛亚牧师"结尾②；劫难之后，上官鲁氏皈依基督教，并与马洛亚牧师生下了自己梦寐以求的儿子；作为主人公的上官鲁氏和上官金童都与基督教有密切的关系，并且都靠基督教"得救"：上官鲁氏在生下第 7 个女儿之后，惨遭婆婆责骂、丈夫毒打，并被丈夫用一块烧得暗红的铁烫伤了下身——无论是从精神上来说，还是从肉体上来说，上官鲁氏都是痛不欲生的；随后，她在生命垂危之际，"有一天凌晨，教堂的钟声，把她从迷朦中唤醒。教堂的大钟天天响，今天听来格外亲。那嗡嗡的、青铜色的美丽声音，震荡着她的灵魂，在她的心里，激起一圈圈涟漪。"③ 随即走向了教堂，皈依了基督教，后来又坦言："该走哪一步是天主给安排的，一后悔就要惹恼天主"④；在生上官金童和上官玉女难产时，她想到的是"天主"、"圣母"、"马洛亚牧师"。在上官金童和上官玉女出生满百日的那天，她又抱着他们进教堂让马洛亚给他们施洗礼。此后，她抚养着一大群孩子，而且不管是儿子，还是外孙；不管是共产党人的孩子，还是国民党人的孩子，抑或是土匪、汉奸的孩子，她都一视同仁；她带着孩子们历经了战争、饥饿、病痛、凌辱……苦苦地活着，并看着 8 个女儿、6 个外孙一个个地死去，承受了常人难以承受的苦难；同时，以德报怨地救郭平恩……这些相当充分地体现了基督教的博爱、牺牲精神。晚年，上官鲁氏孤身一人地居住在教堂塔前草屋里——这实际上可以看作是上官鲁氏对基督教更为深层的皈依。最后，她由儿

---

① 莫言：《莫言文集·丰乳肥臀》，云南出版集团公司、云南人民出版社 2012 年版，第 652 页。

② 作家出版社于 1996 年出版的《丰乳肥臀》开头第一段中出现的唯一人物是马洛亚牧师，中国工人出版社 2003 年出版的《丰乳肥臀·增补修订版》的第一句是"马洛亚牧师静静地躺在炕上"，云南出版集团公司、云南人民出版社 2012 年出版的《丰乳肥臀》的第一句是"马洛亚牧师提着一只黑色的瓦罐上了教堂后边的大街"；都以马洛亚牧师和上官鲁氏野合的情节结尾。

③ 莫言：《莫言文集·丰乳肥臀》，云南出版集团公司、云南人民出版社 2012 年版，第 604 页。

④ 同上书，第 160 页。

子背着再次进入教堂,并在教堂永远地闭上了眼睛。而上官金童生来就与基督教相关,最后,又在教堂里"负责清扫卫生,看守门户,定期挖露天厕所"①——在教堂里安身立命,即"得救"。小说如此写来,很明显地表达了基督教所宣扬的人类只有忍受现世的苦难,能博爱、谦逊,才能获得最终的救赎的观点。

(九)表达了个性解放的思想。

在小说中,"性"是一种特定的生命状态的合理存在,是一种"原始生命强力";女性基本上都能自由自在地性爱,按照世俗的一切非婚内的两性关系都是"淫"的观念,上官家的女性几乎都是"淫女",她们一改自古以来中国女性对于性爱的被动接受,对性爱有着热烈的原生态的向往,毫无隐讳自己对于性爱的追求,好些女性都先后与不同的男人有着不同程度的性关系。她们的所作所为虽然不符合正统的社会规范和道德意识,但却为民间所接纳。②

四

从艺术表现的角度来看,小说主要具有如下特点:

(一)内容丰富,情节曲折,格局宏大,气势磅礴

小说以洋洋洒洒近60万字的篇幅,分8卷70章,叙写了中国在20世纪95年里所发生的与上官鲁氏的一生经历密切相关的一些重大事情——义和团时代的抗德、抗日战争、解放战争、"土改"、抗美援朝、反右、大跃进、人民公社、"文革"、改革开放,并叙写了与这些重大事情有关的其他一些事情,如上官鲁氏被大姑父大姑姑夫妇收养、上官鲁氏裹脚、上官鲁氏出嫁、上官鲁氏受婆婆丈夫虐待、上官鲁氏先后向多个男人借种生孩子、上官鲁氏想尽各种方法抚养孩子、上官家的儿女们的私生活……在叙写的过程中,小说打乱了故事情节的自然顺序、

---

① 莫言:《莫言文集·丰乳肥臀》,云南出版集团公司、云南人民出版社2012年版,第641页。

② 参见代柯洋《莫言〈丰乳肥臀〉中的生命意识》,《鸡西大学学报》2009年第1期。

也打乱了故事情节的完整性,既突出地描写了激烈的社会冲突和巨大的社会变革,如中德、中日民族矛盾,1949年之前土匪、国民党、共产党三股力量的较量,1949年之后的历次社会波动,从而,相当成功地驾驭了宏大的社会历史题材;又相当充分地描写了人物的私人生活,如上官鲁氏及其子女的个人生活,从而,相当成功地处理好了私生活题材的问题;既突出地塑造了上官鲁氏这一堪称高大的形象,又塑造了上官金童这一精神"侏儒"形象……可谓内容丰富,情节曲折,格局宏大,气势磅礴。

(二)叙事别具一格

1. 采用了多种叙述手法。

小说采用了倒叙、顺叙、补叙和插叙等多种叙述手法:

①倒叙、顺叙。小说所叙写的故事发生在1900—1995年间,但是,小说是从1939年日本侵略高密东北乡开始叙述的——直到第七卷,小说才叙述到1900年所发生的事情;上官鲁氏分娩与日本侵略者屠村等情节则按顺序相继展开。

②补叙。如在写到司马亭在"失踪"之后突然出现在上官一家时,小说补叙了司马亭"失踪"那些年的传奇遭遇。又如,《卷外卷:拾遗补阙》也属于补叙——叙写了上官玉女投水而死、上官念弟被炸身亡、上官吕氏之死、上官来弟与鸟儿韩的恋爱、上官想弟的悲惨遭遇、鲁胜利腐化堕落以及上官鲁氏与上官金童的最终结局等。

③平叙。如小说开头几章一面写上官鲁氏生产,一面写上官家的驴生产,一面写日寇逼近;一面写上官吕氏让难产的儿媳自己慢慢生,认为"到了时辰,拦也拦不住"①,一面写上官吕氏对驴百般呵护,请来兽医樊三给驴接生,并许以重金以保驴"母子平安"。

2. 采用了多元化的叙述视角。

小说前九章采用第三人称全知视角,第十章之后则第一人称限知视

---

① 莫言:《莫言文集·丰乳肥臀》,云南出版集团公司、云南人民出版社2012年版,第7页。

角和第三人称全知视角兼而有之；在小说采用第一人称"我"——上官金童限知视角——的那部分内容里，上官金童既是故事中的人物又是故事的叙述者。

3. 采用了儿童或弱智的叙述视角。

小说关于"我"——上官金童——的内容所采用的是儿童或弱智的叙述视角："我"是一个在生理、心理、智识、行为能力等诸多方面始终停留在一个嗜乳成癖的孩童阶段的人，实际上是一个"弱智者"。

以儿童或弱智的视角来叙事，对于本小说而言，妙处良多：

其一，这样的叙述能给人一种陌生化的感觉——它所叙述的语气、事情带有儿童色彩，这与通常的那种成人、理智叙事大异其趣，能给人一种新的审美感受；它给人一种没做假、没矫情的感觉，因而能增加其可信性，进而增加对读者的吸引力。

其二，小说对现实的抨击异常强烈——强烈到了能让一些人上纲上线的地步，因此，这样的叙述能适当地遮掩或"过滤"小说对现实抨击的强烈度，从而，既能让小说葆有对现实抨击的强烈度，又能避免让一些爱上纲上线的人把小说等同于生活或等同于作者的"政治攻击"。

其三，小说有大量的有悖于中国传统道德伦理的描写，如从儿子的视角描写母亲的情事、性事，从弟弟的视角描写姐姐的情事、性事，如果采用通常的那种成人、理智的叙述，既给人以大逆不道之感，又给人以淫秽之感。

其四，小说有一些非理性的、无逻辑的叙述，如"我盼望着母亲能把上官来弟的孩子送给那洋女人，我们也不要一分钱，我们还可以把上官来弟的紫貂皮大衣送给她。我厌恶这个女婴，她毫无理由地分食属于我的乳汁。连我八姐上官玉女都没资格分食我的乳汁，凭什么给她吃？！上官来弟那两只奶子闲着干什么呢？"与"沙月亮吐出上官来弟的奶头，呸呸地吐着脓血，然后又用水漱了口。他说：'这就好了，你这是积奶成疮。'来弟满面泪水，说：'老沙，咱们这样，像被狗撵着的兔子，到啥时是个头？'……"①，两者从内容的角度来看，根本不搭界，但从一个儿童、一个弱智的角度来看，又是一脉相连的——小说通过上官金童来叙事，把它们"连"在一起了，既让人觉得它是顺理成章的，又能让它带有一种别具一格的美感——小说中，此类叙述还有不少。

……

不过，作者又并非刻意地以儿童或弱智的视角来叙事的——作者曾说："以前我没有意识到，后来被别人点破后我才发现采用儿童视角讲述故事原来是我的一种潜意识。我想这可能和一个作家的出身、经历、生长环境及其创作心理有关系，是非常复杂的。少年岁月吃的苦，生活环境的寂寞荒凉，无人理睬却又耽于幻想，所有这些都使我从小就对周围的世界充满了观望和想入非非。而在这种情况下，儿童视角就成为了我讲述故事的首选。然而，尽管我一直采用这一方式来构造故事，但却一直没能将这种方式用到极致"②——这就使它显得不着痕迹、浑然天成，与它所表达的内容、与小说修辞上的需要融为一体。

4. 采用了复调叙事。

在这里，所谓复调叙述是指"把矛盾性置于同一性之中"，"把否定性向度置于肯定性向度之中"，从而，在某一个特定的语境里同时出现几种语气、语义不一致的叙述，相互解构，造成"对和谐的'一体化'的语言关系的瓦解和对既定的经验秩序的颠覆"③，几种声音相互交织、汇在一起，同时，又保持着自己的独立性和价值性，使所叙述的事情包含多重含义，进而使所叙之事意蕴增多增大，或产生一种"别具一格"的意味。

从总体上来看，小说运用了复调叙述——上官金童好像是又傻又痴，也不经常说话，但在他的内心中却有自己对事物的判断标准，而这

---

① 莫言：《莫言文集·丰乳肥臀》，云南出版集团公司、云南人民出版社 2012 年版，第 134 页。
② 转引自张媛《莫言：故乡是一个永恒的话题》，《法制晚报》2004 年 6 月 14 日。
③ 赵奎英：《一个可逆性的文本——〈丰乳肥臀〉的语言文化解读》，《名作欣赏》2003 年第 5 期。

与作者的判断标准并不一致。作者将视野中心的主人公和他的生活变换到视野边缘，并使他面向自己，让他按照作者的方式来看待世界，使他以作者对待生活态度来看待周围的世界。①

从局部来看，小说也运用了复调叙述，如关于"我们一家九口，出现在县城大集的人市上"时上官金童的所见、所感、所闻——在人市上，上官金童真真切切地看见白板房那边女人们撕扯叫骂的情景，以为是真的在撕扯叫骂，但到最后"我（即上官金童——引者注）听到周围的人都长吁了一口气，才知道大家都在观看着井台上的戏剧。"②

又如，"我（即上官金童——引者注）盼望着母亲能把上官来弟的孩子送给那洋女人，我们也不要一分钱，我们还可以把上官来弟的紫貂皮大衣送给她。我厌恶这个女婴，她毫无理由地分食属于我的乳汁。连我八姐上官玉女都没资格分食我的乳汁，凭什么给她吃?!上官来弟那两只奶子闲着干什么呢？//当我这样想着时，在高密东北乡的一栋瓦房里，沙月亮吐出上官来弟的奶头，呸呸地吐着脓血，然后又用水漱了口。他说：'这就好了，你这是积奶成疮。'来弟满面泪水，说：'老沙，咱们这样，像被狗撵着的兔子，到啥时是个头？'沙月亮抽着烟沉思着，瘦脸上凶巴巴的表情，他说：'妈的，有奶便是娘，先投日本吧，好就好，不好再拉出来'"③——上官金童爱母乳及厌恶上官来弟的孩子与他争夺母乳之事与沙月亮吮奶疮及沙月亮投敌之事本不搭界，但两者却"紧密相连"地出现在同一语境之中，且又不给人以别扭之感。

再如，对司马亭的描写："司马亭提着铜锣进了我家院子。这是一个风干丝瓜一样的人，很难说出他的准确年龄，因为他满是皱纹的脸

---

① 李刚：《莫言创作美学品格的叙事学研究》，硕士学位论文，聊城大学，2006年。
② 莫言：《莫言文集·丰乳肥臀》，云南出版集团公司、云南人民出版社2012年版，第131页。
③ 同上书，第134页。

上，生着一颗草莓样的鼻子，还有两只漆黑的、滴溜溜转动、孩童般的眼睛。他的腰背佝偻，似乎进入了风烛残年，但他的双手却保养得又白又胖，手掌上生着五个圆圆的肉涡。"① 在这里，既写了他的"老"，又写了他的"年轻"。

其他如"他（即司马亭——引者注）的嘴角和嘴唇、腮帮和耳朵上表现出悲痛欲绝、义愤填膺的感情色彩，但他的鼻子和眼睛里却流露出幸灾乐祸、暗中窃喜的情绪。"②"他（上官招弟扔下的男孩司马粮——引者注）的哭声像乌鸦，像癞蛤蟆，像猫头鹰。他的神情像狼，像野狗，像野兔子"③、"在这次悲壮的行军中，沿途留下了数十具尸首，有的尸首掀起衣襟，满脸幸福，好像在用火烘烤胸膛"④、"大丈夫一言既出，驷马难追。此处不养爷，必有养爷处。好马不吃回头草。饿死不低头，冻死迎风立。不争馒头争口气，咱们人穷志不穷。人生自古谁无死，留取丹心照汗青"⑤……都属复调叙述。

复调叙述方式的运用，使得在小说中，"母性崇拜和男性中心，不朽情结和死亡冲动，雄性的张扬和对男权的解构，神圣的宗教情感和对神性的亵渎，深刻的历史意识和戏谑性的历史叙述、恒定意义的消解和对终极价值的追求，原始的族类经验和现代性的个体化表述等一系列对立的、异质的因素得到了惊人的混合"⑥。

5. 运用了狂欢叙述。

在这里，所谓"狂欢"叙述，即指用"戏谑"而又"放肆"的笔调叙事，使叙述呈现出"狂欢"的色彩。在小说中，许多地方运用了狂欢的叙写方式，如小说对沙月亮、司马库率部（众）袭击日寇的叙写、对

---

① 莫言：《莫言文集·丰乳肥臀》，云南出版集团公司、云南人民出版社2012年版，第52页。
② 同上。
③ 同上书，第113页。
④ 同上书，第126页。
⑤ 同上书，第506页。
⑥ 赵奎英：《一个可逆性的文本——〈丰乳肥臀〉的语言文化解读》，《名作欣赏》2003年第5期。

司马亭在日寇洗劫村庄后带领手下料理各家丧事的叙写、对司马大牙率领虎狼队与德寇作战的叙写、对孙大姑的五个哑巴孙子的言行举止的叙写、对上官鲁氏带领孩子们去吃腊八粥的情景和逃避国共内战途中的情景的叙写、对巴比特与上官念弟婚宴场景的叙写、对雪集的叙写、对"土改"时哑巴率领区小队分送司马亭家的财产以及鲁立人主持的穷人诉苦和批斗棺材铺掌柜黄天福等的大会场景的叙写、对司马粮和沙枣花为救上官金童而与巫云雨、丁金钩、魏羊角等人搏斗场景的叙写、对阶级教育展场景的叙写、对红卫兵押解着牛鬼蛇神们游街示众之事的描写,对鹦鹉韩与其妻耿莲莲合办"东方鸟类中心"及相关言行举止的叙写、对司马粮在改革开放后回乡投资建设时花天酒地场景的叙写……均属狂欢叙述。狂欢叙述让小说的情节得以充分地展开,使其内容更丰富、氛围更活跃、叙述更活泼……

6. 运用了反讽叙述。

小说无论对什么人——不管是具有圣洁意味的母亲、具有不能亵渎意味的姐姐、长期以来一直具有神圣意味的鲁立人之类的共产党人……还是对弱智上官金童、对具有生理缺陷和心理变态倾向的孙不言及上官盼弟和鲁胜利、对地痞流氓磕头虫张德成、瞎子徐仙儿、巫云雨、丁金钩、魏羊角等;无论对什么事——不管是义和团时代的抗德、抗日战争、解放战争、"土改"、抗美援朝、反右、大跃进、人民公社、"文革"、改革开放、母亲与姐姐的情事等"正经事",还是对上官金童的恋乳厌食症、与巫云雨、丁金钩、魏羊角等人打架、在鹦鹉韩与其妻耿莲莲合办"东方鸟类中心"及司马粮投资开办的"独角兽乳罩大世界"的带有胡闹性质的所作所为,一概采取戏谑、嘲讽的笔调叙写。鲁璇儿的姑姑给鲁璇儿裹脚本来希望她能以此嫁个好人家、有个好的归宿,可她却因此而嫁不出去,最后,被迫嫁给铁匠上官寿喜,受到婆婆的虐待;最应该洁身自好、侍奉上帝的马洛亚牧师却与和自己没有婚姻关系的女子野合私通生子;上官金童被上官家寄予厚望,可最终却是上官家最无用的人……

同时，小说语言不时亦庄亦谐、庄谐混杂，字里行间流露出嘲讽的意味，如"他（即上官金童——引者注）在'东方鸟类中心'大门口徘徊着，犹豫着，几次想硬着头皮闯进去，但事到临头又退缩了，是嘛，大丈夫一言既出，驷马难追。此处不养爷，必有养爷处。好马不吃回头草。饿死不低头，冻死迎风立。不争馒头争口气，咱们人穷志不穷。人生自古谁无死，留取丹心照汗青。想了许多格言警句，他想昂然离去，但刚走几步，又回来了。上官金童进退两难。他盼着能在大门口碰到鹦鹉韩或是耿莲莲。但刚听到鹦鹉韩的喊叫声，他就匆匆忙忙地躲在了树后。就这样他在大门口熬到太阳落山。他仰望着楼上耿莲莲房间里射出的柔和灯光，心中万分惆怅。观望良久，终于无计可施，便拖着两条长腿，一步步挨向繁华市街。"①

7. 采用了宏大叙事。

小说采用了宏大的叙事——叙写了中国 20 世纪里发生的一系列重大事件，内蕴着激烈的社会冲突，塑造了上官鲁氏这样一个虽处社会底层但实则高大的人物形象，对社会历史的驾驭相当到位、题材的深度和广度等都相当大……

（三）魔幻现实主义色彩强

小说一是运用了魔幻现实主义的手法——在这里，所谓"魔幻现实主义"的手法，即采用非写实的手法，如夸张、变形的手法叙写一些真实的或具有真实性的事情，或采用写实的手法叙写一些非真实性的事情，或写一些"朦朦胧胧"的事情。

小说如关于屎尿之战的叙写、关于鸟仙的叙写等，都是对魔幻现实主义手法的运用——关于屎尿之战，按常理来说，是不会出现或不会那么出现的，但小说却把它当成生活中确确实实出现过的一件事予以描写，从而，既凸显了中华民族不畏强暴、英勇不屈的精神，又凸现了中国人的愚昧；既让人觉得很悲壮，给人以一定的鼓舞，又让人觉得滑稽

---

① 莫言：《莫言文集·丰乳肥臀》，云南出版集团公司、云南人民出版社 2012 年版，第 506 页。

可笑，甚至还让人感到很悲哀；从美学的角度来看，它既给人以真实感，又给人以虚幻感，进而产生一种魔幻般的朦胧美感；从叙述方式的角度来看，它与小说所运用的儿童视角、弱智视角相符。鸟仙的言行举止，按常理来说，在现实生活中是不可能真的会有的——一个女孩子，是不可能"纵身一跃，轻捷地跳到梧桐树上，然后从梧桐树又跳到大楸树，从大楸树又降落到我家草屋的屋脊上"①，也是不可能从昏死之中醒来之后，一下子就有特异功能，能准确地知道鸟儿韩"被捉到日本去了，十八年后才能回来"②，能给人排疑解惑、治病消灾的；但小说却一本正经地写来，让人对它深信不疑。

　　小说运用了魔幻现实主义手法之处还有许多，如，对上官鲁氏难产的感觉、沙月亮率领黑驴鸟枪队伏击日寇、司马库率家丁放火烧桥打埋伏和毁蛟龙河大桥、上官鲁氏在怀孕期间的梦境、袁金标的年轻妻子方金枝被狐仙附体、上官鲁氏带领孩子们长途奔波去吃腊八粥及途中遭遇到的事情、国共内战时上官鲁氏带领孩子们逃难时在途中所遭遇到的事情、孙大姑的五个孙子小时的所作所为、上官金童的恋乳、上官金童对俄国女孩娜塔莎的单相思、圣母玛利亚的画像等……小说都是运用魔幻现实主义手法写的。

　　二是在情节展开的过程中，掺进了不少民间传说、传奇轶事，如高密东北乡人早年抗击德寇的传说、高密东北乡移民的传说、司马亭与司马库的奶奶盲女的传说、起尸鬼的传说、沙枣花成为传奇女贼的逸闻、鸟儿韩在日本深山里的生活……

　　莫言曾说："传说是小说的雏形、形式和源头，而且不仅仅是小说的雏形、形式和源头。梦幻是小说的羽毛、翅膀，而且不仅仅是小说的羽毛和翅膀。传说的过程，就是添油加醋的过程，添油加醋，其实就是创作。许多传说，本身就充满了梦幻，所以从这个角度来说，传说和梦

---

① 莫言：《莫言文集·丰乳肥臀》，云南出版集团公司、云南人民出版社2012年版，第119页。
② 同上书，第120页。

幻就像一个硬币的两面一样。至于我的小说中为什么多有传说和梦幻的因素,这大概是长时期的乡野生活决定的。我没有上过几天学,乡村和田野就是我的中学和大学,村子里的老人就是我的教授。在我二十岁之前,我接受的文学教育,主要来自传说,而在那样一个闭塞落后的荒村,在那样举目草茫茫,低头见牛羊的寂寞生活中,梦幻,就必然地发生了。"① 由此可见,莫言对民间传说是有清醒的认识和独到的见解的,他在小说中对民间传说的运用是与其生活经历及对民间传说的认识和见解密切相关的。民间传说、传奇轶事的掺进,"扩展了小说内容,增强了故事的传奇性并且调整了叙述的节奏。"②

魔幻现实主义手法的运用与民间传说、传奇轶事的掺进等使小说呈现出浓重的魔幻现实主义色彩。

(四) 运用了"反着写"的手法

小说运用了"反着写"的手法——对"革命历史小说"进行了"彻底颠覆","在价值观念方面,上官家女儿的政治选择与其阶级身份和政治信仰无关。人物的个人品德与其政治立场、占有财富多寡仍有一定的对应关系,但正反角色对调。该作对'革命历史小说'中常见的'军民鱼水情'、'抗日'、'土改'、'还乡团暴行'等经典场面,也予以颠覆",如,"作品没有出现在'红色经典'中常见的子弟兵给百姓挑水扫院子的场面,作品也没写八路军与百姓同甘共苦,写到的却是:在百姓将要饿死的时候,蒋立人的队伍却在吃白面馒头、野鸡野兔,起码是萝卜熬咸鱼和'巨大的窝窝头'"③,少年马童被无辜枪毙,王木根因为发一时愤慨之气而遭处罚,抓住司马兄弟后,村干部刑讯逼供,寻思的是"我们顺便搭车,看能不能榨出点油来!"张麻子、麻邦等利用职权蹂躏妇

---

① 转引自杨荣华《儿童视角·梦幻色彩·我向思维——浅论莫言小说的叙事》,《现代语文》2005 年第 9 期。

② 郭冰茹:《寻找一种叙述方式——论莫言长篇小说对传统叙述方式的创造性吸纳》,《当代作家评论》2006 年第 6 期。

③ 阎浩岗、李秋香:《"反着写"的偏颇——〈丰乳肥臀〉对"革命历史小说"的彻底颠覆及其意味》,《河北大学学报》(哲学社会科学版) 2012 年第 1 期。

女:"从抗日战争时期的 30 年代到改革开放新时期的 90 年代,几乎凡与共产党、与革命、与政府相关的人和事,大都是被用调侃、挖苦的笔调和敌对的情绪来描写的。解放战争的支前连队独臂指导员在支前中随意打民工,还抢掠逃难的剃头匠的车子,恐吓他'不是地主,也是富农',逼使他最后上吊自杀而死。担架连的女连长在一抬担架的队员患羊痫风倒地不省人事时,她竟拿脚踢他,用手榴弹敲他,还从沟里扯一把枯草塞进他的嘴里,说:'吃吧,吃吧,犯羊痫风,是想吃草了吧?'公社小学的女教师纪琼枝对学生也是拳打脚踢,竟把学生打瘫在地上。区里的杨公安把母亲一家老小都吊在屋梁上,逼问逃亡的司马库的下落。改革开放后,大栏市市长鲁胜利(鲁立人和盼弟的女儿)是大贪污犯。退伍军人高大胆愤而在市政府大门前自焚时高叫:'腐败啊腐败,比慈禧太后还腐败。''你们这些坐小车的,都是贪污犯,先枪毙后审判,没有一个冤枉案。'书中甚至连火车站候车室的女检票员和女清洁工也不放过,竟借金童之口横扫了一切:'蛮横是公家人的身份证,……公家人不蛮横,还算什么公家人呢?'作者对'公家人'甚至从生理上也加以丑化、攻击……书中描写'公家人',几乎都是'像猎狗'、'像一头暴怒大猩猩'、'宛如一只大蛤蟆'、'眼睛像墓地里的磷火'、'头发像猪鬃一样'、'残忍得像狐狸',整个人'像一根充了血的驴鸡巴'"①,"对革命极尽丑化之能事。共产党人(鲁立人等)、贫农革命功臣(哑巴孙不言等)、人民政府的干部(上官盼弟等)被描写得极端残忍、丑陋。土改时县长鲁立人在坐着轿子下乡搞土改的'大人物'的示意下,竟把司马库的两个不满十岁的儿子(应为'女儿'——引者注)枪杀了。而地主维持会长(司马亭)、地主国民党反动军官(司马库)等则成了仁爱、正直、果敢、英俊的男子汉。哑巴兄弟宰吃了司马家一头大骡子,司马库反倒奖给五块大洋。同一母亲所生,投奔了革命的五姐的乳房是'凶悍霸蛮'的'宛若两座坟

---

① 何国瑞:《评论〈丰乳肥臀〉的立场、观点、方法之争——答易竹贤、陈国恩教授》,《武汉大学学报》(人文科学版)2002 年第 2 期。

墓'，'头发粗得像马鬃'；而先与土匪汉奸沙和尚私奔，后与司马库私通的大姐的乳房则是'清秀伶俐'的'上等品'，'闪烁着玉一样的滋润光泽。'"①。

但是，小说这么写，并非一定是"否定革命暴力和正义战争以及否定歌颂它们"，也不能因此就可以说作者对"共产党"、"革命"、"政府"有什么"仇恨"②，或者说小说是在搞"恶毒的攻击"③、是一部"近乎反动的作品"④；而也可以说是在借此对现实生活中丑恶现象进行鞭挞——鲁立人、孙不言、上官盼弟等人实际上并不只是象征着某一类人或某一集团的丑，而是象征着作者在现实生活中所遇到的某一类丑，作者对他们的丑化实际上是对自己在现实生活中所遇到的某一类丑的鞭挞；或是基于对现实生活中丑恶现象不满的一种文学想象——作者并非生活在国民党时代，国民党及国民党时代无论多么坏，都没有给作者以切肤之痛，而现实生活给作者带来的又可谓是创巨痛深，于是，作者便出于想象把"地主维持会长（司马亭）、地主国民党反动军官（司马库）"等刻画为"仁爱、正直、果敢、英俊的男子汉"。同时，也可能是出于小说发展的需要和读者对小说接受的需要的一种"技术性"处理——1949 年之后，"革命历史小说"，如《红日》、《红旗谱》、《红岩》、《保卫延安》、《林海雪原》等是清一色地歌颂"共产党"、"革命"、"政府"；其人物正面的是清一色真、善、美的化身式的人物，具有高、大、全的特征，反面的是清一色的"假、丑、恶"的化身式的人物，要么猥琐不堪，要么穷凶极恶；这样的小说既不能反映社会历史发展的真实状貌，又造成了写作上的"模式化"，容易使读者产生审美疲劳或反感心理。"文革"结束之后，文学理论界和创作界都曾试图努力改变这种格局，

---

① 何国瑞：《歌颂革命暴力、爱国主义和国际主义的文艺——社会主义文艺本质论之二》，《武汉大学学报》（人文科学版）1999 年第 6 期。
② 何国瑞：《评论〈丰乳肥臀〉的立场、观点、方法之争——答易竹贤、陈国恩教授》，《武汉大学学报》（人文科学版）2002 年第 2 期。
③ 同上。
④ 何国瑞：《歌颂革命暴力、爱国主义和国际主义的文艺——社会主义文艺本质论之二》，《武汉大学学报》（人文科学版）1999 年第 6 期。

出现了高行健的《现代小说技巧初探》①、刘再复的《性格组合论》② 之类的理论著作,刘再复的《论人物性格的二重组合原理》③、《论文学的主体性》④ 之类的论文,张炜的《古船》⑤、刘震云的《故乡天下黄花》⑥、陈忠实的《白鹿原》⑦、莫言的《红高粱》⑧ 之类的小说;《丰乳肥臀》实际上也只是顺此潮流而已,不过,它比《古船》等小说走得更远一些,这就更引人注目——也更有一点"惹是生非"!

(五)采用了"极端化"的写法

在这里,所谓"极端化"的写法是指"极致"地描写所描写的对象,或者把对象描写得"极端化"——极端好、极端坏、极端恶……

其一,叙述"极端化"——语言狂放不羁,非常铺张、芜杂,行文往往"顺流而下"、"一泄无余",如小说对"人市"买卖人场景的叙述、对上官鲁氏带着孩子们在国共内战时逃难途中所见所闻的叙述、对鸟儿韩在日本生活的叙述等;或采用意识流的手法,"信马由缰"地写,如对"独角兽"乳罩公司的乳罩广告的叙写。

其二,人物"极端化"——

(1)形貌极端化,如公社干部羊委员、残废后的孙不言等人物极端丑——羊委员"宛若一根充足了血液的驴鸡巴"⑨,残废后的哑巴"双手按地,像一只巨大的青蛙"⑩,脱掉衣服时,"像一只漆黑的大蜘蛛"⑪。

---

① 高行健:《现代小说技巧初探》,花城出版社1981年版。
② 刘再复:《性格组合论》,上海文艺出版社1986年版。
③ 刘再复:《论人物性格的二重组合原理》,《文学评论》1985年第6期、1986年第1期。
④ 刘再复:《论文学的主体性》,《文学评论》1984年第3期。
⑤ 张炜:《古船》,该作最初发表于《当代》1986年第5期,人民文学出版社1987年版。
⑥ 刘震云:《故乡天下黄花》,该作最初发表于《钟山》1991年第1—2期,中国青年出版社1991年版。
⑦ 陈忠实:《白鹿原》,该作最初发表于《当代》1992年第6期和1993年第1期、由人民文学出版社于1993年出版单行本,1997年以"修订本"获第四届茅盾文学奖。
⑧ 中篇小说《红高粱》最初发表于《人民文学》1986年第3期、长篇小说《红高粱家族》由解放军文艺社出版于1987年出版。
⑨ 莫言:《莫言文集·丰乳肥臀》,云南出版集团公司、云南人民出版社2012年版,第631页。
⑩ 同上书,第405页。
⑪ 同上书,第383页。

(2) 性格"极端化"：爱极爱，浪极浪，愚极愚，狂放到极至，如上官来弟、上官领弟、上官念弟等人物都"极爱"——上官来弟、上官领弟因爱而狂，上官念弟为爱而放弃自由，如当其丈夫巴比特被俘后被押走时，鲁立人因为是其姐夫，便说："巴比特夫人可以留下。"上官念弟说："鲁团长，看在我帮助母亲抚养鲁胜利的分上，你成全我们夫妻吧。"① 后来，又与巴比特一起死于山洞之中。司马库、独乳老金、龙青萍、成为南韩富翁后的司马粮等都"极浪"——司马库对所看上的女人一个不放过，其中包括大姨子、六姨子，在自首前即在迈向死亡前还在坟墓里与顶着狐狸仙位的寡妇崔凤仙欢爱，独乳老金、龙青萍对上官金童的一些言行堪称猥亵、淫荡，成为南韩富翁后的司马粮恃财纵欲。上官金童、司马大牙、上官斗等人物都"极愚"——上官金童弱智到对乳之外的事情一无所知、一无所欲，司马大牙、上官斗等人大摆屎尿阵以对付德寇。

(3) 品性"极端化"——共产党阵营里的人物没有一个是好的；男人也没有一个是好的，即使是作者倾向认可的司马库，也有一半是兽；甚至整部小说几乎没有一个称得上是完美的人物——总的来说，纪琼枝相对完美，但也有丑陋之举，如打学生，这显然有违师德；上官鲁氏虽然对儿孙们有恩德，是一个可歌可泣的人物，但从传统道德观念的角度来看，她又是颇有可议之处的——她先是为了生孩子而四处借种，后是为了抚养孩子而偷集体的粮食：无论怎么说，"偷"总不是一件好事！

(4) 结局"极端化"——上官鲁氏的八个女儿及马洛亚牧师、沙月亮、上官吕氏、司马凤、司马凰、巴比特、大哑、二哑等"至亲"无不先于她而逝，而且都不是自然死亡。

其三，事情"极端化"：上官寿喜竟然用一块刚从铁匠炉里夹出的烧得暗红的铁烫伤其妻子的下身；上官鲁氏为了生男孩，竟然向众多的

---

① 莫言：《莫言文集·丰乳肥臀》，云南出版集团公司、云南人民出版社2012年版，第235页。

男人借种，为了养活孩子，竟然先把粮食生吞进胃里，然后呕吐出来给孩子们吃；"土改"时，青红不辨、滥杀无辜，连小孩也不放过；麻邦为了防止集体的粮食被盗，竟然用柳条编了"笼嘴"给拉磨的女人们戴上；堂堂的原医学院校花乔其莎会为了能吃到馒头而任凭麻头怪脸的厨子蹂躏……

"极端化"的写法突出、放大了所叙写的人、事、景等及其特征，强化了其所产生的艺术效果。

（六）语言"陌生化"

所谓"陌生化"即新奇、别有意味。小说主要通过以下几种途径使语言"陌生化"：

其一，大词小用。如"婆婆的头颅在阳光中辉煌地颤抖着"[①]，"我们进入家院，互相打量着，像陌生人一样。打量了一阵子，便搂抱在一起，在母亲的领导下，放声恸哭"[②]，"司马粮的珍贵的哭声把我们的哭声止住了"[③]，"他们的狗兴奋地咆哮着，晃动着庞大的脑袋，把残破的野兔尸体咬住，然后像飞碟一样甩出去"，"我家的院子，成了野兔子的碎尸场"[④]——其中，"辉煌"、"领导"、"珍贵"、"庞大"、"飞碟"、"碎尸场"等便是"大词小用"。

其二，褒词（语）贬用、贬词（语）褒用。如"上官吕氏慢慢地睁开眼睛，像初生婴儿"[⑤]中的"像初生婴儿"，"上官吕氏的眼睛里突然放射出熠熠的光华"[⑥]中的"熠熠的光华"，"甬路旁边，躺着一个浑身窟窿的男人，他流了很多血，汇成了汪，像小蛇一样四处爬。血腥味，热烘烘的"[⑦]中的"热烘烘"，"它们（即乌鸦——引者注）像刚刚洗浴

[①] 莫言：《莫言文集·丰乳肥臀》，云南出版集团公司、云南人民出版社 2012 年版，第 7 页。
[②] 同上书，第 295—296 页。
[③] 同上书，第 296 页。
[④] 同上书，第 90 页。
[⑤] 同上书，第 53 页。
[⑥] 同上书，第 54 页。
[⑦] 同上书，第 155 页。

过一样,羽毛新鲜,闪烁着瓦蓝的光芒"① 中的"刚刚洗浴过一样,羽毛新鲜,闪烁着瓦蓝的光芒","泪水在她又黑又瘦的脸上流淌,她的双乳在黑袍中剧烈摇晃着,炸开着瑰丽的毛羽,好像两只刚刚交配完的雌鸟"② 中的"炸开着瑰丽的毛羽","路上经常碰到僵尸,人的尸首和牲畜的尸首,偶尔,还能碰到死麻雀,死喜鹊,死野鸡。唯独没有死乌鸦,它们在白雪映衬下羽毛黑得像蓝靛,非常有光泽"③ 中的"它们在白雪映衬下羽毛黑得像蓝靛,非常有光泽","除了能较快地背诵课文和较正确地演唱《妇女解放歌》,我几乎再也没什么优点"④ 中的"优点","母亲的眼泪落在领弟身上……她的脸却是动人的微笑。她的眼睛里闪烁着美丽的、迷死活人的光彩"⑤ 中的"她的眼睛里闪烁着美丽的、迷死活人的光彩"⑥ 等,均属"褒词(语)贬用"。

如"她把我抱了起来,鸡啄米般地亲吻着我"⑦ 中的"鸡啄米","俺的亲亲疼疼的肉儿疙瘩呀"⑧ 中的"肉儿疙瘩","她的目光在屋子里转了一圈,鸡鸣般的哽咽声冲出喉咙。她捂住嘴巴,像要跑出去呕吐一样,从我们的视野里消失了"⑨ 中的"鸡鸣般的哽咽声冲出喉咙"、"像要跑出去呕吐一样","甬路旁边,躺着一个浑身窟窿的的男人,他流了很多血,汇成了汪,像小蛇一样四处爬。血腥味,热烘烘的。煤油味,呛鼻子"中的"像小蛇一样四处爬"等,均属"贬词(语)褒用"。

其三,"异位修饰"。在这里,所谓"异位修饰"是指用通常修饰或描写 A 的词语或语句来修饰或描写 B。小说大量地运用了"异位修饰"

---

① 莫言:《莫言文集·丰乳肥臀》,云南出版集团公司、云南人民出版社 2012 年版,第 58—59 页。
② 同上书,第 169 页。
③ 同上书,第 282 页。
④ 同上书,第 360 页。
⑤ 同上书,第 150 页。
⑥ 同上。
⑦ 同上书,第 51 页。
⑧ 同上书,第 63 页。
⑨ 同上书,第 137 页。

的手法，如"父子俩都没有力气，轻飘飘，软绵绵，灯芯草，败棉絮，漫不经心，偷工减料"①——用"漫不经心，偷工减料"来修饰上官父子孱弱，便是"异位修饰"。又如，"马洛亚牧师静静地躺在炕上，看到一道明亮的红光照耀在圣母玛利亚粉红色的乳房上和她怀抱着的光腚圣子肉嘟嘟的脸上。因为去年夏季房屋漏雨，这张挂在土墙上的油画留下了一团团焦黄的水渍，圣母和圣子的脸上，都呈现出侏儒般痴呆凶狠的表情"②中用"肉嘟嘟"修饰"圣子"的"脸"，"画上画着一些光屁股的小孩，他们都生着肉翅膀，胖得像红皮大地瓜，后来我才知道，他们的名字叫天使"③中用"胖得像红皮大地瓜"修饰"天使"，"我们的前后左右，都是逃难的人。许多熟悉的脸和不熟悉的脸都变得乌七八糟"④中用"乌七八糟"修饰"脸"，"司马库的骑兵中队像一股亮晶晶的旋风刮了过来"⑤中用"亮晶晶"修饰"旋风"，"翻着淫荡的马唇，竖着尖锐的狗耳朵"⑥中用"淫荡"修饰"马唇"，用"尖锐"修饰"狗耳朵"，"一团毛茸茸的白雾滚过来"⑦、"心里萌生着许多毛茸茸的念头"⑧中分别用"毛茸茸"修饰"白雾"、"念头"……都是"异位修饰"。

其四，运用方言词语、俗语。方言词语如"胡吣"（胡说八道）、"把驴窝住"的"窝"（停），"蛐蟮"（蚯蚓），"拉呱"（聊天），"主贵"（珍贵），"井拔凉水"（井里打的很凉的水），"土坷拉"（土块）、"碌碡"（石磙）、"妈拉个巴子"、"妈个巴子"、抽头（提成）……俗语如"病笃乱投医，有奶便是娘"、"兔子的尾巴，长不了"、"八仙过海，各显其

---

① 莫言：《莫言文集·丰乳肥臀》，云南出版集团公司、云南人民出版社2012年版，第11页。
② 莫言：《莫言文集·丰乳肥臀》，作家出版社1996年版，第3页。
③ 同上书，第73页。
④ 莫言：《莫言文集·丰乳肥臀》，云南出版集团公司、云南人民出版社2012年版，第269页。
⑤ 同上书，第174页。
⑥ 同上书，第175页。
⑦ 同上书，第4页。
⑧ 同上书，第139页。

能"、"过时的凤凰不如鸡"、"老牛吃嫩草"、"小董骗骡子——不利不索"、"瘦死的骆驼大如马、丑死的凤凰俊过鸡"……

其五,"活用""成语"。如"有一个身上蹿火的人,没有就地打滚,而是嗷嗷地叫着,风风火火往前跑。"① "她能飞檐走壁、含沙射影,掏包割口袋……"② 这两句有两个词很有意思,前一句是"风风火火",后一句是"含沙射影",两词都含有"写实"性——所用的都不是通常所用之意。又如,"望得见镇上破碎的钟楼和瞭望台时,一驴当先的沙月亮拉住驴缰,停住驴步,后边的驴倔强地拥护上来。"③ 其中,"一驴当先"是对成语"一马当先"的活用。"母亲和沙月亮的斗争,从一开始就输定了。沙月亮用动物的皮毛驯服了我的姐姐们,在我家建立了广泛的统一战线,母亲失去了群众,成了孤独的战士。"④ "司马库,司马库,你等着瞧吧,早晚有一天老子们要杀回来!高密东北乡是我们的,不是你们的!现在暂时是你们的,但将来归根结底是我们的!"⑤

前者中的"建立了广泛的统一战线"、"失去了群众"、"孤独的战士",后者中的"早晚有一天老子们要杀回来""×是我们的,不是你们的……归根结底是我们的"都带有"成语"——在一个时期普遍使用、几乎约定俗成——的性质。

其六,语言通俗而意味不俗。小说不少语言通俗而又意蕴丰厚,如——

母亲说,"不是我们怕死,而是死怕我们了。"⑥

"……凡事往天上想,往海里想,最不济也往山上想,别委屈自己。"⑦

---

① 莫言:《莫言文集·丰乳肥臀》,云南出版集团公司、云南人民出版社2012年版,第36页。
② 同上书,第453页。
③ 同上书,第63页。
④ 同上书,第86页。
⑤ 同上书,第177页。
⑥ 同上书,第291页。
⑦ 同上书,第105—106页。

鲁立人说:"你尽管放心吧,如果不打仗,咱们俩还是正儿八经的亲戚呢!"

司马库说:"鲁团座,您是大知识分子,你说这亲戚,听起来怪神圣的,可仔细一想,所谓亲戚,都建立在男人和女人睡觉的关系上。"①

其七,注重运用修辞手法。

小说注重运用修辞手法,如"日本人的马蹄,鸟枪队的驴蹄,司马库的骡蹄,蹄蹄都闪烁着寒光。那么多的气味,那么多的声音,缭绕在树枝上。"② 运用了排比、通感等修辞手法。

"清凉美酒咕嘟嘟流出,香气醉了一条河。"③ 运用了拟人、夸张等修辞手法。

"我(即上官金童——引者注)的眼前,只有两只宝葫芦一样饱满油滑、小鸽子一样活泼丰满、瓷花瓶一样润泽光洁的乳房……头上,是几百万、几千亿、几亿兆颗飞快旋转着的星斗,转啊转,都转成了乳房。天狼星的乳房,北斗星的乳房,猎户星的乳房,织女的乳房,牛郎的乳房,月中嫦娥的乳房,母亲的乳房……"④ 运用了排比、拟人、通感等修辞手法。

"狂欢吓得太阳快速奔跑,它很快便坐在地上,倚靠着沙梁上的树木,放松了身体,浑身血红,遍体水泡,流着汗水,散发着热气,像一个苍老的大爷,喘息着观看大街上的人群。"⑤ 运用了夸张、拟人、比喻等修辞手法。

"母亲残废的小脚在潮湿的泥地上留下的深深的脚印,几个月后还

---

① 莫言:《莫言文集·丰乳肥臀》,云南出版集团公司、云南人民出版社 2012 年版,第 249 页。
② 同上书,第 613 页。
③ 同上书,第 24 页。
④ 同上书,第 126 页。
⑤ 同上书,第 172 页。

清晰可辨"①、"母亲长长的叹息声甚至盖住了河水的咆哮"②、上官金童"眼前飘来飘去着一个个乳房。他一生中见过的各种类型的乳房,长的,圆的,高耸的,扁平的,黑的,白的,粗糙的,光滑的。这些宝贝,这些精灵在他的面上表演着特技飞行和神奇舞蹈,它们像鸟、像花、像球状闪电。姿态美极了。味道好极了。"③ 运用了夸张的修辞手法。

金童说:"你(即上官玉女——引者注)心里有我们凡夫俗子看不见的风景。"④ 运用了通感的修辞手法。

"马瑞莲双手拍出一声脆响,流沙一样的目光撒到女配种员的脸上"⑤,运用了比喻、通感等修辞手法。

"母亲的奶头——那是爱、那是诗、那是无限高远的天空和翻滚着金黄色麦浪的丰厚大地。"⑥ 运用了排比的修辞手法。

"上官福禄……脚上只剩下一只鞋子,瘦骨嶙峋的胸脯上,涂着一些绿色的、车轴油一样的脏东西,好像一个巨大的腐烂伤口……他不理吕氏的咒骂,不答樊三的问话,神情痴迷地傻笑着,嘴巴里发出嘚嘚哒哒的声响,宛若一群鸡在紧急地啄着瓦盆。"⑦ "司马支队的人毫不吝惜子弹,他们的汤姆枪和盒子炮把大量的子弹倾泻在河水中,打得河中像开了锅一样。"⑧ 运用了比喻的修辞手法。

"坦克肚皮下成串的铁轮子飞快地转动着,铁的履带一环紧追着另一环,嘎嘎啦啦往前跑。沟沟坎坎它都不在乎,脖子一挺就过去了。它们一边疯跑一边咳嗽、打喷嚏、吐痰,横行霸道不讲理。吐够了痰它就吐火球,吐一个火球它的长脖子就往后缩一下。"⑨ 运用了拟人的修辞

---

① 莫言:《莫言文集·丰乳肥臀》,云南出版集团公司、云南人民出版社2012年版,第235页。
② 同上书,第252页。
③ 同上书,第646页。
④ 同上书,第613页。
⑤ 同上书,第410—411页。
⑥ 同上书,第270页。
⑦ 同上书,第42页。
⑧ 同上书,第178页。
⑨ 同上书,第294页。

手法。

"成千上万发炸弹爆炸时掀起的灼热的气浪把冰封三尺的严冬变成了阳春,白天时司马亭看到在被热血烫融了的积雪旁边盛开了一朵金黄的蒲公英花朵"[1]、"好多人走出家门,像忙忙碌碌又像无所事事的蚂蚁"[2],运用了矛盾修辞手法。

……

(七)采用了"举重若轻"或"举轻若重"的写法

所谓"举重若轻"或"举轻若重"的写法就是指用"沉重"的语言写"轻松"的事情,或用"轻松"的语言写"沉重"的事情。小说许多地方都运用了这种写法,如——

"上官鲁氏的肚皮可怕地痉挛着,鲜血从双腿间一股股冒出来,伴随着鲜血,一个满头柔软黄毛的婴儿鱼儿一样游出来。"[3]

"儿子双膝跪地,长长的血脖子戳在地上,鲜血像弯弯曲曲的小溪在地上流淌,那颗保留着惊恐表情的头颅端端正正地立在他的身体前边。丈夫嘴啃着砖甬路,一只胳膊压在腹下,另一只胳膊向前平伸着,后脑勺上裂开了一条又长又宽的大口子,一些白白红红的东西,溅在甬路上。"[4]

"第二天早晨,胡同里响起了当当的锣声。'福生堂'大掌柜司马亭扯着沙哑的嗓子喊叫着:乡亲们啊乡亲们,把各家的尸首抬出来吧,抬出来吧……"[5]

"他(即哑巴孙不言——引者注)嗷嗷地叫着,推了母亲一掌,母亲轻飘飘地跌在我们面前。"[6]

"哑巴把我们一个个提起来,扔到一边。我落在一个女人的脊梁上,

---

① 莫言:《莫言文集·丰乳肥臀》,云南出版集团公司、云南人民出版社2012年版,第311—312页。
② 同上书,第21页。
③ 同上书,第45页。
④ 同上书,第46页。
⑤ 同上书,第51页。
⑥ 同上书,第264页。

沙枣花落在我的肚子上。鲁胜利落在一个老头脊梁上。八姐落在一位大娘的肩上。大哑吊在他爹的胳膊下，他爹使劲抖搂也抖搂不掉他。他咬住了他爹的手脖子。二哑抱住他爹的腿，啃着他爹生硬的膝盖。哑巴飞起一脚，二哑翻着跟头，砸在一个中年汉子头上。哑巴一甩胳膊，大哑嘴里叼着一块皮肉，扑扑棱棱地飞到一个老太太怀里。"[1]

"哑巴左手提拎着司马凤，右手提拎着司马凰，高抬腿，深落脚，像在泥潭里行走。走到土台子前，他扬起左臂，扔上去司马凤；扬起右臂，扔上去司马凰。司马凤高叫着姥姥往台下扑，司马凰也高叫着姥姥往台下扑，都被台下的哑巴接住"[2]。

"成千上万发炸弹爆炸时掀起的灼热的气浪把冰封三尺的严冬变成了阳春，白天时司马亭看到在被热血烫融了的积雪旁边盛开了一朵金黄的蒲公英花朵。"[3]

……

（八）人物众多，且一些重要人物性格鲜明复杂

小说中有名有姓的人物近三十个，其中，一些重要人物不仅个性鲜明，如上官鲁氏的"忍"、上官金童的"痴"等，而且性格复杂，如上官鲁氏善中有恶，司马库恶中有善，鲁立人虽然很左，与司马库分别属于政治完全对立的两个阵营，但在司马库的两个孩子司马凤和司马凰被无辜地判罪时，他还是心有不忍的；上官家的女儿们虽然都很有个性，有的还有很强的叛逆性，但总的来说对上官鲁氏还是很孝顺的。

（九）线索纷繁而又有条不紊，结构精巧

小说大致以人物为线索，颇具《水浒传》的特色[4]——在前半部分，小说从上官来弟入手，随后以上官来弟、上官招弟、上官盼弟、上官领弟为主要线索，条理清晰，情节繁而不杂。小说把她们放在广阔的

---

[1] 莫言：《莫言文集·丰乳肥臀》，云南出版集团公司、云南人民出版社2012年版，第264页。
[2] 同上。
[3] 同上书，第311—312页。
[4] 参见牛殿庆《〈丰乳肥臀〉的艺术建构》，《苏州大学学报》2005年第6期。

不同的历史背景中进行描写,让她们充当不同的角色以展示高密东北乡"这块土地的百年变迁"(莫言语)。

小说结构精巧——小说从上官金童的出生写起,表现了在封建压迫下上官鲁氏的苦难生活与母爱的伟大;结局部分一反常态的"倒插笔"把故事情节的开头放到结尾写,突出了上官鲁氏所受的屈辱以及她的反抗,映射了清末民初的历史。

五

小说也存在着一些不足之处,具体地说:

(一)过分审丑

1. 小说中没有一个真正可爱和美的人物,如前所述,即使是小说试图歌赞的上官鲁氏和纪琼枝也不乏丑陋之处;其他人物,女性多放荡,男性多乖僻;上官鲁氏私情混乱,她的女儿们"个个春情烈火,野性娇艳,在情欲上过分张扬,怎么想就怎么说,怎么说就怎么做,激情勃起便直奔性的主体,性格上的共同特征是炽烈、轻浮、放纵、早熟、坦率,你很难分清来弟与领弟、招弟与念弟谁是谁"①,上官金童患恋乳厌食症、奸尸……,司马库放荡,孙不言凶残且变态,独乳老金变态且淫荡……毫无美感可言,简直可以说是对"丑陋的中国人"这一说法形象化的诠释。

2. 小说中没有一件真正可爱和美的事情——无论是战争、运动,还是一般事情均无可言之美,如上官鲁氏的乱情,上官姐妹们的轻率,上官金童对女性乳房的窥视、奸尸,司马库与上官来弟的一夜风流,孙不言先后与上官来弟、上官领弟的婚姻,独乳老金和上官金童跨越年龄的床第之欢……

3. 对恶心场景的描写过分细腻。

如"马车周围的草地上,乌鸦们押着脖子吞咽着。有两只乌鸦扯着

---

① 王金城:《文本重复:莫言小说的内伤与内因》,李斌、程桂婷:《莫言批判》,北京理工大学出版社2013年版,第357页。

一截光溜溜的东西，像拔河一样，一只后退时另一只极不情愿地前进；一只前进时，另一只兴奋地后退。有时它们力道相等便保持了短暂的僵持，它们的腿蹬着草地，拖着翅膀，脖子抻得很长，脖子上的毛羽蓬起，露出青紫的皮肤，两只脖子好像随时都会从腔子里拔出来似的。一只狗斜刺里扑上来，抢走了肠子，乌鸦不肯松口，在草地上打滚。"[1]

"上官金童看到，在光明的窗户那里，龙青萍赤裸着身体，铁乳房上长满了红锈。她放荡地叉开着双腿间，生着一簇圆溜溜的白蘑菇，细看时，才知道那不是蘑菇，而是一堆纠缠在一起的小孩子，那些圆溜溜的东西，尽是小孩子的脑袋。脑袋虽小，五官俱全，都顶着几缕柔软的黄毛，高鼻蓝眼，薄薄的耳轮，像泡胀的黄豆褪下来的皮。"[2]

……

(二) 对人物的塑造欠火候

1. 对人物的情感，交代性的描写多，细腻的描写不足。

小说描写了多种多样的人物情感，如母女、母子、男女、姐妹、姐弟、敌我、阶级等情感，但在描写这些情感时，小说往往急于讲故事，重视对事情来龙去脉的交代，而缺乏正面、细腻的人物心理描写，如，对上官来弟和沙月亮，小说对他们从相遇、相识到相爱的过程及情感活动都没有进行必要的描写，而只是在简简单单地写了一下沙月亮的一些举措后，就写他俩私奔了。对上官领弟与鸟儿韩，小说只是写鸟儿韩在一段时间里每天都在固定的地点固定的时间给上官领弟送几只鸟，然后两人就在一起了，中间缺乏对人物的生动、具体的心理描写和动作描写，没有表现出一种感情的从量变到质变的过程。在八个女儿中，上官鲁氏对上官盼弟特别薄情——母女后来甚至反目，如鲁立人的队伍被司马库赶走之后再杀回时，上官鲁氏不认上官盼弟这个女儿，在上官盼弟死了之后，上官鲁氏也不认她，可小说始终都没有描写上官鲁氏对上官

---

[1] 莫言：《莫言文集·丰乳肥臀》，云南出版集团公司、云南人民出版社 2012 年版，第 60 页。

[2] 同上书，第 469 页。

盼弟特别薄情的原由及心理活动。

2. 不少人物性格单一或单调或个性不鲜明。

小说人物众多，但一些重要人物，除上官鲁氏、司马库等外，不少都基本上是单一性格，如上官金童总是"弱智"；上官来弟基本上是放荡；孙不言粗野；上官家的女儿们都大大咧咧、直来直往、敢爱敢恨、敢想敢做，没有道德约束，"一旦萌发了对男人的感情，套上八匹马也难拉回转"①，如上官来弟、上官招弟、上官领弟、上官盼弟、上官念弟等人都是见到自己的意中人就以身相许，就爱得死去活来，一旦有什么需要，便舍生忘己，如上官想弟、上官玉女都能为了成全家人而牺牲自己……即使是上官鲁氏、司马库等，其性格在某种程度上来说也是单一的——上官鲁氏最本质的性格是坚韧：死都要活着，司马库最本质的特征是"勇"：他从来都没有"怯"的时候。至于一些次要人物，基本上没有鲜明的个性特点——多是面目模糊、来去匆匆。

3. 小说人物众多，但有些人物的名字相近，如上官家八个姐妹的名字，因此，容易让人弄混；同时，小说对一些人物的刻画不够，如对上官八姐妹，实际上只对大姐、五姐做了差强人意的刻画；有些人物，本该起到情节推动或是揭露社会丑恶的作用，却很有一点"失职"，如司马亭，他是当地的首富、"福生堂"的大掌柜、司马库的哥哥，当过镇长、维持会长，参加过淮海战役并立过大功，受司马库牵连累被拘押，在"文革"中被批斗并被打死；一生贯穿了小说文本及情节的一大半；从小说的实际需要及作者的塑造人物的能力来说，这一人物既应该是一个非常重要的"情节素"，又应该被刻画得"光彩照人"，但实际上却被写得有点游离于情节和主题，也没有应有的闪光点，从而，有一点像是小说的"附赘县疣"。

（三）有些情节是对作者其他小说的情节的重复

小说的有些情节是对作者其他小说的情节的重复，如上官鲁氏用筷

---

① 莫言：《莫言文集·丰乳肥臀》，云南出版集团公司、云南人民出版社2012年版，第400页。

子伸到咽喉深处用力搅动,脖子伸缩,呕吐出沾着胃液和血丝的粮食,这一情节在《粮食》、《梦境与杂种》都出现过。

(四)艺术性前后不平衡

小说"前半部的血肉丰满和后半部仓促草率"[①]——前半部分情节跌宕起伏,充满戏剧性;语言汪洋恣肆,充满活力;艺术手法多种多样;艺术魅力颇强。后半部分,尤其是上官金童出狱之后的部分,情节较为平淡、仓促,有些偏离"丰乳肥臀"的标题,也偏离了作者将此书"献给母亲在天之灵"及"谨将此书献给母亲与大地"的主观意图;收尾匆促;有些语言欠打磨;对魔幻现实主义这一手法的运用也有点不到位;"结构上的缺憾一览无余——就像一个丰乳肥臀的女子长了一双令人恶心的罗圈腿。"[②]……因此,总的来说,小说在艺术性上前后不平衡。

(五)结构臃肿而又不紧凑,枝蔓芜杂过甚,有些地方写得过于神神叨叨

小说结构宏大,但枝蔓芜杂,如掺进了过多的传说;有些叙述过于铺张,如在最初的版本中,小说用了将近三页的篇幅叙述有关女鬼起尸的故事,其他如关于司马库和巴比特飞行表演的叙述,关于鸟儿韩在日本生活的叙述等也过于铺张;同时,小说的第七卷与前六卷连接的不是太紧,七补与前七卷也连接的不是太紧;从而,显得结构臃肿而又不紧凑,枝蔓芜杂过甚。

小说有些地方写得过于神神叨叨,如关于司马大牙的妻子盲女的描写,关于鸟仙给坐雪福来轿车的女人答疑解惑的描写,关于上官金童在国共内战期间逃难时夜间所遇到的起尸女鬼的描写,关于射杀司马凤和司马凰之人之事的描写,关于炸死巴比特夫妇的寡妇及炸死巴比特夫妇之事的描写——文本设下了疑问,但又始终既没有给出"答案",也没有给出求解的线索——盲女从何处来?坐着瓮漂在水上怎么没遇难?鸟

---

① 黄善明:《一种孤独远行的尝试——〈酒国〉之于莫言小说的创新意义》,《当代作家评论》2001 年第 5 期。

② 同上。

仙答疑解惑的具体内容是什么？起尸女鬼真的是起尸女鬼吗？射杀司马凤和司马凰之人是谁？为什么要射杀她们？司马库对上官鲁氏说他替女儿们报仇了，可他是怎么报仇的？炸死巴比特夫妇的寡妇是谁？为什么要炸死他们？文本均语焉不详，从而，给小说添上不必要的"晦涩"。

（六）《七补》实为七个硬伤

《七补》将前面七章里面没有写好、写透的地方单独做了补充，虽然看起来它好像是一部影片在整部片子放完后再放了七个特写镜头，但它实际上也是七个硬伤——其内容本应在正文里展开，但在正文里却没有展开；将那些内容放在正文之后以"拾遗补缺"的形式出现，虽然对情节有所补益，但也凸显了正文情节的残缺；从结构的角度来看，它与正文不协调，显然影响了结构的完整性和和谐性。同时，它只是正文内容的补充说明，干瘪枯燥，没有美感……因此，《七补》实为七个硬伤。

（七）有"污染社会，毒害心灵，坑害读者"之嫌

1. 标题"丰乳肥臀""扎眼"。

从题材来说，小说反映了中国社会 20 世纪的变迁，堪称是一部宏大题材类的作品；从人物来说，小说的第一主人公是"母亲"上官鲁氏——小说卷首和封底还分别赫然写道："献给母亲在天之灵"、"谨将此书献给母亲与大地"；其他一些重要的人物，要么是姐姐，要么是姐夫，都是不能随便唐突或亵渎的……很显然，这是一部很严肃的作品。但小说以"丰乳肥臀"做标题却未免有点"不严肃"——尽管莫言曾经说，他"并无借此'艳名'哗众取宠的意思"。"为了消除误会"，他在《光明日报》上发表"《丰乳肥臀》解"一文，对他之所以将小说命名为"丰乳肥臀"做了以下三点解释：其一是为了"重新寻找这庄严的朴素，就是为了追求一下人类的根本"；其二是"我决定写一篇大文章献给母亲，写一部长篇小说告慰母亲在天之灵"，而这个题目是"富有象征意味的"；其三，"'丰乳'与'肥臀'是大地上乃至宇宙中最美丽、最神圣、最庄严、当然也是最朴素的物质形态，她产生于大地，又象征着大地。"总之，"这部作品是写一个母亲并希望她能代表天下的母

亲，是歌颂一个母亲并企望能借此歌颂天下的母亲。"① 但"丰乳肥臀"一词多少给人以"轻佻"之感，带有一定的情色意味与"挑逗性"、"引诱性"，以它来标题，很容易引起人的误解，"被读者指责为媚俗，是文化包装"②，从而，制造看点；或被读者认为是在标示作品的内容或为"黄色"的，或为带有"黄色"的。

2. 有亵渎母亲之嫌。

小说虽然是作者写给母亲的，从文本来看，小说也的的确确很严肃，但是，在塑造上官鲁氏这一形象时却把她写得过于"性解放"了——她先后与大姑父、名为赊小鸭的土匪密探、飘泊的江湖郎中、卖狗肉的光棍高大膘子、会治病的智通和尚、逃兵、瑞典传教士马洛亚等生孩子，其中，向大姑父借种是一种乱伦，而且，她曾两次向大姑父借种，其中有一次还是在意识清醒的状态下、主动地向大姑父借种的；上官鲁氏之所以这么做，"固然出于盼儿心切，也有对婆家怨恨的报复"③，但小说没有更深层次的心理描写，没有从心理上充分地揭露其内心的痛苦与无奈，有时反而把她写得很满足、很愉悦，如她在与马洛亚牧师野合时的感觉即如此——如此母亲，怎么都有淫荡之嫌。此外，小说还有一些关于上官鲁氏性爱场面的描写，如关于上官鲁氏与其大姑父性爱场面的描写、关于上官鲁氏与名为赊小鸭的实为土匪密探的性爱场面的描写，也有淫荡之嫌。

如此描写母亲，未免有亵渎母亲之嫌，对上官鲁氏作为母亲光辉、圣洁、无私的一面实际上是具有"解构"性的影响的。

3. 有些情节或描写过火，有不尊重女性之嫌。

小说有些情节或描写过火，如大肆地描写乳房、姑姑怂恿自己的丈夫与侄女通奸，侄女主动地向姑父"借种"，还说"肥水不流外人田"

---

① 张丽波：《〈丰乳肥臀〉是一本什么样的书？》，《内部文稿》1996 年 6 月 23 日。
② 陈一水：《文学的失落——兼评莫言的长篇小说〈丰乳肥臀〉》，《名作欣赏》1996 年第 4 期。
③ 同上。

这样的话,姐姐(上官来弟)借七岁弟弟(上官金童)消除性饥渴,弟弟(上官金童)用草缨撩拨或用手抓自己姐姐(上官念弟)乳房,上官领弟把玩孙不言的生殖器,上官来弟与孙不言当众性交,张麻子诱奸乔其莎,母亲(上官鲁氏)为女儿(上官来弟)偷情放哨,母亲(上官鲁氏)为儿子(上官金童)拉皮条,表妹(沙枣花)赤条条仰面朝天躺在地毯上大叫表哥(司马粮)来试试她是不是处女……其中,大肆地描写乳房,正面地描写上官来弟的性爱场面、上官领弟把玩孙不言的生殖器、张麻子诱奸乔其莎的场面等尤为过火——

　　小说"凡有女性出场必有乳房登台亮相——有母亲的乳,姐姐的乳,外甥女的乳,洋女人的乳;有女教师的乳,女场长的乳,女战士的乳,女演员的乳,女官员的乳,女公安的乳;有未成熟的乳,处女的乳,荡妇的乳,主妇的乳,寡妇的乳;有石膏模特的乳,电影里的乳,照片上的乳;有圣母的乳,女鬼的乳,动物的乳;有大乳小乳,胖乳瘦乳,软乳硬乳,双乳独乳,长乳圆乳;高乳平乳,白乳黑乳,红乳黄乳,冷乳滑乳爽乳……真可谓阅尽人间春色"[①],而所描写的乳房,多数情况或者是为了满足那些野性男人的性欲,或者是为了满足上官金童这样"准男人"的生理和心理上的"食欲",且均与女性自身的视点和心灵感受脱离,这样,"一失去了母亲的表征,二失去了女性的美感"[②];加上有些描写违逆传统道德观念,如关于上官金童咬其大姐的乳房、觊觎其三姐的乳房、痴迷其六姐的乳房等的描写;有些描写过于细腻,如对上官金童在雪集上摸女人乳房之事的描写,有些关于乳房的语句,如"乳房搭台,经济唱戏","抓住乳房就等于抓住了世界","女人最重要的特征是生着发达的乳房……女人要为自己的乳房感到自豪,男人要为女人的乳房感到骄傲。乳房舒服了,女人才会舒服。女人舒服了,男人才会舒服,一个不关心乳房的社会,是野蛮的社会。一个不爱护乳房的

[①] 薄刚、王金城:《从崇拜到亵渎:莫言小说的母性言说》,《北方论丛》2000年第3期。
[②] 陈一水:《文学的失落——兼评莫言的长篇小说〈丰乳肥臀〉》,《名作欣赏》1996年第4期。

社会，是不人道的社会……忘记了母亲们的乳房，就意味着丧失了人性"[1]等，也有点轻佻……这就不仅让人"找不着母亲与大地的感觉了"[2]，而且让女性乳房固有的美感荡然无存；为数众多的关于乳房的描写也使本来就因枝蔓过多而不甚畅达的文势更加不畅达。同时，小说所写的孙不言对上官来弟乳房的残害、上官金童的恋乳厌食症、上官金童对独乳老金的依恋等，不仅使女性乳房固有的美感荡然无存，而且表现出非常明显的不尊重女性，让人感到压抑、不愉快，甚至恶心。

对上官来弟的性爱场面的描写：

"来弟尖声叫喊，是疯狂的，冲破房顶的，基本上还是草地上的那些话，浪死了呀，熬死了呀……司马库说：'他大姨，你浪我是船，你旱我是雨，我是你的大救星。'两个人滚在一起，像在水里一样，像掏黄鳝窝一样。"[3]

"鸟儿韩的屁股不停地耸动着，在他的前边，上官来弟高高地翘着臀部，她的双乳在胸前悬垂着、晃荡着，她被散乱的黑发缠绕着的头颅在鸟儿韩的枕头上滚动着，她的手痉挛地抓着褥子，那些强烈地刺激着他的神经的呻吟声，从散乱的黑发中甩出来，甩出来……"[4]

对上官领弟把玩孙不言的生殖器之事的描写：

"她（即上官领弟——引者注）伸出手，摸摸哑巴毡片般的卷发，捏捏他蒜头般的鼻子。最后，她竟然伸出手，握住了哑巴双腿间那个造了孽的家伙，歪回头，对着众人哧哧地笑起来。女人们慌忙歪头避开，男人们却痴迷地看着，脸上挂着鬼鬼祟祟的笑容。"[5]

对张麻子诱奸乔其莎场面的描写：

---

[1] 莫言：《莫言文集·丰乳肥臀》，云南出版集团公司、云南人民出版社2012年版，第534页。
[2] 陈一水：《文学的失落——兼评莫言的长篇小说〈丰乳肥臀〉》，《名作欣赏》1996年第4期。
[3] 莫言：《莫言文集·丰乳肥臀》，云南出版集团公司、云南人民出版社2012年版，第216页。
[4] 同上书，第405页。
[5] 同上书，第151页。

"张麻子终于把馒头扔在地上。乔其莎扑上去把馒头抓住,往嘴里塞时,她的腰都没顾得直起来。张麻子转到她的屁股后边,掀起她的裙子,把她的肮脏的粉红色裤衩一褪便到了脚脖子,并非常熟练地把她的一条腿从裤衩里拿出来。他劈开了她的腿,然后,掀起她的无形的尾巴,便把他的从裤缝里挺出来的没被一九六〇年的饥饿变成废物的器官插进去了。她像偷食的狗一样,即便屁股上受到沉重的打击也要强忍着痛苦把食物吞下去,并尽量地多吞几口。何况,也许,那痛苦与吞食馒头的愉悦相比显得那么微不足道。所以任凭着张麻子发疯一样地冲撞着她的臀部,她的前身也不由得随着抖动,但她吞咽馒头的行为一直在最紧张地进行着。她的眼睛里盈着泪水,是被馒头噎出的生理性泪水,不带任何的情感色彩。她吃完馒头后也许感觉到来自身后的痛苦了,她直起腰,并歪回头。馒头噎得她咽喉胀痛,她像填过的鸭一样抻着脖子。张麻子为了不脱出,一手揽着她的腰,一手从裤兜掏出一个挤扁了的馒头,扔到她的面前。她前行,弯腰,他的后边挺着腰随着。她抓起馒头时,他一手揽着她的胯骨,一手按下她的肩,这时她的嘴吞食,她的身体其他部分无条件地服从他的摆布来换取嘴巴吞咽时的无干扰……"[1]

4. "小说对淫荡污秽、丑恶下流的性的行为和对性的荒唐淫乱的思维活动的极力渲染和恣意描绘,已到了荒谬绝伦的程度"[2] ——"莫言在这部小说中对女人的不幸常是从性变态的色情角度来处理。例如'我'的三姐(鸟仙)被哑巴强奸了后,部队要枪毙哑巴时,三姐却一身白衣翩翩而来,'伸出手握住了哑巴双腿间那个造孽的家伙,歪回头,对着众人吃吃地笑起来。'一场强奸事件顿时变成了闹剧。在第七章中倒叙清光绪 26 年,'我'的外祖父在院子里与德国鬼子搏斗身死后外祖母上吊,'德国兵放着枪冲进屋子,看到房梁上悬挂着一个雪白的女人身体。那两只只有明亮的指甲盖的尖尖脚,让德国兵惊愕不止。'封建

---

[1] 莫言:《莫言文集·丰乳肥臀》,云南出版集团公司、云南人民出版社 2012 年版,第 432—433 页。

[2] 陶琬:《歪曲历史,丑化现实——评小说〈丰乳肥臀〉》,《中流》1996 年第 7 期。

时代,而且是战斗已在村里进行了很久的大白天,一个农村妇女会脱光了衣裤自杀?"①"贯穿于全书的一条'鲜明的'黄线"是"'脱—脱—脱'","污言秽语不堪入目","流话、痞话、丑话、匪话,随处可见,真可谓污言秽语集其大成!"这是"以庸俗、淫秽、下流、丑恶的内容污染社会,毒害心灵,坑害读者"②。

5. 小说"大量篇幅主要是写'我'这一生对女人乳房的疯狂迷恋;他从小到大,一直到50多岁都在想方设法吮咂各种女人的乳头,不管是中国人的、外国人的、年岁大的、年岁小的、橱窗里模特儿的,甚至见了一张陌生的苏联小女孩照片都会因想起她的乳房而神魂颠倒……"③,小说实际上"故意引诱青少年想入非非"④,"我们可以想象,人们如果受'我'的感染……而群起仿效,这个社会会成什么样子?"⑤小说"塑造了'我'(金童)这个性变态者,把'我'对女性的玩弄、猥亵写得淋漓尽致","这是莫言的一种障眼法,用色情、性变态掩盖他的投枪所指"——"他要写的是在中国近当代历史中,起主导作用的中国共产党,对以母亲为代表的中国人民所造成的苦难"⑥。

6. 上官来弟性欲勃发时让亲弟弟上官金童摸自己乳房;上官金童屡次对自己的几位姐姐有不伦之念;上官鲁氏与姑父做爱;上官鲁氏给儿子拉皮条……他们的如此举措违反了正常伦理道德,在人类进入文明时代以后尤为显得不"文明"。

7. 粗俗语言过多。小说有许多粗俗之语,如"他要不是你姑夫,我拔了他的鸡巴!"⑦"司马库骂道:'胡扯鸡巴蛋!'"⑧"他低声道:'送

---

① 彭荆风:《〈丰乳肥臀〉:性变态的视角》,《文学自由谈》1996年第2期。
② 陶琬:《歪曲历史,丑化现实——评小说〈丰乳肥臀〉》,《中流》1996年第7期。
③ 彭荆风:《〈丰乳肥臀〉:性变态的视角》,《文学自由谈》1996年第2期。
④ 端木蕻良:《听〈大家〉的,还是听大家的》,《中流》1996年第11期。
⑤ 彭荆风:《〈丰乳肥臀〉:性变态的视角》,《文学自由谈》1996年第2期。
⑥ 彭荆风:《莫言的枪投向哪里?——评〈丰乳肥臀〉》,《内部文稿》1996年第12期。
⑦ 莫言:《莫言文集·丰乳肥臀》,云南出版集团公司、云南人民出版社2012年版,第66页。
⑧ 同上书,第94页。

你一对俊鸟？我送你两根狗鸡巴！'"①"老娘今日布施，倒贴免费伺候，让你们尝尝红婊子的滋味！怎么啦？都草鸡了？都像出了的鸡巴一样蔫了？"②"母亲的乳头像被热尿浇着的活蚂蟥一样慢慢收缩"③，"宛若一根充足了血液的驴鸡巴"④……

另外，根据统计，在这部小说里，"尿出现了50多次，屎近60次，屁更达约180次"⑤。

8. 虽然小说将多种技巧交叉使用，如在写实之中随时有象征、荒诞、想象、幻觉等的插入，而且并非出自玩弄技巧的癖好，而主要是为了借用技巧来暗示其不便明示的旨意，如莫言在谈及小说的主题时，明确表示"丰乳象征母亲"；但是，只要细读小说，就可发现这实际上一种"障眼法"的使用——以此作为蔽障，小说掩盖了丰乳不便明示的另一层象征蕴意：性；而这种"掩盖"又有点"欲盖弥彰"，于是，就带有"引诱性"和"挑逗性"。

（八）有违反生活、历史真实之嫌

1. "作者写'我'被母亲抱着去见她的情夫马洛亚时，看见一只山羊，才出生100天的'我'的感觉却是：'它的脸很长，怎么看也觉得这不是一只山羊的脸，而是一张毛驴的脸、骆驼的脸、老太婆的脸。'""连屎尿都不能自理、被母亲第一次抱着出门的'我'却会有这种神奇感觉，岂不是太荒唐了？"⑥

2. 小说把胶东八路军写成"乌七八糟一群毫无目标，毫无政策，毫无纪律的人，甚至竟然说他们'共产共妻'……滥杀无辜，不讲政策，毫无战斗力"，部队政委"带头干尽了坏事、丑事和蠢事"——这

---

① 莫言：《莫言文集·丰乳肥臀》，云南出版集团公司、云南人民出版社2012年版，第465页。
② 同上书，第633页。
③ 同上书，第142页。
④ 同上书，第631页。
⑤ 张光芒：《莫言的欲望叙事及其他》，《文学报》2007年10月25日。
⑥ 彭荆风：《〈丰乳肥臀〉：性变态的视角》，《文学自由谈》1996年第2期。

是对革命战士极不负责任的"侮辱和污蔑"①；写身为团级以下干部的鲁立人随便下令枪毙马童和哑巴，这不符合历史事实——八路军的军纪规定团级以下的干部无权枪毙人；"窃钩者贼，窃国者侯"、"抗日抗日，抗出一片花天酒地"，这本是当时"群众愤恨国民党投降派的顺口溜"，小说却把它强加在"抗日的八路军身上"；"班长王木根所说的那些牢骚话，都是日本鬼子和国民党投降派挑拨离间八路军的官兵亲如兄弟的关系，和八路军和群众的鱼水关系的"②；"炸冰捕鱼"本是解放军在1947年冬季的"爱民"德行之一，小说却把它"加在了地主还乡团的身上"③；

3. 小说描写鸟儿韩在日本逃避于山林中的那些内容取材于"山东人刘连仁的事迹"——"刘连仁的事迹"反映了"一个中华儿女坚贞不屈的高尚民族气节"，但小说却"一味地把他写成一个洋相百出的丑角"④……总之，小说对"中国历史，特别是对共产党领导下的反对帝国主义、反对封建主义的那场革命的伟大历史，大唱反调，对之歪曲、颠倒、嘲弄、否定、亵渎、背叛"⑤；把高密人民和共产党人在抗日战争中所创造的历史歪曲成一部"'拆烂污'的，糊里糊涂的，莫名其妙的历史！"⑥

4. 中国是从1985年实行居民身份证制度的，也就是说，在龙青萍死的年代——三年自然灾害期间，中国人是没有身份证的，但小说却写道，龙青萍死之后，去查她死因的县公安局的侦察科长和法医"亮出了身份证和手枪"⑦。

---

① 汪德荣：《浅谈〈丰乳肥臀〉关于历史的错误描写》，《中流》1996年第7期。
② 赛时礼：《评小说〈丰乳肥臀〉》，《中流》1996年第9期。
③ 同上。
④ 汪德荣：《浅谈〈丰乳肥臀〉关于历史的错误描写》，《中流》1996年第7期。
⑤ 本刊记者：《文坛的堕落和背叛——在山东高密地区战斗过的老红军、老八路看〈丰乳肥臀〉》，《中流》1996年第12期。
⑥ 同上。
⑦ 莫言：《莫言文集·丰乳肥臀》，云南出版集团公司、云南人民出版社2012年版，第428页。

（九）历史虚无主义色彩过强

小说对中国在 20 世纪所发生的一些重大历史事件，都是用漫画的手法、戏谑的笔调叙写的，基本上是全盘否定的，从而，表现出一种强烈的历史虚无主义色彩：20 世纪的中国，确实是有一些重大历史事件应该被彻底地否定，如大跃进、反右、"文革"，但也有一些重大历史事件值得大书特书，如抗德、抗日、改革开放，可对这些，小说没有一处是正面、肯定性地叙写的——这不仅使小说失去了必要的历史真实性，也使小说失去了必要的艺术真实性。

（十）对战争不加区别地进行批判

在小说中，没有哪一场战争，无论是抗德、抗日战争，还是国共之间的解放战争，都没有正义性可言，而且小说着力描写了国共之间的解放战争的惨烈、反人道，如大哑、二哑被炸弹血肉横飞、尸骨荡然无存！

（十一）有美化日本侵略者、地主、国民党还乡团之嫌

小说以"纪实"的笔法描写了日本军医救治难产的上官鲁氏及其双胞胎儿女，从而，把日本侵略者写成了"'文明'、'仁慈'之师"、中国人民的大救星[1]；把地主司马库写成了仁义之人——哑巴兄弟宰吃了他家的一头大骡子，他不但没有严惩他们反而还奖给他们五块大洋[2]，他让手下用现代科技手段在结冰的河面上"切开八八六十四个窟窿"，让老百姓喝上了河水、吃上了鳗鲡；把司马库所率领的国民党还乡团写成了仁义之师——抗战胜利后，司马库带着还乡团重返故里，杀猪宰牛地款待乡亲，让他们一饱口福；司马库在自己所率领的还乡团被八路军歼时，对着手下的士兵大叫："投降吧！兄弟们，别伤了老百姓。"[3]

（十二）有丑化共产党之嫌

在小说中，共产党"从抗日战争、解放战争、建国初期……改革开

---

[1] 陶琬：《歪曲历史，丑化现实——评小说〈丰乳肥臀〉》，《中流》1996 年第 7 期。
[2] 参见何国瑞《歌颂革命暴力、爱国主义和国际主义的文艺——社会主义文艺本质论之二》，《武汉大学学报》（哲学社会科学版）1999 年第 6 期。
[3] 彭荆风：《莫言的枪投向哪里？——评〈丰乳肥臀〉》，《内部文稿》1996 年第 12 期。

放，整个儿一团漆黑，没有一个好人"：

1. 长相丑："'公家人'，几乎都是'像猎狗'，'像一头暴怒大猩猩'，'宛如一只大蛤蟆'，'眼睛像墓地里的磷火'，'头发像猪鬃一样'，'残忍得像狐狸'，整个人'像一根充了血的驴鸡巴'"①，即使是同一母亲所生，投入共产党阵营的五姐是乳房"凶悍霸蛮"，"宛若两座坟墓"，"头发粗得像马鬃"，投入土匪汉奸、国民党阵营的大姐是乳房"清秀伶俐"，是乳房中的"上等品"，"闪烁着玉一样的滋润光泽"②……

2. 品性差：八路军爆炸大队鲁大队长与民女勾勾搭搭，并以盗卖军火的罪名处死情敌马童，政委鲁立人对民女上官盼弟先诱后娶；身为政委夫人和农场畜牧队队长的上官盼弟"六亲不认"；养鸡场场长、战斗英雄龙青萍玩弄男性；八路军班长孙不言强奸民女；广播电视局局长汪金枝公开索贿索官职；大栏市市长鲁胜利贪污、受贿、淫荡③。

3. 行为龌龊：司马库率部把鲁立人从大栏镇赶走只是因大栏镇是自己的家乡，而实际上并没有想消灭鲁立人的部队，而且只施行恐吓战术，"仅仅打死打伤了爆炸大队十几个人"；而鲁立人率部杀回大栏镇时，却让司马库全军覆没，甚至伤及看电影的无辜群众。共产党"不仅迫害母亲，而且像土匪一样残害无辜，土改时吃包子不给钱，还把卖包子的抓了，卖棺材的、开油坊的、教书的私塾先生都成了斗争的对象"④；让一个哑巴当班长；"大人物"灭绝人性，授意鲁立人下令枪毙幼儿；纪琼枝在"土改"时强迫寡妇改嫁，在做教师时把学生打趴在地上；支前连队独臂指导员随意殴打民工，抢掠逃难的剃头匠的车子，恐吓他"不是地主，也是富农"，逼使他最后上吊自杀而死；担架连女连长在一个抬担架的队员患羊痫风倒地不省人事时，拿脚踢他，用手榴弹敲他，

---

① 何国瑞：《评论〈丰乳肥臀〉的立场、观点、方法之争——答易竹贤、陈国恩教授》，《武汉大学学报》（人文科学版）2002年第2期。
② 何国瑞：《歌颂革命暴力、爱国主义和国际主义的文艺——社会主义文艺本质论之二》，《武汉大学学报》（哲学社会科学版）1999年第6期。
③ 参见陶琬《歪曲历史，丑化现实——评小说〈丰乳肥臀〉》，《中流》1996年第7期。
④ 彭荆风：《莫言的枪投向哪里？——评〈丰乳肥臀〉》，《内部文稿》1996年第12期。

还从沟里扯一把枯草塞进他的嘴里,说:"吃吧,吃吧,犯羊痫风,是想吃草了吧?"① 杨公安"刑讯逼供"②……

4. 鲁立人是共产党军队的政委,小说虽然并未对他进行太明显的丑化,甚至在某些方面对他做了一些政治上的修辞处理,如写他不让部下骂人,注意抓部队纪律,为纪念牺牲的战友将自己的名字由"蒋立人"改为"鲁立人";"土改"时他下令杀无辜儿童司马凤和司马凰也是被"大人物"所逼,出于无奈……但是,与司马库相比,他不太光明磊落:为促使沙月亮反正,他像土匪绑票一样控制沙月亮的女儿沙枣花,因而上官来弟说他和鲁大队长"不是东西","拿个小孩子做文章,不是大丈夫的行为"③。同时,如前所述,司马库把他及其部队从大栏镇赶走是因大栏镇是自己的家乡,而实际上并没有想消灭他的部队,只施行恐吓战术,"仅仅打死打伤了爆炸大队十几个人",而鲁立人杀回来时,却让司马库全军覆没,杀得血肉横飞,甚至伤及看电影的无辜群众。此外,毕竟是他,为了自保而下令杀了罪不至死的小号手马童和判了完全无辜的司马凤、司马凰的死刑的。因此,总的来看,鲁立人不仅不如国民党阵营里的主要人物司马库,而且不如土匪、汉奸沙月亮——后者在追求上官来弟时追求得轰轰烈烈,不论是给上官家赠送皮衣,还是连夜打来野兔挂在上官家院子里,都可见出他有多么坚决执着……因此,上官鲁氏说"姓沙的不是孬种",上官来弟肯为他赴汤蹈火④。

5. 跟共产党走的人多为"恶棍"或反面角色,如孙不言、磕头虫、斜眼花、徐瞎子、巫云雨、郭秋生、丁金钩、魏羊角等人⑤。

---

① 莫言:《莫言文集·丰乳肥臀》,云南出版集团公司、云南人民出版社 2012 年版,第 314 页。

② 何国瑞:《评论〈丰乳肥臀〉的立场、观点、方法之争——答易竹贤、陈国恩教授》,《武汉大学学报》(人文科学版) 2002 年第 2 期。

③ 莫言:《莫言文集·丰乳肥臀》,云南出版集团公司、云南人民出版社 2012 年版,第 156 页。

④ 参见阎浩岗、李秋香《"反着写"的偏颇——〈丰乳肥臀〉对"革命历史小说"的彻底颠覆及其意味》,《河北大学学报》(哲学社会科学版) 2012 年第 1 期。

⑤ 同上。

正因为如此，所以，共产党并不受人民欢迎，如上官鲁氏对被赶走的八路军并不留恋，当她那个嫁给八路军政委的女儿上官盼弟败逃前把孩子交给她时，她不肯接受，而她在此前后却把汉奸沙月亮、国民党司马库的儿女（有的还不是她女儿所生），都收养了，而且抚养得很好，以致上官盼弟愤恨地责备她："我们走运时，您没少跟着沾光。现在我们走背字，连我们的孩子也不吃香了是不是？娘，一碗水要端平。"尽管如此，但上官鲁氏还是不肯收养，并在争吵中恶毒地说："我给你养？我把你的私孩子给你扔到河里喂王八，扔到井里喂蛤蟆，扔到粪里喂苍蝇"①。

（十三）有反民族之嫌

"在小说的具体描写中，作者又借小说人物之口说土地再肥沃，种子不好也是长不出好苗来的"，"联系小说中鲁氏到处借种也没有达到理想的效果，而在小说的最后才写到这块饱受摧残的大地只有洋人才能医好她，才能赏识她，才能由衷地赞美她，也才能在这肥沃的大地上播种可以结出金童玉女般佳果的优良种子。"②……这些显然有反民族之嫌。

（十四）用词或用语不当

如，"上官寿喜……从铁匠炉里夹出了一块暗红的铁，烙在了妻子的双腿之间。一股焦黄的烟雾蹿起来，烧焦了毛发和皮肉的臭气弥漫全屋……"③ 里"毛发"、"神龛里的瓷观音成了无头尸首"④ 里的"无头尸首"等词显然用的不当。

这些不足之处一方面影响了小说的艺术性，另一方面包裹了小说强烈的批判性，冲淡了作品的政治性，从而，减少了小说发表或出版、发行的阻力以及作者的压力。

---

① 莫言：《莫言文集·丰乳肥臀》，云南出版集团公司、云南人民出版社2012年版，第184页。
② 张丽波：《〈丰乳肥臀〉是一本什么样的书？》，《内部文稿》1996年第12期。
③ 莫言：《莫言文集·丰乳肥臀》，云南出版集团公司、云南人民出版社2012年版，第602—603页。
④ 同上书，第113页。

不过，小说尽管有如此之多的不足，但仍不失为一部优秀的作品，评论界和创作界均有"大腕"大赞，如王干认为："《丰乳肥臀》以浑浊而堂皇的笔触展现了近百年来中国社会的历史进程，文风恣肆汪洋，时出规范，是部风格极端个性化的作品。"[①] 白烨认为：《丰乳肥臀》"是一部有生活厚度和思想力度的长篇力作"。张志忠认为："感情的真切，为作品提供了坚实的基础，艺术想象的灵动，营造了瑰丽多姿的文学世界。"[②] 刘震云认为：《丰乳肥臀》"是一部在浅直名称下的丰厚性作品，是莫言在文学情感与世界通道上的总结性和伸展性的富于大家气派的作品。"余华认为："这部作品是非常成功的"，"书名很美"，是"莫言所有作品中最美的。"[③] 汪曾祺认为："这是一部严肃的、诚挚的、富有象征意义的作品，对中国的百年历史具有很高的概括性。这是莫言小说的突破，也是对中国当代文学的一次突破。"[④] 莫言自己也相当认可这部小说——他曾说："你可以不看我所有的作品，但你如果要了解我，应该看我的《丰乳肥臀》"[⑤]；同时，对小说中饱受非议的性描写更是相当得意——他曾说："葛浩文教授在翻译这本书时，大概会要求我允诺他删掉一些性描写？但是我不会同意的，因为，《丰乳肥臀》里的性描写是我的得意之笔，等到葛浩文教授把它翻译成英文时，你们就会知道，我的性描写是多么的精彩！"[⑥]

[①] "大家·红河文学奖"评委·王干对《丰乳肥臀》的评语，《大家》1996年第1期。
[②] 张志忠：《莫言论》，北京联合出版公司2012年版，第257页。
[③] 白烨、刘震云、余华等人观点均转引自《〈丰乳肥臀〉是一本什么样的书？》，《内部文稿》1996年第12期。
[④] "大家·红河文学奖"评委·汪曾祺对《丰乳肥臀》的评语，《大家》1996年第1期。
[⑤] 莫言：《丰乳肥臀·腰封》，上海文艺出版社2012年版。
[⑥] 莫言：《我在美国出版的三本书》，《莫言文集·用耳朵阅读》，云南出版集团公司、云南人民出版社2012年版，第51页。

第七章 《红树林》

一

《红树林》是"莫言作品中唯一一部脱离他的故乡山东高密,而以广西北海为背景创作的剧本和长篇小说。这是莫言从历史和传统的创作题材中跳出来,以现代检察官和现代都市及渔家生活与反腐败等题材为主要内容的首部现实题材作品。"① 1997 年,莫言转业到最高人民检察院所属的检察日报社,进入报社新成立的影视部;当时,"检察日报连续报道了江苏省灌云县检察官汪洪礼因查办该县几个县领导之子为非作歹的案件而差点丢掉饭碗的案例。莫言决定以此为蓝本写一部电视剧《马叔的故事》,并与汪洪礼连续交流了三四天,莫言做了十余万字的笔记。此后莫言就确定写一部电视连续剧《马叔的故事》。几天后,莫言说《马叔的故事》片名感觉太平淡了,他谈到自己尚未完成的一部有关珍珠的小说,想把珍珠和汪洪礼办案的故事揉在一起写。莫言说,有珍珠的画面视觉效果会好些。后来,莫言把片名改为《珍珠奇谭》。紧接着,报社召开全国记者会议,来自广西的记者廖正彩听说莫言要写有关珍珠的电视剧,主动找到莫言说:'我们广西北海的珍珠可是全国最好的!北海不仅盛产珍珠,还有大片的红树林呢!'老廖还热情地向莫言介绍了一些红树林的特点及特征。莫言深受启发:'把珍珠与马叔办案等人物关系放在红树林这个大环境里,与南国现代化都市生活形成一种

---

① 毛亚楠:《在检察日报的日子》,《方圆》2016 年第 12 期。

对比，那片子不就会更好看吗？'莫言决定去广西北海实地考察采风。在征求大家意见后，莫言正式确定片名为《红树林》。"[1] "电影拍摄完成后，依照深圳海天出版社的要求，莫言又把剧本改编成长篇小说，改编的过程也非常艰苦。在莫言看来，'长篇小说好像一棵大树，而电视剧本则像一套家具。用大树造成家具比较容易，但要把一套家具复原成一棵大树几近是不可能的。我的这次创作就有点像把家具复原成大树的妄想，虽是妄图，但也充满恶作剧般的乐趣。搞到一半时，我不能不把那些家具全部劈碎，圈成了一个栅栏，然后在栅栏里重新栽了一棵树'。"[2]《红树林》写成之后，由海天出版社于1999年1月出版，其内容梗概为：

马叔的父亲马刚与林岚的父亲林万森是战争年代的生死之交。马叔和林岚小时候同在幼儿园小班；那个时候，马叔经常被女孩子欺负，但又总能得到林岚保护。因此，两人可以称得上是青梅竹马。后来，林万森被调到三江工作，全家随之搬到三江。在"文革"开始后，林万森被调回南江县任县长。林岚转学到南江一中，与金大川、马叔、李高潮等成为同班同学。由于开朗的性格、姣好的身姿以及在体育方面的卓越表现，林岚成为同学们关注的焦点。

在一次学生运动会上，南江一中教导主任"青面兽"和向阳中学的张校长就如何使用运动场场地的问题发生口角。此时，南江一中的一学生用弹弓打伤了张校长的额头，张校长"耍赖"——坐在地上大哭，无论"青面兽"怎么劝说他，他也不起来。"青面兽"被迫追查"凶手"。林万森为了看自己的女儿林岚——参加运动会的一个运动员，便在十几个随员的簇拥下亲临运动会场；在发现运动场上有一只奶羊后，他训示"青面兽"弄走那只奶羊。金大川和钱良驹在奉"青面兽"之命弄走那只奶羊时，金大川使劲地踹打那只奶羊。奶羊是马叔家的，于是，在见到自家的奶羊遭踹打时，马叔和金大川打斗起来，结果，马叔把金大川

---

[1] 汪国立：《"红树林"情怀》，http://roll.sohu.com/20121210/n359958321.shtml。
[2] 毛亚楠：《在检察日报的日子》，《方圆》2016年第12期。

的嘴撕裂了。在运动会上,林岚获得了女子八百米比赛的第一名——打破了省纪录,金大川在百米短跑中得了第一名——与省纪录只差零点一秒。

林万森在亲临运动会场时,见到了马叔;在得知马叔是马刚的儿子后,他嘱咐林岚代他去看望马刚夫妇。

马刚在大跃进时代任南江县副县长。他不接受浮夸风,县委常委们便开会"帮助"他,地委秦书记也出席了会议。在开会之前,所有的人,包括当时任县农业局局长的林万森都劝马刚认错,林万森还对他说:"老马,好汉不吃眼前亏,作个检查算了。"① 但马刚却怒气冲冲地说:"你想让我学卢南风!"② 卢南风是抗日时期红树林游击队队副,是一个投机分子——他出身于豪门,抗战爆发后参加抗战,在被鬼子活捉后当了汉奸。在会上,秦书记逼着县里搞浮夸,说一亩水稻能生产八千斤稻谷,马刚不同意秦书记的说法,气得秦书记当场宣布"拔他的白旗"③,说他是反党分子。马刚非常愤怒,一拳打掉了秦书记的门牙,接着,被连降三级,妻子与他离婚,再后又被扣上了一些莫名其妙的罪名,最后,被安排在红树林旁边的烈士陵园当管理员。马刚如果没犯"错误",后来很可能会当上省长。林岚不顾他人的"异样"眼光和马叔家当时的特殊情况,主动要去马叔家里看望其父母。马叔因父母离异,加上还有一个母亲与后爸生的残疾妹妹,家里一团糟,便不同意林岚去他家;而林岚却执着地随马叔去他家,但未见到马刚——只见到马叔的妹妹。马叔的母亲回家后,林岚惘然若失地离开马家。

当时,社会上掀起了玩弹弓的热潮,马叔和金大川都是玩弹弓的好手。学校举行弹弓比赛,马叔以一分之差输给了金大川。在那场比赛中,马叔最后软绵绵地蹲在了地上呕吐,并吐出了几条蛔虫。女生们都

---

① 莫言:《莫言文集·红树林》,云南出版集团公司、云南人民出版社 2012 年版,第 59 页。
② 同上。
③ 同上。

厌恶地把头转过去，只有林岚走到他的身后，试图将他拉起来。第二天上课前，林岚将一包驱蛔宝塔糖塞进他的口袋，并嘱咐他每天吃三颗。在林岚送马叔宝塔糖的第二天下午，马叔趁着别人不注意将一个纸包塞进她的怀里，然后像一匹马驹子一样地跑了。林岚大大咧咧地拆开纸包，见是一副弹弓——那副弹弓吸引了周围的男生女生的目光。马叔送给林岚弹弓之事成为林岚一辈子不能忘记的事，这也为后来林岚与马叔千丝万缕的关系埋下了伏笔。后来，在林岚四十五岁生日聚会上，林岚又想起这件事。当时，像马叔一样，金大川也给林岚送过弹弓，但被林岚拒绝了。

林岚要求马叔带她去红树林旁边的烈士陵园看望马刚。为了让马叔答应她，林岚经常给他塞进口水果糖，帮他放羊，最后，甚至还使用"暴力"——踢他的脚底；于是，马叔最终答应了林岚的要求；途中，林岚含蓄地向马叔表达了爱意。见到马刚时，林岚大失所望。在林岚离开的时候，马刚让林岚给她父亲捎了一封关于建立红树林珍珠养殖场的信。林万森第二天到红树林，两个月后红树林珍珠养殖场建立——马刚被任命为场长，熊仁被任命为副场长。

在"文革"初期，"破四旧"、抄家等在社会盛行，有的人为了立功甚至不惜抄自己的家；城里的红卫兵"破"了很多"四旧"，最后，把红树林边上的一座珍珠娘娘庙烧毁了。"文革"期间，林岚的父母被定为"走资派"，父亲甚至被人用绳子牵着，好像是一条狗被人牵着似地游街示众，母亲则被红卫兵关在医院的太平间里，并在那里上吊自杀而死。金大川身为军人的父亲犯了作风错误，便由参谋长降成了食堂管理员；金大川受此牵连而狼狈不堪，便由"文革"的积极分子蜕变成捣乱破坏分子。好多人都认为是他用弹弓打伤了县"革命委员会"主任单立人，但单立人却要惩罚马叔。林岚挺身而出保护马叔，可马叔却为保护林岚，替人背锅，承认是自己打伤了单立人。随即，想起单立人曾伤害过他父亲，马叔撕破了单立人的嘴。林岚那班同学几乎都被赶到了红树林珍珠养殖场——金大川、钱良驹、李高潮等都去了那里。在到红树林的第三年,林岚因父亲担任了重建的中共南江县委书记而离开红树林珍珠养殖场回到县城——林岚的父亲是凭借地委秦书记东山再起的。在离开红树林珍珠养殖场的前夜,林岚抱着献身于马叔的想法而与他约会,结果却遭到了他的拒绝——原来,金大川造谣称他多次与林岚发生过性关系,马叔因轻信了金大川的谣言,便拒绝了林岚。林岚回县城不到一个月就被调到地区广播局做播音员。林岚盼望着马叔去看她,但去看她的却是秦书记。每逢周末不回家时,林岚总是会收到秦书记的邀请而去他家吃饭,并由此而认识了秦书记的儿子小强。秦小强比林岚小一岁,是一个智障儿——痴痴呆呆、肥肥胖胖的。林岚最初去秦家时觉得有点不自在,但随着去秦家次数的增多及秦家对她的盛情款待,林岚慢慢地习惯了去秦家做客,后来甚至成了秦家的常客。林岚在秦家胡吃海塞了十几个星期天,期间,秦书记向她父亲提了七次亲,要求她做他的儿媳妇。林岚的父亲迫于秦书记的压力,同时也是希望林岚过上好生活、有好的发展前途,便力劝她嫁给秦书记的儿子。林岚别无选择,最终嫁入了秦家。在出嫁之日,林岚与父亲发生口角,骂她父亲和秦书记都是混蛋,她父亲气得吐血。林岚从此与父亲产生了隔阂。

在与秦小强结婚后的一次台风来袭时,林岚亲临战台风的前线,在狂风暴雨中发回一条条前线快讯,并在战台风的前线看到了自己念念不忘的马叔。当时,马叔已有恋人曲圆圆,林岚故意站在马叔及曲圆圆附近。在林岚和曲圆圆双双遇险时,马叔奋不顾身救起林岚,而曲圆圆却永久离开人世。马叔后来娶了曲圆圆腿有残疾的姐姐——她在生下儿子马驹后去世了。林岚在医院一边打着吊瓶一边撰写有关民众战台风稿子。后来,林岚在仕途上顺风顺水——一步步地从播音员、县(应该是地区——笔者注)广播局局长、地委宣传部常务副部长、地委宣传部部长兼广播剧局长做到地委常委。权力的满足感驱散了不如意的婚姻带给林岚的抑郁,转移了她对马叔的情感。然而,因不能与秦小强过正常的性生活,林岚并不快乐。在一个雷电交加的夜晚,林岚试图强行与秦小强发生性关系,但失败了。林岚很沮丧,便决定与秦小强离婚,但随即又放弃了这一想法，转而想通过秦书记和省委委员郑玉兰争取更高的位置——省交委副主任。但就在林岚站在窗前打此如意算盘之时，秦书记强奸了她。林岚因受此打击而发高烧并住进医院。在秦书记对现实的分析、"引经据典"的解释及林岚内心欲望的驱使下，林岚最终放弃了道德底线，接受了事实，从而，表面上是秦书记的儿媳，实际上是他的性伴侣，并怀上了秦书记的孩子。

在林岚决定堕胎时，秦书记却坚持让她把孩子生下来，为秦家延续香火。在秦书记的哀求及秦书记与郑玉兰合力阻止之下，加上对肚子里的生命慢慢地产生了感情，林岚便放弃了堕胎。林万森在林岚即将临盆的时候病逝；病故之前，林万森对林岚说出了一个大秘密——昔日豪门卢家的72条金牛藏在卢家的井里；林万森的续弦于秋香偷听到了此消息，之后，辞职到那些金牛的所在地做乡村小学的校长，最后，在偷偷地"猎取"那些金牛时溺死在水井里。在林岚生下儿子林大虎即将满月的时候，秦小强用一根细细的红头绳吊死在窗棂上——实际上是被秦书记弄死的。不久，秦书记猝死于纵欲的浴缸里。林岚独自将林大虎抚养长大。

"文革"结束之后，林岚受到审查——她虽然没有劣迹，但穿过一条所谓的郑玉兰转送的江青所送的"布拉吉"，因此，被从高位上拉了下来，调任南江县广播局副局长，但她很快就做到南江撤县改市后的副市长，成为在官场上受众人争相吹捧和奉承的对象。不过，林岚并没有像外人想象中的那样幸福完美——她与儿子相依为命，而儿子又成了一个花花公子，因此，她颇为苦闷，并只能将自己的苦闷排遣在对珍珠的喜爱之中。于是，她爱珍珠如命，甚至到了没有珍珠无法入眠的地步。林岚再次向马叔求爱，但仍然遭到拒绝；不过，她不死心，渴望马叔能回心转意，并主动地向马叔示好，但马叔不为所动，总是拒她于千里之外。林岚在四十五岁的生日那天请老同学金大川、钱良驹、李高潮等人到她家聚会，金大川等人都均送上了与珍珠有关的礼物，唯独马叔没送。

林大虎利用林岚的身份贷款与南江市财政局局长钱良驹的儿子钱二

虎、南江市建筑公司经理李高潮的儿子李三虎等人办珍珠公司生产珍珠口服液，三个"虎"厮混在一起胡作非为。在林岚四十五岁生日的那天晚上，三个"虎"与抗日时期红树林游击队队副——南江豪门卢家的子弟卢南风——的孙子卢面团在风流饭店寻欢作乐，并与一位小姐发生了争执。那位小姐受了委屈，其主子胡妈找三个"虎""理论"，风流饭店的老板田大姐化解了危机。之后，三个"虎"去卢面团家的老宅与之斗蟋蟀，遭卢面团暗算，结果大败而归。

　　陈珍珠是采珠人家的女儿，父亲被鲨鱼咬掉了一条腿，并因流血过多而死；母亲重病缠身；陈家得到吕大同一家的不少照顾，于是，陈珍珠的母亲在临死之前做主将陈珍珠许配给吕大同，以此报吕家之恩；弟弟陈小海三岁时发过一次高烧，烧退之后成了哑巴。陈珍珠与陈小海相依为命。在实在难以生存之际，陈珍珠将陈小海托付给吕大同之后进城去三个"虎"所办的珍珠公司打工。林大虎对陈珍珠一见钟情，陈珍珠因此被录用，同时也借此让本来不会被录用的小云被录用。林大虎想借让陈珍珠做自己的秘书之名把她留在自己的身边。陈珍珠看出了林大虎的用意后拒绝了其要求，但在林大虎的软磨硬泡下最终又答应了其要求。林大虎想尽办法追求陈珍珠，并试图让陈珍珠担任南江市即将举办的首届珍珠节的珍珠小姐。陈珍珠虽然颇有所动，但因与吕大同有婚约，便拒绝了林大虎的引诱。

　　南江市即将举办的首届珍珠节拟上演珍珠舞。舞台地址选在位于红树林间的陈珍珠家的附近。房管局干部宣布陈珍珠家的房子是非法建筑，限期拆除。第二天，吕大同拉上陈小海进城，告诉陈珍珠其家房子限期拆除之事。在吕大同与陈珍珠及三个"虎"相见时，陈珍珠下意识地向三个"虎"撒谎，说吕大同是她的哥哥。三个"虎"将指挥拆陈珍珠家房屋的土地局干部痛打了一顿。当天晚上，林岚知道此事后训斥了林大虎。在弄明白原因后，林岚叮嘱林大虎不要玩弄陈珍珠，随后，给李高潮打了个电话，留住了陈珍珠家的房子。

　　在三个"虎"所办的珍珠公司，吕大同看出林大虎喜欢陈珍珠，便打算在将自家养殖的珠贝卖了之后娶陈珍珠,但那些珠贝被偷了。他爹将攒下来的两千元钱给他,让他进城置办点结婚用的东西,顺便把陈珍珠叫回结婚。吕大同进城后却让两个卖假金子的小贩骗了。

三个"虎"给陈珍珠过生日。在将陈珍珠灌醉后,钱二虎、李三虎把陈珍珠架到订好的房间,让陈珍珠与林大虎"成亲";陈珍珠夺门而出,随后离开珍珠公司,回到红树林。

林岚在红树林边观看了古老的采珠舞,很受感动,随后命林大虎请陈珍珠担任珍珠小姐,并领跳珍珠舞。林大虎带着陈珍珠一个月的工资二千元钱去见陈珍珠,试图劝陈珍珠回珍珠公司上班,并对她说:"是我妈妈让我来请你的,市里决定让你当首届珍珠小姐,美术学院的教授等着给你画像呢!"[①] 吕大同见到林大虎所给陈珍珠的那些钱后,颇为心动,极力劝陈珍珠回到城里,回到林大虎的珍珠公司工作。陈珍珠对吕大同见钱眼开的表现非常失望,第二天便回到了林大虎的珍珠公司;林大虎为此兴奋异常。林大虎带着陈珍珠出入饭店、舞厅,并坚持让珍珠到歌舞团学习舞蹈。林大虎还带着她与珠商谈了几笔生意。陈珍珠的美貌和她对珍珠质量的感性把握给珠商们留下了深刻印象。陈珍珠对林大虎的好感与日俱增,一天,在谈完生意后,林大虎请陈珍珠到海边大排档吃海鲜。就餐时,林大虎再一次向陈珍珠求爱,陈珍珠吐露真情——自己已经和吕大同订婚了。林大虎名义上的秘书实际上的性伙伴——许燕——告诉了陈珍珠三个"虎"做过的种种坏事。陈珍珠吓得目瞪口呆。林大虎加紧了对陈珍珠的攻势,陈珍珠借口生病,躲回红树林。林大虎到红树林,欲用十万元让吕大同放弃陈珍珠。吕大同虽然对十万元很动动,但最后还是抵御住了诱惑,放弃了那十万元。陈珍珠有感于此,与吕大同领取了结婚证,但没有举行婚礼。吕大同劝陈珍珠回公司上班,但遭到了陈珍珠的拒绝,吕大同为此不悦。为了防止陈珍珠被林大虎等人玷污,吕大同企图先占有她;陈珍珠在得知吕大同的意图后感到十分绝望,于

[①] 莫言:《莫言文集·红树林》,云南出版集团公司、云南人民出版社2012年版,第169页。

是，跳入大海；脱身后回珍珠公司上班。

林大虎以为陈珍珠已经被吕大同睡过了，懊恼不已，气急要非礼她；为保贞洁，她在打破了他的鼻子后逃走。

三个"虎"遭卢面团暗算。在弄清自己遭暗算的真相后，三个"虎"去卢面团家的老宅将卢面团及其手下打得鬼哭狼嚎；在得胜而归后，去吃大排档；在酒足饭饱之后，欲对两个下夜班的女工图谋不轨，被骑车路过的南江市检察院起诉科科长马叔撞见。马叔解救了女工，捉住了三个"虎"。在马叔将三个"虎"送往临近的大榕树派出所时，三个"虎"分头逃跑了。马叔找到林岚的办公室，对她说了三个"虎"夜里干的坏事，林岚将林大虎托付给马叔，让马叔全权教育。林岚向马叔曲折而又明白地表达了爱意，但马叔未"接茬"。晚上，林岚借林大虎跟马叔说事，希望他能过来陪她坐坐，但被他拒绝，林岚为此伤心不已。

许燕因林大虎移情别恋陈珍珠及遭林大虎、钱二虎的毒打而献身于卢面团，并让卢面团带人将三个"虎"痛打了一顿。卢面团等人在揍林大虎时，说陈珍珠是自己的表妹，他们是为陈珍珠报仇。钱二虎、李三虎趁机挑起林大虎对陈珍珠的恨意，随后三人夜闯红树林，轮奸了陈珍珠，并把陈小海关在箱子里。混乱中陈小海用箭刺中了林大虎的屁股。陈珍珠去报案时，见派出所的工作人员一副不负责任的样子，便意识到即使报案也是白费功夫，于是，放弃了报案。陈珍珠猜测是三个"虎"强奸了她，于是，怀揣着利刃找到林大虎，林大虎的表现动摇了她的猜测。陈珍珠将受辱之事告诉了吕大同，吕大同听后几乎发疯，很后悔先前没收下林大虎十万元钱，并恶语伤害陈珍珠。陈珍珠悲愤欲绝，带着陈小海去找万奶奶寻求安慰，万奶奶为陈珍珠洗浴，鼓励陈珍珠活下去，陈珍珠恢复了生活的勇气。吕大同在父亲的痛骂下向陈珍珠道歉，陈珍珠在吕大同的父亲的劝说下，与吕大同举行婚礼。新婚之夜，吕大同出语不逊，陈珍珠提出离婚，吕大同提出要她偿还欠他家的债，她说即使卖肉卖血也会还她家所欠之债。随后在许燕的介绍下，陈珍珠去红棉大酒店当陪酒小姐。在受到客人骚扰时,她怒打客人,并从三层楼上奋身跳下。饭店经理不敢再留她,给了她一些钱,劝她另谋高就。她没有收经理的钱,转身去向许燕道别。许燕被陈珍珠的反抗行为打动了,随即,也决定洗手不做三陪女之事。

吕大同带着离婚证进城找到林大虎,告诉林大虎自己与陈珍珠只有夫妻之名而没有夫妻之实,自己愿意把陈珍珠让给他,同时,想要回原先拒绝过的那十万块钱。林大虎得知实情后百感交集,喊来了钱二虎、李三虎,又将吕大同痛揍了一顿。本想进城发财的吕大同不但没有发财,反而还挨了一顿打,因此,较以往更加痛恨城里人。他无颜回到红树林,就在城里瞎晃,干扎车胎之类的事情以发泄自己对城里人的仇恨。陈珍珠和陈小海在恢复了生活常态后,又开始向大海的深处寻找野生珠贝。林岚到马叔家里,为他做了一餐晚饭。两人谈得很好。马叔送林岚出门时,从黑暗狭窄的过道里,窜出了苦闷得几近疯狂的吕大同。吕大同行刺林岚,马叔挺身向前,保护了林岚,他的胳膊却让大同刺了一锥。检察院要为马叔记功,他坚决反对。吕大同的父亲找到陈珍珠,老泪纵横地求她救吕大同,陈珍珠想起老人对自家的恩情,答应帮忙。陈珍珠找到林大虎,愿意以自己的身子和林大虎做交换来救吕大同。林大虎表示不愿帮忙,但同时又对陈珍珠表达了强烈的爱意——他跪在珍珠面前,哭得满脸是泪。不过,林大虎最终还是找林岚替吕大同求情,吕大同被释放。

林岚与马叔重返红树林,重温旧情,欲与马叔结婚,马叔让她给他十天时间考虑。林岚告诉林大虎她想与马叔结婚,林大虎坚决反对,但在林岚答应给他弄套房子后同意了。

在台风过后的一个晚上,陈珍珠和陈小海在海里打捞上了一只巨大的黑蝶贝,获得了一颗鸽蛋大的黑珍珠。吕大同在听说那颗珍珠后,因觊觎那颗珍珠而幻想与陈珍珠重修旧好。陈珍珠已经把他看透了,对他非常冷淡。吕大同去偷那颗珍珠,结果,被陈小海藏在坛子里的毒蛇咬伤了手,随即被送到医院抢救。随后,几个歹人去偷,结果被那毒蛇咬死。陈珍珠姐弟俩深感处境危险，欲逃无路，便拟把那颗珍珠扔回大海，但还没来得及践行，歹徒们便破门而入，在搜索那颗珍珠无果后将陈小海抓走，并让陈珍珠拿那颗珍珠换人。可陈珍珠不知道陈小海将那颗珍珠藏在哪里了。陈珍珠找到吕大同求救，但在医院里受到了歹徒威胁的吕大同已经吓破了胆。因此，不敢出手相救。陈珍珠去找林大虎帮忙，但林大虎因为伙同其他二"虎"轮奸小云而被抓进派出所。许燕用摩托车将陈珍珠送回红树林，并送给她一个防身用的瓦斯弹。陈珍珠划船上了荒岛，找到陈小海和歹徒；陈小海见到陈珍珠后一张嘴，那颗珍珠掉了下来。歹徒甲刺死歹徒乙想独吞宝珠，陈小海与陈珍珠穷追不舍，最后，歹徒甲葬身大海，姐弟俩夺回珍珠。

南江市公安局侦查科科长金大川给林岚打电话通报了林大虎等人轮奸小云而被抓进派出所之事。林岚连夜约见马叔，告诉他有关林大虎的事。没想到马叔是一副公事公办的口吻，林岚恼怒而失望。金大川趁虚而入，在林岚身上疯狂地折腾了一番，满足了三十年来一直没有满足的的渴望，随后，他成了林岚的得力干将。他出谋划策，并亲自操作，帮三个"虎"翻案。

金大川派人用金钱收买了小云的哥嫂，让他们不要纠缠小云遭轮奸之事，并利用职务之便，潜入拘留所，指示三个"虎"翻供。公安局刘局长为了放长线钓大鱼，便以证据不足为由，将三个"虎"取保候审。检察院介入案件，马叔和牛劲（金大川的妻子）接受任务，暗中取证调查。牛劲出语不慎，无意间将检察院介入案件之事泄露给金大川，金大川告诉了林岚。在林岚得知三个"虎"轮奸小云等一系列恶事后，金大川建议再给小云的贪财的哥嫂送一点钱，封住他们的嘴，同时，林大虎娶陈珍珠。在金大川的授意下，小云、钱良驹的内侄女赵红、钱妻、赵红所在医院的保安先后被毒死。

围绕着那颗黑珍珠的命案消息传到林岚的耳朵，林岚觊觎那颗珍珠，便让人去调查，并动员陈珍珠把那颗珍珠献给国家，陈珍珠一口否认有那颗珍珠。

金大川借调查红树林杀人案的机会，拘留陈珍珠。其目的是把那颗珍珠弄到手。公安局刘局长亲自将陈珍珠从拘留所放出，并向她道歉。陈珍珠在被释放回家后，发现陈小海潜藏在身多年的狂犬病发作了，陈珍珠以那颗黑珍珠作保给他治病。林岚出面救陈小海。林岚吩咐林大虎到医院探望陈小海，加紧跟陈珍珠联络感情。在陈小海出院后，陈珍珠打算与他一起去海南；在林大虎苦求下，陈珍珠留下。

李高潮送给林岚一栋海滨别墅——房产证上的房主是林大虎。当天晚上，林大虎将陈珍珠带回家，林岚对陈珍珠非常满意，并想让陈珍珠担任珍珠节上的珍珠小姐，于是，决定让陈珍珠进市歌舞团接受舞蹈训练，还决定在珍珠广场上竖立一块巨大的广告牌子，画上陈珍珠的画像，也在广泛发放的宣传材料上印上陈珍珠的画像；同时，决定利用红树林边的原始采珠舞为素材编排一台大型舞，并给文化局魏局长打了电话，让他组织创作人员，到红树林去采风。

林岚到达李高潮给她的房子，正在为应不应该住这栋房子纠结不已时，金大川突然出现。金大川深夜归家，牛劲与他吵架——他们夫妻俩一直感情不太和。牛劲凭着女人的直觉知道金大川爱着林岚，并讽刺他是癞蛤蟆想吃天鹅肉。在红树林边大舞台的奠基仪式上，金大川偷空告诉林岚自己快要离婚的消息，林岚不以为意。

林岚以为风波已过，一方面对林大虎严加管教，一方面努力筹办珍珠节。金大川与林岚的关系越来越密切。在金大川的设计下，陈珍珠家的房子被烧毁，姐弟俩无家可归，住进林岚所安排地方。陈珍珠念在林岚对陈小海的救命之恩上，答应嫁给林大虎。婚礼十分隆重，结婚彩车招摇过市，万人空巷。婚宴后，林岚请求马叔放过他们孤儿寡母，马叔心理矛盾重重。

在陈珍珠嫁给林大虎之后，林岚用冠冕堂皇的语言让陈珍珠"献出"了珍珠，并据为己有。在林大虎洗澡时，陈珍珠看到他的屁股上被陈小海用箭扎伤后留下的伤疤，便明白林大虎就是昔日强奸自己的歹徒，她本想刺他，但想起他的一些好处，又感到难以下手。林大虎苦苦哀求她，她便原谅了他。

预感到林大虎在劫难逃之后，林岚非常郁闷，去红荔大酒店喝椰奶鱼翅汤解闷，之后，与一"鸭子"在酒店发生了关系，并遭到"鸭子"的勒索，在不能脱身之际打电话叫来马叔。马叔在处理了"鸭子"勒索之事，同时，又为林岚的所作所为而义愤填膺。

在珍珠节开幕式当天的晚上，三个"虎"被抓获，林岚、金大川、钱良驹、李高潮紧急会面，共商对策，金大川提议买通大榕树派出所的户籍警小冯，将三个"虎"的年龄改小后将他们的罪行按未成年人犯罪处理。最后，林岚因身涉林大虎等人轮奸小云案（实际上还应该包括受贿等，如收受李高潮所送的别墅）而被抓捕，马叔亲自给她戴上手铐。在被捕之前，林岚吞下大量的珍珠。在马叔说了"林岚，明天我就辞职，我等你出来"①之后，林岚吐出了珍珠。在满地的珍珠滚动声里，马叔对林岚说："其实，我一直爱着你！"②

二

小说中重要的人物有林岚、陈珍珠、吕大同、马叔、秦书记、林大虎等。

（一）林岚

林岚是南江市的副市长。她出生于干部之家——父亲林万森曾任南江县县长、书记。她在学生时代是好多男生心仪的对象甚至是其梦中情人。中学毕业后，受时代的"裹挟"而"下乡"，成为红树林珍珠养殖场的工人。因父亲职务的升迁，她从红树林珍珠养殖场回县城；之后不到一个月，她去地区广播局当播音员，后嫁入地委秦书记家，成为秦书记的儿媳妇，并在官场上一帆风顺、节节高升——从播音员、县（应该是地区——笔者注）广播局副局长、地委宣传部常务副部长、地委宣传

---

① 莫言：《莫言文集·红树林》，云南出版集团公司、云南人民出版社2012年版，第323页。

② 同上。

部部长兼广播剧局长一步步地做到地委常委。"文革"结束之后,林岚受审查,被贬职,然后,从南江县广播局副局长做到南江副市长。在进地区广播局当播音员以前,她无忧无虑,憧憬着美好的爱情。之后,她的人生出现了重大的转折点,生活发生了巨大的变化——她与所爱的人"各奔东西",告别原有的生活,"一个曾经浪漫纯真、倔强正派的少女,经过三十年的人事沉浮,最后,沦为成一个受权欲、物欲、情欲驱遣的市长"①。她美丽——在少女年代,她"穿着一双紫红色的小皮鞋,雪白的短袜上缀着两颗毛绒绒的小球……小腿细长,膝盖玲珑。一条天蓝色的短裙束在……细细的腰间,一件洁白的短袖衬衫衬着你的身……脖子很长,脑袋不大,五官鲜明"②,即使到了中年也是"凹凸分明的女人……她的皮肤温柔滑腻,富有弹性;她的乳房丰满坚挺,好像充足气的皮球。"③ 她在学生时代天真、浪漫、纯真、倔强、善良、正派、活泼、大方、开朗——她不顾自己县长女儿的身份,不顾周围人的异样眼光,大胆地接近马叔;在马叔在弹弓比赛场上呕吐出蛔虫时,女生们厌恶地把头转过去了,而她则走到他的身边,拉着他的肩膀想把他拉起来,第二天,她又送给他驱虫宝塔糖;之后,她去探访马叔一贫如洗的家,去照顾马叔的奶羊和马叔的大头妹妹,去红树林看望马叔落难的父亲马刚……在两人一起骑车去看马刚时,她把马叔和她想象成《钢铁是怎样练成的》里的保尔和冬妮娅;拒绝接受金大川用来对她表示爱慕的礼物弹弓;大胆地展露自己的体育天赋,勇夺"南江县第一届中学生运动会的女子八百米赛冠军,并且打破了该项目的省纪录"④。她自尊、自强、泼辣——在内心深处不畏权势、不图富贵;在父亲等的劝导之下以及在为父亲做牺牲的心理作用下,她同意嫁给秦书记的弱智儿子秦小强;但在出嫁之时,她又把父亲骂得吐血;在遭秦书

---

① 张茁:《从叙事方法看〈变〉与〈红树林〉的异同》,《文艺评论》2000年第3期。
② 莫言:《莫言文集·红树林》,云南出版集团公司、云南人民出版社2012年版,第8—9页。
③ 同上书,第1—2页。
④ 同上书,第32页。

记强暴时,她竭力反抗;在被秦书记强暴之后,她"举起拳头打着他的头,骂着:畜生,你是畜生……"①。在"文革"期间,她之所以官运亨通、步步高升,固然有秦书记提携的因素,但从根本上来说,也与她自己的努力有关;在"文革"结束之后,她遭贬职;但很快又凭借自己的努力,从一个县广播局的副局长做到一个市的副市长,成为"一颗灿烂的政治明星"②;在筹办珍珠节的过程中,她对手下疾言厉色,办事雷厉风行,排除一切障碍;在无法按自己的意愿生活时,她不屈从生活,而是奋力抗争,并且无论是在"文革"期间还是在"文革"之后,她都抗争得"卓有成效",取得了同时代同类人甚至是同类"须眉"们"艳羡"的"成果"。钟情、执着、讲义气——她爱马叔,在金大川施诡计破坏了她与马叔的相爱之后,她对马叔仍然念念不忘,并持之以恒地追求马叔,即使是三十几年过去了,她对马叔也"一如既往",甚至在打算结束自己生命之际也不忘马叔;在当上副市长之后,她仍然看重老同学的感情,平等地对待老同学。但是,她最后堕落了——贪恋权位、恃权傲物,甚至"傲"自己的父亲;贪污、受贿——李高潮的别墅和珍珠项链、教委主任的妻子(很快就当上了财政局副局长)的珠巾、钱良驹的珍珠虎、金大川的珍珠衫,来者不拒;最后,她甚至强取豪夺自己儿媳陈珍珠的黑珍珠……淫荡——用性具自慰、把珍珠"珍藏在女人身上最洁净的地方"③,"跟公公爬灰……与鸭子宣淫……"④,与公公生下儿子后,又继续与公公纵欲,直至公公纵欲猝死在浴缸里;寡廉鲜耻、泯灭是非、丧失良心,甚至为了替儿子开脱罪责而不惜参与犯罪;虚伪——明明实际上是自己意志不坚定,自甘堕落,却在内心深处把自己的堕落归咎于自己与马叔那段"夭折"的爱情,并以此来缓和自己的罪恶感……不过,从根本上来说,她的堕落不是她自己的过错,也不能

---

① 莫言:《莫言文集·红树林》,云南出版集团公司、云南人民出版社 2012 年版,第 300 页。
② 同上书,第 286 页。
③ 同上书,第 216 页。
④ 同上书,第 322 页。

因此而说她是一个坏人——她因为太美而被追求她的金大川陷害，不得已与马叔分手，从而，情感上重受打击；她在结婚后，不仅性生活不能得到满足，反而被身为公公兼上级的秦书记觊觎并强奸，从而，心理扭曲、性格变异；儿子无能且常常惹是生非，她实际上总处在一种烦恼、焦虑的状态之中……总的来看，林岚一方面是一个幸运儿——一生中总有男人呵护：最初是其父亲，然后是秦书记，再后是金大川、钱良驹、李高潮、马叔等一帮同学；是一位"时代英雄"——总是站在时代的风口浪尖上，总是一个地方的"风云人物"。另一方面又是一位不幸者——所爱的人得不到，不爱的人拒绝不掉；名义上的丈夫是个白痴，且"上吊自杀"，名义上的公公实际上的丈夫猝死在纵欲的浴缸里，让她成为彻彻底底的寡妇；儿子是乱伦的苦果，也是她耻辱的标志——一个抹不掉的"红字"，时时提醒着她自己罪恶的过去，内心不由得时时作痛；而儿子在长大后又特别不务正业——吃喝嫖赌，坏事做尽，并且最后连累她，让她锒铛入狱；她对儿子爱恨交加、极端矛盾、极其痛苦——爱不能纯洁，恨不能彻底；加上她还有个人情感方面的苦恼，于是，她最后只得靠堕落来麻痹自己，以至于靠与"鸭子"及金大川那种垃圾一样的人交媾以麻痹自己。同时，她也是一位"被损害者"、"被侮辱者"——被公公强暴、被金大川"要挟"……是一位值得同情的人。她实际上代表了一种社会现象——面对金钱、肉体、情感、地位、权利等诱惑，人们一次次地刷新做人的底线，尝试一次之后便欲罢不能，并越陷越深，以至于最后不得不以悲剧告终。

（二）陈珍珠

陈珍珠是一位渔家女孩，原本是一个宛如生活在"世外桃源"的"仙子"，后为生活所迫进入城市打工，身心俱受伤害；但她能做到出淤泥而不染，虽遭玷污但仍然很高洁，而不像林岚那样被现实所改变。她清纯、美丽——长期生活在红树林之中，倚傍着富有灵气的红树林，与海湾里欢快跳跃的人鱼为伴，远离城市里所存在的喧嚣浮华与丑恶污秽，身心像一张白纸一样未经任何污染；平常，"她穿着一身自家轧染的青花布缝成的衣服,衣服式样古典,自己动手缝制,遵循的还是采珠人家的传统:上衣斜大襟,高领窄袖,裤子大裤脚,风吹如罐笼。"①所以,她在试图进林大虎等办的珍珠公司上班时同时被三个"虎"看中,林大虎甚至为之神魂颠倒。她责任心强——在父母去世之后,她与弟弟陈小海相依为命,时时处处对弟弟呵护备至;在遭三个"虎"轮奸后,她本想一死了之,但放不下弟弟,便忍辱苟活。温婉、贤淑、善良——她因家人得到过吕家的帮助,便对吕大同及吕家怀着感恩之心,完全接受了其母在去世前做主将她许配给吕大同的决定;吕家很贫困,她对此毫不介意,真心地把吕大同看成是自家人;吕大同在得知她遭玷污后嫌弃她,并与她分手,但在分手之后,在吕大同面临着牢狱之灾时,她不计前嫌、不计得失地救助吕大同,使他免遭牢狱之苦;在进城找工作时,她含着泪向林大虎求情,让珍珠公司录取小云。勤劳、踏实、质朴——她与弟弟一起采珠,维持家人的生计;在进城打工时,她宁愿规规矩矩、踏踏实实地打工,也不愿意做总经理林大虎的秘书以走生活的"捷径";她与弟弟在获得了价值连城的珍珠之后,并不像贪财之人视珍珠如命。倔强、勇敢、坚贞、坚韧——在生活遭遇困境时,虽然吕大同承诺养活她和陈小海,但她依然坚持进城打工;在打工时,对比自己更弱势的小云,她呵护、关爱有加;她在遭到玷污之后,虽然痛不欲生,但最终挺了过来,并勇敢地面对生活;她虽然家境贫寒,在社会上没有地位,但能拒绝林大虎的威逼利诱;她虽然感动于林大虎对她的真情,但又决不苟且于林大虎的纠缠与追求;吕大同为了不让别人先占有她而要强占她,她坚决拒绝;她在被三个"虎"强暴之后痛不欲生,但又坦率地向未婚夫吕大同说出自己的真实情况;在遭吕大同嫌弃时,她毅然决然地与之分手。不过,她也有意志不够坚强的一面——虽明知吕大同是见钱眼开,但还是打算和他结婚,并和他领结婚证;虽明知林大虎品行不端、恶行颇多,但还是和他结婚;在发现林大虎是昔日

---

① 莫言:《莫言文集·红树林》,云南出版集团公司、云南人民出版社 2012 年版,第 116—117 页。

强奸自己的歹徒后,欲刺他,但又不忍下手,并最终原谅了他;在与吕大同和林大虎关系确定之前,在吕大同那里受到了委屈便跑向林大虎,在林大虎那里受到了委屈便跑向吕大同。

总的来看,陈珍珠是一个虽多苦多难但又不屈不挠、出淤泥而不染的女性,也是一个在农村与城市矛盾冲突下的牺牲品。

(三) 吕大同

吕大同是一位渔民和养珠人。他原本本分、厚道、重感情——陈珍珠的母亲感恩于吕家对陈家的帮助,便在临终之际将陈珍珠许配给他,他便在心底里把陈珍珠视为自家人。陈珍珠因为生活所迫,便将残疾弟弟陈小海托付他以便进城打工,他毫不犹豫地接受,并信誓旦旦地表示将尽力照顾好陈小海。陈珍珠进城打工后,他对她牵肠挂肚,并在收珍珠的繁忙时节进城去见她;在见陈珍珠不成反而被教训之后,他不仅对陈珍珠无怨无悔,反而更加思念陈珍珠,并忧心忡忡,担心陈珍珠经受不住诱惑被别人抢走。在林大虎带着十万元到红树林来找他,许诺用十万元换取他放弃陈珍珠时,他虽然最初有点犹豫不决,但最终还是抵御住了诱惑,选择了要陈珍珠而放弃了十万元。但他在社会的挤压下一步步地丧失了本性,并最终被社会吞噬——他辛辛苦苦养的珠贝,被人一夜偷光;带着父亲给他的全家人省吃俭用存下的两千元钱进城准备买与陈珍珠结婚的物品,以便早日将陈珍珠娶回家,但刚进城,两千元钱就被人骗走了;他珍爱陈珍珠,但陈珍珠被人轮奸了;他平时总担心陈珍珠被人抢走,但陈珍珠还是生生地被林大虎抢走了……在接二连三的打击之下,他本性渐失,懊悔自己当初放弃十万元而选择陈珍珠的举措,并且不顾陈珍珠遭轮奸时被迫的情况而嫌弃她,以至于与她离婚;最后,他还生报复之心,并在行刺林岚时被抓。不过,他也有诸多不足之处,如看重钱财——在林大虎的十万元面前最初是有所心动的;贞洁观点过重——欲强行占有陈珍珠的第一次,不顾陈珍珠遭轮奸的实情而嫌弃她,以至于与她离婚;见识短浅、莽撞,甚至有点愚昧——在遭遇各种挫折之后,他先将"罪魁祸首"定为林大虎,打算报复他,后行刺林岚等。

总的来说，吕大同是一个不幸者，值得理解与同情；是生活在社会底层、被现实压垮、被金钱迷惑，从而，最终丧失了本性这一类人的代表。

（四）马叔

马叔是一位检察官。他与林岚青梅竹马，长大后，与林岚的关系也是"剪不断理还乱"。他品行纯正——在与林岚在中学同学时，像当时所有"品行端正"的男生一样，他不接近女生，以至于他虽爱林岚也不接近她；成人后做检察官时，他秉公办事，规规矩矩地做人，而不随波逐流，更不像老同学林岚、金大川、李高潮、钱良驹等人那样经不住诱惑而堕落；即使对自己曾真心相爱的林岚，他也不牺牲原则，并且最后为了真理、正义、法律等，不惜伤害、牺牲她，让她及其儿子受到了法律的制裁。重感情、知恩图报——在与林岚在中学同学时，林岚对他好，他便投桃报李，把自己心爱的弹弓赠给她；在抗台风遭遇危险时，他本能地救林岚，并因此而牺牲了自己的女友；在林岚被捕时，他向她表露真情，愿意接受她的情感，等待她的出狱归来。不畏强暴——金大川暴打他家的羊，他便和金大川大打出手，并用两根大拇指抠住金大川的两个嘴角，把他的两个嘴角扯得流血；县"革命委员会"主任单立人暴打他，他把单立人的嘴扯得缝了十六针——两个腮帮子上各缝了八针。倔强、固执——他误会了林岚，给林岚造成了很大的伤害（林岚曾坦言："你知道我的精神受过什么样的创伤，你知道我的心里埋着多么深的痛苦……我跟马叔是多么好，我对马叔是多么真，可是他一夜之间就变了，他说不理我就不理我了……"①），可他在最终明白了自己的误会后，不仅不向林岚说明，而且也从来没有想到要对林岚说明。懦弱、轻信——他虽然从小就爱慕林岚，但既不敢坦然地向她表达爱慕，又不坦然地接受她的爱慕；在林岚离开红树林珍珠养殖场之时，他不加核实

---

① 莫言：《莫言文集·红树林》，云南出版集团公司、云南人民出版社 2012 年版，第 58 页。

就相信了金大川的谎言,误以为金大川确实已经占有了林岚;他的懦弱给自己带来了终身的遗憾,也给林岚造成了致命的伤害和终身的悲剧——如果他能接受林岚的爱,那么,林岚也许就不会嫁入秦家,从而,也许避免了心理的变态及不伦之子的降生,她最终也许就无从因要替儿子开脱罪责而做一些违法乱纪的事情。

(五)秦书记

秦书记是一名地委书记——一位中高级官员。他早年参加革命;新中国成立之后,受到过极左路线的冲击;复出后,"手只抓印把子"——因为他深知"只要把印把子抓在手里,要什么就会有什么。"① 为此,他不仅随波逐流,而且"助纣为虐"——让左倾路线更左:毛主席下达关于"评《水浒》、批宋江"的"最高指示"后,"省委领导亲自传达了毛主席的最新指示"②;紧接着,他便指示"林部长"(儿媳林岚)"赶快到市图书馆把所有的《水浒传》搜集起来,新华书店里也去看看,有多少部弄回多少部,下一步就要评这本书"③;夜里十点钟回家后,他激动地跟"林部长""谈了评《水浒》批宋江的重大意义"④。同时,浑水摸鱼、私欲熏心——他深知"人生在世,食色性也,食是第一位的,只有吃好了身体才能好,而身体是革命的本钱",⑤ "喜欢吃山珍海味不喜欢吃糠咽菜"⑥,于是,利用职权和时局的混乱,大肆饕餮民脂民膏,餐餐满桌都是鸡鸭鱼肉虾,柜子里放的是茅台酒,纵欲荒淫,"喜欢看漂亮姑娘,不喜欢看丑陋老妇"⑦,甚至连自己的亲儿媳妇也不放过。寡廉鲜耻——他实际上是艳羡林岚的母亲而不得,便将情感转移到林岚身上,并处心积虑地以娶儿媳妇的名义将林岚弄进家(小说中这样写

---

① 莫言:《莫言文集·红树林》,云南出版集团公司、云南人民出版社2012年版,第265页。
② 同上书,第301—302页。
③ 同上书,第302页。
④ 同上。
⑤ 同上书,第265页。
⑥ 同上。
⑦ 同上。

道:"他〈即秦书记——引者注〉到你〈即林岚——引者注〉家来玩耍,送给你一包党发给他补养身体的高级进口水果糖,他上下打量着你说:小岚子,越长越像你妈妈了。这个人还将与你发生非常重要的关系,后来你想起他这包水果糖,就感到这简直就是一包蒙汉药。"① 便将情感转移到林岚身上,并处心积虑地以娶儿媳妇的名义将林岚弄进家;在一个雷电交加的晚上将林岚强奸后,不仅毫无羞耻之心,而且旁若无事,引经据典,把自己与林岚和唐太宗与武则天、唐明皇与杨贵妃比附,从而,减轻他们心中的罪恶感,为他自己的龌龊行为开脱;与林岚生下林大虎后,继续与林岚淫乐,直至猝死在纵欲的浴缸里。残忍、泯灭人性、禽兽不如——为了霸占儿媳妇,竟然弄死自己亲生的儿子。

总的来看,秦书记不仅是一个官蠹,而且还是一个货真价实的衣冠禽兽。

(六)林大虎

林大虎是秦书记和林岚乱伦之子,是一个纨绔子弟。他流氓习性重、专横霸道、为所欲为、无恶不作——他经常对别人大打出手,如打门童、打"朋友"卢面团、打秘书兼性伙伴许燕等人;伙同钱二虎、李三虎轮奸少女;伙同钱二虎、李三虎办珍珠公司搞坑蒙拐骗。贪财好色——他母亲已经够贪的了,可他认为他母亲还不够贪,甚至当着朋友抱怨他母亲道:"我妈妈算什么?大傻瓜一个!人家那些当市长当书记的,早都捞足了,共产党不垮便罢,共产党一垮,他们摇身一变就是资本家!"② 伙同钱二虎、李三虎办珍珠公司、轮奸少女也是因为他贪财好色;他认为金钱可以解决所有事情、可以买来任何东西,便试图用十万元钱来使吕大同与陈珍珠解除婚约,在被拒绝之后,他不是痛哭,也不是特别的伤心绝望,而是把钱收起来了。愚昧无知——他"从小被人宠坏了,脑子单纯,虽然年过二十,但无知如同孩童,他是个彻

---

① 莫言:《莫言文集·红树林》,云南出版集团公司、云南人民出版社2012年版,第90页。
② 同上书,第37页。

头彻尾的法盲。"[1] 他在心目中,根本没有法律观念,作为副市长的儿子,他觉得自己就是法,自己想干什么别人都应该附和着,自己做什么事情都是对的;他干坏事时并没有意识到自己是在干坏事。

但他也有着善良的一面,如因为他对门童的恶作剧,老板要开除门童,他便立马阻止道:"别别,我也就是看着他们的服装好玩,故意逗着他们玩的,你炒了他们的鱿鱼,让他们到哪里吃饭去?"[2] 他在做坏事时,基本上都处于被动的地位——坏点子大都是钱二虎、李三虎出的;有时,在钱二虎、李三虎做坏事的时候,他还是会站出来阻止。他对陈珍珠也很真诚,甚至会因为爱陈珍珠而做违法乱纪的事情,比如,伙同钱二虎、李三虎强奸陈珍珠;当陈珍珠为解救吕大同而找他出手相助时,他并没有乘人之危。

总的来看,林大虎是一个不太坏的现代版的"高衙内"。

三

小说通过其内容及一系列人物,尤其是林岚、陈珍珠、吕大同、马叔、秦书记、林大虎等人物所表达的主旨大致有以下几点:

(一)反映了尖锐的社会矛盾,尤其是城乡间所存在的巨大差距和冲突

小说中的主人公们经历了"文革"和改革开放的两个时期。在从"文革"到改革开放的转型期,社会上所存在的各种矛盾都日益凸显出来,并不断加剧——有的人在城市中永远地丧失了自己的本心,无法抵制城市的各种诱惑而堕落了下去;有的人因无法适应城市的紧张和浮华而选择了回到乡村去坚守属于自己的一片净土。城里人的精神生活极度地匮乏,精神世界逐渐地残缺,乡村里的人不仅现实生活艰辛,而且精神世界贫瘠。城里的富人依靠着自己的权势而享受着奢华的生活,

---

[1] 莫言:《莫言文集·红树林》,云南出版集团公司、云南人民出版社 2012 年版,第 175 页。
[2] 同上书,第 35 页。

而乡村里的老百姓即使没日没夜地劳作也不一定能过上平常而安稳的日子……正是因为城乡差别越来越大和社会矛盾越来越尖锐,所以,林岚、陈珍珠这两人虽同为女性,但其人生却充满了不同的动荡和起伏,结局也迥然不同。

(二)揭露和批判了极左路线及一些反文化的野蛮事情

"地委书记逼着县里搞浮夸,说一亩水稻能生产八千斤稻谷"[1],马刚对地委书记非常气愤,"在县委常委会上一拳打掉了地委书记两颗门牙"[2],之后,"连降三级,接着遭遇了离婚,接着又犯了一些莫名其妙的错误,最终落在了红树林旁边的烈士陵园,当了一名管理员"[3];"市政府那位造了反的司机为了打掉马刚的嚣张气焰,将一颗爆竹插在了他的耳朵里点燃"[4];在"文革"期间,红卫兵"破四旧"堪称是丧心病狂——"砸掉了所有房屋上的瓦当,烧毁了市剧团的服装,剪掉了女人的脑后的发髻,有一些思想保守的不愿剪,不愿剪就追着剪,就按到地上剪,满大街的女人鼠奔狼窜,被按倒在地的女人发出怪叫,好像正被流氓强奸着一样"[5],之后便"扫荡了所有的庙宇,从关帝庙到城隍庙到文庙……文庙……里有一尊用紫檀木雕成的孔夫子像……要是放到现在,肯定可以算成重点文物,但却被……点上火烧了"[6],"烧完了孔夫子,大家都闲得手痒,脸上挂着无聊至极的表情"[7],便兴致勃勃地去红树林边上的珍珠娘娘庙,打算把把庙里的珍珠娘娘塑像掀下海……

(三)揭露和批判了官场的险恶和无耻

在小说中,"官场上没有亲情,只有赤裸裸的交易"[8],官场无好人。

---

[1] 莫言:《莫言文集·红树林》,云南出版集团公司、云南人民出版社2012年版,第59页。
[2] 同上书,第60页。
[3] 同上书,第101—102页。
[4] 同上书,第199页。
[5] 同上书,第155页。
[6] 同上书,第156页。
[7] 同上。
[8] 同上书,第292页。

县委书记林万森在被打倒后借地委秦书记之力复出;之后,出于投桃报李之心,同时,也实际上是出于保住自己官位的考虑,他竟然将自己的亲生女儿嫁给秦书记的傻儿子。省委领导郑玉兰与秦书记沆瀣一气、狼狈为奸,逼林岚屈从于秦书记的淫威。地委秦书记以权谋私、穷奢极欲、寡廉鲜耻、丧尽人性——他为了讨林岚的欢心,给广播局全体成员提高待遇;不仅餐餐饕餮山珍海味、强暴自己的亲儿媳,而且为了满足自己的兽欲,竟然弄死自己的亲生儿子,最后,因纵欲过度,死在浴缸里。常务副市长林岚先是自甘沦为秦书记的性奴,后是与昔日的同学、当下的部下金大川纵欲,再后是找鸭子满足情欲;她嗜珠成癖,为了得到自己喜欢的珍珠而接受别人的贿赂,甚至强取豪夺;她纵容包庇儿子,甚至为了给儿子开脱罪责而与自己一向鄙视的金大川苟合,并与他人勾结,联合起来以犯罪的手段来掩盖事实真相;她泯灭是非观、丧失良心,如明知周围的人对自己说的话都是阿谀奉承之言,但仍然听之任之;她"在主席台上居高临下地看着台下那些县级干部时,心里竟然羞羞答答地产生了对父亲的感谢之情……"①。市财政局局长钱良驹、市建筑公司经理李高潮均是官蠹,均纵容儿子与林岚的儿子一起胡作非为、祸害百姓,成为"害群之'虎'"。马叔虽然品行端正,但不能敢爱敢恨,而且看着自己所爱的人——林岚——"堕落",也不施以援手,只求"洁身自好",实际上是"见死不救",相当残忍。因此,从根本上来说,马叔说不上是一个好人。

整个官场真正的好人实际上只有马刚,可马刚不仅被从官场彻底清除了,而且被折磨得死去活来,终生残废。

(四)揭露和批判了社会和人性的丑恶

莫言曾明确地表示:"我有一种偏见,我认为文学作品永远不是唱赞歌的工具。文学艺术就是应该暴露黑暗,揭示社会的不公正,也包括揭示人类心灵深处的阴暗面,揭示恶的成分。所以我的小说发表以后,

---

① 莫言:《莫言文集·红树林》,云南出版集团公司、云南人民出版社2012年版,第287页。

有的读者不高兴,因为我把人性丑的部分暴露得太过厉害,把社会上一些地方暴露得太真实了。对于这些触及人类灵魂、暴露人类灵魂丑恶的作品,他们觉得很受刺激"。①《红树林》践行了他的这种文学理念,揭露和批判了社会和人性的丑恶:

在小说中,风流饭店虽然从外表来看富丽堂皇、正儿八经,但实际上却不时发生着一些见不得人的肮脏事情,养着一群像寄生虫一样、靠出卖身体来讨好别人以赚钱的人。

红荔大酒店藏垢纳污——妓女、鸭子"泛滥",不仅纵容"卖淫嫖娼",而且监视"卖淫嫖娼",并以此要挟"顾客"以牟利。

男女都贪财好色、贪得无厌、欲壑难填、寡廉鲜耻——

林岚非常喜爱珍珠,最后,竟"爱珠成癖","成了珍珠专家"②,甚至会为了一颗自己所喜爱的珍珠而不择手段,从而,巧取豪夺了为数众多且种类繁多的珍珠及珍珠类物品;纵欲荒淫,如与公公秦书记肆无忌惮地做爱,客厅的地板上、卫生间的马桶上、澡盆里……什么地方方便就在什么地方做爱,总是"干得筋疲力尽时结束"③;在孩子满月后,她的"性欲也变得格外旺盛起来",她"把纵欲当做了解脱恶梦的一种方式"④,她的"疯狂的叫床声,穿透门窗和墙壁,在城市的夜空中飘荡。"⑤ 她与老同学、部下金大川做爱,"在金大川的蹂躏下发出了阵阵声嘶力竭的喊叫,喊叫时她翻着白眼,咧着嘴,龇着牙,丑态毕露,全然没有了堂堂副市长的风采。最后,她和他的身体几乎拧成了一条麻绳,汗水湿透了床单,房间里洋溢着那种凶猛动物交配之后的辛辣腥冷的气息"⑥,"平日里严肃认真的副市长干起性事来活像

---

① 莫言:《自述文学路》,天津网—天津日报,2012.10.17 http://news.163.com/12/1017/09/8E0P6TIN00014AED.html.
② 莫言:《莫言文集·红树林》,云南出版集团公司、云南人民出版社2012年版,第216页。
③ 同上书,第321页。
④ 同上书,第320页。
⑤ 同上。
⑥ 同上书,第4页。

一头母豹子"①。与野鸭子做爱,她"像一个发情的母兽,发出难听的嚎叫,嘴巴里流着黏稠的涎线"②,他们俩"简直就是两个光屁股的妖精在打架"③,"墙上的大镜子里晃动着"他俩"翻来覆去的身影"④,"房间里回荡着"他们"肉体相撞的声响"⑤,她的"眼睛里放射出一波波的绿光,像猫、像虎、像狼",她"翻身骑到了黑皮的肚子上,头往后仰着,双手抱着脖子,身体像打夯一样上下耸动着"⑥,她"眯着眼睛,咧着嘴,露出满口的牙床,嘴巴里发出呱呱的叫声"⑦,她"那样子根本不像做爱,倒像对着阶级敌人发泄着阶级仇恨。"⑧平常,她还不时用硅胶鸟自慰。

秦书记为了满足肉欲,不顾伦理,强奸儿媳妇;为了强占儿媳妇,竟然违背人性地弄死儿子小强,并在"小强的身体被拉走火化的当天晚上","强行干了"儿媳妇,"像一个等待妻子出月子等得心如火烧的丈夫一样","一夜之中"在儿媳妇"身上射了三次"⑨,最后,死在纵欲的澡盆里;且父子均为饕餮之徒——全国普遍困难,但是,在秦书记家里却"看不出肉类短缺的迹象,也看不出鸡蛋需要凭票供应,更看不出粮食紧张,这里不缺乏维生素,更不缺乏蛋白质,这里基本上实现了共产主义"⑩,"老山龟"、"鳖鱼"、"加吉鱼"⑪,"砂锅红烧肉"、"黄焖鸡"、"油焖虾"、"樟茶鸭"⑫等应有尽有,吃得"有条有理"、"津津有味"——他在餐桌上这样教林岚剥大对虾:"这样剥,虾

---

① 莫言:《莫言文集·红树林》,云南出版集团公司、云南人民出版社2012年版,第4页。
② 同上书,第93页。
③ 同上。
④ 同上。
⑤ 同上。
⑥ 同上。
⑦ 同上。
⑧ 同上。
⑨ 同上书,第320页。
⑩ 同上书,第261页。
⑪ 同上书,第266页。
⑫ 同上书,第264页。

头要嘬一嘬，白的是虾脑子，红的是虾油"①，并给林岚示范，"他的小胖手灵巧地活动着，虾肉从皮里脱出来，虾皮还是完整无缺。他不但剥得好，而且剥得快，没了内容的虾皮整齐地排在一起，一只两只三只四只，很快就排成了一个班"②；他的儿子"小强一声不吭，埋头苦干，捞光了红烧肉后，他把肉汤全部倒进了米饭盆里，然后头也不抬地猛吃，一边吃还一边发出吭吭的声音。"③

林万森为了保住官位，竟然不惜牺牲女儿的终生幸福，利用职权独占有关卢家"七十二只金牛"的信息，企图将那些金牛据为己有，并且在临死前将金牛的下落告诉给自己的亲生女儿。

于秋香虽身居组织部副部长之位，但对此官位不满足，于是，嫁给县委书记林万森以图牟取更高的官位，并最终当上组织部部长；在林万森死后，她为了得到"七十二只金牛"而辞职到金牛的所在地做乡村小学的校长；最后，她在偷偷地"猎取""七十二只金牛"时溺死在水井里。

金大川对林岚如饥似渴、穷追不舍；为了得到林岚，他无所不用；在得到林岚时，他在她的身上"耀武扬威"——"毫不客气地咬着她的乳头，拧着她的大腿"④，坐在她的肚皮上，双手轮番拍打着她的乳房……

林大虎等三个"虎"，为所欲为、无恶不作，几次轮奸少女。

马叔看起来是一个正人君子，且颇有男子汉气，但实际上很虚伪、怯懦、没担当——林岚爱他，且主动地对他投怀送抱，他也爱林岚；可他却忧谗畏讥、畏手畏脚，既牺牲了自己的爱情，又从根本上"推动"了林岚一生的毁灭。

吕大同虽然表面上本性善良、纯正，但实际上贪财好色——他对陈珍珠与其说是爱，不如说是贪其美色；在面对巨款时丑态百出，甚至为

---

① 莫言：《莫言文集·红树林》，云南出版集团公司、云南人民出版社 2012 年版，第 265 页。
② 同上书，第 265—266 页。
③ 同上书，第 266 页。
④ 同上书，第 4 页。

了钱而不惜让自己的未婚妻去冒被玷污的危险,最后,竟不惜放弃本应属于自己的女人。

干部子弟,如林大虎等三个"虎"违法乱纪、胡作非为、无恶不作,甚至几次轮奸少女。

文化人堕落——省社会科学院的女学者吕超男利用林岚敛财……

莫言这种对社会和人性丑恶的揭露和批判实际上是"一种长期在苦难和屈辱的环境下心灵压抑的必然结果,也是中国作家的生存智慧和岗位意识所决定的。作为写作者,他把一切内心的痛苦、抗议和挣扎统统融入虚构的文学世界,极其丰富地创造了中国现实的真实场景和人性力量的复杂内涵"①。

(五)揭露和批判了国民的不觉悟

在小说中,国民基本上都是没有"主体性"、不觉悟的——极左路线大行其道,整个官场只有一个马刚抵制;省委委员郑玉兰打着江青的旗号送给林岚等下级"布拉吉",包括林岚及其父亲林万森等在内的人均信以为真,林岚等人还引以为荣;老百姓对国家大事、国家关系等一无所知,却时而喜爱苏联,喜爱看苏联的文学作品,如喜爱看《钢铁是怎样炼成的》,时而高呼"打倒苏修,打倒苏修"②……

(六)揭示了原欲对人根本性的影响

林岚对马叔的"爱"实际上从根本上影响了其所作所为——她在中学时代,不管马叔情愿与否,主动地追求甚至是"纠缠"马叔;在"知青"时代,主动地想献身于马叔;嫁入秦书记之家后,与秦书记肆无忌惮的纵欲实际上是对马叔爱而不得心理的一种转移;秦书记死后,林岚欲与马叔"破镜重圆"、"重修旧好",未能如愿之际竟然在酒店里与"鸭子"纵欲;最后,在落入法网之际,仍然不忘刨根究底地弄清楚马叔"抛弃"她的原因。

---

① 陈思和:《在讲故事背后——莫言〈讲故事的人〉读解》,《学术月刊》2013 年第 1 期。
② 莫言:《莫言文集·红树林》,云南出版集团公司、云南人民出版社 2012 年版,第 295 页。

金大川自从与林岚相识到落入法网之际，一直"苦爱"着林岚——在中学时代，他爱恋林岚，为此，总做一些能引起林岚注意力的事情；在"知青"时代，他散布自己与林岚"相好"的谣言，让马叔对林岚"死心"；在已婚之后，他与林岚纵欲……

从心理学的角度来看，林岚和金大川的行为可以说都是其"原欲"影响的结果。

（七）揭示了人生的悲剧性

"作品用林岚悲痛的处境拉开序幕，设置了一个'结'来吸引读者。并以金大川、马叔、林岚三人始终纠缠不清的情感为主线。林岚与马叔青梅竹马，却因命运捉弄未能终成眷属。金大川挖空心思地得到了林岚的人，却未能得到她的心。林岚在改革开放的大环境里受到金钱、权力的侵蚀，加上她人格上的弱点，一步步沉沦"[1]，"由一个正派、坚强、纯真的女孩堕落为贪欲慕利的腐败干部"[2]……在小说中没有一个人物是善终者。

（八）揭示了下层民众的不幸，歌赞了下层民众的优良品性

作为下层民众，无论是陈珍珠家，还是吕大同家、小云家，都非常不幸，都有苦难言、有怨难诉——陈珍珠的父亲在采珍珠时被鲨鱼咬伤致残、母亲早逝、弟弟是一个哑巴，吕大同家无论是在风调雨顺之年还是在时乖命蹇之年，养珍珠总是劳而无获——不是珍珠卖不出好价，就是珍珠被盗、血本无归；吕大同在爱人被玷污、被强占，人财两空后铤而走险，结果身陷牢狱；小云的娘刚死，爹又病了，家里没钱，"嫂子天天骂狗不看门，骂鸡不下蛋，都是白吃食的"[3]，小云知道她嫂子在骂她，便在不到十三岁便出外打工……通过这些，小说揭示了下层民众的不幸。

---

[1] 廖宇婷：《浅论莫言〈红树林〉的悲剧意识》，《青年文学家》2015 年第 3 期。
[2] 樊东宁、姚红静：《评〈红树林〉的叙事手法》，《衡水学院学报》2014 年第 2 期。
[3] 莫言：《莫言文集·红树林》，云南出版集团公司、云南人民出版社 2012 年版，第 118 页。

吕大同家无私地帮助陈珍珠家，陈珍珠的母亲知恩图报，并在临终之际将爱女陈珍珠许配给恩家的儿子吕大同。陈珍珠不仅外表美丽，而且内心也美丽——照料年幼且失语的弟弟、年老且残疾的父亲，对恩家真心相待，同情并照顾小云；吕大同虽然在人性的深处有"恶"的因子，但他对陈珍珠最初还是一片真情的，对陈家也是很真诚、友好的……通过这些，小说歌赞了下层民众的优良品性。

（九）揭示了男权对女性的压迫

林岚被父亲送给有恩于他的秦书记、被公公强暴，风流饭店的女性被"做""女体宴"以供公子哥儿打骂调笑；陈珍珠、小云等人被三个"虎"强暴，陈珍珠实质上是在林大虎和吕大同之间被买卖，女工没有安全保障……

（十）表达了作家对法制建设以及加强法制建设的呼唤

作者曾明言："红树林是歌颂法制建设、批判腐败现象的，是主旋律。"① 林大虎等三个"虎"最终落入法网，林岚也落入法网，这实际上表达了作家对法制建设以及加强法制建设的呼唤。

四

从艺术表现的角度来看，小说主要具有如下特点：

（一）运用了蒙太奇的手法

小说不是按时间和事情发展的顺序平铺直叙的，而是运用蒙太奇的手法——将故事解构后进行重新组合：小说共十八章和一个尾声：第一章写林岚在一个暴雨之夜，独自开车到她的秘密别墅里所"进行"的一段"身体写作"，并引出了林岚与马叔、林岚与金大川之间的故事；之后，又写到现实中的学者吕超男给林岚送礼之事。第二章写林岚请马叔、金大川等老同学参加她的45岁生日聚会，穿插写林岚当年任县长的父亲林万森观看她所参加的中学生运动会之事。第三章写林岚的儿子

---

① 莫言、王尧：《莫言王尧对话录》，苏州大学出版社2003年版，第184页。

林大虎和李二虎、钱三虎等与卢面团吃"人体宴"。第四章写林岚找"鸭子";同时,也写有关"文革"的一些事情……第七章写陈珍珠及林岚父辈们的英雄故事。第八章写珍珠的养殖历史、林大虎等人办珍珠公司及遇到陈珍珠之事。第九、十章写林岚得知儿子违法乱纪的恶行及为之开脱罪责等。第十一、十二章写林大虎对陈珍珠的追求及有关红树林的故事。第十三章写林岚观看陈珍珠的黑珍珠及古今中外一些关于珍珠的传说。第十四章写林大虎等人强暴陈珍珠。第十五、十六章写林岚当年的婚礼场面及陈珍珠将成为林岚儿媳的一些准备。第十七章写林岚遭公公秦书记强暴。第十八章写林岚生下林大虎及林万森、秦书记等人的死。尾声写林岚成为了阶下囚。其中,纯粹的蒙太奇式叙述模式见于第十章——"该章在一段导入性的叙事之后,直接展现了 45 个蒙太奇单元,然后以空一行来暗示各单元之结束,再以一段综合性的叙事将观众(在这里是读者)导出。各个蒙太奇单元,莫言用括号内的阿拉伯数字分别加以标识。这 45 个蒙太奇单元长短不一。有的结构很简单,只是几个分镜头而已。有的结构较为复杂,它们构成一个个叙事的小板块,如果扩展开来就相当于章回小说中的一回。"①

总的来看,小说"将'现在时间'与'过去时间'两相结合,穿插在作品中成为两条线索,同时又运用'时间压缩法'将几十年的历史时间通过一个事件、几个人物的连缀而成,将历史切割成许多碎片,在碎片的回忆中又切入叙事时间,也即故事时间,就在一个个切入点的连缀中,将过去和现在连接成一个有机的时间整体"②;采用了倒叙及大量的插叙,让故事与故事相互穿插、比对,不断地变换时空,时而穿梭回到过去,时而展现现在,时而把视角对准小说中的当下情景,时而把故事拉到历史和传说之中;时而又回到历史的某个点,将视线停留在以往的某个点上,然后再慢慢向后推移,在这种快慢节奏的转换、有序与无

---

① 张思齐:《在比较的视域中看〈红树林〉的诗意构成》,《衡水学院学报》2014 年第 2 期。
② 樊东宁、姚红静:《评〈红树林〉的叙事手法》,《衡水学院学报》2014 年第 2 期。

序中，时而给读者一种紧迫感和冲击感——几十年几百年的故事被浓缩到前后一两个晚上的叙述里，爱情的表白在最后一刻在珍珠的滚动声中完成；时而又让读者细细体味故事中人物的心路历程。小说也就是在这样一种通过对不同时空中人物的描画和点点记忆，以及故事碎片的拼凑中渐渐完整起来的，形成一个情节起伏跌宕而又完整、清晰的故事。

（二）叙述视角新颖别致

小说"采用第一人称'我'作为叙事主体，塑造了一个全知叙述者，并综合了第一、三人称的传统手法，同时巧妙地插用第二人称'你'与'我'的对话体系，讲述了一个被都市社会浸染的女市长的伤心历程"[1]——"我"并非一个真实的存在，实际上是林岚的隐形恋人（或许是林岚内心的自己），"我"无处不在、无时不在、无所不知、无所不晓："我"与主人公林岚一起上学，一起生活，总是站在林岚旁边观察着她周围所发生的一切；"我"有时像一位佣人一样服务于林岚，有时和她交谈，并时不时地陈述自己的想法；"我"有时也冲动，但常常因"对女人的恐惧，比钢铁意志还管用，总是在关键时刻克制住我的欲望"[2]。所以，"我"就理所当然地既作为旁观者来叙述自己心爱的人的现实遭遇，表现出无奈的心理，使小说得以展开，又作为故事的参与者与主人公同喜同悲，且一起回忆曾经拥有的过去，完成小说历时性的叙述。无论作为旁观者还是参与者，都是为了实现作者的叙事目的而采取的一种叙事策略。它通过对故事的参与，在叙事层面上阻断了故事时间的连续性，方便而自然地回忆"我"与林岚、马叔、金大川等人天真纯洁的中学时代和"幼稚"的青年时代——每当现实中的林岚表现出人性丑陋时，"我"便告诉读者少女时代的林岚是多么的活泼可爱。

同时，"贯穿全篇的第二人称叙事作为其最醒目的叙事风格，为新时期长篇小说创作又增添了浓墨重彩的一笔"[3]，"作品中叙述视角的频

---

[1] 樊东宁、姚红静：《评〈红树林〉的叙事手法》，《衡水学院学报》2014年第2期。
[2] 莫言：《莫言文集·红树林》，云南出版集团公司、云南人民出版社2012年版，第3页。
[3] 张茜：《从叙事方法看〈变〉与〈红树林〉的异同》，《文艺评论》2000年第3期。

繁转换，历史与现实交替闪现的方式带给读者不一样的感受。主人公情感生活的悲喜交集，中国革命历史的风云变幻，操纵个人命运的政治翻云覆雨，以及人性复杂的多面性都成为这部小说吸引读者的焦点"[1]。

（三）叙述语言铺张淋漓

如小说开篇一段对林岚在濒临崩溃的状态下冒着暴雨开车回家的描写：

> 那天深夜里，她开车来到海边的秘密别墅。刚刚被暴雨冲洗过的路面泛着一片水光，路上空无一人，远处传来海水的咆哮声。她习惯赤着脚开快车，红色凌志好像一条发疯的鲨鱼向前冲刺，车轮溅起了一片片水花。她这样开车让我感到胆战心惊……轿车猛拐弯，如同卡通片里一匹莽撞的兽，夸张地急刹在别墅大门前。刺耳的刹车声一瞬间盖住了夜潮的喧哗，阔叶树上积存的雨水哗地倒下来，浇得车顶水淋淋，好像有人在跟我们开玩笑……灿烂的水晶吊灯突然放出了金黄的光辉，天蓝色的手提包蛮横地飞起来，天蓝色的高跟鞋翻着跟斗飞起来，天蓝色的长裙轻飘飘地飞起来，然后是天蓝的丝袜飞起来，天蓝的乳罩飞起来，天蓝的裤衩飞起来。顷刻之间，南江市天蓝色的常务副市长变成了一个洁白如玉的女人，一丝不挂地冲进卫生间。[2]

又如，小说关于"鸭子"对林岚勾引的叙写：

> 他停止了让你感到心惊肉跳的断语，只是用他的那双勾魂摄魄的眼睛在你的脸上睃巡着。你感到他的目光是一种实实在在的物质，既像黏稠的蜂蜜又像催情的春药。他看完了你的手相不但没有松开你的手，反而把你的另一只手也抓在他的手里。他的手温柔但

---

[1] 韩文霞：《莫言小说〈红树林〉女主人公形象论》，《安康学院学报》2013年第2期。
[2] 莫言：《莫言文集·红树林》，云南出版集团公司、云南人民出版社2012年版，第1页。

很有力度地捏着你的手,让你感到微微有些痛楚,但这种痛楚是一种舒服的痛楚。你禁不住地呻吟起来当然是轻轻地、若有若无地,你的因为睡眠不足而灰白的脸色渐渐地红润起来,你的眼睛也放射出了湿漉漉、亮晶晶的光芒。"①

(四)注重运用"历史典故"、谣谚、通俗韵语

小说注重运用"历史典故":

如"苏东坡迷路南江县"、"洪秀全井边遇渔姑"、"保尔哥爱恋冬妮娅"、"周总理调侃赫光头"、"卢震寰兴造九重塔"等。

小说注重运用谣谚、通俗韵语:

如"采珍珠,采珍珠,官家催珠,如狼似虎。采珍珠,采珍珠,一颗珍珠,万滴泪珠。采珍珠,采珍珠,珍珠仙子,赐我珍珠……"②

"从广西,到广东,无人不知卢南风"③

"动之以亲情,馈之以礼物。"④

……

(五)注重运用对比的手法

小说中的对比最为突出的一是人与人的对比,处在不同环境中的林岚与陈珍珠这两位女性的对比,青少年时代的林岚与成人之后的林岚,作为干部子女的林岚与林大虎分别爱底层平民马叔与陈珍珠的对比,同样受林大虎勾引的陈珍珠与许燕的对比,同样爱恋林岚的马叔与金大川的对比,作为未婚妻或妻子的陈珍珠与作为未婚夫或丈夫的吕大同的对比,作为正直干部的马刚与作为蜕化变质的干部林岚、林万森、秦书记的对比,作为妻子的林岚与作为丈夫的秦小强的对比,同样"出身"于"抗日"的林万森与马刚的对比,同样是纨绔子弟的林大虎与钱二虎、

---

① 莫言:《莫言文集·红树林》,云南出版集团公司、云南人民出版社2012年版,第69页。
② 同上书,第109页。
③ 同上书,第142页。
④ 同上书,第178页。

李三虎的对比等；二是城市生活景观和红树林景观的对比……

  对比手法的运用深化了小说所表达的内容，如林岚与陈珍珠的对比——两人最初都很清纯、可爱：林岚一与金大川等相见便迷住了他们，陈珍珠一与钱二虎、林大虎相见也迷住了他们，以至于"大虎乍见珍珠，就像一个吃腻了大鱼大肉的人见到了一盘黄花菜，就像一个见惯了姚黄魏紫大牡丹的赏花者突然见到了一盆清纯的水仙花"①，兴奋不已。两人都遭遇强暴，但是一个实际上是"半推半就"，一个则是痛不欲生。两人置身于世俗的"大染缸"，但林岚最终被"大染缸"所"同化"，陈珍珠实际上"质本洁来还洁去"……从而，使林岚与陈珍珠都个性十分鲜明突出。

  其他对比——许燕和陈珍珠的对比，凸现前者的泼辣和后者的温婉、沉稳；马叔和金大川的对比，凸现前者的踏实和后者的虚浮；林大虎与其他两虎的对比，凸现前者的憨厚、善良与后者的奸伪、狠毒……

  （六）双线并行

  小说有两条线索：一条是围绕林岚展开的线索——反映上层社会的生活，另一条是围绕着陈珍珠展开的线索——反映下层社会的生活，两条线索最终交汇于陈珍珠与林大虎的结合——合二为一。两条线索增大了小说反映生活的容量，同时也构成了小说的复调，增加了小说的厚度——使小说不像一些流行的"官场小说"一样"轻飘飘"的。

  （七）运用了象征的手法

  小说中的红树林、珍珠、陈小海、马刚等都具有象征的意义。

  红树林实际上是小说故事展开的背景，但也是一个象征物——是希望与生命的象征。在抗日战争时期，马刚等用生命和鲜血守护着红树林；在"文革"时期，知青们用生命护卫着红树林。无论是战争还是台风，都无法毁灭红树林，红树林都屹然存活于大海之中，并成为了陈珍珠姐弟俩及其他善良的采珠人的庇护所，成为他们物质和精神的家园。

---

① 莫言：《莫言文集·红树林》，云南出版集团公司、云南人民出版社2012年版，第121页。

红树林也体现了一种生命的原始魅力,体现了沧桑人生的无常,"红树林有着原始之美和生命之美。林岚与马叔在红树林的月夜下的动情,宛如生命的原始魅力的释放;珍珠猛砍红树林,以发泄被人糟蹋之情绪,但消损不了红树林的本色。人间沧桑,可是红树林却'涛声依旧'"①,"红树林象征着生命的坚韧、顽强,历经屈辱伤害终能立于不败之地,也是作家的暗示和希望,是作家在鼓舞林岚、陈珍珠这些多难的女性,要坚强地生活下去,像那个长寿的万奶奶,阅尽人间的沧桑,已能平淡不惊"②,小说"刻意将天生就富有一种原始的、生态美的红树林,权作小说人物十分重要的活动场所,以期能够求得置身于其中的小说人物所作所为的意蕴深长。"③

珍珠实际上是小说的"叙事线索"——小说至始至终贯穿着珍珠。在情节关键性的地方,珍珠总会出现,如林岚被她公公秦书记强暴的前夜有珍珠的出现,陈珍珠与她的弟弟走投无路时意外地获得了一颗价值连城的黑珍珠,筹办南江市珍珠节是林岚的一大工作……珍珠也是一个象征物——象征着珍贵、美好、美丽,它的孕育过程艰难而又痛苦——母贝被强行开口、被戳出几个洞植入小片,然后被囚禁在笼子里并吊在大海里,痛苦无比,以至于在明月皎皎之夜,"珠贝们的呻吟声从大海深处升起,搅得养珠人心神不安、彻夜难眠"④,但其结果却珍贵、美好、美丽,这实际上是生活、人生以及其他美好事物的象征——"珠贝痛苦的自救过程就是为人类孕育珍珠的过程,世界上多少美好事物,都是痛苦的结晶。"⑤ 正因为珍珠是象征,小说才说"它不仅仅依靠眼睛就能感受到的,它要靠热爱生命、尊敬上帝的心灵来感受。"⑥

---

① 吴锡民:《中外当代文艺作品中"红树林"书写论》,《广西师范学院学报》2011年第3期。
② 韩文霞:《莫言小说〈红树林〉女主人公形象论》,《安康学院学报》2013年第2期。
③ 吴锡民:《莫言与广西海洋文化有缘论》,《甘肃高师学报》2014年第4期。
④ 莫言:《莫言文集·红树林》,云南出版集团公司、云南人民出版社2012年版,第124页。
⑤ 同上。
⑥ 同上书,第222页。

珍珠被囚禁在笼子里被吊在大海里生活也是一种象征——象征着人被外在的因素控制住被动地生活，象征着人类生活的痛苦与无奈。

陈小海生活在社会的最底层，受欺压，他对所遭遇的一切心知肚明，深知孰善孰恶，但又没有说话能力，不能把自己的是非观点表达出来；他实际上是现实社会中的一群弱势群体的象征。

马刚正直、刚强、嫉恶如仇，可深受迫害，实际上也是一种象征——象征着在现实生活中的公理、良心、正义被戕害；他的耳朵被炸聋，象征着他的一种另类解脱——他从此落了一个"耳根清净"，也由此能苟延残喘于世。

……

（八）语言风格多种多样

1. 叙述语言直白、通俗，且不时诙谐、风趣

小说以直白、通俗的语言行文——作者所"关注的大都是边缘的、民间的、日常的、琐屑的历史；他也无意构设历史变迁的大场景，感兴趣的是那些能唤起原初激情及想象的人性与欲望的场景……所谓历史中心、主体、主流被虚化了"[①]。小说在写官场上的各种阴暗、虚伪时，毫不掩饰、毫不做作，直截了当地将那一幕幕尔虞我诈的场景描绘出来。在写人与人之间对性的渴求时，小说选择让文字化为一幅幅能动的视觉图像，淋漓尽致地将人的肉欲赤裸裸地剖开，让读者自己去感受和体会。所有的这些看似十分"重口味"的事件都像一把重锤敲击在读者的心灵上，使读者惊愕不断，给予读者以沉重的震撼和弥久的沉思。同时，小说也有一些诙谐、风趣之语，如，"在你的生气蓬勃的气味的冲击下，我的心中涨满了幸福，阳光明媚，秋风飒爽，天像海洋，人像花朵，一切都因为你而美好，就像歌功颂德的电影里所表现的那样。"[②]

[①] 温儒敏：《莫言历史叙事的"野史化"与"重口味"——兼说莫言获诺奖的七大原因》，《中国现代文学研究丛刊》2013年第4期。

[②] 莫言：《莫言文集·红树林》，云南出版集团公司、云南人民出版社2012年版，第9—10页。

2. 描写语言富有诗意

红树林海湾，是全世界人鱼最多的地方。他们光滑的身体胜过最丰润的美女，它们的雌性也像人一样，生着丰满的乳房。小人鱼叼着大人鱼的奶头，在红树林里游泳。它们可以用随便什么姿势游泳，仰着，卧着，打着滚儿。①

人鱼在红树林间穿梭游行，有几条技艺高超的可以飞越栈桥。它们飞越栈桥时就像一道道油滑的黑色闪电……水面被激起一道道涟漪。一只只大鸟蹲在栈桥旁边的树冠上，伸手即可触摸，红树林的鸟儿对他们满怀信任。②

小船咿咿呀呀地唱着歌，渐渐进入红树林。水清如镜，水中的游鱼仿佛悬浮在空气里。橹在水里摇，恰似搅动了琉璃世界。小船拖着一条长长的翡翠尾巴，在青绿色的或是粉红色的树干间穿行着。不时有秋茄的肥厚叶片摩擦着珍珠的头发，不时有红海榄悬挂的小丝瓜一样的胚轴碰到珍珠的额头。杨叶肖槿放出醉人的闷香，角果木的气味像鱼皮一样光滑阴凉，桐花树的气味则像一个热情奔放的姑娘腋窝里的气味，有点臭，有点酸，生气蓬勃，蒸蒸而上。红树林里所有的树木都在清晨把自己最强烈的气味放出来，混合成一个弥漫如云雾的气团体，笼罩在树林的上方。红树林里所有的树木都在那轮初升的红日照耀之下泛着深浅不一的红光。每一片叶子都耀眼，每一片叶子都像在橄榄油里浸泡过。③

黄昏时的红树林才是真正的红树林，红树的叶子一片片比赛着发亮，就像先刷了一层红漆然后又在漆上涂了一层油。那些白鹭也

---

① 莫言：《莫言文集·红树林》，云南出版集团公司、云南人民出版社2012年版，第112页。
② 同上书，第113—114页。
③ 同上书，第114页。

趁机成了红鹭，兴奋不已的它们落下去飞起来，飞起来再落下去，折腾个没完没了，折腾得红树林活生生的。①

……

3. 议论精辟、深刻

如对"权力"的议论："权力，真是一个可怕的魔鬼。它可以使爱情贬值，它可以使痛苦淡化，它可以使感情变质，它能使一个有洁癖的女人吞下大便，它比世上最毒的毒品还要毒。毒瘾还可能用强迫手段戒除，但官瘾呢？历朝历代因为当官丢了脑袋的人比吸毒死了的人还要多，但想当官的人依然如过江之鲫络绎不绝。尤其是那些尝到了当官甜头的人，如果突然把他的官给免了，就等于要了他半条命。"②

又如对红卫兵的议论："这种人什么朝代都有，'文化大革命'期间那些用辣手打人的红卫兵搁在抗日时期绝大多数都是大汉奸，五七年把很多知识分子打成右派的人搁在抗日时期肯定都是大汉奸，而且都是打着抗日的旗号卖国，就像他们用革命的名义将人打成右派一样。现在那些狐假虎威、贪污盗窃、满嘴革命词语的人搁在抗日时期肯定也是汉奸。"③

……

（九）注重对夸张的运用

小说中的好多地方都运用了夸张：

1. 关于卢家古宅建设情况的描写——

> 建这楼时，我爷爷在这儿当过磨砖小工，我爷爷说，一天只许磨一块砖，磨多了用皮鞭打，磨少了也用皮鞭打。④

---

① 莫言：《莫言文集·红树林》，云南出版集团公司、云南人民出版社2012年版，第192页。
② 同上书，第287页。
③ 同上书，第228页。
④ 同上书，第71—72页。

2. 关于卢面团爷爷专供茶的描写——

　　这茶是我爷爷用大气球给我飘过来的,是台湾南投产的高山云雾茶,这茶以前专供蒋介石,蒋介石死了专供蒋经国,蒋经国死了,就专供我爷爷了。①

3. 关于卢家骡子的议论——

　　我们卢家的骡子全通人性,除了不会说话,智商甚至比人还高。卢家的骡子没有缰绳,自己管理自己。②

4. 关于卢家烟花爆竹"九重塔"的描写——

　　在美国发射第一颗原子弹之前和我家发射九重塔之后,漫长的三十多年里,东西半球的夜空,从没被那样璀璨地照亮过。③

5. 关于红树林环境的描写——

　　铺路的白沙子又干净又清爽,人在路上打几个滚也不感到脏。④

6. 关于红树林对战胜日寇的贡献的描写——

　　红树林中最可怕的,是那些腐败的树叶子散出的腐气,很快就能让进入树林的人心醉神迷、精神恍惚,然后便迷迷糊糊地在树林

---

① 莫言:《莫言文集·红树林》,云南出版集团公司、云南人民出版社2012年版,第75页。
② 同上书,第76页。
③ 同上书,第78页。
④ 同上书,第144页。

里转圈，转呀转呀，怎么也转不出去，一直等到潮水汹涌地涨上来将人淹死。①

7. 关于慈禧太后爱珍珠的描写——

她不但喝珍珠粉，她还用牛奶调成珍珠糊糊搽脸涂身，连屁股都不放过，七十多岁了还皮肤白嫩，犹如少女。大太监李莲英经常骂身边的宫女，你们这些下贱东西，太后的屁股也比你们的脸白嫩！②

8. 关于万奶奶眼睛的描写——

她的眼睛在黑暗的地方能够像猫的眼睛一样闪闪发光。③

9. 关于权力的议论——

权力，真是一个可怕的魔鬼，它可以使爱情贬值，它可以使痛苦淡化，它可以使感情变质，它能使一个有洁癖的女人吞下大便，它比世上最毒的毒品还要毒。④

10. 关于陈珍珠和陈小海所发现的稀有珍珠的描写——

一颗大如鸽蛋的黑色珍珠，在颤动不止的蚌肉里安详地睡着，它的光芒，像黑色的闪电，让珍珠全身的血液凝固了。⑤

---

① 莫言：《莫言文集·红树林》，云南出版集团公司、云南人民出版社 2012 年版，第 191 页。
② 同上书，第 219 页。
③ 同上书，第 243 页。
④ 同上书，第 287 页。
⑤ 同上书，第 252 页。

11. 关于"珠贝们"的痛苦的描写——

　　珠贝们包含着女人们强行植入它们肉体内的异物沉入大海,那种痛苦肯定超过被凌辱过的处女。珠贝们在海里啼哭着,努力着,想把体内的异物吐出去,但人们经过了千百次的研究,已经把珠核或是小片植在了让它们无论如何也吐不出来的位置上了。①

……

（十）讽刺辛辣、尖刻

　　在小说中,"作者不断地通过对比手法和心理描写来对人物的卑劣和虚伪进行讽刺与批判,例如:'大虎伸出筷子,彬彬有礼地对那女郎说,不好意思,得罪了。然后选了右侧那个被众人夹的颜色发红的大奶头子,轻轻夹了夹……''大虎心里突然产生了对这四个贪食D姐的厌恶,但是他毕竟是宅心仁厚的人,不会像三个虎那样尖酸恶语去刺激她们。便低下脑袋将那些乳白色的浓香汁液,一勺勺地往嘴里送……'看似彬彬有礼的有德之人大虎实质上却是一个贪婪和色欲充斥内心的人物。其行为将他内心的邪恶和虚伪展现得淋漓尽致,令人发指。在物质充裕和知识匮乏等多种因素作用下,大虎变得麻木不仁。他欲望膨胀使自己无限制的放纵,却浑然不觉。在他身上没有丝毫的自我控制和理性可言。"②

　　又如,秦书记在强奸林岚之后的"大放厥词"——"岚子,我也是个人,我也有七情六欲,我希望你能理解我。我知道你也熬得很苦,小强不能满足你,儿子欠下的债,父亲有责任承担。你如果是个普通的女人,我不会动你,但你是个领导干部,领导干部就是什么都明白的人,所有的清规戒律,都是针对着老百姓的,对我们这些做领导的,不应该

---

① 莫言:《莫言文集·红树林》,云南出版集团公司、云南人民出版社2012年版,第124页。
② 廖宇婷:《浅论莫言〈红树林〉的悲剧意识》,《青年文学家》2015年第3期。

成为障碍……"① 接着，小说又这样写道：（秦书记）"说着说着他的话就流畅起来，被激情挤扁了的嗓音也恢复了正常。他侃侃而谈，就像平日里作报告，区别在于，作报告是衣冠楚楚，现在是一丝不挂；作报告是正襟危坐，现在是跪在地上。"②"所有的神圣和庄严其实都是一张美丽的皮，剥开了就是一包狗屎，比狗屎还要脏，比狗屎还要臭。"③"他把你抱到床上并且用被单盖住你的身体后，竟然过去摸了摸小强的头。你从侧面看到了他脸上那副标准的慈父表情。他的表演把你恶心死了也把你吓死了，天地之间怎么会有这样的人呢？"④

再如，秦书记在第一次成功地与林岚乱伦之后对林岚的"大放厥词"——"岚子，你心里千万不要有负罪感，这些天，我反复地想，这样做，是不是道德？得出的结论是，这样的事情，发生在老百姓身上，当然是不道德，是'爬灰'，是丑闻，但是这样的事发生在我们这样的人身上，就是浪漫，我们的官当得越大，这件事就越显得是小事一桩。我给你举两个例子，唐太宗李世民知道吧？法家，千古名君，武则天知道吧？也是法家，中国第一个女皇帝，杰出的政治家。武则天原来是李世民的儿媳妇，后来被李世民看上了，看上了就把她弄到自己宫里，先做贵妃，后做皇后。唐明皇和杨贵妃的故事知道吧？那杨贵妃原来也是唐明皇的儿媳妇，最后也弄到宫里。他们的故事早已成了千古美谈，谁敢说他们不道德？谁敢说他们'爬灰'？何况小强根本就是个小孩子，你们俩有夫妻之名没有夫妻之实，那武则天和杨玉环可是真的跟王子睡过了的，他们都不算'爬灰'我们就更不能算了……"⑤

……

---

① 莫言：《莫言文集·红树林》，云南出版集团公司、云南人民出版社2012年版，第300页。
② 同上。
③ 同上。
④ 同上。
⑤ 同上书，第302—303页。

（十一）多方面地描写人物

1. 动作描写

"你走起路来跌跌撞撞，经常在玻璃上碰了额头或是在门框上碰了鼻子，有点顾头不顾腚的意思，好像脑子里缺了根弦"①。

这是动作描写，写出了林岚的风风火火、有些莽撞和浮躁的性格。

"珍珠将脚从大石头上的绳套里脱出来，然后她也不去管空空的竹篮，挥动着双臂，用与死亡比赛的速度，蹿出了水面。她双手扒住船舷，张大嘴巴呼吸着，在这短暂的时间里，她的眼睛大睁着但是看不到任何东西，她的耳朵直竖着但是听不到任何声音，她的鼻孔扩张到最大的程度但是嗅不到任何气味，一切为了呼吸，一切服从呼吸，几秒钟后，她才恢复了感受事物的能力。"②

这是动作描写，写出了陈珍珠捕珠贝的艰辛。

……

2. 神态描写

"他的黑脸因为发窘而泛白。房间里灯光通明，使我能够清楚地看到，汗珠从他的额头上渗出来。他求救似地看着躲在墙角的我，嘴唇嗫嚅着，双手搓着裤缝……"③

这是神态描写，写出了马叔的紧张与不安。

3. 心理描写

林岚在内心对权力的感叹："权力，真是一个可怕的魔鬼。它可以使爱情贬值，它可以使痛苦淡化，它可以使感情变质，它能使一个有洁癖的女人吞下大便，它比世上最毒的毒品还要毒。毒瘾还可能用强迫手段戒除，但官瘾呢？历朝历代因为当官丢了脑袋的人比吸毒死了的人还要多，但想当官的人依然如过江之鲫络绎不绝。尤其是

---

① 莫言：《莫言文集·红树林》，云南出版集团公司、云南人民出版社 2012 年版，第 5—6 页。
② 同上书，第 249 页。
③ 同上书，第 18—19 页。

那些尝到了当官甜头的人，如果突然把他的官给免了，就等于要了他半条命。"①

这是心理描写，写出了林岚在内心深处对权力的看法。

五

小说也存在着一些不足之处，具体地说：

（一）小说写的不是"高密东北乡"的人和事，可能是由于作者对"高密东北乡"之外的人和事知之不多、不深、不透，因而不如作者写"高密东北乡"人和事的小说那么精彩——人和事都有点飘忽忽的，缺乏的立体感、丰满性、厚重度，让人感觉是编的、造的、想象的、脸谱化的、概念化的，与我们平常所见所知的人和事的契合度很低，让人感觉不是真人真事。

（二）叙事角度转换过多、过快，"时间交替中稍显混乱、人称转换稍显急促"②。如第一章用第一人称写道："趁她吸着香烟沉思默想时，我为她倒了一杯酒。"③ 紧接着用第二人称写道："三十年前，你还是一个扎着两把毛刷子的中学生，那时你眉毛很浓，皮肤很黑，大大的眼睛，放射着天不怕地也不怕的光芒。你的腿很长，上身显得特别的短促，好像刚出生不久的小马驹子，身体比例有些失调。你走起路来跌跌撞撞，经常在玻璃上碰了额头或是在门框上碰了鼻子，有点顾头不顾腚的意思，好像脑子里缺了一根弦。"④ 在描述林岚与金大川的性事时又用第二人称"你"，中间又穿插着"她"——"你对这种暴行逆来顺受"，"她在金大川的蹂躏下发出了阵阵声嘶力竭的喊叫"⑤。马叔与金大川为一只羊大打出手，青面兽这样教训道："抬起头来，县长让你抬

---

① 莫言：《莫言文集·红树林》，云南出版集团公司、云南人民出版社 2012 年版，第 287 页。
② 樊东宁、姚红静：《评〈红树林〉的叙事手法》，《衡水学院学报》2014 年第 2 期。
③ 莫言：《莫言文集·红树林》，云南出版集团公司、云南人民出版社 2012 年版，第 5 页。
④ 同上书，第 5—6 页。
⑤ 同上书，第 4 页。

起头来。"① ……"人称转换没有语言信号和标识性提示,读者就要花很大精力进行分析,如此作者就会失去读者。"②

同时,"全篇在叙事上都采用倒叙结构。让情节提前发展,而以现在某时作为时空坐标,大量已发生的情节则标新立异地以提纲形式陈列于人物现时的意识流之中。然后又从中择取重要的情节、场面展开叙述,时针再度被拨到以前某一时刻,徐徐行进直至与人物发生意识流的时刻重合。作者在不断地运用外倒叙之余,又几乎是通篇采用了一个'混合倒叙'结构。从大半年前的事件开始倒叙,一直延续并结束在这第一叙事起点之后的'尾声'部分。在这个大型的混合倒叙结构中又不断套用外倒叙。作者的构思固然巧妙,但由于这一手法的过于频繁的使用,又兼缺乏明确的时序标志,使得作品未免显得有些零乱,结构上的凝聚力尚嫌不足。"③

(三)《第十章》从"蒙太奇"运用的角度来看固然颇有价值和意义,但是,又太平铺直叙了,类似于流水账。而且,其中不少事情都很重要,本应该展开叙述,这样,小说便显得了有点"潦草"。

"在时空切换上有些生硬,如第九章中,从人物与鸭子狂欢后内心独白,猛然跳到红树林外高岗上所进行的筹办珍珠节的现场会。上下文之间显然缺乏明显的逻辑关系,做这样的跳跃,使读者无所适从,难以产生同样的心理步速。而两条线之间的转换过渡也有不够自然之嫌。在分述之后,为了达到重合,将人物置于同一舞台演绎,莫言只得借叙事接受者'你'来打开话匣,但无论从技法或是言语表达上都显得有些笨拙……'你抬起头,用乞求的目光看着我,我知道你又要让我给你讲述这颗宝珠出水的情景了。我已经第三十遍对你讲过了,我实在不明白你为什么还要听?难道听我的讲述会使你的灵魂感到安慰?也许吧,你执

---

① 莫言:《莫言文集·红树林》,云南出版集团公司、云南人民出版社2012年版,第29页。
② 樊东宁、姚红静:《评〈红树林〉的叙事手法》,《衡水学院学报》2014年第2期。
③ 张茁:《从叙事方法看〈变〉与〈红树林〉的异同》,《文艺评论》2000年第3期。

拗地说，也许什么都不为，我只是想听，就像听一首喜欢的曲子，就像一个烟鬼不停地吸烟。……'这样的过渡显然失真又显得可笑。"①

（四）部分语言过于铺张，或有玩语言游戏之嫌。

如"万奶奶向井边走去，然后插入了大约 4350 字的关于万奶奶先辈与洪秀全的爱情传闻，再写到'万奶奶迈动着大脚，走到了这口著名的老井边上。'既干扰了读者的阅读心理，又造成了小说密度上的失控……点评万奶奶身份之谜时，他写道：'这个少妇按说不应该是万奶奶，应该是万奶奶的奶奶吧？……即使理智上明白不是她，感情上也认为就是她，是她是她就是她。那就是她吧。'"②则有玩语言游戏之嫌，而且这类文字在小说中有多处。

（五）"低俗化"倾向明显。

小说是莫言"逃出高密乡"走向商业化的一次尝试——没有把高密乡作为故事背景，但是少了莫言一向的让人忍不住赞叹的天马行空的灵气；虽然他的其他小说也有对"肉欲"的描写，且"口味重"，但一般来说，都大底是合情合理的，小说的"品味"也没因此而被降低或受损，但该小说则颇受此影响——色情描写过重，如"……金大川在她身上耀武扬威，他多毛的双腿和坚硬的屁股让我感到极度厌恶，我恨不得砍去他的屁股，但是我无能为力，我只能躲在暗影里咬牙切齿，让妒恨的毒牙咀嚼自己的心。我看到他毫不客气地咬着她的乳头，拧着她的大腿……你对这种暴行逆来顺受，你甚至发出一种惬意的哼哼，好像被人挠着腿窝的小母猪……金大川坐在你的肚皮上，双手轮番拍着你的乳房，你脑袋像货郎鼓一样在床上摆动着……她在金大川的蹂躏下发出了阵阵声嘶力竭的喊叫，喊叫时她翻着白眼，咧着嘴，龇着牙，丑态毕露……"③，且这种描写不少；"整个第三章的叙事，有泛滥之嫌"④。

---

① 张苗：《从叙事方法看〈变〉与〈红树林〉的异同》，《文艺评论》2000 年第 3 期。
② 同上。
③ 莫言：《莫言文集·红树林》，云南出版集团公司、云南人民出版社 2012 年版，第 4 页。
④ 张苗：《从叙事方法看〈变〉与〈红树林〉的异同》，《文艺评论》2000 年第 3 期。

（六）对林大虎的描写过于"漫画化"、"浮面化"。

小说一开始，在没有对林大虎进行任何交待的情况下就让他出场，他的所作所为超乎常理。而林岚本身的"素质"、"品性"是不错的，从她自身的人生经验和"素质"、"品味"来看，她的儿子不应该是林大虎那样的一副德行。小说后来对林大虎的胡作非为的描写，也不合常情。林大虎一方面爱上了美丽纯洁的陈珍珠，因求之不得而几次哭得像一个孩子一样，另一方面又因爱而不得而生恨，带领两个兄弟将其进行轮奸，对D姐产生怜香惜玉之情……他的所作所为，"风格"不统一，像是几个性格大相径庭的"暴发户"形象的胡乱拼凑、揉捏。

（七）关于"反右"和"文革"描写过于"浮光掠影"。

"反右"和"文革"是小说中人物活动和事件发展的重要背景，小说中的重要人物——马刚深受"反右"的影响，主人公林岚则深受"文革"的影响，但小说在写到"反右"和"文革"对马刚或林岚的影响时只是相当浮泛地叙述了一下，而没有写出"反右"和"文革"的实际危害，从而，影响了小说的深度。

（八）小说中的"我"有点让人摸不着头脑——他/她既好像一个不存在的人，又好像无处不在的人；好像看透了一切，又好像是林岚的一个人格体现；"'我'在文本中穿梭逃遁、神出鬼没。每次，我们以为抓住他了，其实得到的只是他蜕下的一层面具而已"①，给人一种神神道道的感觉。

（九）有一些情节脱离史实。

为了得到卢家传说中的七十二头金牛，林岚的继母于秋香辞掉县组织部长的职务，去红树林乡小学担任校长——因为红树林小学就开设在从前的卢家庄园里，她从林万森处得知从前的卢家金牛在卢家的井里；最后，因欲窃取那些金牛而死在卢家庄园的那口水井里。其时为"文革"尚未结束之时，黄金不仅不能在市场上正常流通——也就是说没有

---

① 张茁：《从叙事方法看〈变〉与〈红树林〉的异同》，《文艺评论》2000年第3期。

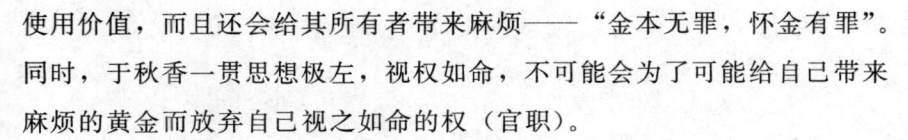

使用价值,而且还会给其所有者带来麻烦——"金本无罪,怀金有罪"。同时,于秋香一贯思想极左,视权如命,不可能会为了可能给自己带来麻烦的黄金而放弃自己视之如命的权(官职)。

(十)部分语言粗鄙,如一些脏话、荤话。

(十一)有些地方存在着对经典的"剽窃之嫌"。

如"权力,真是一个可怕的魔鬼。它可以使爱情贬值,它可以使痛苦淡化,它可以使感情变质,它能使一个有洁癖的女人吞下大便,它比世上最毒的毒品还要毒。毒瘾还可能用强迫手段戒除,但官瘾呢?历朝历代因为当官丢了脑袋的人比吸毒死了的人还要多,但想当官的人依然如过江之鲫络绎不绝。尤其是那些尝到了当官甜头的人,如果突然把他的官给免了,就等于要了他半条命。"[①] 这段文字就存在着对莎士比亚《雅典的泰门》的剽窃之嫌——《雅典的泰门》这样写道:"金子!黄黄的,光闪闪的,只要有这一点点,就可以使黑的变成白的,丑的变成美的,错的变成对的,卑贱者变成尊贵者,老人变成少年,懦夫变成勇士。这黄色的奴隶——可以使异族同盟,同宗分裂;它可以使鸡皮黄脸的寡妇重作新娘,即使她的尊容可以使身染恶疮的人见了呕吐,有了这东西——也会恢复三春的娇艳;它会使冰炭化为胶漆,仇敌互相亲吻,它会说任何方言,使每一个人惟命是从;它是一尊了不起的神明,即使它住在比猪巢还卑劣的庙宇里,也会使人顶礼膜拜"。

(十二)小说的"色彩"过于暗淡。

在小说里,除像陈珍珠等个别人物之外,所有的人物全都是丑陋的,而事情则全都是肮脏的,一切都是交易,一切交易的指向就是两点:肉欲和金钱;最终的结果都是毁灭——光荣的毁灭和卑鄙的毁灭!

[①] 莫言:《莫言文集·红树林》,云南出版集团公司、云南人民出版社2012年版,第287页。

第八章 《檀香刑》

一

《檀香刑》最初由作家出版社于 2001 年出版，其内容梗概为：

赵甲是京城刑部大堂里的首席刽子手、大清朝的第一快刀和砍人头的高手。他当了整整四十四年的刽子手，精通历代酷刑，砍下的人头比他老家高密县一年出产的西瓜还要多。父母双亡后四处流浪；进京后投亲不遇，被刑部刽子手收留；之后，便跟随刽子手们一同生活，耳濡目染，也成为一名刽子手；咸丰皇帝当朝期间，协同刽子手大头目余姥姥，用极其残忍的"阎王闩"刑罚处死了盗窃俄国女皇送给皇上的鸟枪的小太监小虫子——将小虫子的头骨慢慢挤碎，将其眼珠缓缓压出眼眶。咸丰皇帝觉得刑部刽子手的活做的很地道，让他看了一台好戏，要刑部奖赏赵甲等执刑的刽子手。余姥姥去世后，赵甲便成为首席刽子手。不过，赵甲始终认为刽子手与乞丐一样——都是贱民，没有任何地位。

戊戌变法失败后，朝廷命年已花甲的赵甲对六君子执行死刑。久经刑场的赵甲面对六副惊心动魄的面孔，也感到局促不安。他与六君子之一、原刑部主事的刘光第有着奇特而真诚的友谊，也对平时能平等地对待他们这些为人不齿的刽子手的刘光第非常感激。赵甲在行刑时，用高超的刑技向六君子表达了敬意——让他们没多受磨难便赴黄泉。这场撼天动地的大刑过后，京城百姓对赵甲高超的刑技和六君子悲壮的表现赞不绝口——一些民间话语甚至传进了慈禧太后的耳朵里，这为后来赵甲能获得巨大的荣耀奠定了基础。

六君子被处死后，袁世凯的骑兵卫队长钱雄飞直言不讳地称赞谭嗣同，并对出卖六君子的袁世凯恨之入骨。钱雄飞曾在日本士官学校留学，学成回国后，希望在国内推行变革之术。他与康有为关系密切，康有为将他推荐给袁世凯，袁世凯十分赏识钱雄飞娴熟的枪法，便赠给他两支德国造的金色的手枪。钱雄飞决定在袁世凯视察军营的时候刺杀袁世凯，为六君子报仇。可当他拔枪向袁世凯射击时，却没有出现所期待的震耳枪声、喷香的硝烟气和袁世凯大头迸裂的情景。原来狡猾的袁世凯早已认为钱雄飞不可信任，派人偷换了他枪中的子弹。钱雄飞被袁世凯的贴身卫兵当场擒住。袁世凯招来赵甲，要他当众用残忍的凌迟刑处死钱雄飞，以杀一儆百。钱雄飞在受刑的过程中毫无惧色，甚至高声诟骂袁世凯。赵甲担心施刑不当会使钱雄飞过早地死去，达不到袁世凯所期望的效果，便使出了浑身解数，割足了五百刀才让钱雄飞极其痛苦地死去。钱雄飞的刚毅极大地震撼了赵甲——行刑完毕后，赵甲感到双手无力，预感自己刽子手的生涯行将结束。袁世凯对此次行刑十分满意，便将赵甲引见给慈禧太后。慈禧对赵甲的本领本已有所耳闻，便与已成为傀儡的光绪皇帝一同接见了赵甲，称赵甲为刽子手行业中的状元，封他为七品官，赐给他一串檀香佛珠和光绪的座椅，让他回家养老。

赵甲回到了高密县东北乡。他的儿子赵小甲是当地的屠夫，有些痴傻，却娶了乡里的美人孙眉娘。孙眉娘从小失去母亲，无拘无束，没有按世俗的要求缠脚，长大之后以贩卖熟狗肉为生，风流成性，故被称为大脚仙子、狗肉西施。孙眉娘没有从赵小甲身上得到真爱和快乐，便常在外与人打情骂俏，甚至还与县令钱丁发生了"风流韵事"。回乡后不久，赵甲就听说了孙眉娘与县令钱丁的风流韵事——他既怨儿子的无能，更恨儿媳的轻薄，于是，常在夜深人静的时候，数着一颗颗代表他所杀之人头颅的豆粒，令孙眉娘不寒而栗。

钱丁与六君子中的刘光第为同榜进士，与钱雄飞是同胞兄弟。他武艺高强，有一副潇洒的胡须，气宇轩昂，风度翩翩，但所娶之妻却面容丑陋、冷淡严肃——她是曾国藩的外孙女。孙眉娘的父亲孙丙——高密东北乡猫腔戏班的班主——也有一副潇洒的胡须。猫腔是当地的一个剧种，唱腔优美，表演奇特，充满了神秘色彩，是当地人的精神写照；孙丙是猫腔戏的继承者和改革者，在行当里享有崇高的威望。孙丙生性耿直，自认为其美须在高密县无人可比，并在醉酒时贬低辱骂钱丁的胡须；在被人告发后，被县衙投入牢狱。钱丁在审案时与孙丙约定公开比须，孙丙若取胜则获自由，若败则自行除去引以自豪的胡须。比须之事吸引了大量的围观者，众人推举前来看热闹的孙眉娘做最后的裁决。孙眉娘被钱丁优雅潇洒的风度所折服，如实地裁判其父亲惜败于钱丁。钱丁大度地当众宣布赦免孙丙，与此同时，孙眉娘的美貌也给钱丁留下了深刻的印象。

钱丁为取悦于民，与夫人共同接见乡民，孙眉娘为了见到所倾慕的钱丁，随人流进入县衙。她对钱丁的暗恋被老道的钱夫人窥破，钱夫人有意露出玲珑的小脚，令拥有一双大脚的孙眉娘自惭形秽，狼狈而逃。孙眉娘因难以与自己所钟爱的钱丁会面而患上了相思病。钱夫人为了让孙眉娘痛恨钱丁，派人扮做钱丁的模样，将孙丙的胡须薅去，使其蒙受奇耻大辱，不明真相的孙丙认定此举系钱丁所为。孙眉娘见到父亲凄惨的模样，对钱丁的感情由爱转恨，决心以送狗肉为名再入县衙，毁掉钱丁的胡须为父报仇。不料，两人相见后，都难以压抑对对方的爱慕，并情不自禁地拥抱在一起，云雨缠绵。由此开始，两人频繁地在县衙内幽会，关系逐步公开，最后，甚至回家不久的赵甲也知道了此事。失去美须的孙丙无心继续唱戏，便解散了戏班，娶了戏班里的女旦小桃红，用钱丁资助的银子开茶馆。不久，小桃红为孙丙生下了龙凤胎宝儿、云儿，孙丙便心满意足地过起四平八稳的生活来。

可好景不长，德寇开始修建胶济铁路，青岛至高密段要经过东北乡，将损毁那儿的许多良田及乡民的祖坟。尽管当地民众给慈禧上了万民折，强烈反对铁路过境，但慈禧表示：万里黄河可改道，胶济铁路不改线。在小桃红遭到两名德国铁路技师的侮辱时，孙丙对德寇修铁路的不满变成了对德寇的仇恨，身上深藏的高密东北乡人的血性也顷刻迸发出来——他愤怒地持棍击毙了一个正在调戏小桃红的德国技师，另一个技师受伤后惊慌逃遁。孙丙望着德寇的尸体，隐约地感到一场大祸——德寇报复——即将来到。

袁世凯和德国胶济总督克罗德接连给钱丁发电报，要他立即缉拿孙丙。钱丁在派出兵马捉拿孙丙前，让孙眉娘回家通风报信。当捕快们磨磨蹭蹭地来到孙丙家时，孙丙早已躲开了。几天后，一队德寇来到孙丙所在的集镇，未及逃离的小桃红惨遭德寇的凌辱，并与儿女宝儿、云儿一起被德寇用刺刀挑死，娘仨的遗体还被德寇一齐扔进河里，随后，德寇又屠杀了二十四名无辜的民众，躲藏在远处树上的孙丙亲眼目睹了这一暴行。

血案发生后，群情激愤，民众一致强烈要求钱丁为他们做主。钱丁知道德寇未抓住孙丙绝不会善罢甘休，暗示孙丙赶快远走他乡避难，孙丙临行前发誓一定搬回救兵报仇血恨。钱丁亲笔起草电文向袁世凯报告德寇在高密犯下的滔天罪行，并亲赴莱州府向知府面报事件的来龙去脉。但知府对乡民的生死毫不关心，而只是催促钱丁按照袁世凯的指示迅速捉拿孙丙，赔偿德寇重金。

钱丁无功而返，郁闷和旅途的劳累使他大病一场。孙眉娘知情后，立即翻墙前往探望。不料却被心怀嫉妒的钱夫人暗算，不仅身上粘满了狗屎，还遭到鞭挞，被赶出衙门。钱丁在病中仍很思念孙眉娘，钱夫人见此情形，为了使丈夫早日康复，又派人将孙眉娘召入衙内。在经过一番面对面的斗嘴较量后，孙眉娘满足了钱夫人的虚荣，表面上给她以充分的尊重，以此换取自己公开地爱恋钱丁的许可。在孙眉娘的精心照料下，钱丁很快康复。出于对孙眉娘的感情，钱丁对执行追捕孙丙的命令一直暗暗地拖延。

孙丙逃到外乡后加入了义和团，不久就受指派带领两名义和团骨干返乡组织抗德力量。孙丙假借岳飞附体之名来召集乡民齐心抗击德寇，追随他的很快就多达数千人。孙丙选择在清明节为妻子儿女报仇——他带领队伍用最原始落后的武器去攻打德寇筑路窝棚，全歼了保护铁路施工的德国海军陆战队的一个小队，并生俘了三名德寇以作为人质。钱丁在得知孙丙攻打德寇的消息后，认为自己难逃上司的追究，感到官运已经到头了，便准备上吊自尽，一死了之，但被及时赶来的夫人阻止了。

德寇为了报复孙丙，带着精良的武器强行进驻高密县城。钱丁立即起草了义正词严的通牒，送给德寇司令克罗德。袁世凯告诉钱丁德寇进驻是得到允许的，要钱丁戴罪立功，为德寇提供一切方便，并迅速设法解救被孙丙扣押的德寇。钱丁本不愿从命，但夫人认为孙丙是勾结拳匪聚众造反，要钱丁像她的外祖父曾国藩一样为大清出力，不应顾及与孙眉娘的男女私情。钱丁无奈，便前往孙丙所驻扎的马桑镇，谎称德寇将孙眉娘抓走，要孙丙用德寇俘虏换取孙眉娘。在约定的换人地点，孙丙向前来领取俘虏的克罗德放出了三条穿着德国军服军帽的猪和狗，并戏称被俘的德寇变成了猪狗。钱丁这时才意识到孙丙已将被俘的德寇杀死以祭奠其妻子儿女了。恼羞成怒的克罗德拔枪向孙丙射击，孙丙似有神助——毫发未损，克罗德和他的座骑却被孙丙的部下用鸟枪击伤。

德国军队和清兵随即包围了马桑镇，德寇在火炮的掩护下发起攻击。首批攻进镇内的德寇落入了一个布满利器的巨大的陷阱，伤亡惨重。克罗德咆哮着要火炮将整个镇子炸为平地。钱丁不愿看到繁华的市镇被毁，更不愿看到无辜的平民遭受虐杀，便要求德寇停止进攻，让他去诱降孙丙。钱丁进镇后用匕首逼住孙丙，告诉他如能作出个人牺牲，就可保全乡亲们的性命，并会流芳千古。孙丙因顾及乡亲们的利益，便孤身随钱丁出城投降。正当钱丁为自己的成功自鸣得意时，克罗德因见已活捉了孙丙而下令士兵向马桑镇开炮。高密县最繁华的大镇和镇内无辜的百姓在炮火中灰飞烟灭，钱丁痛感自己犯了一个愚蠢的错误。

袁世凯要钱丁将赵甲请去商议对孙丙施刑之事。赵甲傲慢地对待前去相请的钱丁。钱丁十分看不起这个杀人如麻的刽子手，便不顾官场礼仪，用强力手段将他押走。袁世凯要赵甲用一种真正能起威慑作用的刑罚处死孙丙，但赵甲有推脱之意，袁世凯便对他进行恐吓威胁，称孙丙所犯的是灭九族的死罪，按律赵甲也要受牵连。赵甲为了表明自己与孙丙虽有姻亲关系但彼此别无关联，建议对孙丙用腰斩或凌迟等大刑。但克罗德认为这些刑罚让犯人死得太快，达不到震慑的效果，便要他用一种奇特而更残酷的刑罚，使孙丙极其痛苦，但又能在受刑后几天内不会死去，直至活到铁路通车典礼举行之时。于是，赵甲提出给孙丙用一种旷古罕用的酷刑——檀香刑，并详细地介绍了檀香刑。赵甲在其漫长的刽子手生涯中只亲手实施过一次此刑——此刑是用浸透熟油的檀木橛子，从犯人的谷道钉进，再从脖子后钻出来，然后将其绑住，适当给些营养，经过三四天的折磨，受刑者才慢慢地死去。袁世凯和克罗德对此骇人听闻的刑罚极为满意，要赵甲迅速准备。由于檀香刑的准备和实施都很复杂，赵甲便要其儿子赵小甲做其助手。钱丁认为过去自己的亲兄弟钱雄飞、同窗好友刘光第均死于赵甲之手，现在孙丙又要命丧于赵甲的酷刑，不由地怒火中烧，便想乘夜击毙赵甲，不料却击毙了在赵甲身边给赵甲帮忙的衙役。

赵甲毫不掩饰地告诉孙眉娘自己要用檀香刑处死孙丙，并称这样可以让孙丙成为万人传唱的大戏的内容，流芳百世。孙眉娘哀求公公放过她的父亲，但未能如愿，便硬闯县衙找钱丁救父，险遭守卫的德寇刺杀——侥幸被几个乞丐救下。情急之下，孙眉娘向丐帮首领朱八求援。朱八十分敬佩孙丙的所作所为，亲自率人潜入牢房将孙丙击昏后救出，并将受过孙丙恩惠、与孙丙颇有几分相似的乞丐小山子留在牢中，以图迷惑德寇。不明就里的孙丙在苏醒后，发现自己身处异境，便大声叫喊，结果，将德寇看守引来，朱八等人未来得及逃脱，被枭首示众，孙丙也重新被关入死牢。孙眉娘为逃避追兵，躲进了钱夫人的房内，钱夫人冒险掩护了已怀有钱丁骨肉的孙眉娘。

袁世凯对劫狱事件极为恼怒，离通车典礼举行还有五天就下令赵甲立即动刑，同时，要求必须在通车典礼举行时才让孙丙死掉。袁世凯告诉赵甲若能圆满地完成檀香刑则予以重赏，若要出了差错，就要将赵甲父子用檀木橛子串起来，挂在柱子上晒成人干。德寇将孙丙押往升天台受刑，钱丁担任现场监刑官。赵小甲在赵甲的指点下，冷漠地将檀木橛子一点点地敲进孙丙的体内，然后将其四肢固定住。孙丙被檀木橛子贯穿体内，求生不得，求死难速。孙眉娘在台下悲痛欲绝地望着痛苦万分的父亲。袁世凯和克罗德像一对亲密无间的好友共同观看行刑，而此时北京已经陷落，皇宫大内成了八国联军恣意寻欢的兵营。

由于孙丙在受刑时内脏被损，钱丁、赵甲担心其过早死去，连忙请来县里最好的医生设法延续孙丙的性命，确保他活到铁路通车典礼举行之时。赵甲见自己的大功即将告成，名利即可双收，便与儿子整日守护在刑台旁。在通车大典的前一天，孙丙原来戏班的一帮弟兄，不顾钱丁的苦苦劝阻，执意在升天台前搭台唱猫戏为孙丙送行。闻讯而来的德国士兵不由分说地射杀了戏台上所有的人，血腥的场面令钱丁忿恨不已，同时，也令他无可奈何。钱夫人在知悉京都被八国联军攻破的噩耗后服毒自尽。万念俱灭的钱丁决意在赵甲大功告成前结束孙丙的痛苦，打破袁世凯、克罗德的如意算盘——让他们在通车典礼举行时所面对的是一具尸体。他持匕首刺向孙丙的胸膛，不料却刺死了前来阻挡的赵小甲。赵甲见儿子被杀，凶猛地扑过来，紧紧掐住钱丁的咽喉，要置其于死地。正在此时，孙眉娘赶到，并毫不留情地用利刃杀死了赵甲，解救了钱丁，然后，飘然而去；钱丁也将匕首插进孙丙的胸膛，孙丙的眼睛里迸出了灿烂的火花，鲜血从他的嘴里涌出，同时还涌出一句短促的话："戏……演完了。"①

二

小说中重要的人物有孙眉娘、孙丙、赵甲、钱丁等。

（一）孙眉娘

孙眉娘是一位卖五香狗肉的村妇。她在刚会爬行时，其母亲因"喝"鸦片而死在炕上。她饿了，想吃奶，便在看到小驴伸着脖子到母

---

① 莫言：《莫言文集·檀香刑》，云南出版集团公司、云南人民出版社2012年版，第458页。

驴后腿之间吸奶时,无法抵住其诱惑,摇摇摆摆走到母驴后腿之间吸奶,结果被母驴咬伤了她的脑袋,鲜血淋漓;邻居看她着实可怜,往她的伤口上撒了许多石灰止血——她最终顽强地活了过来。之后,她随父亲的戏班子走南闯北,在舞台上扮演小孩、小妖、小猫。从十五岁开始,她"如雨后的春笋"般地成长;十八岁时,她发育成为高密东北乡最美丽的姑娘;美中不足的是她有一双没被裹过的大脚,也因这一双大脚而不好嫁人,最后,不得不嫁给以屠狗为生的傻子赵小甲。赵小甲在外卖狗肉,她在家中煮狗肉、卖熟狗肉。她因貌美又泼辣,加上有煮狗肉的好手艺,而被人戏称为"狗肉西施"。她艳丽风骚——高密县的人说:"这闺女,如果不是两只大脚,会被皇帝选做贵妃。"① 她因自小跟随孙丙的戏班子四处演出,没有受过三从四德之类的"传统"教育,因此,率性、任性、尖刻、泼辣、勇敢、叛逆,野性十足:

1. 敢于忤逆父亲和公婆——其母亲因为迷恋其父亲的一副好嗓子唱的猫腔戏,死心塌地地嫁给他,但其父亲风流成性,不珍惜其母亲,并最终导致了其母亲的死,对她也疏于照顾,她对此颇为不满,甚至说:"爹,想起你对俺娘的绝情,俺实在不应该一次二次第三次地搭救你,让你早死早休,省得你祸害女人。"② 她曾向赵小甲抱怨她父亲对她失职,于是,在她为其父亲遭难而哭时,赵小甲说:"老婆,别哭了,反正你这个爹也不是一个好爹,你说过,他让一头毛驴把你的头咬破了。"③ 孙眉娘脚大,被称为大脚仙子,其公婆要用剔骨的刀修理她的大脚,她便狠狠地揍了公婆一顿,结果,活活的气死了公婆。公婆死后,孙眉娘如脱缰野马,更加放肆,于是,"丈夫愚笨,女人风流,美人当垆,生意兴隆"④。

2. 敢于追求爱情——孙眉娘因脚大、风流等而欲嫁无门,最后,

---

① 莫言:《莫言文集·檀香刑》,云南出版集团公司、云南人民出版社 2012 年版,第 132 页。
② 同上书,第 11 页。
③ 同上书,第 417 页。
④ 同上书,第 132 页。

不得已而嫁给智障赵小甲；因无法从赵小甲身上获得爱，于是，渴望爱，并经常与人打情骂俏以舒解因无法从赵小甲身上获得爱而产生的苦闷；她因为投打偷鱼的猫儿而误击了知县钱丁的轿子，结果把钱丁引进了自家的店堂，并由此爱上了钱丁；随后，她便执着地追求钱丁，甚至追进县衙、追至钱丁的家里；被钱夫人发现后，钱夫人通过与她"比脚"来"打压"她，并最终战胜了她："眉娘看到，夫人似乎是无意地将长裙往上撩了撩，显示出了那两只尖尖的金莲。身后的人群里，顿时响起了一片赞叹之声。夫人的脚实在是太美了，大脚的眉娘顿时感到无地自容。"① 她也因"比脚"失败而颇感沮丧："天啊，地啊，娘啊，爹啊，俺这辈子就毁在了这两只大脚上。如果当初俺的婆婆真能用杀猪刀子把俺的大脚修小，俺就应该忍着痛让她修；如果能让俺的脚变小需要减俺十年阳寿，俺愿意少活十二年！"② 但她不甘失败，并很快就"转败为胜"："好吧好吧好吧，看吧看吧看吧，今日老娘要和高密城里的女人们好好地赛一赛，什么举人家的小姐，什么翰林府里的千金，比不上老娘一根脚指头。"③ 也不因为"失败"而放弃追求钱丁，并为钱丁而害相思病，茶不思，饭不进，整日精神恍惚。虽然为了忘却知县，她请求能让狐仙附体的吕大娘帮帮她，但她最终没有忘却钱丁，并因钱丁大病而心急如焚，以至于翻墙去探望钱丁；在遭嫉妒她的钱夫人暗算、落得个满身黏上狗粪、且遭到鞭挞、被赶出衙门后，她仍然对钱丁念念不忘，于是，在钱夫人为了使钱丁早日康复而派人将她召入衙内时，她"不计前嫌"地进县衙与钱丁公开地相恋，并精心照料钱丁直至钱丁康复。

3. 在她的父亲身遭酷刑、痛不欲生、爱人身处危险时，她"手持利刃杀了自己的公爹。"④

孙眉娘也有本分、驯良、懂孝道的一面——她没有受过传统教育，

---

① 莫言：《莫言文集·檀香刑》，云南出版集团公司、云南人民出版社 2012 年版，第 138 页。
② 同上书，第 134 页。
③ 同上书，第 18 页。
④ 同上书，第 5 页。

也没有什么家国大义的思想,只求舒舒服服地过日子,对孙丙那种要做英雄好汉的想法不以为然,认为"就算德国人修铁路,坏了咱高密东北乡的风水,阻了咱高密东北乡的水道,可坏的也不是咱一家的风水,阻的也不是咱一家的水道,用得着你来出头?"① 但她又深知"衣裳破了可以换,但爹只有一个没法换。"② 于是,在孙丙被捕后,为了救孙丙,她日夜睡不好觉,求神仙拜娘娘,哄公爹,冒着生命的危险去闯知县的大门;尽管她真爱着知县钱丁,但当钱丁无计可施时,为了自己的亲爹,她还是恨起了钱丁,并说他是个"无情无义的东西"③。当孙丙在刑场上忍受酷刑时,她泪如雨下,最后,为了救孙丙,她"竟然能够手持利刃杀了自己的公爹。"④

4. 自信。她自信没有不为自己倾倒的男人,甚至当自己的父亲孙丙因为杀了德国人而参加义和团、组织一千多乡亲公然与朝廷及德寇作对而犯下死罪后,她仍然试图通过自己的姿色与风情使钱丁对自己的父亲"徇情枉法"、网开一面。

此外,孙眉娘还有善良的一面——她虽然并不爱傻子丈夫赵小甲,但又利用钱丁与自己的关系给赵小甲免了三年的租子,并且利用自己与钱丁的关系帮助穷苦的乡亲在衙门里谋小差事。

孙眉娘也有自卑、自轻、自贱的一面——她有时也觉得自己不知高低贵贱,不应该与钱丁这样身份的人相爱。

(二) 孙丙

孙丙是高密东北乡猫腔戏班主。他外表俊美、才艺双馨——他身材高大、英俊潇洒,有一副好胡须,唱须生戏从来不带髯口。他有一副好嗓子,以至于凭着那副嗓子迷住孙眉娘的母亲,让她死心塌地地嫁给他。为了使猫腔能够被"弘扬"、传承下去,他刻苦耐劳地学习,并

---

① 莫言:《莫言文集·檀香刑》,云南出版集团公司、云南人民出版社2012年版,第9页。
② 同上书,第11页。
③ 同上书,第8页。
④ 同上书,第5页。

善于向各地方戏学习,形成自己风格,在行当里及民众中享有崇高的威望,像朱八这样的乞丐甚至视他为可以为之亡命的人。有血性、勇敢——胡须被人拔去之后,他深感羞愧,便放弃了唱戏的行当,娶戏班子里的小桃红为妻,开小茶馆过日子;他原以为这样可以平安过一生,但天有不测风云——德寇调戏其妻子小桃红,他便将德寇击毙、击伤;德寇将其妻子儿女杀害,他便加入义和团为妻子儿女报仇,并全歼了保护铁路施工的德国海军陆战队的一个小队,生俘了三名德寇,后来又杀死了那三名德寇,并且用三条穿着德国军服、军帽的猪和狗来戏弄、侮辱克罗德;在被俘之后被施以"檀香刑"时,他不屈不挠、大义凛然、视死如归,最后,在受檀香刑时甚至能像耶稣受难那样坦然受难。有勇有谋——钱丁"原以为孙丙只会装神弄鬼,没想到他在军事方面如此地富有才干。知县通过博览群书得到的知识,孙丙通过戏文也全部掌握了,不仅仅是理论上明白,并且卓有成效地付诸了实践。"[①] "他很幼稚,他的许多做法完全是儿童式的,但往往能出人意料,发人深思,而且还十分管用。"[②] 风流成性——他曾多次"祸害女人":虽然家里有对他死心塌地的娇妻,但他仍在外沾花惹草,并最终导致了妻子的死。狂妄——他自恃有一副好胡须而自高自大,以至于在听见别人夸赞知县的胡须时心生不满,口出狂言,贬低甚至辱骂知县的胡须,结果身陷囹圄;后又被知县夫人为了挑拨孙眉娘和知县的关系而差人装成知县的样子拔去了胡须。低俗、狭隘、愚昧、虚浮——表面上来看,他是一个带头领导反殖民斗争的英雄,而实际上,他是为了替自己的妻儿报仇才走上反抗的道路的,即从失手杀死德国技师到迫不得已时才揭竿而反,其性格是因为环境的压迫而一步步地发生改变、一步步地走向反抗的,其目的不过是"吃饭不要钱"、"个个做大官"、"封妻又荫子"[③];他的反

[①] 莫言:《莫言文集·檀香刑》,云南出版集团公司、云南人民出版社2012年版,第303页。
[②] 同上书,第306页。
[③] 同上书,第188页。

抗方式也无疑是不堪一击的，如他率领乡邻们反抗的形式落后且荒谬无比；从另一方面看，他实质上是沽名钓誉：他最后完全将生死抛开，也不问成败，只知道要轰轰烈烈地干一场，使他因猫腔留名；所以，当其女儿联合众乞丐用偷梁换柱之计想把他救走时，他不愿走，因为他觉得生对他来说已经没有多大意义了，他要的是成就一个英雄的名声，结果，不仅自己命丧黄泉，而且连累众乞丐，让他们死于非命。盲目、草率——他把自己想象成岳飞转世，是神人，能战胜强寇，可是，他既没有岳家军那样训练有素的士兵，又没有德国人那些厉害的枪炮，更没有雄厚的群众基础作为后盾，这岂不是自欺欺人或痴人说梦？

（三）赵甲

赵甲是一个刽子手。他十岁那年，父亲死于霍乱；十五岁那年，母亲又死于伤寒；从此，他无依无靠，孤苦伶仃，不得不以乞讨为生；流浪到京城后投亲不遇，在饿得发昏时误闯刑场，遇上余姥姥，并拜他为师，从而，干上了刽子手这一行当，并一干就是四十四年，最后，做到刑部大堂的首席刽子手，成为大清朝的第一快刀、砍人头的高手。他受过专业的行刑教育——他的师父在向他传授"凌迟"之术时，曾说："不管割多少刀，最后一刀下去，应该正是罪犯毙命之时"[①]，"完美的凌迟刑的最起码标准，是割下来的肉大小必须相等，即使放在戥子上称，也是不应该有太大的误差。这就要求刽子手在执刑时必须平心静气，既要心细如发，又要下手果断；既如大闺女绣花，又似屠夫杀驴……天才的刽子手……是用心用眼，而不是用刀、用手。"[②]所以，不论从哪里下手、每刀之间的间隔是多少，都得根据犯人的性别、体质、身体条件等情况来精确设计，否则，如果没割足刀数犯人已经毙命或是割足了刀数犯人未死，都算是刽子手的失误。忠于职守、尽职尽责——在长达四十四年的刽子手生涯中，其信念是在行刑时一定要

---

① 莫言：《莫言文集·檀香刑》，云南出版集团公司、云南人民出版社2012年版，第211页。
② 同上书，第212页。

"把活做好"、"把活做得地道",在给钱雄飞行刑时,"他感到,如果不割足刀数,不仅仅亵渎了大清的律例,而且也对不起眼前的这条好汉"①;在行刑时也确实"把活做好"、"把活做得地道"了,如处死刘光第、钱雄飞;他不仅"把活做好"、"把活做得地道"了,而且做了很多活,用他自己的话来说:"砍下的人头车载船装,不计其数"②,"亲手处死的犯人有九百八十七人,协办不算"③,简直"不是人,肯定是个魔鬼"④……正因为这样,他才最终获得了刽子手这一行当里的一项"殊荣":被慈禧太后与光绪皇帝一起赐给他一串檀香佛珠和一把光绪皇帝的座椅。既自卑又自尊——他深知"刽子手"这一职业在当时被人们蔑视,因而很自卑,他曾对袁世凯说:"大人,小的该死,小的是连下九流都入不了的贱民,走是一条狗,留也是一条狗"⑤,"小的是猪狗一样的东西……"⑥但他不仅仅自卑,也很自尊,并引慈禧太后的"行行出状元"来自我安慰,努力做杀人行当里的状元,并对袁世凯说:"小人斗胆认为,小的下贱,但小的从事的工作不下贱,小的是国家威权的象征,国家纵有千条律令,但最终还要靠小的落实……小的认为,只要有国家存在,就不能缺了刽子手这一行"⑦,"为盗杀人,于理难容;执法杀人,为国尽忠。"⑧在想到用"檀香刑"处死孙丙以满足德寇邪恶的欲望时,他异常兴奋,"咱家要让你见识见识中国的刑罚,是多么样的精致讲究,光这个刑名就够你听:檀——香——刑——多么典雅,多么响亮;外拙内秀,古色古香。这样的刑法你们欧罗巴怎么能想得出!"⑨残忍、冷漠、阴森——他从事的是最残忍、最不人道的职业,但不仅丝

---

① 莫言:《莫言文集·檀香刑》,云南出版集团公司、云南人民出版社 2012 年版,第 219 页。
② 同上书,第 313 页。
③ 同上书,第 326 页。
④ 同上书,第 17 页。
⑤ 同上书,第 327 页。
⑥ 同上书,第 94 页。
⑦ 同上书,第 327 页。
⑧ 同上书,第 328 页。
⑨ 同上书,第 318 页。

毫不以此为耻，反而认为这是一项艺术，并以"行行出状元"自勉，力争做刽子手中的状元，并以能做刽子手中的状元为荣；在凌迟钱雄飞时，他坦然地面对钱雄飞，当着袁世凯及其几千士兵卫队的面，用五百刀处死钱雄飞，并且能一边行刑一边冷静地分析看客的心理；在给孙丙行刑时，他把给孙丙施檀香刑当作是在创作一件艺术品似的，"精雕细刻"，而丝毫不顾及孙丙的痛苦；"他身上散发着一股凉气，隔老远就能感觉到。刚住了半年的那间朝阳的房子，让他冻成了一座坟墓，阴森森的，连猫都不敢进去抓耗子……进他的房子……身上就起鸡皮疙瘩……"①。不过，赵甲也不是天生就残忍、冷漠、阴森的——他早年与余姥姥一起给大内太监小虫子施"阎王闩"酷刑，施刑后，他感到"双腿发麻，眼前一片片的金星星飞舞，如果不是余姥姥搀了……一把，……在皇上的大驾还没起来时，就会瘫倒在小虫子的尸体旁边。"②"自从把那个有着冰雪肌肤的女人剐了之后，男女的事儿就再也做不成了。京城八大胡同里那些浪得淌水的娘们也弄不起来咱了。咱的胡须不知何时也不生长了。"③ 在给戊戌六君子施行时，因为六君子中的刘光第在平常能平等地对待他们这些为人不齿的刽子手，甚至愿意同他们一起过年，于是，"他感到那坚硬的鸡血面具，宛如被急雨打湿的墙皮，正在一片一片地脱落。深藏在石缝里的灵魂，正在蠢蠢欲动。各种各样的情感，诸如怜悯、恐怖、感动……如同一条条小小溪流，从岩缝里汩汩渗出。"④ 进而在行刑时用高超的刑技使他们没多受磨难便赴黄泉，"在他漫长的执刑生涯中，失去了定性、丧失了冷漠，这还是第一次"⑤。在给钱雄飞行刑时，他曾多次想罢手。他在执刑杀人时把自己看作是神，行刑前要用鸡血涂面——也就是说，他表面上很自高自大、很胆大，但实际上也很胆怯。

---

① 莫言：《莫言文集·檀香刑》，云南出版集团公司、云南人民出版社2012年版，第7页。
② 同上书，第53页。
③ 同上书，第318页。
④ 同上书，第234页。
⑤ 同上书，第233页。

莫言说：在《檀香刑》中，"一切都是夸张的，一切都推到了极致，大奸大恶，大忠大孝，人物都是脸谱化了的。譬如孙丙，譬如钱丁，譬如孙眉娘，但惟有赵甲这个刽子手，是独特的'这一个'，是《檀香刑》中唯一一个可以立得住。可以称得上是典型的人物。"① 从小说对赵甲的刻画来看，的确如此——赵甲的确可以称得上是一个"典型的人物。"

（四）钱丁

钱丁是高密县知县，光绪癸未科进士，与后来名满天下的戊戌六君子之一的刘光第同榜——刘光第是二甲三十七名，他是二甲三十八名。他不仅人长得英俊潇洒、举止儒雅、饱读诗书，而且有一身精湛的武艺。他是科举时代的一个文人，有着科举时代文人的共性——希望通过科举入仕，有所作为，最后，飞黄腾达，封妻荫子，以至光宗耀祖；但在及第后，却在京城蹲了两年冷衙门，后来通关节才放外任。他在任高密县知县之前，先后在广东电白、四川富顺做过两任知县，因为电白、富顺都是边远闭塞之地，穷山恶水，人民困苦，即使想做贪官，也刮不到多少油水。他勤政为民、不畏强暴、敢担当、重民族大义——高密交通便利、物产丰富，而他本人又"志气昂扬，精神健旺，红脸膛上焕发着光彩，双眉如卧蚕，目光如点漆……"②，甚至幻想"卸任离职，肯定会收到一柄大大的万民伞……"③，加上他还生有一副飘飘欲仙的好胡须，风度翩翩，给人的印象极好；于是，他就任高密县知县时，给老百姓带来了莫名的憧憬；上任之后，他也不负众望，颇能为民着想、为民办实事，如德寇虐杀了小桃红及其一双儿女、屠杀了二十四名无辜的民众，他悲愤欲绝，并为自己作为地方父母官却没有像大树一样为子民遮挡风雨而感到羞愧不已，随即又亲笔起草电文向袁世凯报告德寇在高密犯下的滔天罪行，并亲赴莱州府向知府面报事件的来龙去脉，希望知

---

① 莫言：《中国小说传统——从我的三部长篇小说谈起》，《莫言文集·用耳朵阅读》，云南出版集团公司、云南人民出版社2012年版，第172—173页。

② 莫言：《莫言文集·檀香刑》，云南出版集团公司、云南人民出版社2012年版，第109页。

③ 同上书，第438页。

府为他的子民做主,为 27 名失去生命的高密百姓讨回公道;但他最终所得的是知府"善意"的劝告和"棉花里藏刀"的威胁。在连夜快马赶往莱州府差点在草原丧命时,他甚至想以自杀来向百姓谢罪。在德寇为捉拿孙丙而与清兵一起包围马桑镇、克罗德咆哮着要火炮将整个马桑镇炸为平地时,他不愿看到繁华的市镇被夷为平地,更不愿看到无辜的平民遭受虐杀,于是,只身去诱降孙丙。在孙丙被活捉后,克罗德向士兵下令向马桑镇开炮,高密县最繁华的大镇和镇内无辜的百姓在炮火中灰飞烟灭,此时,他痛感自己犯了一个愚蠢的错误,悔不欲生,任由孙丙怒骂。他在看到德寇射杀戏台上的百姓而无力阻止时,热泪滚滚而出;在杀死赵小甲和孙丙后,他知道自己再没有机会刺杀袁世凯,便把希望寄托在刘朴身上——"余顺着烂漫的月光看过去,似乎看到了,刘家的贤侄,为了他的父亲,为了六君子,为了大清朝,突然出现在袁世凯的面前,像余的舍弟一样,拔出了两只闪闪发光的金枪……"① 对于孙丙,他在心中始终有一股亲情在涌动,这不仅因为孙丙是自己情人的亲爹,还因为他是自己的子民;在得知孙丙的胡须被人薅去后,他慨然给了他五十两银子,让他开茶馆营生;他一次次地放走孙丙,固然不能否定其中有亲情的作用,但也不能否定其中也包含着一份民族正义感;他不愿看到孙丙生不如死的惨样,便在孙丙被执行檀香刑后的八月十九日的半夜,挥刀捅向孙丙,从而,结束了孙丙几天几夜的痛苦煎熬……有血性、嫉恶如仇——他对赵甲恨之入骨,因为赵甲行刑了既是自己的胞弟又是忠义之士的钱雄飞,也因为赵甲行刑了六君子;他骂赵甲是连九流都入不了的人渣,是畜生,以至于在赵甲给孙丙施檀香刑后挥刀冲向赵甲。他对袁世凯也恨之入骨,以至于在临死前,知道自己再没有机会刺杀袁世凯了,便深感遗憾。生性风流、有情有义——他实际上有两个女人:夫人与情人,夫人是曾国藩的外孙女,情人是孙眉娘;夫人虽然很丑,且没有给他添一男半女,但他对她不仅不离不弃,而且一直都很

---

① 莫言:《莫言文集·檀香刑》,云南出版集团公司、云南人民出版社 2012 年版,第 457 页。

敬重她，夫妻举案齐眉，夫唱妇随；他因担心孙丙一案会祸及夫人，便早早安排夫人以后的生活；他因对夫人的不忠而愧疚；他担心夫人老后没有送终，建议如果孙眉娘生了男孩就想办法把孩子弄到湖南。情人对她有情，他便真心地爱她，甚至因为爱她而特地在南教场为她竖了一架高大的秋千；因为爱她，他迟迟不将她的父亲缉拿归案；也因为她的父亲的义勇而关爱、尊敬她的父亲；在得知她的父亲趁着清明节聚众攻打了铁路窝棚后，他知道自己的官运已经到了头，便上吊自杀，但在上吊自杀前，他最想念的人是孙眉娘；在孙眉娘一刀捅向赵甲而使他得以脱离危险时，他情不自禁地对着她伸出手道："眉娘……我的亲人……"①

　　钱丁也有怯懦的一面——他虽然清醒地认识到大清气数已尽，洋人是抢占国土的强盗，但还是头戴顶戴花翎、身穿七品朝服地为大清卖命、为洋人驱使。在亲赴莱州府向知府请愿失败后，他大病一场；他惧于袁世凯的淫威而对袁世凯毕恭毕敬，也没有像其三弟钱雄飞一样去行刺袁世凯，因为他担心不成功会株连九族、祸及亲友；他在杀赵甲前安排夫人的后路，责令春生、刘朴回乡；无论自己的内心多么矛盾，上级的话永远都是他屈心办事的借口；他最后亲手杀死孙丙，其本意不是抗旨不遵，而是为了灭德国人的志气，使德国人的阴谋不能得逞。

　　钱丁还有自私、圆滑、虚伪的一面——他曾希望利用赵甲的特殊身份和以孙丙的生命为代价来保全自己；他在袁世凯面前的每一次果敢和谨慎其实都出于对自己个人仕途的考虑，总想在个人仕途和为民请命之间找到一种平衡，如在孙丙带着东北乡村民闹事时，他是劝阻，是息事宁人、得过且过。上级命令他抓捕孙丙，一方面，他很顾忌孙眉娘，也很佩服孙丙是条汉子，不想抓孙丙，另一方面，为了无辜的村镇和村民免受牵连，也以为抓住孙丙正是自己建功立业的机会，便抓捕了孙丙。在孙丙被施行檀香刑的那几天，一方面，他想杀孙丙以减轻他的痛苦，另一方面，他又不想孙丙死，因为孙丙的生死与他的升迁密切相关，并

---

① 莫言：《莫言文集·檀香刑》，云南出版集团公司、云南人民出版社2012年版，第457页。

因担心赵甲父子施刑时会失误而命他们当着袁世凯和德军司令克罗德的面，先在一头黑猪身上演示檀香刑。他明明深爱孙眉娘，并与之暗中偷情，甚至孙眉娘还怀有他的孩子，但当他的夫人想成人之美——让他把孙眉娘纳为妾——时，他却坚决不同意，认为他作为一个知县，不可抢民女为妾，无论夫人能否生育，对他而言，夫人只有一个；孙眉娘在怀有他的孩子时求他道："老爷干爹啊，你把俺从小甲手里赎出来吧，让俺一年三百六十五天侍候您，俺什么名分都不要，就做您的贴身丫头侍候您。"① 可他却不答应⋯⋯

三

小说通过其内容及一系列人物，尤其是孙眉娘、孙丙、赵甲、钱丁等人物所表达的主旨大致有以下几点：

（一）延续和深化了鲁迅对"看客文化"的批判

在谈到《檀香刑》的创作动机时，莫言直言道："为什么写《檀香刑》呢，想恢复作家的说书人的身份，另外一个还是要向鲁迅学习⋯⋯但是我觉得鲁迅还没有描写刽子手的心理。"② 在谈到小说中赵甲和孙丙的关系时，莫言明言道："刽子手和罪犯是合演的关系，他们俩是在表演，而观众是看客。"③ "我认为刽子手、死刑犯和看客，是三位一体的关系。"④ 在这里，莫言实际上点明自己要在小说中延续和深化鲁迅在《药》、《示众》、《阿Q正传》等小说及一些杂文中对"看客文化"的批判。从小说的描写来看，小说的确延续和深化了鲁迅对"看客文化"的批判：

其一，莫言是有意识地把"檀香刑"当作戏来写的——莫言认为底

---

① 莫言：《莫言文集·檀香刑》，云南出版集团公司、云南人民出版社2012年版，第369页。
② 莫言：《我为什么写作》，《莫言文集·用耳朵阅读》，云南出版集团公司、云南人民出版社2012年版，第329页。
③ 同上。
④ 莫言：《中国小说传统——从我的三部长篇小说谈起》，《莫言文集·用耳朵阅读》，云南出版集团公司、云南人民出版社2012年版，第171页。

层民众在看戏时喜欢看酷刑,甚至明言:"酷刑的设立,是统治阶级为了震慑老百姓,但事实上,老百姓却把这当成了自己的狂欢节。酷刑实际上成为了老百姓的隆重戏剧。执刑者和受刑者都是这个独特舞台上的演员","我之所以能够如此精细地描写酷刑,其原因就是我把这个当成了戏来写。"①

其二,在小说中,猫腔贯穿始终,而猫腔又是一种地方小戏——一种表演艺术;行刑实际上是"一部大戏,刽子手和犯人联袂演出。在演出的过程中,罪犯过分地喊叫自然不好,但一声不吭也不好。最好是适度地、节奏分明地哀嚎,既能刺激看客的虚伪的同情心,又能满足看客邪恶的审美心……面对着被刀脔割的美人身体,前来观刑的无论是正人君子还是节妇淑女,都被邪恶的趣味激动着。凌迟美女,是人间最惨烈凄美的表演。"②"檀香刑"作为一种酷刑,具有更强的戏剧表演性质——孙丙是被行刑者,赵甲是行刑者,两者均具有演员的性质,他们在"檀香刑"中的一举一动实际上都是在表演,赵甲也深知自己是在表演,并曾明言道:"北京的看客们那可是世界上最难伺候的看客"③——他们懂得什么样的刑罚该用什么样的技艺去匹配。钱丁实际上既是"监斩官",又是一个看客——是为数众多的看客中的一个。孙丙、赵甲、钱丁既是彼此分离的三个个体,又彼此有着千丝万缕的联系,他们一起将本是由外来入侵者用来惩罚反抗者的"檀香刑"最终演变成了一场底层民众的狂欢——底层民众本来就热衷于观看行刑,甚至为了观看凌迟美丽的妓女,二十多个看客被挤死、踩死;当有机会看到难得一见的"檀香刑"时,他们难免会狂热——这一方面显现了专制统治者的残暴变态、刽子手的扭曲人性、处于时代转折动荡时的朝廷官吏的屈辱无奈等,另一方面展示了民众的无知、冷漠、麻木等。孙丙表现得越大义凛然、视死如

---

① 莫言:《文学创作的民间资源——在苏州大学"小说家讲坛"上的讲演》,《当代作家评论》2002 年第 1 期。
② 莫言:《莫言文集·檀香刑》,云南出版集团公司、云南人民出版社 2012 年版,第 215 页。
③ 同上。

归,赵甲便越觉得棋逢对手,看客们才会越感到满意以至于欢呼——这种欢呼即是对他们最好的奖励,这出戏最终才能圆满,统治阶级原本用来震慑老百姓的酷刑,最终也化成了老百姓用来作为艺术欣赏的一出大剧和用来狂欢的工具。也正因为如此,作为行刑者,赵甲有信心自己冠绝古今的檀香刑能够让孙丙千秋壮烈、万古留名;作为受刑者,孙丙是否被冤枉,对他本人而言已经无关紧要了——孙丙的不屈正好迎合了赵甲和看客们的期待心理;他本人也不在乎自己是否被冤枉——他本来想的就是"俺盼望着走马长街唱猫腔,活要活得铁金刚,死要死得悲且壮。俺盼望着五丈高台上显威风,俺要让父老乡亲全觉醒,俺要让洋鬼子胆战心又惊……"① 在这里,死不再是一个痛苦的结局,而是一场华美的仪式,看客们在苦苦等待这个奇异的高潮,只有主人公们完成了这个仪式,大幕才能落下,所以,赵甲在制造行刑用的檀香木桩时犹如在雕琢一件精美的首饰,而孙丙则放弃越狱而等待檀香刑以完成自己悲壮的表演。

虽然统治者是想借行刑来震慑民众的,但民众由于处于权力辐射的边缘,因而所受的震慑甚微,他们怀着强烈的好奇心趋之若鹜地奔向刑场,只是为了看一场大型戏剧的表演、一场酷烈的人生景观,"在那里他们能够发现有罪和无罪,过去和未来,人间和永恒的秘密……所感兴趣的是揭示真相的时刻:每一个词语,每一个哀号,受难的持续时间,挣扎的肉体,不肯离开肉体的生命,所有这一切都构成了一种符号。"② 在刽子手和犯人联袂演出的大戏中,犯人现出瘫倒在地的孬种相,看客们就鼓噪以鼓动他扮演一个英雄好汉;刽子手如果失手,如余姥姥腰斩犯人失手,便犹如名角唱破嗓子,他们就喝倒彩、起哄。正因为如此,余姥姥才在凌迟美人时担心,如果活儿做得不好,愤怒的看客就会把他

---

① 莫言:《莫言文集·檀香刑》,云南出版集团公司、云南人民出版社 2012 年版,第 375 页。
② [法]福柯:《规训与惩罚》,刘北成、杨远婴,生活·读书·新知三联书店 2003 年版,第 50 页。

活活咬死。也正因为如此，本来只应显示统治者威慑力量的处决仪式，最终却变成一个狂欢庆典，法律被颠覆，权威受嘲弄，罪犯成英雄，是非荣辱、权力秩序及其符号均被颠倒。

小说不仅在残忍血腥的背景下展示了一个个没有姓名、没有表情的、麻木的"看客"——也就是那种底层的、处于边缘状态的、愚昧的、任人宰割的、在鲁迅作品中曾出现过的"看客"，而且通过一个将刑罚推向艺术的刽子手来展现复杂的人性，告诉人们在刽子手、受刑人、监刑官这三者之间要存在着怎样的或明或暗的互动关系才能满足看客们的心理，比鲁迅的作品更进一步的是，小说中的这些看客不仅有来自下层的普通百姓，而且有来自上层统治阶层的百无聊赖的统治者。

（二）揭露和批判了作为"中国政治的精髓的""刑罚"

在小说中，德寇克罗德说："中国什么都落后，但是刑罚是最先进的，中国人在这方面有特别的天才。让人忍受了最大的痛苦才死去，这是中国的艺术，是中国政治的精髓……"① 而在赵甲看来，给孙丙施檀香刑是袁世凯想用孙丙这条命，"演一场好戏，既给德国人看，也给高密县和山东省的百姓们看。让他们老老实实当顺民，不要杀人放火当强盗"②，也就是说，袁世凯是想通过"檀香刑"来展示一种权力，告示世人：谁违反了我，忤逆了我就是如此下场，而不是想实现社会的正义。而作为刽子手的赵甲则是国家意志的执行者，正如刘光第所言"国家纵有千条律法，最终还是要落实在你那一刀上"③，因而赵甲在执刑时便有一种职业的崇高感，认为"自己是至高无上的，我不是我，我是皇上皇太后的代表，我是大清朝的法律之手！"④ 统治者掌握了刑罚的话语霸权，对于他们而言，一切酷刑都无异于一次展示自己威严

---

① 莫言：《莫言文集·檀香刑》，云南出版集团公司、云南人民出版社 2012 年版，第 100 页。
② 同上书，第 54 页。
③ 同上书，第 229 页。
④ 同上书，第 210 页。

的机会，一场没有敌手的权力较量。在酷刑这场大戏的表演中，统治者无疑充当了编导，刽子手、死囚则是演员，而观众就是那些看客了。在这个意义上，刑罚已不是单纯的惩罚、威慑了，而是政治权威的展现。

（三）揭示和批判了人性丑恶的一面

小说把从普通市民到上层统治者、从看客到行刑者的内心龌龊的东西按照社会地位等级从低到高一股脑儿揭示了出来，让人性丑恶的一面暴露无遗：

一方面，刽子手在其人性深处无疑是有极其丑恶甚至是邪恶的一面的——在小说中，赵甲把杀人当职业，而且兢兢业业于此职业；同时，也把杀人当作创作艺术品似的，每一道"工序"都一丝不苟；他在杀人时，实际上借杀人之事发泄了自己的暴虐心理和恶念。

另一方面，非刽子手在其人性深处也无疑是有极其丑恶甚至是邪恶的一面的——莫言说："我觉得，从某种意义上说，或在某些特殊情况下，我们大多数人，都会做刽子手，也都会成为麻木的看客。几乎每个人的灵魂深处，都藏着一个刽子手赵甲。"① 也就是说，从人性的角度来看，每一个人都有丑恶的一面。在小说中，刽子手余姥姥说："面对着被刀剐割着的美人身体，前来观刑的无论是正人君子还是节妇淑女，都被邪恶的趣味激动着。凌迟美女，是人间最惨烈凄美的表演。师傅说，观赏这表演的，其实比我们执刀的还要凶狠。"② 在这里，余姥姥直接地揭露了人性丑恶的一面——观刑者，不论是正人君子还是节妇淑女，在观刑时，都毫无怜悯之心，都是把行刑当作一种艺术来欣赏的，善和恶的界限在他们那里变得模糊了，甚至被他们所忽视、混淆了；不仅如此，他们"每个人的灵魂深处，都藏着一个刽子手赵甲"，在观刑

---

① 《中国小说传统——从我的三部长篇小说谈起》，《莫言文集·用耳朵阅读》，云南出版集团公司、云南人民出版社 2012 年版，第 172 页。
② 莫言：《莫言文集·檀香刑》，云南出版集团公司、云南人民出版社 2012 年版，第 215 页。

时，他们比执刀的刽子手还要凶狠。也就是说，观刑者通过观看刽子手"精彩的绝活"来欣赏暴力的表演、发泄日常生活中无处发泄的暴虐心理；刽子手越凶狠、残忍，他们越感到满足；同时，无论刽子手多么凶狠、残忍，他们也不会感到满足，也会希望刽子手再凶狠、残忍一点的。总的来说，看客、刽子手和死刑犯三种人组成在一起，共同完成了一次"人性之恶"的展示。莫言在谈及该小说时曾说："我一直悄悄地认为，这其实是一部现代小说，看上去写的是长袍马褂、辫子小脚，实际上写的是现代心态。"① 也就是说，小说所写的"陈年往事"实际上也具有当下性；虽然写的是"个案"，但也具有普遍性。

（四）揭示了中国封建社会置身仕途的知识分子的深重困境

围绕着"檀香刑"，小说着力刻画了三个人物：行刑者——赵甲，受刑者——孙丙，监刑官——钱丁。赵钱孙——甲丙丁，意味着这三个人不仅是三个独立的鲜活个体，他们还表征了三个文化类群，三种生命存在状态。

其中，钱丁不仅仅是一个知识分子，而且是一位有情有义、敢爱敢恨、富有民族正义感的知识分子。他通过科举考试步入仕途——按照常理来讲，如果生逢其时，以他的品性和才识及能力，他很可能会步步高升，甚至最终能封妻荫子。然而，在封建体制内，居庙堂之高的知识分子由于宦海无常及"伴君如伴虎"的处境，常常动辄以身试刑，甚至株连其亲朋好友，因此，他们不得不时时刻刻如临深渊、如履薄冰——提心吊胆、战战兢兢，不仅理想、正义被强权掏空了，而且独立的个体意识、人格也不能被保全。而钱丁却更是生不逢时——外敌入侵，朝廷腐败，国家处在风雨飘摇之中，因此，他比生逢其时的同类知识分子更加步履维艰，更加矛盾纠结，更加痛苦：

一方面，他不能容忍外敌的野蛮、凶残，因此，面对德寇的暴行，他拍案而起，不顾生命安危上下奔波，以至于积劳成疾。另一方面，他

---

① 《中国小说传统——从我的三部长篇小说谈起》，《莫言文集·用耳朵阅读》，云南出版集团公司、云南人民出版社2012年版，第171页。

又不得不容忍外敌的野蛮、凶残——置身在一个靠折磨肉体来体现权威的恐怖体制中，面对着朋友被斩首、兄弟被凌迟、自己的乌纱帽与脑袋随时难保等，除了屈从之外，他别无选择。一方面，他希望利用赵甲的特殊身份和孙丙的生命来保全自己——他在袁世凯面前的每一次果敢和谨慎其实都出于个人仕途和生存的考虑；另一方面，他又不得不试图在个人仕途和为民请命之间找到一种平衡。他无论选择哪条路，放在人生第一位的，都是被极权政治所重构了的社会角色的责任和义务。对他而言，双重的角色冲突、分裂的价值取向导致了其生存的尴尬处境——要么坚守知识分子的道德立场与宏大理想，以道抗势，像戊戌六君子或其胞弟钱雄飞那样，但如果这样，那就面临着丢官甚至丢命的危险；要么像曹知府、谭道台、袁世凯那样曲学阿世或枉道而从势，如果那样，也许能升官、发财，但又违背自己的道德、理想；而这两者都是他不愿意的。他本是认同中国封建主义根深蒂固的"官本位"文化的，可因生于乱世与末世，他的"官本位"思想最终便不得不破灭了。旧式文人入仕之后封妻荫子、飞黄腾达的幻想，做百姓父母官的仕途理想在一个即将土崩瓦解的王朝那里早已没有实现的可能了，而为民请命、青天明断等"社会期待"在面对外来强权的时候也"改弦易辙"了，因此，钱丁最终陷入不能自拔的困境之中。

（五）揭露和批判了封建专制

在小说中，油坊里的小奎因为向赵小甲公开孙眉娘与钱丁的奸情，并对着钱丁的轿子吐了一口吐沫，便被衙役锁走并关押了半个月、打残一条腿，最后，家人卖掉二亩地才把他赎出来，"从那之后谁要是当着小奎一提钱大老爷，小奎就会口吐白沫昏倒"[①]，并且"一见到了轿子他就捂着脑袋逃跑"[②]。孙丙因为一句气话，冒犯了钱丁的胡须，便被钱丁令人强行带走，三天里遭到六次毒打，最后，又被钱夫人"借刀杀

[①] 莫言：《莫言文集·檀香刑》，云南出版集团公司、云南人民出版社2012年版，第71页。

[②] 同上书，第72页。

人"式地派人拔光了胡须……国家简直是一个张牙舞爪的怪物,这个怪物即使快要死了,也依然从精神上和肉体上控制着人民——顺从的,如钱丁、钱夫人等人,就为之殉葬;不顺从的,如孙丙、刘光第、钱雄飞等人,就被刑杀。不过,不论是何种人都是尽自己的能力,有意识或者无意识地为国家献身,甚至像刘光第这样的志士仁人也曾这样对赵甲坦言道:"其实,你干的活儿,跟我干的活儿,本质上是一样的,都是为国家办事,替皇上效力。但你比我更重要","刑部少几个主事,刑部还是刑部;可少了你赵姥姥,刑部就不叫刑部了。因为国家纵有千条律法,最终还是要落实在你那一刀上。"① 赵甲在一次次行刑中逐渐丧失了人的本质属性——人的情感、欲望和热情……他没有了人的温度和活气,他身上阴森森的寒气,让其屋子变成了阴冷的地窖,让恶狗吓得缩在墙角怪叫,就连树也被吓得瑟瑟发抖。一方面,他的人性的丧失以及寒气逼人的涂满鸡血的脸为小说在批判酷虐之刑时提供了有力的证据;另一方面,那些对酷刑场景的描述从反面揭露了带有原始社会食人复仇时期血族斗争的遗风,也体现了封建君主、帝王专制的野蛮。

(六)揭露和批判了底层民众的愚昧

在小说中,底层民众都很愚昧或具有愚昧性——底层民众都很崇拜权贵,如整天病恹恹的咸丰皇帝却被认为是真龙天子,一双龙睛"白天看起来跟常人差不多,但到了夜里嗖嗖地放光,看书写字,根本无须掌灯"②;曾国藩被传为巨蟒转世,身上的癣疾都被看成是龙蛇的蜕皮;甚至连郁郁不得志的高密知县钱丁,也能凭借仪表堂堂的好相貌、飘飘欲仙的好胡须、铿锵有力的好言语,得到高密县百姓的拥戴,并且很快就将这种拥戴转化为对他的信仰、崇拜。刽子手因为执行的是君王的意旨,摇身成为了国家大法、权威的象征。底层民众甚至都很崇拜权贵的

---

① 莫言:《莫言文集·檀香刑》,云南出版集团公司、云南人民出版社2012年版,第229页。

② 同上书,第39页。

器物，如一杆七星鸟枪在咸丰皇帝手里成了神枪，可以"上打天上的凤凰，下打地上的麒麟"①。慈禧太后的檀香佛珠、光绪皇帝的檀香木椅，即使流落民间也要享受臣子的三叩九拜。钱丁宴席上的一道菜——一棵翠绿的大白菜，因它是用曾文正公发明的烹饪方法做成的，于是，被传得神乎其神，"说是那棵大白菜上修着一个暗道机关，别人怎么着都分不开，钱大老爷用筷子一敲白菜根，立刻就如白莲花盛开，变成了数十个花瓣，每一瓣的尖上，都挑着一颗闪闪发光的珍珠。"② 他们相信赵甲居住的房间可以当冰箱用，他摸摸路边的树，树会被吓得瑟瑟发抖，恶狗见到他也会噤声。

（七）揭示了"人不能做自己的主"的悲剧性

在小说里，几乎每个人都不能做自己的主——除赵甲之外，几乎每个人都有不同程度的"针刺疼痛感"，为爱人、为亲人、为命运等而痛；每个人在生活里都是进退两难，不知道舍去什么留下什么；每个人都无法真正掌握自己的命运，无论做什么总有人干涉，总是被上面压迫着，如对孙眉娘而言，亲爹、干爹、公爹既是她的三位"亲人"，又是她的三位"压迫者"，她的行为处事，不是要顾忌亲爹，就是要顾忌干爹或公爹；其他人，也大抵如此。

四

从艺术表现的角度来看，小说主要具有如下特点：

（一）结构精巧

小说采用了"凤头"、"猪肚"、"豹尾"的结构形式——"借鉴中国传统小说的结构：有一个漂亮的开头、一个丰满的中段和一个有力的结尾，即《檀香刑》的凤头—猪肚—豹尾结构"③："凤头"包括"眉娘浪

---

① 莫言：《莫言文集·檀香刑》，云南出版集团公司、云南人民出版社2012年版，第39页。
② 同上书，第111页。
③ 《莫言细说〈檀香刑〉》，《羊城晚报》2001年6月25日。

语、赵甲狂言、小甲傻语、钱丁恨声"等四章,分别以孙眉娘、赵甲、小甲、钱丁等人的视角叙事,"豹尾"包括"赵甲道白、眉娘诉说、孙丙说戏、小甲放歌、知县绝唱"等五章,分别以赵甲、孙眉娘、孙丙、赵小甲、钱丁等人的视角叙事,这种叙事便于打通时空,自由而随意地抒写叙事者的体验,形成一种倾诉的效果,从而,有效地表现了历史人物在具体的历史情境中的感受,对历史进行逼真的模拟;同时,大量地使用了俗语、俚语、谚语、民歌等。猪肚部分包括"斗须、比脚、悲歌、神坛、杰作、践约、金枪、夹缝、破城"等九章,采用全知全能的客观视角,以一个局外的眼光来投射出人物的形象,语言有较强的书面化倾向;同时,在行文中也插入猫腔唱词,一方面让孙丙借唱词抒情,另一方面借猫腔里唱到的历史上岳飞抗金的故事来与现实中孙丙抗德之事相呼应。这种多声部叙事方式产生的众声喧哗的效果,使小说中的人物在不同部分表现出具有层次感的形象特征。从而,"将小说的结构技巧完美地转换成了小说的本质,阅读起来既有贯穿而清晰的线索,又有丰盈而自由的空间,使这部近 40 万字的小说毫无滞重、沉涩之感"①。

同时,"凤头"部和"豹尾"部各章题目都是由四个字的主谓结构构成。"猪肚"部各章题目都由两个字的动宾或偏正结构构成,三部十八章的章节题目的外形结构整齐别致,具有建筑美,与"凤头—猪肚—豹尾"的结构模式相互映衬、相得益彰,从整体结构上给人一种既整齐对称又活泼生动的视觉美感。

(二)注重写"声音"

莫言说:"作家在写小说时应该调动起自己的全部感觉感官,你的味觉,你的视觉,你的听觉,你的触觉,或者是超出了上述感觉之外的其他神奇感觉。"②"我在这部小说(即《檀香刑》——引者注)里写的

---

① 《莫言细说〈檀香刑〉》,《羊城晚报》2001 年 6 月 25 日。
② 莫言:《小说的气味》,《莫言文集·用耳朵阅读》,云南出版集团公司、云南人民出版社 2012 年版,第 83 页。

其实是声音"①,"为了适合广场化的、用耳朵的阅读,我有意地大量使用了韵文,有意地使用了戏剧化的叙事手段,制造出了流畅、浅显、夸张、华丽的叙事效果。"②"也许,这部小说更适合在广场上由一个嗓音嘶哑的人来高声朗诵,在他的周围围绕着听众,这是一种用耳朵的阅读,是一种全身心的参与。"③ 从文本来看,《檀香刑》的确如此——"凤头部"的"眉娘浪语"、"赵甲狂言"、"小甲傻话"、"钱丁恨声"四个部分构成了四种"声音";整部作品沉浸在浓郁的猫腔吟唱中;总的来说,叙述语言本身也基本上合辙押韵,追求作家所说的"声音"效果。

（三）直接引入戏文

小说直接引入了山东地方戏曲茂腔的唱段,并将其演绎为更具民间特色的猫腔,使其更具生活的质感,同时又赋予猫腔更为凄凉悲惨的腔调,以应和作为猫腔集大成者的孙丙最终以悲剧结局的整体气氛。莫言曾说,他最初想写一个关于孙丙抗德的故事,"写的时候也没想着要把猫腔加进去,写到一半的时候,觉得没有什么意思,就是写一个历史小说,就一个反侵略的故事,太单薄了,就搁下了。后来突然想到当年曾把孙文抗德的故事演绎了一个小戏,很粗糙,由民间剧团来演出过,脑子里突然有了点灵感,把两个戏结合起来。结合起来后意蕴就比单纯抗德的故事变得复杂起来了。"④ 从表面上看,直接引入戏文与古典小说"有诗为证"好似如出一辙,但两者其实是有根本性的差异的——古典小说之"有诗为证"是为了提升小说的文体地位,而《檀香刑》则着力于向"民间形式"靠拢,从而,凸显民间气息和中国风格。

（四）运用儿童视角叙事

莫言的小说不少运用儿童视角叙事,如《透明的红萝卜》运用了一

---

① 莫言:《大踏步撤退（后记）》,《莫言文集·檀香刑》,云南出版集团公司、云南人民出版社2012年版,第459页。
② 同上书,第463页。
③ 同上。
④ 周罡、莫言:《发现故乡与表现自我——莫言访谈录》,《小说评论》2002年第6期。

个一言不发的黑孩的视角叙事，《四十一炮》运用了一个被封为"肉神"的孩子罗小通的视角叙事……《檀香刑》也运用了儿童视角叙事——设置了赵小甲这样一个人物，而赵小甲又是一个弱智，虽然已经结婚成人，但智力和心理仍然停留在儿童状态：没有善恶好坏之分，行为处事纯凭本能驱使……也就是说，从表面上来看，赵小甲与小说的故事并没有太多的关联，但赵小甲为小说的叙事提供了另一种"视角"，即儿童的视角——

赵小甲白天迷迷糊糊，夜晚像木头疙瘩，自从听了他娘讲的"虎须看本相"的故事之后，他逢人就讨要能看清人本相的虎须，在找到"虎须"——实际上是孙眉娘的阴毛——后，他又深信自己通过虎须看到了人的本相，如看到了其父亲赵甲是一只瘦骨伶仃的黑豹子，其媳妇孙眉娘是一条水桶般粗的白蛇，钱丁是一只白虎，衙役是穿衣戴帽的灰狼，轿夫是驴……但赵小甲也在其父亲赵甲的引导下发生着人性的裂变——赵甲要赵小甲改行，由杀狗改为帮助自己杀人，而赵小甲显然分不清杀人与杀狗的本质区别，对赵甲是完全信任依赖和言听计从的，于是，成了赵甲杀人的帮凶。

（五）多条线索并置

小说有三条重要的线索：其一，赵甲的传奇经历——重点写了他的几次具有政治背景的行刑；其二，孙眉娘与钱丁的爱情故事；其三，孙丙因家人被杀害而铤而走险，参加义和团，被捕后被施"檀香刑"。三条线索既各自发展，又因小说所描写的血缘、亲缘、情缘而交织在一起。

（六）情节富有传奇性

其一，赵小甲通过"虎须"看到了人的"本相"：

1. 赵甲的本相："洗罢头脸重回厅堂，俺看到，紫檀木太师椅子上坐着的还是那头黑豹子，而不是俺的爹。它用轻蔑的眼光看着俺，眼睛里有许多恨铁不成钢的意思。它的毛茸茸的大头上，扣着一顶红缨子瓜皮小帽，两只长满了长毛的耳朵在帽子边上直竖着，显得十分地警惕。

几十根铁针一样的胡须,在它的宽阔的嘴边往外夯煞着。它伸出带刺的大舌头,灵活地舔着腮帮子和鼻子,吧嗒,吧嗒,然后它张开大口,打了一个鲜红的哈欠。它身上穿着长袍子,袍子外边套着一件香色马褂。两只生着厚厚肉垫子的大爪子,从肥大的袍袖里伸出来,显得那么古怪、好玩,使俺既想哭又想笑。那两只爪子,还十分灵活地捻着一串檀香木珠呢。"①

2. 赵甲与钱丁的本相:在赵甲和钱丁双方对峙的过程中,他们分别变成了"一只白虎,一只黑豹":"他们互相绕着转圈子,越转越快,越转越猛。爹转成一股黑烟,钱大老爷转成一股白烟,从厅堂转到庭院,从庭院转到大街。转转转,转得俺头晕眼花,身体转成陀螺。他们最后转到了一起:黑里有了白,滚成了一个蛋;白里有了黑,拧成了一条绳。他们从院子东滚到了院子西,从院子南滚到了院子北。一会儿滚上房,一会儿滚下井。突然呜嗷一声叫,山呼海啸,兔子交配,终于天定地定。俺看到,一只白虎,一只黑豹,相距半丈远,各自狗坐着,伸出大舌头,舔着肩上的伤口。"②

……

其二,孙眉娘在梦中看到父亲的头被砍后,那颗头竟然能在院子里面转圈,还能有经验地躲避孩子们的追赶和狗的追咬。

……

(七)"民间性"强

莫言曾说:"汪曾祺老先生在一篇谈京剧改革的文章里曾经写到:'文学史上有一条规律,凡是一种文学形式衰退了的时候,挽救它的只有两种东西,一是民间的东西,二是外来的东西。'"③他也曾坦言自己创作《檀香刑》"最直接的原因就是……对那种洋溢着翻译腔调的时髦

---

① 莫言:《莫言文集·檀香刑》,云南出版集团公司、云南人民出版社2012年版,第74—75页。
② 同上书,第79—80页。
③ 《中国小说传统——从我的三部长篇小说谈起》,《莫言文集·用耳朵阅读》,云南出版集团公司、云南人民出版社2012年版,第170页。

文体的反感。"① 莫言在《檀香刑·〈大踏步撤退〉（后记）》中写道："1996年秋天，我开始写《檀香刑》。围绕着有关火车和铁路的神奇传说，写了大概有五万字，放了一段时间回头看，明显地带着魔幻现实主义的味道，于是推倒重来，许多精彩的细节，因为很容易魔幻气，也就舍弃不用。"② 由此可见，莫言在创作《檀香刑》时是有意识地"大踏步后撤"的——撤向中国独有的民间叙事、民间美学：

其一，小说在叙事中掺入了大量的"猫腔"——茂腔，"'茂腔'是高密东北乡人民的开放的学校，是民间的狂欢节，也是感情宣泄的渠道。民间戏曲通俗晓畅，充满了浓郁生活气息的戏文，有可能使已经贵族化的小说语言获得一种新质"③。

小说在叙事中掺杂的"猫腔"颇多，如"我的妻啊，怎承想雹碎了春红，更那堪风刀霜剑，俺俺俺血泪涟涟……眼见着红日西沉，早又有银钩高悬……"④，"听俺爹爹讲历史，小甲心中很欢喜。爹爹爹爹了不起，见过太后和皇帝。小甲也要当刽子，跟俺爹爹学手艺……"⑤

……

其二，在一般的叙述语言中，凸现"民间性"——孙眉娘关于荡秋千的一段话所采用的完全是民间的说话方式，与文化知识不多的孙眉娘"相符"，也突出了其"媚"、"泼辣"的性格特点：

"秋千架就是飘荡的戏台子，上去就是表演，是展览身段卖脸蛋子，是大波里的小舢板，是风，是流，是狂，是荡，是女人们撒娇放

---

① 《中国小说传统——从我的三部长篇小说谈起》，《莫言文集·用耳朵阅读》，云南出版集团公司、云南人民出版社2012年版，第170页。
② 莫言：《大踏步撤退（后记）》，《莫言文集·檀香刑》，云南出版集团公司、云南人民出版社2012年版，第462页。
③ 莫言：《用耳朵阅读》，《莫言文集·用耳朵阅读》，云南出版集团公司、云南人民出版社2012年版，第64页。
④ 莫言：《莫言文集·檀香刑》，云南出版集团公司、云南人民出版社2012年版，第184页。
⑤ 同上书，第335页。

浪的机会。"①

"秋千荡起来了，越荡越高，越荡越快，越荡越陡峭，越荡越有力气，越荡动静越大，嘎啦啦，嘎啦啦，嘎啦啦……绷紧的绳索呼呼地带着风，横杆上的铁环发出吓人的响声。俺感到飘飘欲仙，鸟儿的翅膀变成了俺的双臂，羽毛长满了俺的胸膛。俺把秋千荡到了最高点，身体随着秋千悠荡，心里汹涌着大海里的潮水。一会儿涨上来，一会儿落下去。浪头追着浪头，水花追着水花。大鱼追着小鱼，小鱼追着小虾。哗哗哗哗哗……高啊高啊高啊，实在是高，再高一点，再高一点……俺的身体仰起来了，俺的脸碰到了飞翔着来看热闹的小燕子的嫩黄的肚皮，俺臭美地躺在了风编雨织的柔软无比的垫子上，荡到最高处时，俺探头从那棵最大的老杏树的梢头上咬下了一枝杏花，周围一片喝彩……"②

（八）语言"众声喧哗"、汪洋恣肆

从整体上来看，小说移植了戏曲语言，韵文性强；如赵甲狂言化用茂腔走马调，小甲傻话、放歌化用茂腔娃娃调，眉娘诉说是长调，钱丁恨声是醉调……不同类型的语言既凸显了人物不同的性格特点，又彰显了向中国传统美学的回归。

从局部来看，小说语言有的口语化、有的舞台化、有的诙谐化、有的书面化，如孙眉娘的语言多口语化，甚至夹杂着谚语、俗语、俚语、歇后语、顺口溜、戏文、粗话等；钱丁的语言多书面化，有的甚至带有"公文"的性质；孙丙的语言多倾向于舞台化，有的甚至带有明显的表演性……

同时，小说语言汪洋恣肆，泥沙俱下，如"路过那片积水的洼地时，她开朗的心情又发生了变化：她看到，在明亮如镜的泊子里，站着一对羽毛洁白的白鹭。它们一动不动，或许在这里已经站立了一千年。雌鸟把头搭在雄鸟的背上，雄鸟弯回头，注视着雌鸟的眼睛。它们是一

---

① 莫言：《莫言文集·檀香刑》，云南出版集团公司、云南人民出版社 2012 年版，第 20 页。
② 同上书，第 21 页。

对相对无言、静静地安享着柔情蜜意的恋人。忽然间，可能是她的到来惊动了它们似的，可能是它们一直在等待着她的到来然后就为她进行特别的表演似的：两只大鸟伸直脖颈，展开夹杂着黑羽的白翅，大声地、呕心沥血般地鸣叫起来。它们用热烈的鸣叫欢迎着她的到来。随着狂热的叫唤，它们把两条柔软如蛇的长颈纠缠在一起。想不到它们的脖颈会这般的柔软，你绕着我，我缠着你，你与我缠绕在一起，扭结成感情的绳索。"①

（九）构思精妙

小说用"一个女人和她的三个'爹'的故事"生动地再现了一段历史的纠葛与缠绕。在这个关系中，杀人者与被杀者、统治者与其工具、权力与民间、帮凶和知识分子，这些不同的社会势力纠结到了一起，盘根错节甚至"血肉相连"，共同构成了"将刑罚变成狂欢"的力量。通过这些关系，中国文化和西方文化、现代文明与民族情结、权力阶层的利益与知识者的良知等等观念性的东西，也产生了尖锐多向的冲突与矛盾纠结。

（十）对赵甲心理的刻画细致入微

总的来说，小说里的人物都是高度戏剧化的、脸谱化的，但对赵甲这个杀人不眨眼的魔鬼，小说并没有将他简单化地处理——没有仅仅把他写成一个反面人物而已，而是描写他作为一个人的人性沦丧、麻木的过程，从而，细致入微地刻画了其心灵世界。

（十一）采用了"失事求似"的创作方法

小说虽然是一部历史小说，但并不忠于历史事实——小说借用了历史上义和团抗击德国抢占山东的事实，但所描写的事情与历史上真实的事情不一致，如在历史上，殖民主义的确有其残酷的一面，但中国在由封建专制国家向现代社会转型的漫长过程中，是以政治极端主义来"反殖民化"的；兴建铁路，是光绪皇帝推行的变法图强的措施之一，是中

---

① 莫言：《莫言文集·檀香刑》，云南出版集团公司、云南人民出版社 2012 年版，第 144 页。

国人自己做的事情；慈禧曾把义和团原本针对以她为代表的腐败专制的满清王朝的愤怒转移到洋人身上……而从小说文本来看，兴建铁路是德国人一手操办的，是属于侵占中国的一种侵略方式；火车这种机械化文明的具体体现，在本质上是侵略者侵略中国的工具；义和团反洋人真正的原因是因为法律的不公平，即孙丙出于"自卫"性质地打死德国技师之后，因为被打死的是德国人，而德国人又是"强势"，所以，不能有一个公平的判决，于是，最终导致了孙丙的参加义和团……显然，小说暗含了对历史的一些有意的误读，从而，服务于其表达的需要。

（十二）采用了"以小写大"的写法

小说所叙写的是"檀香刑"，但"涵盖"了戊戌变法、义和团、德寇对中国的入侵等中国近代历史上的一些重大的事件，从而，广泛而又深入地反映了时代风貌。

（十三）注重运用夸张的手法

其一，小说在整体上运用了夸张的手法——小说情节"波诡云谲"、人物"漫画化"，带有强烈的夸张性；

其二，小说在局部上也运用了夸张的手法，如小说用充满浪漫传奇色彩的夸张手法刻画刽子手赵甲的可怕与冷酷——赵甲杀人前双手像火炭一样，浸入水中时会冒出蒸汽；面对内忧外患，孙丙在一夜之间头发全部脱落，胡须也纷纷折断脱落。

（十四）人物名字"泛符号化"

小说人物名字"泛符号化"，如赵甲、钱丁、孙丙。一个人物，没有实际的名字，只有一个宽泛的符号化的名称，这说明这个人物并不是历史生活中实际存在的人，而是一个文化群体的代表，一种文化方式的象征。读者在阅读小说时，也许就不仅会注意到人物性格这些只属于个体的因素，而且会注意到由这些人物所体现出来的那些更为广泛更为深远的文化内容。

（十五）注重对反讽、幽默手法的运用

小说注重对反讽、幽默手法的运用——往往在写到最惨烈处，笔峰一转,进入到一个貌似"尴尬"的境地,形成一种反讽、幽默。如写赵甲凌迟犯人:"他将手腕一抖,小刀子银光闪烁,那片扎在刀尖上的肉,便如一粒弹丸,嗖地飞起,飞到很高处,然后下落,如一粒沉重的鸟屎,啪卿一声,落在一个黑脸士兵的头上。那个士兵怪叫一声,脑袋上仿佛落上了一块砖头,身体摇晃不止。"① 又如,赵甲在行刑时所追求的形式上的完美,虽然带有职业剑子手的非人性色彩,但其无比敬业和对酷刑的精心执行构成了一种无形的嘲讽和另类的幽默。

五

小说也存在着一些不足之处,具体地说:

(一)对"看客文化"的批判肤浅化

小说虽然延续鲁迅作品中对"看客文化"的批判,但这种批判颇为浮面化——小说中的刑场景观与国民劣根性无涉,看客们的出色表演,使本来只应显示统治者威慑力量的处决仪式,变成一个狂欢节庆典。小说的结尾在描写那些"看客"时,本应能成为分析看客心理的范本,却将"乌合之众"的"看客状态"置换为某种历史的"自觉"。同时,小说的一些叙写,如,"锣鼓声、猫胡声、歌唱声像一群白鸟飞出校场,先是有三三两两的县城百姓提心吊胆地沿着校场的边缘进入,然后就有一小群一小群的百姓来到了戏台前方。他们似乎忘记了这里刚刚执行了天下最残酷的刑罚,他们似乎忘记了受刑人身上插着檀木橛子还在升天台上受苦受难"②……缺少鲁迅作品中那种"哀其不幸、怒其不争"、深沉博大、明确有力的批判意识和深厚的人道情怀。

(二)将历史虚无化

将义和团运动的发生归结为一连串偶然事件的结果,是"个人悲剧的扩大化",一件件原本悲壮而复杂的历史事件在小说里变得像闹剧一

---

① 莫言:《莫言文集·檀香刑》,云南出版集团公司、云南人民出版社2012年版,第210页。
② 同上书,第446页。

样浅薄，那个横空出世的爱情没有任何的精神性因素，在作者的宣泄下变成了肉欲的展览；对暴力的恣意想象和一味赏玩终因缺乏应有的道德审视而彰显出创作主体的先天性道德感缺失；由于作者对自我想象能力和语言能力的一味迷恋，使得小说前后缺少文气上的贯通，原先的一点理性审视随着作者情感的泛滥（对性和暴力的赏玩和对语言、想象的自我陶醉）而逐渐迷失，最终演绎为一场语言和想象狂欢的游戏，作者自己也在这场"大戏"中迷失了。连那所谓复调式的文本结构也显得杂乱无章，在声音的狂欢中惟独没有作者自己的声音，这种将民间猫戏和西方现代小说技法两相结合的模仿的结果是不伦不类——传统不传统，现代不现代。

（三）过分直露地叙写残忍的刑罚，极刑和狂欢背后缺少一双悲悯的眼睛

小说的确充斥着大量的刑罚叙写，而且叙写得很直露——

小说一共叙写了六次行刑过程、演绎五种刑术：处决小山子的"斩首"，处决偷盗库银库丁的"腰斩"，处决太监小虫子的"阎王闩"，处决戊戌六君子的"斩首"，处决钱雄飞的"凌迟五百刀"，处决孙丙的"檀香刑"；这些叙写写得很"全面"、"细腻"、"详细"，给人以一种毛骨悚然、不忍卒读的感觉：

如关于给小虫子施"阎王闩"的叙写：

"可惜了一对俊眼啊，那两只会说话的、能把大闺女小媳妇的魂儿勾走的眼睛，从'阎王闩'的洞眼里缓缓地鼓凸出来。黑的，白的，还渗出一丝丝红的。越鼓越大，如鸡蛋慢慢地从母鸡腔里往外钻，钻，钻……噗嗤一声，紧接着又是噗嗤一声，小虫子的两个眼珠子，就悬挂在'阎王闩'上了。"①

又如，关于"凌迟"钱雄飞的叙写——小说大段大段的描写如同电影慢镜头一般逼真，还配合着回忆凌迟美女时的景象。

---

① 莫言：《莫言文集·檀香刑》，云南出版集团公司、云南人民出版社2012年版，第52页。

再如，关于给孙丙施檀香刑的叙写——小说用了将近 20 页的篇幅叙写煮油、浸泡、搭台、一下接一下地敲击、檀香木在内脏间游走、最后破体而出等。

这些叙写，语言恣肆华丽，尽情地抒写了血腥虐杀的欢乐，给酷刑以诗意的赞叹，但也充斥着拼凑、混乱以及可怕的麻木与冷漠，对暴力和酷刑等施虐过程的叙写缺乏克制、节制、分寸感和一种稳定而健康的心理支持，缺少庄严的道德感和丰富的人性内涵，缺少悲悯情怀，也因此而没有形成真正有太大价值的主题。

对于这些叙写，一些读者甚至是评论家不以为然，如徐兆武认为："莫言以他恣肆华丽的语言，尽情抒发了他描写血腥虐杀的欢乐，给酷刑以诗意的赞叹，惟独缺少沉痛的道德追问与悲悯情怀。我们在华丽的文辞背后并没有看到一双悲悯的眼睛（这和作家把自己当成道德的评判者并不是一回事）。正因如此，这种对极刑毫无节制的恣意描写并没有形成有价值的主题。"①

莫言虽然并不认同这类观点——莫言曾说："《檀香刑》一书，争议很大。说好者认为是杰作，是伟大之作，说坏者贬为垃圾。其中的几段残酷描写，更是饱受诟病，客气的说法是说我对残酷事物有一种病态的迷恋……"②"我觉得如果没有这些残酷场面，这部小说也不成立。因为这部小说的第一主人公是一个刽子手，如果不这样写，这个人物就丰满不了，就立不起来。"③ 但他也表示："假如将来在处理这样的题材，是不是还要这样淋漓尽致？我也要认真想一想……我写的时候也没有意识到这个问题有多么严重，后来反映的人多了，也促使我对这个问题进行了很多反思，希望我将来写的时候找一下有什么别的方式可以替换，

---

① 徐兆武：《极刑背后的空白——论〈檀香刑〉的主体和主题缺失》，《文艺争鸣》2011 年第 14 期。
② 《中国小说传统——从我的三部长篇小说谈起》，《莫言文集·用耳朵阅读》，云南出版集团公司、云南人民出版社 2012 年版，第 173 页。
③ 莫言：《我为什么写作》，《莫言文集·用耳朵阅读》，云南出版集团公司、云南人民出版社 2012 年版，第 333 页。

又能塑造生动的人物,又能避免这种过分激烈的场面描写。"①

(四)叙述处在一种分裂状态

小说在"凤头"和"豹尾"两个部分以人物道白的形式展开,在"猪肚"部分用全知视角叙事,"当读者在这两种叙事间穿越的时候,感受到的是巨大的叙述上、情节上的裂缝。比如,在'凤头'部的'眉娘浪语'的篇章中,从眉娘的口中我们读到的知县钱丁的形象是沉溺于酒色、纵情声色的庸常之人。在公事上,一听说'东北乡的刁民造反了',他就'扔下铁锹,抖抖马蹄袖,弯腰钻进轿子……跌跌撞撞,活脱脱就是一窝丧家狗'。但是到了'猪肚'部,叙述基调突然大变。知县被描写成了相貌堂堂的美髯公,以其优雅的仪表、铿锵的声音、过人的才识而成为全县人倾慕、崇敬的对象。眉娘对他的愤懑甚至控诉,在此又成了两人爱得死去活来的如泣如诉。类似情节上的裂痕还有很多。也就是说,这两种叙事角度在具体实践中产生了很多细节描写上的巨大差异,使读者在情节还原和拼接的时候感到困难,因为期间存在着无法愈合的缝隙。这种情节的无法弥合性恰恰可使我们一窥莫言在两种叙事转换上的刻意和不自然。"②

(五)文路、逻辑等均有欠"缜密"之处

1. 小说中"猫腔"语言的运用贯穿始终,而且总的来说是比较成功的——一方面使民间戏文焕发了新的价值,另一方面丰富小说的叙事表现。但与此同时,其缺点也暴露了出来——

小说尽管写的是一部清末民初的历史悲歌,但无疑是一部现代小说,而用"民间的"、"传统"的戏文写现代小说,从逻辑上来说,是无法做到天衣无缝的,从事实上来看,也的确没有做到天衣无缝,如语言及修辞上均有些夹生不熟、不伦不类,李建军甚至明确地指出至少有五

---

① 莫言:《我为什么写作》,《莫言文集·用耳朵阅读》,云南出版集团公司、云南人民出版社2012年版,第333页。

② 郑楠:《从〈檀香刑〉看莫言矛盾的民间立场和知识分子情怀》,《文学教育》(上)2008年第10期。

个方面的具体表现：一是不伦不类的文白夹杂；二是不恰当的修饰及反语法与非逻辑化表达；三是拙劣的比喻；四是叠床架屋的冗词赘句太多；五是油滑。① 莫言自己也承认："这样的小说，因为是戏剧化的语言，就不可能像鲁迅小说那么考究语言。它里面有很多语病"②。

2. 小说将三部分命名为"凤头"、"猪肚"、"豹尾"有"故弄玄虚"、"哗众取宠"之嫌——假如把"凤头"、"猪肚"、"豹尾"换成第一部、第二部、第三部也未尝不可。

3. 在"凤头"部分，四个主要人物分别亮相，最后，用县太爷的话结束凤头部，并留给下文一个悬念；但这个悬念在"猪肚"部分有些过于游离了情节，即对于"猪肚"部分而言，这个"悬念"只是一个摆设；而且在猪肚部，这一悬念也不了了之了。

4. "猪肚"部分与"凤头"内容"分道扬镳"，故事由真实走向荒诞，人物性格开始出现矛盾。

5. "猪肚"部分反复地介绍人物，有些赘余。

6. 钱雄飞不可能预料自己死后发生的事情，因此，在被凌迟时遗言让袁世凯放过高密县令钱丁，不合逻辑。

7. 小说整体以戏文形式展现，对猫腔的描写也很精彩。但茂腔（猫腔）在当地究竟是否真的有一呼百应的作用，有待考证；大量模仿戏词的夸张和渲染，虽新颖出奇，但让人物看起来疯疯癫癫，有哗众取宠之嫌；一个把猫腔推广成为地方代表戏的人在死前对徒弟说起猫腔的起源，这不像是临终前的呓语，更像是硬插进去的地方戏广告，太过于戏剧化了。

8. 凤头部分确实给人有点惊艳之感，但这种惊艳太过短暂，让人来不及回味，文笔与情节的发展就落入了一种回旋与纠结的境况；随后那惊悚的暴力血腥描写，只不过成了持续低潮中的一个小小的波纹，没

---

① 参见李建军《是大象，还是甲虫？——评〈檀香刑〉》，《海南师范学院学报》（人文社会科学版）2002 年第 1 期。

② 莫言：《我为什么写作》，《莫言文集·用耳朵阅读》，云南出版集团公司、云南人民出版社 2012 年版，第 329 页。

有掀起多大涟漪；而这小小波纹又正是小说铺垫许多内容之后的最终"盛宴"，因此，有点"虎头蛇尾"。

9. 有些语言与其所表达的内容不匹配。

如，"他是京城刑部大堂里的首席刽子手，是大清朝的第一快刀、砍人头的高手，是精通历代酷刑并且有所发明、有所创造的专家。"①

"公爹从太师椅上站起来，双手托着那串佛珠——檀木的闷香又一次弥漫了整个屋子——瘦削的脸上镀了一层庄严的黄金，他骄傲地、虔诚地、感恩戴德地说：

'慈禧皇太后！'"②

"首席"这样的字眼，"有所发明、有所创造的专家"中的"有所……有所句式，""骄傲地、虔诚地、感恩戴德地说"这样排比结构的状语出自一个晚清时代没有受过教育的乡下妇女口中就太"文"，不合情理。

（六）有些情节是对作者其他小说的情节的重复

小说的有些情节是对作者其他小说的情节的重复，如赵小甲通过虎须看本相这一情节在《藏宝图》出现过——在《藏宝图》中，马可通过通灵虎须能看到人的本相即前世——美丽的俄罗斯少女是金钱豹，电台摄影的记者是公马，观众们都是动物。

（七）有些叙写缺乏分寸感与真实性

小说的叙述是夸张的，描写是失度的，人物是虚假的，缺乏分寸感与真实性，如孙眉娘对钱丁的欲望强烈如焚，以至于得了相思病，整天发出骚情的、嘶哑的笑声，甚至吐血成疾……为了构织一些情节和安排一些场面，如钱丁与孙眉娘的相爱及爱恋场面，小说近乎随意地描写人物，让他们讲不土不洋、不今不古的话，因此，人物的关系和行为动机经不住分析，人物语言的个性化和合理性也经不起细究。

（八）对赵小甲这一人物的塑造欠周全

赵小甲在小说中出现的次数仅次于孙眉娘、孙丙、钱丁及赵甲等

---

① 莫言：《莫言文集·檀香刑》，云南出版集团公司、云南人民出版社2012年版，第5页。
② 同上书，第35页。

人，对孙眉娘、孙丙、赵甲等人性格的刻画起到了不可或缺的侧面烘托、强调作用。然而，小说在塑造赵小甲这一人物形象时并未以足够的笔墨对之做较为全面的描述，使之更加饱满生动，而只是将其特点凸显并安插在故事似有似无之处，只突出了其"傻话"和"放歌"，让他只定格在傻痴呆上，给人一种固化的、性格类型化的印象，只为主要人物的浓墨重彩作衬托。这样做虽能让小说情节更为连贯，主旨和人物形象更突出，但对赵小甲这一人物来说，是一个牺牲。

（九）小说刻意吸纳"猫腔"

人物在诉说时都以猫腔为引子，正文中也频繁出现押韵之文，从而，使整个文本显得颇不"协调"；孙丙亲眼看着自己的娇妻和一对可爱的儿女被德寇虐杀，本是无比愤怒，但他却用猫腔平息了愤怒，颇悖情理。

（十）有"丑化"中国人之嫌

在小说中，绝大多数人物都很丑陋，而在中国传统文化或文学中的温文尔雅、理性慷慨的读书人，重义轻利的商人，家风良好的大家族等"美好""形象"一个也没有；整部小说可以说是一部"丑陋的中国人"的"浮雕"。

第九章 《四十一炮》

一

《四十一炮》最初由春风文艺出版社于 2003 年 7 月出版。

"四十一炮"在小说中有多重含义:

(一)小说的扉页以罗小通的语气这样写道:"大和尚,我们那里把喜欢吹牛撒谎的孩子叫做'炮孩子',但我对您说的,句句都是实话。"①到了小说的最后一节,罗小通说:"'炮',就是吹牛撒谎的意思,'炮孩子',就是喜欢或是善于吹牛撒谎的孩子。'炮孩子'就'炮孩子',我不以为耻,反以为荣。"②……由此可以说,小说实际上是通过罗小通言语的前后矛盾暗示是他虚构并叙述了"四十一炮"的故事。

(二)四十一发迫击炮弹,是罗小通家从南山里的一对老夫妇那儿当破烂收购来的。

(三)"四十一炮"是一个复仇无望孩子的想象复仇、言语复仇③——罗小通向老兰所发射的四十一炮以及他所看到的老兰在炮弹中各种各样的狼狈模样,实际上是罗小通在内心深处对老兰仇恨的一个投射。

(四)"题目'四十一炮'既是四十一个谎言,又是真正的四十一发

---

① 莫言:《莫言文集·四十一炮·卷首语》,云南出版集团公司、云南人民出版社 2012 年版。

② 莫言:《莫言文集·四十一炮》,云南出版集团公司、云南人民出版社 2012 年版,第 367 页。

③ 王西强:《成年叙述与童年故事——论〈四十一炮〉的复调叙事》,《天中学刊》2014 年第 29 卷第 4 期。

炮弹。作家借此传达出一种隐喻,即语言就是'炮弹'。他用语言'复仇',用语言进行自我想象和自我满足,也用语言进行自我拯救。"①

(五)"小说的四十一章被叫做'四十一炮',也就是指他(即罗小通——引者注)的'四十一次'吹牛。"②

小说的内容梗概为:

小说主要以主副两条线索展开叙事,主线是生理成长与心理成熟充满矛盾的年近二十的青年罗小通,在一个农历七月闷热的天气里,与兰大和尚在家乡城市一条重要干道边的五通神庙里相逢后,坐在兰大和尚的面前用荒诞的言语向兰大和尚讲述自己10年前在家乡时的人生经历——他试图以此来获得兰大和尚的认可,从而,接纳他归入佛门:

罗小通从小生活在屠宰专业村,几乎从一出生就与肉进行交流,这使得他对肉的感知超出了一般人,甚至达到了一种匪夷所思的程度——他能听见肉的呼唤与叫嚷。这使他食肉的欲望超出了一切,甚至只要谁给他肉吃,他就叫谁爹。

在罗小通五岁的时候,其父罗通与老兰因为"野骡子"而狠狠地打了一架,老兰折断了罗通一根手指,罗通咬掉了老兰半个耳朵。为此,两家结了仇。在罗通与"野骡子"私奔之后,罗小通与母亲杨玉珍相依为命,但罗小通很讨厌杨玉珍——杨玉珍总是以"勤俭持家"为理由,不买肉吃。在罗通离家出走的日子里,杨玉珍除了不断地咒骂罗通和"野骡子"外,还接受来自老兰的帮助,驾着从老兰家廉价买来的手扶拖拉机买卖废品……"五年如一日,用自己的劳动和智慧积累了财富。"③ 于是,罗小通家最终建造了大门比老兰家房子的大门更气派的房子。在收购废品的过程中,罗小通家收购到了一个炮筒,罗小通由此

---

① 吴义勤:《有一种叙述叫"莫言叙述"——评长篇小说〈四十一炮〉》,《文艺报》2003年7月22日第2版。
② 张灵:《绝望的主体与恶毒的"挽歌"——论〈四十一炮〉的思想》,《湖北工程学院学报》2013年第33卷第5期。
③ 莫言:《莫言文集·四十一炮》,云南出版集团公司、云南人民出版社2012年版,第4—5页。

在小孩们中显得威风十足。

"野骡子"在生下女儿娇娇后病逝。之后，离家出走了五年的罗通带着娇娇回家。不久，罗通准备再次离家出走，杨玉珍左手抓着罗小通的右胳膊，右手提着一只白里透红的猪头，不顾路人的眼光，一路飞奔地赶到火车站去劝阻，于是，罗通放弃了再次离家出走的念头而带着娇娇回家。

在罗通归来之后，杨玉珍为了把家建设得更好，也为了表达对曾经与老兰家结怨的歉意，请老兰到家里吃饭。席间，罗通缩手缩脚，而罗小通却显得心高气傲，喝了一点酒之后被老兰夸得感到要飘起来似的；老兰还给罗小通和娇娇各送了一个一千元的红包。之后，两家的交流便多了起来。虽然罗通一直不愿与老兰有过多的交往，但是，审时度势的杨玉珍却认为跟随老兰干一定有前途；罗通拗不过杨玉珍，只好跟随老兰，成为新建的肉联厂厂长，杨玉珍则成为肉联厂会计。罗通的归来让罗小通吃上了肉。娇娇也是吃肉的好手——这成为她与罗小通日后思想、行为几乎一致的原因之一。

肉联厂实际上是老兰为了应付上级不允许给肉注水而建的——老兰将以前以每户为单位屠宰的形式取消，让各户都进肉联厂。在肉联厂开业时，市级领导、肉检机关、电视媒体等的代表纷纷到达，在经过前期演练后老兰显得十分熟练，而罗通则畏畏缩缩。为此，罗小通感到很不好意思。

老兰除了让罗通和杨玉珍进入肉联厂工作外，也将罗小通和娇娇送进学校学习。罗小通虽然一向思维活跃、自认为聪明，但并不能很好地适应学校的教学，并在一次与老师的辩论中被老师赶出了教室。随后，罗小通索性跑到肉联厂——他是顺着阴沟爬进肉联厂的。罗小通进去时碰见养狗专业户黄彪正往煮好的肉里撒尿。为了避免罗小通把事情说出去，黄彪请罗小通吃肉。当晚，罗小通在去对罗通和杨玉珍说自己不愿上学而想进入肉联厂工作的想法时，碰到罗通、杨玉珍与老兰讨论如何在肉里耍手段赚钱，罗小通提出给活猪注水——被称为"洗肉"。罗通和杨玉珍不同意罗小通退学,但老兰同意罗小通退学,并让他担任肉联厂车间主任,在此情况下,罗通和杨玉珍便默许了——至此,罗家有三个人正式进入肉联厂工作。娇娇虽然没有正式作为员工加入肉联厂,但实则也是肉联厂的一员。罗小通进入肉联厂后,"洗肉"技术也成了肉联厂赚钱的重要方式之一。"洗肉"在刚开始时遭遇了许多困难,但在罗家父子的共同努力下,最终还是顺利进行起来了。

肉联厂的黄彪过去瞧不起罗家,但此时却莫名其妙地对罗小通好起来了——他每天请罗小通去办公室吃肉,所吃的甚至是老兰用来招待领导的上等驴肉。这引起了肉联厂的一些人的不满——那些人认为罗小通凭借关系在厂内为所欲为,便要求与罗小通进行吃肉比赛。罗通知道此事之后,联想到自己之前参加吃东西比赛的场景,极力反对。老兰则认为举办吃肉比赛对向外宣传肉联厂大有好处,便决定举办,并要把它作为肉联厂的品牌活动开展起来。在吃肉比赛中,罗小通获胜。吃肉比赛为罗小通在肉联厂地位的提升奠定了基础。之后,罗小通像一个真正的大人一样在肉联厂活动。在肉联厂的发展过程中,有记者装成卖羊的农民、卖肉的客商前去探访,结果都被肉联厂收买成为为其服务的工具。在一次记者到访后,罗通因为有关杨玉珍与老兰的谣言在村里蔓延而不堪忍受,便沮丧地走上用于给被杀的动物超生的超生台,并且在上去之后便不再下来;杨玉珍叫骂他,他只是反驳几句后便看着远方。罗小通和娇娇也常常爬上去与罗通对话,后来干脆准备两个胶皮桶来解决罗通的大小便问题。罗通待在超生台上虽然似乎只不过是换了一个生存环境而已,但从爬上高台的那一刻,心境就变了——他曾说:"小通,娇娇,你们下去放把火,把爹火葬了吧。"[①] 他虽然不能忍受谣言的散布,但最终也还是不得不走下超生台。他向老兰提出辞职,遭到老兰和杨玉珍的阻拦,罗小通和娇娇也不同意。

老兰的老婆去世了,在葬礼行将结束时,老兰的妻弟苏州出现

---

① 莫言:《莫言文集·四十一炮》,云南出版集团公司、云南人民出版社2012年版,第316页。

了。他为自己的姐姐叫冤,牵扯出有关杨玉珍与老兰的谣言,这激怒了罗通——罗通默默拿起斧头走向苏州,但绕过了苏州,把斧头落到了杨玉珍的头上。

  杨玉珍被杀后,罗通被捕,罗小通和娇娇便成了孤儿。罗通在被捕前叮嘱罗小通和娇娇二人去投靠老兰,但罗小通认定老兰是他的仇人,便不再接受老兰给他们的好处,即使是老兰提供的肉,他们也不接受——以此来报仇。罗小通的报仇之旅似乎还没开始就已经宣告失败——村里人已不再对他们好了;于是,他和妹妹每天去找老兰,哭着闹着要老兰杀了他们兄妹俩;老兰忍无可忍,便从罗小通和娇娇手里接过刀子和剪子,扎进自己的腿肚子。但即使这样,老兰也没有摆脱罗小通兄妹俩的纠缠。罗小通兄妹俩真正的克星是连他们自己也没有想到的、曾在吃肉比赛中输给罗小通的万小江——他也用同样的以耍赖皮的手段对待罗小通兄妹俩,求他们把他杀死,并且最终用这种方法把他们逼走他乡;老兰则将罗小通在肉联厂的职位给了万小江。

  当罗小通兄妹俩再次归来时,老兰的日子变得愈发好了,而他们自己家里的东西已被偷光;他们没有食品,便吃些别人施舍的肉;没有饮水,便饮屋檐下水桶里的脏水;娇娇最后因吃肉中毒而死。

  当初卖给罗小通家迫击炮的那对老夫妇送给他四十一发炮弹。罗小通认为是老兰害得他家破人亡,对老兰恨之入骨,于是,用四十一发炮弹轰炸老兰以报仇雪恨,炮弹打在老兰酒肉筵席的地方、溜须拍马的地方、桑拿按摩的地方、颠鸾倒凤的地方、生产注水肉发家致富的地方……但因各种巧合而始终没能击中老兰,最后一发炮弹的一块弹片"吹着响亮的口哨,把老兰拦腰打成了两截……"[①]

  小说的副线是以罗小通与大和尚的对话铺叙现在——在罗小通向兰大和尚讲述 10 年前在家乡的人生经历的过程中,庙里庙外正在发生着许多事情:

  [①] 莫言:《莫言文集·四十一炮》,云南出版集团公司、云南人民出版社 2012 年版,第 383 页。

在庙内,兰大和尚坐在五通神塑像前,他的鼻孔里冒出两撮黑毛,两扇薄薄的耳朵上落满了苍蝇。在罗小通眼里,兰大和尚似乎有着洞悉一切的能力。当罗小通想到一些罗通与"野骡子"之间不好启齿的事情时,兰大和尚或目光一闪,嘴角抽动并大笑起来,或脸色发红。与此同时,罗小通看见了一个趴在墙头的绿衣女人玩耍唾沫——她将一个个的小水泡从双唇之间啐出来,让它们在阳光中飘摇着破碎。在庙外,宽阔的大道上各种人各种车来来往往、络绎不绝。一阵雷声伴着风使得闷热的庙堂里顿时凉爽起来。趴在墙头的绿衣女子消失了,两只狐狸先后进入庙堂,在它们中间,蹒跚着三个毛茸茸的小狐狸,这引起了罗小通关于神的遐想。正当罗小通讲述过去的故事时,一位被雨淋湿了的红衣女子进入到庙里。红衣女子丰满的身材、凹凸的轮廓使得罗小通心猿意马,也使他想起了"野骡子";他虽然对红衣女子有许多遐想,但因为想要做兰大和尚的徒弟,便只得克制住自己。在兰大和尚的允许下,红衣女子换上了兰大和尚的大褂,疏通了下水道后斜倚在门栏上,身上那股与刚煮熟的肉相似的气味,使得罗小通忍不住靠近她。夜幕降临,兰大和尚点燃了蜡烛,红衣女人则去做饭。她煮了一锅粥,一碗给了罗小通,另外两碗给了先前进来的两只狐狸。酒足饭饱了的狐狸开始给与之同来的小狐狸喂奶,这让罗小通也产生了吃奶的想法。红衣女子似乎也和兰大和尚一样,能读透他的心思,用话语与罗小通的心理进行了一场辩驳。当那女子褪去衣服将乳汁喷射而出时,罗小通如灵魂出窍般走向她,吮吸她的乳液。但一阵巨响将两人拉回现实,红衣女子推开罗小通,骑在五通神的马背上奔出庙堂。罗小通还没从这段带着乳汁香的经历中缓过神来,便目睹了兰大和尚的"练功"——他折叠起自己的身体,用嘴巴含着自己的鸡鸡,在那张宽阔的木床上,像一个上足了发条的玩具一样翻滚着。兰大和尚的光头上冒出腾腾的热气,热气中有七色光;他也目睹了平日在袈裟遮盖下的兰大和尚——兰大和尚身材高大,左胸上和小腹上有一个酒盅大小、旋涡形状的疤痕……他的身体还很年轻。

第二天，罗小通和兰大和尚回到小庙前堂继续他们的对话。在对话的过程中，一件带着血水与腥味的军大衣飞落在他们面前并化成一座坟墓，一个类似土鳖的男人走进庙在罗小通和兰大和尚面前撒了通尿，随之而来是一群打扮得花枝招展的女人与他的调侃。本来就已破败了的墙在前一天风雨的摧残下更加脆弱——两只猫的轻踏也让它不堪重负，并轰然倒塌，这便让罗小通将前面的景色一览无遗：

　　肉食节上有各种车队与表演，庙前方是车队与人流的交汇处。此时，在保镖的保护之下，兰老大（出家之前的兰大和尚）从一辆卡迪拉克走了出来，随后，来了三辆美国制造的吉普，沈瑶瑶下车后，在四个男子的簇拥下走向兰老大，向他表示自己愿为父一死。兰老大没有说话，便转身走进自己的车里，令保镖开枪射击三辆吉普车，但没有杀死沈瑶瑶——后来，沈瑶瑶剃发为尼，兰老大曾多次去看望她，并与一位老尼姑交涉，但最终没能见到她。东城的车队和西城的车队都慢慢向罗小通和兰大和尚所在的方向驶来，队伍十分壮观——有属于"杨姑姑禽蛋联合公司"的一辆白色大公鸡形状的彩车，有属于老兰的骆驼礼仪队和鸵鸟礼仪队……不知是什么惹怒了鸵鸟，在进入主会场的时候，它们突然烦躁起来，横冲直撞，小孩们吓得不知所措，工作人员也遭到了伤害。老兰为了阻止事情的进一步恶化，找来一杆土枪想击毙鸵鸟；他正要发射子弹时，一坨鸟屎砸在他鼻子上，于是，铁弹丸扑到庙门上方的瓦檐上。老兰再发一枪，结果自己被炸伤了眼睛，被人塞进车里。在所有的车队都聚集在主场地上时，黄豹带来一帮人拿着网子把鸵鸟的头网住，然后，在它们的脖子最细处将它们杀死。兰大官命人殴打黄豹，黄豹经受不住便逃跑了。之后，随着一个男子雄壮的喊声，第十届肉食节开始了。

　　黄昏时分，游行队伍陆续离去，夜间烧烤的各类用具相继摆出，礼花燃放……礼花在空中绽放出"肉"的模样，又化成小伞落在地面；人们都欢呼雀跃，在肉香中喝酒、亲吻。

　　当人们沉浸在欢乐的气氛中时，泥塑村的几名村民来搬运"肉神"，并讨论起"肉神"的来历,其中,有个翘下巴的人表示了对"肉神"的不屑一顾。后来,他们在把"肉神"搬到了另一个地方后去喝酒吃肉,那个翘下巴的人遭到了"肉神"的"报复",牙疼起来,于是,他在老师傅的指点下,跪在神像前掌自己耳光。

夜半时分,一群捕猫人开始在大街小巷活动起来——他们以捕来的猫为原料做出美食。这让罗小通想起了自己当初在城市里捕猫时被扔进垃圾桶的场景——他在那时觉得自己经受住了考验,能够成为一个神。

第三天,罗小通从睡梦中醒来,前一天饥饿的感觉居然消失了,他舔了舔自己的唇,似乎红衣女人再一次哺育了他一般;兰大和尚依然像之前一样坐着。第三天的肉食节的规模较之前扩大了,兰老大又来了,他带着自己的孩子,孩子在睡醒之后因为饥饿而哭了起来。兰老大便安排给孩子肉吃。小孩子吃肉的本领不一般——不一会儿就把一大只鹅吃得只剩骨头。吃完后,兰老大便吩咐保姆和轿夫们启程。

副省长到达之后,工匠们开始把"肉神"往外挪,可"肉神"却像是在和工匠们开玩笑似的,双脚向前溜,不愿起身。副省长提笔写了"肉神庙"。兰老大在一个豪华的饭店里享受美食,在服务员端上一盘十分珍贵的菜后,他命人将菜送到凤凰山飞云别墅,自己则要了一碗阳春面。副省长和市长们走后,几个工匠开始卖弄自己拾到的东西。其中一个捡到了一个皮包,发现里面有一小瓶药——"伟哥"。他们将它送给兰老大;兰老大却表示自己不用,并邀请他们看自己"练功"……

当罗小通正向兰大和尚讲述自己给肉注水的丰功伟绩时,一阵救护车的嘶叫声打断了他。原来是在肉食节上,人们因吃肉过多而中毒。救护车、警车、市长的奥迪A6纷纷驶来救助中毒人员。兰老大的儿子在这场食肉的狂欢中醄而死。第二天,一位女子告诉正在闭目沉思的兰大官(兰老大)慧明大师(沈瑶瑶)已经圆寂之事。之后,兰大官要了两个女人来满足他的性需求。而"肉神"塑像则因一夜的大雨冲刷变得面目全非,几个工匠一边修复一边讨论着明年是否还办"肉食节"以及他们的生计问题。兰老大此时正在与著名电影演员黄飞云"纠葛"。

院子里的一阵喧嚣声使得罗小通回到现实,原来是要搭台唱戏了。戏台搭起来了,罗小通也从昏厥中醒来,在那里,他邂逅了老兰的女儿甜瓜——她成了一名医生,与男友一起来看戏。先前受伤的老兰蒙着一只眼也出现在了那里。台上的戏演得尽兴时,黄飞云裸着身子冲到台上去打肉神像。一群男子想把她擒下去,最终把她逼到台沿——她掉下去摔死了。

演出结束后人们纷纷离场时,兰大官跳上戏台,脱光衣服要与洋人较量性功能。与四十一个金发美女交媾完后,他以为自己赢了,但洋人掏出一把枪瞄准了他的下身开枪,兰大官倒在地上——发出了沉重声响,仿佛一堵腐朽的墙壁倒在地上一样。与此同时,兰大和尚身后也发出一声巨响——那个马通神像,坍塌在地,成了一堆泥巴。

夜半时分,灯光全无,罗小通抓紧时间讲自己的故事——他用有关四十一炮发射情景的故事迎来了又一个黎明。

讲完所有的故事,罗小通想在兰大和尚处验证关于老兰的三叔(兰老大)的故事的真假,兰大和尚叹息一声,抬起手,指指庙前面的大道,从大道的两边,窜过来两支队伍——分别是反对建肉神庙和支持重建五通神庙的队伍。罗小通看着这样的场面感到极其不安,眼前出现了曾经在他生命中出现过的一切人、一切事;最后,罗小通看到一个女人向他走来。

二

小说中重要的人物有老兰、罗通、罗小通、杨玉珍、兰大和尚等。

(一)老兰

老兰即兰继祖,屠宰专业村村长。他身材高大、肌肉发达,"天生一个当官的材料"[1];"在屠宰村,他有着现实的不可一世的'权力',又有着足可炫耀的'家族历史',他一言九鼎,权力、财富、女人应有

---

[1] 莫言:《莫言文集·四十一炮》,云南出版集团公司、云南人民出版社2012年版,第17页。

尽有，有着巨大的精神优越感。"① 他机灵、有眼光、能与时俱进、讲义气——他能把握住时代的脉搏、顺应时代的变化和需求、每一步都踩着时代的鼓点，抓住一切机会发财致富，并最终成为屠宰专业村的"屠户翰林"和首富；之后，又带领村民发家致富、过上了物质丰富的生活。

但老兰也是村风败坏、社会腐化变质的始作俑者和推波助澜者：他心底邪恶、为富不仁——他为了发家致富，在对猪肉进行加工时，高压注水法、硫磺烟熏法、双氧水漂白法、福尔马林浸泡法……能用的都用上；"他当上村长后，毫无保留地将高压注水法传授给众乡亲，成了黑心致富的带头人。"② 邪恶——他向本来应该属于罗通的钱上撒尿以作践罗通；他"杀牛出身……身上的气味就足以让一头胆小的牛觳觫不止，无论多么倔强的牛，在他面前也只能乖乖地等死。"③ 狭隘、阴险——他虽然对罗通一家人有过善举，表现得很宽宏大量，如在罗通与野骡子私奔之后，他把自己的旧手扶拖拉机以破烂货的价钱卖给杨玉珍，让她有收购和贩卖废品的运输工具；在罗通离家出走归来后，他建议并实质上地资助罗小通和娇娇上学，重用罗通和罗小通。但是，他在内心深处实际上并没有忘却在吃辣椒比赛及对野骡子的爱情争夺中输给罗通的耻辱，并不失时机地报复罗通，如在罗通离家出走后，借手把手地教杨玉珍使用拖拉机之机实质上地占她的便宜，甚至与杨玉珍发生过不正当的关系，从而，给罗通戴"绿帽子"；他的内弟捕风捉影地说他与杨玉珍有不正当关系，他不加澄清、不动声色，实际上是故意地混淆是非，从而，激怒罗通，借罗通之手杀死杨玉珍，也让罗通身陷囹圄，即弄得罗通家破人亡；罗小通兄妹俩因他祸害了他们的父母而纠缠他，他便借万小江"以毒攻毒"，迫使罗小通兄妹俩远走他乡。残忍——当

---

① 吴义勤：《有一种叙述叫"莫言叙述"——评长篇小说〈四十一炮〉》，《文艺报》2003年7月22日第2版。
② 莫言：《莫言文集·四十一炮》，云南出版集团公司、云南人民出版社2012年版，第17页。
③ 同上书，第38页。

他精心培养的鸵鸟队在礼仪场上造成混乱时,他下令杀死所有的鸵鸟,看着鸵鸟头从长长脖子上掉落时,他似乎有些得意地笑了;他为了达到目的,不仅对别人不会手下留情,而且对自己也不会手下留情,如为了赶走罗小通兄妹俩,他将刀子和剪子扎进自己的腿肚子。恬不知耻——他把自己为牟取暴利所做的一些为富不仁、违法乱纪的事情视为理所当然之事,视为名正言顺的"原始积累"。圆滑、世故、有心计、有手腕——作为一个官员,他能谄上欺下、左右逢源,如在华昌肉联厂开业大典时,他组织得井井有条,提前演练领导到场的情景;懂得如何去迎合领导的心思,用规模庞大的骆驼队与鸵鸟队在"肉食节"上博彩以赢得上级的欢心;懂得如何让下级听从他的安排,即使他的所作所为已经引起了人们的不满,也能利用自己的威信震慑心怀不满者。作为一个商人,他懂得如何在茫茫的商海中抓住机遇,不择手段地谋取利益,如主持成立屠宰场,往猪肉里注水,用福尔马林等让猪肉保持新鲜以牟取暴利;当形势发生变化,卖"注水肉"以牟取暴利的道路走不通时,他抢在新的政策出台之前成立肉类联合加工厂,并接受罗小通的主意,开始"洗肉"。欺男霸女、下流无耻、肆无忌惮——他崇拜其三叔兰老大,并以之为榜样,不仅贪财,而且贪色,如霸占黄彪的妻子;村子里的稍有姿色的女子,他都不放过;先与范朝霞在理发椅上做爱,后又将之据为己有。

总的来说,老兰"是个亦正亦邪的人物:他既能带领村人致富,使人们过上好日子,也能坐地为王、为非作歹、造假使诈、霸占人妻、欺上瞒下;他既是生存的适者,也是别人生存的威胁","是财富和权势的象征,是现实社会统治秩序的执行者,也是人的社会性的代表"[①];是一个融金钱欲望和肉体欲望于一身的存在,是中国改革开放时期农村众多发家致富带头人中具有代表性的一个。

(二)罗通

罗通是屠宰专业村村民、肉联厂厂长,也是一个乡村"知识分子"。

[①] 邱月:《从〈四十一炮〉看莫言的人性关怀》,《沈阳师范大学学报》(社会科学版)2013年第3期。

他智商高——他的"智商绝对在老兰之上,他没学过物理但他知道阴电阳电,他没学过生理但他知道精子卵子,他没学过化学但他知道福尔马林液能杀菌防腐固定蛋白质并由此猜想到老兰往肉里注了福尔马林液"①,能够通过目测得知一头牛的大致重量;他在出走之前,敢爱敢恨、敢作敢为、光明磊落、有正义感、有男子汉气概——敢爱老兰垂涎已久的美人"野骡子",并与之私奔;能制服攻击老兰的鲁西大黄牛;看不惯歌舞升平、笑贫不笑娼的社会;不接受牛贩子们带有行贿性质的财物,哪怕是一根香烟;当老兰当着罗小通的面说不得体的话时,他"变得像那头暴怒的公牛一样,低着头朝老兰扑去……咬掉了老兰半个耳朵……吐出老兰的耳朵,恨恨地说:狗东西,你竟敢对我儿子说这样的话!"②但他也好吃懒做、得过且过——他离家出走之前也如此:其儿子罗小通这样评价他道:"我父亲出身流氓无产阶级,从小就跟着游手好闲的爷爷沾染上了好吃懒做的潇洒气质。父亲的人生信条是吃了今日就不去管明日,得过且过,及时行乐。历史的教训和我爷爷的言传身教使我父亲兜里有一块钱决不花九毛九,他只要口袋里有钱就夜不安眠。他常常教育我的母亲,世间万物都是虚的,只有吃到肚子里的肉才是真实。"③因此,他的家里从未少过肉,即使他妻子杨玉珍为此与他吵架,他也在所不惜;在离家出走之后亦是如此。猥琐、胆小、懦弱、委曲求全——在离家出走之前,罗通虽然也有点猥琐、胆小、懦弱,如老兰及众牛贩子将回报他的钱抛至他的脚下时,"他捡起一张就举起来对着阳光看看,好像在辨认真伪。最后,他还把那张老兰扔下的让尿泥污染了的崭新钞票放在自己裤子上认真地擦拭干净。他把钱放在膝盖上碰撞整齐,夹在左手的中指和无名指缝里,往右手的拇指与中指肚上啐了一些唾沫,然后就一张张地捻着数起来。"④ 在离家出走之后,他也是如此,比如,

---

① 莫言:《莫言文集·四十一炮》,云南出版集团公司、云南人民出版社 2012 年版,第 25 页。
② 同上书,第 40 页。
③ 同上书,第 9 页。
④ 同上书,第 37 页。

他带着四岁的女儿娇娇回家后,因没有勇气面对杨玉珍而打算再次离家出走;杨玉珍阻止他再次离家出走,他便放弃了;他不甘心屈服于老兰但最终还是屈服于老兰了;当老兰以金钱为诱饵把他拉进自己的势力范围,让他当上肉联厂厂长后,他不但没有明确地反对老兰生产注水肉,而且还为虎作伥,成为老兰们生产注水肉的左膀右臂;他像只鸵鸟在面对困难时将头埋进沙子一样行为处事,导致他的妻子与老兰的谣言在村里蔓延……他不负责任、缺乏作为男子汉的担当——与"野骡子"私奔,从而,置妻儿于不顾;出走归来之后,"他还存在着一定的良知。良知的存在,使他看不上老兰,但自己闯东北的失败阴影与生活的艰难又压制着他的气性,让他无法与老兰作正面的对抗。"① 浑浑噩噩、不能与时俱进——他没有明确的目标,虽然聪明但总懒得将聪明转化为财富,宁愿成为一个被人议论的对象。愚昧、暴戾——他不能忍受有关妻子与老兰绯闻的谣言,便用斧子砍死妻子,结果自己成了杀人犯,被关进监狱,两个孩子也因此成了实际上的孤儿,被迫流离失所。不过,他血性未灭、良心犹存——他不能容忍妻子与老兰的暧昧关系,有时也不能容忍商品经营中的弄虚作假、投机钻营,反感老兰为牟取暴利而卖注水肉等不道德的行为。

总的来看,罗通"代表了守旧的一方,他无力扭转时代的变化,也无力挽住变革的步伐,他身上留有的传统的美好的东西也一起被绞杀"②;他是一个败家子——不仅不聚财,反而先是把家弄得家徒四壁,后是把自己弄得家破人亡;也是一个失败的男人——无论是作为丈夫,还是父亲甚至是男人,他都是失败的。

(三)罗小通

罗小通是屠宰专业村村民;小时生活在屠宰专业村,十二岁时当上

---

① 涂谢权:《论〈四十一炮〉中的传统文化因子——以"吃"为中心》,《中国文学研究》2014年第2期。
② 吴义勤:《有一种叙述叫"莫言叙述"——评长篇小说〈四十一炮〉》,《文艺报》2003年7月22日第2版。

了肉联厂的"车间主任",后来,在飘荡中停留于兰大和尚所在五通庙里,想出家做和尚。他早熟而又弱智、愚昧——黄彪请他吃肉,他虽然是一个小孩,少不更事,但毫不犹豫地选择了黄彪给省领导准备的上等驴肉;他无论是十年前作为一个真正的小孩的所作所为,还是十年后对往事叙事的口吻,都明显地与他的年龄不相"称";老兰的几句奉承话让他飘飘欲仙,认为自己已经被人当做成年人看待了,充满了一种自豪感;十二岁便发明了名为"洗肉"的"活畜注水法",即给在被宰前的牲畜注入"最清洁的水";自认为是"肉神",能读懂肉的心思,而且只有他自己才能理解肉这"人世间的美物";厌弃学校教育,既瞧不起老师又看不起身边的同学,对成人的身份有一种难以言状的渴慕;成年后他艳慕红衣女子的身体,狂热追求乳汁,但其中又夹杂着一种儿童视角下的不健全的思想。贪权、好食、好色——他在少年时代对老兰很崇拜、对权力很陶醉。他觉得自己具有听肉语、感肉情、与肉对话交流的特异功能,小时候对肉的欲望战胜了一切(包括亲情),凡是不让他满足食肉欲望的,他都憎恶,而凡是能让他满足食肉欲望的,他都喜欢,无论是谁,只要给他一条烤得香喷喷的肥羊腿或是一碗油汪汪的肥猪肉,他就会毫不犹豫地叫他一声爹或是跪下给他磕一个头或是一边叫爹一边磕头[1],崇尚父亲"只要肚子里有肉,猪圈也是天堂"[2]的观点,愿意跟着做猪头肉做得好吃的野骡子走;为了吃肉从阴沟钻进肉联厂。他冲着能有肉吃而去当肉联厂车间主任;母亲为了节省家用而不给他肉吃,他对她几乎是恨入骨髓;他不喜欢黄彪,在看到黄彪向肉上撒尿的情景时对黄彪很不满,但黄彪给他肉吃,他便与之"握手言和"。他不仅好食,而且好色,如看到出现在五通神庙里的红衣女人便淫心荡漾,"她距离我这样近,身上那股跟刚煮熟的肉十分相似的气味,热烘烘地散发出来,直入我的内心,触及我的灵魂。我实在是渴望啊,我的手发

---

[1] 参见莫言《莫言文集·四十一炮》,云南出版集团公司、云南人民出版社2012年版,第8页。

[2] 同上书,第10页。

痒，我的嘴巴馋，我克制着想扑到她的怀抱里去抚摸她、去让她抚摸我的强烈愿望。我想吃她的奶，想让她奶我，我想成为一个男人，但更愿意是一个孩子，还是那个五岁左右的孩子。"① 看见狐狸、猫在吸乳，他便对乳汁（"性"的替代物）产生渴望。自欺欺人、自高自大——他明知注水肉不好，却沉醉于自己以"洗肉"代替"注水"的新发明，为自己的"洗肉法"感到骄傲不已，并逢人便说，认为肉联厂少了他不行；他家显然不如老兰家，但在他眼里，他家与老兰家属于同一等级，甚至觉得老兰应当奉承他家。流氓习性重——他在偷看老兰与范朝霞在理发椅上交媾时，"我干你娘！"等脏话从他嘴中随便蹦出，而且越说越顺；他在回答老师"分梨"的问题时说："抢呗，现在可是'原始积累'时期，撑死胆大的饿死胆小的，拳头大的是爷爷！"② 虚伪、残忍——他发明"洗肉"法；"同情"老奶牛、老耕牛，但在给活牛注水的过程中，他命令工人用黑布蒙上呕吐的牛的眼睛，然后继续灌注，可见其对牛的"同情"是何等虚伪；他觉得狗咬死并吃掉羊、猪的血腥场面"好玩"。心理变态——他自认为"尽管我不识字，但我感觉到那些字都认识我。世界上有很多东西是不用学习的，起码是不必要在学校里学习的。"③ "我知道一个能把班主任气哭了的孩子会被众人认为是个坏孩子，但同时也会被众人认为是个前途不可限量的孩子"④。憨厚、直爽——他实际上对谁都没有深切的爱或恨，谁都可以糊弄他，而且很容易糊弄他，如黄彪仅仅用一点肉就能堵住他的嘴，让他不把自己的恶行说出去；老兰请他父亲喝酒，他却豪迈地端起酒杯。看重尊严——老兰羞辱罗通，他感到莫大的耻辱；罗通数着被尿泥污染的钞票，他想扑上去夺过钱撕得粉碎，再扬到老兰脸上，以发泄对老兰的愤恨……⑤

---

① 莫言：《莫言文集·四十一炮》，云南出版集团公司、云南人民出版社2012年版，第51页。
② 同上书，第193页。
③ 同上书，第194页。
④ 同上书，第194—195页。
⑤ 同上书，第37页。

总的来看,"罗小通是'肉神'现实的具体化。这个新生代人物是兰继祖和罗通两种性格的集大成者。"① 他也是一个集多种矛盾于一身的人物:早熟与弱智、厚道与凶狠都体现在他身上。

(四)杨玉珍

杨玉珍是屠宰专业村村民。她坚强、能干、有志气,堪称一位女强人——丈夫背叛她及家庭之后,她怀着对丈夫背叛的恨意,发誓要活出个样子出来给丈夫看,既当爹又当妈,抚养着儿子,支撑着家庭;在与儿子相依为命的日子里,她通过自己的勤劳与智慧挣钱,修建了全村最高大最壮观的五间大瓦房,活出了一个人样。勤劳、简朴——她多年如一日,风里雨里、屋里屋外地忙忙碌碌,节衣缩食,以至于在丈夫离家出走五年的时间里,家里的饭菜中没有出现过肉的影子,儿子"因为捞不到吃肉而瘦骨伶仃"②,"肠子里只怕用最强力的肥皂也搓不下来一滴油花了。"③ 甚至为了节约而不用电。宽容、厚道——丈夫在离家出走多年后带着自己与情人野骡子所生的女儿娇娇回家,她虽然最初颇有怨气,甚至不让他们进门,把娇娇作为出气筒,但随后便接纳了他们,并善待娇娇,视同己出。思想开阔、能与时俱进——她能看清形势,知道在屠宰专业村要想活好就得与村长老兰搞好关系,便依靠老兰、紧跟老兰,也要自己的丈夫和儿子跟随老兰。慈爱——儿子罗小通直接叫她"杨玉珍",还骂她脏话,她本来很愤怒地去打罗小通,但就在要打罗小通的时候又突然笑了。她也有不光彩的一面,如唯利是图、不择手段,违法收购公共财产,给废纸箱泼水以增加其重量;不仅自己跟着老兰步入了充满物质欲望的陷阱,而且把丈夫、孩子也引诱和推进了这个充满物质欲望的陷阱;没有鲜明的是非观念,别人说什么就跟风说什么,不管社会秩序、官场生态、人品好坏,只求过"太平犬"的安定生活。她

---

① 李钧:《叙事狂欢与价值迷失——评莫言的〈四十一炮〉》,《海南师范学院学报》(社会科学版)2005年第2期。
② 莫言:《莫言文集·四十一炮》,云南出版集团公司、云南人民出版社2012年版,第9页。
③ 同上书,第14页。

曾严肃地告诫罗小通不能赌博，但后来为了与老兰等人打成一片而参与了赌博；本来不抽烟，但赌博时"也装模作样地点上了一支"①。

总的来看，杨玉珍可以说是勤俭持家的生活观念和在商品经济发展后不道德地追求利润思想的一种具体化；是一个悲剧性的人物——她所做的一切实际上都是为了丈夫和儿子，可丈夫和儿子都不爱她，而同时爱或喜欢她的情敌野骡子；她既继承了传统又顺应了时代潮流，但未能善终。

（五）兰大和尚

五通庙的和尚，又被称之为"兰老大"、"兰大官"。在旧时代，他有钱有势——他是一个国军飞行员，在传闻中，他也是美国飞虎队唐纳德的兄弟，身价亿万、富甲一方，坐豪车，有多位贴身保镖，可以随便捐修一座庙的钱，如罗小通就曾说："这是两个繁华小城之间的一座五通神庙，据说是我们村的村长老兰的祖上出资修建。"②后抛家舍业，剃度出家，成为五通神庙里的和尚。好色、荒淫无耻、性能力超强——他本来对沈公道恨之入骨，但见其女儿是一个绝色女子，便乘人之危而纳之；老兰曾说："对我三叔一往情深的女人，足可以编成一个师！"③歌星黄飞云要嫁给他，他笑着说："我结了一次婚，已经害了一个人。"④"实话告诉你，我根本就不是人，我是一匹马，一匹种马。"⑤无论是儿子死了，还是钟爱的女人死了，他都要以跟女人疯狂地性交来转移情感；他甚至和洋人搞性交比赛，一下子与四十一个女人交媾，"简直是传说中的五通神（五通神即淫神——引者注）"⑥；他在出家之后，成了头顶上"有十二个明亮的戒疤"、显得分外庄严的兰大和尚⑦，守在一

---

① 莫言：《莫言文集·四十一炮》，云南出版集团公司、云南人民出版社 2012 年版，第 214 页。
② 同上书，第 3 页。
③ 同上书，第 217 页。
④ 同上书，第 313 页。
⑤ 同上。
⑥ 同上书，第 256 页。
⑦ 同上书，第 4 页。

个"香火冷清门可罗雀"①的五通神庙里,但并不守佛门清规戒律,并练独门"性功",即"折叠起自己的身体,用嘴巴含着自己的鸡鸡,在那张宽阔的木床上,像一个上足了发条的玩具一样翻滚着"②,"将身体慢慢地折叠起来,将脑袋扎在自己的裤裆里,屁股像小马一样撅起来,嘴巴绰绰有余地触到了鸡巴的位置"③;"他那根肉棍子",与马通神"好有一比"④,他也像马通神一样淫邪。凶狠、残暴、草菅人命——他对敌手毫不心慈手软,如他虽然看中了敌手沈公道的女儿沈瑶瑶,并且即将与之成亲,但在成亲前十分钟仍然派手下杀死了沈公道。心灵空虚——他的胡作非为、为所欲为,包括自虐式"性功",在某种程度上是其心灵空虚的具体表现。

总的来看,兰大和尚可以说是社会恶势力和消极思想的化身。

除老兰、罗通、罗小通、杨玉珍、兰大和尚等人物外,小说中值得关注的人物还有野骡子、娇娇、甜瓜、姚七、苏州、秃顶市长、沈瑶瑶、黄飞云等。

三

小说通过其内容及一系列人物,尤其是老兰、罗通、罗小通、杨玉珍、兰大和尚等人物所表达的主旨大致有以下几点:

(一)"揭示了20世纪90年代以来中国农村向城镇化转型过程中'原始积累'的残酷,指出了金钱对人性的异化:金钱成为新的'拜物教',市场经济成为新的权力话语,消解了政治意识形态的'阶级论'。解放前的大地主的后代兰继祖,在市场化过程中带领村民干屠宰致富而成为村长,也因为能'看清大局'——及时将不法个体屠宰小作坊变成工业化的肉联厂而成为先进生产力的代表;他像一个'土匪',但是在

---

① 莫言:《莫言文集·四十一炮》,云南出版集团公司、云南人民出版社2012年版,第3页。
② 同上书,第72页。
③ 同上书,第218页。
④ 同上书,第85页。

村人们看来却是'大手笔'的人物:'要干就干大的,抢劫皇家库房,调戏正宫娘娘。'……他的'金钱万能'思想代表着人们转型期的人生哲学,而这种思想是从他自身经验中得来的:他曾经到城里吃饭,叫了一个'青龙卧雪'的菜,端上来才知道是黄瓜蘸白糖,他受骗上当还被服务员骂作'土鳖'。这让他明白:'现在这个时代,有钱就是爷,没钱就是孙子。有了钱腰杆子就硬,没钱腰杆子就软。'这见解消解了'越穷越有理'、'好就好在一穷二白'的政治意识形态话语。他对'大局'的认识是:'原始积累就是大家都不择手段地赚钱,每个人的钱上都沾着别人的血。等这个阶段过去,大家都规矩了,我们自然也就规矩了。但如果在大家都不规矩的时候,我们自己规矩,那我们只好饿死。'他带领大家致富,他也利用手中的权力与金钱占有他人妻女,以金钱与搞'权力寻租'的政客友好相处,不仅与市长成了'拜靶子的兄弟',还摇身一变当上了市政协的常委……"① 罗小通则具有像老兰一样的强取豪夺性或强取豪夺的倾向——他在回答老师"分梨"的问题时说:"抢呗,现在可是'原始积累'时期,撑死胆大的饿死胆小的,拳头大的是爷爷!"② ……不只是卖肉的为了金钱而泯灭了良知,卖酒的也是如此:"甲醇,甲醛,全中国人民都是化学家,甲醛和甲醇就是金钱。"③

(二)展示了"人的欲望横流"。

莫言在新浪网访谈时说:"我认为到了20世纪90年代,一直到目前,不论在我们农村也好,还是在我们城市也好,人的欲望横流,这是大家看到的社会现象。"④

《四十一炮》充分地展示了"人的欲望横流"——屠宰专业村的人"既是忍辱负重、辛勤劳作的朴素农民,也是难逃见利就好的平庸

---

① 李钧:《叙事狂欢与价值迷失——评莫言的〈四十一炮〉》,《海南师范学院学报》(社会科学版)2005年第2期。
② 莫言:《莫言文集·四十一炮》,云南出版集团公司、云南人民出版社2012年版,第193页。
③ 同上书,第87页。
④ 转引自涂谢权《论〈四十一炮〉中的传统文化因子——以"吃"为中心》,《中国文学研究》2014年第2期。

之辈"①；他们为了欲望的满足，全然不顾传统道德：

  为了食欲的满足，罗小通只要谁给他肉吃，他就叫谁爹。娇娇和罗小通一样嗜肉如命，并最终因食肉而死。兰老大与沈瑶瑶的五岁儿子吃肉"根本不用刀叉，用手，抓起那些肉，一把一把地往嘴巴里塞着。他的两个腮帮子高高地鼓起来，看不到嘴巴咀嚼，只看到那些肉，像一个一个的耗子，从伸直的脖子里，一根根地钻下去。"②"那只金黄色的肥鹅，眼见着就成了一堆骨头。"③罗通"吃了今日就不去管明日，得过且过，及时行乐"④，信奉"只要肚子里有肉，猪圈也是天堂"⑤……为了性欲的满足，老兰不顾廉耻地与范朝霞在理发椅上交媾，对村子里稍有姿色的女子一个都不放过；兰大官像畜生一样不避众人地在戏台上与四十一个金发美女交媾，在儿子、老婆刚死之时就找女人，做了和尚之后不遵守色戒……为了财欲的满足，"谁都知道，病死的猪肉是不能出售的；谁都知道往肉里注水不道德、不合法；但人人又为了自身利益和适应社会的大环境而做着既不合法又不合理之事"⑥，不仅如此，而且正如老兰所说，"不光是我们村往肉里注水，全县、全省甚至全国，哪里去找不注水的肉？……现在就是这么个时代，用他们有学问的人的话说就是'原始积累'，什么叫'原始积累'？'原始积累'就是大家都不择手段地赚钱，每个人的钱上都沾着别人的血……"⑦也如罗小通所说："放眼天下，纯洁的肉已经不多了，那些垃圾猪、激素牛、化学羊、配方狗，充斥着牛棚羊舍猪圈狗窝，要找一匹纯洁的、未被毒害过的畜

---

  ① 邱月：《从〈四十一炮〉看莫言的人性关怀》，《沈阳师范大学学报》（社会科学版）2013年第3期。
  ② 莫言：《莫言文集·四十一炮》，云南出版集团公司、云南人民出版社2012年版，第200—201页。
  ③ 同上书，第210页。
  ④ 同上书，第9页。
  ⑤ 同上书，第10页。
  ⑥ 邱月：《从〈四十一炮〉看莫言的人性关怀》，《沈阳师范大学学报》（社会科学版）2013年第3期。
  ⑦ 莫言：《莫言文集·四十一炮》，云南出版集团公司、云南人民出版社2012年版，第188—189页。

生太困难了。"① 整个屠宰专业村则变成了一个"肉的市场","触目皆是活着行走的肉和躺着不会行走的肉,鲜血淋漓的肉和冲洗得干干净净的肉,用硫磺熏过的肉和没用硫磺熏过的肉,掺了水的肉和没有掺水的肉,用福尔马林液浸泡过的肉和没用福尔马林液浸泡过的肉,猪肉牛肉羊肉狗肉还有驴肉马肉骆驼肉……"②;肉类检疫站站长老韩对注水肉半睁半闭着眼;村里的人几乎无一例外地向能够给自己带来物质利益的老兰靠拢;杨玉珍往废纸盒子里泼水以增加其重量;人们把柴油机上的飞轮、建筑脚手架上的接头、城市下水道的井盖子等公共财物偷去当废品卖,偷来的耕牛、网捕的猫儿、灌酒的狗子、猎枪打下的獾子各种牲畜堂而皇之地进入交易场……为了权欲的满足,老兰不择手段,无所不用其极;黄彪可以听任妻子被老兰霸占……传统道德荡然无存,灾祸也随之接踵而至:老兰开枪打驼鸟却伤了自己,遭罗小通炮轰;肉食节上几百人中毒;娇娇和兰老大的儿子都死于暴食;个体屠宰户、肉联厂的非法肉制品坑害了无数无辜的人……不管是罗小通的食欲、老兰对钱财和权力的欲望,还是兰老大的情欲,都是在求而不得时对之如饥似渴,一旦得到充分的满足又会觉得其无比恶心……

此外,"双城市"的"两个城区无疑暗示、隐喻两个睾丸,而神庙的位置正是欲望宣泄的中心渠道所在,因此,这个城市布局,就将'双城市'隐喻为了一个'欲望器官',人们就是围绕着它在谋财、弄权、纵欲而无所顾忌。"③

(三)反映了市场经济影响下人格的畸形成长。

小说在罗小通的回忆及现实的"感观"中凸显了其"成长",但罗小通并不是真正地成长了——无论在十年前,还是十年后,罗小通都是个"孩子",他的思维方式和思想内容都没有随着时间的推进而长进,

---

① 莫言:《莫言文集·四十一炮》,云南出版集团公司、云南人民出版社2012年版,第207页。
② 同上书,第9页。
③ 张灵:《绝望的主体与恶毒的"挽歌"——论〈四十一炮〉的思想》,《湖北工程学院学报》2013年第33卷第5期。

精神始终不健全。"罗小通对自己'食'欲和成人世界'色'欲的非理性化、想象性叙述，展露了一个孩子眼中成人世界的欲望陷阱。小说突破了'高密东北乡'这个莫言文学王国的原有疆界和乡村叙事模式，形象地展现了在资本原始积累阶段处于汹涌经济大潮中的农业社会在向工业文明转化的过程，那些被以'食''色'为象征的物欲所异化的人的悲剧故事，令人读来不禁唏嘘感叹。"①

但屠宰专业村不止罗小通一个人精神不健全——生活在屠宰专业村的人基本上都精神不健全：罗通懦弱、老兰贪婪、杨玉珍吝啬、兰大官贪色以及"肉食节"上屠宰专业村形形色色的村民的丑陋，都显现出精神不健全在屠宰专业村是一种普遍情况。人们的精神被利益扭曲，如老兰和罗小通将记者押到罗小通的办公室，为了让他成为"自己人"，不择手段地对他进行威胁："然后又告诉了他，如果他愿意……可以给他洗一次肉，如果他愿意……可以把洗过肉的他送到屠宰车间屠宰，把他的肉，与骆驼的肉或是狗的肉混在一起卖掉。"② ……

（四）反映了市场经济时代农村的破败。

1. 土地荒芜

屠宰专业村的全体村民经商，土地基本上荒芜——"现在的庄户人不是从前了。从前的庄户人从土里刨食吃，要看老天爷的脸色吃饭，风调雨顺，五谷丰登，锅里有馍，碗里有肉；风不调雨不顺，庄稼歉收，锅里汤，碗里糠。现在，但凡不呆不傻的，没人再去地里受罪。汗珠子浇透十亩地，赶不上贩卖一小拖猪皮……"③，"屠宰村已经没有人靠种地吃饭了。种地，出大力，流大汗，收入菲薄，只有笨蛋才去种地呢。"④

---

① 王西强：《成年叙述与童年故事——论〈四十一炮〉的复调叙事》，《天中学刊》2014年第29卷第4期。
② 莫言：《莫言文集·四十一炮》，云南出版集团公司、云南人民出版社2012年版，第312页。
③ 同上书，第110—111页。
④ 同上书，第197页。

2. 民众精神空虚

村民都追求经商致富,追求感官享受,精神被掏空,都有一种前所未有的孤独感和迷茫感——"读这部小说的时候,实际上我更多地在体会着孤独,孤独感是这部小说自始至终绕不开的意象和氛围,小说中的人物是一群精神和情感极度孤独和空虚的人"①。

(五)揭露和批判了社会的阴暗面。

1. 社会贫富悬殊

在屠宰专业村,不仅村长老兰家与一般村民家贫富悬殊,而且老兰家与因受惠于老兰而富起来的罗小通家也贫富悬殊:

老兰家住翰林大道上,"东厢房里开着两台电暖气,粗大的钨丝在透明的罩子里红光闪闪。"② 罗小通家虽然在老兰的帮助之下,并通过罗小通母子俩的努力奋斗,最终建造了大门比老兰家房子的大门更气派的房子,但其实是金玉其表、败絮其中,仅从暖气方面来看,罗小通家大大地落后于老兰家——罗小通这样描述自己在冬天的情状:"我牙齿打着战,继续说。好冷啊,我蒙头盖腚地紧缩在被窝里,火炕上的热气早已散尽,薄薄的褥子根本就挡不住水泥炕面返上来的凉气,我一动都不敢动,恨不得变成一只裹在茧里的蛹……"③ 而从吃的方面来看,罗小通家也大大地落后于老兰家——罗小通家在罗通离开家后从未食过肉,给老兰家送的礼还不如老兰家返回来的礼品。伴随着物质上的悬殊而来的是精神和社会地位上的不平等,如老兰凭着自己是村长,不仅强取豪夺,而且随意渔猎女色、作践村民;而罗小通家则得委曲求全,罗通甚至还得从地上捡被老兰撒过尿的钱。

2. 社会风气恶化

坑蒙拐骗、尔虞我诈、为富不仁、穷奢极欲之风盛行:小说故事所

---

① 刘香:《叙述的狂欢:写作者的自我救赎之道——评莫言的长篇小说〈四十一炮〉》,《名作欣赏》2005 年第 3 期。
② 莫言:《莫言文集·四十一炮》,云南出版集团公司、云南人民出版社 2012 年版,第 186 页。
③ 同上书,第 12 页。

发生的时间背景是 20 世纪 90 年代中期,当时,商品经济的大潮汹涌而起、席卷全国,中国的社会生活发生天翻地覆的变化,中国农村的生产生活状况亦如此——用小说中人物的话来说已经是:"现在的庄户人不是从前了。从前的庄户人从土里刨食吃,要看老天爷的脸色吃饭,风调雨顺,五谷丰登,锅里有馍,碗里有肉;风不调雨不顺,庄稼歉收,锅里汤,碗里糠。现在,但凡不呆不傻的,没人再去地里受罪。汗珠子浇透十亩地,赶不上贩卖一小拖猪皮……"[①]。为了脱贫致富,人们不择手段,如老兰卖掺水肉,"当上村长后,毫无保留地将高压注水法传授给众乡亲,成了黑心致富的带头人"[②],"在屠宰专业村,触目皆是活着行走的肉和躺着不会行走的肉,鲜血淋漓的肉和冲洗得干干净净的肉,用硫磺熏过的肉和没用硫磺熏过的肉,掺了水的肉和没有掺水的肉,用福尔马林液浸泡过的肉和没用福尔马林液浸泡过的肉,猪肉牛肉羊肉狗肉还有驴肉马肉骆驼肉……"[③] 华昌肉类联合加工厂成立后,又发明了新的注水方法——"洗肉",即将原来的给屠宰后的牲畜的肉注水改为给活着的牲畜注水,以总经理老兰为首的领导层不仅贿赂了肉类卫生检疫所的所长和工作人员,而且通过巧妙手段将前来摸底、暗访的记者变成与肉联厂利益共享的得力宣传员。屠宰专业村举办肉食节、吃肉大赛、烧烤节,搞谢肉大游行、肉类加工机械设备展示交流会、与肉类生产有关的各方面的学术研讨会,建肉神庙;隆重上演《肉孩成仙记》。官商勾结。下级官员为了满足上级官员的利益不惜牺牲平民的利益甚至是生命……社会的政治清明、政府廉洁、官员有德这样古往今来被普遍信仰和向往的人类理想遭到践踏、辱没。人们为了暴利互相利用,在利益面前,人们抛弃了人的道德与尊严,无视法律,泯灭了良知。

[①] 莫言:《莫言文集·四十一炮》,云南出版集团公司、云南人民出版社 2012 年版,第 110—111 页。
[②] 同上书,第 17 页。
[③] 同上书,第 9 页。

3. 社会不公

小说中的罗小通这样对兰大和尚直言道:"这个社会,勤劳的人,只能发点小财,有的连小财也发不了,只能勉强解决温饱,只有那些胆大心黑的无耻之徒才能发大财成大款。像老兰这种坏蛋,要钱有钱,要名誉有名誉,要地位有地位,你说还有公道在人间吗?"①

4. 官员为虎作伥

"肉神像及肉神庙的建立得到了省市领导的首肯;肉食节受到官员的捧场;而官员与会肉食节似乎也只是为了口腹之欲。"②

5. 体制不合理、职能部门腐败

作为食品安全重要保障的基层监督组织的检疫站不作为:"检疫站的工作人员不来上班,公章和印泥盒子竟然扔在屠宰车间由屠宰人员自己加盖,于是注水的猪肉堂而皇之地成为了放心肉。"③ 屠宰专业村生产黑心肉,有关部门却抓不住把柄,主要原因竟是黄彪培养出来的杂种狗一方面给屠户通风报信,另一方面追赶前去调查的记者。由此可见,相关职能部门是非常腐败的。

(六)揭示了农村的贫穷、民众生活的艰辛。

屠宰专业村原本是一个古老而贫穷的村庄,人们往常很难吃到肉,于是,把食肉看作是一种奢华的享受,罗小通更是对吃肉如痴如狂。杨玉珍为了对付生活,节俭到吝啬,不仅自己不吃肉,而且也不让儿子吃肉,罗通虽然对妻子的吝啬非常不满,但也不得不屈从妻子;老兰为了脱贫致富,不得不强取豪夺,甚至不惜践踏法律与道德的尊严⋯⋯

(七)揭示了世界的荒诞。

屠宰专业村是一个荒诞的世界,生活着一群荒诞的人,发生着一些荒诞的事——

---

① 莫言:《莫言文集·四十一炮》,云南出版集团公司、云南人民出版社 2012 年版,第 135 页。
② 涂谢权:《论〈四十一炮〉中的传统文化因子——以"吃"为中心》,《中国文学研究》2014 年第 2 期。
③ 同上。

罗小通嗜肉成癖，早熟而又永远长不大——无论是在面对"肉"还是面对"色"都有着与他生理年龄不相符的成熟亦或不成熟……兰大官即后来的兰大和尚，极其富有却对物质生活不感兴趣——宁要一碗阳春面而不要山珍海味；嗜性成癖、荒淫无度——能像一匹野马般地一口气对付四十一个金发美女，出家做和尚后，薄薄的袈裟下掩盖的是一个壮年男子的情欲；他会"练功"，全身缩成一个团……肉联厂为了扩大影响，在省市支持下，举办规模宏大的"肉食节"，将肉食节办成了各种肉类产品的订货会、交易会，并使之成为人们大尝各种肉类美食的狂欢节；与此同时，也举办各种以肉食为主题的学术研讨会；为了鼓励吃肉、大力倡导肉文化而举办吃肉比赛，以此吸引全省乃至全国、全球的食肉能手进行面对面的较量，从而，为肉食节营造更热烈的氛围、制造新的高潮，食肉能手罗小通也"脱颖而出"；随后，罗小通的"食肉"传闻越来越大、越来越神奇，人们将他视为"肉神"，于是，在省市文化主管部门的支持下，市里决定将在修缮供奉生育之神、性爱之神的五通庙的同时，也新建一座供奉肉神的"肉神庙"……

四

从艺术表现的角度来看，小说主要具有如下特点：

（一）两条线索交错，三个故事叠加，顺叙与插叙、倒叙穿插

小说的主线是罗小通十年前在家乡的人生经历——故事展开的时间主要为罗小通的少儿时期即20世纪90年代在家乡屠宰专业村度过的人生岁月，罗小通的"发生在'十年前'一直到现在的童年记忆、少年时光都在他的诉说中——复活，生活在村子里的人们——村长老兰、父亲罗通、母亲杨玉珍、野骡子姑姑、妹妹娇娇，发生在村子里的事件——父亲和野骡子的私奔、母亲的'发奋图强、艰苦创业'、肉类联合加工厂的成立、'吃肉大赛'、与老兰的恩怨，作为他的诉说内容再次鲜明"[①]；

---

① 林霖：《存在：在讲述的名义下——评莫言的长篇小说〈四十一炮〉》，《时代文学〈双月上半月〉》2009年6月15日。

副线由庙里庙外发生着的事情与罗小通对自己在城市流浪期间的见闻、罗小通当年在家乡耳闻的传说、罗小通想象中的兰大和尚传奇性的爱情史和性史等相互穿插而成——故事展开的时间几乎为整个20世纪,这条线索的内容是关于罗小通在五通神庙里的幻觉,它是以蒙太奇般的手法写成的,看似散乱、不连贯和语无伦次,但它有机地补充了主线内容的不足,叙写了老兰的家族历史,老兰的祖先的光荣历史以及兰大和尚的传奇故事。

两条线索交错发展,形成了三个故事:馋肉而又无肉可吃的罗小通如何变成了一个吃肉能手的传奇故事;一天内可以和四十一个女人交合的具有超常性功能的兰老大的风流奇绝的人生故事[①];老兰与罗通、杨玉珍、"野骡子"等人之间的故事。

两条线索、三个故事在两种字体的文本中交错展开。其中,罗小通在村庄里成长的过程、在肉联厂的经历是小说的主干,以顺叙方式展开;村长老兰的故事是小说的枝干,主要叙述为顺叙,部分在罗小通的讲述中"插叙"。兰大和尚的故事则是夹杂在罗小通"奇幻"讲述中的一种"叶片式的装点",以"倒叙"方式呈现。

小说由此生动而又深刻地展现了当代中国的社会生活图景和人们真实的生存处境与状况。

(二)采用"儿童视角"叙事

作者曾说:"罗小通在讲述自己的故事时,从年龄上看已经不是孩子,但实际上他还是一个孩子。他是我的诸多'儿童视角'小说中的儿童的一个首领,他用语言的浊流冲决了儿童和成人之间的堤坝,也使我的所有类型的小说,在这部小说之后,彼此贯通,成为一个整体。"[②] "我认为这是我对自己惯用的儿童视角叙事的一次延伸和突破,之所以

[①] 张灵:《绝望的主体与恶毒的"挽歌"——论〈四十一炮〉的思想》,《湖北工程学院学报》2013年第33卷第5期。

[②] 莫言:《莫言文集·四十一炮·诉说就是一切(后记)》,云南出版集团公司、云南人民出版社2012年版,第388页。

这样做,是为了继续保持儿童视角下的世界的童话色彩和寓言本质,是为了不被现实生活束缚,是为了让现代社会的荒诞本质,得到更为集中的揭示。"①

从小说的具体内容来看,小说确如作者的"夫子自道":

在小说中,罗小通是一个身体长大而精神滞留在童年的"炮孩子"——一个能说会道、惯于说谎、善于吹牛、喜欢神侃、复仇未遂、流浪多年、意欲断绝俗缘归隐佛门的青年;他在小说中是一个"说书人"角色,承载起民间文化"无礼的游戏"、讽刺性模拟、俗俚妙语、发散性思维等"众声喧哗"的特质,其讲述成为整部小说的主线,好像不是"人在说话"而是"话在说人",从而,解构了"全知全能的叙述者"主体,使"言说者"成为"话语"工具,讲述文本与中国传统"口口相传"的民间话本文学相通。②

总之,"小说通篇以罗小通的'准儿童'视角叙述而成,记忆与想象、现实与虚构、真实与荒诞、现在与过去相交织,童性的感觉、成人的狡猾、自恋自怜的语调与夸夸其谈的炫耀熔于一炉,从而营构出了一种亦真亦幻、亦实亦虚的'复调式'的艺术氛围"③。

(三)叙事流畅

小说的主体部分,即小说的主线部分,是罗小通对自己十年前的大约十年的人生经历的倾诉,其"诉说就是目的,诉说就是主题,诉说就是思想。诉说的目的就是诉说",充满了"恶毒"的怨气和在时间的流逝中酝酿发酵后的喧腾,实际上是这个"炮孩子"连续发出的几十发"炮弹"④。作者曾说:"小说的部分情节,曾经作为一部中篇小说发表

---

① 莫言:《小说与社会生活》,《莫言文集·用耳朵阅读》,云南出版集团公司、云南人民出版社 2012 年版,第 163 页。
② 李钧:《叙事狂欢与价值迷失——评莫言的〈四十一炮〉》,《海南师范学院学报》(社会科学版) 2005 年第 2 期。
③ 吴义勤:《有一种叙述叫"莫言叙述"——评长篇小说〈四十一炮〉》,《文艺报》2003 年 7 月 22 日第 2 版。
④ 张灵:《绝望的主体与恶毒的"挽歌"——论〈四十一炮〉的思想》,《湖北工程学院学报》2013 年第 33 卷第 5 期。

过。但这丝毫不影响这部小说的'新',因为那三万字,相对于这三十多万字,也就是一块酵母。当我准备了足够的面粉,水分,提供了合适的温度之后,它便猛烈地膨胀开来。"这部小说的宋体字排出的主体部分真像是在"准备了足够的'面粉''水分',提供了合适的'温度'之后","猛烈地膨胀开来"①的产物,它的叙述也随之如奔腾的大江大河,虽一路上波折迭生、漩涡回流、层出不穷但又滔滔而下、一任东流一样,非常流畅。同时,小说有许多处都自然地衔接,如把罗通和野骡子的谣言比作在牛贩子的轰赶下慢吞吞地进入村庄的肉牛,之后,引出"肉牛被牛贩子卖给村子里的屠户杀死——我们村是个屠宰专业村……"②自然连贯,如行云流水。

（四）采用了"狂欢化复调叙事"

"罗小通端坐在'五通神庙'前,滔滔不绝、信口开河地讲述他亦真亦幻的故事。叙述者罗小通坐在现实中,思维却沉浸在对过去的追忆中,而现实中'他者'的热闹与记忆与想象中过去的辉煌在叙述上呈平行推进的态势,俨然一曲严整的二重奏。无论是话语的对立、交织与重叠,还是记忆、想象与现实的相反相衬,都在叙述者的操控下呈现出狂欢化复调叙事的特征。"③

（五）魔幻现实主义色彩鲜明

1. 小说让罗小通以"癫狂"语调"诉说",唠唠叨叨、"炮腔炮调",亦真亦假、虚实难辨,如罗小通在回忆往事时说他十年前发射四十一炮轰炸老兰,并在最后一炮"把老兰拦腰打成了两截",也就是说,老兰在罗小通还是一个小孩子的时候就已经死了,但后来罗小通在肉神庙里讲故事的时候,老兰不仅活生生地张罗着肉食节,而且官越做越

---

① 莫言:《莫言文集·四十一炮·诉说就是一切(后记)》,云南出版集团公司、云南人民出版社 2012 年版,第 387—388 页。
② 莫言:《莫言文集·四十一炮》,云南出版集团公司、云南人民出版社 2012 年版,第 5 页。
③ 王西强:《成年叙述与童年故事——论〈四十一炮〉的复调叙事》,《天中学刊》2014 年第 29 卷第 4 期。

大，钱越赚越多，并且罗小通亲眼看见活生生的老兰而一点都不觉得不对劲，好像他当年根本就没有用炮轰炸过老兰、老兰也根本没有死似的。

又如，在罗小通看来，"肉是有容貌的，肉是有语言的，肉是感情丰富的可以跟我进行交流的活物。"① "肉都是活的，肉上生着很多的小手，对着我摇摇摆摆呢"②，"它们对我说：来吃我吧，来吃我吧，罗小通，快来啊。"③那些飞行的生铁炮弹有思想；娇娇"也能看到肉上长满了小手。肉不但会说话，肉还会唱歌呢。肉上不但有小手，还有许多的小脚，那些小手小脚都像小猫的爪子一样，勾呀勾呀，动啊动啊⋯⋯"④；跳蚤和臭虫会发出兴奋的尖叫⋯⋯⑤

2. 关于"五通神庙"及庙里庙外故事、景象的叙写，给小说涂抹了一种特殊的心理、幻觉、梦境、哲学等色彩和意味玄秘的情调，如在叙事者叙述开始，暴风雨前后，在庙墙豁口和庙里庙外出现的神秘的女人身影，亦真亦幻，营造出神秘的氛围和意味，充满了哲理、禅趣，也充满了现实的俗趣和阅读的兴味，特别是在夜晚的油灯下，这个迷人的神秘女人做饭的情节，庙堂的狐狸，被米粥的香气吸引，大大方方的走进了小屋。母狐狸在前，公狐狸在后，在它们中间，蹒跚着三个毛茸茸的小狐狸。它们憨头憨脑，十分可爱。两只大狐狸蹲在锅前，不时地抬头看看女人，眼睛里闪烁着乞求的光芒，兰大和尚叹了一声气，把自己面前的大碗推到母狐狸的面前⋯⋯⑥一些文字因为叙述的特殊效果而显得扑朔迷离，令人难以捉摸。同时，小说的叙述采取了波普、卡通、拼贴、嫁接、寓言、写意、蒙太奇的手法⋯⋯

3. 主副两条叙事线索相互交错、曲折迂回，扑朔迷离。

4. 主要人物罗小通的言行与其年龄错位，"童话"性强，从而，使

---

① 莫言：《莫言文集·四十一炮》，云南出版集团公司、云南人民出版社2012年版，第198页。
② 同上书，第220页。
③ 同上书，第198页。
④ 同上书，第221页。
⑤ 同上书，第27页。
⑥ 同上书，第57页。

小说呈现出极强的"虚幻"性。

（六）运用了镶嵌手法

小说为了突显罗小通的"炮"腔，衬托小说虚实难分的氛围，运用了镶嵌手法——罗小通的往事与罗小通讲故事时的所见构成了两个故事，它们互相交叉推进，其间镶嵌进了兰大和尚的性爱传奇，半真半假的时空与写实成分比较大的往事时空交错在一起，故事情节不断地在不同的时空之间跳跃，给人以很强的不确定感、虚幻感、游戏感，但又与罗小通的"炮腔炮调"暗中吻合，从而，就像多种乐器的合奏，杂乱却又有着强劲的主旋律，而罗小通饱含情感的"炮"话恰好就是这个主导的主旋律；文本结构与行文之意互为所用、互不脱节。

（七）象征主义色彩强

"《四十一炮》像一个庞大的象征体，编织着民间'生殖崇拜'、'权力崇拜'和'金钱崇拜'故事。《四十一炮》绝不是以传统的塑造人物作为主要目的，而是要在新历史主义的精神旅行中，寻找文化人类学的思想底蕴和生命哲学的象征隐喻"——兰三少爷的生殖器被洋人的"手枪"（现代文明）崩掉"象征了一种文化阉割，喻示出中国文化在近代中西文明冲突中被'祛势'的结局。"老兰"用金钱与权力做交易，钻法律的空子，甚至比他的长辈更具有生命力：当罗小通用日本人的大炮（喻指中国人能战胜军事侵略）轰炸老兰的时候，他却总能利用种种掩体（道德的、人情的、法律的）逃生。小说由此喻指，在这个时代，封建宗法意识与金钱的结合具有比军事侵略更强大的力量，它不会随着政治制度的变革而消失，相反它会在新的土壤中蘖生、演变、延续甚至'进化'为一种不死'神'化的力量"；"'肉'这一象征体，折射出20世纪90年代初农村城镇化过程中资本原始积累带来的人性裂变和'金钱拜物教'，完成了对马克思经济学中'羊吃人'思想的文学化阐释。'五通神'、'肉神'是民间文化中具有象征意味的宗教神，代表着生殖器崇拜、口腔文化。""'五通神'的化身是兰三少爷，他最终的结局有两个象征意味：一是被外国人'阉割'而死，从而象征中国文化的对外

'殖民'无果而终;二是魔幻化为大和尚——兰大官人锻炼性功能的招术与大和尚练习法力的招术完全相同,都是口含自己的阴茎满地翻滚——从而完成了'色即是空'的古老宗教命题。'肉神'则是民间唯利是图与权力腐败的共谋之神。除了这这个('这这个'应为'这个'——引者注)象征之外,最主要的是《四十一炮》是一个整体寓言:人类在市场经济中离开了'地母',变得唯利是图,只重视现实'狂欢'却看不到明天的悲剧"[①],"小说中的'双城市'象征一个'欲望器官',隐喻人们就是围绕着它在谋财、弄权、纵欲而无所顾忌。"[②] "这是一部充公('充公'应为'充分'——引者注)寓言化和写意化的小说……小说中欲望的疯狂、财富的占有与追逐、官商的勾结、原始积累的血腥与残酷、权力的泛滥等等批判性主题都是以夸张的、写意的、荒诞化的意像呈现的,它们都非真实的现实具像,而是一种象征性的精神化影像……某种意义上,小说中的'肉神节'、'吃肉比赛'等等情节其实就是对于我们时代肉欲本质的一种隐喻。而反复写到的'雨水'、对'五通神'和'肉神'等的狂热也都是当今时代欲望泛滥的一种象征。"[③]

(八)运用多种写法刻画人物

1. 间接描写。如对"野骡子"——小说没有正面描写她,更没有直接描写她有多么放荡,但通过写她与罗通私奔、写杨玉珍对她的蔑称,写出了她的放荡。又如对老兰,小说没有"直言"他有多么淫邪,但通过写他强取豪夺、与村中多个女子有不正当的关系等写出他的淫邪……

2. 环境描写。如在描写罗小通与兰大和尚交谈的过程时,小说也描写了庙外的雨、叫春的猫、偶然闯入的狐狸等,这除了烘托氛围外,也暗示、隐喻或象征了兰大和尚的阴沉、淫荡、放纵的性格特点。

---

① 李钧:《叙事狂欢与价值迷失——评莫言的〈四十一炮〉》,《海南师范学院学报》(社会科学版)2005年第2期。
② 张灵:《绝望的主体与恶毒的"挽歌"——论〈四十一炮〉的思想》,《湖北工程学院学报》2013年第33卷第5期。
③ 吴义勤:《有一种叙述叫"莫言叙述"——评长篇小说〈四十一炮〉》,《文艺报》2003年7月22日第2版。

3. 心理描写。如对罗小通的刻画，无论是他的嗜肉成癖，还是他对乳、性的"憧憬"，都是通过心理描写来进行的。

4. 细节描写。如有关兰大和尚"练功"的描写——写出了一个曾经意气风发的壮年男子对于性的渴望与需求；又如，有关罗通与"野骡子"性交的描写——简直细致入微，令人觉得叙述者即见证者。

5. 对比描写。如对比描写老兰与罗通在肉联厂开业时的情景，写出了老兰的稳重与罗通的懦弱，同时，通过罗小通对他们的叙述，写出了罗小通精神世界的匮乏、对亲情的漠视等。

6. 人物语言。小说注重用个性化的语言来刻画人物，如罗小通的语言：

"老兰几句奉承话，使我得意扬扬，心花怒放，身体膨胀，一瞬间就取得了与大人平起平坐的地位。所以在他们频频干杯时，我也把自己面前那个盛水的白碗倒空，伸到母亲面前，说：'请给我一点酒。'母亲惊讶地说：'怎么，你也要喝酒？'父亲说：'小孩子，不要学这些毛病。'我说：'我的心情很好，我已经好久没有这样好的心情了，而且我也看出了，你们的心情也很好，所以，为了庆祝我们的好心情，我要求喝一点酒。"①

"小庙围墙上那个似乎是被人爬出来的豁口上，趴着一个穿绿色上衣、鬓角簪一朵红花的女人。我只能看到她粉团般的大脸和一只挂下巴的洁白的手。"②

"大和尚的两扇耳朵上，落满了苍蝇，但他光溜溜的头皮上和他的油腻腻的脸上却连一只苍蝇也没有。"③

"先是有一只黑色身体上带着许多白色斑点的大个苍蝇，从很远的地方飞过来。它在空中盘旋片刻，然后就像捕猎的老鹰一样，一头扎下来，落在万小江面前的盆子里。万小江举起小爪子，有气无力地挥赶了

---

① 莫言：《莫言文集·四十一炮》，云南出版集团公司、云南人民出版社2012年版，第149页。
② 同上书，第3页。
③ 同上。

几下,然后就不去管了。随着这只大苍蝇的到来,成群结队的小苍蝇也从四面八方飞来了。它们在我们头上盘旋着,发出嗡嗡的响声……那些苍蝇在西斜的阳光里,一个个焕发着黄光,宛如飞舞的金星星……"①

——罗小通这些的语言表现了他"小大人"的思想、性格特点。

(九)弥漫着"孤独"的氛围

"读这部小说的时候,实际上我更多地在体会着孤独,孤独感是这部小说自始至终绕不开的意向和氛围,小说中的人物是一群精神和情感极度孤独和空虚的人。"②

五

小说也存在着一些不足之处,具体地说:

(一)小说"有些关于历史的叙述动机的表达、呈现,有些繁文缛节,不够严密、精炼,因而加剧了给人的晦涩难懂之感。如大和尚的独门功夫、大和尚胸部腹部酒盅大的枪疤,兰老大、沈公道的女儿沈瑶瑶,曾靠自己的性能力为炎黄子孙挣来光荣的爱国华侨、老兰三叔要回来捐款修建五通神庙的传说,经常出现在'伊甸园'的大耳朵的男人,被一梭子弹打烂了胸膛的沈瑶瑶的父亲,兰老大年轻时每月拥有 5 万美元却不知怎么花的经历,兰老大对沈瑶瑶的一往情深,兰老大干爹生日聚会的情景,三叔的情人、凤凰山别墅女主人影星黄飞云,庙门外舞台上《肉孩成仙记》演出结束后兰大官跳上舞台脱光衣服与四十一个金发碧眼的女人表演神功,洋人从怀里掏出左轮手枪瞄准那匹骏马裆间的器官……围绕兰老大的情节一段段穿插点缀在全书,闪闪烁烁地暗示、传达出丰富的历史情景,但这些人物、事件之间又的确很难理出一个较为清晰的秩序、线索,也许作者故意地追求这样的打乱了次序而镶嵌在一

---

① 莫言:《莫言文集·四十一炮》,云南出版集团公司、云南人民出版社 2012 年版,第 290 页。

② 张灵:《绝望的主体与恶毒的"挽歌"——论〈四十一炮〉的思想》,《湖北工程学院学报》2013 年第 33 卷第 5 期。

起的彩画玻璃般的效果,但……还是有些晦涩难解,作者似乎可以把这些内容处理得更简洁一些,即使作者要含蓄,可以使故事间的线索如草蛇灰线一样隐蔽,但总是要让读者可以找到必要的线索,或能更清晰地理解叙述的意图才好。"①

(二)小说"虽然从叙事形式上——两种字体、两种叙事风格的转换,可以看出莫言似乎想展现梦幻与现实的差别,但这种兼顾不仅使梦幻部分失去了他以往的魅力,而现实部分又过于直白和寡淡……体现出作家失去了一贯所拥有的思想深度和思想力度,导致作品在审美意蕴的开拓上始终徘徊不前,无法获得常人所难以企及的精神深度。"②

(三)在多条线索、顺叙与插叙交错进行时,有些不同时空间的事件之间没有适当的过渡,时空定位模糊,影响了小说的可读性。

(四)小说里多少有些格式化的东西,一环套一环的模式有点陈旧,结尾部分在最后一炮来一个酣畅淋漓的宣泄,效果却不是很好,显得很粗粝,缺少细腻的精准刻画,多了一点模糊的囫囵吞枣般的急切,让文本显得欠缺了一点火候。

(五)虽然小说的故事本身不乏想象力,但失去了作者小说中惯有的高密东北乡的背景,因而特色不够鲜明;梦呓般的儿童的陈述,失去了能让人身临其境的感染力。

(六)荒诞色彩过重——无论是语言还是人物形象,都与现实生活中的常态不符,影响了小说的可接受性。

(七)部分内容过于色情。

不过,尽管有这些不足之处,小说仍然可以说是一部相当优秀的作品,甚至"是一部'极品'中的'极品'……是一部光芒四射的小说。"③

---

① 张灵:《绝望的主体与恶毒的"挽歌"——论〈四十一炮〉的思想》,《湖北工程学院学报》2013年第33卷第5期。
② 宋昕:《无力的炮声——观莫言〈四十一炮〉中创作的滑落》,《长春教育学院学报》2007年第23卷第3期。
③ 吴义勤:《有一种叙述叫"莫言叙述"——评长篇小说〈四十一炮〉》,《文艺报》2003年7月22日第2版。

第十章 《生死疲劳》

一

《生死疲劳》创作于2005年，最初由作家出版社于2006年1月1日出版。小说的标题来自佛经——佛经有言："生死疲劳，从贪欲起，少欲无为，身心自在。"莫言说，佛教认为人生最高境界是成佛，只有成佛才能摆脱令人痛苦的六道轮回，但人因有贪欲而很难与命运抗争；他在承德参观庙宇时，偶然看到有关"六道轮回"的文字，于是，产生了创作灵感。小说获得第二届红楼梦奖、第一届美国纽曼华语文学奖，入围首届"曼布克亚洲文学奖"，入选中国小说学会"2006年度小说排行榜"（榜首）、《亚洲周刊》"2006年十大好书"。

小说共分为五个部分：《驴折腾》、《牛犟劲》、《猪撒欢》、《狗精神》、《结局与开端》。土地改革时被枪毙的地主西门闹认为自己虽有财富，但并无罪恶，因此，死后在阎王面前为自己喊冤。阎王认为他确实被冤枉了，便让他转世投胎。于是，他经历了六道轮回，一世为驴（20世纪50年代）、一世为牛（20世纪60年代）、一世为猪（20世纪70、80年代）、一世为狗（20世纪90年代）、一世为猴（2000年）、最后为人（2001年）……每次转世实际上都没有真正离开他的家族，也没有真正离开他家原先的那块土地，都具有鲜明的"本性"特征，如为驴时盲目反抗、为牛倔强抗击、为猪时无知狂欢、为狗时忠诚、为猴时麻木与游戏地生存[①]。西门

---

① 参见朱向前等《横看成岭侧成峰——关于莫言〈生死疲劳〉的对话》，《艺术广角》2007年第1期。

闹在经历六道轮回的同时，土地所有制经历了从私有制到公有制再到联产承包制的过程。

第一部：《驴折腾》

地主西门闹有三位太太——白氏为正妻，白迎春为二姨太太，吴秋香为三姨太太。白氏和吴秋香均未曾生育过；白迎春在婚后的第二年便为西门闹生下一对龙凤胎——西门金龙和西门宝凤。

西门闹在人世间的三十年里，热爱劳动，勤俭持家，靠劳动致富，用智慧发家，同时，修桥补路，乐善好施，但在1947年1月1日之后某个时间被枪毙了——中共地下党员洪泰岳借土改之名，命佃农之子、民兵队长黄瞳枪毙西门闹，而且死得很惨——脑袋被黄瞳用枪打得开了花。西门闹死之后，家产、田地等均被充公，白迎春改嫁他早年从关帝庙前雪地里捡回来的孩子，也就是他后来的长工——蓝脸，西门金龙、西门宝凤随白迎春一起到蓝家，改姓蓝；吴秋香改嫁黄瞳。

西门闹觉得自己很冤枉，便在阴曹地府的阎王面前为自己鸣冤叫屈；两年多之后，即1950年1月1日，被阎王法外开恩，准许转世，结果投胎成了一匹四蹄雪白、嘴巴粉嫩的驴，从此开始了一世为驴的生活——其主人是白迎春和蓝脸。白迎春和蓝脸家居住在西门大院的西厢房——在驴出生的那天，白迎春和蓝脸的儿子蓝解放出生。居住在原来西门闹大院东厢房的是吴秋香与黄瞳家。在驴和蓝解放出生的那段时间里的一个狂风暴雨日，黄家生下一对双胞胎女婴，长名互助，幼名合作。西门家的五间正房成了西门屯村村公所。村长兼村支部书记洪泰岳有着极高的革命热情，与他相对的蓝脸则是偏执的"单干户"——他几十年来一直固守着自己的土地；这两个人个性相似，但走了不同的方向——他们就像一枚硬币的两面一样。

起初，西门驴接受不了自己为驴的事实——看着家宅被人占据，妻子、孩子归自己的长工所有，他悲愤交加。但慢慢地，他还是接受并适应了作为驴的生活——"四蹄踏雪"的姣好外形给他带来了骄傲和满足，蓝脸的细心照顾让他心存感激。不过，他在看到白氏受审所经历的种种磨难时，又忍不住了——大闹公堂跳高墙，想亲近妻子，但人驴殊途，他不但没有帮上白氏，反而吓坏了白氏。受惊的西门驴"飞"出墙外，去与新结识的韩石匠家的母驴幽会。那母驴此时正被两匹恶狼追赶，西门驴凭借自己的智慧杀死了两匹狼。危险过后，西门驴想与母驴一起做无拘无束的野驴，但母驴想到自己已经怀孕，觉得还是回去为妥，便拒绝了西门驴。于是，西门驴只得跟蓝脸回家。

蓝脸是西门屯村唯一的"单干户"，洪泰岳几次去游说他参加合作社，但最终都未能成功。一天，一群人突然冲进院子带走了蓝脸，西门驴在慌乱中逃跑掉，过了几天食不果腹的生活，之后，遇到了县长陈光第。西门驴驮着县长走崎岖的山路时，前蹄陷入石缝中并被折断了，蓝脸和白迎春为西门驴的遭遇而感到伤心难过。受供销社主任庞虎腿上新装的义肢的启发，蓝脸和白迎春为西门驴装了义肢，但没过多久，在大饥荒中，一群饥民闯进蓝脸家的院子，抢了蓝脸家的粮食，杀死了西门驴。至此，西门闹作为驴的生涯结束了。

第二部：《牛犟劲》

1964年10月1日，蓝脸与儿子蓝解放在集市上买回由西门闹转世而来的牛——西门牛。此时，人民公社早已建立了。洪泰岳动员所有人轮番劝说蓝脸加入人民公社，但他仍然坚持单干，并以毛泽东"入社自愿，退社自由"的"命令"来为自己辩护；后来，他找到县长陈光第，陈光第给他写介绍信，让他去找省委农村工作部，部长在那介绍信批示道："……基层组织不得用强迫命令、更不能用非法手段逼他入社"[①]，于是，他更坚定了单干的决心。与此同时，白迎春带着蓝金龙、蓝宝凤及其所属的土地等入社，蓝脸和蓝解放一起单干。在入社仪式上，西门牛看到打扮妖艳的吴秋香，非常生气，便用牛角顶她。蓝金龙制服了西门牛，也征服了黄互助的少女之心。入社之后，蓝金龙和蓝解放一起在河滩上放牛，兄弟俩常为入社的问题打斗。此时，"四清"运动在村子里展

[①] 莫言:《莫言文集·生死疲劳》，云南出版集团公司、云南人民出版社2012年版，第111页。

开，所有的干部——包括黄瞳和洪泰岳——都被折腾了一番。蓝金龙是屯子里最受器重的青年，与"四清"工作队里省艺术学院的学生常天红是好朋友。蓝宝凤看上了常天红，黄家两姐妹都看中了蓝金龙。西门牛在第一次耕田就显露威风，速度大大超过了合作社的其他牛。洪泰岳便命令蓝金龙密切关注西门牛，只要它踏进人民公社的地，就铲下它的蹄，但西门牛很规矩——没有踏进合作社的地，结果令蓝金龙大失所望。

"文革"开始时，常天红在县里成立"金猴奋起"红卫兵司令部，蓝金龙在村里组建"金猴奋起"红卫兵西门屯支队，自封为司令，批斗洪泰岳以及妄想担当西门屯红卫兵支队副司令的杨七，打算把西门大院刷成一片红。蓝脸发了发牢骚，蓝金龙便命令孙家的孙龙、孙虎、孙豹、孙彪等四兄弟用红漆涂了蓝脸的整张脸——幸亏蓝宝凤及时救治，加上黄互助也出手相助，蓝脸的眼睛才没有被红漆弄瞎。在此过程中，蓝解放觉得黄互助很漂亮，对她心生爱意——"在贼亮的汽灯光下，她的眼睛亮晶晶，她的牙齿亮晶晶，毫无疑问，她是个美人，是个屁股上翘、胸脯前挺的美人，我只顾跟着我爹闹单干，竟然忽略了身边的美人。就在这短暂的时间里，她从家门口到我家牛棚这短暂的路途上我就死心塌地地爱上了她。"① 在一次游街中，红旗蒙住了西门牛的眼，西门牛发疯般地狂奔，被公社屠宰组的朱九戒挥刀斩掉半截犄角，西门牛独角挑杀朱九戒，蓝脸誓死保护西门牛，西门牛全身而退。在冬天大雪封村的时候，蓝金龙在西门屯当起了霸王——他搭建一个平台，在上面发号施令，一次，他意外地跌落下来，险些送了性命。蓝金龙多次动员蓝脸入社，蓝脸不从。在新年临近之际，蓝金龙当上了西门屯大队革命委员会主任，他们热热闹闹地排演革命样板戏《红灯记》以迎接新春，蓝解放也想凑热闹，但被蓝金龙以他是单干户为由拒绝。蓝解放希望能得到社会的肯定和黄互助的欣赏，便背叛了蓝脸——带着西门牛入社，并在《红灯记》中谋得了一个角色。蓝金龙本来想用样板戏来攀附县革

---

① 莫言：《莫言文集·生死疲劳》，云南出版集团公司、云南人民出版社2012年版，第156页。

命委员会副主任常天红,但常天红因男女关系而被撤职。蓝金龙失去了后台,又被诬陷为反革命分子,便与洪泰岳等一起成了劳动管制的对象。在又一个春耕时节,蓝金龙被派去耕地——他试图让西门牛耕地,但西门牛原地不动,于是,把自己政治上的失意及被监督劳动的怨恨等,变本加厉地发泄到西门牛的身上——他用烧红的铁条为西门牛扎了鼻环,再用鞭子抽、用火烧西门牛,但西门牛仍然不听他的使唤,并一到地头,就卧在地上。最后,西门牛的皮肉被烧焦了。蓝脸目睹着一切,浑身颤抖,痛苦难耐,但就在这时候,西门牛突然站了起来,走出人民公社的地,走进蓝脸的一亩六分地里,然后,轰然倒地而亡。

第三部:《猪撒欢》

结束西门牛的生涯后,西门闹再一次大闹阎罗殿,阎罗王便许诺让西门闹投胎到一个遥远的国度,幸福快乐地过完一生,可是在投胎后睁开眼睛时,他却发现阎王又一次地耍弄了他。在毛主席号召"大养其猪"年代,西门闹投生为西门屯大队杏园养猪场的猪十六,也就是西门猪。西门猪霸道无理,处处表现得与众不同,官复原职的洪泰岳决定把西门猪单独喂养——饲养员就是西门闹的妻子白氏。蓝金龙为了响应毛主席的号召,收购进一千多头沂蒙猪,其中一头名为刁小三的猪与西门猪一样特别,且与西门猪为邻。西门猪吃吃喝喝,锻炼身体,晚上还出去散步,听莫言朗诵《参考消息》,生活过得安逸、快乐。蓝金龙举办的"大养其猪"现场会热闹非凡,猪们都打扮得夺人眼球,西门猪用两只前爪把住杏树枝杈炫异能,结果,因喝多了酒而失去平衡,掉到地上。不过,这并没有太影响西门猪的生活,因为他是杏园养猪场重点培养的种猪之一。刁小三因妒忌西门猪而拆猪舍。与此同时,莫言把蓝金龙和黄互助的浪漫情事告诉了蓝解放,蓝解放由此发疯,继而蓝金龙在发电机房里也发起疯来,不过,到底是真疯假疯却让人难以猜测。洪泰岳召集村里的头头脑脑开会,莫言献"心病心医、配婚冲喜"之计,让黄合作嫁给蓝解放,黄互助嫁给蓝金龙。村长洪泰岳带领村民们依计行事——让两对夫妻同时举行婚礼,蓝金龙、蓝解放的疯病也随即莫名其妙地好了；婚后，第五棉花加工厂厂长庞虎将蓝解放与黄合作双双安排进了棉花加工厂上班。西门猪参观完婚礼回到猪舍时发现刁小三正在调戏美丽的小母猪蝴蝶迷，勃然大怒，与刁小三又展开了一场搏斗；刁小三被西门猪抓得快死，甚至右眼也被抓瞎了，黄互助和蓝宝凤把它救活。1976年8月20日前后，丹毒袭击了猪场，众猪染病，刁小三外逃，西门猪幸免——最后只有七十多头猪活了下来。

9月9日，毛主席逝世，蓝脸、蓝金龙痛哭不止。西门猪混迹在人群中，兽郎中许宝看到西门猪后起了歹意，结果，被西门猪撞死。之后，西门猪逃到高密东北乡与平度县交界处的名叫吴家沙嘴的河心洲上。在与当地野猪战斗的过程中，西门猪意外地发现了刁小三，并得知他在那里称王。刁小三主动地把猪王的位子让给西门猪。西门猪在沙洲上生活五年，1981年4月，重返杏园养猪场，发现一切已经物是人非：洪泰岳卸任西门屯大队党支部书记，并认可了蓝脸的单干，原国民党第五十四军军部电台上校台长伍方享受了"五保"待遇，屯子里有了第一台电视机，吴秋香当起了老板娘，蓝金龙宣布不再姓蓝而改姓西门，并当上了西门屯村党支部书记，庞虎的女儿庞抗美成为了公社党委书记；唯一没变的是蓝脸——他依然是单干户。西门猪看看热闹后晃悠到杏园，碰到洪泰岳在蚕房对白氏动手动脚，随即愤怒地冲上去咬掉了洪泰岳的睾丸，白氏当晚缢死在蚕房。由此，西门猪在高密东北乡被视为一头可怕的凶兽，并被列为剿杀的对象。西门猪连夜赶回吴家沙嘴去和同伴们商量对策。猪群中一个叫破耳朵的不同意西门猪的作战计划——他性格暴烈、牙齿锋利，在同猎猪小组的战斗中带领猪群取得了阶段性胜利，得到了很多猪的拥戴；此时，刁小三已经去世，西门猪为破耳朵让出王位，离开了沙洲。猎猪小组在再一次袭击野猪群时，配备了冲锋枪、穿甲弹和最具杀伤力的喷射器，结果，群猪惨死。西门猪为此痛苦而又愤怒，决心为弟兄们报仇。猎猪小组凯旋时，西门猪将他们的船拱翻，使猎猪小组的成员沉入水里。之后，在回到西门屯村时，西门猪见白迎春在河岸边呼唤蓝解放与黄合作的儿子蓝开放、庞抗美与常天红

当代长篇小说的桂冠

（实际上是西门金龙）的女儿庞凤凰、西门宝凤与马良才的儿子马改革、西门金龙与黄互助的养子西门欢等，便意识到他们落水了，于是，去施救，结果，溺水而死。

第四部：《狗精神》

阎王害怕西门闹再次大闹阎罗殿，直接让两个鬼把他扔进了蓝脸家里的狗窝里，于是，他成为了蓝脸家的狗小四——西门狗。蓝家的四条小狗分别被分给了西门欢、马改革、庞凤凰、蓝开放。在西门狗三个月的时候，黄合作带蓝开放、西门狗住进县城；西门狗被蓝解放放到存放煤的房间里，因此，他很讨厌蓝解放。西门狗长成一只威武的大狗后，每天接送蓝开放上下学，成了其忠心耿耿的保镖。六年过后，蓝解放成为高密县副县长，妻子黄合作勤俭朴实，儿子蓝解放乖巧懂事；虽然蓝解放对黄合作一直没有感情，但蓝解放与黄合作一家还算和睦。莫言把新华书店的工作人员、庞抗美的妹妹庞春苗带到了蓝解放的办公室，并介绍他们认识。随着相处时间的增加，蓝解放对庞春苗有了暧昧的好感。一吻之后，蓝解放魂不守舍，庞春苗也向他示爱，他便向黄合作提出离婚。对蓝解放的所作所为，西门狗很是看不下去——他对黄合作的遭遇也很同情。黄合作不肯离婚，西门狗领她追寻到庞春苗。黄合作在苦劝庞春苗之后，"在法国梧桐光滑的树皮上写了三个缺点少画的血字：离开他"[①]。时任西门屯村党支部书记、旅游开发区董事长的西门金龙想把西门屯的百姓赶出去，建立旅游村、高尔夫球场，这个计划得到了县委书记庞抗美的大力支持。在联席会议上，大家对西门金龙的这个计划展开了积极讨论，蓝解放却心神不安——他唯恐黄合作做出什么伤害庞春苗的事情来。会议结束后，蓝解放匆忙赶回县府大院，碰到洪泰岳带着一帮乡亲示威，反对庞抗美与西门金龙狼狈为奸，在高密东北乡复辟资本主义。为了挽回婚姻，黄合作带着蓝开放与西门狗回西门屯，希望得到家人的支持和帮助。西门宝凤的丈夫马良才原是小学校长，后进

---

① 莫言：《莫言文集·生死疲劳》，云南出版集团公司、云南人民出版社2012年版，第455页。

入西门金龙的公司，此时已经去世。蓝脸与白迎春以生病为名，把蓝解放骗回西门屯后谴责他。遭到父母的谴责后，蓝解放决定为了庞春苗而抛弃官职。西门金龙向蓝解放挑明他与庞抗美过去的私情，并威胁和诱导蓝解放放弃庞春苗。暴雨之夜，蓝解放遭打，庞春苗认为是黄合作找人打了蓝解放，便带着蓝解放住到自己所在的新华书店的宿舍。蓝开放跟着西门狗找到了蓝解放的住处，敲开门后往他身上甩污泥。庞凤凰认为庞春苗无耻，便向庞春苗泼油漆。于是，蓝解放与庞春苗远走西安，投奔在那里做小报记者的莫言。西门欢寄居在黄合作处上学，他在黄合作与黄互助面前装成好孩子，但实际上是个小流氓，还要教坏蓝开放。

  从1991年到1996年，蓝解放和庞春苗一直逃亡在外。在高密县县城里，西门欢则纠集一群小地痞流氓称霸王。白迎春去世后，众多高官和大款为她送葬。但就在棺材进入墓道之时，洪泰岳在身上绑了一圈雷管冲出来，与西门金龙同归于尽，并称这是最后的斗争。之后，西门欢在县城鬼混，偶尔回一次西门屯也是为了向黄互助要钱。庞抗美被"双规"，后被判为死缓；西门金龙的公司被县有关部门接管，西门屯村的支部书记由县里派干部接任。西门金龙的公司数千万的银行贷款已被西门金龙挥霍一空，因此，西门金龙没给黄互助和西门欢留下任何财产。于是，当西门欢把黄互助那点个人积蓄掏空后，大院里再也没有出现过他的身影了。黄互助靠卖剪纸维生。黄合作患癌症之后，已经当了警察的蓝开放找到漂泊在外的蓝解放，把黄合作患癌症的消息告诉他，他便与庞春苗及蓝开放一起回西门屯。黄合作原谅了蓝解放和庞春苗，三天之后病故。两个月后，黄瞳因肝腹水去世，吴秋香当夜吊死在大院里。1998年中秋节，蓝解放和庞春苗领取结婚证。当夜，蓝脸带着西门狗到自己的一亩六分地，躺在墓里安然死去——西门闹结束了他为狗的一生。西门闹进入地府，阎王对他说："我们不愿意让怀有仇恨的灵魂，再转生为人"①，西门闹随

---

① 莫言：《莫言文集·生死疲劳》，云南出版集团公司、云南人民出版社2012年版，第547页。

即表示道:"我已经没有仇恨了,大王!"① 但阎王觉得在西门闹的眼睛里还有一些仇恨的残渣在闪烁,于是,决定让他转世为一只猴子。

第五部:《结局与开端》

蓝解放当年在省委党校的同学,高密县委书记沙武净受庞虎的老朋友——老书记——金边之托,把蓝解放安排到文展馆担任副馆长。庞春苗回书店工作。两人暂时住在庞虎家里,生活过得平淡、自在。转年过来,庞春苗怀了孕,一家人其乐融融。但不久之后,原驴店镇党委书记、现任县人大副主任杜鲁文的汽车撞死了庞春苗。在埋葬庞春苗之后不久,庞虎死了。又过了些日子,正在服刑的庞抗美可能是一时糊涂,用一支磨尖的牙刷柄戳心而死。蓝开放把蓝解放接回旧居,蓝解放迈进院子不久就发现了黄互助亲切又熟悉的身影。在蓝开放的撮合下,蓝解放与黄互助走到一起。西门宝凤与常天红同居——马改革也赞成他们的结合。

2000年元旦过后,高密县火车站广场出现两个耍猴的人——他们是失踪许久的西门欢和庞凤凰,而那只猴子正是西门闹的转世。蓝开放对庞凤凰一直念念不忘,看见她落魄的样子,便想解救她或者想把她从西门欢手里抢回来,但西门欢和庞凤凰对蓝开放冷嘲热讽的态度让他打消了念头。西门欢当年称霸县城时的仇家、与他并称"四小恶棍"之一的王铁头找到他后,把一把钢刀戳进了他的胸膛。蓝开放料理完西门欢的后事之后,每晚都去找庞凤凰;最初,庞凤凰对他总是冷眼,后来用玩笑的口吻对他说:"要想我嫁给你,除非你的蓝脸变白。"② 蓝开放便去青岛做了植皮换脸手术,庞凤凰在得知此事之后很感动,两人随即缱绻缠绵;之后,蓝开放带着一脸纱布回到家,对蓝解放和黄互助说:"爸爸,大姨,我要和凤凰结婚了!"③ 黄互助则泪流满面地对他说,"凤凰是你大伯的亲生女儿,你与她同一个祖母……"④ 蓝开放万念俱灰,找到庞

---

① 莫言:《莫言文集·生死疲劳》,云南出版集团公司、云南人民出版社2012年版,第547页。
② 同上书,第571页。
③ 同上书,第572页。
④ 同上书,第576页。

凤凰，西门猴扑上来，蓝开放一枪击毙了他——西门闹终于结束了在畜生道里的轮回。庞凤凰被吓昏了，蓝开放看了看美丽的庞凤凰，走出门后对着自己的心脏扣动了扳机，结束了生命。

2000年底，蓝解放和黄互助在深夜11点昏昏欲睡的时候接到了一个电话，随后，他们赶往庞凤凰所住的房间，但当他们到达庞凤凰所住的房间时，庞凤凰已经死了，同时，一个婴儿躺在血泊里——他是蓝开放与庞凤凰的畸形儿子、西门闹在投生为驴、牛、猪、狗、猴之后再次投生的人。"他身体瘦小，脑袋奇大"，"生来就有怪病，动辄出血不止"①，因为降生在新千年的钟声中，所以，名叫"蓝千岁"。蓝千岁依然保有前世的所有的记忆，在五周岁生日那天，把蓝解放叫到面前，摆开一副朗读长篇小说的架势，对蓝解放说：

"我的故事，从一九五〇年一月一日那天讲起……"②

二

小说中重要的人物有西门闹、蓝脸、蓝解放、西门金龙、洪泰岳、莫言等。

（一）西门闹

西门闹是高密县东北乡西门屯的地主，土地改革运动时期被枪毙；之后，先后转世为驴、牛、猪、狗、猴、大头婴儿，以不同的身份生活在人世。他是"一个真正热爱土地的劳动者"③，聪明、能干、勤劳、善良、正直——他在活着的时候曾对洪泰岳说："靠着聪明靠着勤奋也靠着运气积攒了万贯家财"，"不愿意在别人面前点头哈腰"④；死了之后对阎王说："我西门闹，在人世间三十年，热爱劳动，勤俭持家，修

---

① 莫言：《莫言文集·生死疲劳》，云南出版集团公司、云南人民出版社2012年版，第576页。
② 同上。
③ 王者凌：《"胡乱写作"，遂成"怪诞"——解读莫言长篇小说〈生死疲劳〉》，《当代作家评论》2006年第6期。
④ 莫言：《莫言文集·生死疲劳》，云南出版集团公司、云南人民出版社2012年版，第43页。

桥补路，乐善好施。高密东北乡的每座庙里，都有我捐钱重塑的神像；高密东北乡的每个穷人，都吃过我施舍的善粮。我家粮囤里的每粒粮食上，都沾着我的汗水；我家钱柜里的每个铜板上，都浸透了我的心血。我是靠劳动致富，用智慧发家。我自信平生没有干过亏心事。"① 事实上的确如此，如他在被枪毙之前有很多田产、金银细软、大洋、财宝，安葬秋香的父亲，收养秋香……他在转世为驴、牛、猪、狗时的所作所为，都可以说是他很聪明、能干、勤劳、善良、正直的明证。洪泰岳在带领民兵逼他找金银财宝时对他说："我作为个人，非常敬佩你，甚至想跟你交杯换盏，结拜兄弟"②；他在临死前对父老乡亲们说："老少爷儿们，咱们一个村住着，远日无仇，近日无怨，兄弟有什么对不住你们的地方，尽管说出来，用不着这样吧？"③ 负责枪毙他的黄瞳横了他一眼，立刻把目光转了，随后对他说："你少啰嗦吧，这是政策！"④ 这些都可以说是作为他很善良、正直的旁证。在他被枪毙之后，蓝脸虽然娶了他的二姨太太白迎春，但在当时那种情况下是合情合理的，同时，无论是就西门闹而言，还是就白迎春而言，这都是一件好事；蓝脸对他不忘恩，如在娶白迎春的同时，也像抚养自己的亲生孩子一样抚养了他的两个孩子，对感觉中的由他转世而来的驴、牛、猪、狗（他在临终前对西门狗说："掌柜的，你也去吧"⑤）呵护备至……这些都可以说是他善良、正直的反证。坚韧——他在含冤被枪毙后两年多的时间里，在阴曹地府里受尽了人间难以想象的酷刑。每次提审，他都会鸣冤叫屈。他的声音悲壮凄凉，传播到阎罗大殿的每个角落，激发出重重叠叠的回声。他身受酷刑而绝不改悔，即使被扔到沸腾的油锅里，翻来覆去，像炸鸡一样炸了半个时辰，痛苦之状，难以言表，也始终没有屈服；他在转世为驴、

---

① 莫言：《莫言文集·生死疲劳》，云南出版集团公司、云南人民出版社2012年版，第4页。
② 同上书，第42页。
③ 同上书，第8页。
④ 同上。
⑤ 同上书，第547页。

牛、猪、狗时，不管遇到多么大的艰难险阻，从没灰心丧气，都是被动或被迫结束生命的；在为牛时，他宁愿被折磨至死也不向西门金龙屈服。识大体、懂大局——在土改时，洪泰岳带着一群民兵逼着他交出金银财宝时，他知道大势所趋，如数交出；在交出金银财宝时，他本有机会用枪打死洪泰岳及其随从，但他没有，并对他们说："我与你们每一个人，都没有具体的冤仇。如果你们不来斗争我，也会有别人来斗争我，这是时代，是有钱人的厄运势，所以，我不伤你们一根毫毛。"① 在转世为驴、牛、猪、狗时，虽说最初他十分痛恨蓝脸"背叛"了他，更痛恨蓝脸娶了他的二姨太太白迎春，但随后便慢慢地体会到了蓝脸对他的情感，对蓝脸的怨恨也随之变小，最后，与蓝脸结下了深厚的情谊。有情有义——他在向洪泰岳等人交出所藏的财宝时说："埋藏财宝之事，是我一个人干的，女人们一概不知……你必须保证，释放白氏，不要为难迎春和秋香，她们什么都不知道。"② 在转世为驴时，他牵挂着妻儿；在看到白氏受审时所经历的种种磨难时，他大闹公堂跳高墙，想亲近妻子；在转世为猪时，奋力保护白氏，甚至咬掉了对白氏动手动脚的洪泰岳的睾丸。

总的来看，西门闹确如他自己所言，是一个"大好人"③，但其结果不好——作为人时，"被时代历史以'进步'的名义处死，在其作为动物的人间轮回中依然没有摆脱历史的梦魇。在轮回为驴时被饥饿的乡民残忍砍死并分而食之，而作为牛时被激进的政治变态狂西门金龙以残暴的方式百般折磨最后活活烧死"④……因此，他实际上也是一个透彻的悲剧性人物。

（二）蓝脸

蓝脸是一位农民。他是一个弃儿；在西门闹在二十四岁那年把他从

---

① 莫言：《莫言文集·生死疲劳》，云南出版集团公司、云南人民出版社2012年版，第42页。
② 同上。
③ 同上书，第4页。
④ 徐红妍：《对民间与历史的另一种把握——评莫言的〈生死疲劳〉》，《中国石油大学胜利学院学报》2008年第3期。

关帝庙前雪地里捡回来后,他成为了西门闹的干儿子和长工;他的左脸上有巴掌大的一块蓝痣,西门闹便叫他为蓝脸。他有主见、有信念——他认为:"亲兄弟都要分家,一群杂姓人,硬捏合到一块儿,怎么好得了?"① "亲兄弟都要分家,一群杂姓人,混在一起,一个锅里摸勺子,哪里去找好?"② "……我就是想图个清静,想自己做自己的主,不愿意被别人管着!"③ "只有当土地属于我们自己,我们才能成为土地的主人"④,"这些人把我们单干,归结为因为我们的生理缺陷导致的精神变态,这是放屁。我们单干,完全是出自一种信念,一种保持独立性的信念。"⑤ 这种主见、信念,就是"土地"给予农民的生存自由、生活自由以及敢于承受人生痛苦磨砺的坚韧不拔的意志。爱土地、爱农作物、爱粮食——在小说中,叙事者对蓝解放这样说:"在月光明亮之夜,你爹就会扛着一张铁锹走出大院。月夜下地劳动,这是他多年的习惯,不但西门屯人知道,连高密东北乡人都知道。每逢你爹外出,我总是不顾疲劳跟随着他。他从不到别的地方去。他只到他那一亩六分地里去。"⑥ 他在死时要求把自己土地上种出来的粮食,统统作为陪葬品,埋到自己的坟墓里。当西门猪因感激他和白迎春而站立起来时,他说:"猪精,你如果想咬死我,那你请便,但我求你不要糟蹋我的麦子"⑦。固执、执拗、认死理、倔强、坚韧——在新中国成立之后,他坚持单干,"深挖沟,光脊梁,誓与人民公社争短长"⑧,声称"我跟人民公社是井水不犯河水"⑨,"要单干就彻底单干,就我一个人,谁也不需要,我不反共产党,更不反毛主席,我也不反人民公社,不反集体化,我就是喜欢一个

---

① 莫言:《莫言文集·生死疲劳》,云南出版集团公司、云南人民出版社2012年版,第360页。
② 同上书,第24页。
③ 同上书,第184页。
④ 同上书,第303页。
⑤ 同上书,第182页。
⑥ 同上书,第541页。
⑦ 同上书,第306页。
⑧ 同上书,第348页。
⑨ 同上书,第94页。

人单干。天下乌鸦都是黑的,为什么不能有只白的?"① 即使妻子白迎春带着他的养子养女蓝金龙、蓝宝凤入社,一个家分成了两半,即使亲生儿子蓝解放也入了社,即使在一次次的运动中总首当其冲地受到挤兑、打压,他也坚持单干;即使在洪泰岳命令蓝金龙密切关注西门牛,只要它踏进合作社的地,就铲下它的蹄时,他也不屈服;洪泰岳想消灭他这西门屯大队最后一个单干户,他便把一根绳子扔到他的面前,说"把我吊到大杏树上吧!"② 最后,他带着西门狗死在自己的一亩六分地里,从而,成为中国大地上的"最后一个单干户"。正直、善良、宽厚、有情有义——他在主人西门闹被枪毙后娶其二姨太太为妻,并且抚养其两个孩子;对西门驴,他处处呵护,以至于在过年的时候,他几乎把西门驴当成其家庭中的一员,让它吃饺子;当西门牛惨遭蓝金龙烧伤时,他"扔掉了镢头,趴在地上,双手深深地插进泥土,脸也扎在了泥土里,浑身抖着,犹如疟疾发作。"③ 他把西门猪、西门狗看作是自己最亲的亲人,一直尽心地保护它们;他没有做过任何损害他人利益的事情,只是默默地守护着自己珍视的一切;儿子抛弃妻儿,另觅新欢,他气愤填膺,拒不相见;直到儿子再次正式结婚后,他才认儿子,并放心地无疾而终。刚猛而又富于反抗精神——面临强权,他敢于斗争且毫不退让;在与洪泰岳发生争执时,他说:"我跟人民公社是井水不犯河水。"洪泰岳反击他道:"可你走在人民公社的大街上","你还呼吸着人民公社的空气,还照着人民公社的阳光。"他则理直气壮地说:"没有人民公社之前,这条大街就有,没有人民公社之前,就有空气和阳光。"④ 西门驴被洪泰岳打伤,他不仅毫不畏惧,反而勇敢地为驴讨公道,质问洪泰岳道:"你凭什么打伤我的驴子?"⑤ 当西门牛被杀猪人朱九戒砍掉

---

① 莫言:《莫言文集·生死疲劳》,云南出版集团公司、云南人民出版社 2012 年版,第 305 页。
② 同上书,第 188 页。
③ 同上书,第 198 页。
④ 同上书,第 94 页。
⑤ 同上书,第 22 页。

一只角时,他惊痛得晕了过去,苏醒过来时的"第一件事就是捡起那柄大砍刀,护卫着独角牛,不言语,但那决绝的姿态,鲜明地向围拢上来的红卫兵们表示:誓与牛共存亡。"① 机智、灵活——"当人民公社运动高涨时,他也懂得其中的利弊,为给家人留条活路,他让全家人入社避开冲击,而他自己却要坚持单干到底,在政治运动的夹缝中艰难生存。"②

正如蓝解放所说,蓝脸的存在"既荒诞,又庄严;既令人可怜,又让人尊重。"③ 他既是中国大地上的"最后一个单干户",又在某种意义上算得上是中国大地上真正的"最后一个农民",集中体现了中国农民的思维、情感、价值观。这一形象实际上是对以往有关集体化运动的小说中的"顽固分子"形象的彻底颠覆,也是农村变革历史荒诞的一种显现。

(三) 蓝解放

蓝解放是一位农民、农村干部;像他父亲蓝脸一样,他脸上有一个蓝痣。他在少年时代不被重视,但很活泼、勇敢——他是一个没有话语权的少年,"相貌虽丑,但性格开朗,活泼好动,手脚不闲置,尤其是那张嘴,几乎一秒钟也不会闲着。"④ 敢于直面众人的歧视和胞兄的暴打,与父亲一起拒绝参加合作社,坚持单干,以这种"与众不同"发出自己的声音,显示自己的勇敢,捍卫父亲的尊严,也表明自己是条好汉。孝顺——他非常尊重、热爱自己的父母,如在父亲因坚持单干而"众叛亲离"、"孤苦伶仃"时,他对父亲说:"我跟你单干,你送粪我给你赶着牛拉车。我们的木轮车动静大,嘎吱嘎吱,不同凡响,好听。我们闹独立,个人英雄主义,爹,我很佩服你,我跟你单干。学,我也不上了,我天生不是上学的材料,一上课就犯困。爹,你是半边蓝脸,我

---

① 莫言:《莫言文集·生死疲劳》,云南出版集团公司、云南人民出版社 2012 年版,第 162 页。
② 王者凌:《"胡乱写作",遂成"怪诞"——解读莫言长篇小说〈生死疲劳〉》,《当代作家评论》2006 年第 6 期。
③ 莫言:《莫言文集·生死疲劳》,云南出版集团公司、云南人民出版社 2012 年版,第 188 页。
④ 同上书,第 67 页。

是蓝脸半边，两个蓝脸，怎能分开？我的蓝脸，屡遭嘲笑。索性让他们笑个够，笑死他们。两个蓝脸闹单干，全县唯一，全省唯一，好生神气！爹，你必须答应我！"① 并说到做到，勇敢地与父亲站在一起，从而，维护了父亲的尊严。在流落他乡时，为了糊口，他登台演戏；在表演哭母丧时，他放声大哭，且一发不可收拾。固执、执拗、认死理、倔强、坚韧——在哥哥、姐姐、母亲都入社的时候，他宁愿挨哥哥的打也不愿妥协地入社；虽然他后来入社了，但那主要是出于对黄互助的喜爱和害怕找不到媳妇；他爱黄互助，爱而不得便癫狂；洪泰岳为了给村子冲喜，接受莫言的建议，让他娶黄合作，但他仍然爱着黄互助，并且在晚年与黄互助同居；在和庞春苗相爱后，他经历了妻子的威胁、儿子和姨侄女的恶作剧式地报复、家族的三堂会审、外人的围观嗤笑……简直是被千夫所指，但他并没因此而"善罢甘休"；西门金龙让他放弃庞春苗，并告诉他有各种女人可玩，他却斩钉截铁地拒绝西门金龙；最后，他抛官弃家，与庞春苗私奔；他先后失去了母亲、妻子、父亲、爱人、即将出世的孩子、岳父，但他并没有倒下，而且在所有悲喜尘埃落定之后，回到了感情的原点，实现了与黄互助结为伴侣的愿望。有个性、有主见、率性而为——他始终听从自己内心的声音做事，不管是什么事，他只要有所想，便放手去做，勇敢地活出自己的人生，如他先后发乎情地爱黄互助、庞春苗，他反对西门金龙和庞抗美谋取农民土地上的利益……正如他所说："死去的人难再活，活着的人还要活下去。哭着是活，笑着也是活。"② 踏实、本分、实干——他从棉花加工厂的棉花检验员干起，先后升至县供销社政工科长、党委副书记、主任兼党委书记，直至升任主管文教卫生的副县长。软弱——他最终入社虽说在很大程度上是出于对黄互助的喜爱和害怕找不到媳妇，但也是出于一种对时势的恐惧，如他曾明确地对其父亲说："我要入社，我们牵着牛，一起

---

① 莫言：《莫言文集·生死疲劳》，云南出版集团公司、云南人民出版社 2012 年版，第 111 页。
② 同上书，第 570 页。

入社吧……爹，我受够了……"① "天下大势，已经到了这种地步，平南县那家单干户，在运动初期就被革命群众吊在树上打死了。我哥说他拉你游街是变相保护你。我哥说，下一步，斗臭了地、富、反、坏、走资派，就要斗争单干户。爹，金龙说了，大杏树上那两根粗树杈，就是替咱们爷儿俩预备的啊，爹！"② 不负责任——他为了爱情而抛弃妻子和儿子，没有对儿子尽养育之责，没有对母亲尽安葬之责，没有对年老体弱的父亲尽赡养的义务。

总的来看，蓝解放虽然优点多于缺点，是一个好人，但最终没好报，甚至成了一个悲剧色彩很强的人物——爱情、家庭、事业，事事不顺；在有生之年，他先后失去了母亲、妻子、父亲、续弦及即将出生的孩子、岳父、儿子、儿媳、同母异父的兄长，承受了巨大的悲痛；虽然有过一些成功，如做副县长、与所爱庞春苗结合了并得到了亲友的认可，但副县长之职却因为与庞春苗的爱恋而丢失，在与庞春苗没过几天安稳平静的生活便因车祸而失去了庞春苗及其腹中的孩子；虽然最终与最初的恋人黄互助结合在一起，但随即又丧失了唯一的孩子蓝开放，并且还要与黄互助一起抚养蓝开放与庞凤凰所生的畸形儿。

（四）西门（蓝）金龙

西门（蓝）金龙早先是一个农民，在改革开放前，曾任西门屯大队革命委员会主任、团支部书记、养猪场场长；在改革开放后，任西门屯村党支部书记、旅游开发区董事长，成为一个"遭到权力与金钱的双重腐蚀，在官场、商场、情场都游刃有余"的"企业家"③。他贪婪——权、钱、色，一样不放过，而且为了逞其所欲，总是不择手段，连起码的道德底线也不守；最后，与县委书记庞抗美相互勾结，以发展旅游的名义大规模损毁土地，谋取不义之财，迷失在物欲横流的商业社会中，

---

① 莫言：《莫言文集·生死疲劳》，云南出版集团公司、云南人民出版社2012年版，第182页。
② 同上书，第183页。
③ 毕光明：《〈生死疲劳〉：对历史的深度把握》，《小说评论》2006年第5期。

成为权力与金钱的忠实奴隶。投机——他总是见什么对自己有利,就做什么;怎么做对自己有利,就怎么做;总"与时俱进",并总走在时代的前列,恰到好处地抓住一切有利于自己的机会,"无论是在合作化、人民公社运动还是在文革期间,他总是能够'审时度势'积极地投靠政治强势,希望通过自己的钻营能够飞黄腾达"①,如"在父亲被镇压、母亲改嫁的极其恶劣的人生情势中,选择了改姓、利用对自己可以起到保护作用的新的亲伦名分,以夸张的姿态,在合作化、人民公社运动中投靠政治强势,不惜与继父决裂、与兄弟阋墙,对家牛(那其实是他生父的化身〈应为'转世'——引者注〉)大施暴虐,表现出病态的政治积极性。一当政治形势变化,非阶级时代到来,他马上将姓氏改回西门,利用对自己有利的政治资源,大肆钻营,获得政治权力,并报复性地进行经济掠夺,聚敛财富,找补式地、一无顾忌地挥霍生命,贪婪到几近邪恶"②。他不仅自己挖空心思地投机,如在"文革"期间,他积极排演样板戏,企图以此来攀附县革命委员会副主任常天红;而且力图拉着自己的家人投机,如在合作化时代,他见参加合作社有前途,能捞到好处,不仅自己积极参加合作社,而且也逼着自己的同母异父的弟弟和养父参加合作社。无情无义、暴戾——对生父西门闹,他是这样看的:西门闹"就像个魔影一样死死地纠缠着我们"③。西门闹被冤杀时,他兄妹俩都不到一岁,蓝脸将他们从襁褓之中抚养成人,除了没有血缘,蓝脸对他丝毫不亚于其父亲,可他对蓝脸的所作所为不要说毫无父子之情,且连些许的人情也没有,如为了逼迫蓝脸入社,他不仅暴打蓝脸的儿子、他自己同母异父的弟弟蓝解放,而且还对蓝解放说:"我每天要揍你一次,直到你牵着牛入社为止"④,全然忘了当年母亲用偏方

---

① 徐红妍:《对民间与历史的另一种把握——评莫言〈生死疲劳〉》,《中国石油大学胜利学院学报》2008年第3期。
② 毕光明:《〈生死疲劳〉:对历史的深度把握》,《小说评论》2006年第5期。
③ 莫言:《莫言文集·生死疲劳》,云南出版集团公司、云南人民出版社2012年版,第109页。
④ 同上书,第122页。

"蛇皮炒鸡蛋"给他治疗毒疮时,弟弟蓝解放在旁边忍馋不吃,自己被感动得眼泪汪汪时的情景;洪泰岳为了逼蓝脸入社,与蓝脸约定,只要西门牛踏进人民公社的地,就铲它的蹄,于是,他便像地主的狗腿子听从地主一样地听从洪泰岳,握着手中的铁锹就像握着一把权杖,严密监视蓝脸耕地时的一举一动,而全然不念蓝脸对自己的养育之恩,他看不到蓝脸佝偻的身躯,也看不到蓝脸哀叹难过的眼神;在"文革"时期搞"红化"时,他竟然将蓝脸的脸涂上厚厚一层红漆,差点弄瞎蓝脸的双眼,气得他的亲娘白迎春也骂他是"丧了良心的畜生";蓝脸在脸上的油漆尚未被洗净时,又被他挂上写有"又臭又硬的单干户"字样的纸牌子游街示众;用烧红的铁条为西门牛扎了鼻环,用鞭子抽、用火烧西门牛,直至将西门牛折磨至死。用情不专、对女性不尊重、不负责任——他因仪表堂堂,且善于投机钻营,因而颇能迷惑女性,从而,不缺乏女性,如黄互助、黄合作、庞抗美都曾飞蛾扑火似地爱上他,但他对谁也不一心一意。

总的来看,西门(蓝)金龙实际上是一个"另类"的时代弄潮儿、一个不遵守任何民间价值观的行动者——他违背了民间自身的生存逻辑,丧失了民间伦理道德立场;是"迷失在物欲横流的商业社会中的……一具具没有灵魂的行尸走肉。"① 他最终走向毁灭之路,既具有命运的必然性,又显现了历史的荒谬性。

(五)洪泰岳

洪泰岳曾是一位打牛胯骨卖膏药的穷苦农民,后来参加了共产党、任西门屯村村长。有理想、有信念——他满脑子的革命思想,甘当各种激进的政治运动中的急先锋,信仰共产主义,忠于中国共产党,坚决拥护并执行中国共产党的政策,对合作社、人民公社有着与生俱来的热情与盲目的信任,甚至几近虔诚地遵奉"人民公社,三级所有,队为基

---

① 吴义勤、刘进军:《"自由"的小说——评莫言的长篇小说〈生死疲劳〉》,《山花》2006年第5期。

础，各尽所能，按劳分配"①这一理念，并因此而对与自己"背道而驰"的蓝脸极为不满和愤怒，以至于打伤蓝脸家的驴，命令蓝金龙密切关注蓝脸家的牛，只要它踏进人民公社的地，就铲它的蹄，千方百计地想消灭蓝脸这最后一个单干户；也正是因为他对党绝对忠诚，他才不计前嫌，格外宽宏大量地在大养其猪时任用了蓝金龙；即使在改革开放的年代、政策的快速改变让他对现实感到失望时，他也没有丧失对毛主席、布尔什维克、无产阶级的忠诚，一再声称中央出了修正主义，仍然主张红色革命，不满对冤假错案的平反，不满家庭联产承包制，痴迷地期盼政治运动，直接对抗县委书记庞抗美的命令，把庞抗美有关改革开放的命令看成是具有资本主义倾向的命令，说她是无产阶级的叛徒，希望恢复人民公社和集体经济，死时还高唱《国际歌》。工作尽职尽责——他曾语重心长地对蓝金龙说："我已经老了，这次重新站起来，只求能把屯里的事情干好，不辜负革命群众和上级的信任，但你们不一样，你们年轻，前途无量。好好干，干出成绩来是你们的，出了问题我兜着。"②正直、耿直、暴躁——当黄瞳企图巴结他而信口胡说时，他严厉而又毫不含糊地批评道："你这是信口胡说，想讨我的好就要实事求是，杏树不结果实，是你不善管理，与西门闹无关。"③挚爱土地——他像蓝脸一样对土地充满挚爱，他对官商勾结、损毁土地、背离毛主席的土地政策等十分愤怒，在西门金龙以建设旅游项目骗取资金时，他采取了极端的行动……实际上是出于对共产党的忠诚；他只是要与单干户蓝脸拼出高下、证明公社的优越性，才表现出对蓝脸很绝情、对土地没有挚爱之情的。狭隘、保守、短视、油滑、狡黠——"在'大养其猪'运动中，他有意将这场闹剧的政治意义扩大拔高。改革开放时期，已习惯了极端年代搞运动、搞斗争、讲政治、讲阶级思维模式的他，无法接受社会变

---

① 莫言：《莫言文集·生死疲劳》，云南出版集团公司、云南人民出版社2012年版，第358页。
② 同上书，第208页。
③ 同上书，第25页。

革的事实。他的一生不可避免地成了一个历史悲剧,痴迷于人民公社,不满冤假错案的平反,不满家庭联产承包制,翻来覆去地呼唤着无休无止的政治运动,不自觉地站到了自己历史地位的反面。但他骨子里也是一个地道的农民,当西门金龙以开发旅游的方式毁掉农民依赖与膜拜的土地时,他愤怒了,大闹县政府,不惜同归于尽。"① 虚伪——对白氏,他"借专政之名行奸淫之实"②,虽然"说着咬牙切齿的话,但暧昧的深情,从他的眼睛里流露出来。'你永远是我们的敌人!'他吼叫着,但眼睛里水光闪烁。"③

总的来说,洪泰岳是一个狂热的革命者、一个"红色"的化身④;他与蓝脸看起来"截然不同,甚至立场相悖,但是两个人同样的执拗,同样的逆时代潮流而动,顽强地投射着自己的光芒,一个是土地疯子,一个是政治狂人",是一对"难兄难弟"⑤;他在很大程度上代表了一批坚定拥护某一思想但在社会转型来临时无知与无畏的人——他们既是时代的受益者,又是其受害者。

(六)莫言

莫言早先是一个农民,但"从来就不是一个好农民,他身在农村,却思念城市;他出身卑贱,却渴望富贵;他相貌丑陋,却追求美女;他一知半解,却冒充博士。"⑥ 后来成为一个作家,创作了《黑驴记》、《养猪记》、《杏花烂漫》、《撑杆跳月》等作品。他在少年时代是一个"劣迹斑

---

① 王者凌:《"胡乱写作",遂成"怪诞"——解读莫言长篇小说〈生死疲劳〉》,《当代作家评论》2006 年第 6 期。
② 刘晓飞:《人有悲欢离合,月有阴晴圆缺——评〈生死疲劳〉兼论莫言近来创作的几个转变》,《当代文坛》2007 年第 3 期。
③ 莫言:《莫言文集·生死疲劳》,云南出版集团公司、云南人民出版社 2012 年版,第 372 页。
④ 参见吴义勤、刘进军《"自由"的小说——评莫言的长篇小说〈生死疲劳〉》,《山花》2006 年第 5 期。
⑤ 刘晓飞:《人有悲欢离合,月有阴晴圆缺——评〈生死疲劳〉兼论莫言近来创作的几个转变》,《当代文坛》2007 年第 3 期。
⑥ 莫言:《莫言文集·生死疲劳》,云南出版集团公司、云南人民出版社 2012 年版,第 323 页。

斑，人见人厌，但他却以为自己是人见人爱的好孩子"①，"喋喋不休却出口成章，头脑聪明，勤奋，喜读报纸乃至能够背诵，在那个贫乏的年代里对知识有一种先天的向往，尽管多事却心地善良。"② 言行放肆怪诞——西门金龙在"癫狂"后，面对蜂拥而至的人群，莫言站在边上，一刻也不停："他喝了两瓶景芝白干，"莫言指点着地上的酒瓶子碎片说，"然后把柴油机油门按到最大，'啪'，灯泡爆炸了。"在浓重的酒气和柴油气味中，莫言连说带比画，其状滑稽，像个手舞足蹈的小丑。"把他弄出去！"洪泰岳吼道，嗓子有破锣音。孙豹拃着他的脖子，使他几乎脚不点地出了机房。他还在解说，仿佛不把他看到的情景说出来就会憋死一样。③ 乱编顺口溜骂蓝解放，结果被蓝解放一弹弓从树上打得掉到地上；偷看胡滨的妻子白莲和别人乱搞，结果被电得尿湿裤子。嘴馋无比——在养猪现场会上，所有村民都严格按照要求不去喝大瓷缸的糖水，只有他这个"西门屯建屯一百五十年历史上最馋的小孩"不顾大队禁令去偷糖水喝④。爱自以为是，"点子"多，且爱出"点子"，常常好心办坏事——他拉着蓝解放去看西门金龙和黄互助的浪漫情爱，结果，严重刺激了暗恋黄互助的蓝解放，并引发了蓝解放和西门金龙的疯病；他提出让西门金龙和黄互助、蓝解放和黄合作同时结婚，即用以喜冲邪的办法来治疗西门金龙和蓝解放的疯病，并治好了两人的疯病，但也造成了蓝解放无爱的婚姻，为其后来家庭的变故埋下了种子；进养猪场后，他因为粗心而导致猪瘟流行，大部分猪染病死去；成为作家后，他将20多岁的庞春苗带到40岁的副县长蓝解放跟前，引起了两人的一

---

① 莫言：《莫言文集·生死疲劳》，云南出版集团公司、云南人民出版社2012年版，第283页。
② 高翠英：《〈生死疲劳〉中的"莫言"形象》，《中国石油大学胜利学院学报》2008年第4期。
③ 莫言：《莫言文集·生死疲劳》，云南出版集团公司、云南人民出版社2012年版，第283页。
④ 参见高翠英《〈生死疲劳〉中的"莫言"形象》，《中国石油大学胜利学院学报》2008年第4期；莫言《莫言文集·生死疲劳》，云南出版集团公司、云南人民出版社2012年版，第253页。

场轰轰烈烈的恋情，导致了蓝解放的家破人亡、流离失所，并断送政治前途。热心快肠、乐于助人——他拉着蓝解放去看西门金龙和黄互助的浪漫情爱实际上包含着帮助蓝解放的成分，提出用以喜冲邪的办法来治疗蓝金龙和蓝解放的疯病，则更是明确地为了帮助蓝金龙和蓝解放，将20多岁的庞春苗带到40岁的副县长蓝解放跟前也是为了成人之美；在蓝解放和庞春苗无处可去之际，为他们提供落脚点；在他的帮助下，蓝解放后来成了莫言担任总编室主任的那家小报当编辑，庞春苗则成了小报食堂的炊事员。

除了这些特点外，莫言在小说中还是一个具有"功能"意义的人物——他渗入小说中虚构的情境和角色，起着"补充故事情节、讲述故事进程、推动故事情节发展的作用"①，是小说链条中往前伸展的重要动力，"他如同一个魔术师，随手拧动某个机关，眼前便出现一个广阔奇异的天地。"② 从叙事的角度而言，莫言是小说的一个叙事者——他"不但成为小说中一个重要的人物，而且不断引导蓝解放和蓝千岁两人的讲述故事。"③ 他的插入使故事的讲述避免了僵化的直叙，使叙述显得充满变化、摇曳多姿；同时，丰富了小说的声音，使各种不同的话语在同时讲述，"使小说呈现出典型的复调型叙事特征"④，"莫言在这部小说里仿佛是在舞台中串戏的小丑，不断地用他的小说来弥补双重叙事所形成的漏洞。"⑤

除西门闹、蓝脸、蓝解放、西门金龙、洪泰岳、莫言外，小说中重要的人物还有黄互助、黄合作、庞抗美、白迎春等。

---

① 高翠英：《〈生死疲劳〉中的"莫言"形象》，《中国石油大学胜利学院学报》2008年第4期。
② 同上。
③ 王者凌：《"胡乱写作"，遂成"怪诞"——解读莫言长篇小说〈生死疲劳〉》，《当代作家评论》2006年第6期。
④ 高翠英：《〈生死疲劳〉中的"莫言"形象》，《中国石油大学胜利学院学报》2008年第4期。
⑤ 莫言：《我是被饿怕了的人》，《南方周末》2006年4月20日。

三

小说通过其内容及一系列人物，尤其是西门闹、蓝脸、蓝解放、西门金龙、洪泰岳、莫言等人物所表达的主旨大致有以下几点：

（一）揭示了中国农村社会及人性从 1950 年到 2000 年间的变迁

在小说的第二部中，蓝解放直言道："西门牛，你听我说，我必须说，因为这是发生过的事情，发生过的事情就是历史，复述历史给遗忘了细节的当事者听，是我的责任。"① 这实际上表明小说是要揭示中国农村社会历史变迁的轨迹——总的来看，小说的确揭示了中国农村社会从 1950 年到 2000 年间的变迁：小说通过西门闹和他转世的驴、牛、猪、狗等动物的观察和体味，深切地揭示了中国农村社会五十多年庞杂喧哗、充满苦难的蜕变历史——中国农村社会从土地改革运动到互助合作社、人民公社、改革开放各个时期的风貌都得到了相当充分地揭示。同时，小说借德国黑盖狼狗的口写道："50 年代的人是比较纯洁的，60 年代的人是十分狂热的，70 年代的人是相当胆怯的，80 年代的人是察言观色的，90 年代的人是极其邪恶的。"② 这段话实际上相当形象地揭示了从 1950 年到 2000 年间中国人性的变迁，并与小说的具体内容结合在一起折射出农村在现代化、城市化进程中农民心理状态的曲折变化。

（二）揭示了世界和历史的荒诞性

中国在 20 世纪从 "50 年代到 70 年代二十几年的历史进程中，发生了无数次大大小小的政治运动：土改、合作化、人民公社、大炼钢铁、四清、肃反、'文革'等，这些以伟大的历史名义开展的各种政治运动没有实现社会进步的目的，反而都成了一出出的闹剧和一次次无意义的狂欢，所以在群众眼里'运动就是演戏，运动就有热闹看，运动就锣鼓喧天，彩旗飞舞，标语上墙。'……'说到底人们是来看热闹的，谁

---

① 莫言：《莫言文集·生死疲劳》，云南出版集团公司、云南人民出版社 2012 年版，第 194 页。
② 同上书，第 257 页。

管你革命还是反革命.'……几乎所有的全民性运动都以闹剧的形式登场而以失败的结局收场,在这些闹剧与悲剧的变换中,历史的浮夸与荒诞浮现了出来"①;西门闹"靠着聪明靠着勤奋也靠着运气积攒了万贯家财"②,"在人世间三十年,热爱劳动,勤俭持家,修桥补路,乐善好施。"③ 高密东北乡的每座庙里,都有他捐钱重塑的神像;高密东北乡的每个穷人,都吃过他施舍的善粮。他家粮囤里的每粒粮食上,都沾着他的汗水;他家钱柜里的每个铜板上,都浸透了他的心血。他是靠劳动致富,用智慧发家。他自信平生没有干过亏心事,是一个善良的人,一个正直的人,一个大好人,可在土改运动中却不是因为"犯了哪条律令"而是因为"政策"而被五花大绑着,推到桥头上,枪毙了;他的田产、房屋和积蓄,连他的女人,统统被分配给了穷人。而那些剥夺他的生命、占有他的财产和女人的人,如黄瞳、蓝脸、洪泰岳,则要么是其本人受过他的恩惠,要么是其家人受过他的恩惠,而就智商、人品、人性等来看均逊于他,像洪泰岳,简直是一个"下三滥"④。对西门闹操有生杀予夺大权的一个是人间的黄瞳,一个是阎罗殿的阎王。阎王尽管很烦西门闹喊冤,并对之施以酷刑,但又允许他申辩,还对他法外开恩,让他转世;而黄瞳却不由西门闹分说,仅以一句"你到阎王爷那里去问个明白吧"⑤ 打发他,随即便开枪打死了他。"这令人惊愕的残暴剥夺,在'土改'运动的名义下,竟显得那样合理"⑥,这实在太荒诞了——"西门闹对好人遭恶报且不容申辩至死不解,只能在阎罗殿里悲壮凄切地喊冤叫屈,身受酷刑而绝不改悔,难道不是对以

---

① 徐红妍:《对民间与历史的另一种把握——评莫言的〈生死疲劳〉》,《中国石油大学胜利学院学报》2008 年第 3 期。
② 莫言:《莫言文集·生死疲劳》,云南出版集团公司、云南人民出版社 2012 年版,第 43 页。
③ 同上书,第 4 页。
④ 同上书,第 41 页。
⑤ 同上书,第 8 页。
⑥ 毕光明:《〈生死疲劳〉:对历史的深度把握》,《小说评论》2006 年第 5 期。

'土改'为开端的历史实践提出的严正的质问!"① 对这种荒诞之事,阎王也感到无可奈何——"世界上许多人该死,但却不死;许多人不该死,偏偏死了。这是本殿也无法改变的现实。"② 而更为荒诞的则是"西门闹生前多善行,收养几乎冻死于关帝庙的小孩蓝脸,长大雇为长工,但其在死后连番转世,倒反过来成了蓝脸(或蓝家)的'家奴'(此说较'家畜'贴切),既供驱遣为之卖力,更赔上性命"③;在合作社、人民公社时代,"明明是历史的绊脚石,明明是被抛在最后头的"蓝脸,在改革开放时代却"反倒成了先锋……先知先觉"④;西门闹在经历了六道轮回之后已经满足了阎王的要求——泯灭了仇恨,但仍然没有获得一个正常做人的机会——他所转世的蓝千岁是一个先天患有血友病的大头儿,所要经历的一生一定会比此前为不同的畜生的一生更痛苦。由此可见,天理不公是宿命,善恶有报是虚妄,人的努力是白费!

(三)"揭示因历史的荒诞而造成的个体悲剧,把扭曲的人性放在特定历史情势下来审视,反思荒诞历史进程中人性的复杂表现"⑤

在小说中,"蓝脸……拒绝进入集体化的舞台,他固执的站在场外,尽管受到要挟、挤兑,几乎每一次运动到来,他都要受到冲击,但他凭着十分简单的信念,维护了一个土地主人的基本权利,保持了真正的农民本色,得以寿终正寝,从土地来,又回归土地。他见证了西门屯的闹腾史,在曲终人散时,他一一安顿了与他的生命发生关联的不幸者的灵魂,收获了平凡人生的价值。蓝脸并不比他目睹的悲剧

---

① 毕光明:《〈生死疲劳〉:对历史的深度把握》,《小说评论》2006年第5期。
② 莫言:《莫言文集·生死疲劳》,云南出版集团公司、云南人民出版社2012年版,第4页。
③ 吴耀宗:《轮回·暴力·反讽:论莫言〈生死疲劳〉的荒诞叙事》,《东岳论丛》2010年第31卷第11期。
④ 莫言:《莫言文集·生死疲劳》,云南出版集团公司、云南人民出版社2012年版,第359页。
⑤ 李自国:《讲述历史,反思人性——解读〈生死疲劳〉的叙述者》,《北京广播电视大学学报》2011年第1期。

中的任何一个角色高明，更不比悲剧的导演高明，但他能最后胜出，完全基于人的本性，用他的话说，'……我就是想图个清净，想自己做自己的主，不愿意被别人管着！'是人的自由本性和善良的天性成全了他。这既是对妄图'创造历史'的僭越宇宙法则的政治臆症的一剂良药，也是对历史旋涡中的人性投机的有力针砭。遗传了乃父的朴实本性的蓝解放，以另一种方式，获得了生命的真值，在权力和爱情之间，毅然背弃世俗，选择了爱情，虽历遭磨难，但他无比幸福地尝到了生命的芳醇，也得到了亲人的理解和承认，真正实现了人生价值。在他回归凡俗的人生历程中，闪现的是挚爱生命的人性光辉。"①

黄瞳及其父亲均受过西门家的恩惠，西门闹实际上是他们家的恩人，但在土地改革运动中，黄瞳却将西门闹枪毙，而且黄瞳本可以对准西门闹的胸膛开枪，却将其脑袋打开花，残忍至极，并且占有西门闹的房屋和三姨太太吴秋香。吴秋香是在西门闹的救助下脱离苦海的，西门闹对她也极为宠爱，可她却在土地改革斗争会上诬称西门闹强暴过她，"以受害者的控诉和女性的眼泪，开脱了自己……不惜将自己的男人推进地狱"②。西门金龙曾受过蓝脸的养育之恩，"在父亲被处死、母亲改嫁的形势下，选择了改姓以保护自己，他在每次到来的政治运动中能够积极投靠政治强势，而且为了表现自己的政治积极性不惜与自己的继父决裂，甚至残酷地批斗自己的继父，在历史形势面前变得六亲不认，但一旦政治形势发生变化他马上改回原姓，利用各种手段大肆钻营，攫取财富，贪婪邪恶的本性暴露无遗。洪泰岳在解放前是敲着牛胯骨沿街乞讨的乞丐，解放后却摇身一变成了革命的先锋，成了西门屯的领导人，仗着自己手中并不大的权力却（'却'似应去掉——引者注）在村中兴风作浪，草菅人命，以革命的名义任意打压与自己不和的人。无论是黄瞳，还是吴秋香，或是西门金龙以及洪泰岳，这些人在历史情势下的表现和所作所为充分暴露出了人性中的自私、怯

---

① 毕光明：《〈生死疲劳〉：对历史的深度把握》，《小说评论》2006 年第 5 期。
② 同上。

懦、阴险、狡诈、卑劣和无耻"①……

(四)形象地诠释了中国农民与土地的关系

就小说的整体而言,"小说的思想线索,围绕着土地而展开,不论是土改、建国后的互助组、人民公社运动,还是 80 年代后的包产到户、分田到户,农民的命运都与'土地'密不可分。"②"土地"串联起了农民的情感,串联起了一个破碎大家族的故事,最后,土地又成为了一种象征之物——成为了对中国农村农民生存境遇的展示和挖掘的线索。

就小说的具体情节而言,西门闹六入轮回,见证了土地的变迁;种种矛盾皆因土地而起,且最后又回归于土地;每个人对土地的追求都可以在六道轮回中得到解读——新中国成立之后,人与土地的关系因两次社会变革而变化最大:一次是带有狂热的乌托邦性质的集体化运动,一次是随商品经济大潮带来的"个体化"运动,即联产承包制的实施③;前者实质上是使农民疏离"土地"(土地不再属于每一个个体的农民——无论是地主还是佃户),陷入疯癫状态;后者使"农民不但不再依恋'土地',而且已经开始淡忘'土地',他们更关心的是如何到外面的花花世界中去赚取金钱。"④ 蓝脸的一生及所有的生活都与"土地"有关,"单干"是他对"土地"最真诚的阐释,是一个农民对"土地"坚定的信念与自由的灵魂的具体表现;他坚守着他的一亩六分地,最后,也在那里的墓里安然死去。不仅蓝脸葬在他的一亩六分地,其他许多人也葬在那里,正如小说的叙事人对蓝解放所说:"西门闹和白氏葬在这里,你娘葬在这里,驴葬在这里,牛葬在这里,猪葬在这里,我的狗娘葬在这里,西门金龙葬在这里。"⑤ 小说实际上也由此诠释了"一切来自土

---

① 徐红妍:《对民间与历史的另一种把握——评莫言〈生死疲劳〉》,《中国石油大学胜利学院学报》2008 年第 3 期。

② 吴义勤、刘进军:《"自由"的小说——评莫言的长篇小说〈生死疲劳〉》,《山花》2006 年第 5 期。

③ 同上。

④ 同上。

⑤ 莫言:《莫言文集·生死疲劳》,云南出版集团公司、云南人民出版社 2012 年版,第 537 页。

地的都将回归土地"① 的道理。而那一亩六分地"没有坟墓的地方，长满了野草。这块地，第一次荒芜了。"② 而"这块地"，解放前没有荒芜、土改时没有荒芜、合作社期间没有荒芜、反右期间没有荒芜、"文革"期间没有荒芜，可在改革开放的年代却荒芜了，最后，除了做墓地外，别无他用；同时，蓝脸及其家人、家畜除了葬在那里之外，别无他处可葬——集体的土地是不允许他动的，而且集体的土地反而可能让人"死无葬身之地"，没有一分可以保障人的安息之魂。也就是说，中国"农民在自己的土地上劳作是一种理想，但并非是真正自由自在。"③ 他们本应该是自己所有的土地的真正主人，可实际上却做不了自己所有的土地的主。最后，人与土地的关系一步步地疏远，直至分离——沙洲上的猪被消灭了，作为猪最后的乐土的沙洲也被消灭了，"小说中类似行为艺术的'快闪式'的狗聚会则宣告了狗的社会与人的社会的同构，'土地'被彻底的剥离。"小说"所表现的人在土地中的悲剧轮回，固然有着对历史的反思与诘问，但更有着对农民与土地终极关系的思考。"④

（五）讴歌了土地

莫言认为：在该小说中，人物不重要，故事不重要，对现实的描摹与反映不重要，语言的精炼与打磨也不重要，重要的似乎只有那句主题，"一切来自土地的都将回归土地"。这个主题牵拉着作者一路狂奔，奔向小说的结尾⑤。同时，小说形象而又生动地描写了土地神奇而美丽的一面：夜晚，万物复苏，土地在月光下显现着灵性的光彩；蓝脸如一座丰碑一样在月亮的映衬下守望着脚下的土地，对抗着白昼和历史，而

---

① 莫言：《莫言文集·生死疲劳》，云南出版集团公司、云南人民出版社 2012 年版，第 544 页。
② 同上书，第 541 页。
③ 陈思和：《生死疲劳叙事结构及意义》（本文为上海市重点学科建设项目资助，项目编号：B104）。
④ 吴义勤、刘进军：《"自由"的小说——评莫言的长篇小说〈生死疲劳〉》，《山花》2006 年第 5 期。
⑤ 参见朱向前等《横看成岭侧成峰——关于莫言〈生死疲劳〉的对话》，《艺术广角》2007 年第 1 期。

在他的身旁则静静地卧着驴、牛、猪、狗等生灵。这奇丽的景象仿佛一则乌托邦的寓言，充满了对土地的讴歌①。

（六）展示了新中国成立之后中国农民的生活及他们顽强、乐观、坚韧的精神

在小说中，洪泰岳与蓝脸，就像是一枚硬币的两面一样，是中国自土地改革运动时期至改革开放时期农村的两个极端、两个典型——两个合在一起，相当完整地展示了新中国成立之后中国农民的生活和他们顽强、乐观、坚韧的精神：都对土地具有膜拜的情结；都与土地相始终、在自己的道路上走到"黑"，不屈不挠，死而不悔。

（七）表达了一种冲破禁锢、追求自由的理念和无欲无求才是自由之根本的思想

小说中的很多人物都在尝试冲破禁锢、追求自由——蓝脸不加入集体、坚持单干，在回答蓝解放关于"单干"的意义的问题时，他说："是没有什么意义，我就是想图个清净，想自己做自己的主，不愿被别人管着。"② 最后，可以说总算安稳地度过了一生。蓝解放坚持与黄合作离婚而与庞春苗恋爱甚至与之私奔；西门欢与庞凤凰离家出走，宁愿在街头卖艺也不回家……不过，蓝解放等也皆因贪欲太甚，所以，最终都没有安稳地度过一生。可见，自由并非追寻即可获得，无欲无求才是自由之根本。西门屯村三代人的命运很好地演绎了"生死疲劳，从贪欲起。少欲无为，身心自在。"

（八）表达了一种宽容的思想

在西门闹轮回为驴、牛、猪、狗之后，阎王觉得在他的眼睛里还有一些仇恨的残渣在闪烁，而阎王又"不愿意让怀有仇恨的灵魂，再转生为人"③，于是，决定让他转世为一只猴子，并对他明言道："时间很短，

---

① 参见吴义勤、刘进军《"自由"的小说——评莫言的长篇小说〈生死疲劳〉》，《山花》2006年第5期。

② 莫言：《莫言文集·生死疲劳》，云南出版集团公司、云南人民出版社2012年版，第184页。

③ 同上书，第543页。

只有两年。希望你在这两年里，把所有的仇恨发泄干净，然后，便是你重新做人的时辰。"① 也就是在他彻底看淡了人世的纷争，洗尽了戾气，遗忘了仇恨，放下了过去之后，阎王才让他转世为人。由此，小说告诉世人：要放下内心的不满，多一些包容，多一些忍耐，对过去如果只是一味地抱怨和仇视，那么受伤的就不会仅仅是你所抱怨和仇视的人或事，而且也会包括自己；如果你的心充满了怒火和怨恨，那么，你的善良、真诚都会被仇恨这个东西所埋没，内心会深受伤害，这种伤害实际上远远超过了你所抱怨和仇视人或事——"在这部小说里，西门闹的痛苦情状在生命的转换过程中得到化解……在轮回过程中，西门闹的仇恨情绪大大缓解，最终平息。这固然是时间和遗忘在起作用，但也是注定要承受人间苦的人应对'生死疲劳'最好的态度和方法。在轮回的生命途径中，生与死是同一的，荣辱贵贱也互相转换，那么，现实世界里为了利害得失而进行的殊死斗争，其意义又何在呢？"②

四

小说继承了莫言此前小说"对小说结构、叙述语言、审美诉求、人物形象塑造、史诗般反映社会变迁等方面的执着探索"③，表现出鲜明的艺术特色。具体地说，从艺术表现的角度来看，小说主要具有如下特点：

（一）叙事角度多元。

小说从多个叙事者的角度一窥历史舞台上的光明与黑暗——"小说共有三个叙述者：大头蓝千岁即西门闹（六道轮回中的各种动物）、蓝解放与作家莫言。其中，大头蓝千岁叙述了'驴折腾'、'猪撒欢'两个整体部及'狗精神'的一部分；蓝解放则叙述了'牛犟劲'一部及'狗精神'的另一部分。莫言则叙述了'结局与开端'一部，并在小说中多

---

① 莫言：《莫言文集·生死疲劳》，云南出版集团公司、云南人民出版社 2012 年版，第 544 页。
② 毕光明：《〈生死疲劳〉：对历史的深度把握》，《小说评论》2006 年第 5 期。
③ 邵纯生、张毅：《莫言与他的民间乡土》，青岛出版社 2013 年版，第 118 页。

次以'元小说'的方式出现。三个叙述者的声音交织在一起，呈现出典型的复调型叙事特征。"① 同时，"三个人视角之间的对比是十分强烈的；蓝千岁化身为西门闹、驴、牛、猪、狗，以内视角的方式不但呈现他所经历的世界还呈现了自己的内在意识，而蓝解放和'莫言'基本上是以外视角的方式呈现自己看到的世界。"② 蓝千岁即西门闹"是书中真正的叙事者，负载着人和畜生的多种经验，记录着生命的往来更替，历史的拼杀博弈"③；而作为另一个叙事者，"莫言"非常重要——"莫言"这个虚构人物的写作作为另一种叙事，形成"书中书"以补充故事的完整性，凸显"个性化历史"，"'莫言'尽管是叙述的第三种声音，但在小说的第一部到第四部，他只是起着辅助叙述者的作用，插花似的偶一出现。直到小说最后一部'结局与开端'中，'莫言'的声音才由稀疏变为密集，由起初的被讲述到后来主动讲述，由辅助的叙述者变为独立的叙述者。至此，在叙述的前两种声音停歇后，'莫言'终于从众声喧哗中独立出来，他在宁静的气氛中讲述了故事的开始和结局，成为小说中最后的声音。有意味的是，'莫言'在他的讲述中并没有少年时的喋喋不休、废话连篇，而是极其简洁地讲完故事，内含悲悯之情。他的讲述使小说结尾和开头得以衔接，形成了一个圆形的循环结构，这种结构也暗示了生命的往返轮回，对应了小说的题目和题记中的佛家之语，表现出作家独特的历史观和生命观。"④

除明显的叙述视角外，小说还有隐含的叙述视角——以洪泰岳为代表的西门屯人："你肯定没有忘记，在那个春天里，我们的家庭所承受的巨大压力。消灭最后一个单干户，似乎成了我们西门屯大队，也是我

---

① 吴义勤、刘进军：《"自由"的小说——评莫言的长篇小说〈生死疲劳〉》，《山花》2006年第5期。
② 颜水生：《从〈生死疲劳〉看莫言的自我超越》，《海南师范学院学报》（社会科学版）2006年第2期。
③ 刘晓飞：《人有悲欢离合，月有阴晴圆缺——评〈生死疲劳〉兼论莫言近来创作的几个转变》，《当代文坛》2007年第3期。
④ 高翠英：《〈生死疲劳〉中的"莫言"形象》，《中国石油大学胜利学院学报》2008年第4期。

们银河人民公社的一件大事。"①

总之，在小说中，叙事角度多元，"用一种最自由、最没有局限的语言"来写心理活动，"人跟动物之间可以自由地变化，通过动物的眼睛来观看中国最近五十年来社会、历史的变化"（莫言在获得诺贝尔文学奖后接受诺贝尔奖组委会电话采访时语），可以任意地观察人类而不产生什么矛盾。

（二）古典章回小说标题方式与"六道轮回"巧妙并置。

小说采用了中国古典章回小说的标题方式——对此，莫言曾说："由于80年代大量向西方小说学习，反而对我们本国资源的学习、借鉴不够，我们老是把眼睛盯在西方，对我们本民族伟大的小说反而是忽视，所以我想用章回体小说不仅仅是一种形式，而是表现了向我们中国传统的小说或者是伟大的小说传统致敬的一种表现。"② 实际上，这也是对中国古典小说传统的一个回归、继承与发扬。

小说也巧妙地设置了中国佛教中的六道轮回，并且在文本的结构上

---

① 莫言：《莫言文集·生死疲劳》，云南出版集团公司、云南人民出版社2012年版，第106页。

② 转引自高培华《世事洞明皆学问，人情练达即文章——论莫言〈生死疲劳〉的结构和意蕴》，《名作欣赏》2017年第6期；又见《人物专访：著名作家莫言畅谈新作〈生死疲劳〉》，http：//cache.baiducontent.com/c? m=9d78d513d9d430a54f9ce4697c61c0116d4381132ba1d5020cde843896732a40506793ac26510705a3d20a6316db434b9bf12106471421c78cbe8d5da9be85585e9f5134671df65663d50edcb85153c237e65cfeae69f0caf125e0a5c5a2ae4323c044040a9786894d7114dd19f50345e6b19838022c13ad9d3472fe296058943434c5508890251f0596f7ad4b3dc73da36006e6ad22c14805b463b36c183334a55bb179465747f73826e8323c13e2e04ae65a6e3627a139c0aeb7b6fc3987cbea408f8bcdb85ce67790c6fd8f77557122ed54cdbcccb72a653515afcec960c625ccf1fbce3ffe15a7072ab84a072f7ccf1b83f48f4082124df5977f8e2a3556281ddec36389706718 46bf3f68a669c162c78c614aacfdeb89886547b8e8b164008fb9f802e9625465aa655517bfea4b294edd5b6d9ca4f638972c13a3be519d5807c62c4d40e0e4b7fcdc71bf2a09ae7686b8fe&p=8060c64ad49a5ab70dbd9b7e0d1791&newp=866dd729ca904ead08e2947e0c558d231610db2151d6d5166b82c825d7331b001c3bbfb423241b04d2c277670aaf425feef73d76320225a3dda5c91d9fb4c57479&user=baidu&fm=sc&query=%C8%CB%CE%EF%D7%A8%B7%C3%3A%D6%F8%C3%FB%D7%F7%BC%D2%C4%AA%D1%D4%B3%A9%CC%B8%D0%C2%D7%F7%A1%B6%C9%FA%CB%C0%C6%A3%C0%CD%A1%B7+%810%842%810%842+%CE%E3%D3%B9%D6%CA%D2%C9%2C%C4%AA%D1%D4%CA%C7%D6%D0%B9%FA%D0%C2%D2%BB%B1%B2%D7%EE%D3%D0%D3%B0%CF%EC%C1%A6%B5%C4%D&qid=a1d15a960000e729&p1=1.

体现出轮回的特点。同时，小说的开头与结尾重复使用了一句话："我的故事，从一九五〇年一月一日讲起。"这实际上也是一种"轮回"——它在给读者新奇感的同时，也会唤起读者的探索和回味。"六道轮回"巧妙并置使小说紧张刺激的叙事得以变缓，形成了一种舒缓的叙事节奏。

（三）叙述者之间的交流具有对话性。

小说的前四部中出现了两个叙述者，西门闹（西门驴、西门牛、西门猪、西门狗、蓝千岁）和蓝解放，他们既是叙述者，又是被叙述者，同时还是接受者，这些身份通过第一人称"我"与第二人称"你"以对话方式形成了交谈性叙述文本。"接下来的事是我继续说呢还是由你来说？""我对你说，蓝解放，想当年本猪那次大河之游，是高密东北乡历史上的一次壮举。你小子当时在河的上游，对岸，为了保护你们那棉花加工厂不被河水淹没，你们也都上河堤守护。我驮着小花顺流东下，体验着唐诗的博大意境。泛波中流。"①……从"你—我"的对话交流中，叙述者与被叙述者虽是完全不同的个体，但拥有了相互沟通的能力，这样的交流使叙事不流于片面之词，而是在一来一往之间丰富了人物性格，推动了故事情节的发展。

（四）讽刺色彩浓重。

小说"对乡土中国历史的书写采取了全部戏谑化的表达，那种黑色幽默渗到骨子里，在欢笑嬉闹中悲从中来。"②粗粝恢弘却又不失巧妙的反讽与幽默，带着乡土的质朴却又有着黑色的圆滑，呈现出浓重的讽刺色彩："首先在整体形式上小说如同一个穿着中国古代服饰说着外国语言讲述中国当代故事的滑稽形象，小说既模仿了中国古典章回体的框架，又运用了现代小说的叙事技巧，述说的却完全是中国当代的历史。第二在人物形象上，小说塑造了一个十分滑稽令人忍俊不禁的人物：洪

---

① 莫言：《莫言文集·生死疲劳》，云南出版集团公司、云南人民出版社2012年版，第339—340页。
② 陈晓明：《生死疲劳——乡土中国的寓言化叙事》，《文学报》2012年11月7日。

泰岳……他靠敲牛胯骨跑江湖卖艺,习成了一副好嗓门,说话就似演说,满脑子的革命思想,却跟不上时代的步伐。第三在话语方式上,小说以诙谐的话语解构了严肃的历史话语。历史有自己的话语,而小说以夸张的形式模拟陈述历史话语(洪泰岳的话语就是典型,西门金龙的话语也是对历史的一种反讽);小说对历史事件的话语描述大都包含嘲笑的因素('大养其猪'事件就是典型)。"[1] 同时,小说不少语言戏谑夸张,讽刺性强,如,"人们都知道,伺候好了县长的驴,就会让县长格外高兴。拍了我的驴屁,就等于拍了县长的马屁。"[2]——这段话从西门驴的角度观察了人类社会的真实与丑陋,驴身上仿佛也有了人的精明圆滑,"拍驴屁"化用"拍马屁"而来,其讽刺意味不言而喻……

(五)塑造了蓝脸这一中国现当代文学上具有"唯一"性的人物形象。

在小说中,蓝脸是"全中国唯一的单干户",是一个坚韧、倔强而有着独立思想的农民。这个人物形象是对以往合作化运动小说中的"顽固分子"的彻底颠覆——他反高大全化,消解了传统革命现实主义文学中的农民形象;他的坚倔见证了农村变革历史的荒诞。

(六)正面描写"文革"政治生活的狂欢性与荒诞性。

小说对"文革"场景的描写既没有借此美化"文革",又没有借此丑化"文革",而是借此酣畅淋漓地渲染了"文革"政治生活的狂欢性与荒诞性——"高音喇叭的放大,成了声音的灾难,一群正在高空中飞翔的大雁,像石头一样噼里啪啦地掉下来"[3],"我看到在这个事件过程中那些贪婪的、疯狂的、惊愕的、痛苦的、狰狞的表情,我听到了那些嘈杂的、凄厉的、狂喜的声音,我嗅到了那些血腥的、酸臭的气味,我感受到了寒冷的气流和灼热的气浪,我联想到了传说中的战争"[4],

---

[1] 颜水生:《从〈生死疲劳〉看莫言的自我超越》,《海南师范学院学报》(社会科学版)2006年第2期。
[2] 莫言:《莫言文集·生死疲劳》,云南出版集团公司、云南人民出版社2012年版,第85页。
[3] 同上书,第144页。
[4] 同上书,第145页。

"以驴县长陈光第为首的牛鬼蛇神们,就从公社大院里欢天喜地地冲出来"①……这些描写将暴力节日化,揭示了群众运动中集体性的内在驱力,也写出了"文革"的荒诞本质。

(七)小说的语言为"方言结合古典文学调理出来的'民族化'语言。粗话、脏话、荤话、骂人话、调情话穿插其中,透着一股浊气;血与排泄物、处刑的场面、生育场面等等一些粗俗污秽的景象不时渗漏在文本之中……仍然追求一种'最美丽最丑陋、最超脱最世俗、最圣洁最龌龊'的混沌表达,罗列了世上所有残忍的事情、讨厌的东西、不干净的东西、猥亵的东西,也映衬出世上最圣洁的美与情感。""语言与想象的民间化。民谚俚语大量运用,狂放适度,幽默到位,通过写驴、牛、猪、狗、猴来转换叙事视角,写意与写实相结合,展现了中国近半个世纪来的经典农村场景。"②

(八)动物心理及习性描写的拟人化。

"动物心理及习性描写的拟人化。无论写何种动物,写何种动物的何种习性、何种动作、何种语言,首先是写得像,看得出作者对农村生活和畜牲之熟悉,确乎到了亲密无间的程度;其次是从中能看出莫言对童年、少年生活惊人的记忆和复现能力。他对任何动物的描写、想象与夸张都离不开他童年少年与其亲密接触的体验;再次,是人畜转换易位得体自然,不生硬,不牵强,既有畜形又有人神,既有畜味又有人情,结合拿捏得不露痕迹。其中'猪撒欢'一章最为出彩,写得五彩缤纷,热闹非凡"③,猪十六不仅能直立行走,上树喝酒,还能统领群猪,将猪群训练成富有战斗力的队伍。

(九)采用了"反着写"的写法。

小说采用了"反着写"的写法,"把颠倒了的历史又颠倒过来,地

---

① 莫言:《莫言文集·生死疲劳》,云南出版集团公司、云南人民出版社2012年版,第146页。
② 朱向前等:《横看成岭侧成峰——关于莫言〈生死疲劳〉的对话》,《艺术广角》2007年第1期。
③ 同上。

主是好地主,支书是坏支书"①,"揭露了特定的历史条件下农民斗地主、打土豪的过火行为,显示出与五六十年代作品中所记述的历史迥异的个性化特征。"②

五

小说也存在着一些不足之处,具体地说:

(一)叙述节奏不均匀。

从总体上来看,"小说在节奏上不讲究起伏,几乎是平铺直叙流水帐('帐'应该为'账'——引者注):人变驴,驴变牛,牛变猪,变来变去还是个人,尤其是大力渲染的'畜性',实际上还是'人性',有换汤不换药的('的'为多余——引者注)之感。"③

从局部上来看,小说在叙写西门闹转世为驴、牛、猪的生活及其所处的时代的风貌时,叙述节奏比较缓慢——西门驴、牛、猪各自均表现出了鲜明的性格特点,均有卓异不凡的举措:

西门驴有其前世西门闹的记忆,不甘为驴,他冤屈的灵魂,在驴的躯壳内奔突,但又无法摆脱驴的躯体,于是,思想感情和生活习性在人兽之间徘徊冲撞:它对失去前世的地位而变身为一头卑微的驴而愤愤不平,恨蓝脸和白迎春的背叛;但又得依赖蓝脸给它喂食,对蓝脸和白迎春的悉心照顾感恩不已——人的回忆和兽的需求在它体内打架。同时,由于它是刚由西门闹转世而来,因此,西门闹的卓异不凡在其身上有明显的体现——体格强健,有蛮劲,放浪不羁;可以飞过墙壁逃跑,享受自由洒脱的生活;勇敢保护自己心爱的母驴,与恶狼展开激烈的搏斗,并与母驴一起将两匹狼杀死,咬那些蛮横不讲理的人,在棉花加工厂厂

---

① 邵燕君、师力斌等:《直言〈生死疲劳〉》,《海南师范学院学报》(社会科学版) 2006 年第 2 期。

② 王者凌:《"胡乱写作",遂成"怪诞"——解读莫言长篇小说〈生死疲劳〉》,《当代作家评论》2006 年第 6 期。

③ 邵燕君、师力斌等:《直言〈生死疲劳〉》,《海南师范学院学报》(社会科学版) 2006 年第 2 期。

长兼书记庞虎的妻子王乐云分娩时大费周折地把她驮到了医院,从而,及时地救了她们母女……它正因为如此卓异不凡,所以,后来成为县长的宠物。不过,正如西门闹尽管卓异不凡但还是被枪毙一样,西门驴尽管卓异不凡但还是屡遭不幸——被人割去了睾丸做下酒菜,走山路时失去了前腿,在饥荒时期被村民活活打死后又被分食掉。

西门牛出现在农村的集市上时,便与蓝脸心有灵犀,被蓝脸一眼挑中并买回家;它忠实而又倔强,与蓝脸结下了深厚的情谊。在西门牛的时代,蓝脸渐渐老去,西门闹的儿子蓝金龙渐渐显露才华和能力,变成了全村人看好的青年,并同时赢得了黄互助和黄合作两姐妹的芳心。蓝脸保守、固执,坚持单干;蓝解放放弃单干,带着西门牛加入人民公社,所以,西门牛被强迫为人民公社效力,但西门牛对蓝脸忠心耿耿,宁死不屈——它在遭受了西门金龙歹毒的鞭打之后又被他用火烧,但仍不为人民公社效力,最后,死在蓝脸的一亩六分地上。

西门猪是十六个小猪中最后一个从母猪肚子里出来的,它一出生就蛮横地赶走了其哥哥姐姐而独占猪窝、独享母乳,所以,最终成为同胞们中最强健有力的一个,它也卓异不凡:它经常在夜里出去闲逛,在猪圈旁边荡秋千,在墙外听莫言读《参考消息》,了解到了许多天下大事和科学知识,成为了一头有知识的猪,用自己的感官及西门闹的回忆来看待人世间的悲欢离合、阴晴圆缺;它跑到杏树上做一些高难度的动作,引得全村人的围观和喝彩;它积极地展现自己的力量,比如勇敢地和刁小三决战争取地盘、母猪;它在丹毒泛滥时跳入河中顺流而下,沐浴着月光;在撞死人后逃离西门屯,到一个沙洲称王;它很怀旧,并回故居去故地重游;在碰到洪泰岳在蚕房对白氏动手动脚时愤怒地冲上去咬掉了洪泰岳的睾丸;最后,它为救几个落水小朋友而奉献了自己的生命。

而在叙写西门闹转世为狗、猴的生活及其所处的时代的风貌时,叙述节奏过快——各自均没有鲜明的性格特点,也均没有卓异不凡的举措:它们都只不过一种普普通通的动物而已,如西门狗只是表现出作为一只狗固有的卓异不凡的嗅觉和视觉而已,只是单纯地从狗的视角通过狗的嗅觉来感受身边的人和事,而很少有自己的思想和行为;西门猴作为一只猴子却连猴子固有的卓异不凡的嗅觉、视觉等都没有,而只是一个玩物,机械地跟着其主人表演,而且其生命很短促。

(二)叙事混乱。

多元叙述视角的使用固然有诸多优长,但也造成了一种叙事上的混乱,并打破了故事的连续性、破坏了读者的阅读快感,如,叙事人以"我"的视角叙事,喋喋不休,把小说本来很狭窄的故事空间挤占得更加狭窄,而加引号的莫言跳出来讲话,用他的作品来介入叙事,衔结故事情节,就像一个插科打诨的小丑一样,从某种程度上来说,既没有什么必要性,又显得过于随意[①];有些文本中毫无提示地由动物视角转入人物自身视角的叙述,太突兀,影响了情节应有的连贯性。读者——不论是专业读者还是普通读者在阅读时,往往都不得不停下来琢磨一下小说的具体内容及人物关系,因而不但很难产生阅读快感,反而会觉得阅读索然无味。

(三)在人物形象的塑造上有"喧宾夺主"之嫌,人兽"变化"不够"自然"。

小说写西门闹先后转世为驴、牛、猪、狗、猴等,但没有写出西门闹作为人时的性格特点及内心的挣扎与心灵的苦痛历程,而只写出了西门闹作为这几种低级动物的形态及相关举止,动物性一点点蚕食了人性,超越了人性,最终凌驾于人性之上;动物被写活了,人却被写死了[②];动物形象完全正面地压倒了它本该代言的主题意义,喧宾夺主地将真正的意义消解于无形,如驴的相爱、与狼的争斗、对人的反抗等,牛的种种神奇功能及其与驴同样的对人反抗的心性等,猪的霸道超能及与同样是猪的刁小三的种种怪异离奇的争斗故事等,都几乎是动物传奇的演绎,纯属莫言无节制的狂思怪想,与它们本该有的寄寓意义简直是

---

① 参见朱向前等《横看成岭侧成峰——关于莫言〈生死疲劳〉的对话》,《艺术广角》2007 年第 1 期。
② 同上。

南辕北辙、风马牛不相及。

同时，小说虽然是写西门闹的"六道轮回"，但实际上仅仅停留在字面意义的"轮回"上——只是人变畜、畜变畜的机械重复，兽皮包裹之下的仍然是人，不过是托兽的嘴说人的话，换汤不换药，没有将行为上的兽性与不变的人的本性有机地组合在一起，从根本上来说，人还是人，兽还是兽，人兽看似融为一体，实则分离。

（四）人物形象失真。

1. 蓝脸

其一，蓝脸始终坚持单干、与人民公社对着干，从中国当时的社会现实来看是不可能的，他也更不可能平安无事——那个年代即使有这样的人且真的平安无事也绝对是极其个别的，不具有普遍性，也不能令人信服；而文学形象本身应该具有普遍性、应该令人信服、能引起人的共鸣。反之，如果像蓝脸这样的人具有普遍性，那么，合作社、人民公社等是不能成立的或存在那么久的。

其二，蓝脸的成长历程、心理轨迹都是断裂的，没有延续的过程——其内心矛盾与心灵历程、生命轨迹都被忽略掉了。

其三，蓝脸搞"单干"得到县长的保护甚至支持，也得到省里的"护身符"（1965年4月蓝脸特为此事还到省里上访了一个月），还有毛主席"入社自愿，退社自由"的指示作为后盾，可他的养子蓝金龙却挖空心思、千方百计地阻挠他，迫害他，这既不是在揭示中国农村社会从1950年到2000年间的变迁，也不是在诠释中国农民与土地的关系……游离了小说的主题。蓝脸搞单干究竟有什么好处？能说明什么问题？比参加合作社和人民公社有什么优越性或有多大的优越性？对于这些，小说没有应有的描写和叙述。

2. 蓝解放

在小说的前两部，蓝解放非常"不得志"——性格孤僻、落落寡合，与父亲一起单干，饱受歧视，智商一般，老早就退学了，常常受人冷落，苦恋的黄互助也被同母异父的哥哥"捷足先登"了……但在第三部，没有一点铺垫，一下子就当上了副县长——"我蓝解放当上副县长，完全靠的是我自己。我自己的努力，我自己的才华，我自己营造的同僚关系和我自己奠定的群众基础，向冠冕堂皇里说，当然还有组织的培养和同志们的帮助……"① 蓝解放"自己的才华"、"自己营造的同僚关系"、"自己奠定的群众基础"等仿佛是从天上掉下来的，他与前两部中的"蓝解放"简直判若两人，其身份地位仿佛为了后来所发生的苦恋而设计的——好像必须要从高位上放弃一切与恋人私奔才能体现出他多么钟情似的。蓝解放与比他小 20 岁的庞春苗演绎出的惊天泣地般的爱情缺乏感情基础；在经历了与庞春苗生离死别、荡气回肠的爱情之后，很快就坦然接受前妻的姐姐黄互助，与之同居，做爱几十次，这不太合乎情理——两者之间必有一假。

3. 庞凤凰

庞凤凰从小养尊处优，脾气蛮横霸道；稍长之后便十分叛逆，在母亲被"双规"之后同西门欢一起消失，许久之后重返县城车站，耍猴讨饭。因此，如果说，"丝毫没有羞愧之感，他们好像与自己的过去彻底斩断了联系"②，那么还说得过去——这与其叛逆性基本一致。但是，如果说"那些围观猴戏的人，有的直呼他们的名字，有的痛骂他们的父母，但他们对此都充耳不闻，脸上始终挂着灿烂的笑容"，那么就说不过去——即便有笑容，也必定不会是灿烂的，因为从小说对庞凤凰这一形象的塑造来看，她对这个世界的态度始终是戏谑的、嘲讽的，因此，即使笑也是嘲讽的笑。

另外，庞凤凰在名义上是庞抗美与常天红的女儿，依照中国人的习惯，她应该姓常，但是，她随母姓庞，而小说对她随母姓又没有稍作交代。

4. 西门闹

西门闹最初是一心求死的——土改开始后，他一家成了被整治的

---

① 莫言：《莫言文集·生死疲劳》，云南出版集团公司、云南人民出版社 2012 年版，第 384 页。
② 同上书，第 558 页。

对象，不仅天天挨批斗，洪泰岳还将他一家分别监禁起来，企图问出其家中所藏财宝的位置。他看到妻妾们受尽折磨羞辱，并在看到三姨太太吴秋香毫不犹豫地背叛了他时，心中五味杂陈，感慨万千，于是，生出了轻生的念头，并在企图自杀之前说："我与你们（指洪泰岳等——引者注）每一个人，都没有具体的冤仇。如果你们不来斗争我，也会有别人来斗争我，这是时代，是有钱人的厄运势"①，"我自己呢，活是活够了，我想死，但我死与你说的什么阶级无关，我只是靠着聪明靠着勤奋也靠着运气积攒了万贯家财，从来没想到去加入什么阶级。我死了也不是什么烈士。我只是感到这样活下去实在是窝囊憋气，许多事想不明白，让我的心很不舒坦，所以还是死了好。"②知道"这是一个劫数，天旋地转，日月运行，在劫难逃"③。但他在阴曹地府却向阎王喊冤："……我不服，我冤枉，我请求你们放我回去，让我去当面问问那些人，我到底犯了什么罪？"④并说："……均分土地，历朝都有先例，但均分土地前也用不着把我枪毙啊！"⑤这些话均表明他不想死，这与他身前的一心求死相矛盾，同时，小说也没有写明这种矛盾的缘由。

（五）结构松散。

小说有点无节制地"狂思臆想"、为"魔幻"而"魔幻"、为"变形"而"变形"；忽略思想，陷入汪洋恣肆的"描写"闹剧中而忘乎所以，迷途而不知返；旁逸斜出，离题万里；虽说主人公西门闹的阴魂似乎始终不散，但其实也只是"挂羊头卖狗肉"而已——小说骨子里讲的完全是新的"故事"和新的畜牲"传奇"。其他人物的相关情节亦然——新一代人出现了，就开始了新人的故事。因此，小说的情节

---

① 莫言：《莫言文集·生死疲劳》，云南出版集团公司、云南人民出版社 2012 年版，第 42 页。
② 同上书，第 43 页。
③ 同上书，第 38 页。
④ 同上书，第 4 页。
⑤ 同上书，第 7 页。

有点随心所欲、散乱无章，有如乱线串珠，杂无头绪，结构也因此而松散。

（六）人物的性格没有发展变化。

小说中的人物，如蓝脸、西门金龙等，虽然都有丰富的性格特点，但其性格特点又没有变化，如蓝脸，自始至终都执拗、倔强、固执，西门金龙自始至终都是贪婪、投机、无情无义、暴戾……

（七）思想缺乏深度。

小说描写了发生在1950年至2000年间中国农村的一系列故事，较为形象地揭示了这段时间中国农村的风貌，但缺乏应有的思想深度——在这段时间，整个社会动荡不安，人物命运起伏变化，但这些在小说中并没有得到足够深刻的表现，小说更多的是将人物的不幸、丑陋刻画一番，展览出来，而缺少一种透视其中的悲悯情怀。

（八）有些语言或场面描写过于粗俗。

小说有一些语言过于粗俗，如，

"什么金龙大哥，他还不如我裤裆里的鸡巴！"[①]

"你们要是不打我，就不是人做的，你们不是人做的，就是马配的，驴日的，公鸡母鸡配出来的，从蛋壳里钻出来的扁毛畜生……"[②]

"你们不打我，你们就是那头咬死许宝的公猪和马戏团里的母狗熊杂交出来的怪物"。[③]

……

小说也有一些场面描写过于粗俗，如有关猪、驴交配的场面描写。

（九）使用章回体小说的标题有故弄玄虚之嫌。

小说使用章回体小说的标题，虽然的确有创意，但是，半文不白的标题与现代汉语的正文搭配在一起有点不伦不类，有故弄玄虚之嫌；章

---

① 莫言：《莫言文集·生死疲劳》，云南出版集团公司、云南人民出版社2012年版，第257页。
② 同上书，第364页。
③ 同上书，第365页。

回体这种古典小说形式的具体作用是什么也没有体现出来；"荒谬离奇的'狂欢'语调不像话本，更像唐传奇。不用'章回体'，作品未必减色。"① 莫言说他希望读者通过阅读它而怀念中国古典小说，这可能只是一厢情愿。

（十）词汇贫乏。

虽然小说仍然葆有莫言其他小说语言汪洋恣肆、酣畅淋漓的特点，但词汇并不丰富——相反，还很贫乏，如小说描写乳房的词汇：

> 她是个美人，是个屁股上翘、胸脯前挺的美人……②
> 她……小乳前挺，小臀后翘……③
> 这丫头……两只奶头上翘的乳房和那宽阔的骨盆……④
> 女人……乳头上翘。⑤
> 她乳房鼓胀，那里边蓄积着浅蓝的乳汁。⑥
> 它两腿之间那肿胀的乳房……⑦
> 这是一个还算好看的女体：乳房膨大，腹部扁平，双腿修长⑧。
> 怀孕的母猪……奶头肿胀，进入了临产之期。⑨
> ……

由以上所列举的来看，小说关于乳房描写的用词大抵是"前挺"、"上翘"和"膨胀"这三个，如果是"褒奖"乳房便"前挺"、"上翘"，

---

① 邵燕君、师力斌等：《直言〈生死疲劳〉》，《海南师范学院学报》（社会科学版）2006年第2期。
② 莫言：《莫言文集·生死疲劳》，云南出版集团公司、云南人民出版社2012年版，第156页。
③ 同上书，第514页。
④ 同上书，第13页。
⑤ 同上书，第291页。
⑥ 同上书，第17页。
⑦ 同上。
⑧ 同上书，第564页。
⑨ 同上书，第315页。

如果是"贬损"乳房则为"膨胀",仿佛世界上的所有女性/雌性的乳房只有"前挺"、"上翘"型和"膨胀"型这两种,如此描写乳房,既不符合事实,又使乳房太"单调、乏味"了。

(十一)构思不缜密。

1. 西门闹被枪毙的时间时1947年1月1日之后的某个时间。在被枪毙之前,白迎春为他生了一对双胞胎金龙和宝凤;在被枪毙之后,他回忆道:"……我被细麻绳反剪着双臂,脖颈上插着亡命的标牌……我的妻子白氏,在我身后的不远处嚎哭,但却听不到我的二姨太迎春和我的三姨太秋香的声音。迎春怀着孩子,即将临盆,不来送我情有可原,但秋香没怀孩子,年纪又轻,不来送我,让我心寒。"① 由此可见,西门闹在被枪毙时白迎春所怀的孩子并不是孪生兄妹金龙和宝凤,且应是金龙和宝凤的弟弟或妹妹,但绝不是蓝解放——因为蓝解放与西门驴同时出生于1950年1月1日傍晚,白迎春所怀的那孩子不可能在两年多之后才出生,也就是说,西门闹和白迎春应该还有一个或两个孩子,西门闹也知道那个或那两个孩子的存在,但他投胎为驴后只挂念金龙和宝凤,而不挂念这个孩子,不合逻辑;小说在后来也没写到那个或那两个孩子,也不合逻辑。

2. 小说在写吴秋香在嫁给黄瞳之后,带着两个女儿去赶集时这样描写道:"秋香,梳着飞机头,头发上抹着闷香的桂花油,脸上涂了一层粉……"② 随后又写道:"……她对着洪泰岳撒娇,小脸儿黑黑的,仿佛一朵黑牡丹。"③ "脸上扑了粉"自然是为了让皮肤更加白皙,不可能有女人会给自己涂黑粉的——同一个女人,在同一个时段、同一个场景,一会儿白脸一会儿黑脸,说不通,不合逻辑。

3. "西门金龙打'牛'的那个情节就与当时的环境氛围和人物身份、

----

① 莫言:《莫言文集·生死疲劳》,云南出版集团公司、云南人民出版社2012年版,第8页。
② 同上书,第26页。
③ 同上书,第27页。

人牛关系都不吻合，读来别扭。特别是小说结尾处理过于草率，人物命运走向随意化，逻辑关系演绎简单化，亦难逃'半部杰作'之讥。"①

4. 小说先在前面写道："你作为一头驴，被饥民用铁锤砸破脑壳，倒地而死。你的身体，被饥民瓜分而食。"② 后又在后面写道："你娘葬在这里，驴葬在这里，牛葬在这里……"③

——驴在前面被吃了，在后面被埋了，前后矛盾。

（十二）小说"传递出了一种十分危险的信号，即作家自我的膨胀、观念写作的膨胀，这种膨胀甚至到了完全无视生活的常识与真实的程度。《生死疲劳》充其量也就是勾勒了一篇高密东北乡的大事记，这样的一种虚弱的故事形态无法承载作者的思想与小说技术上的追求。作者过于强大的主观意念和主题先行的叙事策略使小说丧失了基本的真实感与现实感……最重要的主题，或者说作家最想要表达的一种理念，可能就是小说中的一句话，'一切来自土地的最终还将回归土地'。这个主题看似具有一定的哲学内涵，但事实上却是与中国农村的历史与现实生活相背离的。就是这样一种先行了的主题设想与'六道轮回'这一看似极富哲理的美丽幻象遮蔽了莫言，也遮蔽了小说本身，使得莫言与这部小说无法真正地切入到中国农村的历史与现实生活当中去。人物立不住，情节更是虚假与荒谬。在横跨多个历史阶段，而又波澜壮阔的历史叙述中，我只看到了几个只能在短篇小说中称得上精彩的情节片断，其他的几乎都是一种支离破碎的幻象。出彩的细节与情境营造，这是莫言小说的强项，但仅凭这么几个片断无论如何也支撑不起长篇小说这种厚重的文体。就是为了适应作家自己这种疯狂而强悍的主题设想与主观意念，莫言开始生编硬造，开始牵强附会，而不顾及生活现实的逻辑性，不顾及人物内心的真实和动机的

---

① 邵燕君、师力斌等：《直言〈生死疲劳〉》，《海南师范学院学报》（社会科学版）2006年第2期。
② 莫言：《莫言文集·生死疲劳》，云南出版集团公司、云南人民出版社2012年版，第99页。
③ 同上书，第537页。

合理性。"①

总之,"莫言……苦心经营的小说形式并没有改变《生死疲劳》本质上的缺陷,它仍然是一部病态的小说文本。"②

不过,小说尽管还存在着这些不足之处,但总的来说,仍然不失为一部优秀的小说,甚至堪称一部"最能代表莫言艺术成就、融汇莫言素有艺术特色的"③ 小说。也许正因为如此,莫言才声称小说是高密东北乡版图上的"标志性的建筑"④;在获得诺贝尔文学奖后接受诺贝尔奖组委会电话采访时,莫言在自己众多的作品中推荐该小说,明言"这本书比较全面地代表了我的写作风格,以及我在小说艺术上所做的一些探索",达到了"对社会现实的关注,和对文学探索、文学创作的一种比较完美、统一的结合。"吴义勤才说:"《生死疲劳》无疑代表着小说写作的一种难能可贵的境界"⑤。

---

① 朱向前等:《横看成岭侧成峰——关于莫言〈生死疲劳〉的对话》,《艺术广角》2007年第1期。
② 同上。
③ 蒋泥:《大师莫言》,安徽文艺出版社2012年版,第112页。
④ 莫言做客新浪读书名人堂谈新作《生死疲劳》说:"《生死疲劳》打一个形象化的比喻,如果说我的作品都是高密东北乡版图上的建筑,那《生死疲劳》应该是标志性的建筑。"《生死疲劳》,云南出版集团公司、云南人民出版社2012年版,第579页。
⑤ 吴义勤、刘进军:《"自由"的小说——评莫言的长篇小说〈生死疲劳〉》,《山花》2006年第5期。

第十一章 《蛙》

一

《蛙》的初稿（非书信体）完成于2002年，2007年改用书信体；最初发表于《收获》杂志2009年第6期；2009年12月，由上海文艺出版社出版，于2011年获第8届茅盾文学奖。

小说的内容梗概为：

在结识"我"——蝌蚪——的姑姑之后，日本作家杉谷义人鼓励当地的文学爱好者以姑姑为素材写出感人的作品。受杉谷义人启发，"我"决定向法国作家萨特看齐，以姑姑的一生为素材创作一部话剧。"我"遵照杉谷义人的嘱咐，以书信的方式把姑姑的故事写给杉谷义人：

"我"的故乡有一个古老的风气——在生下孩子后以身体的某个部位或器官给孩子命名；孩子长大后有的会改换雅一点的名字，但也有的不改。姑姑的名字叫万心，她父亲——"我"的大爷爷——万六府是抗日战争时期跟白求恩学过西医的八路军胶东军区医生，同时也是八路军西海地下医院的创始人，名气很大。日军司令杉谷是学医的，惺惺相惜，便想把"我"大爷爷招降过去，于是，派人秘密潜入"我"乡，把"我"的老奶奶、大奶奶、姑姑绑架到平度城中，扣作人质，逼"我"的大爷爷屈从，但"我"的大爷爷坚决不从。后来，"我"的大爷爷在地道里为伤员做手术时，被敌人的毒瓦斯熏死。之后，"我"的老奶奶在平度城里因病去世。胶东军区通过内线大力营救"我"的大奶奶和姑姑，并最终把她们救出牢笼。"我"的大奶奶和姑姑被接到解放区后，姑姑在那里念小学，"我"的大奶奶在被服厂纳鞋底子。新中国成立后，姑姑进专区卫生学校学习，16 岁毕业，之后，在镇卫生所工作。县卫生局开办新法接生培训班，姑姑被派去学习。从此，姑姑与接生结下了不解之缘。姑姑说，从 1953 年四月初四接生第一个孩子到去年春节，她一共接生了一万个孩子（与别人合作的，两个算一个）。姑姑是天才的妇产科医生——她的手在孕妇肚皮上一摸，就会让孕妇感受到一种力量，并对她产生信心；凡是见过她接生或是被她接生过的女人，都对她佩服得五体投地。姑姑接生的第一个孩子是陈鼻，第二个是"我"。"我"出生时先出来一条腿，姑姑拽着"我"的腿，像拔萝卜一样把"我"拔了出来。20 世纪 50 年代，国家经济发展繁荣，政府用物质奖励生育——每生一个孩子都可以领到奖励的油票、布票；姑姑骑着自行车给人接生，风雨无阻地跑遍了高密东北乡十八个村庄的街道和胡同，在接生第 1000 个婴儿的日子，光荣地加入了中国共产党；到 1957 年底时共接生了 1600 多名婴儿。姑姑在高密东北乡也赢得很高的声誉。

姑姑在年轻时谈过一个对象——王小倜，是一名空军飞行员，他送给姑姑一块价值不菲的英格纳手表后，便与她确立了恋爱关系，后来，甚至发展到了谈婚论嫁的程度。姑姑一家人曾为此自豪无比。但没过多久，王小倜架机逃往台湾，姑姑由此深受打击，甚至差点自杀。1961 年，姑姑从王小倜事件中解脱出来，回公社卫生院工作。当时，因为闹饥荒，高密东北乡没有一个孩子出生。"我"在给姑姑送兔肉时捡到一张有关王小倜的传单，结果被姑姑的死对头黄秋雅看见，在讥讽姑姑之后，黄秋雅把传单交给院长。姑姑伤心地切腕写血书表达对党的忠心，但最终还是受到了留党察看的处分。

1962 年秋季，高密东北乡三万亩地瓜获得了空前的大丰收，也迎来生育潮——五十二个村庄降生 2868 名婴儿，那些婴儿被姑姑命名为"地瓜小孩"①；姑姑又忙了起来，并成为高密东北乡远近闻名的妇婴名

---

① 莫言：《莫言文集·蛙》，云南出版集团公司、云南人民出版社 2012 年版，第 42 页。

医。1965年底,新中国出现了自成立后的第一个计划生育高潮,此时的姑姑已经是公社卫生院妇产科主任,兼任计划生育领导小组副组长。姑姑自视为革命先烈后人,一心向党,对上级的命令一丝不苟地执行,并坚决响应党中央号召,在全公社开展了一场轰轰烈烈的"男扎"活动。一些村民对此不理解,到处闹事。王脚在被"男扎"后,说自己的神经被捅坏了;肖上唇在被"男扎"后,说自己的性功能被破坏了……在"文革"开始后,肖上唇任公社革委会主任。姑姑成了"牛鬼蛇神"中的一员,受到激烈的批斗。姑姑不驯服,被打趴在批斗台上。黄秋雅造谣说姑姑与王小倜有秘密的联络、与县委书记杨林有染。于是,姑姑与杨林一起被批斗。姑姑脖子上还被女红卫兵挂了一只破鞋。姑姑仰着脖子,不肯屈服。杨林不堪折磨,谎称自己与姑姑通奸;姑姑蒙受冤屈,气得大声尖叫。批斗大会在胶河北岸滞洪区内的冰面上举行,因为承受不住那么多人的重量,冰层塌裂,许多人落入冰水中。

在部队立了三等功的"我"喜欢上了长着两条仙鹤般长腿的王仁美。王仁美本是肖下唇的对象,但她把他"休"了而选择了"我"。王胆和陈鼻好了,王胆的哥哥王肝迷恋姑姑的助手小狮子,姑姑意将小狮子许给"我",但"我"不愿意。在"我"和王仁美举行婚礼的那天,大雨倾盆,但王仁美一直嘻嘻哈哈的。已经当上县政协常委的姑姑前来参加婚礼,王仁美向姑姑要能生双胞胎的灵丹妙药,受到姑姑的严厉批评。姑姑不仅教育王仁美,告诉她计划生育是基本国策,而且提醒"我"道:"你是共产党员,革命军人,一定要起模范带头作用"[①]。两年后,"我"的女儿出生。按计划生育委员会的命令,姑姑给王仁美上了环。但王仁美找袁腮给她取了环,并怀上了第二个孩子。王仁美为了逃避被流产而藏在她娘家。姑姑带了一个庞大的计划生育特别队找到王仁美,"我"的岳母骂姑姑是妖魔,村里不理解姑姑的人骂她是土匪。姑姑威胁王仁美家,如果王仁美不接受流产手术,那么,就把她娘家四

---

① 莫言:《莫言文集·蛙》,云南出版集团公司、云南人民出版社2012年版,第72页。

邻的房子及她娘家的房子用拖拉机拖倒。"我"所在部队的计划生育委员会主任也来到"我"们村，与姑姑一起劝说王仁美，要她理解国家政策。王仁美最后同意接受流产手术，但在做流产手术时因大出血而死在手术台上；姑姑的大腿因此被"我"的岳母用剪刀刺伤。尽管如此，但姑姑执行计划生育政策的决心丝毫没有动摇。怀上第四胎的张拳的妻子耿秀莲跳进河里逃跑以躲避人工流产，姑姑带人开船追耿秀莲，耿秀莲在水中奋力挣扎，最后，因大出血而死。

国家市场经济开始后，"我"的小学同学陈鼻成了村里的万元户；他的老婆——侏儒王胆——怀了第二胎，之后，一直躲藏着。临产时，她乘着一张竹筏拟逃到外地去生产。在经过一番惊心动魄的追逐后，姑姑的计划生育队在河上追上了王胆。王胆羊水破裂，姑姑在竹筏上给她接生。王胆在生下女婴陈眉后死去。陈鼻见陈眉是一个女儿，很失望，便对陈眉不管不问；他也变得意志消沉，从一个有钱人变成一个潦倒不振、整日借酒消愁的单身父亲。姑姑和小狮子将陈眉收养，精心照顾了一段时间，后来孩子被陈鼻抢回。

在王仁美去世后，姑姑做媒，"我"娶了小狮子。婚后，小狮子一直没有怀孕。经过二十多年的计划生育，国家终于控制住了人口暴增的局面。"我"和小狮子也退休回到了故乡。这时的故乡正在发生着走向城市化的巨变，高密东北乡胶河两岸正在进行着前所未有的大开发：花园、大小超市、盲人按摩院、美容院、商场、农贸市场、中美合资妇婴医院等大城市有的东西，在这里也都有了。"我"所熟悉的一些人也都有了一个归属——"我"的小学同学袁腮开办了一个牛蛙养殖场，王肝成了泥塑艺人秦河的助手，姑姑嫁给了泥塑艺人郝大手。王肝让一个小男孩把"高密东北乡奇人系列"DVD送给了"我"们。通过这张DVD，"我"了解到姑姑嫁给郝大手的原因。姑姑在被宣布退休的那天晚上喝醉后，摇摇晃晃地往回走，结果走到了一片长有一人多高的芦苇的洼地。在月光下，蛤蟆、青蛙，呱呱地叫。姑姑想逃离蛙声的包围，但蛙声追逐着她；她一边嚎叫一边奔跑，最后，几乎是赤身裸体地跑到小桥上，与郝大手相逢，郝大手将她带回家，端来绿豆汤给她喝，她把郝大手当做"救命恩人"，后来又嫁给了郝大手。在退休之后，姑姑对生命，尤其是对有关婴儿和胎儿生命的观念发生了变化——对生命产生了大悲悯，表现出一个乡村医生对神秘生命的沉重思考。她把想象中的那些她引流过的婴儿描述给郝大手，郝大手按照她的描述把那些婴儿捏成泥人，祈愿能用这种方式来弥补她对那些没能来到人世的婴儿的歉疚。但与此同时，姑姑也用她那双善于接生的手参与着各种各样的接生活动。

在故乡，"我"在一家名为堂吉诃德的小饭馆遇到了落魄潦倒的陈鼻。当年英俊的陈鼻，如今头顶光秃，衣着古怪，装扮成塞万提斯笔下的愁容骑士堂吉诃德，以话剧演员的腔调在餐馆里招徕客人；但是，因为有酒瘾和烟瘾，还带着一条寸步不离的癞皮狗，所以，并不讨人喜欢。陈鼻之所以沦落到如此地步，除了因老婆没给他生下一个男孩外，还因他女儿所遭遇的不幸——他的女儿陈耳和陈眉，曾是高密东北乡最美丽的姐妹花，她们到南方的东丽毛绒玩具厂打工，结果在一场震惊全国的大火中，陈耳被烧成焦炭，陈眉被烧毁了面容。他不堪打击，甚至曾想带着他的狗扑到车轮下面。

随着人们生活条件的变化和商品经济的突飞猛进，一些超生的方式也"与时俱进"。在高密东北乡，袁腮以牛蛙养殖公司为幌子，组织了一批"代孕女"为那些想要生男孩的人代孕。年逾五旬的小狮子已经绝经，但想要孩子，便要花招弄到"我"的精液，注入一个"代孕女"体内，并使其怀孕——那个"代孕女"是陈眉。小狮子与牛蛙公司约定，陈眉的代孕费六万元。"我"一下子陷入前所未有的矛盾纠结中：五十五岁的"我"，糊里糊涂又要做父亲了；"我"想让怀孕数月的陈眉流产，但又担心陈眉重蹈王仁美的覆辙；同时，"我"也觉得"我"和陈眉简直是乱伦，很苦恼。在向一位老同学倾诉了这一切，并听了那位老同学的一番劝解后，"我"在心理上慢慢接受了陈眉怀孕之事。"我"甚至把陈眉所怀的孩子想象成王仁美曾经怀的那个在手术台上夭折婴儿的投胎转世，并以老来得子的喜悦迎接孩子的诞生。姑姑为陈眉接生——

是个男孩。牛蛙公司谎称婴儿已死,并用一只剥了皮的猫假装死婴,从而,只给了陈眉 1 万元的代孕费。

"我"在以书信的方式把姑姑的故事写给杉谷义人的过程中,也为以姑姑为原型创作话剧找到了灵感。当下生活中的许多事件和"我"要创作的剧本中的故事纠缠在一起,使"我"已经分不清剧本的哪些部分是纪实,哪些部分是虚构。"我"原本以为写作可以成为一种赎罪的方式,但是,剧本的创作却使"我"感到罪孽更加深重。"我"把在写给杉谷义人信中的叙述延伸到了话剧中——这是一部具有荒诞色彩的,融合了诙谐、戏谑、调侃、反讽、嬉闹、灵魂独白、戏中戏等文体元素的话剧。在剧本中,生下孩子的陈眉因为孩子被抱走而精神失常,到处寻找自己的孩子,甚至闯进公安派出所去诉冤。在"我"一家人给由陈眉代孕生的孩子"金娃"办满月宴席时,陈眉闯进来抢走"金娃",跑进以民国时期县衙大堂为背景的电视戏曲片《高梦九》的拍摄现场。经过"县长"一番颇具讽刺意味的断案后,"金娃"回到了小狮子的怀抱。在话剧的最后一幕,姑姑展开了内心的剖白:她经常回想起那些因计划生育而死去的女人和她接生过的孩子。

二

小说中重要的人物有姑姑、"我"、陈眉、小狮子、陈鼻、郝大手、秦河、袁腮等。

(一)姑姑

姑姑本名万心,是一位八路军医生的女儿,乡村妇科医生,行医 50 多年。她在不同的时代有不同的特点:

1. 50 年代—60 年代初——"活菩萨"、"送子娘娘"

姑姑从 1953 年开始接生,接生的第一个孩子是陈鼻。年轻时的姑姑有着一种别人没有的精神和傲气,这种精神和傲气来自她的"优越的出身"——她父亲是医术高超的革命烈士,她本人曾在平度城与日本人斗智斗勇。

她仿佛命中注定一样地"子承父业"——成为医生。之后，她用新法接生，在与"老娘婆"①的争斗中完胜，加上接生成功的辉煌成绩以及被她接生过的女人的宣传，于是，她成了"活菩萨"②、"送子娘娘"③，"身上散发着百花的香气"④，"成群的蜜蜂跟着她飞，成群的蝴蝶跟着她飞……"⑤

在那个时期，姑姑也有乖戾的倾向，如姑姑在十七岁第一次接生时，就对已经六十多岁的民间接生婆"老娘婆"田桂花拳打脚踢，以示对她的愚昧行医的惩戒，而且打得非常"专业"，打过之后还志得意满；在公社卫生院与被打成右派的女医生黄秋雅共事后，对黄秋雅充满仇恨，甚至有一种虐待狂的病态心理。

2. 计划生育政策实施的年代——计划生育政策忠实的执行者、"杀人魔王"⑥、"活阎王"⑦

在计划生育政策实施的年代，姑姑是一名共产党员，同时也是公社卫生院妇产科主任。这样的身份使得她顺理成章地成为计划生育政策"执行者"——她认为计划生育是"党的号召，毛主席的指示，国家的政策。毛主席说：'人类应该控制自己，做到有计划的增长。'"⑧ 于是，让已生育的男人结扎、让已生育的怀孕妇女流产成了她的两件大事；"人类应该控制自己，做到有计划的增长"成为她几十年来的目标，为了实现这一目标，她用尽了一切办法，甚至不惜动用武力，对任何人甚至是自己侄儿媳也毫不留情，从而，使丧生于其手的未及出世的婴儿遍布高密东北乡。她在村民心中也从"活菩萨"、"送子娘娘"沦为"杀人魔王"、"活阎王"。不过，姑姑从没有后悔过——小说叙事者说："现在

---

① 莫言：《莫言文集·蛙》，云南出版集团公司、云南人民出版社2012年版，第12页。
② 同上书，第18页。
③ 同上。
④ 同上。
⑤ 同上。
⑥ 同上书，第88页。
⑦ 同上书，第72页。
⑧ 同上书，第47页。

有人给姑姑起了个外号叫'活阎王',姑姑感到很荣光!对那些计划内生育的,姑姑焚香沐浴为她接生;对那些超计划怀孕的——姑姑对着虚空猛劈一掌——决不让一个漏网!"① 偶尔微微浮现的反思也会瞬间被"生是党的人,死是党的鬼。党指向哪里,我就冲向哪里!"②的政治使命感所压制。

总的来说,在计划生育政策实施的年代,姑姑对党和政府的忠诚高于亲情和爱心,或者说党性高于人性,显得很乖戾,如对孕育在母亲肚子里的生命被判定为非法之时,她会毫不留情地加以扼杀,即使是自己的侄媳妇肚子中的孩子也不例外。即使惹得众人愤恨、亲人反目、在"文革"中被人诬陷、头上被人打棍子、走夜路被人砸黑砖头,她也在所不惜。

在计划生育政策实施的年代,姑姑不仅很乖戾,而且暴虐、疯狂,如在"文革"开始后,姑姑参与发起成立卫生系统的"白求恩战斗队","她十分狂热,对曾经保护过她的老院长毫不客气"③,以致老院长因为不堪忍受凌辱而投井自杀。为了逼迫王仁美人工流产,姑姑指使人先用链轨拖拉机拔倒王仁美邻居的树,再拉倒王仁美邻居的大瓦房。在处理王胆的偷生之事时,姑姑先是大放烟幕,布疑兵,迷惑对方,同时,布下天罗地网,迫使王胆上了木筏,然后围追堵截,逼得王胆走投无路,早产丧命……姑姑从而成了"一个完全没有个人意志、没有个体自主性、没有反思意识的工具化的人物。"④

不过,在计划生育政策实施的年代,姑姑也有温情、善良的一面,如在对王胆的追捕过程中,王胆在竹筏上临盆,她放弃了引产婴儿的任务,为王胆进行接生——"这不是魔爪,这是一只妇产科医生的手。"⑤

---

① 莫言:《莫言文集·蛙》,云南出版集团公司、云南人民出版社2012年版,第72页。
② 同上。
③ 同上书,第59页。
④ 范建华:《中国人生存状态和精神变迁的标本——莫言新作〈蛙〉中姑姑形象分析》,《名作欣赏》2010年第30期。
⑤ 莫言:《莫言文集·蛙》,云南出版集团公司、云南人民出版社2012年版,第148页。

王胆因为早产去世,她的丈夫陈鼻却因为她所生的是女儿而悲痛。姑姑大骂他道:"你这个畜生!"① 随后,姑姑把婴儿带回去喂养,并且非常想收养婴儿——后来只是碍于户口等不可克服的困难才放弃的。不仅对像王胆那样临产的孕妇,甚至对难产的母牛,她也会出手相助!她还不止一次地无私地将自己的血输给病人。

3. 晚年的姑姑——"近乎病态的忏悔者"

姑姑在晚年经常忏悔,说自己手上沾着鲜血。在姑姑退休的那个晚上,在洼地遭遇青蛙攻击的恐惧似乎成为她开始忏悔与赎罪的契机——她被良心所折磨,所以,才会幻想自己被成群的蛙围困袭击,那些蛙发出的声音如同成千上万的婴儿在哭。她在嫁给民间泥塑大师郝大手后,与郝大手一起捏出了两千八百个泥娃娃,代表经她之手流掉的每一个婴儿。她将那些泥娃娃供奉起来,借以表达深深的忏悔,希望他们能遵循她的祈祷找到一个比先前更好的人家去投生,以此赎罪。

然而,姑姑所谓的忏悔、赎罪是不完全的——她虽然在回忆自己的一生时,后悔用自己的双手送走了那么多生命,但并没有彻底地去反省当初的愚忠,而仅仅是在试图抚平自己心中的悔和痛以弥补与她有关的人心中的伤。

在话剧的最后一幕中,在与"我"对话时,姑姑说:"我睡不着的时候,会想到张拳老婆的死,王仁美的死,还有王胆的死……张拳老婆临死时说了一句话,你知道吗?……她说:万心,你不得好死!……王仁美临死时说了一句话,你知道吗?……(痛苦地)她说:姑姑,我好冷。……王胆临死时对我说了一句话,你知道吗?……(神采飞扬地)她说:姑姑,谢谢您救了我的孩子。你说,是我救了她的孩子吗?"②

三个女人的三句话——张拳老婆真切的恨、王仁美无处怨无处恨的无奈、王胆真诚的感谢,在姑姑的反复回忆下有了意义,让她明白了自己多年来对彻底执行计划生育政策隐隐约约的不坚定;王胆的感谢也曾

---

① 莫言:《莫言文集·蛙》,云南出版集团公司、云南人民出版社2012年版,第149页。
② 同上书,第288—289页。

唤起过姑姑作为迎接生命的妇产医生的喜悦和骄傲。

姑姑所谓的赎罪也是近乎病态的——她嫁给了泥塑大师郝大手,把想象中的那些她引流过的婴儿形象通过泥塑娃娃一一再现,用这样的一种方式释放心中的歉疚;因为她的坚持而致使"我"丧失了妻子和孩子,她深感歉疚,便对陈眉不合情法的代孕认可甚至支持,最终还亲自接生——她实际上成为了当时社会环境下以袁腮为代表的"代孕机构"的帮凶,并在所谓的赎罪的同时酿成更大的悲剧——陈眉代孕时,身体受到摧残;当陈眉出现在"我"一家子为孩子举办的喜宴上,声嘶力竭地想要回自己所代孕的孩子时,周围的所有人没有表现出任何同情和怜悯,姑姑和小狮子并肩作战,共同对付陈眉,使她跌入了万劫不复的人间地狱。同时,姑姑所谓的赎罪也是虚伪的——她虽然引流过许多婴儿,但又只不过是在执行国家政策而已,完全是形势使然,也就是说,罪不在她,她无需赎罪,可她却要赎罪——实际上是惺惺作态。

同时,晚年的姑姑也有冷漠的一面——姑姑与郝大手的结合,在秦河看来,姑姑看中的不是郝大手本人,而是其手艺,于是,苦练手工艺绝技——捏泥娃娃,最终和郝大手一同被评为"民间艺术大师";但郝大手经常欺负秦河、刺激他,让他的身心不断地遭受巨大的伤害,而姑姑对郝大手只是劝诫,对秦河则没有采取行之有效的保护措施,在这方面,姑姑是冷漠的。

总之,姑姑是一位复杂的人——她所有的人生理想和追求都化为了"一半是海水,一半是火焰"的奇异人生。她既是英雄,又是罪人;她接生过为数众多的婴儿,又用双手强制性地将为数众多的孕妇流产,甚至造成过"一尸两命"的悲剧;她是高度符号化了的时代英雄,是以忘我的甚至无我的"螺丝钉"精神去服务革命或进步事业的,她没有选择,没有退路,她追求人生至善的理想。她也是一个悲剧性的人物——她的悲剧在于,由于时代的原因,她不得不做她最不想做的事,而且还做得很认真、很极端,如她是一个医生,敬畏生命,可是由于种种原因,她不得不去"消灭"生命,而且有时候还不择手段、无所不用其极。她的命运和精神轨迹，是从那个时代走过来的一代知识分子的精神历程与灵魂挣扎的"感性显现"①。

(二)"我"

"我"即剧作家蝌蚪，退伍军人，乳名万小跑，学名万足，姑姑的侄子。在小说中，他是叙事者，同时也是计划生育的参与者、受害者与赎罪者。他天真——他与王仁美的结合就像两个未经世事的小孩一时冲动之举。懦弱、无主见——妻子怀了二胎，他在妻儿和事业之间摇摆不定。一开始，他恳求姑姑道："要不就让她生了吧，党籍我不要了，职务我也不要了……"②，姑姑为此大骂他一通后，他便不再坚持了，甚至心生悔意和怨恨——"部队有纪律，要是生了二胎，我就要被开除党籍，撤销职务，回家种地。我奋斗了这么多年才离开庄户地，为了多生一个孩子，把一切都抛弃，这值得吗？"③"妈的，这个臭娘们儿，真是欠揍！"④ 王仁美答应引产后，他顺着姑姑的意思带着王仁美向领导请罪，一副唯唯诺诺的样子。王仁美死后，他顺着姑姑的意思迎娶了小狮子——好友王肝日思夜想的梦中情人。自私、虚伪——他同情陈鼻的遭遇，但在陈鼻住院时，却不但不愿慷慨解囊，反而和其他人一样急着找借口离去；在得知小狮子取自己的精子让陈眉代孕且陈眉肚子里的孩子已经有六个月了后，他起初很愤怒，给了小狮子一巴掌，想找到陈眉让她做引产，但其真实的想法却是"我要这个孩子！我迫切地需要这个孩子！这是老天爷赐给我的宝宝，我的苦难，都是为他而受。"⑤ 并自我美化——"我听到了一个最神圣的声音的召唤，我感受到了人类世界最庄严的感情，那就是对生命的热爱，与此相比较，别的爱都是庸俗的、低级的。先生，我感到自己的灵魂受到了一次庄严

---

① 参见范云晶《肉身和精神双重悲剧的沉痛书写——论莫言的新作〈蛙〉》，《名作欣赏》2011年第6期。
② 莫言：《莫言文集·蛙》，云南出版集团公司、云南人民出版社2012年版，第101页。
③ 同上书，第95页。
④ 同上书，第100页。
⑤ 同上书，第226页。

的洗礼，我感到我过去的罪恶，终于得到了一次救赎的机会，无论是什么样的前因，无论是什么样的后果，我都要张开双臂，接住这个上天赐给我的赤子！"① 在儿子生下来后，他忘却了陈眉，在给笔友杉谷义人先生的信中道"大喜！"② 同时，作为中国人，"传宗接代"思想深深地扎根在他心底，然而，在国家政策以及事关自身前途的面前，"我"又不得不考虑自身的发展。在这样的挣扎中，"我"不得不选择劝妻子放弃孩子，结果，酿成了妻子、孩子都死在了手术台上的惨剧。一方面，"我"将过错归咎于自己的决定，口称自己对妻子来说是罪人，甚至在与杉谷义人的通信中写道："先生，我原本以为，写作可以成为一种赎罪的方式，但剧本完成后，心中的负罪感非但没有减弱，反而变得更加沉重……尽管我可以用种种理由为自己开脱，尽管我可以把责任推给姑姑，推给部队，推给袁腮，甚至推给王仁美自己——几十年来我也一直是这样做的——但现在，我却比任何时候都明白地意识到，我是真正的罪魁祸首……"③ 另一方面，"我"在心里是知道自己是无能为力的——因为在当时条件下，作为一位军人、军官、党员，他是不敢顶风违反计划生育政策的；即便他敢，在场的姑姑也绝对不会听之任之——姑姑可以用暴力拆毁邻居的房屋，难道就不可以用暴力惩罚他吗？如果说他是罪人，那么，那个时代的千千万万被迫执行了计划生育政策的公职人员也都是罪人。同时，"我"将陈眉生下的孩子当作当初与王仁美一同失去的那孩子，用这样一种心理安慰的方式来自我救赎，并完成了得子的愿望，但又完全忽略了陈眉母子分离的痛苦。自欺欺人——在路见不平拔刀相助般地抓小偷被人追赶时，他自我安慰道："算了，算我倒霉。不，这是上帝在考验我，忍了吧，能忍则安，我是胸有大志的人，我是正在创作一部话剧的作家，这些遭际和感受，都是上等的素材。大人物之所以能成为大人物，就是能忍受常人不能忍受之苦难，之

---

① 莫言：《莫言文集·蛙》，云南出版集团公司、云南人民出版社2012年版，第227页。
② 同上书，第234页。
③ 同上书，第239页。

屈辱，比如能忍胯下之辱的韩信，比如能忍陈蔡之饥的孔夫子，比如能吞下自己粪便的孙膑……与这些圣人、先贤相比，我吃这点苦，受这点委屈算什么？"①

"我"也有善良的一面，如当"我"发现王胆被藏在木筏上逃走时，"我"希望王胆能够逃脱姑姑的追捕，不要像妻子王仁美一样再次成为牺牲品——"我心中浮起一种梦幻般的感觉，此前发生的一切，似乎都是梦中的情景。小狮子的冷漠使我的心迅速偏向了逃亡者：王胆，快逃啊！王脚，快撑啊！"② 后来，"我"在娘娘庙大门右侧那根粗大柱子旁边看到陈鼻在街边乞讨，给了他一百元。

总的来说，"我"是一个很典型的知识分子形象，追求高尚精神，但是，现实生活往往与精神世界脱节，于是，导致了其内心出现了矛盾和挣扎。

（三）陈眉

陈眉是一个孤苦的农家女孩。她一生不幸——其母王胆在生下她后便死在竹筏上，其父陈鼻因三代单传唯求一子的愿望未能实现，加上丧妻，便终日借酒消愁、萎靡不振，对她及其姐姐陈耳未尽父责。她与姐姐出落成高密乡最美的女人后，有钱人愿意包养她，但她毅然拒绝；她和姐姐外出打工，自食其力，但遭遇大火，结果，姐姐陈耳为保护她而死，她则在大火中失去了美丽的容貌；从此，她把自己裹在黑纱里，不敢照镜子，失去了正常工作的机会，精神变得有些不正常。她生下了一个男孩，但黑心的牛蛙公司用一只剥了皮的死猫骗她说是死婴，把原本属于她的六万元代孕费坑走五万。她想把孩子要回来，却被人冠上了精神病的称号。她想诉诸法律，但派出所所长与牛蛙公司的人早已勾结成伙。最后，她只能靠抢——试图在"我"一家人为孩子举行的庆生宴上把孩子从小狮子怀中抢回来。她相信包青天，在恍惚的神智里还坚信正义的存在。在一伙人布置出来的类似古代办案的衙门里，她因为争抢孩子，

---

① 莫言：《莫言文集·蛙》，云南出版集团公司、云南人民出版社2012年版，第226页。
② 同上书，第145页。

被她所相信的"包大人"判为不是孩子的生母。善良、重感情——父亲遗弃了她和她姐姐,并在很大程度上造成了她的不幸,但她还是与姐姐一起去南方打工以挣钱来报答父亲的对她们生育之恩;当父亲在外乞讨、装疯卖傻,欠了不少酒债时,她又为了替父亲还债,答应给小狮子和"我"代孕;她本想在拿到钱为父还债后就了结自己的生命,但在怀上孩子后,她觉得自己暗淡的人生多了一丝活力,母爱在她的身体里萌生;在生产下孩子的瞬间,作为女人、母亲,她对孩子更是产生了无法用任何事物做交换的爱。愚昧、狭隘——她同袁腮等人一样将代孕看作一种等价交换,而丝毫未曾想到,作为女人、作为母亲,她对孩子的爱是无法用任何事物做交换的。

陈眉实际上是姑姑、"我"、小狮子等人所谓赎罪与心灵救赎的牺牲品——他们意识到自己有罪,却逃避寻找罪过之源,便用将痛苦加诸陈眉身上这种自欺欺人的方式,达到了自我解脱的目的。

(四)小狮子

小狮子是姑姑的助手,也是"我"的妻子。她盲目——她怀着崇敬之心追随姑姑,是姑姑的盲目追随者。冷酷——王仁美与孩子不幸死在手术台上,这是一件很不幸的事情,可她却说王仁美是活该;不过,在追随姑姑的过程中,在冷酷的同时,她也不经意地流露出了应有的人性,比如,在王胆被逼至运河上临产时,她与姑姑的追随者秦河以及姑姑均心怀恻隐。小狮子在嫁给"我"后发生了许多变化——自接生下陈眉并代陈鼻抚养陈眉的那段日子开始,小狮子作为女性和母亲的柔软的一面便开始显现;想要孩子的迫切心情直接导致了她对过去追随姑姑时所做一切的后悔。但她这样的心情并没有找到一个正确的释放点,反而错上加错地选择了找人代孕的方式来填补自己心中的遗憾和悔恨。

(五)陈鼻

陈鼻是"我"儿时的玩伴和同学。他的一生可以说是从喜到悲,令人同情。他仁厚、"大公无私"——小时候,我们到煤矿捡煤吃,陈鼻会"举起一块煤告诉我们:伙计们,吃这样的,这样的好吃"①,尽管那时是饥饿年代,但他没有因为一己之私而向小伙伴们隐瞒自己的发现。开朗——"姑姑后来多次开陈鼻的玩笑,说他头还没出来就先把手伸出去,似乎要向这个世界讨要什么。陈鼻总是回答:讨饭吃呗!"②而并没有对姑姑的玩笑有所不满或抱怨。聪明、灵活——他小时候能够发现哪种煤好吃,"近年来发了财,成了村子里有名的万元户"③;在姑姑去抓王胆时,他缠住姑姑,让王胆逃走。直爽、心里怎么想就怎么说、怎么做——他小时候说中国的飞行员不如苏联的,以至于连累父母;过上好日子之后,袁腮说要感谢华主席,陈鼻却道:"我看得感谢毛主席,他老人家要不是主动走了,一切还是照旧呢。"④ 为了王胆肚子里的孩子,他跪在姑姑面前,哭喊声把整个村庄都震动了;为了孩子,他即便钱被扣住也不动摇,宁愿财产被充公;妻子王胆死在木筏上后,他怒骂姑姑;因为姑姑对王胆的穷追不舍,他对儿时的朋友——"我"——也没好气。有责任心、爱女儿——为女儿讨公道,在"我"儿子满月的时候,他跑来闹场,向众人阐明真相;在话剧中,为了救女儿,他与黑衣人搏斗。有骨气——他宁愿死也不接受"我"和其他朋友的搭救;他虽在街边乞讨,但对于朋友"我"的施舍,却头也不抬。陈鼻也有无情无义、狭隘、不负责任、自暴自弃、自甘堕落的一面——妻子死后,他痛不欲生,可他痛的不是妻子的死,而是延续香火的希望的破灭;他甚至没有考虑过将姑姑暂时代养的陈眉抱回;妻子死后,他尚有三万元钱,但他却因没有儿子而自暴自弃、自甘堕落,对两个女儿不管不顾;最后潦倒,以至于以乞讨为生。

(六)郝大手

郝大手是一位民间泥塑大师,姑姑的丈夫。他是一个充满神奇色彩

---

① 莫言:《莫言文集·蛙》,云南出版集团公司、云南人民出版社2012年版,第5页。
② 同上书,第13页。
③ 同上书,第77页。
④ 同上书,第79页。

的人，能捏出惟妙惟肖、栩栩如生的泥娃娃——所捏出的泥娃娃甚至具有投胎转世的灵性；同时，他自始至终对生命充满敬畏与顶礼膜拜——"都说，高密东北乡每个人都能在他的泥娃娃里找到小时候的自己。他卖泥娃娃时眼里含着泪，就像他卖的是亲生的孩子。"① 通过他的泥娃娃，三个人——为了无果的爱情出卖了袁腮和王仁美及王胆的王肝、怀着因哥哥秦山对姑姑施暴而产生的对姑姑的愧疚感和对姑姑的精神爱恋的秦河、姑姑——重新接近生命、敬畏生命，人生从某种意义上得到了救赎。他与姑姑两人共同努力，最终捏出了两千八百个泥娃娃，代表经姑姑之手流掉的每一个婴儿。姑姑将那些泥娃娃供奉起来，借以表达自己的深深忏悔，希望他们能遵循祈祷找到一个比先前更好的人家。

（七）秦河

秦河是一个民间艺人。他是公社党委书记秦山的亲弟弟，本可以幸福地生活；但因痴恋姑姑而追求不得，于是，变得时而清醒、时而疯癫。在姑姑需要之时，他不离不弃、至死不渝。姑姑并非不领这份情——她之所以最终嫁给郝大手，主要是企图摆脱梦幻中的讨债。他看出姑姑之所以嫁给郝大手是因为郝大手有捏泥娃娃的绝活，便苦练捏泥娃娃，并最终与郝大手一同被评为"民间艺术大师"。

（八）袁腮

袁腮是党支部书记袁脸之子，牛蛙公司的老板，但他所经营的牛蛙公司实为代孕公司。他非常自私——平时总是把利益放在第一位，做出任何事情都是出自利益的驱使；他和"我"小表弟等人经营代孕公司纯属利益使然。同时，他也丧失了道德准则——竟然经营代孕公司，而且纯属是为了挣钱，甚至为了挣钱而不顾及代孕者的生理状况和情感需要。

---

① 莫言：《莫言文集·蛙》，云南出版集团公司、云南人民出版社2012年版，第75页。

三

小说通过其内容及一系列人物，尤其是姑姑、"我"、陈眉、小狮子、陈鼻、郝大手、秦河、袁腮等人物所表达的主旨大致有以下几点：

（一）反映了新中国近60年波澜起伏的农村生育史

莫言曾说："计划生育这个覆盖面非常广，也受到了西方的很多的批评、指责，那么这个问题既是一个复杂的政治问题，也是一个国家的基本国情，而且我想这个问题也涉及灵魂深处最痛处的地方，也涉及中国文化传统里面最古老最保守的这一块。"①

小说表面上是重点展示"计划生育"的"风貌"，但也反映了新中国近60年波澜起伏的农村生育史——新中国成立以后，1953年，新法接生的推广；1953到1954年，提倡生育，高密生了很多小孩子；1961年饥荒，没有一个婴儿出生；1962年地瓜丰收，孩子也一个个落地；1965年人口剧增带来的问题终于使国家感觉到压力，开始实行计划生育；改革开放，随着经济发展，为了逃避超生，代孕开始出现。姑姑参与了这个进程中的每一环，经历了"活菩萨"、计划生育政策的忠实执行者、"近乎病态的忏悔者"等角色的转变，在每一个角色上，她都"尽职尽责"；她的一生，实际上是一部具体而微的农村生育史。

（二）揭示了国家为了控制人口剧烈增长、实施计划生育国策所走过的艰巨而复杂的历史过程

计划生育政策作为一项基本国策，在中国具有合法性和必然性——人口是一个国家走向繁荣的前提，因此，中国要走向繁荣，必须有足够的人口；但中国是一个后发展的现代国家，人口过多也是中国走向繁荣的负担，因此，必须计划生育、控制人口。但是，生育是人的基本权利，计划生育从根本上来说是违反人性的，同时，国际反华势力也会从"人权"角度来责难与批评中国的计划生育政策，因此，计划生育政策

---

① 石剑锋：《莫言：关注中国计划生育60年历史》，《东方早报》2009年11月23日。

作为一项国策在具体的执行过程中由于文化、传统、伦理、政治、权力、金钱等各种因素的影响而变得异常复杂。

(三)表达了作者对现实的批判

在小说中,现实丑陋不堪、暗无天日——没钱的偷着生,当官的让二奶生,越富越抠,既想有儿子继承万贯家产,又怕被罚款。法治精神严重缺失——在对待超生者的时候,计划生育部门采取了诸多常人难以想象的措施,比如,挪用超生者存款发放给村民,砍伐村口的大树,以此造成超生者在村民中的孤立。某种政策成了某些别有用心者的发财工具,成了某些走投无路的穷人的谋生之道,成了某些有权有势的人物的"特权"。有钱的破烂王可以凭着钱公然漠视计划生育政策,而当代商品经济对人性的控制也到了骇人的地步。袁腮利用代孕牟利甚至带有半黑社会性质,孩子成了出卖的商品,而像陈眉那样的女孩却因家庭贫困而被迫沦为"孕奴",以至于自己辛苦孕育并生下的孩子被人用一万块钱买走,自己则连孩子都没见到一面,从而,忍受着母子分离的巨大痛苦。代孕公司——牛蛙公司——里的人可以说都是"吃小孩子的牛蛙"[①]……

小说结尾的九幕剧不但再现了小说中陈眉和陈鼻的悲惨遭遇,而且让陈眉打破时空限制,打破舞台的限制,以古代人的口吻出现在现代的公安派出所里言说,以现代人的身份出现在电视剧中的民国公堂,在历史痕迹的缠绕互文中,以一种朴素的民间道德姿态,既控诉了袁腮之流不择手段的当代物质崇拜,又反思了中华民族为繁荣和富强所付出的巨大牺牲,批判了在中国充满悖论的现代化进程中顽固的国民性痼疾及其对人性的负面影响。

(四)揭示了民众意志与国家意志、决策相违背时人性、情感所受到的冲击

1. 以陈鼻为代表的中国人在"三代单传生男孩"、"传宗接代"等

[①] 莫言:《莫言文集·蛙》,云南出版集团公司、云南人民出版社2012年版,第254页。

传统思想无法实现时，情感上的无处寄托所造成的悲剧。

从鼓励生育到实行计划生育不过是几十年间的事情，决策可以瞬间改变，但民众的意志、思想却是多年来形成的，需要时间去适应。无力反抗的民众在意志改变之前，只有两种结局，要么像"我"一样违心地服从，要么像陈鼻一样成为决策的牺牲品。

陈鼻实际上是一个十分坦诚的人，他同"我"这样的知识分子不同。他没有受过多好的教育，没有所谓的对前途的顾虑，因而，丝毫不用隐瞒自己想要二胎、想要男孩的想法——对于他来说，延续家族三代单传的香火才是最重大的事情。然而，这样的理想在计划生育的大环境下显然是不能实现的；因此，他便想尽办法藏起怀孕的妻子；妻子在运河上早产下一女后死亡，他觉得失去了一切，便万念俱灰，最终以悲剧收场。

2. 以姑姑为代表的国家意志的忠实执行者在国家决策改变与推行时产生的人性冲突。

国家政策在短时间内的变动，民众是需要时间去适应的。而在适应之前的时间内，政策的推行需要强有力的执行者，作为国家意志执行者的姑姑等人便在这样的过程中从性格到人性逐渐地畸变，在成为害人者的同时也成为了受害者。

这样的遭遇是不分国籍的，如发动侵华战争的日本，国家的这一决策使日本民众的生活以及执行这一决策的人实际也遭受了巨大的改变与伤害。在"我"与杉谷义人的通信中有这样的叙述："按说，您也是战争的受害者。您信中提到，战争期间您与母亲所过的提心吊胆的生活以及在战争之后所过的饥寒交迫的生活。其实，您的父亲也是战争的受害者，如果没有战争，如您所说，他将是一位前途远大的外科医生，战争改变了他的命运，改变了他的性格，使他由一个救人的人变为一个杀人的人。"①

3. 小说第一部分结束于"文革"时期对姑姑进行批斗之时——会场冰面断裂，"许多人，落到了冰水中"②。第二部分以"我"的第一任

---

① 莫言：《莫言文集·蛙》，云南出版集团公司、云南人民出版社2012年版，第63页。
② 同上书，第62页。

妻子王仁美被姑姑强行流产,最终母子死在手术台上为结尾。第三部分以姑姑不断地追逐"超生游击队"的王胆,并最终造成了王胆因早产而死亡收束。从前三部分以"死亡"为结尾的安排来看,小说实际上隐喻着中国社会自20世纪60年代开始推行计划生育政策后,"生命"逐渐被"政治"所掌控,妇女们生育的要求不断地受到以姑姑为代表的计划生育政策执行者的压制,"政治"根据自己的需要掌控整个国家的人口出生,并由此造成了"生命"不断被抑制以至死亡的过程。第四部分则以一个计划外婴儿的诞生,暗示"生命"开始在新世纪摆脱了"政治"的压制,获得了某种意义上的"复苏"。但第四部分不再以姑姑为主人公,而是以小狮子为主人公——小狮子趁"我"不备,找陈眉代孕;"我"虽然开始时反对,但是,后来想到前妻王仁美,也就接受了这样的事实;姑姑则由原来的"政治帮凶"到对陈眉不合情法的代孕认可甚至支持,并亲自接生;这是一种对生命戕害的厌恶,对冷酷制度的反抗,对政治压制下新生命的同情及忏悔。

(五)表达了计划生育政策的执行者对自己行为的反思或忏悔

姑姑觉得自己过于严厉地执行了计划生育政策,在20世纪50到80年代通过流产手术,"杀死"了两千多个孩子,手上沾着"腥臭"的血;"我"觉得由于自己当年的软弱,逼迫前妻王仁美接受流产手术,最终导致了后者的惨死——都感到自己是那个年代"政治"压迫"生命"的帮凶,颇想悔罪,于是,为了迎接一个新的生命,不惜出卖陈眉的利益,将她变为"工具"。"我"在漫长的写作过程中,写作由对历史的书写转变为"忏悔自己犯下的罪,并希望能找到一种减轻罪过的方法"[①]。不过,"我"的反思和赎罪却是建立在失去对现实的认识的基础上的——"我"始终无法认识到"我"对陈眉的伤害并不是金钱所能补偿的,这种伤害和当年他对王仁美所做的一样,都是一种对"生命"的荼毒;而正是因为无力地认识现实,"我"才只能以拒绝反思的方式进行历史反

---

① 莫言:《莫言文集·蛙》,云南出版集团公司、云南人民出版社2012年版,第151页。

思，以犯罪的方式进行"赎罪"。而姑姑的忏悔主要体现在"蛙"上。小说塑造姑姑时，特别强调一个细节——姑姑最怕"青蛙"。这实际上可以视为姑姑晚年忏悔心理的一个象征，因为自己在计划生育运动中毁掉了2800个孩子的生命，所以，她有一种负罪感，故见"蛙"（娃）就恐惧。小说中有一段颇为壮观的具有明显象征意义的描述——姑姑晚上被成千上万只青蛙围追堵截，失魂落魄、慌不择路、惊恐不堪，令人毛骨悚然。但小说为姑姑的害怕青蛙设计了一个完全矛盾的解释。在小说的"剧本"部分，姑姑解释自己之所以害怕青蛙，是因为当年响应《人民日报》所宣传的"蝌蚪避孕法"①，吃了大量的青蛙；当时姑姑是反对这种做法的，但在不知情的情况下，被蒙骗也吃过青蛙丸子，从此，便害怕青蛙。因此，姑姑其实是"保护青蛙的英雄"②。

其他人，如王肝深为自己举报王仁美非法怀孕的行为而感到不安——虽然他在想起王仁美时，试图用"举报非法怀孕是公民的职责"③、"为了祖国可以大义灭亲"④等来安慰自己，但这些都无法使他安宁，他一闭眼，就会想起"王仁美举着两只血手要挖我的心"⑤。

（六）表达了对生命（生殖、繁衍）的敬畏

表面上看，小说的中心词是"计划生育"，但这只是浅层表象——小说暗寓着对生命（生殖、繁衍）的敬畏和顶礼膜拜：

1.《蛙》的主题意象是"蛙"——"蛙"即"娃"即生命。"蛙"有时是作为一种描述而存在，有时是作为一种隐喻而存在，有时又是作为文本重要的意义网络而"代表"、"象征"、"体现"全篇的精华和精神。大致地说，"蛙"意象的设置方式有三：其一，在题目中设置"蛙"意象。这个意象不是它本身那样一个具体的个别的事物，它暗示着某些普遍性的意义。二是通过对"蛙"意象的反复性强调让其转化为包蕴着

---

① 莫言：《莫言文集·蛙》，云南出版集团公司、云南人民出版社2012年版，第262页。
② 同上书，第263页。
③ 同上书，第137页。
④ 同上。
⑤ 同上。

作者意念的象征性意象，从而，引起读者的注意和追索性思考。在小说中，"蛙"一词出现了大约202次。对"蛙"的反复描写强化了"蛙"意象与文本蕴涵的联系，从而，赋予它以丰富的象征内涵，也包蕴着作者的复杂态度。三是将意象以转换的方式出现。在小说中，与"蛙"同音的"娃"字出现了大约239次，"娲"字出现了约6次；"我"的笔名是"蝌蚪"，男人的精子被称为"小蝌蚪"，"蝌蚪"一词出现了约160次；与娃相关的"娘娘庙"一词出现了约19次。"蛙"、"娃"、"娲"、"蝌蚪"、"娘娘庙"等均为"蛙"意象的变体。在小说中，这些具象的含义已从现实的层面上得以腾飞，连接着生育、生命、人性、社会等重大问题，隐喻或象征着作者的多种意念与情思。①

2. 小说用人身上的器官来给人物命名，从一个方面来说是暗寓讽刺，但从另一个方面来说，也暗寓着对人肉体本身的尊重。

3. 王胆、小狮子们对生命繁育的渴望表现了她们对生育的膜拜与礼赞。

4. "娘娘庙"象征着中华民族集体的生育崇拜，暗示生育不仅是乡土中国社会生活的中心，也是人们生存的意义和价值所在。

5. 姑姑虽然严格执行计划生育政策，对不符合计划生育政策的怀孕妇女实施强制性人工流产，但又给不符合计划生育政策的怀孕妇女王胆接生，并保住了陈眉；从本性上来说，她对生命充满了尊重和关爱——她看见新的生命诞生时总是很喜悦，对新生儿有一种独特的爱怜。

6. 郝大手所捏的泥娃娃"活灵活现"，宛如有生命，暗寓着对生命的膜拜——"他的泥娃娃是用手捏出来的，他的泥娃娃，一个一模样，绝不重复。都说，高密东北乡所有的娃娃，都被他捏过。都说，高密东北乡每个人都能在他的泥娃娃里找到小时候的自己。都说，他不到锅里没米时是不会赶集卖泥娃娃的。他卖泥娃娃时眼里含着泪，就像他卖的

---

① 肖舜旦：《蛙声为谁而鸣？——关于莫言小说〈蛙〉主题的思考》，http://www.360doc.com/content/12/1017/20/10337889_242088480.shtml。

是亲生的孩子。"① "乡下人都说,买郝大手一个娃娃,用红绳拴着脖子,放在炕头上供奉着,生出来的孩子就跟泥娃娃一个模样。"② 他后来与作为"杀害"为数众多孩子的姑姑结婚,暗寓着对生命的救赎——姑姑在精神层面的救赎就是通过郝大手的泥娃娃完成自我的"脱胎换骨",然后,以求得心灵上的安宁和精神上的解脱。

7. 小说借人物之口直接表达了对生命(生殖、繁衍)的敬畏。

小说中"我"的母亲曾对"我"说:

"女人归根结底是为了生孩子而来。女人的地位是生孩子生出来的,女人的尊严也是生孩子生出来的,女人的幸福和荣耀也都是生孩子生出来的。"③ "党籍、职务能比一个孩子珍贵?有人有世界,没有后人,即便你当的官再大,大到毛主席老大你老二,又有什么意思?"④

母亲的这些话看起来很粗俗,也很狭隘,但实质上表达了对生命(生殖、繁衍)的敬畏。

8. 小说的故事情节,甚至刊物《蛙鸣》、报告《文学与生命》的名字都指向"生命"二字,都在关注生命、歌赞生命、敬畏生命。

(七)揭示了以"我"为代表的中国知识分子卑微、尴尬、纠结、矛盾的灵魂世界

"我"是一位知识分子。在"我"身上,我们可以看到他沉重的"赎罪"心理。当姑姑率人追捕王胆时,"我"同情王胆,但又无法伸手帮助王胆,显得卑微而渺小;"我"为了前途而劝妻子上手术台,结果,妻子、孩子都死在手术台;为此,"我"感到罪孽深重,非常自责——"我到底还是一个胆小如鼠、忧虑重重的小男人"⑤,但又自我开脱。在意识到同学的女儿为"我"代孕时,"我"感到一种沉重的犯罪感……一系列的罪恶感以及虽然同情但又无能为力的矛盾感,让"我"企图在

---

① 莫言:《莫言文集·蛙》,云南出版集团公司、云南人民出版社2012年版,第75页。
② 同上。
③ 同上书,第147页。
④ 同上书,第95页。
⑤ 同上书,第200页。

创作中寻求解脱，然而，只有绝望没有希望的构思，使"我"觉得罪孽更加沉重，便想以新生儿的诞生来添彩，结果，害得代孕母亲陈眉与孩子骨肉分离——实际上并非赎罪，而是犯下更大的错误。

（八）揭示了严苛的政治文化禁忌下是非观的畸变

1. 姑姑因自己交往过的对象王小倜叛逃而受到牵连。

2. 在"文革"运动初期，姑姑对保护过自己的老院长毫不客气，对自己敬佩的黄秋雅更是残酷无情。

3. 姑姑在执行计划生育政策时特别积极、特别认真、特别严格，以至于忽视公民的私有财产、漠视了人的生命、违背了最基本、最起码的人性，一再造成命案……姑姑之所以这样，实际上是为了抵抗内心的恐惧而做出的自我保护，是在赎"罪"，是想要通过自己的实际行动证明自己的"清白"。

（九）揭露和批判了重男轻女的思想

中国自古便有重男轻女的思想，而且长期以来根深蒂固。在小说中，这一思想在农村中表现得非常突出——在农村，大多人超生的原因只是为了要一个男孩，如分别有了一个女儿的王仁美和陈鼻、有了三个女儿的张拳……为了要一个男孩，他们甚至违反国家计划生育政策，冒着生命危险超生，有的最终还丢掉了性命，甚至是丢掉了母子两条性命……小说如此描写，令人感到毛骨悚然，也由此写出了重男轻女思想的严重性和危害性。

（十）揭示了物欲横流下的社会人心

小说的后半段写人们在经历计划生育的痛苦、物质生活水平提高后心理的变形。所谓上有政策，下有对策，计划生育政策算什么，只要有钱，没有生不了的孩子。为了孩子有优良的基因，有钱人乐意找外国人代孕。"我"曾经怀疑过代孕，也思考过这个社会问题，觉得被人们叫做疯子的陈眉也许是唯一一个清醒的人，但"我"随后又被社会同化了——慢慢接受了代孕之事。

（十一）揭示了商品经济给社会及人性带来的冲击

1. 代孕虽有背情理，但又遵循了等价交换的原则。

2. 袁腮和"我"小表弟经营代孕公司虽违反正常的人性和伦理道德，但也实实在在地解决了一些盼子如饥似渴者的需求。

3. 陈眉试图以代孕挣钱确实不太道德，但她挣钱是为了替父亲还债。

四

从艺术表现的角度来看，小说主要具有如下特点：

（一）题材的现实性、时代性强

莫言认为：计划生育问题是中国几十年来被西方批评最多的一个问题，如果中国作家把全世界都关注的一个问题绕开并不光彩，并说，"我想这个小说发表之后会有一些争论"，但是，他也强调一个作家必须敢于面对社会热点和尖锐的问题，"对我们这茬20世纪80年代中期开始走上文坛、创作生涯将近30年的中年作家来讲，现在面临的最大问题是'不断地重复自己'。当今社会很流行抄袭别人，对我来讲，无意中抄袭了自己比抄袭别人还要可耻。"[①]

（二）书信体、话剧相结合，结构新颖而缜密

莫言说："我2003年写的初稿就是，我作为一位剧作家在剧场观看一部舞台上叫做《蛙》的话剧，在观看的过程当中，我在回忆，联想，中间接受记者的采访，同时接到小说的人物原型姑姑的长途电话对我的批评和指责。但是写了十几万字以后，我就觉得太复杂了，给阅读带来障碍，我想应该尽量地使这部作品回到朴素的叙述。所以最终采用书信体的结构，但是在最后末尾还是用了话剧的形式，把朴素的叙述让它插上两个翅膀，因为这个话剧里面注入了很多超现实的元素。因此在结构方面，我觉得也是有一些新意，所以这部作品尽管不能完全排除掉自己的某

[①] 罗皓菱：《莫言：直面敏感问题是对抨击的最好回答》，《北京青年报》2009年11月16日。

些过去重复（的东西），但是还是有一些创新的东西。"① 的确如此——

小说由剧作家"我"写给日本作家杉谷义人的五封信构成：前四封信是关于当了50多年妇科医生的姑姑的长篇叙事，其中也加入了"我"本人的生活故事；第五封信则除信之外，还附有一部话剧②。"我"把自己身边的事一一告诉杉谷义人，犹如两个老朋友在面对面的聊天，一方在娓娓述说，另一方在聚精会神地聆听。在每封信的开头，"我"都要把自己所要述说的事情先来个总体的交代，然后逐一展开，且从一个比较超然的现在进行时角度对这些历史空间下发生的故事进行审视。

书信的随意敞开、赤诚相见，方便叙事的展开，也拉近了时空的距离以及作者与读者的距离。话剧则是对信件另一种角度的重新叙述和有效补充，小说因之更加富有意味和张力。

书信体与话剧相结合，也是纪实与想象相结合，前四部分的叙述平实如同现实中真实发生的故事，从话剧开始便彰显话剧所独有的冲突、荒诞与讽刺；从而，使叙事因不拘泥于文体形式的规范而显得飞扬灵动。

（三）"隐喻性"强

小说虽然与莫言以往其他小说的那种注重历史幻想的色彩不同——更接近历史现实，在题材上属于现实主义范畴，但又是颇为"意象化"的：

其一，题目有多重的隐喻性——让人联想到蛙族群的强势繁殖能力，婴儿诞生时的哇哇大哭，女娲造人的传说；按照小说中的解释，"蛙"与"娃"、"娲"同音，人类的始祖是一只大母蛙，女娲造人是多子的象征，"蛙"也是高密东北乡的图腾，很多的民间艺术上都有"蛙"的图案，如在东北乡的泥娃娃塑像中，有许多怀抱着一只泥塑的蛙；因而，蛙是多子多育、繁衍不息的象征。所以，《蛙》的命名意味着"娃"的实质——这就与小说的计划生育"人口运动""接轨"了。作为一个医生、接生员，理应热爱生命，亲近"蛙"，即"娃"；"蛙"与"娃"

---

① 石剑锋：《莫言：关注中国计划生育60年历史》，《东方早报》2009年11月23日。
② 参见赵奎英《修辞与伦理：莫言〈蛙〉的叙事修辞学解读》，《小说评论》2012年第6期。

同音不同字，但意义上却互相关联。

其二，小说中的人名具有特殊的隐喻性——东北乡人以人体器官来给孩子命名的描述，实际上隐喻着人被物化、命如器具，为后面写姑姑对幼小生命的扼杀埋下了伏笔；当人物的以身体器官构成的名字汇集到一起时，代表的是一个族群在特定历史社会情境中的生命印记。同时，也暗喻着讽刺意味——肖上唇、肖下唇作恶多端，袁腮为了达到目的而不择手段，陈鼻重男轻女，陈眉疯疯癫癫，王胆一意孤行，王脚对结扎肆意反抗……他们共同的特点是如其名字所示："缺心少肝"。

其三，在小说第一部的结尾处，小说这样写道："这时，只听到湖面上发出一阵怪响，冰层塌裂，许多人，落到了冰水中。"[①] 这实际上隐喻着在席卷全国的政治运动之中，每个人都是受害者，每个人同时又都是施恶者，没有一个人能从中幸免，而整个国家就宛如这湖面上脆弱的冰层轻轻一碰就会破碎。

第四，"我"和日本友人间的通信也具有某种隐喻性，"我"提及的姑姑的负罪感引发日本友人对自己父亲当年作为侵华日军成员的愧疚感，二者共同构成了世界性语境中一致的"问罪"意识，从而，使小说达到了一种与全人类对话的可能性。[②]

（四）采用现实主义与超现实主义相结合的手法

小说前半部分以计划生育为主线，描写了在这一政策下的现实生活——妇科医生忙于找超生孕妇引产，孕妇则忙于躲避被引产。在计划生育政策的施压下，被引产的孕妇有的孩子不保，有的自己性命不保，有的则孩子和自己的性命都不保。后半部分描写了在物欲横流的社会，人人为己，官商勾结，小人物的命运往往悲惨，像陈眉这样没有干爹依靠、没有了美貌的人，最终沦落到替人代孕、被当成疯子的地步……

同时，小说的主人公姑姑取材于现实生活——莫言坦言是以自己现实生活中的姑姑为原型的，"她是我们高密东北乡圣母级的人物，有很

[①] 莫言：《莫言文集·蛙》，云南出版集团公司、云南人民出版社2012年版，第62页。
[②] 王源：《莫言茅盾文学奖获奖作品〈蛙〉研讨会综述》，《东岳论丛》2011年第11期。

高的威信,接生了三代人,数万条生命通过她的手来到了人间。当然小说中的姑姑和现实中的姑姑区别是很大的,现实中的姑姑晚年生活是很幸福的,她在计划生育工作期间实际上也偷偷地帮了许多人。她绝对不像小说里那样是个铁面无私的像一个判官那样的人物。她是非常有人情味的。很多人找到她,让她帮忙,她就悄悄地帮助。有的人家第一胎就生了个女孩,还想生第二胎,那么就撒谎说这个婴儿生出来就夭折了。这个当时很严格,你光说是夭折不行啊,第一要有接生医生和护士的证明,第二还必须有实物来证明,必须拿出死婴给他们看。那我姑姑当时就帮人家玩那种'狸猫换太子'的把戏。"① 由此可见,小说的现实主义成分很重。

但是,小说的后半部分描写了一个与世隔离般的高密东北乡,在那里,有许多外国女人,许多混血儿,有一个牛蛙公司、一家中美合资医院,人们的生活与代孕生意息息相关;每个人都看似没有感情的机器,唯一有感情的陈眉被当成了疯子;千万只青蛙组成的"大军",不仅能拦住人的去路,还能撕碎人的衣服裙子,对人进行拦截追赶;死去的孩子们在河里嬉戏打闹……这些都带有很强的超现实性,小说也由此而明显地带有魔幻现实主义色彩。

(五)"用轻松和幽默的笔调,写沉重、痛苦的人生"

莫言曾说:"用轻松和幽默的笔调,写沉重、痛苦的人生,实际上是我从多年生活中提炼出来的一种经验。回首几十年来经历的现实生活,我本人的感受就是这样的。其实,老百姓的生存又何尝不是这样。在他们沉痛的生活内核之外,你总能看到饱含民间智慧的幽默的'外壳'。无论历经多少肉体的、精神的痛苦,借助于幽默的、轻松的,或是阿Q的精神。他们才能获得幸福的感觉,才能汲取到一种生活下去的勇气和力量。"②《蛙》确确实实地做到了"用轻松和幽默的笔调,写沉重、痛苦的人生"——其一,在小说中,几乎每一个人的人生都是

---

① 严锋:《莫言谈文学与赎罪》,《东方早报》2009年10月2日。
② 付小平、莫言:《谁都有自己的高密东北乡》,《作家报》2010年10月20日。

"沉重、痛苦"的；其二，人要"计划生育"本身就是一种"沉重、痛苦的人生"。

（六）语言别具一格

其一，质朴、简洁，很少旁枝逸出。相对于莫言此前其他小说的语言而言，《蛙》的语言可谓质朴、简洁——除描写姑姑在遭遇蛙的攻击以及话剧部分之外，其他部分没有沿袭莫言此前其他小说泥沙俱下的描述性语言，或利用众声喧哗的民间口语，而是返璞归真，语言质朴、简洁，很少旁枝逸出，如姑姑讲述自己和郝大手相遇的语言："我那时根本顾不上什么羞耻，也根本意识不到自己几乎是光着屁股，姑姑说。我看到一个披着大蓑衣、戴着大斗笠的人坐在小桥中央，手里团弄着一块银光闪闪的东西——后来才知道，他团弄的是一块泥巴。制作月光娃娃，必用月光泥巴。——那时我根本没看清他是谁，无论他是谁，只要他是个人，就是我的救命恩人。"①

其二，不用引号。人物语言只用"某某说"，或以语境明示或暗示说话者的身份。这样，人物的语言与事件的叙述达到了水乳交融、不可分割的密切程度。

其三，第四部写"我"在筏上听"小扁头"说关于袁腮开的"代孕公司"时，"我"回想到一天早上"小狮子"的异常举动。叙述语言在"小扁头"的叙述和"我"的回忆中往返，仿佛电影中的片段闪现。

其四，宣传"男扎"手术时的快板诗中有一句：不出血，不流汗，当天就能把活干——通俗而滑稽，充满戏谑的味道。

其五，小说使用了不少"政治语言"，如姑姑的语言："你们年轻人，要听党的话，跟党走，不要想歪门邪道。计划生育是基本国策，是头等大事。书记挂帅，全党动手。典型引路，加强科研。提高技术，措施落实。群众运动，持之以恒。一对夫妻一个孩，是铁打的政策，五十年不动摇。人口不控制，中国就完了。小跑，你是共产党员，革命军

---

① 莫言：《莫言文集·蛙》，云南出版集团公司、云南人民出版社2012年版，第184页。

人,一定要起模范带头作用。"① "我生是党的人,死是党的鬼!"② "姑姑气愤地说,这是党的号召,毛主席的指示,国家的政策。毛主席说:人类应该控制自己,做到有计划的增长。"③ ……政治语言的使用在无形中交代了小说故事情节的时间和背景,也体现出了时代的变迁,有一种世事沧桑之感。

(七)注重多种叙事手法或方式的运用

其一,注重对插叙手法的运用。在小说中,插叙手法的运用不少,如在叙述姑姑的恋人王小倜叛逃后,又叙述四十年后,"我"大哥的小儿子被"招飞"的事情。又如,在叙述"我"与王仁美的生女宴上提起王肝的爱情时,插叙"我们"尚在孩提时代,王肝单恋小狮子之事。再如,"我"知道陈眉为"我"代孕之后,在"堂吉诃德"小饭馆想着"我"的厚颜无耻时,插叙了"我"回乡之后与陈鼻的两次会面——岁月变迁,让陈鼻这个昔日的暴发户完全沦为乞丐,他又因为重男轻女的思想害了他的两个女儿。

插叙手法的运用,使得过去的场景和现在的局面就像两组镜头一样,忽而远忽而近,它们交相更迭、互相映衬,可谓是相得益彰。

其二,"先生"这一称呼贯穿整部小说,但对有关"姑姑"和高密人的故事,小说采用第三人称全知全能的视角进行叙述。总的来看,小说以第二人称叙述者统领、覆盖着第三人称叙述者,以此而使文本结构具备一种随处可见的张力,也使读者随着叙述角度的变换而获得更大程度的思考空间、缓和空间,使小说在叙述中营造出较为轻松活泼的氛围。这样的叙述角度特点自然地形成了小说在叙述节奏上的特点——当小说以第三人称角度叙述的时候,突然出现的"先生,……"一下子把读者的注意力分散,也使读者明确自己的身份:看一封长信的读者。小

---

① 莫言:《莫言文集·蛙》,云南出版集团公司、云南人民出版社 2012 年版,第 71—72 页。
② 同上书,第 41 页。
③ 同上书,第 47 页。

说的叙述节奏也变得有张有弛、时缓时急：如在第一部中，当叙述到王小倜因叛变而使"姑姑"家陷入困境的紧张时刻时，小说突然把话头引到四十年后"我"大哥的小儿子被"招飞"的宴会上。叙事的氛围顿时为之一变。

其三，"双管齐下"地叙事。例如，小说在写到"我"与小狮子在参观中美合资家宝妇婴医院时意外地遇到20多年未见的小学同学肖下唇后，随即采取"双管齐下"的叙事方式叙事：一方面描写肖下唇的一举一动以凸显其心黑手辣，一方面描写精美的宣传图册；一边是肖下唇与漂亮的小毕亲密无间，一边是画册上的对孕妇无微不至的关怀；两件看似无关的事交集在一起，深入地揭示了肖下唇的本来面目和妇幼保健院的内幕。

（八）成功地塑造了姑姑这一乡村妇科医生的形象

莫言说，对计划生育这个问题，如果仅仅是揭示在60年道路上一个奇人怪事，"就背离了我的初衷，我主要还是想把计划生育历史作为背景，小说是写人，表现人。所以，这部小说写完了以后，我还比较满意的就是我写出来的这个姑姑——乡村妇科医生的形象，在最近的30年文学作品里，我还没有读到过。"①

（九）"让事件跟着人物走"

莫言说："我的写作一开始总是由被某个人物所深深打动开始的，因为有反对土地集体所有制的我爷爷这样的人物存在，有姑姑这样一辈子为计划生育问题所纠缠的人物的存在，就必然地带出了土地改革、人口等社会问题。所以，在写作中，我一直让事件跟着人物走。我始终记得我是写人物，不是写事件，事件只是创作灵感的源头，它激活的是我对人和物的记忆，然后我用非常尖锐的社会问题来实现对人物的刻画。"②

---

① 石剑锋：《莫言：关注中国计划生育60年历史》，《东方早报》2009年11月23日。
② 付小平：《谁都有自己的高密东北乡》，《作家报》2010年10月20日。

五

小说也存在着一些不足之处，具体地说：

（一）人物形象浮面化、简单化。

姑姑是整部小说中最重要的人物，在刻画她的时候篇幅颇大，但对姑姑转变的描写却不充分甚至过于简单——姑姑从一个接生的送子观音到执行计划生育政策的杀人魔鬼，再到一个虔诚的忏悔者，缺少必要的过渡，例如，一个曾经坚定的党的政治的拥护者，一下子转变成一个虔诚的忏悔者，"建设四个现代化的强国，必须千方百计控制人口"[①] 这个坚持了几十年的信念在一瞬间消失得无影无踪，这不太合乎情理。虽然小说交代了这是起源于姑姑惧怕青蛙这个细节，但这个细节并不具有如此的"震撼力"，同时也不是姑姑在正常状态下说出来的，而是在一张推销她老公郝大手的泥娃娃的DVD光盘里面播放出来的，也就是说，很有可能只是个商业策划而已。她在家里供奉那些泥娃娃，也很可能只是为了让泥娃娃身价暴增的一种手段而已。姑姑与丈夫一起捏出无数泥娃娃，以此来拯救自己不安的灵魂，但这样的忏悔并不彻底，或者与其说是忏悔，不如说是悔恨，即对自己导致了为数众多的胎儿夭折和不少孕妇死亡等事的悔恨、对自己所做之事的悔恨，且这样的悔恨并没有深入到灵魂深处——对于自己一直忠诚的信念，姑姑也没有丝毫的反思，否则，她不会全然不顾自己过去曾害死了陈眉的母亲王胆而毫无愧疚地夺取陈眉的儿子；她如果要忏悔，那更应该忏悔自己在"文革"时作为造反派对有恩于自己的老院长"毫不客气"的批斗，以致老院长因不堪凌辱而投井自杀的行为；对同事黄秋雅的近乎虐待狂式的戏弄和殴打，以及在"张拳"事件中，让黄秋雅当了替死鬼的卑劣行为；对"老婆娘"田桂花的拳打脚踢等。

此外，小说对有些人物的刻画相对过少。比如，"我"儿时的玩伴

[①] 莫言：《莫言文集·蛙》，云南出版集团公司、云南人民出版社2012年版，第106页。

在中年时期与在儿时的形象有很大的差别,但关于造成如此变化的原因交代不够,从而,使其特点、性情的转变显得有些突然。

(二)过度夸大了共产党执政下民众的惨状。

在小说中,姑姑代表党,大公无私、六亲不认、铁石心肠,同时,也实际上隐含了另一层意思:万心即拥有一万颗心集中起来的强大意志力,也就是说,其他人的心都被她夺取了,根本没有对抗她的意志力。她的亲戚,也就是"我",叫万足,是部队的,同样也是党的人。也就是说,党拥有一切的意志力和执行力,连她的助手都叫小狮子。相反,周围的百姓就既没有心也没有足,所以,既不能组织起来反抗她,也逃不出去。这个地方,党的人姓万,其他人姓肖和王,合起来就是消亡,叫肖(削)上唇、肖(削)下唇、王(亡)肝、王(亡)胆。再就是姓陈和袁,也就是沉冤。二奶女秘书则姓毕("毕"即"屄","小毕"即"小屄")。这些姓氏显示了一个传统文化不复存在的地方,这也解释了这里的人为什么不能组织起来反抗暴政,并且在围观暴政对邻居的迫害的时候,居然也能安之若素甚至开起玩笑,完全没有唇亡齿寒、休戚与共的感觉。同时,小说所描写的中国农村虽然处于新中国成立后,却犹如封建社会的中央集权制时代一样,民众没有一点权利可言,他们的自由与人权全部被共产党剥夺。这就过度夸大了共产党执政下民众的惨状。

(三)把人写成了行尸走肉。

姑姑实际上是一具"行尸走肉"——她在国家实行计划生育之前是一妇产科医生,在党的领导下不辞辛劳地接生;在国家实行计划生育时,在党的领导下做到不让一个男人逃过结扎,不让一个孕妇"非法"生育,哪怕因此欠下人命也毫不动摇;被群蛙索命之后,她完全的屈服于蛙,让郝大手帮她做泥人小孩以赎罪。她活得完全没有自我——无非是共产党势力大,她就听共产党的话;群蛙向她索命,共产党又保护不了她,于是,她就向蛙屈服。由此可见,她对自己当年的所作所为是对还是错完全没有思考,更没有思考带来的痛苦。与姑姑对立面的农民也是"行尸走肉"——女人总是命中注定般渴望多生,或者在自己男人的威逼之下被迫多生,从没有自己的意志。陈鼻对重逢的老同学唯一的关心就是对方手里的高档香烟;一旦香烟到手也就对对方彻底失去兴趣,转身出门去讨饭;既不想搞到更多的高档香烟,又不因为烟瘾满足而开始关心老同学本人。王肝暗恋小狮子十几年,甚至不惜助纣为虐,看上去感情充沛极了,但实际上只是在暗恋他自己而已。"蛙"实际上也隐喻着小说所描写的那些人都是像青蛙一样的低等动物,只做两件事情,吃别人和被别人吃,既没有思想又没有情感。王小倜和陈眉看起来不像"行尸走肉",但王小倜是一个坏人——叛徒,而且他不是以器官命名的,也就是他并不属于他出生的那个地方,而且最终也确实不属于他出生的那个地方,由此也可以说,凡是用器官来命名的人不过是些器官或者丢失了某些器官而已,总之,不是真正的人;而陈眉则是一个非正常人——疯子,而且陈眉奋力要回自己的孩子之举实际上是其母性的本能使然,因此,她也算不上是真的有自己的思想。此外,王仁美、耿秀莲、王胆等人敢于非法怀孕的妇女虽然似乎有主体性,不像"行尸走肉",但她们全都死了。

(四)有些情节过于荒诞不经,或"语焉不详"。

如围绕陈眉代孕而发生的一些故事简直荒诞不经——不合逻辑、不合情理。小狮子"骗""我"偷偷取"精"去做人工代孕即如此。对于那场别开生面的"床戏",小说试图把它写得极其浪漫,但结果却浪漫得有些恶心。"我"和小狮子都是望六十之人了,可小狮子却"腻上来"[1],"不按照多年的习惯行事"[2],"用一根黑布条蒙住我的眼睛"[3],"我要虐待你一次"[4],"要你好好享受一次"[5],"……她还在折腾着我,使我兴奋,迷狂。她似乎给我套上了什么"[6]。小说以这些细节说明"我"是

---

[1] 莫言:《莫言文集·蛙》,云南出版集团公司、云南人民出版社 2012 年版,第 195 页。
[2] 同上。
[3] 同上。
[4] 同上。
[5] 同上。
[6] 同上书,第 196 页。

在不知情的情况下被取精去代孕；"我"虽然是不知情，但仍然有"犯罪感"，后来又不顾一切地要把孩子生下来，"我感到自己的灵魂受到了一次庄严的洗礼，我感到我过去的罪恶，终于得到了一次救赎的机会，无论是什么样的前因，无论是什么样的后果，我都要张开双臂，接住这个上天赐给我的赤子！"① 这过程中的一系列情节变化太戏剧化了，甚至有点荒诞不经了。

又如，"我"在信中说姑姑"知道一个有关令尊的重大秘密，从来没对任何人说过。这件事一旦披露，会让您惊愕万分。先生，我基本上猜到了这个秘密，但还是等您来了让她亲口告诉您吧。"② 但小说始终没有对此秘密进行交代。莫言自己在一次采访中解释说不需要太过纠结于此，他自己在写作当中也并没有对这个问题进行过很细致的思考，也许只是为了让杉谷先生来到高密乡的借口？莫言的解释实际上并不能"自圆其说"。

（五）杉谷义人这个人物，在整部小说中起到的作用并不大——作为一个叙述的听者实际上和一个普通的读者没有太大的差别；"我"给他写信倾诉也莫名其妙：

"我"最崇敬、最信任的倾诉对象竟然是杉谷义人，而杉谷义人却恰恰是当年占领"我"家乡的日本司令杉谷的儿子，作者在创作谈里说："我让蝌蚪写信给外国友人，只是说明了一个常识。我们不会把内心的隐秘告知自己特别熟悉的人，离自己远的人，却很有可能成为倾诉的对象，因为他不会对自己构成威胁。"③ 这个说法有点自欺欺人。

杉谷义人究竟有何德何能，小说语焉不详——只交代他来过故乡一次，身份应该是一位作家，与"我"故乡的文学爱好者谈过文学，做了一次题为《文学与生命》的长篇报告，并鼓励文学爱好者以姑姑为素材写出感人的作品。此外的信息就是"我"对杉谷义人无限崇拜敬仰的心

---

① 莫言：《莫言文集·蛙》，云南出版集团公司、云南人民出版社 2012 年版，第 227 页。
② 同上书，第 152 页。
③ 付小平、莫言：《谁都有自己的高密东北乡》，《黄河文学》2010 年第 7 期。

理，几乎把他视为自己文学和精神上的导师，这种心理即便用"奴颜媚骨"来形容也决不会过分。"我"尊他为"大贵人"[1]，赞扬他有"巨大的爱心"[2]，而他关于姑姑的材料，"让我诚惶诚恐"[3]，而"我"内心的一切屈辱或羞辱，也只有向他诉说，"先生，我愧对了您的教导"[4]，"至于我自己，确实是想用这种向您诉说的方式，忏悔自己犯下的罪"[5]，"我的丑态，实在羞于向您说，但不对您说，又找不到人诉说"[6]，"我就像一个急于诉说的孩子，想把自己看到的和想到的告诉家长"[7]……如此种种，不一而足。如果说这种莫名的崇拜心理勉强可以理解的话，那么由这种莫名的崇拜心理延伸出来的莫名的赎罪和宽容心理就简直让人感到不可理解了——杉谷义人的父亲就是当年中国的侵略者杉谷司令，虽然父辈的罪未必应该让子辈来赎，山谷司令的罪恶可以不妨碍"我"对其儿子杉谷义人的崇拜；但绝不应该因为这种崇拜而对他父亲当年的侵略罪行装聋作哑，并给予巧言令色的开脱，甚至无耻地讨好献媚："其实，您的父亲也是战争的受害者，如果没有战争，如您所说，他将是一位前途远大的外科医生，战争改变了他的命运，改变了他的性格，使他由一个救人的人变为一个杀人的人。"[8] 这段话意义暧昧——说杉谷义人的父亲既是受害者又说是杀人者，这究竟想表达什么？似乎不太清楚。不过，很快"我"的态度就清楚多了："我姑姑还悄悄地对我说，她对令尊没有什么坏印象。侵华日军军官中，确有许多如中国电影中所表现的那种穷凶极恶、粗暴野蛮者，但也有如令尊那种文质彬彬、礼貌待人的。我姑姑对令尊的评价是：一个坏人群里的不太坏的人。"[9] 这

---

[1] 莫言：《莫言文集·蛙》，云南出版集团公司、云南人民出版社2012年版，第152页。
[2] 同上书，第229页。
[3] 同上书，第151页。
[4] 同上书，第222页。
[5] 同上书，第151页。
[6] 同上书，第220页。
[7] 同上书，第239页。
[8] 同上书，第63页。
[9] 同上书，第64页。

实际上是为了讨好杉谷义人,不惜借他的中国的侵略者父亲来对他摇尾乞怜,不惜为战争罪人涂脂抹粉,这种近乎无耻的套近乎、拉交情甚至吹捧,简直有些丧失民族气节,颇有汉奸嫌疑了。所谓"不太坏的人"是什么意思?是不是说假如他杀了五十个中国人,就可以说他比那些杀了一百个中国人的日寇要好一些?而杉谷当时是平度城里的日军司令,是该地区侵华日军的最高头领,是他全权计划并指挥了当时当地所有的残杀中国人的暴行,根本不存在所谓的与其他日寇相比较的情况,因为在那里,所有的日寇都是在他的指挥下行事的。"我"如此借姑姑的嘴,莫须有地拍侵略者的马屁,令人莫名其妙,也会令所有稍有民族正义感的人感到愤慨!

(六)小说有逃避社会现实之嫌。

小说原初的主旨也许是要面对现实、正视历史——小说中具有恶魔暴戾色彩的姑姑实际上是对计划生育运动中非理性、非人性特质的形象展示;但是,小说实际上并没有面对现实、正视历史——直陈历史的阴暗,揭开历史的伤疤,而是采用种种迂回的战术来为历史的伤疤遮掩、护短,以至于为罪行涂脂抹粉唱赞歌。于是,在"姑姑"的"赎罪"意识上,小说为她找了"小道理要服从大道理"[①]之类的道理来为她的"赎罪"减轻压力,并借"我"之口给她涂上"圣母"的璀璨光环;同时,为了加强这种"赎罪"的力度,凸现这种"赎罪"的"普世价值",让根本没有罪的"我"也怀有深重的罪孽感,并且是深重到无以自解,只好向一位遥远的日本侵华战犯的儿子倾诉自己的无限凄楚和苍凉,企望从他那儿得到一种精神的救赎和宽慰。而为了获得那位日本友人救赎和宽慰的恩赐,"我"不惜低三下四,卑躬屈膝,以至于对其父当年在侵华战争中的罪孽也轻描淡写地打发了事,甚至为之曲意回护、善意美化,让人对恶魔也要"持一种同情的态度,感觉到他们也是不幸的"[②]。就此,小说就从一个关于直面"计生运动"的主题成功转换到了所谓人

---

① 莫言:《莫言文集·蛙》,云南出版集团公司、云南人民出版社2012年版,第110页。
② 严锋:《莫言谈文学与赎罪》,《东方早报》2009年10月2日。

性"救赎"的主题,而"计生运动"中的种种失误和教训意义借此也就随风而去。结果是谁都没有错,谁都没有罪,计生运动没有错,国策没有错,国策的执行过程也没有错。错就错在那些违反计生政策的人,迫使国家不得不对他们采取野蛮的方式,错在那些因自己想当官发财而让自己的老婆去流产、去响应国家计生政策,结果遭致丧偶命运的人。小说实际上以迷幻花哨的手法刻意回避现实、粉饰历史。

后 记

经过"马拉松"式的劳作之后,《莫言长篇小说研究》总算"结稿"了。此时此刻,我有许许多多话想说,但最想说的是"感谢"——尤其是要感谢殷国明先生和邓九刚先生:

殷国明先生不仅是赫赫有名的学者,而且是我十分敬仰的老师。我在做学生时在一次无意间碰到了先生的大作《艺术形式不仅仅是形式》后,便随手翻了翻、随便浏览了一下。原本只是想随手翻翻、随便浏览一下的,可不翻则已——一翻则"爱不释手",不浏览作罢——一浏览则"欲罢不能"!在细读之后,我随即对先生产生了由衷的敬仰。后来,我又有意思地搜罗先生的大作研读,越研读先生的大作便越敬仰先生,甚至想投奔先生门下——此愿虽然最终未能实现,但我自认为是切切实实地受过先生的教育的。

我不仅通过阅读殷先生的大作受过他的教育,而且通过与先生的交谈、电子邮件、电话、短信、微信等受过他的教育——在河北师范大学主办的一次学术会议上,先生不仅帮我释疑解惑,而且还送书我、鼓励我……在历次的联系中,先生都是对我"有求必应",给了难以历数的帮助!在这部《莫言长篇小说研究》即将付梓之际,先生又不吝金玉、慷慨赐序……可以说,正是因为有了先生,我才没有让这对我而言本是勉为其难的"莫言长篇小说研究""半途而废"!

邓九刚先生是我最倾心相交的朋友之一。我曾在《邓大刚先生》(发表在台湾《新地文学·2015·冬季号》上)一文中这样写道:"邓大刚是我读研究生时相逢、相识、相交的朋友之一。当时，我们并不完全是同学——他是由N大学与L文学院联合培养的，我是由H大学与L文学院联合培养的；但我们同在L文学院修同一门学位课，并同在一个教室听同一位老师讲课，也常常一起听讲座，于是，便'同学'了。我们也并不完全同专业——他研究并从事创作，我学习文学批评，但很'匹配'——他是'生产者'，我是'消费者'。因为彼此相熟，我便有意识地研读他的作品，并不时与他讨论其作品中我所感兴趣的问题，于是，我们便成了'文学'上的好朋友。毕业之后，我们虽然分处天南海北，但我仍然很关注他的作品——凡他发表或出版的作品，我能找到的都认真地研读，并通过通信与他探讨其作品中我所感兴趣的问题；他则一如既往地与我交流看法，并一发表或出版作品就立马相赠。同时，我们也在信中探讨一些我们都共同感兴趣的问题，他还不时帮助解决一些实际生活中的困难……于是，我们便渐渐地由'文学'上的朋友发展为"全方位"的朋友。在与邓大刚相交的几十年间，他给我留下了诸多美好的记忆……"的确，九刚兄给我留下了诸多美好的记忆，比如，他"慷慨"、"豪爽"、"真诚"、"实在"、"不做'空头文学家'"，而最令我难忘是他对我的"情同手足"、"有求必应"……这次，他又打破自己不为人作序的惯例，欣然为这部《莫言长篇小说研究》赐序！

  我还要特别感谢《当代作家评论》的韩春燕主编、《学习与探索》的修磊编审、《齐鲁学刊》的赵歌东编审、《湘潭大学学报》的万莲姣编审、《中国现代文学研究丛刊》的易晖编审、《汕头大学学报》的李金龙博士、首都师范大学文学院的张志忠教授、中国社会科学出版社的陈肖静老师、北京第二外国语学院的计金标校长、王成慧处长、郑承军处长等，这些师友和领导在我撰写拙作的过程中给了我实实在在的帮助！可以说，如果没有这些师友和领导的帮助，那么，拙作是很难完成的！在此，我要非常真诚地对这些师友和领导说一声："谢谢！"